U0070163

創始 III 之體

# 天敵

江宗凡 著

# 推薦序1

前行政院長／善科基金會董事長　張善政

現正就讀長庚大學醫學系二年級的江宗凡，竟然在繁重的課業下，很快又寫出接續前兩本《天啟I：末世訊號》、《天啟II：始皇印記》的第三集完結篇。

第三集故事內容千絲萬縷，相當精彩複雜。書中一方面植入了許多科技的觀念，像是量子電腦、蟲洞、精神控制能力等，凸顯這些許多科技未來的應用與衝擊；二方面又透過不同人物之間的愛恨情仇，刻畫了許多人性的寫實面。而故事背後傳達宇宙幕後存在一個萬能造物主，還有對人類社會關懷的隱喻，也有絕佳的深度與發人省思空間。這一系列三本書看下來，只能對年紀才二十歲江宗凡的科技與人文素養讚嘆不已！同樣的，對於願意花功夫好好品味這套書的讀者，一樣可以有深化思維、擴大眼界的功用。

近期，江宗凡已經受邀到一些學校去介紹他創意寫作的歷程。他的創意已經被許多人看見，尤其在許多高中生正在汲汲營營以各種手段表現多元創意來爭取大學甄試的優勢，或花費許多寶貴時間在網路上對許多小小時事酸言評論，江宗凡的創作不啻是一股清流。這本書除了內容本身值得品味之外，江宗凡的創作歷程，也值得許多年輕人在自我成長上去效法。

我很期待我們社會可以有更多江宗凡這樣的年輕人出現！

# 推薦序2

中華文化永續發展基金會董事長及小說作家　上官鼎

三年前因為張善政的介紹，我讀到了一本年輕作家創作的科幻小說《天啟Ｉ：末世訊號》，當時這位作家江宗凡正值高二，年僅十七歲，正是當年上官鼎開始寫武俠小說時我的年齡；江宗凡在大學甄試及醫學院繁重課業的壓力下，孜孜創作不懈，短短三年內，已順利完成天啟系列三部曲的續曲及完結篇《天啟III：創始之體》。

《天啟》系列架構龐大恢弘，開拓華文科幻小說創作的版圖。中國古代即有《山海經》、《西遊記》等幻想體材小說，當代有倪匡的衛斯理、原振俠等系列，近幾年長篇系列也不乏劉慈欣的《三體》等優秀作品問世；《天啟》系列則揉和了中華觀點的地球宇宙觀，在多線故事發展的劇情裡，巧妙帶出生物科技病毒戰、新式能源、量子資訊科技等正在蓬勃發展的技術，故事發展高潮迭起之餘，讀者也不禁反思科技背後的潛在風險及正向精神力量的重要性。

有趣的是，作者認為人類靈魂精神意識源自於宇宙至高力量「創始之體」，具備超越不可能的潛力；這個共同的源頭，也使得全體人類生而平等且具備一部份的神性，其概念與傳統中華文化裡「天人合一」的理念殊途同歸。

整體而言這是一部充滿奇幻佈局和玄想科技的小說，劇情流暢細膩，畫面感十足，更難能可貴地是作者年紀輕輕即能挑戰駕馭格局龐大複雜的故事體系，其企圖心、進取心及寫作才華，令人期待江宗凡未來更多不同的創作嘗試。

# 推薦序3

長庚兒童醫學中心暨長庚大學小兒科教授　林思偕

身為長庚大學的臨床老師，我很榮幸為本校醫學系二年級江宗凡同學寫序。

在進大學前，宗凡已經是一個卓然有成的科幻小說暢銷書作家，接連出版了《天啟I：末世訊號》和《天啟II：始皇印記》，並因此獲獎。

他才二十，現在要出版第三本書了；我已經五十好幾，使盡洪荒之力才出了一本書，還不怎麼賣。

看了他的書，我有點嫉妒他，又有點相見恨晚的感覺。

無法想像如此年輕的腦袋，竟然裝填了那麼多天文歷史物理化學軍事政治各領域的浩瀚知識，還能加以靈活運用，創作出令人驚嘆的科幻長篇……

關於這點，不必我贅述，在他前面兩本書的推薦序裏已經說的很多。

我想談談「科幻創作」與「醫學」的關係。

早年家喻戶曉的電視影集Star Trek Voyager，戲裏有個配角叫「The Doctor」，是一個電腦模擬全息投影程式。

當星艦成員迷航於茫茫星空，不知所措時，「它」以沉靜的語調，提供正確資訊，引導眾人脫離險境……

「它」幾乎能做每件「真正」的醫生做的事情:諮商，診斷，治療……甚至具備醫生特有的鎮靜和冷漠。

當年不可思議的虛構，如今已成為現實：

許多「人工智慧醫生」如雨後春筍般出現，可以聽懂各式語言，甚至能同理微笑……

重點是他們不會累，不會抱怨，不會搞錯（這對醫生的生計真是一大威脅）

此外，一九九七年有部科幻電影Gattaca，描述在人類全基因解碼時代，父母親可以改造他們寶寶的基因（designer baby），使下一代成為更好的「人」（電影中叫做valids）……

那時候覺得天方夜譚，如今也已成為現實：

「基因檢測」已經被廣泛運用在各式疾病，甚至帶來醫學倫理爭議:到底是要相信「上帝之手」，還是遺傳學家？

這些好萊塢式的科幻創作，不只是未來世界的美好憧憬，也提供了「精準醫學」的藍圖。

當然，寫優秀的科幻小說，除了要有扎實的科學史學訓練，豐沛的想像力，鉅細靡遺的構思之外，更需具備發人深省的人文關懷。

宗凡書中寫到大量的「時空穿越」和「精神力改變物理現象」……科學上皆有所本。

他筆下的人物，則是愛與仇恨交織的血肉之軀，複雜難解，沒有絕對的好壞……

就像每一個病人的疾病，都是獨特的存在，是一個謎團，一個大敘事，一個悲欣交集的旅程。

醫生要有雙敏銳的眼睛，能觀察出病人悲傷和喜樂的源頭，以簡易而精準的方式掌握它們的「意底牢結」（ideology）。

從宗凡的小說看出他細膩的觀察和交代細節的能力，這將有助於他未來的行醫旅程。

在Covid-19來勢洶洶的時分，在值完班後的深夜，不禁感慨：人生的某些時刻，就如置身宗凡筆下的dystopia般渾沌脫序。

此刻最好的選擇，就是放下手機，細細品味宗凡寫的《天啟II：創始之體》，進入另一時空，充分享受閱讀帶來的震撼與解放。

## 推薦序4

香港科幻協會會長　李偉才

這麼年輕便能夠寫出布局如此龐大的史詩式科幻作品實在不簡單。當倪匡先生被問及對有志從事科幻創作的年輕人有甚麼忠告時，他的回答是：『寫，不斷的寫！』筆者希望本書作者江宗凡會不斷寫下去，也希望這書會引發更多年輕人踏上科幻創作之路。

## 推薦序5

台大星艦學院科幻社　湯惟中

《天啟》的前兩部小說並沒有找我們社團寫序，我自己也不幸錯過了。《天啟》並不是那種各部互相獨立的小說，劇情的銜接的確在我的閱讀過程中造成了些許困擾，然而，它也不是真正緊密連結的小說，《天啟》的每一部都存在一個完整的結局，但故事的連續性又不容許讀者分而視之。既然我只讀完了故事的第三部，某種程度上我便犯了分而視之的錯誤，然而時間既不允許我閱讀完完整的三部曲，我便只好就我所見的部份做出評論。

雖然我只讀過本書的第三部，但確實這本小說有其值得推薦之處。做為一個長期閱讀科幻類小說的讀者，我可以很明顯地在這本小說中找到許多其他著名作品的影子。比方說，在讀到印法埃的段落時，我立刻聯想到的就是《三體》第一集中的三體組織，包括使用「主」來稱呼外星人的叫法，都和三體組織的設定如出一轍；

或著是故事中黑洞與蟲洞的描寫，我相信，任何看過《星際效應》的讀者都會立刻回想起電影中蟲洞的詭譎，黑洞的壯麗。除此之外，包括艾西莫夫，布蘭登．山德森，克拉克的作品風格，都隱隱可見。

雖然如此，我並不希望讀者將這本小說想像成諸名家的混合體，江宗凡學長成功地在混合了這諸多作品的同時，又表現出自己的特色。

我很欣賞江學長同時描繪善惡勢力運作的作法，尤其是這本小說大半的篇幅都是善惡二元分明，對立明顯的，許多採取雷同設定的小說會把敘事專注在「善」的一方，而忽略反派一邊人物的刻畫，使得反派角色變的單薄而缺乏故事，《天啟》中，無論是江少白，雙木，甚至是大頭目，都是真正蘊含感情，有完整故事的人物，將這本小說的劇情架構得更為自然、流暢。至於這個二元對立的架構，明顯是江學長刻意設計的，甚至在劇情中刻意凸顯其人工性，這成功強化了結局，使結局更為生動、合理，從這點考量，也可以理解為什麼要對反派人物作如此深入的描繪。

再由嚴肅的世界局勢，人類存亡所構成的第一條主線之外，這本小說的另一條主線，是男女主角，以及江少白間的愛情線。江宗凡學長大膽的將感情發展融入複雜的故事劇情中，在緊湊的主線劇情中，穿插入祥和慢節奏的日常，適當地在緊張的氣氛中融入浪漫的氣息，在多數缺乏感情線發展的傳統小說中顯得獨樹一幟。

總而言之，這本小說的確在敘事描寫上給人強烈的既視感，卻同時在劇情架構上存在高度的原創性，在擷取前人精華的同時展現出自身與眾不同的特色。雖然這本小說還有些許成長空間，但作為江宗凡學長的第一本小說，已經是一本成熟有品質的小說，值得所有人閱讀。

# 1

## 台灣　台北　台北１０１／世貿中心

悶熱的氣氛籠罩著整座城市，空中烏雲密布，四周刮起陣陣濕熱的風，水氣漸漸在城市中瀰漫開來，應該過不多時就會下起午後雷陣雨。

這種變化無常的天氣對處於熱帶和亞熱帶交界地區的台灣而言十分常見，尤其是夏季。然而此刻，在厚重的烏雲所籠罩的這座城市，卻瀰漫著極度不尋常的氣息。此刻本應是上班尖峰，但整座城市卻是一片死寂，街道上幾乎沒有任何聲響。

在這樣燥熱卻又寧靜的氛圍下，宋英倫穿著隨行的便衣，獨自一人漫步在１０１大樓旁的街道上。

做為國家最高元首的宋英倫，平時身邊總是有眾多護衛。而在印法埃正式對世界宣戰、黑死絕病爆發之後，他的戒護更是提高到最高等級，且大多數時間他都待在花蓮的磐石軍事指揮基地內。不過當前陣子瘟疫疫情宣告解除後，他和政府團隊便遷回了台北，但也只能待在戒備森嚴的總統府內。整整三、四個多月都不能外出，幾乎要把他的精神給消磨殆盡。趁著難得空閒的日子，他好不容易在沒有隨扈貼身陪伴下，自己獨自外出散心。

作為首都台北市中心精華地段的信義區，不論何時皆人潮擁擠，即便到了晚上仍會是無數上班族、觀光客和學生們流連的地方。然而此刻，他走在１０１大樓旁巨大的陰影下，而整座城市卻寂靜的如鬼城。

一陣強風挾帶著濕重的水氣和沙土撲面而來，宋英倫不禁稍稍緩下腳步。他抬起頭將目光定睛在高聳入雲的１０１大樓尖端上，彷彿是第一次看清這棟象徵台北富庶繁榮的摩天大樓，而無數的回憶也在此時從腦海湧出……

從印法埃將病毒散播到世界各地、並向各國政府宣戰，至今已經過了一百多天了。這場戰爭歷時雖不長，卻足以讓全人類陷入前所未有的巨大恐慌之中。這場災難空前浩大，短短數月之內，便有二十幾億的人口接連死亡，對世界的影響也不僅僅是「人口大幅減少」那麼簡單。人類花了兩千年多年建立起的社會制度完全崩潰、各地權力結構澈底瓦解、金融體系粉碎殆盡，不過這些都僅屬於外在事物的動盪。真正慘烈的是，人與人之間的關係與信任，在這場大浩劫中被證明是何等的脆弱。而人類那比野獸更加黑暗惡劣的本性，也在這場大動亂中被毫無保留的披露出來。

人類文明在一夕間倒退了數百年，除了生活條件的低落外，當年世界大戰期間的大饑荒再次成了現今的噩夢，且更為慘烈。因為這次的災區不僅限於第三世界，連先進國家都難逃此劫。在許多大城市，不僅樹樹皮、葉子被扒下來食用，連老鼠也不放過。甚至死去的人，也被飢餓的群眾分食。各地的情況即並沒有因著瘟疫解除和印法埃勢力的退出而好轉，反倒因為失去了資源配給，且大批人群從集中營釋放出來，使得情況更加惡化。雖沒了黑死瘟疫，但許多疾病也因著極度惡劣的衛生條件而開始蔓延。

台灣作為印法埃的主基地之一，各方面的條件遠比其他國家來得好。在印法埃勢力縮減後，台灣也沒有被這股權力變化的動盪波及，但這僅僅是表面上的和平穩定而已。過去這段時間，台灣所有的資源都被印法埃拿去支援前線作戰，導致人民也過著相當困苦的生活——所有印法埃控制的區域皆是如此——在看不見的角落，染病的人們被印法埃像垃圾一樣扔在令人絕望的監獄和集中營等死，

由於宋英倫大部分的時間都待在避難中心，而國內的事務也全數交給印法埃掌管，外在發生的一切彷彿都與他無關。然而現今，無論他如何逃避漠視，也絲毫無法改變外頭所發生的一切，他心中的痛苦絲毫沒有減緩，反而隨著時間過去與日俱增。

宋英倫停下腳步。他至今依然堅信自己所做的一切都是為了印法埃告訴他的那「更偉大的計畫」，他也相信將來乙太降臨時，這一切苦難都會過去。但是……看著眼前如廢墟般的城市，他心中不禁浮現一絲懷疑——

究竟，這麼做的意義是什麼？一場瘟疫和戰爭，不但讓整個地球破壞殆盡，人類文明更在一夕間倒退數百年。當初印法埃所承諾的新世界和嶄新聖潔文明的開端，如今卻連個影子都看不到。唯一見到的，只有毫無意義的爭鬥和血流成河的犧牲。

一陣巨大的雷響過後，一滴雨珠落在宋英倫的睫毛上，緊接著便是傾盆大雨。他瞇著眼仰望著傾瀉而下的雨水和厚重的烏雲，感受雨水將自己慢慢浸濕。他感覺心中的迷惘正如烏雲般籠罩在心頭揮之不去。這一切到底……

「總統先生！」

宋英倫被這突如其來的叫喊聲給拉回現實，他回過頭來，只見三輛黑色轎車停在身後，兩名原特勤——現在改為穿著印法埃制服——拿著雨傘快跑了過來。

「您的護衛官說找不到您，才發現原來您在這。」替他拿傘的特勤說道：「現在局勢還不穩定，長官交代您要更小心，所有行程都要和我們報備。等會兒回去後會替您準備換洗的衣物。」

宋英倫沒有回覆，只是默默地點了個頭，隨即跟著特勤走回車上。在車門關上的前一刻，他轉身看了一眼身後這空曠寂寥的城市。磅礡大雨中，所有的建築似乎籠罩著一層模糊不清的霧靄。不知道為什麼，他覺得眼前這灰暗沈重的景象彷彿正預示著人類文明的殞落，以及那遙不可及的新世界夢想的消散。

# 2

**希臘　科林斯　科林斯地峽**

夏夜的海風吹拂過海面，水面上倒映著星光點點，岸邊的草木隨風搖擺，不時發出的沙沙聲彷彿樹木間的低語。

此處本就沒有過多的開發，在瘟疫爆發後，大部分的居民陸續搬離。因此這裡幾乎沒有任何光害，萬里無雲的夜空中，可以清楚看到銀河橫越穹頂，點點星辰宛若碎金碧玉般在黑幕之上熠熠生輝。

在這樣寧靜的夜晚，倫納德．馬修斯獨自一人坐在海邊望著遼闊的星空。他微微揚起頭，感受著鹹鹹的海風吹拂過臉龐，彷彿七年前在花蓮的那個夜晚。眼前雖然沒有層疊蒼翠的山嶺，卻有著數不盡的岩石佇立在海面上，在星光和浪花的襯托下，宛如波濤上的點點珍珠。

倫納德閉上眼睛，他感覺自己的心智和海風化為一體，快速掠過大地，延伸到更遠的地方。在那裏，他感受到人群間流動的情感波動，緊張、快樂、困惑……諸般情緒混雜在一起。這顯示了在現今充滿不確定的局勢中，人心混亂的程度。倫納德臉上露出微笑，自從他在青海和印法埃的歸向者李柏文交過手，又於不久前和江少白展開激烈的精神力量交鋒後，他的精神感知能力便有了大幅的提升，即便是數公里外的微弱情緒波動都能被他察覺。

念及此處，倫納德不禁回想起在科林斯度過的這段日子。在印法埃對此處的軍事威脅解除後，他們便開始研究傑生星艦中留下的資訊，期望從中找出些有用的資料。但相當令人不解的是，傑生在戰後就無預警地消失了。一開始他們以為只是暫時的狀況，可是傑生至今都沒再出現過。雖然他和蕭璟一樣具備操縱星艦內部電腦的能力，卻始終無法見到這位在過去幫了他們無數次了老朋友。這帶給大家不小的打擊，因他們都高度期望著可以透過傑生的知識來化解眼前的重重危機。這樣的結果甚至讓不少人認為，蕭璟當初看到傑生的說法根本是捏造的。而後來他們為了將星艦挖掘到地面上，便再也沒有進入過星艦內部。

與之同時，沃克也不斷透過的情報單位，想知道江少白返回印法埃後發生了什麼事，卻始終沒有任何消息。印法埃忽然對外斷絕聯繫，這讓眾人感到相當憂心，但不管怎麼想，都猜不出印法埃的下一步。

倫納德嘆了口氣，印法埃行蹤不定也就罷了，但近來連蕭璟都似乎在刻意躲著自己，連談論事情也總心不在焉。今天和一干軍官就印法埃下一步可能的行動討論完後——他們的討論一如過往的沒有任何建設性的結果——他特意問蕭璟要不要一起去科林斯地峽岸邊散步，蕭璟含糊的說自己有事便快步離開。這讓他深感疑惑，但他為了尊重蕭璟的意願，並沒有利用自己的精神力量探查蕭璟的心思。

他左手輕輕拂過地面，指尖卻感覺到冰冷的觸感。他低頭一看，是裝著游弘宇在分開前送給他的古老畫作的金屬圓筒。這段時間閒來無事，他常常把這幅畫作帶在身上。他拿起圓筒並旋開封口，小心翼翼的拿出裡面的畫布。

根據游弘宇的說法，這幅畫已經有一萬年以上的歷史，甚至早於嬴政到來地球以前。倫納德輕輕地展開泛黃的畫布，畫布觸感十分粗糙。此處星光微弱，雖讓人看不清，但他知道上面畫了什麼。是一個男人和一個女人在一片荒涼的土地上面對著一個形貌孱弱的幼童，那男人將綻放光芒的手伸向幼童，女人則在一旁靜靜的看著。最令人費解的是，根據游弘宇的說法，還有他自己和蕭璟的認證，上面所描繪的正是自己和蕭璟。

黑夜中倫納德愣愣的凝視著這幅畫。來到救贖派基地後，心中許多疑惑一直困擾著他。為什麼古老的畫作上會有自己和蕭璟的容顏？他想了各種的可能性，仍找不出合理的解釋。

倫納德也不禁想起遠在青藏高原上的游弘宇、陳珮瑄和他們率領的救贖派。他和蕭璟離開那裡時，救贖派基地正遭到印法埃突襲部隊攻擊。雖然游弘宇再三保證自有妙策，但見識過印法埃強大的實力後，他仍不禁感到憂心。他們至今都沒有打聽到游弘宇等人的下落，就算是劉秀澤也無法取得其他線索。

倫納德看著大海，眼下雖然印法埃的威脅退去，但種種潛在的威脅和謎團就如同水面下的波濤般暗潮洶湧。父親沃克明日就要啟程前往美國會見蓋亞聯盟的領導團，這次會面除了要報告擊退印法埃軍隊的過程以及星艦挖掘的事宜外，最重要的是為了揭發雙木永萱和其正在領導的「普紐瑪計畫」的陰謀。為此他已經寄了好幾份統合了由情報部分析處提供資訊的報告給總部，但始終沒有收到任何回音，這讓沃克等人感到相當憂慮。雙木永萱的聲望此時在蓋亞聯盟正如日中天，沒人曉得這趟美國行會遇到什麼意外。

在這諸多的煩惱和挑戰中，最讓他擔心的還是蕭璟。他記得游弘宇曾說過，要利用江少白的過去來對付他，而蕭環很可能是這場和江少白對抗的行動中最關鍵的角色。在親眼見到江少白聽到蕭璟聲音後所表現出動搖，讓倫納德更確信這個說法。但每當念及此處總讓他感到有些不悅，儘管他嘴上不承認，但面對這個讓蕭璟心智搖擺不定的惡魔，的確讓他感到一絲嫉妒。

倫納德回頭看著被拆除殆盡的伊斯米亞神廟，那裡現在是軍隊駐紮地，也是附近唯一有光的地區。那裡有一個閃爍的銀色光點，遠看像是一顆耀眼的星星，而那個正是傑生的星艦。

在擊退印法埃的軍隊後，盟軍便加緊步調，希望把那艘星艦從地底搬到地面上。由於星艦體積龐大，又深及地底一公里，盟軍花了三個星期，終於在今天早晨完成。而游弘宇是在擊敗印法埃一個月前就告知他們蕭璟只剩下三個月壽命的事，如今已經過了快要兩個月，也就是說，蕭璟只剩下一個月左右的時間。

這讓倫納德心急不已，他盡力找來了能替蕭璟看診的所有醫師，但他們連蕭璟身體的問題出在哪都找不出來，更別說是治療方法了。他甚至違反規定私自進入傑生的星艦，看能否找出治療方法，卻仍一無所獲。為了不讓蕭璟憂心，在她面前總是裝出一副樂觀自信的樣子，然而在心底深處他知道，自己和七年前初次登上贏政星艦時的心境一樣，對未知充滿恐懼和不安。他能做的只有不停地為她禱告，卻依舊無法阻止時間無情的流動。

他看著夜空的銀河，只覺得宇宙是如此浩瀚壯闊，在這廣大無垠的世界中，自己是何等的渺小而微不足道，又怎能奢求上天會垂聽自己的煩惱？如何能解決得了這一個又一個碩大的難題？

一陣微弱的精神波動傳來，他知道有人正往自己的方向靠近，也知道對方是誰。靜靜等待了三十秒，聽見了煞車聲，他回頭一看，被刺眼的車頭燈照得眯起了眼睛。隨著引擎的熄火聲，安潔莉娜跳下車子走了過來，她的一頭金髮在燈光下顯格格外明亮。

「終於找到你了。」安潔莉娜走到倫德身前，語氣有些無奈，「你幹嘛把無線電關閉？害我們都聯絡不到你。」

「抱歉，因為想要安靜一下……那麼莉娜，妳找我有什麼事嗎？」

「沃克今晚就要出發，他離開前想見你一面，蕭璟也在等你。」安潔莉娜挑起眉毛看向倫納德，「怎麼，她怎麼沒和你一起？」

「她說有點累，我也需要思考一些事情。」

「你們最近感覺有點疏離，該不會是吵架了吧？」安潔莉娜似笑非笑的看著倫納德，「這樣你讓我幫的忙要怎麼辦啊？」

倫納德聞言不禁滿臉發紅，好在這裡光線不足，安潔莉娜也沒有注意到。但他們沒有跟其他人提過蕭璟重病的事，如今他也不知該如何開口。「這些事以後再說吧，我爸爸不是有重要的事要找我們？」

「也是，沃克再一小時就要離開了，趕快走吧。」安潔莉娜轉身往車輛走去。

倫納德瞥了身後平靜的海面最後一眼，不曉得為什麼，他有種預感，這份平靜很快就要破碎了。

## 3

**美國　普紐瑪檢測中心（原世界物生組織研究中心）**

「普紐瑪C-437號試驗者，呈現六倍標準差強度的腦電波反應！」

「立刻和『七眼』檢測系統的模式連接進行對比。」

「和II型異能者的相符度高達百分之九十八！」

「澳大利亞機構又有新的樣本！」

實驗室內不斷收到新的異能者的檢測結果，這些數據資訊全是由世界各處的檢測機構傳來的，並用「七眼」量子運算系統來進行分析和判斷。作為普紐瑪計畫的執行長，雙木此刻正不斷檢視每個受測者的檢測結果。

此處本是當時研發對抗黑死絕病解藥的研究中心，在黑死絕病消失後，便改為「普紐瑪計畫」的異能者檢測中心。此地和國防部內核心量子運算裝置「七眼系統」相連，可以進行高精度、大規模的腦電波動檢測。

「這批人員已經確認完畢，可以預備編入部隊中。」檢測中心主任看完螢幕上的數據後對雙木說道。

「幹得好。」雙木面露喜色的說，「執行效率愈來愈高了，我們有了更多樣本和模型，這對之後的研究一定會大有幫助。」

一隊士兵走入研究室，將這批受測者帶離研究中心。他們全都一臉的困惑，顯然不曉得自己要被帶到哪裡。

「我們現在已經有多少人員了？」雙木看著離開的受測者們對主任問道。

「具備精神操縱能力的有十四人，而具有感知力或微弱干涉能力的，目前還沒有完整的統計，但估計大約三百人左右。」主任說完後有些遲疑的看向雙木，「還有那些具備異能的印法埃間諜，他們會受到什麼待遇？」

「我也不是很清楚，聽說那些間諜被關在中情局的黑牢接受再教育，至於具體地點恐怕無人知曉。」雙木毫不遲疑地說道，對主任遲疑的態度置若罔聞，「據我所知，已經有十餘人投效我方。有些人因熬不過酷刑死掉的，他們的大腦會被作為樣本來研究，這對我們檢測模型的建立與分類也會有相當大的幫助。」

「這……這也太殘忍了吧。」主任沉默了好一陣子。雖然他知道蓋亞聯盟不可能放過這群具備珍貴能力的敵人，但聽到執行長這樣說仍感到一陣心寒，「這簡直就是二戰時期軸心國的邪惡生化實驗部隊一樣……」

「是很殘酷，但這也是沒辦法的事，非常時期要用非常手段。而且我們現階段對實驗部隊的需求度恐怕是遠遠超過二次世界大戰時期。」雙木表情淡然地說道，主任聽了她冰冷的語氣忍不住打了個哆嗦。

研究中心的門打了開來，穿著制服的警衛和一名身穿西裝的男人走到雙木永萱面前。警衛對雙木敬禮，

「報告長官，這位是白宮派來的特務官，麥可．懷特。」

「抱歉，事前沒有收到通知，無法接待您。」雙木與懷特握了握手。

「沒關係，總統只是想要我來確認現況，並交代一些事情。」懷特對雙木笑道：「我一直久仰妳的大名，妳研發解藥破除了黑死絕病，是世界的救星。」

雙木絲毫不理會特務官的寒暄，「法蘭克總統有什麼事要交代嗎？」

「是的，」特務官看著主任，沒有繼續說下去。

主任注意到特務官視線的意思，隨即站起身來，對兩人微微點了個頭，「那麼，我先去確認其他機構傳來的檢測結果，您們慢慢聊。」

主任離開辦公室後，懷特迅速掃視了四周確認無人後，才把目光轉向雙木。

「總統有兩件事想要和妳確認。」懷特豎起一根手指，「第一，據說這個普紐瑪計畫檢測模型之所以能夠快速建立起來，是和那個倫納德．馬修斯，有很大的關係，對嗎？」

雙木點了點頭，「是的，倫納德曾在兩個月前，從西安的隔離營寄了一份名單給蓋亞聯盟和世界衛生組織，並表示名單上的人是擊敗印法埃的關鍵。當時這份消息並未被列為優先情報，直到異能者事件曝光，才開始獲得注意。雖然在印法埃撤離後，有許多人已經不知去向，但仍有部分的人被盟軍找到。在經過進一步的檢測後，我們確定這些人全都具備能力不一的精神力量。而這些人成為我們第一批的受測者，這對世衛組織建立關於精神能力者的大腦和基因藍圖提供了莫大的貢獻。否則要在茫茫人海中找到這麼多具備精神能力者堪稱不可能的任務。」

「果然。既然倫納德有辦法辨認出這些特殊的人，那他很顯然也具備有精神干涉能力，對吧？」

「這也正是我們的推測，而且如果要對周邊的人有這樣程度的感知能力，他的精神能力恐怕非常強大，甚至比目前我們所有的受測者都來的高。我和其餘普紐瑪團隊成員都認為，如果可以和倫納德見上一面，並和他詳談他掌握的資訊，會對於之後計畫的推展有相當大的幫助。」

「妳的想法和我們一樣。蓋亞聯盟已經多次傳信到科林斯，向倫納德表示希望能夠和他見面，不過都被拒絕了。」

雙木永萱微微睜大眼睛，「為什麼？」

「這是總統派我來第二個原因。」特務官眼神緊盯著雙木，「LGGSC的現任局長，同時也是倫納德的父親，沃克．馬修斯最近傳了一份報告給總部，是關於黑死絕症解藥上傳這件事。妳對此有印象嗎？」

「沒有，顯然沃克局長的報告並沒有義務要我過目。」

特務官點點頭，似乎在斟酌要說些什麼，「根據他的說法，妳和世界衛生組織所研發出的解藥，實質上是黑死病毒的演進版，意在消滅剩下沒有量子調控基因的人，而妳本人則是印法埃的臥底，妳對此……」

雙木重重拍了桌面一下，嚇得特務官從椅背上坐直，外頭的研究員也好奇的將目光投向兩人。但雙木不在意，她憤怒的情緒如烈火般從心底湧出，將剛才淡然的外表完全焚毀，而坐在對面的特務官清楚的感受到了那股憤怒，「世衛付出無數心血在研製解藥上，許多人為此付出慘痛的代價，而我失去了自己的丈夫約書亞，結果他們居然污衊我是叛徒？這不只玷污我的聲譽，更是污衊了世衛全體人員付出的努力！」她的語氣異常激動，說到最後甚至站起身來逼近特務官。

特務官舉起手安撫雙木，「我知道妳很憤怒，上層並不打算因沃克將軍的片面之詞就將妳定罪，照目前的調查妳仍是清白的，我今天來只是想要瞭解真相。」

「你們該做的事是恢復民生、重建經濟，而不是在事件落幕後質疑內部造成分裂！為了這個解藥，我甚至……」雙木說到這話聲不禁哽咽，她咬著嘴唇，沒有繼續說下去。

特務官嘆了一口氣，「我對妳丈夫的事情感到很遺憾，我曾經和金恩博士共事過，他是一個相當優秀的人。事實上，我私下仍不相信他是叛徒，他八成是被印法埃的間諜操縱了精神。」他頓了頓，「總之，雖然有部分高層認為應該先將妳解職，但是總統認為目前證據顯示妳都是清白的，何況沒有人比妳更了解計畫的核心，因此現階段妳也不用擔心，繼續做好妳手上的工作。過不多時總統會親自請妳前往白宮一趟。」

雙木微微的點了下頭，特務官知道她現在情緒不穩，只是對她默默地鞠了個躬便離開研究室。

雙木看著特務官離去後才喘了口氣。雖然她表面上憤怒難耐，心底卻是暗自戒備，特務官所說的正是她最恐懼的事。當天解藥上傳失敗，原本並無人知曉，直到外部傳來黑死絕病失效的消息後，她才發現真相。她趁其他人還在歡喜慶祝時暗暗展開調查，發現在解藥上傳的前三十秒，希臘科林斯地峽處發出了一股極為強大的能量，而在那之後所有奈米機器也一併癱瘓。雙木雖然隱瞞此事，卻知道遲早會東窗事發，因此她立刻在第一時間將解藥更換為原樣，並重新覆寫程式碼，偽裝成癱瘓奈米機器人是程式碼中的附加指令，是為要阻止印法埃重新上傳病毒。這個說法獲得了眾人的認同，但雖是如此那段時間也讓她嚇得心膽欲裂。

她眼中閃動不安的光芒，她的目標還遠遠沒有達成，調查卻在這個時候展開……她暗自下定決心，一定要除掉倫納德、蕭璟和沃克三人。尤其是倫納德，雖然未曾親眼見過，但她聽說倫納德是截至現今具備最強精神力量的人。在經過這次事件後，她更加確定倫納德是他們通往成功最大的障礙。

然而還有一點讓她心中惴惴不安，在印法埃於科林斯地峽的戰爭失敗後，她就再也沒有收到江少白總司令的消息。她看向外頭，士兵又帶著幾名新的受測者進來。她不禁猜想，江少白在戰後究竟發生了什麼事了？

## 4

**（二十天前）**

**印度洋某處　印法埃國際集團第一艦隊　審判號**

空中烏雲密布，雲團如鉛一般沈重的盤踞在海洋上頭，一架繪有印法埃國際集團龍頭徽章的黑色直升機，緩緩的降落在審判號上。在旋翼停止轉動後，江少白從中走了出來，他身上還穿著作戰時的軍服，強勁的海風將他風衣吹得劈啪作響。

江少白看著雄偉的審判號艦橋，他有段時間沒有回到這裡。在他進入印法埃的漫長歲月中，這是他頭一次被委員會強制要求返回艦隊。

沈重的腳步聲傳來，十名戴著掩影頭盔的印法埃重裝士兵朝著江少白走來，帶頭的是一男一女。江少白認得他們，那兩人都是歸向者，分別是劉天渠和朴妍恩，是梁祐任副主席的得力手下。

兩名歸向者走到江少白面前，對他深深的鞠了個躬。「總司令閣下。」

「看來委員會和副主席很看得起我啊。」江少白面露冷笑的看著兩名歸向者和其身後的士兵，「居然派了這麼多人還有自己的親信來迎接我。」

「我很遺憾，總司令。」劉天渠歸向者說道：「但委員會希望確保您的安全。」

「是啊，」江少白稍微施展了自己的精神力量，讓兩名歸向者心靈在那一刻為之一顫，「你們放心，不論你們剛才擔心的是什麼，那都不會成真。」

「是的。」歸向者表情變得恭敬得說道。

朴妍恩聽了一下耳機，然後開口說道：「是的，我們接到主席了。」她沉默一會兒，點了點頭，「明白，長官。」她看向江少白，「委員會知道您來了，請和我們前往會議室。」

「你們在等什麼呢？」

「稍等。」一名士兵擋到江少白說道：「很抱歉，但副主席曾經交代過，要搜身確認您沒有攜帶任何危險物品。」

江少白目光寒意如劍的直視士兵的雙眼，「如果我拒絕呢？」

「這是副主席的命令，」士兵看起來有些畏懼，「委員會擔心……」

江少白忽然舉起右手，亮出手指上的紅碧璽戒指，眾人警覺地退了一步。他怒目瞪視著那名士兵，「我不在意你收到什麼命令，士兵，但我是印法埃委員會最高主席。履行指令是一回事，愚蠢的冒犯長官又是另外一回事。相信我，這一頂頭盔保護不了你們的腦袋——當然你們有沒有帶大腦又是另外一回事——現在，我命令你們退下。」

士兵恐懼的面面相覷，儘管他們有委員會的命令，但江少白積威在前，誰也不敢動手。在這樣僵持不下的氣氛中，劉天渠咳了一聲，「好了，我相信主席的話，搜身就免了，委員會在等了，快走吧。」

「總算有個聰明人。」江少白瞪了士兵一眼，然後跟在歸向者的身後離開。十名士兵立刻跟了上來。

江少白在護衛的戒護下，來到了中央會議室厚重的雙併式大門前，朴妍恩示意眾人停下腳步，她碰了一下耳機，「江少白主席到了……好的，明白。」她面對江少白，「您請進，我們會在外頭護衛。」

「真是辛苦了。」江少白正眼都不看他們一眼，逕自推開大門走了進去。

十名委員都已經到齊，各自坐在會議桌兩旁。江少白注意到，桌首主席的席位沒有預留座位給他，反而把酒杯放在了對面的客座。

江少白的目光一個個掃過十名委員的面孔，眾人和他眼神一觸都立刻垂下眼簾迴避視線，神情中隱藏著緊張和遺憾。最後他的眼光停在桌首旁的梁祐任副主席臉上，對方毫不閃避的回視著他。梁祐任是繼承前代主席聶秦使徒之戒——「紫水晶之戒」的委員，擔任印法埃委員會副主席一職。

大部分印法埃成員認為梁祐任能擔任副首地位，是源自於他對印法埃長期的付出和前代主席的青睞所致。不過江少白很清楚，梁祐任之所以能擔任這個世界最龐大的組織印法埃的第二號人物，是他可怕的天賦。被譽為百年一見的超強精神能力者，他的實力猶在前代主席之上，加上豐富的作戰和領導經驗，在印法埃內無庸置疑的是僅次於自己，第二把交椅的實力派。

「江少白委員，請坐下。」副主席梁祐任以冰冷的語氣率先開口。

「我注意到這裡沒有我的位置。」

「很抱歉，但相信你知道今天並不是正規的會議，而是針對你個人的……檢討會議。」

江少白目光冷洌的直視著梁祐任的雙眼，對方也高傲漠然的回視，會議室內一片死寂，緊張不安的精神波動充斥著整個空間。「誠如所願。」江少白走到客座坐了下來，緊繃的氛圍頓時稍微放鬆了一些。

「真是神奇，第一次坐在這個位置上。」江少白摸了摸皮椅的觸感，「上次我們聚在這裡是為了展開《天啟憲章》，想不到今天各位居然是為了我而全員出席，真讓人感動。」

「我想你對組織造成損害的影響，並不亞於實施真主計畫時的重要性。」配戴翡翠戒指的土耳其裔委員亞歷山德拉．貝莉娜伊．坎恩在一旁冷笑道。

「那就趕快開始吧。」江少白冷冷的說道：「我千里迢迢趕來，拋下了一場本來可以獲勝的戰爭，不是為了聽你們廢話的。」

眾人轉頭看向梁祐任，他點點頭，提高音量說道：「江少白，你身為印法埃委員會主席、最高總司令，對於你犯下的罪行，你認罪嗎？」

「什麼罪？還請各位指教。」

「世衛組織的雙木永萱是你的人馬對吧？」布蘭達委員再也無法假裝平靜的怒聲說道：「你未經委員會允

許就私下授意，讓她攻擊我方潛藏在蓋亞聯盟內部的間諜，並透過她洩漏了組織的情報，讓蓋亞聯盟防備我方精神部隊。不但如此，還開發出創世疫苗的對抗方法，造成印法埃行動巨大的損失！」

「那是計畫的一部分！」江少白怒目瞪視著布蘭達，「我成功植入一枚炸彈到盟軍的心臟，使他們對內部喪失戒備，未來將會從裡到外瓦解他們的聯盟！」

「靠著犧牲印法埃近半數的精神部隊？」布蘭達譏諷道。

「他們所籌建的普紐瑪部隊，將會成為彌補我們損失的生力軍。」江少白嚴肅的說：「這是為了更長遠的利益不得不做出的犧牲。」

「你難道不是打算削弱印法埃的力量，並透過雙木趁機培植屬於你自己的私人部隊，好在未來對抗委員會？」伊果委員質疑道。

「這可不是開玩笑。你我都曾經對真主宣誓效忠，我對乙太的忠心是不容質疑，更不會為了自己的權力做出和組織相互對抗的行為。」

「二次世界大戰時期，你的祖先，同時也是紅碧璽戒指的持有者，不也背叛了組織和救贖派共謀？」羽田烈冷笑道：「莫非是你們家族的基因使然？」

「對於這種毫無根據的無理指控，我拒絕做出回應。」江少白正色道：「有時犧牲是為了更遠大的勝利。我們在歷史的轉捩點上，舊的秩序在瓦解，我們豈能期盼這條路上一帆風順？又怎麼能拘泥於一點點得失？這次的顛簸，將會引領組織邁向更大的成功！」

「我從來沒見過居然有人可以把歪理說的這麼義正嚴詞，您讓我見識到了強詞奪理的至高境界，江少白主席。」布蘭達譏諷道：「別忘了，那個顛簸可是你一手造成的。」

「就如同我說的，普紐瑪計畫也正如我預期的展開。我安插的歸向者已成功混入其中，並和雙木一起對新徵召的普紐瑪部隊進行思想干涉。如果當時能完全成功，那麼全世界早已被第二波病毒給瓦解，我們也……」

「那麼，為什麼沒有成功？」梁祐任傾身向前，「你鋌而走險，實行這麼危險的策略，如果最終成功就算了，但卻失敗了。你看過昨天的新聞沒有？創世疫苗已經失效，ＬＧＣ向全世界揭露我們的真面目。」

「關於這部分，我承認自己確實有疏失，但說是失敗，卻是言之過早。」江少白攤開雙手，「普紐瑪計畫仍在我的掌控中，斷糧、斷電、民怨等問題，各國政府仍然無力解決。而創世疫苗的失效，更是由於倫納德……」

「我知道你要說什麼。」梁祐任打斷江少白，「你不要裝傻，我們都知道你失敗的原因不是計畫缺陷，也不是倫納德力量的介入，而是你的意志被蕭璟那個的女人給動搖！」

江少白眼神一瞬間大為晃動，憤恨地瞪視著梁祐任。儘管他很快地隱藏起來，在場所有的委員卻都沒有放過他那一瞬間的精神動搖，梁祐任露出逮個正著的表情。

「和歷任委員相比，你還十分年輕，儘管能力強大，卻沒有足夠沉穩的心靈。你明白了嗎？你真正的罪行不是授意雙木私下行動，也不是害印法埃被重創，而是你放任自己的心智被一個女人影響，進而漠視真主交予我們的重大使命！你好幾次有機會逮到倫納德、散播病毒、瓦解盟軍，甚至奪取科林斯地峽的星艦……」

「如果不是委員會在戰爭進行到一半時……」

「這些計畫！」梁祐任提高音量打斷江少白，他雙掌用力地按在桌面上不住顫抖，「都是被你對蕭璟的情感所影響而造成的！我有情報部完整的報告，這一切都有明確的證據，你無論如何都別想抵賴！」

江少白和梁祐任彼此怒視著對方，兩人的精神力量劍拔弩張的在會議室中碰撞翻騰，死寂如水的表面下，卻暗藏著波濤洶湧的精神波動暗流。所有委員都感受得到，儘管江少白的精神力量較強，但他的精神中蘊藏的銳氣卻明顯不及梁祐任。

「當年聶秦主席要指派你接任主席時，許多委員就曾大力反對。雖然你通過了鏡子的試煉，但歷練仍然不夠，心智尚未堅定。」梁祐任語氣變得較為平緩，「組織這幾年非常成功，讓我放下不少疑慮，想不到……」

他搖了搖頭。

「我可以憑著世界的主宰乙太，還有嬴政之名向在場所有委員保證。」江少白舉起右手的紅碧璽戒指，「儘管我對蕭璟確實有情感，但那是對於過往的感激之意。在執行行動和規劃計畫時，從來沒有因為她的關係而有所動搖！我所做的一切都是為了實踐組織的目標！」

「我們都相信你願意實踐使命的決心，但你無法避免受蕭璟影響，這已經獲得多次的確認。當年沒有趕盡殺絕是我犯過最大的錯誤，」梁祐任語氣有些感慨地說，他眼神稍微變得柔和一點，「現在，你暫且待在艦隊上，不要插手組織的事務。至於蕭璟和倫納德，我會派出『鐵鷹部隊』和親信執行暗殺和捕捉行動。」

副主席這句話讓江少白大為動容。鐵鷹部隊是印法埃最為菁英的特殊作戰部隊，隊員各個體魄高大、意志堅毅並精通作戰格鬥。印法埃麾下控制的軍隊有上百萬人，鐵鷹部隊在全球卻僅有大約兩百人，無疑是萬中選一的精銳。他們配備了印法埃科技部門最尖端的武器，並接受長時間最高等級且極度嚴酷的軍事訓練，任何型號的刀械、任何種類的槍枝武器以及高科技配備都可以嫻熟使用，不論在何等艱險的環境下都可以快速應變。

鐵鷹部隊性質相當於各國的特種作戰部隊中的精銳之師，類似海豹部隊或三角洲部隊，但其戰鬥能力相較於他們更是有過之而無不及。不同於正規特種軍，鐵鷹部隊是專門執行非法暗殺、地下任務和反制擊殺各國精銳特種部隊成員。由於他們肩負的任務特殊，主要為三人以下的小組來執行作戰。

至於鐵鷹部隊的名稱，則是源自非正史的古老史料：秦朝時期，由上將軍司馬錯建立特殊兵制「鐵鷹銳士」，其成員不僅劍術超凡，而且要馬戰步戰樣樣精通，據傳秦統一六國時鐵鷹銳士功不可沒。印法埃採用這個古老的名稱，並使之成為委員會的專屬菁英部隊，在這次的戰爭中，他們對於瓦解各國政府聯盟的貢獻堪比歸向者。

「我不會允許的。」江少白堅決地說道：「沒有主席的核可，就算是委員會也無法調動鐵鷹部隊。」

眾人不約而同的看了彼此一眼，江少白神色凝重的瞪視著梁祐任，「該不會……」

「很遺憾，」梁祐任開口說道：「委員會經過長時間的討論，認定江少白主席已經對組織造成巨大的傷害，也沒有足夠的意志力領導計畫的推進。因此，我們決定暫時褫奪江少白『主席』地位的封號，並交出使徒之戒，直到他再次證明自己足以勝任這個職位。」

「這就是你們的計畫？」江少白震動的情緒已經消失，他臉上浮現鄙夷的冷笑，「一起逼宮奪權？」

「這只是暫時的決定，只要你……」

「別掩飾了。」江少白打斷梁祐任的話，「誰不知道，等我一走出大門，外頭配戴著掩影裝置的士兵就會和歸向者一起把我逮補，將我關在囚禁精神能力者用的特製監獄中，然後再剝奪我的思想進行精神改造，如果改造失敗就會將我槍決。對於印法埃的洗腦方式沒有人比我更清楚。」

「你只是證明自己的妄想症愈來愈嚴重，看來過於強大的精神力量已經對你的腦袋造成影響。」

「就算被你說對了又怎樣！你的精神力量再強，也不是十名委員的對手。」羽田烈絲毫不掩飾對江少白的敵意說道：「審判號上沒有你的人馬，你不可能憑一己之力抵擋我們。」

「艦隊中的其他艘艦艇呢？」江少白的話彷彿在會議室中潑下一桶冷水，「兩艘護衛的伯克級驅逐艦：創世號的蓋勒特上校，還有沙丘號的維亞切斯拉夫少將，在我來之前便接獲指令，要是再過……我看看，半小時沒有我的消息，他們便會開始攻擊審判號，並派遣五架載有十五名特種部隊的攻擊直升機前來營救我。如果救援失敗的話，他們將會直接擊沈審判號。」他語調轉為輕柔：「你們以為過去幾年都是誰在掌管這支艦隊的？」

會議室內一片譁然——那並非聲音的喊叫，而是精神上的憤怒——亞歷山德拉怒聲道：「你膽敢為了保全自己的地位，策動軍隊造反？」

「這只能算是預防措施罷了。我無意與各位為敵，畢盡大家都是為了真主的使命，只可惜你們看得不夠遠，所以需要有人帶領。只要我們不再互相為敵，立刻停止對峙，就可以共同為真主的目標努力。」

「剛才或許你還有重新回歸委員會的機會，但現在已澈底消失了。」梁祐任忽然高聲說道：「現在我們只好用精神力量逼迫你屈服了！」

江少白和梁祐任幾乎同時站起身來，兩人的精神力量在會議室內正面交鋒，兩人在一瞬間爆出無數次激烈的對撞和精神的交鋒——那對於一般人來說，可能只看到兩個面目猙獰的人證怒目相視，但會議室內皆是精神能力強大的委員，他們清楚的感知道了這次的精神交戰，也為之深深震撼。

江少白緊盯著梁祐任，他很清楚，自己一旦擊敗梁祐任，剩下九名委員立刻就會出手，屆時自己絕對抵擋不住。但到了這個階段已經騎虎難下。他暗自後悔，要是自己晚點揭開底牌，先擊倒幾名委員，就可以先聲奪人。現在他只能拖延到援兵趕到，但他實在沒有太大的把握，他早就抱持著必有一場惡鬥的決心登上審判號。

當兩人正僵持不下時，會議室大門忽然打了開來，江少白和梁祐任同時收起精神力量。只見穿著黑色軍服的混沌神色嚴肅的走了進來，眾人全都看著他。他眼神一個個掃過在場的委員，當他的眼神和江少白對到時微微一笑。江少白看到他臉上還未癒合的傷疤，不禁在心中暗自發出絕望的嘆息。

「看來你們玩得很開心啊。一群成年人像青少年一樣爭吵打鬧，乙太的使命居然交託在你們這些人手上，真令人擔憂。」

「混沌閣下，您有什麼事？」梁祐任面露不悅地說道：「我以為您在科林斯被江少白委員打傷後，正在休養。」

「我也想這麼做，但我有乙太的使命在身，無法像你們一樣還有閒情逸致自相殘殺。」混沌冷冷的看向會議室內的眾人，「我已經和戰艦上的人員溝通過了，他們對江少白主席能順利並且安全的和委員會溝通商討下一步行動感到安心，因此不會進一步展開攻擊。」

眾人立刻鬆了一口氣，卻也同時瀰漫著不解。江少白面露懷疑的看著混沌，「你究竟想要做什麼？」

「放心吧，儘管你多次和我做對，但我並沒有打算對你不利。」混沌微笑地看著江少白，然後恢復嚴肅的表情，「我要套句你們在行動前說過的話：『現在是關鍵時刻，我們必需要攜手同心』，江少白將繼續擔任印法埃主席和行動總司令，你們也要持續緊密的合作。外頭瞬息萬變，時代的巨輪正快速向前轉動，你們卻絲毫不覺還忙著內鬥。」

「發生什麼事了？」江少白疑惑的問道，眾人也屏氣凝神地看著混沌，彷彿忘了剛才的對峙。

「數千年來頭一次，乙太傳來了訊息。」混沌看著江少白身上，「事情要發生了。」

## 5

**中國　貴州　平塘縣克度鎮大窩　窪地　FAST（天眼）**

「你那邊有結果了嗎？」倪瑩盯著終端上的數據問道。

「還沒有，我懷疑它根本不算是一個訊息，只是剛好有類似被調整的跡象罷了，要不然就是這個電腦運算能力不夠。妳那邊呢？」羅弘俊一樣操作著另一台終端說道。

「系統不會在這方面判斷錯誤的，但你說的……啊！有結果了！終於！」

「真的？我要看！」

兩人工作的地方原是世界最大的天文探測望遠鏡所在地，他們在戰後重新回到這座荒廢許久的研究機構。由於地理位置偏僻又缺乏生活物資，在戰爭間期逃過被破壞的命運。除了巨大的反射面板無法清理外，工作人員所處的饋源艙經過整理後，恢復了基本的樣貌。但和過去不同的是，一向乾淨的地板上多了許多吃剩的食物還有睡袋，顯然他們在這邊已經住了一段時間。除此之外，饋源艙的終端也連接著好幾台電腦及運算裝置。

當他們意外接收到來自外星的電磁波訊號後，兩人便試著解譯這段訊號。一開始只是當作消遣打發時間，但隨著分析數值愈來愈多，他們也開始愈發感興趣，到後來幾乎是廢寢忘食的將所有精力投注其中。

羅弘俊一開始對於這究竟是不是一個信息感到存疑，但倪瑩相當肯定自己的判斷。這個電波在傳遞過程中完全沒有產生畸變，如果電腦沒判斷錯誤，其序列內部還附著自譯系統的引導序列。只是那系統和他們所使用的程式並不相符，需要經過解密才能了解隱藏在其中的訊息。

說到解密，此處雖擁有世界最為巨大且精良的天文望遠鏡，但對於信息解密運算的能力卻遠不及知名大學和國家級的資訊運算中心。此外，這訊號十分複雜，要破解更是難上加難。為此倪瑩在一週前曾寫信給上級單位，請求協助他們研究這串序列，但至今仍未得到任何回應，他們甚至懷疑是否上級單位早已不存在了。兩人努力了約三週的時間仍不見結果，隨著食物不斷減少，他們幾乎都要放棄了。

而現在……

「你看看，系統譯出了頭幾段序列的含義！」倪瑩興奮得輸入指令。在倪瑩完成指令輸入後，螢幕上出現了一個類似座標的數字，和由幾個亮點組成的圖形。

「這莫非是傳信息的外星人的所在地位置座標？」

「也許是吧……但我覺得……這圖型感覺像是太陽系。」倪瑩皺著眉頭，仔細端詳著那組數字，「如果是的話這可能要找到幾個參照點和我們的天球座標進行比對，才能知道這些數據代表的意義……」

「先別管這個。還有呢？系統有沒有譯出其他的部分？」

「別急嘛，都已經等了那麼久了。我看看……喔，有一段文字，但還沒有譯完，只有一小部分。」她點開文字的分析結果。兩人看著終端上顯示的文字一會兒，忽然不約而同對看一眼，背上均嚇出一身冷汗。

致尚在地球上的同袍，我方接收到你的訊號，同時乙太世界……

「這個乙太……不會是那個乙太吧？」羅弘俊緊張的說。

「我看……八成沒錯……」倪瑩的聲音愈來愈小聲。兩人都曾聽說七年前入侵地球的外星艦隊是來自一個叫「乙太」的星球，雖然至今沒有官方承認，但這麼大的事情早已是公開的祕密。不過從來沒有人知道他們的真面目，更沒有人和他們接觸過。而現在……

「接下來該怎麼做？」羅弘俊不安的問道。

「我也不知道……也許想辦法把這個交給相關單位，讓他們把剩下的訊號分析完？」倪瑩不安地說，「如果知道剩下的內容……」

「妳確定要通知政府單位？」羅弘俊忽然打斷她，倪瑩不解的看著他。

「什麼意思？」

「我的意思是，」羅弘俊舔了舔嘴唇，顯然已經緊張到極點，「雖然瘟疫解決了，但現今的局勢還是一團亂。而七年前外星艦隊所做的一切對世人造成的陰影，至今還揮之不去，如果現在把這個消息傳出去，這世界又會陷入什麼處境？」

倪瑩一臉猶豫，也拿不定主意，「但如果世人不知情，結果外星艦隊……」

「難道事先知道政府就能做什麼？光是印法埃就已經把他們打得焦頭爛額，而且乙太距離地球這麼遠，就算有事也會在幾千年以後。」羅弘俊沈下嗓子，「更可怕的是，要是被印法埃知道了……」

兩人同時打了個冷顫。他們在瘟疫期間都曾聽說過傳言，說印法埃是一群擁護外星人降臨的瘋子。在不久之前，蓋亞聯盟公布了印法埃精神操縱的祕密，更是加劇這個謠言，讓世界陷入空前的恐慌。

「那你有什麼想法？」

「刪掉信號，我們一起離開這裡，假裝什麼事都沒發生過。」羅弘俊毫不猶豫的說。

「但搞不好其他地方的天文台也有收到，光是我們刪掉恐怕也沒什麼用。」

「是有這個可能。但妳想想，現在誰還有心力去管天文台？我們是剛好在瘟疫一解除就來到這裡，才會恰巧碰上這個訊號傳來。若是錯過這個時間就不可能收得到，更別說是分析了。」

倪瑩沉默了一會兒，然後點點頭，「好吧，你說得對，我們別再分析了。趕快把檔案刪掉，然後……」她說到一半，饋源艙的大門忽然打了開來，兩人嚇得退到牆邊。在過去，要進來一定要通過保全系統的通報，但保全系統早就荒廢許久，以至於有人進來他們還絲毫沒有察覺。

兩名身著綠色軍服的士兵走了進來，他們一看到倪瑩和羅弘俊恐懼的靠在一起，便舉起手示意他們冷靜，「你們不用擔心。上級收到你們的資料，希望你們能帶著所有的信號檔案，前往蓋亞聯盟的分部。」

兩人恐懼的對看一眼，「為什麼？」倪瑩口乾舌燥的問。

「我也不清楚我只知道，如果你們不和我們走，就等著被神通廣大的印法埃給滅口吧。」

## 6

**希臘　科林斯地峽　蓋亞聯盟軍營**

蕭璟在軍營旁的空地上坐著，靜靜地仰望夜空中的繁星。儘管稍早之前她以自己想要休息而婉拒了倫納德一起散步的邀約，但其實她並沒有絲毫的睡意。她真正想要做的只是獨處，且不希望倫納德發現自己內心的異狀。

看著寂寥無語的星空，她感覺自己彷彿回到孩提時代。那時每個夜晚她會在自家後面的那塊空地上，細數天上的星點以及背後的史詩傳奇。而當時坐在自己身旁的江少白還是個跟自己一樣懵懂單純的少年，只需要煩惱考試、飲食等日常生活小事，從不需要擔憂不著邊際的外星人，更沒有以武力統治世界的夢想。

念及此處，她不禁感到心情一陣低落。雖然在救贖派的基地時，她曾經對倫納德說過自己並不在意自己的壽命還剩下多少，只要好好把握剩餘的時光變已心滿意足了。但隨著時間的流逝，她才發現當初的承諾是何等的難以堅守。自己非但沒有把握所剩不多的時間，反而常常像這樣刻意追求獨處的。

她嘆了一口氣，人真是奇怪的動物，當心中想著要把握時間、恐懼失去；但行為上，反而會主動去尋求獨處、追求失去，好像不去面對事情就不存在了。但她很清楚自己並沒有因此而好過一些。

戰爭剛結束時，他們一度相當興奮，對未來充滿了期待。倫納德認為傑生必然可以治癒蕭璟，但傑生的消失讓這個想法只能存在於幻想中。

遠方傳來車子停靠的聲音，蕭璟站起身來，遠遠的看見倫納德和安潔莉娜並肩談笑的走回基地。看到這一幕，即便自己很清楚倫納德並無意於她，蕭璟心中仍湧起一股無比強烈的嫉妒。

不過這股妒意稍縱即逝，隨即就被巨大的失落感給取代。這一刻她忽然明白，自己心中真正恐懼的並不是離開，而是因為她曉得，最後站在他身邊的人不會是她。

## 7

**美國　普紐瑪檢測中心**

雙木永萱看著訓練中的普紐瑪部隊，他們精神力量已經運用的愈來愈成熟。雙木相當滿意的點點頭，他們距離實戰的水平已愈來愈接近了。

「確保他們都能得到良好的照顧。」雙木對身旁的人說道。

「沒問題。」

雙木看著電腦上所顯示剛才訓練的腦電波強度圖。至今為止，美國國內的普紐瑪部隊都已接受訓練，但世界其他地方的檢測機構還有至少百分之三十的人員尚未進行過任何培訓。這些訓練除了能提升他們的精神力量外，最重要的是必需確立他們的效忠對象，若使用尚未確立忠誠度的精神部隊會將整個團隊置於危險之中。這套訓練流程及忠誠度的檢測，當然也是由雙木一手主導規劃。

「報告執行長，」一名部下走到雙木的耳邊低語，雙木聽完面色凝重的點了點頭。

「我理解了，我現在過去。」雙木起身準備離開。

「發生什麼事了？」眾人好奇的問。

「沃克將軍來了。」

## 8

**美國　華盛頓特區西北處　蓋亞聯盟北美大陸最高指揮中心（烏鴉岩指揮中心）　總統辦公室**

「所以……你依舊指控雙木永萱是印法埃的間諜？」法蘭克語氣平淡的說道。

「是的，總統先生。」沃克毫不猶豫地回答，他暴風雲般的灰色眼珠毫不畏怯的直視法蘭克總統。

雖然隸屬於英國軍方的沃克・馬修斯像現在這樣和美國總統對談似乎有些不合常理，但在戰後，為了讓蓋亞聯盟內部會員國的軍事情報流通變得更為緊密，因此盟軍共同作戰體系也在一定程度的取代了各國過去軍事獨立的現況，沃克此時則是以蓋亞聯盟高階將領的身分對LGC此刻的實質領導人法蘭克進行彙報。

烏鴉岩原是美國的防核地下碉堡，是美國在戰時的避難指揮中心。戰爭爆發後，為了避免國家的核武遭到印法埃控制，總統多數時間也移至此處。美軍除了繼續將此地作為戰時作戰中心外，更將烏鴉岩設立為蓋亞聯盟北美大陸的指揮中心，內部的人員大多是由美國指派，但仍有部分非美軍的人員進駐此處。

「總統先生，我的說法沒有改變，我合理的認定雙木永萱當時上傳的解藥是假的，她是印法埃暗藏在我們這裡的間諜。所有相關的細節都寫在報告中，在解藥上傳的那天，我們在希臘……」

「是，我看過你的報告了，」總統打斷沃克，「但我已經派遣過相關人員調查過了，結果顯示雙木是清白的。就算你們在希臘利用星艦上傳解藥是真的，但也無法因此指控世界衛生組織上傳的就是病毒吧？」

「雙木心思細膩，事後她一定會掩蓋的很好，現在去調查解藥基因組絕對沒有用，需要針對整體程式系統進行徹查。」

「沃克將軍，這點我和相關人員也檢查過了。」坐在一旁的懷特插口說道，「系統紀錄還有異動的部分的確都沒有問題，這點是您多慮了……」

「再檢查一次，」沃克語氣堅定地說，「雖然我沒有看過，但我知道七眼和世界衛生組織的系統有多麼複雜龐大，再怎麼仔細的檢查都可能有漏洞，所以……」

「夠了。」法蘭克總統面露不耐的打斷沃克，「現在國內外忙成一片，印法埃又還在蠢蠢欲動，我們沒有精力再進行這種浪費資源的調查。而且，」總統傾身向前，「你可知道雙木在這場戰爭做了多大的貢獻嗎？如果不是她，瘟疫會擊垮全世界，印法埃的精神部隊更是早已摧毀我們所有的聯盟關係。盟軍先後成功重創印法埃，這一切雙木都居功厥偉。你難道不覺得自己的指控很可笑嗎？」

「那是印法埃的一步險棋，而很顯然，他們成功了！」沃克忍不住上前一步，「總統先生……」

法蘭克舉起手示意沃克停止，「你的指控完全站不住腳。多虧了雙木，我們的普紐瑪精神部隊籌建順利。如果普紐瑪計畫成功，那將會對印法埃造成重大打擊，他們對於各國的優勢將會完全喪失。」

「這前提必須是普紐瑪部隊真的效忠於你們！」沃克語氣變得急促，「這群人位於權力中樞若沒有嚴格控管，是何等危險的一件事。你們又怎麼分辨得出當中沒有混著印法埃派遣進來的特務？把所有訓練和測試權限都交給她更是愚蠢不已！」

「這點您可以放心，」懷特說道：「我確認過普紐瑪計畫的執行步驟相當嚴謹，眾人的訓練和測驗更是由雙木執行長和專家們一同執掌，絕非疏於管控。」

「約書亞博士死後，唯一一個澈底了解精神操縱背後原理的人就只剩下雙木一人。除了他們自己和同屬力量強大的精神能力者外，即便是七眼也無法確認這些人的忠誠。」沃克深深地吸了一口氣，「我可以理解盟軍現在好不容易扭轉對印法埃的劣勢，因此急著想要籌建自己的精神部隊，但印法埃在這領域投資了數千年的時間和資源，他們完全明白如何駕馭這股力量，對這力量的防護和界線更是清楚謹慎。不管我們再怎麼小心，面對這未知的力量，難免都會有疏漏，不論雙木是否為間諜，這個道理都一樣。我懇求您，不要倉促行事，先讓更多專家參與研究，直到我們充分了解如何掌握這股力量再全面展開行動，屆時也不用怕任何人從中壟斷。」

「普紐瑪計畫已經如火如荼地在全球展開，不可能停止或是暫緩，」法蘭克總統意外堅持的回應，「現在，換我想問你一個問題。你兒子倫納德正是一名具備超高精神力量者，為什麼你從來不主動提這件事情？」

沃克陡然聽到總統提到自己兒子的事，不禁愣了一下，「那是……」

「你若是本來就知道印法埃具備什麼力量，為什麼不說？你真的這麼在意普紐瑪計畫，為何不讓你兒子加入？」

「我原本也並不知情，是我兒子在中國失聯後，我才從旁人那裡得知。至於……」

「也或許，是因為你兒子其實是印法埃的間諜？」

沃克表情一瞬間轉為凝重，宛若被冰霜覆蓋一般令人不寒而慄，「總統先生，請您自重。他原本連自己也不明白這個力量真正的意義，僅是為了自保而不對外公開，除了他女友蕭璟外，連我都不曾知曉。但毫無疑問地，在他一知道印法埃的真面目後，便立刻主動與盟軍聯繫告知真相，普紐瑪計畫初始的名單建立便是歸功於他。在科林斯地狹時，我們更是直接正面迎擊印法埃總司令江少白。」

「正如你說的，那有可能是一步險棋，是他和江少白串通好為了博取你的信任。」

沃克嘆了一口氣，他知道總統是完全站在雙木那邊，自己再多說也只是浪費唇舌。

「我知道自己無法說服您，只希望您能夠多留心雙木，對普紐瑪計畫更是不能掉以輕心。」沃克對總統微微鞠了個躬，「科林斯那還有星艦要防護，我先離開了。」

「不送。」法蘭克低下頭看著一些桌上待處理的資料。

在沃克離開辦公室前，他回過頭來，「最後一個問題，總統您曾經親自視察過普紐瑪計畫嗎？」

「有過兩次，怎麼了？」

沃克若有所思的點點頭，「明白了，沒事。」他按下門把，快步走了出去

沃克一關上辦公室的門，便聽到一個女人的聲音說道：「沃克將軍，你好。」

他看向說話的人，不禁大驚失色，只見雙木永萱面帶微笑看著他。沃克表情僵硬的微微點了點頭，「雙木女士。」他語氣冰冷的回應道，但沒有理會雙木伸出的手。

「總統正好找我有事，想不到竟然可以在這看到你，久仰大名。」雙木不以為意的把手收回來，「聽說你是第一個成功正面擊敗印法埃精銳部隊的將領，不但如此，還挖出了一艘星艦。」

「是啊……我還有急事，請容我告退。」沃克倉促的對雙木點了個頭便轉身離去。

沃克一開始還維持著平穩的步伐，一走過轉角，便立刻快步跑開。他呼吸急促，彷彿被周圍萬噸的土壤壓在身上，他此刻只想盡快離開這座地堡。儘管他表面強作鎮定，但恐懼早已在心底蔓延。和法蘭克總統爭辯時毫不動搖的灰色雙眸此刻卻大為晃動。

「美國……恐怕已經待不下去了。」沃克喃喃說著走進了電梯。

目送沃克將軍離開後，雙木臉上漾起一抹冷酷的微笑，但這表情稍縱即逝。她隨即走進總統辦公室。

「您找我嗎？」雙木關上身後的大門，對低著頭的總統說道。

「是的。」法蘭克總統神色嚴肅地抬起頭來，「我有要事要和妳商量。」他看向身旁的懷特。懷特對兩人微微點了下頭，也走出了辦公室。

「是剛才沃克將軍的事嗎？我看到他不久前離開您的辦公室。」

「別提他了。」法蘭克總統厭惡的說，雙木不禁好奇剛才沃克和總統的對話內容。總統壓低聲音：「我和部分政府及軍方高層正計畫一項行動。從瘟疫爆發開始，這項計畫已經籌備了好一段時間，在正式展開前務必要完全保密。但在此之前我需要妳先替我做一件事。」

「您請說。」雙木心中湧起一股興奮的情緒。

總統眼神警戒的掃視了一下周圍，「我要將美國政府中樞遷移到大西洋航母艦隊上一段時間，這是暫時的。」總統無視雙木震驚的表情，繼續說道：「因此，我要妳全面加速普紐瑪部隊的建立，可以把當中較繁瑣無用的檢測步驟省略，加快精神部隊的訓練。我授權妳一切所需的權限，可以繞過其他人員的監督，尤其是蓋亞聯盟參與這項計畫的人員。在這計畫開始前，我不希望被蓋亞聯盟的其餘會員國知道。」

「我可以理解您打算隔離印法埃的想法，但據我所知國內相對各國情況還算穩定，真的有必要在這時候遷移嗎？」

總統搖搖頭，他從抽屜中拿出幾份檔案推向雙木，低聲說道：「我們遠沒有外界以為的那麼安全，整個國家已經從核心開始鬆動。」雙木看了照片一眼，使露出大驚失色的表情。

「這是……」

「ＣＩＡ保安處處長在蘭利總部遭到暗殺，」總統的食指從左邊的照片指到右邊，「白宮資政被發現和印法埃私下協商出賣國情而遭到囚禁，蓋亞聯盟參與普紐瑪計畫的一名副部長疑似遭到印法埃精神間諜控制許久，天知道他洩漏了多少資訊。」

雙木表現出震驚的樣子看著照片，「難怪沒有收到他的訊息，我以為他是請病假……」

總統搖搖頭，「這不是最慘的，」他拿出一份標註「最高機密」的檔案給雙木看。雙木只看了一眼便闔上檔案，彷彿要甩掉噩夢般的搖了搖頭。

「這件事，發生在我們敘利亞的特種部隊軍營中。」總統以沙啞的嗓音說道，他拿回雙木手上的檔案，

「中情局已經證實，這場核子攻擊是印法埃提供核武技術給戰後在敘利亞崛起的反美政權，他們透過軍營周邊無人駐守的地道將核武送入軍營內部，害我們葬送了將近兩千名的游擊兵和陸戰隊……目前消息還在封鎖當中。在缺乏洲際導彈和衛星引導的情況下，他們可能無法直接攻擊美國本土，但如果印法埃已經開始將核武技術大量輸出給各國反美政權或是組織的話……我不敢保證什麼時候華盛頓會淪為下一個廣島。」

雙木不敢置信的搖搖頭，「居然有這種事……」

「不只如此，『七眼』破解了印法埃一則極為隱密的情資，我們有充足的證據相信，印法埃正在規劃足以瓦解我國的巨大計畫，從基層民眾到軍政界高層皆是他們針對的目標。可以確定的是，我們之前抓到的印法埃間諜並非是全部。印法埃正在積極接觸特勤人員，剛才妳看到的刺殺名單，就是因為他們掌握了部分印法埃計畫所致。我可不想成為甘迺迪後第五任被刺殺的總統！」

雙木明白的點點頭，印法埃刺殺各國關鍵人物的能力十分高強，也難怪總統得知印法埃的暗殺計畫會如此的憂心，「這麼說，您希望我同時利用普紐瑪部隊祕密調查可能被滲透的人員？」

「正是如此，我會選擇第二和第六艦隊的部分艦艇做為遷移對象，最主要是因為他們在戰爭爆發前兩個月到現在都沒有進行過人員的更換，我想印法埃在那裡的勢力絕對象當有限。因此我希望妳除了建立精神部隊做為未來海上總部的防禦力量外，也在我們遷移政府的同時，全面掃蕩國內印法埃的黨羽。」

「我明白了，但為何不能讓其他蓋亞聯盟參與普紐瑪計畫的人員知曉呢？」

總統嫌惡的搖了搖頭，「你不知道，根據情報，印法埃除了針對我國政府外，就是以普紐瑪計畫作為主要打擊對象。他們透過蓋亞聯盟其他國家參與普紐瑪計畫的人員進行了結構性的滲透，我絕不允許由美國努力推動的計畫被某個國家的狗雜種給搞砸！」

雙木被總統激動的語氣嚇到，只能沉默地頷首。事實上，總統說的情報有一半她早已知曉，但看到總統和高層官員們的反應，還有剛才檔案中寫明的國際現況，她不禁佩服江少白及印法埃在執行計畫的縝密。僅透過幾起精確的暗殺，便成功在高層心中播下懷疑的種子，逐漸將各國勢力從美國排除，鬆動了整體聯盟的向心力。

「我明白了，我會盡全力的。」

總統點了點頭，他似乎沒有聽見雙木的話，只是若有所思地盯著辦公室緊閉的門，低聲道：「剛才的對話讓我更深刻體認到，不論有意無意，敵人可能存在於任何地方，唯有和外界完全隔離才能真正遠離威脅。」

## 9

**希臘　科林斯地峽　蓋亞聯盟軍營**

倫納德結束了上午的戰情會議後，疲憊地從指揮中心走了出來。

今天的會議一如過往，沒有什麼具體的事務或進展，只是持續確認印法埃在周邊地區的軍事行動，並掌握軍營內部的人力資源變化。至於未來軍隊佈防的調整或行動，都必須等待沃克結束和法蘭克的面談後才能有所進展。儘管倫納德沒有軍銜，但作為擊退印法埃和化解瘟疫的關鍵人物，他幾乎參與了許多場軍情會議。一開始他只將這當成日常行程，但隨著時間慢慢過去，他開始覺得這完全是一個浪費時間又吃力不討好的工作。

飢餓感從胃裡升起來，他考慮去找些東西吃，但一想到這裡只有乾燥乏味的罐頭或是冷凍食品可以選擇，便不禁讓人反胃。

正在胡思亂想的時候，他聞到一股食物的香味，大為激起了他的食慾。。香味似乎是從廚房的方向飄來的，不過據他所知，這裡的設備相當簡陋，廚房幾乎沒在使用，被食慾帶領的他不覺得往這股氣味的源頭靠近。

距離廚房還有一段距離，他就已經感受到裡面傳出熟悉的精神氣息，他不禁露出一抹微笑。走到廚房門口，他輕輕地推開門，只見蕭璟正背對著自己，忙碌的在流理台前料理著。

他感到好奇，不曉得蕭璟為什麼會出現在這裡。為了不要驚擾到蕭璟，他緩步的靠近，直到自己走到她身旁才開口：「妳在這裡做什麼？」

「喔，是你啊。」蕭璟露出淡淡的微笑，繼續低頭專注處理眼前的食材，她正在平底鍋上翻炒牛絞肉和洋蔥。倫納德只覺得牛肉油脂和洋蔥香甜的味道撲鼻而來，食慾遠比剛才更為濃烈，口中不禁分泌唾液。「我在準備土豆泥牛絞肉，因為最近一直吃乾糧，有點厭煩了。剛好今天沒什麼事，所以想找些食材來試試，好不容易找到一包絞肉，雖然已經有點過期了，但應該還可吃。」

「聞起來很讚。」倫納德努力壓抑腹中的飢餓感，「有我的份嗎？」

「當然，另外還有劉秀澤和安潔莉娜也有。」蕭璟把頭歪向另一側的砧板前，上面擺放了兩條魚和一些切好的洋蔥和南瓜，「除了這些，今天早上有一群士兵釣了好幾條魚回來，我讓他們分給我兩條，處理完這個後就要去烤那兩條魚。」

「聽起來很豐盛，比這幾天的伙食好多了。我已經受夠那些軍用乾糧了，雖然和西安的隔離營相比沒什麼不好就是了。妳需要幫手嗎？」

蕭璟停下正在炒肉的手，表情看起來有點猶豫，她斜眼瞟向倫納德，「這些是好不容易才找到的食材，我不確定你的技術……」

「放心吧，準備肉醬這部分我還做得到，妳就去準備烤魚吧。」

「在西安吃過你做的那種粥，要我怎麼不懷疑你的水平？」

倫納德露出一抹苦笑，「妳是多不信任我啊？」

蕭璟搖了搖頭，「好吧，現在調製的是肉醬，因為沒有紅酒，所以用白酒取代。等到洋蔥都變透明後，把大約一百毫升的白酒加進去，之後再加入同樣多的水煮到半乾。之後還要加入一些麵粉、鹽和紅辣椒，記得攪拌均勻後才能下鍋。土豆泥已經完成放在旁邊了，你只需要製作肉醬就好，明白嗎？」

「明白了，主廚，去忙妳的吧。」倫納德笑著接過把手和鍋鏟，照著剛才蕭璟的動作翻炒著絞肉。蕭璟擔心地看了他一眼，然後走到一旁處理烤魚。

兩人在廚房兩側各自烹煮著料理。雖然倫納德清楚烹飪的步驟，但他對於料理實在沒什麼經驗，以前偶爾會看著網路食譜來操作。他覺得最近和蕭璟沒什麼交集，因此他自願當幫手希望藉此拉近兩人的距離。此刻的他感到莫名的緊張，小心翼翼的進行每一步動作。

兩人沉默料理了一陣子，這中間只聽到食物在鍋子裡烹煮的聲響。倫納德忽然想到什麼，開口說道：「妳不覺得這個場景有些似曾相似嗎？」他一面說一面把白酒加到鍋子中，一股酸醇的酒精味立刻伴隨著肉汁香氣冒出

「你是說在西安指揮所的時候吧？我正好也想到那件事。」蕭璟笑道，倫納德也露出了微笑。兩人同時憶起七年前，他們因著蕭安國的指令被迫待在西安指揮中心時。他們當時一起在房間內用找到的剩餘食材製作了鬆餅和糖漿，此刻回想起來仍是相當的鮮明且甜蜜。

「那時還真讓人懷念。」蕭璟說道，她處理魚肉的動作稍微減緩了些，似乎在回憶，「我記得你把鹽巴和砂糖搞混，還故意騙我吃下去。」

「我很確定那完全是妳做的。」倫納德說：「我反而是妳實驗料理的犧牲者。」

「少來了，吃最多的明明就是你，事後還抱怨沒有更多可以吃。」蕭璟笑著轉過頭來，「之後找個時間再一起做鬆餅吧？」

「當然，求之不得。」倫納德也笑著回過頭。

他們兩人四目相接。倫納德想起這幾天擔憂的許多事，但他和蕭璟這陣子總是刻意迴避對方，讓他想向她傾吐卻又不知如何開口，總擔心會傷害到蕭璟。儘管他可以用精神力量來解決，但他又不希望違抗蕭璟的意願

這麼做。兩人此時這樣毫無顧忌的談笑，他心想這或許是最佳時機，他有些猶豫地開口：「璟，我……」

「天啊！你搞砸了啦！」蕭璟忽然大叫一聲。他低頭一看，只見鍋子上的絞肉和洋蔥已經煮得焦黑，白酒和水也乾了大半，空氣中瀰漫著燒焦的苦味。他手忙腳亂的熄火並把絞肉倒到一旁的瓷盤中，蕭璟跑來確認肉醬的情況，她看了一眼便皺起眉頭，「天啊……這已經燒焦到無法挽救了。」

「抱歉，我剛剛沒注意到，還有沒有更多的……」倫納德語帶歉意地說，卻被蕭璟嚴厲的眼神給打斷。

「你說呢？」蕭璟氣憤的說，然後無奈的嘆了一口氣，「算了，這是我的錯，我早該知道你的水平……是我太高估你了。看來只能將就用了，把土豆泥和起司條鋪上去後就放進烤箱吧。」

「呃，好的，那我去準備餐具吧。」倫納德尷尬地退到一邊。他在心中暗自咒罵自己，好不容易營造的氣氛就被自己給毀了。倫納德想試著找些輕鬆的話來緩解蕭璟的怒氣，但最後還是決定閉口不言。

這樣令人尷尬的氣氛過了大約二十分鐘，就在倫納德決定不能再這樣沉默下去時，劉秀澤和安潔莉娜走了過來，「好香的味道……喔，原來是你們啊。」

安潔莉娜看著剛裝盤好的烤魚和豆泥牛絞肉，不禁眼睛一亮，「這也太好了吧，你們居然瞞著我們偷偷做這麼好的食物？」

「放心，有準備你們的，正打算要倫尼去叫你們過來。」蕭璟笑道，並把切好的半條烤魚擺放到桌上，倫納德在心中暗自感激他們的即時到來，「坐下來，嚐嚐看吧。」

「那我先吃了。」安潔莉娜將自己烤魚切了一塊放入口中，嚐了幾口便露出驚嘆的表情，「喔……這地中海烤魚還真是道地，魚肉也太新鮮了吧，簡直就像剛釣上來的。」

「的確，那些是今天士兵才釣到的。」蕭璟點頭道。劉秀澤嚐了一口也露出稱許的表情，這段時間的伙食讓大家對於美食的渴求大為上升。

「這個焗烤豆泥看起來不錯，你們兩人怎麼都不吃啊？」劉秀澤看著桌子中央那盤外觀酥脆金黃的焗烤外皮忍不住說道。

「呃，你最好……」倫納德來不及說完，只見劉秀澤用湯匙挖了一塊迫不及待的放入口中，安潔莉娜在一旁見狀也挖了一匙放到盤子上。倫納德和蕭璟有些緊張的看著兩人。

劉秀澤先是露出讚嘆的表情，嚼了幾口慢慢皺起眉頭。他看向安潔莉娜，發現她也是一模一樣的反應。把食物吞下去後，安潔莉娜舔了舔嘴唇，懷疑的看向倫納德。

「這裡面的肉該不會是倫尼負責炒的吧？」

「妳怎麼知道的？」倫納德一臉詫異的說，蕭璟在一旁強忍笑意。

「拜託，蕭璟我不知道，但你的水準在哪裡，我可是清楚得很。」安潔莉娜一臉不解的看向蕭璟，「你們好歹也認識這麼久了，妳怎麼會找他當你的助手？」

蕭璟搖了搖頭，「原本想說經歷過和印法埃部隊的對戰，他在其他方面應該也會有相當程度的成長……」她說到這裡忍不住「噗哧」一聲笑了出來，「你們沒看到絞肉烤焦時他手忙腳亂的樣子，完全看不出是那些軍官尊敬的什麼曾經數次擊退印法埃的英雄。」

「妳這是太看得起他了。」安潔莉娜搖頭說：「妳知道他在芬蘭參與考古計畫時，有次心血來潮去幫忙，結果不小心毀了所有人員的午餐嗎？」

「真的？我怎麼沒有聽說過？」蕭璟眼神饒富好奇的看了倫納德一眼，然後把目光轉回安潔莉娜身上，「和我說那個故事。」

另外三個人不顧倫納德發出的抗議，自顧自的交換著有關他的黑歷史。倫納德在一旁看著蕭璟和另外兩人一起笑著輪流奚落自己，也不禁露出鬆了一口氣的微笑。不久前把蕭璟惹火的緊張氣氛總算緩和了下來，儘管對他而言代價有些沈重。

「對了，你們今天的會議有什麼重要的進展嗎？」劉秀澤吞下一口烤魚後，忽然對倫納德問道。

倫納德聳聳肩，「沒什麼重要的事，和之前一樣就是討論印法埃的動向，不過……蓋亞聯盟再次通牒，希望我能前往美國協助普紐瑪計畫。」

蕭璟放下手上的刀叉，表情有些擔憂，「這已經是這個月第幾次了？你打算怎麼做？」

倫納德搖了搖頭，「我不知道，這背後顯示出普紐瑪計畫在盟軍內部的影響力正不斷擴大。老實說，如果有經過嚴格的監督和審查，這個計畫本身並沒有什麼不好，但我不想冒險和雙木交手。現階段最好還是等到我父親帶回更多消息再說。」他看向安潔莉娜，「我父親有傳訊息說他什麼時候回來嗎？」

「這我不清楚，我只知道沃克已經離開美國了。他說過會先前往英國，似乎有什麼事情要處理，但應該還要一段時間才會回來。」

「但要是蓋亞聯盟下次直接派遣人員命令你前往怎麼辦？」蕭璟眉頭深鎖的問道。

「放心吧，蓋亞聯盟如今的實力還沒有辦法強制把我帶走。比起這個，」倫納德眼神含笑的盯著蕭璟，傾身靠近她，「妳現在是在擔心我嗎？」

蕭璟被他的話惹得臉上一紅，身體微微後退的辯解道：「不要誤會了，我不過是擔心你離開後這裡沒有足夠的精神能力者可以抵擋印法埃歸向者再次襲擊，絕對不是……」

「好啦，我知道了，妳都是為了眾人的安全著想，沒有夾帶任何私情。」倫納德一臉正經的說，惹得餐桌上的眾人一陣訕笑，蕭璟瞪了他一眼，但眼神卻沒有任何憤怒的情緒。

如此無憂無慮的景象讓倫納德感到相當的放鬆，「能像這樣圍繞在餐桌旁一邊吃飯一邊閒聊，很有家的感覺。」倫納德不知道為什麼脫口而出這句話，「真希望這種情境能維持愈久愈好。」

「這麼說來，你就是父親？」劉秀澤挑起一邊眉毛說道，「而我們是孩子？這是在暗示些什麼嗎？」他眼神若有所指的瞥向蕭璟。

「別開這種玩笑了，現在不是談論這些不重要事情的時候。」蕭璟表情有些尷尬的笑了下，「話說你們今天上午都在忙些什麼？印法埃不在了，你們還需要警戒周圍的精神波動嗎？」蕭璟表情仍然維持笑意，但倫納德敏銳地察覺到她的情緒波動，她內心此刻已遠遠不是表面上所呈現的樣子。他心中立刻湧起一陣緊張。

「誰說不重要的？」安潔莉娜在一旁也饒富興致的說道：「在現在這個百廢待興的時候，那些重要的事情根本就毫無進展，而且誰知道等戰爭結束還要多久？不如趁這個機會辦個喜事，還可以順便讓這裡無聊到發慌的氣氛好轉，也可以省著將這事一直懸在心頭。」

「當初在青海基地時我就有這個想法，只是當時忙著研發解藥，沒空提出來。」劉秀澤補充道：「現在還真的是一個不錯的機會，所有事情暫時都解決了，又沒有立即的威脅需要應付。」

「現在局勢還很混亂，沒這麼輕鬆。更何況這種事有很多要安排和準備的部分，就留著等戰爭結束再說吧。」倫納德發出乾笑聲，但他眼神卻極力示意要他們停止這個話題。以劉秀澤的精神能力，立刻就察覺出兩人情緒不對，他微微皺起眉頭打住不說，但安潔莉娜似乎沒有注意到倫納德的眼神，還繼續說下去。

「也是，雖然你們還有很長的時間可以慢慢談，不過……」

蕭璟忽然站起身來，安潔莉娜有些訝異的看向她。她對自己突如其來的舉動感到抱歉，眼神低垂著看向桌面，一時之間有些手足無措。她沉默了一會兒，語氣平淡卻帶著微微顫抖的開口：「不好意思，我剛剛想到和醫官說好要協助他們幫忙治療生病的士兵，得先走一步了。剩下的食物就都留給你們吧。」

「璟……」倫納德伸出右手打算叫住她，但她已經轉身快步離去。

原本的話題嘎然而止，餐桌上陷入冰冷的沉默。三個人氣氛尷尬，互相以不解的眼神看著對方，缺乏精神感知力量的安潔莉娜更是一臉茫然。

「……我是不是說錯了什麼？」在蕭璟離開一段時間後，安潔莉娜有些緊張的開口。

倫納德嘆了一口氣，儘管他一直希望能幫助蕭璟維持情緒的穩定與快樂，但最後還是搞砸了。他無奈地搖了搖頭：「不是你們的錯，只是蕭璟和我最近有些問題……總之就是不要提那些了。」

「什麼事？結婚？」安潔莉娜不解問道：「你們在一起七年了，怎麼忽然會這樣？最近發生了什麼事嗎？」她和劉秀澤兩人都對倫納德投以詢問的目光。

倫納德搖搖頭。儘管劉秀澤在救贖派基地時，和他們交情不錯，但游弘宇並沒有把蕭璟瀕危的身體狀況告訴任何人，因此即便是他也不曉得蕭璟受到印法埃折磨而造成身體狀況重創的事實。在他看來，這不只是他們兩人之間待解決的問題，更是蕭璟個人的隱私。何況他很清楚蕭璟有多麼討厭被其他人憐憫。

「這是我們兩人之間的事情，以後有機會再告訴你們。」倫納德語氣堅定的說，不容他人繼續詢問，兩人明白的點了點頭，便沒有繼續追問下去。

接下來的時間，三人各自低著頭吃著自己的食物，尷尬的氣氛籠罩在餐桌上。安潔莉娜似乎覺得現在尷尬的氣氛都是自己造成的，一臉愧疚的低著頭盯著盤子。

倫納德靜靜地把蕭璟剩下的烤魚給吃完，這是好幾個月來吃過最美味的午餐，他也沒有什麼抱怨。

倫納德收拾著桌面，安潔莉娜則留下來幫忙他。在清洗完盤子後，安潔莉娜把目光轉向倫納德，眼神抱歉的開口：「真的很抱歉，只是想開個玩笑，我不知道……」

「沒關係，這真的不是妳的錯，反倒是我，明明那麼多時間卻一直沒有處理好璟的問題。」倫納德一說完就感到一陣揪心。還有很多時間……自己真的確定嗎？不過他很快就把這個情緒甩開，想起什麼似的說道：「對了，我託妳幫我準備的東西如何了？」

安潔莉娜總算露出一抹笑容，「我原本打算吃完飯就給你，已經完成了。」她小心翼翼地從口袋拿出一個小小的木盒，輕輕的放到倫納德的手中，「費了我不少心力呢。雖然看到你們剛才的互動，我有些擔心就是了……你要打開確認看看嗎？」

倫納德看著古樸簡實的柚木盒，用手撫過外殼光滑輕柔的觸感。他對安潔莉娜露出真摯的微笑，「謝了，莉娜，我相信妳的眼光，妳幫了一個我大忙。」

安潔莉娜只是笑著揮了揮手，「沒什麼，就當是我講錯話的歉意吧。」

倫納德沒有注意到劉秀澤說了什麼，他轉頭看向蕭璟剛剛離開的門口，右手不自覺地緊緊握住木盒，感覺陣陣緊張的情緒伴隨著決心充斥著自己的心靈。

# 10

**【BBC世界新聞】**

**瘟疫後世界格局巨大變動，美國政府宣布遷移海上艦隊**

距黑死絕症瘟疫正式解除已過了三十天。這期間世界衛生組織（WHO）仔細追蹤，確認了全球各地所有的黑死病毒病徵截至今日已完全消失，也沒有任何潛伏或是突變復發的現象。此消息發布後，各國人民和政府單位都大受鼓舞。各國政府在瘟疫解除的這一個月內，已經有百分之九十五的隔離營解除封鎖，允許人民回歸家園，剩餘的百分之五也預計會在未來一個月內盡數解除。受訪民眾無不對這個消息感到相當振奮。

然而儘管如此，瘟疫的解除並非意味各國已經從當前的危機中脫離，諸多巨大的挑戰也隨著瘟疫的消失而接二連三地浮現。許多國家都面臨了重大的財政危機，在全球金融體系停擺、生產力中斷、能源短缺等重重危機環繞之下，政府資金短缺將會讓這些問題無限期的成為難以解套的困境。

除了財政民生危機外，各地的治安維持也成了各國政府必須處理的嚴重問題。在瘟疫解除後，曾一度勢力高漲的印法埃國際集團退出了它們在全球各地的諸多控制區域，然而政府軍隊卻無力重新接收這些廣大的區域，讓這些地區產生了巨大的權力真空。在這樣的情況下，這些地區大多陷入了由各方勢力介入控管的狀況，握有武力或是政治力量的組織，諸如：私人軍事公司、黑幫團體、傭兵組織等，成為了無政府狀態下的實質控制地方力量，造成了各處資源整併流通很大障礙。目前已經出現愈來愈多希望印法埃可以回歸接管的呼聲，對各國政府造成了不小的壓力。

而在全球這樣混亂的局勢中，美國政府卻在此時向國際拋出了新的震撼彈：宣布美國政府將於兩週內遷移到大西洋航母艦隊上。

美國的這項行動在事前並沒有透露任何風聲，所有的資源轉移都以「戰爭所需」作為理由，如今忽然宣布這個重大消息，讓各國政府感到相當錯愕。面對國際間的質疑，法蘭克總統表示美國這麼做乃是為了避免外力滲透而做出的慎重決定，權衡當前局勢必須先貫徹「美國優先」的政策，以保衛本國民生狀態穩定為第一優先，才能有餘力協助他國解決內外危機。而這一切的前提，都必須是在政府中樞不至於癱瘓、軍事指揮系統不被影響下才可以達成。因此這場遷移是「必要且急迫」的。

同時，為了避免被印法埃國際集團所具備的「精神干涉部隊」所影響，美國也代表蓋亞聯盟（ＬＧ）表明，他們已經初步建立了足以防禦精神入侵的措施，將在未來負責警戒印法埃的行動，並持續為保衛世界和人民的自由而奮鬥。

至於印法埃集團，對於ＬＧ的諸多指控並沒有作出回應。可以確定的是，在印法埃所控制的區域中生活的人民，都具備充足的能源和糧食供給，也受到良好的照護與治安管理，渴望加入印法埃控管區域的民眾是與日俱增。印法埃此舉雖然得到諸多專家學者的讚譽，卻同時憂心印法埃此舉暗示著將以建立穩定的政權進行長久備戰。

欲掌握更多更多後續詳情，請繼續鎖定ＢＢＣ新聞。

# 11

**美國　華盛頓特區西北處　蓋亞聯盟北美大陸最高指揮中心（烏鴉岩指揮中心）　總統辦公室**

雙木永萱搭乘著超深井電梯，前往地堡的總統辦公室。

這座地堡位於地底的極深之處，總統所處的位置更是在最底層的深處。似乎永無止盡的下降讓人感覺到有股巨大的壓力從四面八方襲來，彷彿上層的岩石壓迫著頭頂，並隨著深度加深而不斷加重。雙木想到即將面臨的景象，更加劇了這種感覺。

電梯的門打了開來，迎入眼簾的，是極為紛亂的景象。

穿著襯衫和軍服的官員們在狹窄的走道中往來穿梭，同時忙碌的低著頭處理著各式各樣龐雜紊亂的資訊事務，皮鞋快步踩踏在地面的聲音在封閉的空間中更顯得沈重刺耳。這座地堡內能容納的人數原本就不多，但是在這樣狹窄的通道中行走，讓人彷彿身處在人潮擁擠的街道上。

雙木朝著總統辦公室的方向走去，經過了戰情指揮部還有各部門指揮處。她不經意的往裡面看，只見辦公室裡的人們絲毫不比在外頭奔波的官員們輕鬆。眾人忙碌的打著電話、對著電腦處理情報、確認艦隊狀態，每個人員的螢幕上接連出現不同的數字和圖片，並對著技術人員喊叫著各種指令。這混亂景象最大的共通點，就是眾人臉上那緊繃疲憊的樣子。而這狀態已經算是好的——

「狗娘養的，我就說了沒有時間！兩天內立刻完成！兩天！」一陣憤怒的咆哮聲從一旁的辦公室傳來，然後又傳出重重掛斷電話的聲音。雙木露出一抹冷淡的微笑，高層遷移政府中樞的決定已經讓整個國家澈底沸騰了，而這個指揮所直接身處在暴風中心，更是清楚強烈地感受到眾人心中的不安、恐懼和精神緊繃的狀態。

她走到了總統辦公室前，門口的兩名安全人員示意她停下腳步。他們拿了探測器很快的掃描過她的身體，然後低聲對對講機說了些什麼，接著便對她點了點頭，「雙木女士，您可進去了。」

她推開大門，只見有一名身著西裝的官員和另一名穿著深藍海軍制服的軍官站在總統身前，她定睛一看，兩人分別是國家安全局（ＮＳＡ）副局長李文，以及海軍艦隊司令部的瑞米中將。兩人臉色嚴肅的站在總統桌前，看他們的樣子對話已經告一段落了。

「……現階段，我們仍然會持續緊戒，決不讓印法埃越過資料庫的雷池一步。」李文面色緊繃的說道。

「辛苦了，一定要確保防火牆的安全無虞，現在絕對不能讓情報曝光，這種事不要再發生。」法蘭克總統語氣平淡，卻帶著不可違抗的意志。

「配置已經確認完畢，您抵達大衛營後就可以直接離開。」瑞米中將在一旁說道。

法蘭克微微頷首，他抬頭看向剛走進辦公室內的雙木，「過來吧，我們這邊剛結束。」

桌前的兩人也回過頭來，即便是在美國情資和軍政界極為位高權重的兩名高層，看到雙木也是敬畏的低下頭。雙木也對二人微微點頭以示敬意，二人對總統點了個頭後便快步離開了辦公室。

「剛才是在討論什麼事？」雙木看著兩人離去的背影說道。

法蘭克無奈的吐了口氣，「不久前被推測為來自印法埃的攻擊，差點突破ＮＳＡ資料庫的防火牆，對方顯然對於我們的過濾器有相當程度的了解，一連突破了好幾層防禦，好在最後被反入侵程式和人員擋下，他們目標可能是普紐瑪計畫成員以及遷移艦隊的機密……」

雙木倒抽一口氣，「那麼……」

「沒什麼，這不是妳該擔心的。交給那群資安專家煩惱吧。妳既然過來，一定是挑選完畢了吧？」

「是的，經過密集的訓練和測試，我已經挑選了十名最優秀的普紐瑪精銳，將會和眾人一起遷移到海上艦隊，確保防護萬無一失。其中有四名將會是您的貼身護衛，會和特勤局一同負責您的安全戒護。所有被挑選的人員檔案已經傳給特勤局長了，他可能已經傳給您了，您要現在過目也沒有問題。」她一說完總統的電腦就傳出一陣「接收訊息」的聲音。

法蘭克總統沒有點開訊息，只是瞥了一下螢幕便點了點頭，「沒有必要，你們都同意就好。那麼……那些人現在人在哪？」

雙木注意到總統仍刻意用代名詞來指稱那群精神能力者，顯然對於這種異於常人的存在仍有心理上隔閡，「他們有和我一起來，他們此刻正在烏鴉岩指揮所較上層的區域待命，等候進一步指令，身邊也有眾多人員戒護。您要親自看看他們嗎。」

法蘭克沉默了一下，似乎在思考，然後他搖了搖頭，「現在沒有時間，就先不用。」忽然他眼神犀利的看向雙木，「倫納德．馬修斯那個傢伙，他究竟要不要來？」

「很遺憾，他仍然拒絕了我們的邀請。」

「邀請？」法蘭克咒罵一聲，憤怒地瞪著雙木，「這才不是邀請，是要求，是命令！他以為自己曾經擊退那個外星人贏政，就可以囂張的對各國領導人頤指氣使的耍個性嗎？整天要求我們作出改變，卻不願意作出任何貢獻！」

「我相信他一定也願意為盟軍出一份力，只是有自己的理由。」雙木淡淡的說。

「下次乾脆派陸戰隊員把他拖來算了。」法蘭克咒罵一聲，「算了，這事就先擱置，我請人隨妳確認完普紐瑪成員後，妳再準備遷移吧。」

雙木點了點頭，「我明白了。」她轉身準備離開辦公室，卻被總統出聲叫著。

「等等。」法蘭克摩挲下巴，眼神透露出思考的光芒，「我改變主意了，你帶上普紐瑪成員，和我一起前往大衛營，兩個小時後就出發。」

「是的。」雙木對總統低下頭來，而在她低垂的眼簾之中，熾熱的光芒如蓄勢待發的火山燃燒著熊熊烈焰。

# 12

## 大西洋　距馬里蘭州九百公里處　三萬英呎高空

波濤起伏的大西洋海面上，厚重濃密的灰色雲層籠罩著夜空，遮蔽了繁星和月光。狂風翻攪著海面，將這片無人的汪洋激起陣陣浪花。

在這樣的夜色中，一架C-130運輸機以六百公里的時速緊貼著雲層飛行，機身底部快速的掠過，將濃厚的烏雲攪動的激烈翻騰，如海水一般湧動不止。

乘坐在這架運輸機上頭的，是印法埃最高總司令江少白，以及五名「鐵鷹部隊」的菁英成員。

江少白坐在椅子上，面無表情的注視著正在穿戴裝備的五名鐵鷹部隊成員。這五人正用小型顯示裝置確認著任務流程以及檢視身上的裝備，最外層則套上了美國藍灰色迷彩海軍制服。

五人在海軍制服內穿著的是鐵鷹部隊的專屬戰衣。這套輕薄戰衣的表面，是如綢緞一般滑順的黑色緊身連身套裝，將他們健壯的身體曲線襯托的更加明顯。在左胸處，標示著顏色稍微偏淡的深色徽章，是鐵鷹部隊的象徵：展翅的雄鷹，被烈火燃燒的鐵環所環繞。一般人，只以為這套制服是為了作戰方便和設計上的好看，但實際上，這套高科技制服使用的是，由石墨烯組成的奈米碳管製成的奈米防彈布料所打造而成，效能遠比傳統防彈衣超出許多。在對抗壓力上，其硬度更甚於鑽石，而其輕薄度，讓穿戴者完全沒有負擔。

而布料內層與肌膚緊貼著的材質，是被稱為「氣體膠」的物質。這種材質是將空氣透過溶質以超臨界乾燥法製成的極輕固體物質，又被民間稱為「固態空氣」。氣體膠的密度微乎其微，只有空氣的三倍重量，放在手上幾乎完全感覺不到它的存在。這材質雖輕，卻具有超高的耐壓和隔熱效果，可以在將近兩千克式溫標的環境中保持常溫。

在過去，空氣膠材質最大的缺點就是缺乏彈性和在高壓下易碎。不過印法埃科技部門參考了ＮＡＳＡ的研究成果，再精確測量鐵鷹部隊成員的體格後，以網狀的奈米碳管量身打造骨架，再混以二氧化矽（SiO2）作為溶質，成功穩定了氣體膠的抗壓性能。將這材質包覆在奈米防彈衣下，可以讓人員直接承受機槍的射擊和爆炸燃燒產生的高溫烈焰，幾乎是刀槍不入，可以說是現代版的埃葵斯[1]。

然而，鐵鷹部隊最令人膽寒的，並不是高科技的精良裝備，或是超越各國特種菁英的頂尖作戰能力，而是那無視一切阻礙和無所畏懼的冷酷心理素質。這樣的心理素質使鐵鷹部隊在執行各種殘酷血腥的任務時，都可以精確而不帶感情的殺人。即便是身為印法埃總司令的江少白，此刻都可以感受到他們身上飄出的冰冷氣息。

鐵鷹部隊是印法埃內最頂尖的部隊，很少出手執行任務，身為總司令的江少白更是極少到前線作戰。此次他們所執行的任務，是根據在華盛頓的內應傳來的消息：總統法蘭克和重要官員已在三天前遷移到了大西洋航母艦隊，並位處於指揮艦甘迺迪號上。航母艦隊還有部分的人員和物資會陸續從本國運送到船隊上，而這段遷移期只剩五天就結束了，屆時航母艦隊就會澈底和外界隔離。作為海上絕對霸權的美國，還擁有最強大的海軍艦隊，印法埃即便集結麾下控制的所有海軍也無法靠近他們，更別說在正面作戰中與之抗衡。

為此，委員會決議必須在遷移結束前成功奪取艦隊的控制權，並派出精銳之師鐵鷹部隊及總司令江少白親自帶領來執行這幾乎不可能的任務。此刻運輸機正載著他們前往馬里蘭州的安德魯斯聯合空軍基地，在抵達基地後再搭乘已確認好動向的直昇機前往甘迺迪號。江少白心中很清楚，委員會其實打算兩面通吃，如果自己失敗了就藉著美國的手除掉他這個和內部產生矛盾的領導人。然而，即便知道委員會的盤算，他仍願意冒奇險參與這次行動。這並不是對自己能力的過度自負，而是對於雙方實力的了解和行動周邊的布置有著絕對的把握。

棋盤上所有的棋子都已經擺放就位，只剩下最後的「將軍」。

1 希臘神話中宙斯刀槍不入的神盾

一名部下拿著一副皮膚色的輕薄物體過來，那是一張高仿真人臉面。他對江少白說道：「總司令，您的面具完成了，請試戴看看。」

江少白拿起那副面具套到頭上，他感覺這極為輕薄的膠體材質一碰到臉，隨即緊密的和肌膚服貼在一起，但他臉上完全沒有異物感。他把頭轉向部屬，「如何？」

部下拿出面部辨識系統掃描，滿意的點了點頭，「報告長官，完全沒有問題。您可以先拿下來了。」

江少白取下面具交給部下。他看著那副極為仿真的美國士兵面具，由於自己的面孔已經被全球各地的情報單位和軍事機構給警戒，為確保登上軍艦不被他人認出來，因此才需要這副仿真面具。

事實上，快速製造變臉面具的技術早就行之有年，透過紅外線掃描便能輕易建立完整且精確的立體面部結構，各國的特務都常使用這個方式混入人群。然而，大多數的人臉面具儘管可以騙過人類，但碰到強大的面部辨識ＡＩ系統時，往往無法細緻的重現所有人類應有的面部表情和人臉的溫度反應。

不過，江少白所使用的這款面具，在緊貼臉部的矽膠層上，安裝了極為精密的感測器，外側則是由組織培養的人工皮膚製成，並在面部肌肉難以控制的區域安裝密集的奈米機器人在上頭，可以透過內部的感測器對面具上無法控制的區域做出些許的表情微調。不論人臉辨識系統或是使用紅外線溫度掃描都無法辨識出異狀，只有印法埃自己設計辨識系統才可以偵測出奈米機器人微弱的特殊頻率。

江少白看了看牆上顯示的時間，他們再過一個半小時就會抵達空軍基地。他雙手一拍大聲喊道：「所有人聽令！」

五名鐵鷹部隊成員立刻放下手上的事務，面對江少白立正站定。一般人一定會對江少白流露出的力量感到畏懼，但這五名隊員的眼神卻是靜如止水，只有純粹服從命令的神情。要是江少白現在命令他們跳出飛機，恐怕他們也會毫不遲疑地服從。

江少白甩開這個念頭，大聲地說道：「再過九十分鐘我們就會抵達安德魯斯空軍基地，任務簡報你們都已經看過了，這次的任務十分艱難，幾乎可以說是史無前例的行動。過程中不會有任何援兵，一切情況都只能隨機應變。印法埃對於實踐真主的偉大願景都仰賴這次任務的成功，因此絕對不容許任何失誤，明白嗎？」

五人一致俐落整齊的舉起右手，對江少白行最高敬意的軍禮，「敬世界的主宰乙太，還有智慧的給予者贏政！」雄壯充沛的聲音迴盪在機艙之內。

江少白滿意的點了點頭，他相信有著這群精銳，不論何等困難的挑戰都會迎刃而解。他同時想到，他曾在出發前和委員會確認過，等這趟任務結束後，將親自派遣另一支鐵鷹部隊去執行抓捕倫納德和蕭璟的任務。此刻看著眼前的成員，他不禁暗自喘了口氣，若不是他及時制止了委員會的決定，恐怕現在蕭璟已經命喪於這群惡魔之手了。

然而，即便是身為總司令的他也不知道：在數千公里外的科林斯地峽處，三名配戴雄鷹徽章的暗殺小組，正執行著副主席所交代的機密任務。在夜色中悄悄地靠近蓋亞聯盟軍營。

## 13

**希臘　科林斯地峽**

在江少白正帶領鐵鷹部隊前往美國空軍基地的同時，遠在幾千公里外的希臘南端，位處科林斯地峽的水深之處，另一支部隊正在夜色中悄悄行動。

三名穿著漆黑鐵鷹部隊制服和防水夜視鏡的男人，在寂靜無聲的夜晚中，頭部從地峽底部的水面下靜靜地浮了出來。他們的動作穩定而輕巧，在波動平緩的地峽海面之上，完全沒有激起一絲漣漪。

這三人如同青蛙一般，手腳並用地滑著海水，儘管背著沈重的裝備，仍在冰冷的波濤之中迅速而隱匿地靠近陡峭的岩壁。

一抵達岩壁，為首的「闇影一號」便從腰間多功能腰帶取出一個外型類似槍枝的小型裝備，並仰頭指向上方的岩壁。他瞇起眼睛調整了一下設備上的數值，然後按下側邊的按鈕。纖細的奈米碳管組成的爪鉤繩索在夜晚幾乎完全隱形，其彈射的聲音也被風聲給掩蓋。男人感受到繩索繃緊的張力，對兩名隊友點了點頭，他們也依樣畫葫蘆，在確認爪鉤固定在上頭後，便將發射器扣到腰帶上的扣環中。鉤爪設備依照設定的高度，電力馬達迅速的將三人拉升到峭壁上頭。

三人停在靠近地面一公尺處的峭壁邊緣，靠著爪鉤固定在原處。懸掛在兩人中央的男子從防水背包中取出任務用的紅外線情報顯示器，只有透過他們特殊的夜視鏡才可以看到當中顯示的內容。

「這是科林斯地峽處蓋亞聯盟軍營的全息影像圖。」闇影一號說道：「這次委員會的命令如下：第一要務是活抓倫納德，並伺機暗殺蕭璟。兩人的資料你們都已經過目了。」闇影二號和三號同意的點點頭。

「根據資料顯示，倫納德具備極強的精神力量，尤勝江少白總司令。因此，將由我和二號兩人共同負責在他發覺前將其麻痺逮捕。三號，你負責找出蕭璟的位置在不引起他人注意的情況下解決她，雖然根據資料她大多時間都是一個人，但仍不排除有他人在場的可能，如果出現會影響抓捕倫納德任務的情況出現，可以視情況中止任務。」

一號低頭看著全息影像圖。其實一開始他們原本計畫在地峽東側透過操縱微型仿生昆蟲，或是透過控制裝載毒針的蜜蜂執行任務，將麻藥打入倫納德血中並毒殺蕭璟。可到了指定地點卻意外發現在基地內的乙太星艦在周邊放出極為強大的能場，這股能場對於通訊沒有問題，但講求隱形和低干擾的仿生機器人的感應晶片卻無法阻絕干擾，因此只能更改為親自潛入營區動手，使得任務風險大為增加。

為了對付倫納德的精神力量，委員會本來考慮要派一兩名歸向者協助作戰，但後來判斷歸向者的出現只會讓倫納德更遠處就警覺到敵人的接近，而若讓歸向者戴上掩影頭盔則失去了他們的作用。因此最後，仍由他們三人執行任務。

闇影一號關上顯示器，夜視鏡中的影像立刻消失。「穿上裝備吧。」

三人從各自的背包中，拿出一副全罩式頭盔。這頂頭盔由柔性碳纖維等複合材料製成，可以抵擋口徑較小的步槍子彈，同時和他們的顯示器以無線方式連結，將環境影像投射在護目鏡中，作為信息終端。而在諸多功能之中，最重要的，是其中安裝了印法埃最新型的掩影裝置，對於精神力量的攻擊有著更高度的抗性。要潛入倫納德所在的軍營，這是不可或缺的裝備。

在確認頭盔戴妥之後，他們將此次任務的武器裝備在身上，隨即將背包留在峭壁邊緣，三人則逕自攀爬上地面。闇影一號看了看兩名隊員，輕聲說道：「出發。」三人的橡膠鞋底幾近無聲的輕微步伐踩踏過砂石地面，在海風吹拂之下緩緩的隱沒在夜色之中。

## 14

**大西洋　航母戰鬥群　甘迺迪號**

福特級航空母艦甘迺迪號，是美軍在二〇二四年開始服役的最新型次世代超級核能航空母艦，其中的武器裝置、動力系統、彈射裝置、電子武裝等領域，都有著最尖端的設計，實現了領先全球的全新信息化作戰平台。福特級航空母艦在綜合能力上，更遠勝世界各國海軍的第二代尼米茲級航空母艦，為美國與其他國家的海軍實力拉開了兩個世代的差距，無疑是實踐美國維持世界海權霸主地位的重要戰略發展之一。

儘管其中一艘的福特號已經在中國東岸遭到印法埃東風導彈的奇襲而毀滅，仍絲毫沒有改變美國在海權上的絕對優勢。

在艦島的艦載機管室下方為寬廣的編隊司令主艦橋，是這艘航空母艦核心指揮中樞兼戰術旗艦指揮中心。這裡有著世界最先進的資訊集成系統，可以平行處理千萬條複雜的資訊，諸如：戰艦分布、戰機出勤、各地通訊、航行狀態等龐雜紊亂的情報，並加以整合全艦的指揮管理及武器控制功能，達到指揮完全數位化、自動化的境界，在注重網路作戰的現代，成為海空部隊作戰的核心節點。

而在這指揮中樞下層，有著各種的數據管制中心和雷達艙。在這層的第二情資會議室裡，總統法蘭克、甘迺迪號艦長蓋屋斯上將、普紐瑪計畫執行長雙木永萱，及五名隨總統而來的官員及船艦上的海軍軍官，全圍繞在會議桌的周圍。桌子的中央具有全息影像裝置，將外部情報中心的訊息即時傳送到這裡，讓眾人可以立即檢視艦隊此刻的狀態。

蓋屋斯上將瞪視著桌上的影像，「這麼做風險很大。我們在航母上，有外部戰機及護衛艦的保護，印法埃海軍絕不可能接近。但同時也等於是把自己關在孤島上，誰知道你帶來的人中有沒有間諜？」

蓋屋斯上將有著一頭略微灰白的頭髮，身材精實卻相對瘦小，和高大的軍官相比略不起眼。然而穿上軍服時，儘管身材較矮小，卻依舊散發出強烈不可侵犯的氣息。他的經歷也正如其名[2]，因此被部下稱為「戰神」。他參與過數次反恐戰爭，與恐怖組織及俄國軍隊皆有過豐富的作戰經驗。儘管戰爭一向有勝有敗，他所領導的部隊卻從來沒有輸過任何一場戰役或是搞砸任何一項任務。此刻作戰經驗豐富的他對政府遷移的行動表示憂慮，也同樣引起了其他官員的共鳴。

「據我所知，所有登艦的人都會經過嚴格的檢查。」一名官員說道。

蓋屋斯搖搖頭，「最近突然加入的人實在太多了，明確的指揮體系又沒還有建立。我的手下已經在抱怨無法管控人員流動，要是有那個什麼精神部隊的間諜入侵，導致周邊無法及時支援，後果將會不堪設想。」

上將身旁的幾名軍官都點了點頭。甘迺迪號原本是設計給四千五百人居住的空間，但因著整體船艦的自動化，實際上僅有兩千人駐守在上頭，半數空間仍處於無人居住狀態，這也是法蘭克選擇此處作為遷移地的原因

2 拉丁文為戰神之意

之一。短時間突然湧入將近一倍的人數，當中多數還是政府官員，絕對會帶給船員巨大的困擾。

「這點您可以放心，」一名隨總統前來與海軍成員合作，專職安全戒護的官員說道：「所有要登上艦隊的人員都必須經過嚴格的儀器檢查、掃描以及和資料庫進行身分比對，因此對方絕對不可能混入。」

「您也說過，最擔心的是印法埃精神部隊的入侵，而那也是他們唯一的優勢。」雙木在一旁說道：「登艦人員還要經過普紐瑪部隊的檢測才能通過，有他們防護，基本上對方根本不可能不被察覺的接近這裡。」

她這麼一說，眾人同時將眼神瞟向會議室周圍。四名穿著獨特制服的人站在會議室的四角，眼神平淡的望著一眾高官。看到他們的眼神，眾人心中感到一陣寒慄，卻也同時有些好奇。畢竟他們都久聞這傳奇一般的「普紐瑪」精神部隊的名號，知道他們有顛覆傳統思維的超人力量，卻沒有人實際感受過。

「我想雙木說得很清楚了。」法蘭克微笑說道：「等到全體遷移結束，指揮架構體系的問題再來慢慢解決也不遲。艦長，麻煩你接著報告對印法埃艦隊動向的觀察。」

艦長點了點頭，眾人接續著會議繼續討論，但雙木已經沒有再注意會議桌上的情況。她注意到四名普紐瑪隊員眼神詢問似的望向自己，她對他們微微點了個頭，接著把目光轉向會議室緊閉的大門，在內心默默倒數著。

## 15

**希臘　科林斯地峽　蓋亞聯盟軍營**

倫納德獨自一人坐在簡陋的會議桌前，低頭閱讀著古希臘哲學家芝諾所著的《論自然》。

會議桌上還留著剛才軍官們遺留的紙張和馬克杯，在會議結束後，倫納德心中感到相當不安，因此會後獨自留下思索著剛才討論的內容。

這次的會議堪稱是來到科林斯軍營後最令人不安的一次。會議一開始，蓋亞聯盟派遣的官員再次要求倫納德一定要前往美國去協助普紐瑪計畫，而這次來的官員位階更高和下達的命令也更為明確。雖然倫納德一如過往斷然地拒絕對方的要求，同時表明自己並非蓋亞聯盟任何會員國下的軍方人員，並且在指揮官沃克回來前他都不會聽從任何指令。對方被倫納德的態度氣得火冒三丈，雙方陷入極為緊張的氣氛，最後只能不歡而散。

然而，讓倫納德感到憂心的並非是蓋亞聯盟的要求，而是美國政府無預警的遷移動。在倫納德認定普紐瑪計畫被印法埃染指的情況下，他無法想像這樣的行動會帶來什麼樣嚴重的後果，眾軍官也表示憂慮並決定加強此地軍營的防禦措施。

此外，沃克也終於傳來消息。他和美國總統的見面並不愉快，而他離開美國後，和兩名中國的科學家祕密會面。但他們談論的具體事項並沒有說明，似乎是怕被印法埃或是蓋亞聯盟的有心份子發覺。倫納德不禁好奇父親究竟是發現了什麼事，居然要祕密和科學家見面？

他甩開這樣的念頭，低頭繼續閱讀《論自然》。

本書的作者芝諾是古希臘重要思想「斯多葛學派」（Stoicism）的創始人。斯多葛派不止針對人性與政治提出了很多極富獨到創見的思想，奠定了天賦人權的初始概念，更為宇宙的創造、神的本質提出了深刻的見解。斯多葛派認為，宇宙是由自然與精神共同組成的。而所謂的神，就是宇宙最崇高且純粹的精神體。而神擁有全宇宙最純粹的「理性」，則是在宇宙創立後，被分散到各個生命當中。因此每個人的理性都是來自於神，也就是說每個人皆生而平等且具備一部分的神性。

他思索著，隨著人類對宇宙萬物的了解不斷增加，許多過去哲學家對世界的想像也被推翻。但儘管如此，現代人對於時間和世界本質的認識，仍沒有比過去增加多少。他記得七年前在西安時，傑生曾經告訴自己：隨著科學的發展的邁進，人們會愈來愈明白許多事情並非是單純的物理定律可以解釋的。許多人們以為天經地義的真理其實是建立在錯誤認知之上，隨時會如同紙牌屋一般傾倒。古人是如此，現代人何嘗不是？也許到了最後，會發現古人的直覺竟勝過現代的科學理論也不一定，像是斯多葛派的學說如今已經被許多量子理論學家所接受。此刻看著這本數千年前的經典哲學著作，這樣的想法不自覺地在他心中成形。

在這樣思考的同時，他的精神也無意識地在周邊延伸盤旋。即便身處在空無一人的會議間，他仍可以感受到整座營區那緊繃的情緒，而這樣的情緒也反饋在他自己的精神中。他嘆了一口氣，這已經是一種常態現象了。但知道了美國和蓋亞聯盟的種種行動後，更加劇這個趨勢。他覺得有些無聊，正想是不是要找蕭璟。

一陣怪異的感覺讓他眉頭忽然一皺，有一瞬間，他感受到附近有一個人的精神波動忽然傳出一陣急遽的上升——幾乎可以被理解為是精神上的尖叫——但隨即消失得無影無蹤。他稍微集中注意力，將精神朝剛才感知道的地方探索，他不解的瞇起眼睛，這到底是……

他陡然瞪大雙眼。

強烈的危機感從背後襲來。

沒有思考的時間，他直覺的從椅子往一旁地面滾去，而在同一瞬間——

不可視的高能微波以光速貫穿了他剛才坐的位置，後方桌上的電器用品因為高能電波的激發，併發出霹靂啪啦的電流聲響，向周圍爆出一陣閃光。

倫納德不可置信的看著這個景象，如果剛才他沒有閃過那個奇襲，現在恐怕已經全身抽蓄的倒在地上不省人事。冷汗自緊繃的後背滲出，他迅速的爬到桌子另一端，然後小心翼翼的將頭探向門口。他知道這一定是印法埃的部隊，雖然他一直知道印法埃遲早會對他們出手，但沒想到他們會選在這個時候行動。而他們必定是有備而來，他的精神戒備程度上升到最高點。

兩名男人推開門走了進來，一看到他們的樣貌，恐懼隨即湧上倫納德的心頭。那兩人身材高大，是倫納德見過最強壯的人，他們穿著漆黑的制服，頭上戴著酷似星際獵人的面罩，只能約略看到他們的雙眼。頭盔外型比之前和歸向者李柏文對峙時看到的掩影頭盔更具有現代感，也具備更大的干擾力，並散發出更駭人的氣息。

如果世上存在惡魔，那一定是長這樣。

「你們要做什麼？你們殺了誰？」倫納德對他們厲聲說道。

對方沒有回答。剛才發射攻擊電波的闇影二號歪了下頭，似乎對倫納德察覺到他們而感到意外，他舉起手中形狀古怪的槍枝，倫納德身體稍微一縮，但他只是將槍收回槍套內。

闇影二號剛才發射的，是被稱為「電擊子彈」（HEMI）的先進非致命武器，是利用電波影響敵人神經電路，導致對方肌肉自行收縮，進而喪失運動能力。美國陸戰隊配備這款武器以進行較為柔性的防禦，然而因為射程和能量有限，並不具太大的效果。但印法埃將HEMI能量提高，大幅提高射程和影響程度。然而這次行動為了隱密性只帶了小型的隨身裝置，因此不具有連發的功能，必須更換電池才能再次攻擊。

闇影二號沒有開口回答倫納德的質問，而是以一個箭步衝上前作為回應。他用不可思議的速度掏出另一把裝有消音器的槍枝對著倫納德躲藏的地方射擊。無聲的子彈擊中地面，隨即化為碎片。若不是倫納德提前感知道對方的行動，立刻閃開，子彈怕早已擊中他的身體。

非侵入式橡膠子彈。倫納德心想，顯然對方是想要活捉自己，使用的武器皆不具致命效果，但只要被擊中必然會立刻喪失行動能力而遭到捕捉。

倫納德矮身躲過二號的進一步攻擊，同時對兩人發動強烈的精神攻擊。根據他過往的經驗，儘管這個頭盔的防禦能力有所提升，但以自己的力量依然可以突破干擾並壓制對方。他以絕對的自信發出攻擊，但隨即瞪大雙眼，露出難以置信的表情。「不可能！」

他的精神攻擊的確突破了頭盔的防禦，兩人身體微微地顫抖，似乎頗為痛苦，卻仍沒有停下攻擊的動作。

倫納德有所不知的是，印法埃為了在必要的時候壓制叛變的精神能力者，並培養在任何緊急狀況中皆能沈著應對的能力，所有鐵鷹部隊的成員在正式進入部隊前，都必須接受歸向者的心智訓練。他們會在密閉的空間中接受歸向者的高壓精神磨練，在這項訓練過程發瘋並失去自我的人不計其數。這樣殘酷的訓練也使得他們擁有世上任何特種部隊都沒有的堅強心理素質。這個訓練雖然遠不及蕭璟在監獄中經歷的酷刑那樣強烈，但長期累積下來的抗壓力，再搭配掩影頭盔的防禦，可以讓他們對大部分的精神攻擊免疫。

在倫納德感到訝異的同時，闇影二號已經擺脫身體上的麻痺上前攻擊，一號則在門口警戒內外情況。倫納德希望可以拿到放在桌上的緊急呼叫器，但被二號擋在中間而無法接近，他後悔自己沒在第一時間尋求支援。事實上，呼叫器已經在微波攻擊中報銷，不過倫納德並不知道，也沒有餘裕去發現。

倫納德感到奇怪，為什麼這裡發出那麼大的打鬥聲，卻沒有任何人注意到？他不知道的是，對方早在行動前就在外面安裝了聲波防護罩，可以在一定範圍內製造低頻的擾動雜音，將內外的聲音隔絕。市面上有供給個人用的商業裝備，而印法埃使用的則是軍事等級的高能裝置。此時從外面聽起來，裡面的打鬥就只是微弱的雜音罷了。

兩人一瞬間又交手了好幾回。闇影二號的速度極快、力道又大，倫納德完全不敢觸碰到對方，只能一味的閃躲。一般情況下他總能感應對方行動而從容躲過攻擊，然而敵人的反應速度實在太快，才過了幾秒他已是險象環生，只能不斷利用精神力量減緩對方的速度。

倫納德被二號逼退了一步，並從桌子上拿到開會時留下的小刀刀片，趁著對方露出破綻的一瞬間用力刺向二號的左胸，但刀片卻在接觸到戰衣的瞬間向一旁彈開。倫納德正感到詫異時，對方揮出左手抓向他的手臂，他趕忙拋下刀片退了一步，卻看到刀片在對方手中併出微弱的電流聲，他感到一陣心慌。原來對方的手套也有電擊裝置。

他向後跳了一大步想和二號拉開距離，強迫自己冷靜分析現況。他知道即便他打倒了其中一人，另一人也會馬上出手，自己唯一的武器就是強大的精神力量，但此刻的他並不具備一次擊倒兩人的能力……

電光火石的一刻，倫納德幾乎用盡所有的智慧，在對方逼近的剎那感應出他的行動，同時閃身躲到另外一側，再以自己的精神力量朝對方奮力一擊。二號全身劇烈顫抖，身體一陣僵硬的跪倒在地上。倫納德則把握住這一刻，全速衝向擋在門口，還沒反應過來的一號。他在心中凝聚了全部精神力量，要一次擊倒對方然後衝出包圍。只要離開這裡就安全了！在他這麼想的同時——

一陣熾熱的痛楚從他左腳爆開來，他的左腳傳來被長矛貫穿的痛楚，疼痛如火焰般在血管裡沸騰爆發，然後迅速蔓延到全身，他全身抽蓄的往前俯倒。他痛苦的瞥向後方，被擊倒的二號恢復的速度比他以為得更快。二號拿著探針電擊槍指向他，他左腳因為這一擊已經完全失去行走能力。

「剛才那一下真痛。」二號走到呻吟不止的倫納德的身旁低聲說道，然後對門口的夥伴說道：「把拘押面罩拿來。」

闇影一號取出一個面罩交給他。那面罩除了具備干擾腦電波的能力，內部更混合了地氣醚和微量的BZ神經毒氣體，會在數秒內讓人昏迷。倫納德知道自己沒有反抗的餘地，只能繼續低聲呻吟，卻暗自凝聚精神力量。

闇影二號彎下腰來，把倫納德身體翻正。倫納德把握對方輕忽的空擋，大吼一聲仰坐起身，將頭部用力撞向對方的頭盔，這次攻擊是灌注了他所有力量的一次奇襲，堪稱是名副其實的最後一搏。二號給他突如起來的舉動嚇了一跳，反射性伸出電擊手套制止他。

兩人同時慘叫一聲向後跌開，倫納德被電擊手套電得全身經攣，蜷曲起身體痛苦的大聲呻吟。一號趕忙查看二號的情況，但倫納德的攻擊沒有給他活命的機會，一號檢查了一下便知道同伴已經死了。

一號眼神閃爍了一下，馬上恢復平靜。他把隊友拖到房間的一角，倫納德不解的看著他，只見他拿出一個遙控器指著隊友，那人的頭盔隨即發出高壓電流爆裂聲響，全身的制服也開始起火燃燒。

倫納德不可置信的看著眼前的景象，他愣愣的看著朝自己走來的一號。「你怎麼……」

「掩影科技不能落入你們的手中，他既失敗就要付出代價。」一號語氣冷淡的說，彷彿死掉的只是陌生人，讓倫納德感到寒意逼人。那人對著頭盔內的對講機說道：「這裡完成了，結束後準備會合。」他說完便拿起面罩，往倫納德臉部蓋下，倫納德閉上雙眼。

一串槍響讓倫納德睜開了眼睛，一號往自己身旁倒下。倫納德訝異的看向槍聲來源，只見劉秀澤拿著一把L86LSW步槍朝著一號的頭盔射擊。他沒有閒暇細想劉秀澤怎麼會出現在這，但他在一號準備反擊的那刻，倫納德注意到對方的頭盔因為突然的射擊而產生破綻，也露出了被保護的精神。倫納德和劉秀澤兩人沒有放過這個機會，同時以精神力量朝著對方的破綻攻擊，那人慘叫一聲也摔倒在地。劉秀澤趕忙上前踢掉他手中的武器。

「你沒事吧？」劉秀澤跑到倫納德身旁，他看向倫納德受到電擊的腿部，皺著眉說道：「天啊……你站得起來嗎？」

「沒事，一下就好了。」倫納德痛苦的說，他感覺全身仍像是被烈焰焚燒過一般，但更多的是如釋重負的解脫感，「你怎麼會出現在這？」

劉秀澤指向地面的屍體，「我感覺到這裡出現極度強烈的精神能量暴漲，我就知道一定發生了什麼事，拿了一把步槍就趕來。」倫納德明白的點了點頭，他伸手搭著劉秀澤的手臂勉強站起身來，「謝了，你又救了我一命。」

「對了，蕭璟呢？她知道你的狀況嗎？」劉秀澤扶著倫納德問道。

聽到蕭璟的名字，倫納德像是再次被電擊器攻擊一般戰慄，後頸上一陣發涼。他想起剛才一號說的話「結束後準備會合」。要是敵人還有其他隊友在執行任務的話……

倫納德瞪大雙眼，他甩開劉秀澤的手，蹣跚的衝向桌面，拿起通訊機大喊：「璟！妳怎麼樣？」他叫喊了一陣，卻沒有聽到任何聲音，他才注意到通訊機已經被剛才的微波燒毀了。他感到一陣暈眩，劉秀澤趕忙跑來扶著他。

「怎麼了？發生什麼事？」

「璟……印法埃的殺手正在她那裡！」倫納德對劉秀澤吼叫，劉秀澤瞬間理解的瞪大雙眼。

「璟……不……」倫納德跛著腳衝出大門，希望一切不會太遲。

## 16

蕭璟正在廚房，她仔細的按照比例將牛奶和雞蛋混合在一起並攪拌。

在確認汁液攪拌均勻後，便把事先準備好的麵粉加入混合液當中。在處理著料理的同時，她想著自己這段時間反常的行為：刻意避開關愛她的人、情緒起伏不定、時常在眾人聚集的場合表現出失態的舉動。之前好不容易四個人一起吃個飯，也被自己的突如其來的情緒而搞得尷尬不已。儘管蕭璟很希望能夠向倫納德傾吐自己心中的憂慮，但高傲臉薄的個性使她錯過一次次化解隔閡的機會。這也讓她感到奇怪，畢竟她不是一個會賭氣的人，卻屢次對倫納德表現出這般耍賴的脾氣。

倫納德說過他會在結束會議後來找她，她低頭看著自己的料理。她此時做的是舒芙蕾鬆餅，他們上次做菜時曾約好要再做一次鬆餅，她希望能夠透過這個機會和倫納德解決心理的隔閡。

廚房的門被推了開來，蕭璟滿懷期待的回過頭，不過進來的人是安潔莉娜。

「嘿，我可以進去嗎？」

「當然，進來吧。」蕭璟語氣有些失望地說，但並不是她對安潔莉娜有意見，只是不自覺地流露出這樣的意思。安潔莉娜似乎不以為意，只是輕輕地關上後方的門，然後坐到椅子上。

安潔莉娜剛在外頭做完短跑和高難度的組合體能訓練，肌膚上還留著尚未擦乾的汗水。她穿著一件緊身黑色背心，外頭罩了一件白色襯衫，襯托出她豐滿的身材，再搭配她亮麗的金色秀髮和閃爍的藍色雙眸，顯得十分蕭灑帥氣。蕭璟看著她這個樣子，讓她感到有些感慨。

兩人沉默了一會兒，安潔莉娜張望著看了看周圍，「妳這次又在做什麼料理啊？」

蕭璟看向流理台，「是啊，因為所剩的食材不多了，就只能將就用了。我希望能做出舒芙蕾鬆餅。」

「是做給倫尼的嗎？」

蕭璟感到一陣難為情，語氣遲疑地說：「他說開完會就會來找我，我剛好閒著……」

安潔莉娜點了點頭，輕聲說道：「這樣啊……倫尼能有妳在他身邊真的很幸運。」

一陣複雜的感覺湧上蕭璟的心頭，她感覺自己身上的肌肉有些緊繃，她垂著眼簾低著頭看著地面，「我不知道，很多的人都這樣說……但我總覺得自己是他的累贅甚至是弱點，不論是在西安或是在面對印法埃的時候都是如此，如果不是他我早就在印法埃的監獄裡發瘋了。」出乎自己意料的，她看著安潔莉娜，以有些妒忌的口吻說道：「妳不知道我有多麼希望能夠像妳一樣成為一名戰士。」

安潔莉娜搖了搖頭，「每個人都有自己的角色要扮演，我負責協助對抗敵軍。而妳負責化解瘟疫危機，那可是任何人都難以達成的偉大功績。況且，妳擁有任何人都無法相比的堅強意志和勇氣，只是妳不願意承認而已。」

蕭璟以苦澀的口吻說道：「但是我先幫了印法埃製造出了瘟疫……」

「我說的並不單單是解決瘟疫這件事。我知道妳在印法埃經歷過什麼，如果換作是我、倫尼，或是任何一個人，絕對無法在那麼高壓的環境存活下來。很少人能承受壓力，但更少人可以在鑄下大錯後勇於承認並解決它。何況即使沒有妳，印法埃最終還是會完成病毒的製造。但是若是沒有妳，病毒的解藥可能還遙遙無期。」

安潔莉娜直視蕭璟的雙眼，「我知道妳對我有些介意。」

「我沒有。」蕭璟連自己都來不及反應便直接說道。

安潔莉娜露出苦笑，連蕭璟都知道自己說的話有多虛假。「妳知道，我在軍隊中待了好一段時間，很習慣那些男人口無遮攔的亂飆髒話，雖然有時不堪入耳，卻讓人很自在。這也是為什麼我很喜歡和你這種人相處，直來直往，不會隱瞞自己的情緒。比起那些城府很深的人，這種人更值得信任。」安潔莉娜說道：「妳知道嗎，倫尼和我聊天的時候，常常提到妳。他告訴我他有多麼幸運，遇見妳是他生命中最美好的事。」

聽到安潔莉娜忽然說起這種事，蕭璟不禁感到一陣意外，「為什麼提到這個？」

「我的重點是，人沒有弱點就不會有勇氣，沒有在意的事物就沒有奮鬥的理由。」安潔莉娜眼神真摯的看著蕭璟，「妳是他在面對現今這一堆狗屎般的情勢時，得以堅持下去的原因。當我看到他和印法埃部隊作戰時的樣子，我感到非常震驚，我從來沒有看過他展現出如此堅強、賭上一切的堅毅樣貌。但我知道他是因為誰才能有這麼大的改變。」

蕭璟靜靜的聽著安潔莉娜說的這番話，她感覺淚水遮蔽了自己的視線。愧疚的情緒湧上她的心頭，她知道安潔莉娜並不了解實情，但對方所說的每一句話卻在她心底迴盪不止。她何嘗不希望能夠和倫納德一起走完最後的日子？但她又怎麼能夠在明知自己不久於人世後，還自私的希望倫納德能陪伴自己到最後？她知道這樣只會讓他在自己離開後傷得更深。然而，聽了安潔莉娜的話，她才察覺到自己才是那個自私、不願讓他人分擔自己痛苦的人。她抬起頭看著安潔莉娜，打算她吐露真實的情況。「莉娜，事實上我……」

「趴下！」安潔莉娜忽然大聲喝道，她撲向蕭璟，兩人重重的摔倒在地。

在蕭璟正對安潔莉娜的行為感到不解的瞬間，無聲子彈貫穿了蕭璟適才胸口的位置，直接擊中了身後的牆壁，發出了破裂聲。子彈破空的威力也讓蕭璟的臉頰感到一陣刺痛，她震驚的看著牆上的彈孔，是誰打算暗殺她？

安潔莉娜結束訓練後還沒收起武器，她立刻從腰間抽出槍枝，在桌子的掩護下指向微微開啟的門縫，厲聲喝道：「誰在那裡？」

回應她的疑問般，門向一旁打開，發出了微弱的「嘎吱」聲。蕭璟看到門後走出來的人忍不住倒抽一口氣。那人的服裝和印法埃部隊的制服很像，他的頭盔直接讓蕭璟聯想到歸向者。但他的服裝特別光滑流線，身材也更為高大，全身散發出遠勝其他印法埃士兵的強大壓力。

第一擊失敗的闇影三號並沒有露出絲毫的慌張，他矮身閃過安潔莉娜發射的一發子彈，將裝有消音器的槍枝指向蕭璟的頭部。蕭璟早已處在最高警戒狀態，在對方出手前便朝另一側滾去，子彈擊中地面發出尖銳的聲響。

安潔莉娜趁著三號對付蕭璟的時候，將槍口瞄準他手上的槍枝及手腕，一連串的槍聲響過。儘管每一發子彈都精確的擊中目標，卻沒有對三號的手腕造成任何傷害，不過子彈的衝擊力仍足以將他的槍枝打落地面。

三號對於安潔莉娜展現出的實力似乎有些驚訝。眼看安潔莉娜再度瞄準他的面罩，他一個箭步衝上前，伸出左手直接擋住子彈的路徑，在子彈從手中彈開的同時抓向槍管。

安潔莉娜對於三號徒手接住子彈的動作大感詫異，眼見對方即將抓住槍管的瞬間將槍枝向旁一扔擲出數尺之外，同時向後躍開一大步。她氣喘不止的瞪視著對方，儘管只是一個後退閃躲的動作卻也是勉力完成。

蕭璟在震驚的看著這一幕。安潔莉娜的實力她是清楚的，整座軍營中與她實力相當的男性恐怕不到五人，這個人居然可以在一瞬間就讓她幾乎招架不住。儘管知道自己不是敵人的對手，她仍不能讓安潔莉娜單獨面對這樣的敵人，她抓起流理台上的刀子就撲了過去。

蕭璟的作法正中三號的下懷。他伸手逼退安潔莉娜一步，隨即從腰帶上抽出一把戰鬥小刀——他知道在有安潔莉娜這種高手在場，近距離戰鬥時比起槍械刀子更具備殺傷效果——朝著蕭璟揮砍過去。蕭璟看到小刀上閃爍著異樣的光芒，趕忙舉起手上的刀擋下對方的攻擊。小刀揮砍的力道遠遠超過蕭璟的預期，她感覺手臂一陣酸麻，刀子也從手中落下。

三號在擊落蕭璟刀子的瞬間，立刻轉變方向朝她的腹部橫砍而去。蕭璟在電光火石的一刻向後跳開，刀子在她的上衣畫出一道口子，只差一寸就被開膛剖肚。她感到一陣心寒，對方居然認真要殺她？難道這人不是江少白派來抓捕自己的？

眼看殺手繼續出手，蕭璟手忙腳亂的隨手拿起一把鍋鏟要擋在前面，卻聽到安潔莉娜在她的背後大喊一聲：「馬上閃開！那上面塗了神經毒！」蕭璟聞言恐懼的退開，安潔莉娜撲了過來，逼得三號回頭抵擋。

三號第一次表現出驚奇的反應，他稍稍緩著手上揮砍的刀刃，「妳怎麼知道？這是諾維喬克-A-230（Novichok-A-230）。」

蕭璟聞言只覺得全身一陣戰慄。諾維喬克是蘇聯在冷戰結束前發明的神經毒，主要用於特務暗殺任務使用，只要極低劑量就可以在不到十秒的時間致人於死。

「雜種，你惹錯人了！我是英國前特種部隊的菁英。」安潔莉娜怒聲咆哮，右手抽出隨身繫帶的小刀，左手掄起桌上的水果刀，揮向對方。

三號冷笑一聲，閃過安潔莉娜的攻擊，同時回敬安潔莉娜一刀，逼得她不得不閃開。在她退開的一瞬間，殺手回手刺向蕭璟的脖子，同時伸出另一隻手朝她肩膀抓去，她舉起鍋鏟擋住對方的空手，同時向後一仰，避開小刀的致命一擊。在觸碰到手套的一瞬間併出藍色的電弧，她吃驚的扔下鍋鏟後退，卻發現自己已經被逼退到牆角。

三號再次舉刀，往蕭璟脖子揮砍。安潔莉娜迅速出現在一旁，將水果刀當作擋格刀的向上一挑，將三號的刀子揮偏，蕭璟趁機矮身閃出牆角。三號低吼一聲，瞄準蕭璟的背部要扔出戰鬥刀，卻被安潔莉娜以兩把刀相交給卡住。

「馬上去找士兵，不，去找倫納德來幫忙！」蕭璟原本打算上前幫忙，但她知道安潔莉娜說得沒錯，她立刻轉身朝門口跑去。

三號低吼一聲要上前追趕，安潔莉娜趁對方力道稍減時用力轉動雙刀，將戰鬥刀甩到地上並滑到流理台下。在她這麼做的同時，三號將左掌用力拍向她的腹部。電擊的威力加上強大的力道，安潔莉娜慘叫一聲，全身筋攣倒下。

「妳逃啊。」三號抬起腳用力往安潔莉娜意識不清的頭上踢去。

蕭璟知道對方是故意要自己留下來，但她絕不能坐視安潔莉娜慘遭殺害。她豪不猶豫的抓起裝著牛奶和雞蛋混合液潑到三號的面罩上。在對方看不清的時候撲上去抱住他的腰，將他推倒在地。

敵人的反應遠比蕭璟以為得更快，他反手就抓住蕭璟的手臂。蕭璟驚叫一聲用力跳起身來，整條衣袖被撕成碎布，她聽到安潔莉娜在身旁痛苦的呻吟著，但蕭璟沒有餘力幫助她。剛才躲開那幾下攻擊已經用盡她所有力量，此刻她想找人援助也已經辦不到了。

三號抹去面罩上的汁液，從靴子旁抽出了另一把戰鬥刀。刀上雖然沒有毒液的跡象，卻在刀刃側邊有好幾處鋒利的倒鉤，更具有殺傷力。三號舉刀揮向蕭璟，她舉起剛才拿的鐵碗抵擋，卻被刀刃上的倒鉤給扯飛，她的右手也被扭傷。

蕭璟無暇顧及手上的扭傷，在三號左腳向前一步時，她用力踢向對方的膝蓋，借力朝一旁跳開。然而，三號早就預料到蕭璟的行動，他剛才做的只是一個假動作，在蕭璟跳開的前一刻他早已反轉刀刃，在蕭璟的右大腿後側劃過一道很深的傷口。

鮮血噴灑在地面，蕭璟也在慘叫中摔倒在地。三號的這一刀觸動了她之前被歸向者李柏文開槍打傷的舊傷。她奮力的撐起身子希望能站起來，但她痛得幾乎無法呼吸，血流如注的右腿已經讓她失去行動能力了。

三號在蕭璟倒地的同時高舉刀刃，朝她心臟刺去。蕭璟伸手抓住對方的手腕，但兩人的力氣差距實在太過懸殊，她被壓倒在地，手臂肌肉劇烈顫抖。她眼見刀刃一寸寸接近，卻無力阻止。她聽見安潔莉娜喘著氣，扭動著身子想幫助她，但安潔莉納因為電擊造成全身肌肉癱軟而無法動彈。她感覺心臟瘋狂地跳動，死神正在招喚她。

斗大的汗珠一顆顆從額頭滑下，蕭璟痛苦的看著壓在身上的三號面罩下冰冷的目光，她知道自己已經沒有機會了，等殺手幹掉自己後就會殺了安潔莉娜吧，自己到最後還是沒幫上她。倫納德看到自己的屍身一定會很傷心，當然他也可能已經被印法埃部隊給抓走了。

一瞬間無數想法湧上心頭，眼前的畫面彷彿是慢動作播放一般。她回想起自己在中彈後倫納德心碎的企圖救回自己，她在心中苦笑了一下，自己真是愚蠢，一直憂慮不久就會離開，結果最後卻是死在這裡。她恨自己沒有珍惜和倫納德相處的這段時間，她想起安潔莉娜剛才說的話，至少她不必再煩惱未來要怎麼和倫納德分開了。

她閉上雙眼，依稀中似乎還聽見倫納德叫喊著自己的名字……

下一秒，她鬆開雙手。溫熱的血液濺滿她的全身，將她的意識染上一片腥紅。

# 17

倫納德拖著近乎殘廢的左腳衝過走廊，斗大的汗珠不斷滴落，喘息不止。左腳的筋攣還沒恢復，每踏出一步都讓腳上的肌肉劇烈地顫抖，灼熱的痛楚感直擊他的意識。但他顧不得疼痛，放任它在神經內燃燒，一心只想著朝不遠處精神波動最強烈的地方跑去。

這次一定要趕上。他在心中不住的吶喊著。

他一把推開廚房的大門，連帶把裝設在門上的聲波防護罩給重甩到地上。一看到眼前的景象，他心臟幾乎因恐懼而停止跳動。

安潔莉娜意識不清的蜷曲在牆角發抖，而蕭璟則仰倒在地上，身體下方還不斷流著血，從她右腿旁擴散出殷紅的血池。一名黑衣殺手正壓在蕭璟身上，手上的戰鬥刀幾乎要刺進她的胸口——

慘烈的景象壓迫著倫納德的胸口，他告訴自己絕對不能再失去心愛的人了。想保護蕭璟的強烈意念如同腎上腺素般立刻湧遍全身，並伴隨著濃濃的殺意，那一刻——客觀時間甚至不及萬分之一秒——他做了一件自己從來沒有做過的事情。

在短短的一瞬，他將自己心中強烈的意志化為鋒利劍刃——並非如同過去將精神力量作為感知用途並進而重擊對方的意識，而是將自己的精神幾乎化為實體——伴隨著極為強烈的意念，朝著對方的精神核心和空間中存在的本體延伸揮斬而去。

電光火石的一刻，他沒有意識到自己的行動，更不曉得這樣做會有什麼效果，但在他揮出精神劍刃的同時，鮮明而強烈的撕裂感回饋在他的意識當中，甚至讓他精神感到一陣空白。就在他回過神的下一刻——無聲無息地，壓在蕭璟身上的殺手，他身體的中央還有握著戰鬥刀的手腕之處，如同被雷射切割一般，露出了分子等級的極度細微線條，就連那勝過鑽石硬度的高強度奈米防彈衣及裡層那刀槍不入的空氣膠也出現了同樣的反應。殺手右手的手腕和緊握的刀子，「哐啷」一聲掉落在地上。身體從中央的細線之處分為上下兩段，平整的滑了開來。

血液如瀑布一般朝四散噴濺，體內的臟器更因失去支撐而流出體腔。粉色的腸胃、暗紅色的肝臟，全在一時間「嘩啦啦」的掉到地上。在殺手正下方的蕭璟難逃其害，被大量噴濺出的濕黏鮮血給染滿全身，還沾黏了不少殺手體內腥臭濕熱的臟器，就如同法國恐怖電影「肉獄（Raw）」一樣的血腥景況。

眼前血腥的駭人景象，連殺人不眨眼的黑幫份子看了都反胃嘔吐。倒在地上的安潔莉娜仍動彈不得，臉上也被濺到些許的鮮血。親眼見到這一幕後，只見她雙眼呆滯，不可置信看著殺手的屍體，口中喃喃顫抖地說道：「天啊……這到底是什麼……」

倫納德對於自己精神攻擊呈現的結果也一樣震駭不已，更沒想到會是這麼噁心的景象，但他此刻並不打算探究這件事的原理。他趕忙將把全身沾滿血液的蕭璟拉到一旁，他緊緊抱著她，既便血液刺鼻的腥臭味直衝腦門，讓人幾欲作嘔，但倫納德完全不在意。他仲手探了探蕭璟的氣息，十分地微弱，但還有呼吸。

倫納德緊繃的情緒慢慢化了開來，他如釋重負的喘了口氣，全身肌肉也因剛才的施力而酸痛不已。他淚眼矇矓的低頭看著蕭璟滿是鮮血的面孔，她雙目緊閉，表情痛苦萬分，儘管知道那些不是她的血，這畫面仍讓倫納德感到心痛不已。

「倫納德，你……」劉秀澤帶著近十名荷槍實彈的士兵衝進了廚房，卻被眼前駭人的景象嚇得止住腳步，一名士兵忍不住腥臭直接轉頭朝著門外大聲嘔吐。劉秀澤語氣顫抖地說道：「天啊……你做了什麼？」他隨即看到倫納德懷中滿身是血的蕭璟，不禁發出驚叫聲：「天啊！蕭璟沒事吧？」

倫納德沒有回應劉秀澤，他檢視蕭璟大腿的傷口，雖然看起來很嚴重，但好在並沒有傷到骨頭和韌帶，他趕忙抓起毛巾裹住蕭璟的腿傷。

兩名士兵將安潔莉娜扶起後，她步履蹣跚的走到倫納德身旁，眼神驚駭的來回看著地上被分為兩段的屍體和倫納德，「你到底怎麼辦到的？那可是奈米防彈衣啊！你就只是衝進來，然後就……」

倫納德眼神茫然地搖了搖頭，此時他全身虛脫地不剩多少力氣，「我也不知道，我當時只想著要阻止他。」倫納德低下頭，他當然想深入了解自己辦到的原因，但此刻蕭璟才是最要緊的。

他將右手輕輕地放在蕭璟的額頭上，他感覺一陣溫暖柔和的精神從自己身上傳導到蕭璟的意識中。蕭璟立刻大咳好幾聲，並大口地喘氣，眼睛立時睜了開來，她神情混雜的困惑和恐懼，「怎麼……」

倫納德不顧蕭璟全身都是血的腥臭味，他親吻著蕭璟滿是鮮血的嘴唇，激動的抱著她感受呼吸的氣息，他感覺梗在心中恐懼總算完全消散。蕭璟在意識模糊中被親吻，全身一陣顫動，口齒不清的說道：「倫尼？」

倫納德退了開來，他雙手仍抱著蕭璟，和她額頭相抵，他這才發現自己竟是如此恐懼，語氣哽咽的說道：「放心，沒事了。」

蕭璟仍困惑不解，腦中混沌不已，「可是我明明記得……」她嗅到刺鼻的腥味，再低頭看到自己全身是鮮血，不禁倒抽一口氣，「這是什麼……」她隨即又看到不遠處被斬為兩段的殺手屍體及滿地的內臟和血液，忍不住全身微微一縮並發出驚叫聲：「天啊！他是怎麼……」

「這還用說，是你這位反應過大的男朋友的傑作。」安潔莉娜在一旁說道。

蕭璟聞言立刻抬頭看向安潔莉娜，語氣急促的說道：「莉娜？妳沒事吧？」

安潔莉娜露出一個扭曲的笑容，「很痛，希望再也沒有下一次。放心吧，我只是被電擊，休息一下就會恢復了。」

倫納德這才把注意力從蕭璟身上移開，他看向安潔莉娜，「妳們這裡發生了什麼事？」

「多虧了莉娜，」蕭璟感激地看向安潔莉娜，「她幾乎是用生命在保護我，沒有她我早就被殺了。」

倫納德含淚的看著安潔莉娜，然後對她深深的鞠了個躬，「謝謝妳，謝謝妳保護璟……為此我欠妳一生的人情。」

「別說的那麼誇張，會害我很有壓力，但我會把這作為以後勒索你的憑據。」安潔莉娜揮了揮手，然後意有所指的對蕭璟眨了眨眼，「我就告訴妳吧。」

倫納德不曉得她是什麼意思，但蕭璟似乎有些難為情的低下頭，「話說你是怎麼知道我這裡出事了？」蕭璟問道。

「剛才我在會議室，有兩名和這個殺手穿著一樣制服的人突襲我，所以我猜想……」

「你沒事吧？」蕭璟語氣焦急的打斷他，倫納德不禁露出苦笑。

「妳先擔心自己的狀況吧。那是一場苦戰，但好在有劉秀澤趕來支援，我沒事。」

蕭璟輕輕的嘆了一口氣，「你知道，剛才差點被殺手殺掉的時候讓我想了很多，我有很多話想說……」倫納德向前親吻她，打斷了她的話，蕭璟吃驚地睜大眼睛。不曉得為什麼，看著她用滿身鮮血的恐怖模樣說著溫柔的話語，讓人感到別具風味，似乎有種野蠻辛辣的感覺。不過這舉動馬上讓他付出很大的代價，腥臭味直衝腦門，他幾乎吐了出來。「妳還是先去醫護室清理乾淨再說吧。」

此時兩名士兵抬來了擔架，倫納德起身和士兵協助將蕭璟抬起到擔架上，倫納德握著蕭璟的右手，柔聲說道：「我處理完這裡，等下再去找妳。」

蕭璟眼神閃爍著光芒，微笑的點點頭，接著便被士兵抬了出去。

看著蕭璟離開，倫納德才沈澱了情緒回想今天所發生的一連串事情。愈想愈是心驚，害怕的情緒讓他感到陣陣寒意爬上內心。接連兩起驚心動魄的交戰全是憑著運氣才平安渡過，要是下次他沒有及時趕上……

「話說印法埃為什麼安靜了這麼久的時間，卻還在今天突然出手？」劉秀澤不解的問道。

「雖然很不想承認，但老實說，儘管江少白是個惡魔，他對璟的情感卻毫無疑問是真實的，我不認為他會允許手下殺害她。」

「你的意思是，江少白已經失去對印法埃的控制了？」安潔莉娜問道。

倫納德搖了搖頭，他實在猜不透印法埃內部究竟發生了什麼事，但若是和不久前會議的內容連結起來……他認為印法埃一定正在醞釀什麼重大事件。倫納德看著士兵正在處理的屍體，喃喃說道：「我有預感，這兩天一定會發生什麼驚天動地的大事。」

## 18

**大西洋　航母戰鬥群　甘迺迪號**

CH-53K運輸直升機的旋翼快速轉動並擾動著周圍強烈的氣流，寒冷的海風颳著下方指揮人員的肌膚。直升機在強風吹拂下平穩而緩慢地將貨艙垂降在航空母艦的甲板上。

這架直升機被美軍稱為「種馬王」，是超大型的運輸用軍用直昇機，具備極為寬廣的機艙和高負重吊掛貨物能力。此刻它運送著F-35C戰機配備的ＡＩＭ對空導彈、ＧＢＵ導彈還有航空母艦本身所需的防空飛彈等多樣武器組件，以及維護戰機及航母所需的種種大量零件與裝備。機艙內也裝載著維持大量人員長期生活的糧食和槍砲武器。

江少白從直昇機窗口向外望去。只見長達三百多公尺的巨大鋼鐵船身，在漆黑的汪洋上緩緩搖晃，宛若漂浮在海面上的雄偉堡壘。甲板上燈火通明，宛若黑夜中的明亮星辰。儘管美軍為了增加甲板空間、減縮雷達面積，將艦島移至船側並降低體積，仍絲毫沒有減少高聳的艦島那極具壓迫的外觀。

在確認解除貨艙纜繩之後，地勤人員對飛行員下達了指令，直昇機緩緩的下降，安穩的停在甲板上，兩名配槍的士兵立刻上前拉開直升機的艙門。

江少白走出直昇機，對著上前的士兵和地勤敬禮。他此刻以「威廉．塔利」的身分，作為負責這次貨艙運送的海軍中尉。印法埃選定此人作為模仿對象，並利用之前發起強力的網路攻擊ＮＳＡ時，祕密駭入美軍資料庫，將這名中尉的個人資料加以竄改。五名鐵鷹部隊的隊員所扮演的士兵也是，現實中的那幾名軍人早已不知葬生在汪洋深處的何方。

其中一名士兵拿著小型的面部辨識儀器，對著江少白的面孔進行掃描。江少白神情鎮定的直視辨識儀的鏡頭，過了兩秒便聽見儀器發出兩聲「嗶嗶」聲，隨即發出綠色的光芒。兩名士兵點了點頭，再往右依序對著後面的五名鐵鷹部隊人員進行檢測，五人也同樣順利的通過檢測人員的查驗。

士兵檢查了一下直昇機的資料，轉頭看向人員忙碌的搬運著貨艙內的封箱，「這些是要送到機艙室和彈藥庫的物品是嗎？」

「是的。」江少白點頭道。

兩名士兵又看著資料嘟囔了一下，然後便點了點頭，對著江少白說道：「辛苦你們了，剩下的就交給我們，去寢間報到吧。小心別迷路了。」

「多謝了。」江少白對五名部下點了下頭，六人一齊走開。

「等一下。」一名穿著獨特灰色制服的男人走了過來，兩名的士兵和甲板上的人員都對他恭敬的敬禮，江少白對他眯起眼睛，儘管不認識，但他很清楚這個人的身分。

「普紐瑪閣下。」士兵對那名男人敬禮，普紐瑪在軍方已經不只是計畫的名稱，更是所有精神能力者在眾人認知中的獨特官銜。

男人點了點頭，他灰色的制服胸口繡著「約翰上尉」。他對兩名士兵說道：「是新來的人員？」

「是的，我們已經確認過他們的身分和貨物。」

「雙木執行長有傳達過總統的命令，所有登上這艘航母的外來人員，都要經過普紐瑪隊員的精神檢查。」約翰語氣忽然中斷，他眼睛轉向江少白，露出蘊涵著異樣的目光。江少白則眼神木然地回視著，兩人在那一瞬間進行了深刻的精神交流。接著約翰將目光收回，對士兵點了點頭。

「他們沒問題。」

「多謝了。普紐瑪閣下。」江少白一瞬間目露精光，約翰神色有些敬畏的微微低下頭。他面帶微笑的看向身後五名部下，「走吧，我已經累壞了。」

看著剛才通關的六人，查驗士兵感到莫名的恐懼。

他並不曉得為什麼，但看著他們就會感到陣陣寒意如針尖一般刺入肌膚。或許是人類作為生物的本能，對於危機的警覺往往遠勝於人工智慧。光是那五名高大的士兵就已經讓他感到相當不安，然而面對相貌平凡的威廉中尉，更是讓他恐懼到寒毛直豎。他瞥了一旁的約翰上尉，既然普紐瑪成員都說過沒問題了……

「愣著做什麼？你們檢查完了就過來幫忙。」搬運著箱子的人員對他們大聲吼道。

「抱歉，馬上過去。」士兵嘆了一口氣，他可不想因為好奇心害自己遭到同僚的怒火，他隨即甩掉剛才的念頭奔去幫忙。

江少白順利的通過了守衛的檢查，走下了主甲板，便朝著艦島所在處走了過去。會在一登艦就遇到普紐瑪部隊的成員讓他感到相當意外，儘管沒有親眼見過，但從剛才和對方的交會來看，可見普紐瑪計畫發展走向正如自己所料。居然可以讓總統如此信任普紐瑪部隊，可見雙木的確深得總統的信任。

他暗暗心想，總統只要維持艦隊的封閉就可以隔絕外部進入，但他卻要讓普紐瑪部隊協同上船護衛，讓印法埃有機可趁。當然這也不能怪總統，畢竟這是被印法埃極為巧妙的思想誘導長期影響下的結果。種種他們釋出的情報和行動，絕對會讓美國全體陷入茫然的恐懼中，而人一旦陷入集體恐懼往往就會選擇挺而走險。不過事實上，美國所截獲到的種種訊息也並不全然是煙幕彈，如果總統繼續待在美國本土，印法埃的確可能會計畫刺殺總統的行動。但這麼做只是換人當總統，無法一次掌控美國的權力核心。

六人走過狹長的通道，一路上並沒有太多人，人員大多待在宿舍或是船艦上的各樣室內休閒設施。巨大的船艦內除了許多常規的生活起居空間外，還有著諸多休閒設施，像是大型健身房、電動娛樂室、圖書間等，照顧船員們在海上的娛樂及生活品質。

在執行任務前江少白已經透過簡報，深入了解了甘迺迪號內部的配置，但實際觀察後仍讓人感到無比欽佩。從甲板上威懾四方的武力裝備，到內部船員的生活空間，處處可見美國在船艦上花費的巨大心力，和海權強國的恢宏氣派。完美地複製了兩百年前帝國主義的海上制霸策略。江少白在心中暗自讚嘆。

六人走到了通往艦島的樓梯口，江少白轉頭面對身後的五人，將口袋內一張印有美國海軍司令部標誌的文件交給其中一人，「這是你們來這前軍方的命令，作為加入未來相關部門整併的一環，你們三人將前往中央艦橋去加入他們的行列並控制他們。現在其他軍艦沒有效忠我們，不要讓他們有對外求救的機會。在我完全掌控他們的指揮權之前，不要做出多餘的行動，記得要先在硬體中植入通訊干擾病毒後才能動手。」三人明白的點了下頭。

江少白看向剩下的兩人，「你們和我一起去第二情資會報室，總統和艦長若沒意外此刻應該都在那。」他稍微感應了一下五人此刻的情緒，皆沒有一絲恐懼，「出發。」

江少白協同兩名部下走上了樓梯，登上了艦島。一路上都沒有人對他們多看一眼，這同時也是因為江少白暗自釋放精神力量干涉他們意識的緣故。

三人順利的到達了主艦橋下方的中舵參數管制處，這裡隨處可見眾多的大螢幕和電腦裝置，螢幕上數字和影像不斷變動，同步顯示著控管整支艦隊的重要數據。操作的人員只有七人，不過有著自動化的智慧管理系統協助，這樣的人數已經綽綽有餘。大幅縮減人力正是福特級航母的特色。

在另一頭，有三間關著門的會議室，其中標示二號的門口，有兩名高大的持槍軍人站在門前戒護，顯然裡頭正在開會。而江少白早在抵達這層甲板之前就感應到從會議室內部傳出強大的精神力量。有三人……不，是四人，有四名普紐瑪部隊成員在其中。可見情報是正確的，總統正在裡面。

一名操作人員轉頭，神色狐疑的看向三人，「你們這個時間到這裡做什麼？」

江少白聳聳肩，「最近不都是這樣？」

那人嘆了一口氣，「對啊，人員流動已經快把我們逼瘋了。」他小心翼翼的看向士兵駐守的那間會議室，壓低聲音說：「告訴你，總統和艦長正在那間會議室裡，還有四個聽說是那傳奇精神部隊的人，你們小心點別被他們逮到正在偷懶。他們的地位可是高的很。」

「是嗎？」江少白露出感激的笑容，緩步走到會議室門口的兩名士兵面前，「總統先生在裡面？」

兩人面無表情地看著江少白，「沒你們的事，菜鳥，好好做自己的工作……」

他們話還沒說完，就被江少白以強力的精神力量攻擊，一聲不吭的忽然倒下。管制室內的其他人員見狀以為他們心臟病發，一齊起身要趕來幫忙。江少白不給他們發聲的機會，在擊倒士兵的瞬間就背對著眾人放出強烈的麻痺精神攻擊，那七人也隨即癱倒在位子上。

「控制住這層甲板，不要讓任何人進來。」江少白對部下下達指令後，便把右手放到門把上，「該結束了。」

## 19

**美國　華盛頓特區　五角大廈**

麥可．懷特坐在辦公室的電腦前，仔細檢視著之前技術人員曾檢查過的世界衛生組織的解藥研發系統。儘管總統已經宣布終止了對雙木永萱的調查，但自從他聽了沃克將軍的話後，便感到十分不安。他本來也放下了這項任務，但在總統無預警的公布要遷移政府的消息，並指名讓雙木協同十名普紐瑪部隊成員登艦遠離國土後，不安的情緒便再次湧上心頭。他開始想沃克當時的情報可能是真的，因此私下調查當初解藥研製過程的計畫。

他看著螢幕，這幾天來他透過許多先進的診斷軟體和檢測程式查驗系統的記錄，不過都沒有查出任何異樣。他滑著滑鼠捲動著程式碼，喃喃說道：「看來是沒事……恩？」

他停下手指，將目光定住。一段程式碼吸引了他的注意。這段程式碼不過是數以千萬計的代碼串中的一部分，但不曉得為什麼，它的型態讓他感到不對勁，似乎藏有系統原訂之外的指令。他鎖定這段程式碼，並利用五角大廈內部的特殊線路傳送給世上最強大的「七眼」量子伺服器進行分析。

七眼很快就回傳了指令解析，他暗自讚嘆這台全球最強大的電腦的運算能力，同時仔細檢視著七眼的分析結果。這個指令很特別，它多樣模組化模塊皆經過手段巧妙的加密和虛擬文件系統，可以躲避系統的檢測，有些類似後門程式，但並不是將訊息傳到別的裝置上，而是在系統內部本身建立一個難以察覺的隱藏加密區塊。寫入這段程式的人似乎就是遭到處決的金恩博士。他究竟做了什麼？懷特仔細解析這個區塊的內容，當中居然備份了所有解藥研發過程中系統內部所有的實驗記錄、指令變動和授權的異動記錄！

他很快的掃過了異動檔案的授權記錄，隨即全身一震，恐懼蔓延全身。冷汗瞬間浸濕了他的襯衫，滴落在鍵盤上。「我的天啊……」他全身戰慄的喃喃道。

下一秒，懷特粗暴地衝出辦公室，全速在五角大廈的走廊上飛快的奔馳著。

## 20

**大西洋　航母戰鬥群　甘迺迪號　第二情資會報室**

在結束了對於未來軍政架構整併與印法埃部隊現況的討論後，蓋屋斯艦長關閉了會議桌上的全息影像。眾人微微伸展了一下僵硬的四肢，許多習慣待在陸地上的官員們對起伏不定的海面感到相當不習慣。

法蘭克看了下牆面上顯示的時間，快要到午夜了，在會議室待了快一整天，他伸展了一下頸側僵硬的肌肉，「今天就先這樣吧，之後的事情都交給我隨行的幕僚團隊……」

會議室的門打了開來，一名穿著海軍制服的男人走了進來，他外貌平凡且有著一頭短短的金髮。眾人皆一臉不解的看向他，不曉得他這樣的低階士官出現在這裡要做什麼。

「你有什麼事嗎？」一名官員瞇起眼睛看著他制服上的姓名，「威廉中尉，你是怎麼進來的？」

威廉中尉面帶微笑地掃視著會議室的眾人。多數的官員並沒有將注意力放在他身上，但是蓋屋斯眼神銳利的注意到，在會議室角落的四名普紐瑪成員神情忽然轉為嚴肅，眼神深處有微微的震動。

「會議終止了。」威廉高聲說，「所有人把手放到桌上，不准做任何額外的動作。」

「你瘋了嗎？」法蘭克總統比起憤怒，更多的是不解。

蓋屋斯看到威廉眼中暗藏的光芒，心中感到一陣驚駭，偷偷伸出手指按下會議桌下的緊急通知鈕。剛碰觸到按鈕，他忽然全身僵硬，手指無法動彈，他一臉驚怒的看著威廉，但他目光甚至沒有放在自己身上。

「不要動歪腦筋。」威廉表情毫無改變，神色自若的說道。

「你做了什麼？」蓋烏斯嗓音低沈的厲聲質問。

威廉沒有回應，但在那一瞬間，會議室內的所有人都感受到了，一陣強烈的情感震撼在腦中閃過，並在他們精神中留下了深刻的印象。眾人同時瞪大了眼睛，總統面部肌肉顫抖的說道：「你該不會是……」

威廉伸手抓住下顎處的肌膚，向上一扯。原本的金髮轉為一頭黑髮，原來的面容也出現轉變，取而代之的，是樣貌英俊，宛若雕像一般冰冷的面孔。所有人倒抽一口氣，那張面孔他們在無數次的新聞還有情報資料中看過。

「普紐瑪，壓制他！」法蘭克指著江少白大聲吼道！

四名普紐瑪成員絲毫不理會總統的命令，默默的走到江少白身邊。眾人不可置信的看著他們，此時雙木也從座位上起身。會議室頓時陷入窒息般的寂靜，總統張口結舌的看著走向江少白的雙木，「妳在做什麼？」

雙木瞥向身後的眾人，眼神中蘊涵著隱藏不住的鄙視，然後她站到江少白的身旁，恭敬的對他鞠躬，「總司令。」

會議室內一陣嘩然，強烈的憤怒、恐懼、叫喊的情緒湧入江少白的思緒。

「妳這個叛徒！」法蘭克氣得想撲上前，卻被江少白的力量壓制動彈不得，「我這麼信任妳。」總統咬牙切齒的咒罵道，他眼神充滿怒火。

「你應該聽沃克將軍的話，」雙木冷笑的說，眾人彷彿是第一次認識到眼前的人，「你兩次視察普紐瑪都不斷地接受著普紐瑪的精神誘導。」

法蘭克總統全身顫抖，怒視著江少白，緊繃的臉部上浮現出一道猙獰的笑容，「你費盡心思潛入航母又有什麼用處？就算你殺了我們，其他的船艦也不會效命於你。你是無法逼迫航母上頭的部隊服從的，你遠遠沒有足夠的人手控制他們。」

江少白聳了聳肩，並沒有對總統的話表現出憂慮，他伸手碰了一下耳機，「好，明白了。」他看向蓋屋斯艦長，「我們已經控制了這艘航母的旗艦指揮中心，我需要重新布置防空警戒區，並且下令艦隊轉向。為此我需要你提供這艘船艦系統的最高授權權限。」他對蓋屋斯說的語氣之隨意，簡直像只是要求對方借自己一支鉛筆。

「你瘋了嗎？」艦長怒氣難以遏制的低吼道：「你以為我會乖乖的和你合作？」

「當然，」他似笑非笑的看著艦長，「你已經告訴我了。」

江少白對著身旁的普紐瑪成員點了點頭。接連好幾道強烈的精神攻擊刺入蓋屋斯的意識深處，翻攪著他的每一寸心智。他倒抽一口氣，全身緊繃的摔倒在地上。有著戰場上種種沈重壓力下培養出的堅韌精神，蓋屋斯具備極為堅強的心理素質，即便遭受酷刑的折磨仍沒有發出慘叫聲，只是緊咬著牙關，斗大的汗珠從額頭上滑下。但即便是身經百戰的海軍上將也無法在精神部隊的高壓攻擊下維持自我，只過了一小段時間他便雙眼渙散，全身癱瘓的抽蓄不止。

在普紐瑪折磨蓋屋斯的同時，江少白則專注在感知蓋屋斯激烈起伏的精神上。儘管蓋屋斯一句話都沒有說，但他明確感受到他腦海中浮現出一個蓋屋斯極力隱藏的念想，他凝神專注在蓋屋斯腦中那股微妙的波動。在實際操作上，讀取思想遠遠比感應情緒難上數倍，但精準的思想內容例如圖像或是完整的對話內容目前是無法辦到的。不過在普紐瑪的協助下，取得授權碼這種簡短的想法還是可以。

「先減輕對他的攻擊。」江少白對普紐瑪命令道，隨即蹲下身體，將取得的授權碼對著艦長耳邊低聲復誦一遍。雖然他沒有回應，但江少白在他精神中感受到一陣明確的回應。

「好，可以停止了。」江少白點了點頭，普紐瑪立刻停止了對蓋屋斯的折磨。蓋屋斯全身劇烈的顫抖了一下，口吐白沫，隨即昏迷過去。

一旁的官員們全都臉色慘白的看著蓋屋斯的慘狀。即便一直聽聞精神部隊的能力強大，精神的折磨更勝肉體的酷刑，但實際看到眼前的景況，仍遠遠超越他們的想像。

江少白沒有理會一臉驚懼的眾人。他低著頭逕自將取得的最高授權密碼傳遞給艦橋待命的鐵鷹部隊，朝著對講機說道：「取得授權碼。將預備的病毒和更新的核可航空運輸時程表傳送給各艦，解除指定區域的局部航空警備區，好讓我們的運輸機降落，調整最新的艦隊方向，朝東南方以二十五節的速度前進。並要求所有的非執勤人員回到寢室，直到我方戰鬥人員抵達。」

江少白低頭看了下腕上的手錶，然後對雙木說道：「妳和兩名普紐瑪成員看守他們，我要去艦橋和戰略指揮中心。這裡就交給妳了，我一個小時後會再回到這裡。」

雙木露出了恭敬的表情，儘管她一向是聽從江少白的指令行事，但像這樣和印法埃總司令江少白本人直接的互動並接受指令，這機會卻是少之又少。她難以控制自己流露出這樣的崇敬情緒，而江少白也感知道了，他轉向她並對她露出激賞的微笑。他伸手按在雙木的肩膀，她身體微微一震。

「這段時間辛苦妳了，幹得好，雙木。妳一定會獲得應得的回報。」江少白將富有柔和暖意的精神傳入了雙木的精神中，她一臉感動地彎下腰。

江少白掃視著眾人一眼，隨即快步離開會議室內，留下不知所措的官員們面面相覷。

# 21

**美國　華盛頓特區西南方　五角大廈　戰情指揮中心**

五角大廈內部正陷入極度的混亂。

兩個小時前，五角大廈遭逢了有史以來所最有系統且規模最龐大的網路攻擊。巨量的資訊沿著光纖和無線網路湧入所有的對外伺服器，造成伺服器大當機，澈底癱瘓了五角大廈對外的聯繫。攻擊湧入的龐大資訊皆經過高明的重新編排，無法利用處理垃圾訊息的「黑洞」來解決，顯然預謀許久。具備高速運算能力的七眼系統並不與此相連，因此無法處理這波網路攻擊。五角大廈對外幾乎陷入癱瘓狀態，外頭部隊無法獲得中央資訊，形同門戶大開。

一整組工程師和系統維護員好不容易才排除掉大部分的雜訊，開創出新的通道，但效率也因此大幅下降。一恢復功能，他們立刻就因為眼前的消息而大為震撼。

透過已經為數不多的衛星影像，他們發現一支由原巴西、墨西哥和印法埃固有海軍所組成的大規模艦隊，正在快速的北上朝總統此時所處的第六艦隊接近。單從武力來評估，實在看不出印法埃此舉有什麼勝算，但毫無疑問的是，他們正在展開行動。而五角大廈有足夠的理由認為局勢已經生變。

在兩個小時前，懷特焦急的通知國防部長卡爾．洛茲，說明他查出雙木曾經更動過黑死瘟疫的解藥基因組，並將之嫁禍給金恩博士。這消息震撼了高層，部長立刻要求聯繫海軍司令部和總統所在的甘迺迪號，五角大廈卻在這時遭到了重大的網路攻擊，對外通訊完全斷絕。然而即使使用私人線路，也聯絡不上甘迺迪號上的任何人。此刻戰情指揮室內擠滿了人，所有人都聚精會神的看著螢幕上顯示的各樣資料。

「還是沒有消息。」技術員高喊，洛茲部長憂慮的皺起眉頭。

當五角大廈注意到印法埃艦隊動向的異狀時，資料顯示已經有四架非海軍司令部原訂班表的運輸機登上了甘迺迪號，當中似乎是運送著印法埃戰鬥人員。如果真是如此，那幾乎可以肯定甘迺迪號已經落入印法埃的掌控之中。周邊的艦隊在重新和司令部聯繫前，也注意到了指揮航母的異狀，但此刻航母猶如孤島般浮在海面上，不論是救援部隊或是直升機都不可能靠近。整支艦隊只能跟隨著甘迺迪號，以待機狀態朝著印法埃艦隊所在的東南方快速前進。其中艦隊的作戰指揮也在海軍司令部的決定下，重新轉移回惠特尼山號指揮艦，突如其來的轉變造成艦隊不小的混亂。好在惠特尼山號作為指揮艦，本就具備大型的聯合指揮中心及通訊設備，很快地適應了新的指揮體系。

在沒有確認甘迺迪號上的人員狀況前，他們不可能做出有效的行動，只能空焦急。要是總統不輕信雙木也不會發生這種事。洛茲在心中暗自咒罵著。

「長……長官！」技術員在後方大叫，「我們收到了甘迺迪號上傳來的視訊影像！」

「立刻轉進來！」部長大吼，隨後螢幕便亮了起來。戰情室的眾人看到螢幕上的影像一同發出驚呼聲，原本手上忙著事物的人員也全部將目光投向大螢幕上。

螢幕上顯示的是甘迺迪號的主會議室。只見法蘭克總統和數十個高官都一臉頹喪的低著頭看著地面，坐在總統身旁的蓋屋斯艦長不曉得為什麼，全身一直不住顫抖，眼神渙散的喃喃自語。

「總統先生！您還好嗎？我們已經失去聯繫快三個小時。有情報顯示雙木永萱是間諜，您知道這件事了嗎？」

戰情室沉默了一陣子，螢幕上仍沒有任何人回應。

「蓋屋斯艦長？」部長再次開口：「如果可以，請您告訴我們……」

一聲槍聲，戰情室內的眾人皆嚇了一跳，才注意到槍聲是從螢幕那傳來的。在會議桌旁的其中一名海軍中將遭到後方射出的子彈貫穿頭顱，俯身趴倒在桌面上，他的鮮血和腦部軟組織也全部噴濺到會議桌上，染紅了整張桌面。會議室內的眾人皆一臉驚懼的避開那人，但似乎被後方的士兵限制而無法移動。

戰情室內的官員們目瞪口呆的看著影像，「究竟發生什麼了？到底是誰……」

「當然是我。」螢幕上，被稱作是恐怖組織印法埃集團的總司令江少白出現在會議室中，他走到了總統身旁，手上拿著一把槍，點點血漬還沾染在他的衣袖上。

戰情室頓時一片嘩然，洛茲部長張口結舌的高聲叫道：「不可能！」

「當然有可能，」江少白坐到鏡頭前，那張英俊而冷酷的面容令所有人為之一顫。「這一切都要感謝這位傑出的總統，他花費了數十億美金的資源替我創立了內奸和精神部隊，否則還真沒有辦法潛入這艘固若金湯的堡壘。」

總統似乎這才注意到鏡頭已經開啟了，他瞪大雙眼，張大了口對著鏡頭嘶吼，「快點離開！這裡……」他拼著命還想要說些什麼，但隨即遭到後方的士兵壓制，並將他帶出了會議室，消失在螢幕外。

「你們應該清楚我是認真的了。」總統離開後江少白再次開口，戰情室內陷入一片緊繃的沉默。

「你想要什麼？」洛茲以緊繃的語氣開口問道。

「很簡單，你們的衛星應該已經發現印法埃的海軍艦隊正在北上與第六艦隊會合，我要整支艦隊停止在原處待命。他們不要妄想登上船艦救援，任何船艦或是直昇機敢靠近就會立刻被擊毀。等我們和印法埃艦隊會和，將會給你們進一步的指示。」

「我可以答應你的要求，」洛茲說道，「但你必需要答應我們的條件。」

「我洗耳恭聽。」

洛茲看了身旁的眾人一眼，確認一下剛才討論的條件，「我要求你們釋放二十名目前被你們劫持的官員，將他們交還其給其他戰艦接收。」

「沒有問題，把你們所要的名單傳給我，除了法蘭克總統、艦長和雙木三人以外，其他官員都任你們挑選，我保證讓他們毫髮無傷地歸來。」

江少白答應的速度快到戰情室內的眾人一時不曉得要怎麼回應，洛茲心下懷疑江少白的意圖，但他仍回頭說道：「立刻擬出二十名官員的名單。」

「我給你們三十分鐘準備名單，屆時再繼續聯繫吧。」語畢通訊就切斷了。

戰情室內的眾人立刻開始研討名單，雖然在官員登艦以前就列好了個別的優先度，但在看了船艦的狀況後，索求的人員順位需要再重新安排。與之同時，技師則嚴密的監控著甘迺迪號和整支印法埃艦隊的動向，不論江少白怎麼威脅，現階段絕不能讓甘迺迪號落單。

「沒有問題。」洛茲對名單做了最後的確認後點頭說道。然而他感到非常憂心，他直覺江少白一定有所企圖，但現階段實在無法做出進一步的行動。也許他只是為了未來可以進一步和美國談判，以先建立信用為前提。

三十分鐘一到，技術員立刻撥打電話。螢幕再次亮起來。江少白坐在鏡頭前，面帶微笑地看著手錶。

「哇，真是準時啊。你們的名單已經準備好了吧？」一說完甘迺迪號那頭的螢幕上就顯示出國防部擬列的名單，他迅速地看了一眼，幾乎沒有理會上頭的名字，便點了點頭，「沒有問題，我會將他們全數放在小型艦上。你們的艦隊一小時後會到指定坐標接收到他們，那就到時候再聯繫吧。」

通訊再次切斷，坐標出現在螢幕上。洛茲看向一旁，「把座標傳給艦隊，立刻派出快艇預備接收人質，攜帶完備的通訊裝置以便和五角大廈即時通訊，小心印法埃的偷襲。」

螢幕上，從兩棲作戰艦中，三架氣墊高性能快艇朝著江少白指定的地點快速駛去。螢幕的畫面也轉變為三艘快艇上的攝影畫面。影像隨著海面的波動，劇烈起伏的晃動著。水花不時噴濺在鏡頭之上，人員的叫喊和波濤啪打的聲音充斥在戰情室內，眾人皆緊張不安的凝視著螢幕。

透過衛星畫面，戰情室確認了從甘迺迪號，一艘窗口被遮蔽的小船脫離了龐大的航空母艦往空曠的水域上緩慢駛去。人員判斷以接應船隻和小船的相對速度，可以提前就接收到人質，但為了人質的安全，眾人決定仍按照原定時程接收釋放的官員。

時間一到，快艇上的士兵立刻進入小船中。螢幕上只見內部坐著二十名官員，雙手被反綁，分別坐在兩側的地面，士兵上前檢查，高聲喊道：「身分確認！人員全數安全！」

戰情室傳來一陣放鬆的喘息聲，洛茲高聲說道：「我要和他們通話！」

「呃……長官，雖然人員都是安全的，但是他們都有些奇怪……他們似乎都發瘋了。」

聽到士兵的描述，洛茲心中立刻涼了半截。螢幕上，這二十名官員雖然身上沒有任何傷痕，但精神狀況一看就是遭受了極度嚴重的摧殘，所有人都雙眼呆滯的看向地面，口中滴垂著唾液，還發出無意義的叫喊聲，和蓋屋斯艦長狀況類似。眾人驚駭的看著這變為瘋子的二十名美國軍政高層，雖然沒有親眼看過，但他們都知道這是精神部隊造成的。

戰情室內一片死寂，洛茲部長更是怒火萬丈，自己和所有官員全被江少白狠狠地擺了一道。

「把這該死的畫面切掉。」洛茲咬牙切齒的說道。

「你們收到我的禮物了？」江少白的面孔出現在螢幕上，他面帶微笑地看著鏡頭，那副表情讓洛茲氣得想把馬克杯扔到上面，「我信守承諾，保證他們毫髮無傷的歸來。」

「毫髮無傷？你把他們全變成神智不清的瘋子！」

「我不可能讓他們透露現在航母上的狀況。」他語氣轉為冰冷，令所有人不寒而慄，「至少你們現在應該很清楚，再膽敢和我討價還價會有什麼後果。現在，我要求周邊艦隊立刻停止跟著甘迺迪號，如果一小時後我還沒察覺到周邊艦隊的停止，我就會開始一個一個處決你們的官員，挖出他們腦中的資訊後再把他們送回去。」

畫面再次中斷，戰情室內立刻陷入一片混亂。不少官員直接站起身來怒罵，更有人高聲叫喊著應該立即行動。憤怒緊迫的氣氛充斥著整個空間，連後方的技術員都開始焦躁不安。

「我們要立刻派遣部隊登艦攻擊！」

「總統和幾十名官員還在上頭，現在絕對不能動手！」

「應該立刻行使憲法第二十五修正案！由副總統接掌三軍統帥職權！」

然而事實上，在瘟疫解除不久之前，副總統就已經病逝，後來又因政府議院內部人員大幅整肅，此刻副總統的位置仍是空缺。至於第三、四順位的眾議院和參議院兩院議長和臨時議長，前者被懷疑和印法埃勾結正在接受調查，後者則是一個遠在他處又無實質力量的年邁議員。國務卿、財政部長皆和總統一起在甘迺迪號上，此刻國家實質最高層領袖是國防部長卡爾．洛茲，眾人都把目光投射到部長身上，等待他的決斷。

洛茲怒火中燒的瞪視著螢幕。他直覺知道江少白一定是在拖延時間，前面的一切必然是為了拖延美軍的行動。至於他到底在等待什麼，洛茲並不清楚，但他清楚的是，絕不能再把主動權交到江少白手中。

儘管情勢危急，他仍冷靜的仔細斟酌著眼前的情況。已被控制的甘迺迪號和上頭的印法埃作戰部隊，作為戰力雖然無法無視，但在和印法埃艦隊會合前又無法使用戰機的情況下，要擊敗航母是易如反掌的事。當然，航母本身和上頭數千船員及官員的價值絕不能輕易放棄，但若是放任印法埃奪走航母，對海軍會造成難以彌補的重創，爾後更不可能無損奪回來。至於船上的人……蓋屋斯艦長看起來已經失去自我，雖然還有很多其他官員，但有江少白和普紐瑪部隊在上頭，根本無法阻止他們持續獲得機密。江少白不可能動總統，總統作為目標實在是太大，對印法埃而言是有利的人質。

反過來說，若是此刻殲滅印法埃海軍，江少白等人空佔著航母也無計可施，他們無法使用上頭的戰機，失去接應後他們哪也去不了，只能漂在海上動彈不得，屆時可以再調度援兵，一舉攻上航母營救人質。而且印法埃為了奪取甘迺迪號並掌握總統已經出動極大勢力，幾乎是他們全球半數的海軍力量。要是這支艦隊被殲滅，印法埃的海上力量就會澈底破滅，對全球的控制也會大為衰退，再也無法威脅美國。

洛茲盤算完所有的可能性，斷定和印法埃艦隊交手的利益遠大於弊端。印法埃主力此刻與美軍正面對上，正是千載難逢的機會。他咬緊牙關，「聯繫海軍司令部，給艦隊下命令，全速前行，一小時後一抵達和印法埃海軍交戰的作戰半徑就立刻出手消滅他們！」

「不行！上頭全是政府的高層啊！」一名軍官立刻出言反對，許多人低聲表示贊成。

「現在，印法埃霸佔著我國最先進的航空母艦，挾持著全部的高層，等到他們和印法埃艦隊一會合，我們就再也不可能營救出他們也無法奪回航母，這會造成雙方的實力天平大幅傾斜，而那些官員所知的所有資訊都會被逼出來對付我們。如果在場有人可以提出更好的想法，我洗耳恭聽。」

沒有任何人回應，他們心裡很清楚部長說得沒錯。洛茲對海軍將官點了點頭，他們猶豫了一會兒，便按下聯繫海軍司令部通知鈕下達指令。

戰情室內一片寂靜，所有人皆聚精會神的凝視著螢幕上印法埃和美軍艦隊的相對距離不斷接近，他們猜測江少白注意到艦隊沒有轉向很快就會來電質問，但一小時的期限慢慢接近，仍沒有甘迺迪號的消息。

「報告長官，即將進入和印法埃第一波艦隊的交戰半徑，甘迺迪號沒有回應。」

所有人目光匯聚到國防部長身上。洛茲咬了咬牙，江少白沒有反應讓人感到極度不安，但現在箭在弦上，已經不得不發。「通知司令部，進入交戰狀態。」

「已下達指令。」

螢幕上顯示所有的海軍艦隊進入戰鬥狀態，武器系統的安全裝置全數解除。

「發射AGM和戰斧反艦飛彈。」第一線的驅逐艦發射了反艦飛彈，五角大廈透過衛星看著導彈的發射。但才過了一秒，整個指揮中心就知道失策了。

警示的光芒閃遍整個螢幕。連結艦隊狀態的視窗，上頭顯示驅逐艦雷達網上的敵方目標一瞬間增加到一萬多個，其中使用同型系統的船艦全被系統識別為最危急的目標。

眾人不可置信的看著眼前的影像，一瞬間他們全都領悟了印法埃的計謀。洛茲部長絕望的吼叫命令艦隊停止攻擊，但已經太遲了。

為了同步整合艦隊的資訊並加以指揮，美國海軍採取共同聯合網路架構。這個網路具備多層的加密和對外防護措施，但印法埃透過航母上的內部共通網路將精密設計的病毒繞過過濾器和加密機，傳送到所有艦艇終端，直接進入先進指揮系統，進而駭入武器和偵察裝置中。這病毒並非針對網路架構或是各艦終端進行破壞，而是對神盾系統的雷達偵測和電子判斷系統進行干擾。當船艦一發射導彈，就啟動了埋藏在系統內的病毒。一瞬間，雷達上顯示的敵方目標增加到一萬多個。更糟的是，神盾系統會從多個目標中辨識最危急的對象優先打擊。而在病毒的影響下，所有使用神盾系統的船艦全被辨識為極近距離的威脅目標。在彼此連結的數據鍊網路被摧毀的情況下，各艘戰艦無法識別出指令的矛盾。

螢幕上出現海軍史上最詭異且駭人的景象：驅逐艦所發射的數十枚導彈，在系統的導引下，出現極度不自然的轉向，全部朝向艦隊中的其他戰艦射去。裝備在各艦的反導系統發射大量的反輻射飛彈並用方陣快砲射擊防禦，但攻擊的方向卻不是來襲的導彈，而是朝著雷達網上出現的虛構目標進行無意義的攻擊。

一個個巨大的火球在海上爆出。大部分的導彈因為系統失靈且距離過近而落入海中，或在空中就被方陣快砲擊中爆炸，但仍有數枚導彈擊中了其他船艦。爆炸聲震撼了整支艦隊，三艘驅逐艦和兩艘巡洋艦在巨大的爆炸中幾乎全毀，上頭搭載的武器也一併連鎖引爆，將整艘船在海面上炸成團團火焰，強烈的光芒讓即便遠在千里外的戰情室內的官員都不禁眼盲。

殘存的軍艦趕忙關閉武器系統。病毒儘管威力強大，但只要有一小段時間重新設定就可以修正這個問題，但海上交戰的緊迫程度分秒必爭，根本無暇重新設定。艦隊開始全速轉向北方撤退，但印法埃的軍隊也在此刻出手。

九架銀白色的赤炎之子在畫面上，在完全不驚動偵測系統的情況下已經高速迫近美軍艦隊。若是有防空系統、F-35戰機和預警機一同協防，尚可抵抗赤炎之子的攻勢。但此刻航母受到敵人掌控、神盾系統作廢、通訊遭到切斷，艦隊完全無法抗衡超高性能的赤炎之子，幾乎成了海上的活靶。艦隊陣型大亂、指揮體系澈底失靈，不論指揮中心如何絕望地企圖挽救局勢，都沒有絲毫改變。

戰情室後方的技術員忽然傳來慘叫聲，眾人茫然地回過頭，彷彿不知道還有什麼事情可以比現況更慘，「完蛋了！長官！全國十三座機密的普紐瑪部隊據點全部同時遭到攻擊，守衛部隊完全無法抵抗，國內普紐瑪部隊已經全被印法埃劫走了！」

眾人感到無比的震駭。印法埃的計畫此刻已經很明顯了，他們同步進行所有計畫，癱瘓通訊、劫持總統、消滅艦隊、劫持普紐瑪……他們完全落入印法埃的陷阱中，他們出的每一招，印法埃都在背後操控。

螢幕上顯示著被破壞殆盡的普紐瑪基地、正遭受毀滅的海軍艦隊，還有甘迺迪號上江少白和眾多遭挾持的官員、朝印法埃艦隊起飛的運輸機。無盡的慘叫和爆炸聲從麥克風傳來，在戰情室內迴盪不止。

整個戰情室內的空氣如同被抽光一般，眾人無力地癱倒在位置上，系統的警報和船員的的叫喊聲褪為背景雜音，眾人眼神中傳達出純粹的絕望。

洛茲部長全身癱軟的摔倒在椅子上，他感覺到傲立兩百多年的美利堅合眾國，此刻正隨著刺耳的系統警報聲逐漸剝離瓦解。他心中閃過那位ＬＧＧＳＣ局長沃克的嚴厲警告，但現在說什麼都太遲了。

## 22

**希臘　科林斯地峽　蓋亞聯盟軍營**

倫納德跑出了蓋亞聯盟的指揮建築，緊張的四下張望。

不久前他和軍方確認完印法埃特種部隊的入侵事宜，以及相關戒護之後便到醫務室去找蕭璟。然而到了醫務室後，卻聽到醫官說蕭璟在包紮完腿部傷口後，就趁著其他人不注意自己偷偷離開了醫務室，醫官也相當擔心。

聽到這個消息，倫納德心臟差點跳了出來。雖然軍隊已經立即對周邊的地區進行全面掃蕩，但要是在附近還有印法埃的殘餘部隊該怎麼辦？要是，蕭璟根本不是自己離開的……

他看著四周，此刻已經凌晨了，周圍並沒有什麼明顯的光源，只有滿天星斗無聲的閃爍。他皺起眉頭，這樣根本無法找到蕭璟。於是他閉上眼睛，讓自己的精神力量順著強風朝四面八方延伸，形形色色的情緒波動立刻回饋在他的意識當中。儘管軍營內有近萬人，但他仍很快就探知道那陪伴自己七年，重要且熟悉的精神特徵。

他鬆了一口氣，趕忙朝著蕭環的方位跑了過去。

沒多久他就看到蕭環的背影。她獨自一人在軍營外圍的空地上佇立著，面向著大海，纖細的背影在強勁的海風中微微地搖晃著，身子在寬廣的夜空與空地之中顯得格外渺小。倫納德見狀總算放了下心，緩步的走向她。

「你這麼快就來了啊。」蕭環在倫納德靠近到背後時轉過頭來，她面露微笑的看著倫納德，眼神中閃爍著淘氣的光芒，「我就知道你一定很快就能找得到我。」

蕭環清洗完身上的髒汙和血漬後，已經完全不見剛才浴血奮戰後的血腥樣貌。她似乎心情非常好，完全不像才剛死裡逃生。看著她明艷動人的臉龐容光煥發，溫暖的氣息猶如海洋一般清新，倫納德不禁感到心中一蕩。

倫納德強迫自己收懾心神，嘆了一口氣，「妳不知道我快要擔心死了，妳怎麼一個人跑到這裡？要是印法埃的殺手還在附近怎麼辦？」

蕭環無所謂的聳了聳肩，「我覺得不大可能，反正再怎麼樣也不會比剛才更慘。」

「但是……」

「別管那些了，」蕭環對他露出一抹調皮的笑容，「來嘛，和我一起散步。」

倫納德想要抗議，但蕭環已經轉頭走開。他無奈的嘆了一口氣，自己不論有何等強大的精神力量，面對蕭環總是毫無用武之地，不過心中也不禁感到溫暖而放鬆。他和蕭環並肩在星空下漫步。

清爽的海風吹拂而過，群星冰涼的光芒靜靜地灑落地面，令人感到格外的神祕且靜謐。兩人並肩走了相當長的一段時間，一路上雖沉默不語，但彼此心靈的契合，沒有任何焦慮和尷尬，一切都很舒服。倫納德看向遠方的海面，此刻靜謐祥和的氛圍，彷彿不久前的戰鬥沒有發生過。平靜從心底擴散，全身的肌肉和精神都為之放鬆。

「上次這樣子悠閒的散步獨處不知道是多久之前的事情了。」蕭璟看著滿天繁星，語氣感慨的說道，「我記得是在西安指揮部的陽台上，那是我們第一次獨處，也是第一次仰望同一片星空。」

「是啊，當時我根本還搞不清楚發生什麼事了，」倫納德微笑的抬起頭來，即便過了七年，當時的回憶仍是如此清晰，「我記得當時妳告訴了我，為什麼妳喜歡看星空，也和我說了妳家庭的事。」

「那可是我第一次和自己以外的人完整的講呢。我還告訴了你奧菲斯和七絃琴的故事。」

「是啊……」倫納德和蕭璟不約而同的找尋著當時兩人共同仰望的天琴座。看著六個星點連成的豎琴，倫納德忽然想到什麼似的開口：「一直以來都是妳在教我關於星空的知識，現在該輪到我了。」

蕭璟眼神饒富興致的看向倫納德，「我洗耳恭聽，倫納德教授。」

倫納德嘴邊露出一抹微笑，「妳知道，在一般認知上，目前距離我們太陽系最近的恆星系統是在大約四點三七光年外的半人馬座阿爾法。然而事實上，恆星的位置是不斷變動的，我們所熟知的星空都只是在當下的位置如此。」他眼神注視著一顆微紅的星點，「七萬年前。有一個名為『舒爾茲星』的雙星系統，其中的紅矮星舒爾茲，一度進入我們太陽系所在的奧爾特星雲當中，距離地球只有零點六光年。近距離的恆星造成太陽系周邊的小行星還有彗星軌道產生變化，至今仍然觀察得到。雖然有些軌道變化不盡然符合預期，有其他力量會造成計算上的失誤。不過太空中本就有很多難以預測的現象會影響星際物質。」

「真是難以想像，居然有顆星星曾經那麼接近我們。」蕭璟語氣欣慕的說，「希望有機會能親眼見證。」

「是啊，雖然我們看不到，但七萬年前，正走出非洲大陸的人類始祖們，或許曾經看過這十萬年一遇的奇景。」

兩人沉默下來，看向夜空，目光彷彿穿越了七萬年的時間隔閡，和人類的祖先一同仰望著那顆曾經和地球擦邊而過的星辰。

「你知道嗎，在剛才差點被殺死的瞬間，我想了非常多。」眺望著天際的蕭璟忽然開口說道。

倫納德感到心中一震，終於談論到核心了。他平靜的看著蕭璟，蕭璟的眼神清澈而明亮，黑曜岩般漆黑的雙眸映照著夜空中數不盡的繁星，在眼底深處熠熠生輝。

「我想和你道歉。為了之前，還有最近的所有事。在青海基地知道我的生命只剩幾個月的時候，我本來沒什麼特別的想法，畢竟我的性命有好幾次都是從死神手中奪回來的，而且當時所有的心力都放在化解病毒上。但在瘟疫解除後，我才發現自己根本沒有想像的那麼堅強。我一直自私的希望不要留給你太大的痛苦，所以才刻意疏遠你……但我沒想到，其實你也一直默默在承受著這件事實，並在背後給予我支持。剛才的事讓我明白，我這段時間的逃避根本不是為了別人，只是以此為藉口躲避其他人的關心，彷彿這樣就可以假裝那必然的未來不存在，假裝自己不在意未來會有別人取代我的位置。」

「璟……」

「所以說，」蕭璟語氣流露出剛才所沒有的堅毅，「我決定，自己不要再想未來會發生什麼事，只要把握現在。雖然有點晚了，但我希望就算未來我不在了，我們之間最後的回憶是美好而沒有遺憾的。」

蕭璟說的話，儘管語音溫和，但字字都如雷鳴般在倫納德的心中轟鳴作響。他不敢想像知道自己死亡期限的蕭璟心中的壓力和無助有多麼巨大，也對蕭璟的覺悟感到欽佩。心中一陣酸楚，但他並沒有表現出來。他微微一笑，「妳和我說了那麼多，現在該輪到我了吧？」

蕭璟目光含笑的看著倫納德，兩人四目相接。倫納德輕聲說道：「璟，嫁給我吧。」

蕭璟臉上出現震驚的表情，不可置信的看著倫納德，彷彿自己聽錯了。倫納德緩緩的單腳屈膝跪下來。

倫納德從胸前的口袋拿出一個小小的柚木盒，這是安潔莉娜在不久前交給他的。古樸簡實的木盒沒有華麗的裝飾，只是在蓋子上印有「8」符號，下方以草書寫著「Aeternus」，其意為拉丁文中的「永恆」。

倫納德微微顫抖的手揭開了木盒的蓋子，露出光彩奪目的鑽戒。蕭環左手掩著嘴巴，眼神中混雜了震驚、感動和驚喜。

木盒中端放著的戒指，銀白色的指環，六爪鑲鑽，在爪鑲和戒臂之間的簍空設計，使得上方的鑽石具備更高的層次感和進光能力。鑲嵌在上頭的，是具備七十三個切面的純淨梨形鑽石，精心雕琢的切面和戒身的設計，在繁星密布的星空下吸收著大量多彩的星光，經過內部的折射打散，向四面八方射出璀璨美麗的火彩光輝，舞動的七色火焰宛如具備生命一般。但最讓蕭環感到訝異的並不是鑽石，而是——

「那不會是……地鼠的超金屬？」蕭環看著銀白色的指環說道，倫納德點了點頭。

戒指的指環所使用的並非是白銀或是軍方仿造外星金屬的超合金，而是從原始的地鼠身上所取得的超金屬所鍛造而成。外星金屬的平滑外觀，具備遠超白金的流線型態與亮麗光澤，是全世界最堅硬且稀有的物質，除了軍方高層只有極少數人有辦法取得這種物質。指環外型讓人聯想印法埃的「使徒之戒」，但重新設計後，顯得更具現代和華麗感。

倫納德仰望著蕭環，語氣有些顫抖的說道：「你知道嗎，在前往中國以前我就在準備了，我原本打算當妳成功研發創世疫苗，我也完成黑死病的調查，就可以好好的一起慶祝，然後……再當面向妳求婚。但是後來發生了許多事情，瘟疫爆發、印法埃崛起，甚至在青海妳被游弘宇做出了死亡宣判……」他的語氣中蘊藏著無盡的不捨與悔恨。

「但是，」他加重語音的接著說道。不捨轉變成了堅毅，悔恨化作了決心，「我不會再讓自己錯過機會。我一生做錯過很多事，我因為膽怯不敢對妳伸出手，好幾次差點失去妳，我發誓絕對不會再重蹈覆轍。這一次，我絕對不會放手，否則我一定會後悔一輩子。」

蕭環的雙眼浮現出晶瑩的淚光，她全身在海風中顫抖不止。她激動莫名，但不曉得該說些什麼，過了一會兒才低聲說道：「你確定?你不記得之前在星艦的檢測結果嗎？你真的要為了這兩週的時間束縛住自己？」

倫納德毫不猶豫的點了點頭。他們之前曾偷偷進入挖掘出的阿爾戈星艦內，對蕭環做了一次診斷，從那時超級電腦做出的精確判斷，蕭環如今只剩下十四天的壽命。但如今這已經絲毫不成為他心中的障礙。

「正如妳所說，我無法預知未來，但我可以把握現在。」倫納德將手按在胸口，語氣堅決的說道：「就算十四天之後妳真的離開了，這段時間的回憶仍在，會在我心中持續活著，永不褪色。這是我唯一打從心底想完成的心願……因此，讓我沒有遺憾，一起為這最後璀璨而短暫的時光賦予不朽的意義。所以拜託妳……答應我吧。」

倫納德右手稍微顫抖的牽起蕭環的左手，從木盒中取出戒指。他凝視著蕭環的雙眸，將戒指輕輕地滑上她左手的無名指。超金屬冰冷的觸感和蕭環溫軟的手形成鮮明的對比。他擔心蕭環會抽回左手，但她只是任由自己將戒指套上。

滿是淚水的雙眼四目相接，那一刻兩人目光深深的交流，進入彼此的心靈深處，長久以來的心靈隔閡在那一瞬澈底煙消雲散。倫納德感覺星辰的光芒如漩渦般在頭上劇烈的旋轉，銀河星辰璀璨的光芒在戒指和蕭環眼底匯聚湧密，並被折射、打碎成無數七彩的柔和光束朝著四周散射。兩人溫熱的氣息交流著，強烈的刺激著倫納德的精神。

他站起身來，伸手撫過蕭環絲綢般的秀髮，雙手捧著她的臉，感受她的緋紅的雙頰。倫納德看見蕭環眼中同樣燃燒著熱情的火焰，倫納德傾身向前，深深地親吻著她。他感受到蕭環鹹鹹的嘴唇和溫暖清香的氣息，而她也伸出手環繞著自己的脖子，熱情而纏綿的回吻，濕熱的氣息強烈的刺激著他的感官。倫納德此刻緊張的程度幾乎超越當年和嬴政的對峙，心臟激烈的跳動著，但當時內心是因為對死亡的恐懼而跳動，如今卻是為了生命和愛。

倫納德感覺不久前失去的力量已經全部恢復，內心感到前所未有的雀躍和平安。儘管理性在腦海深處告訴他這樣不大好，但他早就將所有理智拋到九霄雲外。他環抱住蕭環的腰，一陣模糊中兩人一同躺倒草地。

他感受到蕭璟身上的溫度和胸口的跳動，烈火般的激情快速的流竄過全身，此刻他的精神力量完全集中在蕭璟身上，深刻的感受著她精神的每一絲細微的波動和極度的歡愉。他伸手想掀開蕭璟的上衣，希望能夠更貼近對方，感受她肌膚的溫度……

微弱的震動聲從倫納德腰間傳來，將他拉回現實，蕭璟也感受到那股震動。他們不得不停下動作，倫納德厭煩的低頭看了一下對講機，正發出綠光，顯然有人在呼叫他。蕭璟微微喘著氣說道：「你要不要先確認一下有什麼事？」

倫納德皺起眉頭，誰會在大半夜呼叫他？但不論有什麼急事，此刻都擺在其次。「不用管它。」他決定道。他切掉通訊，將對講機塞回腰間，低下頭繼續親吻著蕭璟，將手伸回她的衣服底下。

對講機再次震動了起來，蕭璟輕輕地嘆了口氣，用手指輕輕的撥了撥倫納德的頸後的頭髮，「你先確認一下是有什麼事吧，才剛發生那種事，搞不好真的有急事發生。」倫納德不情願的咬牙坐起身來，要是對方沒有極度重要且充足的理由在大半夜打斷他們，他一定要殺了那個呼叫自己的人。

他不耐的打開對講機，以極度不悅的語氣說道：「怎麼了？」

「沃克將軍回來了，他想見你還有蕭璟。我一直都聯絡不上你……」劉秀澤語氣急促的說道，「你人在哪？」

即便劉秀澤對他和蕭璟有救命之恩，但為了這種事情在這麼重要的時刻打來大煞風景，簡直是不可原諒。蕭璟靠著他胸口，一起聽著對方在說什麼。倫納德強迫自己以平靜的語氣說道：「現在是大半夜，我很忙。不管什麼事都可以晚點再……」

「很抱歉，這件事非常重要。」倫納德注意到劉秀澤語氣中傳來的極度恐懼和擔憂的情緒，心頭不禁微微一緊，不耐的情緒稍稍收了起來，蕭璟露出擔憂的神色一起傾聽著。

「沃克將軍帶回非常重要的消息。是關於印法埃、美軍、普紐瑪部隊還有……乙太。」

倫納德和蕭璟走回了會議室，儘管現在是半夜，裡頭卻早已坐滿了軍官，安潔莉娜和劉秀澤也在其中，沃克坐在桌首和身邊的軍官討論著事情。每個人臉上都透露著疲憊，但卻沒有任何人表現出一絲不耐。會議室裡愁雲慘霧，眾人眼神滿是緊張和恐懼，顯然真的發生大事了。

蕭璟看著會議室的眾人，大多數人都是這段時間認識的軍官，但卻有兩個沒有看過的人坐在沃克旁邊。這兩人一男一女，東方人面孔，但神情十分緊張，在眾多軍官中顯得格外突兀。

沃克聽見會議室門打開的聲音，停下討論抬起頭來。他看著倫納德和蕭璟兩人衣衫不整又滿臉通紅的樣子，不禁挑起一邊眉毛，「你們剛才在做什麼？」

倫納德露出尷尬的微笑，蕭璟被這麼一問更是臉頰漲紅到像是中暑一般，害羞的低下頭。劉秀澤看著兩人的反應，他感知道兩人不知所措又難為情的情緒，忽然瞪大雙眼，發出一聲驚叫，「天啊，剛才是在……我很抱歉，我不知道……」

「不是那樣！」蕭璟尖聲打斷他，但她看到在場的軍官都露出若有所悟的表情，顯然明白劉秀澤在說什麼。她感覺自己的臉漲得更紅，慌張的揮著手否認。

一陣閃光閃過，安潔莉娜露出驚訝的表情微微瞪大眼睛。然後她露出一抹微笑，打斷語無倫次的蕭璟，「恭喜你們啊，終於到了這一天了。」

「妳說什……」蕭璟注意到安潔莉娜正看著自己手指上的鑽戒，沃克有些訝異的張大眼睛，雙眼旁憂慮的皺紋稍微減少了一些。其餘的軍官也注意到戒指而露出明白的微笑。

「倫納德……你向蕭璟求婚了嗎？」沃克語氣異常的嚴肅的說。兩人本來有些輕浮的表情也轉為正經。

「是的，就在今天。」倫納德語氣嚴肅的說道，他伸手握住蕭環的手。蕭環手指微微一顫，但並沒有抽開。

沃克點了點頭，他看著倫納德和蕭環，眼神有些沈重卻帶著暖意，「我真心祝福你們。我知道這樣講有些老氣橫秋，不過，你要知道婚姻是十分嚴肅的。不管你們之前交往的關係如何，婚姻會為感情賦予完全不同的意義。走入婚姻，意味著更深的責任。愛一個人需要勇氣，但婚姻卻是要一生的承擔。」沃克語重心長的一番話，雖然是對倫納德和蕭環說的，卻好像也是在做自我的檢討。

聽著沃克的凝重的話語，蕭環有點不知所措。她回想起不久前倫納德向自己求婚時的對話，不禁有些緊張的瞥向倫納德，但他的眼中沒有絲毫的動搖。

「我知道自己的決定，也重視我許下的承諾。我會信守諾言，用我的生命守護著她。」

聽著倫納德當著眾人的面對自己的真誠告白，蕭環不禁感到羞澀，但陣陣暖意也在心底漾開。她用堅定的眼神和倫納德一同直視沃克的視線。沃克微笑的點點頭，安潔莉娜對蕭環露出燦爛的笑容，眾人也不禁露出微笑，會議室內緊張的氛圍也因此緩和了些。

「那麼。」蕭環將話題拉回正題，「究竟發生了什麼事情？」

沈重的情緒立刻湧上沃克的心頭，剛才溫馨的感覺一掃而空。他深深的嘆了一口氣，指著前方的座椅。「你們先坐下吧，這需要從頭開始說起。」

沃克帶回來的消息遠遠超過蕭環的想像，讓她完全忘了剛才的尷尬，倫納德也全神貫注的聽著。

美國總統和政府高層核心遭到集體劫持，世界最先進的航空母艦連同八十架F-35C被印法埃奪去，第六艦隊被完全殲滅，全球唯一可以壓制印法埃的軍事力量竟然在一夕之間被擊潰。最令人不安的，是蓋亞聯盟費盡資源籌建的普紐瑪部隊也全被印法埃給奪去。儘管蕭環早就知道雙木是間諜，但沒想到僅憑著如此，印法埃就可以在一次行動中將美國擊潰到這個地步。

「海軍一直是印法埃戰略中最不足的一環。海軍比起其他軍種更需要國家大筆財政的支出，而美國過去在這方面是完全壓制印法埃的狀態，但如今這個局勢卻完全翻轉了。而他們現在又吸收了普紐瑪部隊……」

巨大的無力感充斥著蕭環內心，她感到十分洩氣。儘管他們不斷的努力，甚至在科林斯地峽擊退印法埃的主力又化解了病毒危機，卻只不過是拖慢了印法埃的腳步，如今他們最恐懼的惡夢成真了。她曾經見識過《天啟憲章》中印法埃統治世界的宏大藍圖，好不容易解除了瘟疫，世界卻沒有可以與之抗衡的力量。

「蓋亞聯盟所有的普紐瑪部隊都已經落入印法埃手中了？」倫納德不死心地問道。

沃克搖了搖頭，「沒有，這是不幸中的大幸。印法埃為了在美軍艦隊對外封鎖前入侵航母，他們不得不在全球普紐瑪計畫的全部成員都轉移到美國前就出手，因此現在大約還有三成的普紐瑪成員仍未落入印法埃的手中。這群人從未和雙木有過接觸，現在正被嚴密的保護。」

會議室內緊繃的氣氛稍微有些放鬆。蕭環輕輕的喘了口氣，至少他們還沒有全盤皆輸，但即便如此，印法埃如今的勢力已經超越了聯軍。不過從沃克的語氣中聽起來事情遠不只如此，她注意到那兩名華人眼神有些呆滯的看著桌面，似乎沒有太注意他們剛才討論的話題。她不禁想起劉秀澤和倫納德在對講機中說的話。

「我想請教一下，坐在會議室內的這兩人是誰？」蕭環看著桌旁的兩人問道。兩人忽然在會議上被點名，忍不住把目光抬起來。

「這才是我要找你和倫納德一起參與會議最重要的原因。」他看向兩名華人，「你們介紹一下自已吧。」

兩人神色惶恐的微微點了下頭，顯然不大曉得該如何在這種場合自處。看到他們的反應，蕭環不禁想起七年前在蓋亞聯盟大會時的景況，她非常明白他們此刻的心情。

「各位好，我們是中國ＦＡＳＴ的天文研究人員，我是倪瑩。」

「我是羅弘俊，我和倪瑩是同事。」

蕭環點了點頭，「我是蕭環，而他是……」

「我們知道你們是誰。」倪瑩看著蕭璟和倫納德，她的聲音透露出藏不住的敬畏，「是你們化解了瘟疫，拯救了無數人。沃克將軍和我們說過你們的事蹟。」

「那麼，你們有什麼消息嗎？」倫納德問道。

倪瑩眼神有些不安的看向沃克，沃克對她點了點頭。倪瑩深吸一口氣後說道：「是這樣的，在瘟疫解除後不久，我和羅弘俊回到『天眼』，結果我們在那裡無意間接收到一則來自太空的消息……」

「來自太空的訊息？」蕭璟屏住呼吸，一陣寒意傳遍全身。她迅速的和倫納德交換一個眼神，「請繼續。」

「好的。那則訊號包含了明確的指定序列和自譯系統，因此我們很確定那是經過高等智慧體調整過的訊息。不過那自譯系統和我們電腦不大相容，無法輕易解讀。」倪瑩說道：「我們經過幾週的解密，雖然還沒有完整的解讀，但我們確實譯出了頭幾段訊息……」一旁的羅弘俊拿出一張影印紙，輕輕地推向會議桌上。眾人皆湊上前想看清這世上第一則明確由外星人傳來的訊息是什麼。蕭璟和倫納德也急迫的靠近掃視著紙上的文字，才看了一眼她便忍不住瞪大雙眼，震驚的看著倫納德，卻發現他眼神也表現出同樣的驚訝。

「乙太？」蕭璟失聲叫道，「這怎麼回事？」

沃克點了點頭，眼神陰鬱的看著蕭璟，「我在GSC的資料中看到了這則情報，便立刻封鎖消息並派人帶他們離開。據我所知，不久後印法埃的軍隊就趕到，所幸當時訊息已經從硬體中刪除掉了。」

蕭璟默默頷首，她仔細研究著那段文字下的一串數字。這東西顯然有某種含義，她在心中默默的分析，她認為那可能是某種座標，但也不敢確定。「這串數字是什麼意思？」

「他們認為這可能是某個座標，但還不是很完整，需要透過電腦比對並知道後面的訊息才能確定。然而我還沒有機會破解。後來發生了很多事，我不敢用國家級的設備或是七眼系統分析，這樣訊息會很容易曝光。」

「那在這裡有什麼方法可以解讀這段訊息？」倫納德問道。

蕭璟一下子就明白了，她瞪大雙眼看向沃克，「該不會……」

「果然是聰明人，」沃克臉上終於浮現笑容，「這就是需要你們的原因。我們要直接用乙太的星艦來解答。」

## 24

**大西洋　印法埃集團第三、四艦隊**

「將所有官員關押到禁閉室，法蘭克總統要獨立關押，禁閉室外頭二十四小時都要有歸向者和部隊看守。」

江少白下完命令，印法埃部隊便將數十名垂頭喪氣的官員從甲板上帶往下層。六名高大的士兵和兩名剛接收的普紐瑪部隊成員，在法蘭克兩側嚴密戒護著，單獨押著他離開甲板。法蘭克一路上完全沒有抵抗，只是眼神茫然的看著黑暗的海面，空洞的雙眼中彷彿還映照著燃燒下沉的美軍艦隊，口中喃喃著不知道在說些什麼。

「回去吧，該向委員會報告今天的行動了。」江少白對旁邊的雙木激賞的點點頭，「幹得好，妳為真主偉大的使命做出的貢獻絕對不會被遺忘，未來妳一定會成為最為關鍵的中堅領導。」

「這是我莫大的榮幸，我保證絕對不會讓您失望。」雙木敬畏的鞠躬，但眼神中難掩喜悅。

江少白和隨扈一同返回指揮艦島中。一走入內部通道，裡頭數十名軍官全都上前恭賀江少白。喜悅放鬆的氛圍洋溢在所有人之間，畢竟他們剛剛剷除了印法埃在地球上最強大的敵人。

「恭喜總司令，」統籌印法埃主力艦隊北上的副艦長戴蒙中將率先上前，語氣恭敬而充滿熱情的說道，「今天的這場行動，將會在史書上永遠流傳下去，成為戰爭史上永垂不朽的偉大戰役。」

江少白滿意的點點頭。儘管這行動一整天下來已經消磨了他許多的精力，讓他疲憊不已，但他仍無法抑制心中的驕傲和得意。不只是因為這場任務的困難度和重要性，更是因為他知道今天的成功，將會讓他在印法埃內部的威望上升到空前絕後的新高點。這完全彌補了科林斯地峽的失敗，並且可以讓委員會那群目光短淺又自大愚蠢的老人們永遠的閉上嘴。從今以後，印法埃再也沒有任何人敢挑戰他的權威，即便是掌控委員會多數的梁祐任副主席亦然。

又有好幾名官員上前來和江少白道賀，江少白對眾人揮揮手，示意他們不用再上前，「我有些疲憊，恭維話就免了吧。半小時後還要和委員會展開視訊報告，需要準備一下。」

「明白，您的辦公室已經準備好了。」戴蒙中將隨口說道，「不過據傳科林斯地峽的任務仍沒有回應，不曉得現在的結果……」

江少白猛然轉頭，動作大到嚇得中將停止剛才的話，他厲聲質問：「你剛才說什麼？」

中將被江少白的舉動嚇了一跳，臉上浮現出畏懼的表情，但他仍據實以告：「不是依照您的命令和委員會的決議結果，讓分處兩地的任務同步進行，免得驚動到另外一方？」

「什麼任務？」江少白提高音量，穩定的話聲中暗流湧動，眼神凶狠的幾乎要燒穿戴蒙中將的面孔。周圍所有人都沉默下來，中將更是手足無措的不曉得說錯了什麼。

「就是……就是抓捕倫納德……還有暗殺蕭璟……」

雷霆般的震怒大大搖撼著江少白的內心，他感覺熔岩般熾熱的怒火在胸中燃燒奔騰，但恐懼又如同濃煙一般令人窒息。適才的得意和放鬆一掃而空，他粗暴地推開擋在身前的官員，直接往辦公室衝去，但才走沒幾步路就有一名神色畏卻的士官拿著一支電話攔住他。

「長官，我有事……」

「滾開！」江少白怒聲吼道，他此刻惱怒到了極點，絲毫不理會士官的舉動將他推到一旁。

「長官，這是混沌從總部打來的電話……」

江少白的腳步被這句話硬生生的止住。他愣了一下，隨即轉身一把搶過士官手上的電話，他走進通道旁一間無人的房間後按下通訊鍵，還沒聽見混沌的聲音江少白就對著對講機怒聲咆哮：「你們這群天殺的混蛋！你明明承諾過我，在突襲美軍的任務結束後會由我親自負責科林斯軍營的抓捕任務！」

另一頭的混沌以那一貫平靜的語調，不疾不徐的傳來，「我本來是要打電話來恭喜你的，這就是你的對我的態度？這是一個領導人該有的樣子？」

江少白心頭怒極，但胸膛卻因為恐懼而不斷起伏，他提高音量吼道：「我警告你，如果蕭璟或是倫納德因為你的獨斷行動有個三長兩短，我保證，我會直接率領艦隊還有所有普紐瑪部隊直接幹掉你還有印法埃委員會！我不管……」

「不要吵了。」混沌的語氣流露出一絲不耐，打斷江少白說道：「你表現得像是個被搶走聖誕禮物的小孩，一點沈穩的態度都沒有，到底有沒有學會如何控制自己的情緒？」

江少白咬牙切齒，他根本不想裡會混沌此刻的嘲諷，「任務結果到底怎麼樣？」

「放心吧，任務失敗了，那個女人還活著。派去科林斯軍營的三名鐵鷹部隊成員已經全被倫納德殺了。」

江少白如釋重負，身上緊繃的肌肉逐漸放鬆，擔憂的情緒終於在心底化去，不過他也暗自心驚。鐵鷹部隊的實力究竟有多強大他非常的清楚，即便是最高階的歸向者，在全力戒備的情況下都難以抗衡。而倫納德居然可以在毫無警戒的情況下隻身擊敗他們？

「不過這些都不是重點，我打來不是為了恭賀你和講述任務的結果。聽好了，我現在要你立刻趕回台灣。」

「台灣？我不明白，這裡才剛結束，為什麼……」

「你們現在所做的一切，從宇宙高度來看不過是小之又小，像塵埃一般微不足道，真正的戰爭現在才要展開。」混沌加重語氣的說道：「地球上的戰爭已經告一段落了，現在我們即將進入更宏大的戰役。乙太需要你。」

## 25

**希臘　科林斯地峽　蓋亞聯盟軍營　阿爾戈星艦**

「一起進來吧。」在倫納德對星艦下達指令後，艙門便敞了開來。

除了倫納德、蕭璟外，其他人皆是第一次進入這艘星艦。一干軍官神情讚嘆的看著星艦內部。超現實的銀白流線牆面，閃爍微光、白玉般的材質，眾人皆感受到乙太尖端技術打造的星艦所呈現出的科技之美。

「這就是……乙太的星艦嗎？」一同進入星艦的科學家羅弘俊讚嘆的瞪大雙眼，以欽佩的眼神打量著周邊的環境。對研究太空和科學的人而言，這樣的高科技星艦毫無疑問是他們夢寐以求的裝備。

「是啊，我第一次進來時感受也和你們差不多。」蕭璟在一旁微笑道。

倫納德走到星艦內所有光束匯聚到的控制台前，控制台是一面懸浮在空中的銀色流動平面，他看向倪瑩，「可以把你們下載的訊號檔案給我嗎？」

「沒問題。」倪瑩從口袋中掏出硬碟交給倫納德，眼神仍不可置信的看著那懸浮的銀色平板，口中喃喃唸著什麼重力常數之類的專有名詞。

倫納德和蕭璟一同面對控制台，他們互看了一眼。事實上，在傑生離開後，他們要控制星艦便變得比過去困難數倍，因為沒有人替他們處理一切的操作。不過經過這段時間的研究，倫納德已經掌握到了訣竅。他知道這個控制面板具備和管理者思想直接連結的功能，一切的系統控制都是透過思想直接操作。一旦掌握思想操控的祕訣，許多意想不到的功能星艦系統都可以達成。

在倫納德的意念命令下，控制平板前方出現一個三維顯示螢幕，後方眾人傳出驚嘆聲。當他正要將硬碟的資訊輸入到時，蕭璟忽然指著螢幕開口說道：「倫尼，你看螢幕下方，顯示電腦在之前曾接收到一則訊息！」

倫納德詫異的調出電腦所顯示的新訊息，這則訊息的接收時間正好是一個多月前，和傑生消失的時間幾乎一模一樣。他迅速的掃視螢幕上的訊息，卻發現訊息的開頭正是兩名科學家所帶來的外星訊息。

「原來阿爾戈早就收到訊息了，只是之前沒有注意到……」蕭璟喃喃說道。

倫納德用思想操控訊息放大投射到眾人所在的空間，眾人立刻圍了上前，希望一睹這則人類第一次接收到的外星完整訊息。倫納德和蕭璟並肩站著，專注地閱讀著經過翻譯的信件內容：

「致尚在地球上的同袍：

我方接收到你的訊號。同時乙太世界正遭逢史無前例的巨大變動。曾經停留於理論階段的高維度精神網路『提雅瑪特』，此刻已經在乙太以第一公民泰非斯為首的領導下成功建立，敵我雙方的實力天秤即將澈底反轉。乙太對於創始之體的掌握又大幅邁進一步，若是讓他們澈底掌握創始之體的奧祕，他們將在彈指間摧毀我們的勢力，宇宙將澈底服膺於他們的權力之下，世間生靈將真真正正的永世不得翻生。

我方星際通訊員，在前陣子截獲了你傳送給阿爾戈星艦的訊息，知悉了你在地球的研究結果。地球出現了一名叫倫納德的人類，我方仔細地研究了你所傳送的訊息，對這個發現深感驚艷。我方一致認為他或許將會成為阻止乙太佈局的關鍵人物。因此，要求你儘速帶他一同來和我方會合。

至於會合方式，我們在不久前發現，此刻你所處的恆星系統當中出現了一個疑似由高維智慧體所開啟的小型空間通道。此通道所連結的另外一處，意外的距離我方在乙太彗星盾外頭部署的星際分隊距離極為靠近，僅八個星際單位。不過令人感到困惑的，似乎因為時空流的緣故，一定質量的物體無法自我們這端逆向通行，只有小質量或是能量訊號可以穿越，因此需要你們自行穿越過來。而為了不被彗星盾駐防部隊發覺，僅有數艘機動性能極高的戰艦在該處等候。該艦隊和空間通道的位置均附在訊息當中。

此通道存在的具體意義和維持時間我們皆不知曉，但這無疑是翻轉敗局的契機。因此你必須在通道關閉以前帶著倫納德前來和我方會合。

這起事件將會影響乙太乃至於整個宇宙未來的走向，你在這場戰役中所扮演的角色至關重要，請你務必在接收到訊息後立刻趕來協助我們對抗乙太。

最高指揮官馬杜克」

「這究竟是什麼意思？」眾人看完訊息皆感到震驚和困惑不解。

所有人當中，只有倫納德一人是真正完整了解當年在贏政星艦內部和傑生面對的詳細故事，但即便是他也無法完全明白訊息的內容。倫納德從頭到尾皆不可置信的看著訊息，他實在難以想像乙太上頭究竟發生了什麼事，無數疑問和念頭在腦中閃過。實力天秤即將反轉？所謂截獲到傑生的訊息又是什麼？為什麼截獲了那則訊息後，會讓乙太世界點名要求自己必須同行？這一切又和始終蒙著神祕面紗的創始之體有什麼關係？

沃克表情凝重的看完了這則訊息，「這則訊息的可信度有多少？我們可以知道寄件人和我們的關係嗎？」

「這則訊息既然可以直接傳送到阿爾戈星艦內部，那絕對是來自於乙太世界，這點無庸置疑。」倫納德說道：「這則訊息如果沒錯，應該是寄給傑生的，可能他的同黨們還不知道他已經死了。但基本上可以肯定的是，傑生所屬的支派和印法埃所崇尚的贏政和乙太是屬於對立兩面。」

「那最後的署名『最高指揮官馬杜克』呢？你對此有印象嗎？傑生曾經和你提過嗎？」

倫納德搖了搖頭，這也是令他感到困惑的一點。傑生從未對他提過關於他所屬支派的一切，更沒提過他的指揮官是誰。但他卻意外的對這個名字有印象，似乎曾經在某些文獻中閱讀過，只是一時還想不大起來。

「我不確定，傑生沒有說過。但根據我的印象，這可能是某個神話中的名字，並不是很重要。現在最大的問題是……」

「我們是否要回應這個召喚？」劉秀澤點著頭幫他說完了剩下的話。

凝重的氣氛籠罩在星艦之內，剛才看到外星訊息的興奮感已經一掃而空。眾人皆沉默不語，眼神卻無比沈重的投向倫納德，就連蕭璟也是一臉憂心的看向他。眾人凝重的視線與眼前來自太空的冰冷訊息，嚴重壓迫著他的內心。他實在不曉得乙太需要自己做什麼，也不曉得地球對於高科技的乙太世界有什麼舉足輕重的地位。如果傑生還在，那他們就可以諮詢他的意見再進一步做出決定，但此刻失去了可供依靠的傑生，在場唯一和訊息相關的人就只剩下自己。所有人都在等著他說出自己的判斷，這樣的壓力幾乎讓他窒息。

整整長達一分鐘的沉默，倫納德強迫自己閉上眼睛，審慎的思量著訊息的意義。最後他深深地吐了一口氣，打破了沉默，「我覺得我們應該要去。」

他看著滿臉擔憂的蕭璟，點了點頭說道：「如果印法埃在地球的所有行動都只是為了乙太更遠大的計畫鋪路，那我們此刻所做的一切，都不過是治標不治本。如果我們可以直接對一切的源頭乙太下手，就可以釜底抽薪的解決掉印法埃，也可以確保未來再也不被乙太給左右。」

「但這裡面有太多的不確定性，這實在是太危險了。」一名軍官說道：「我們不確定乙太此刻的狀態，他們的科技遠勝我們。如果和傑生的同黨合作，最後他們失敗、或是他們要加害於我們，我們完全沒有能力自保。更有甚者，訊息中提到那個通往乙太的蟲洞隨時都有可能關閉，甚至無法逆向通行，你們可能沒有辦法回到地球。」

眾人低聲表示贊同，沃克看著倫納德，說道：「他說得沒錯，這風險非常大，你要認真考慮清楚。」

倫納德低著頭，儘管前往乙太的風險明擺在眼前，然而他此刻想的卻是別的事。他想著此刻蕭璟的壽命只剩不到十四天，地球上完全沒有醫治她的技術，但如果是乙太人呢？他們對精神力量鑽研已久，對心智或靈魂的了解全宇宙只怕無人能出其右，他們的科技更是到達出神入化的境界。如果是他們，蕭璟一定有被醫治的可能。

哪怕只有萬一的可能，一想到蕭環身上無解的疾病有痊癒的可能，興奮的情緒就從心中湧起。但前往乙太，這個決定所牽涉到的層面實在太廣了，風險更是高到無法評估，他無法獨斷地做出這個決定。他看著蕭環，她輕輕的點了點頭，「不管你做的決定是什麼，你知道我一定會在旁邊支持你的。」

倫納德抬起目光看向眾人，「我無法百分之百確定，但我們目前在地球上打的幾乎是一場沒有勝算的戰，如果乙太是我們最好的機會，那麼我就應該去。」

「雖然不大情願，不過我認為你說的沒錯。」沃克說道，「不過這趟任務不可能派遣太多人。現在傑生已經不在，你是對方點名要前往的一員，那還有誰要一同參加這趟史無前例的任務？」沃克的眼神掃視過在場的人們。

剛才一同討論的官員們忽然全都低下頭，整個空間陷入一陣尷尬的沉默。過了幾秒，蕭環率先揚起頭看向倫納德，語調充滿了信心和決意，深深傳入倫納德的心中，「你知道，我是一定會去的。」

沃克嚴肅的面容上浮現一抹微笑，「我知道一個是妳。那麼，你們覺得這樣就夠了嗎？乙太原本就只是要求你和傑生一同返回而已。在面對未知的外星環境，科學家或是戰鬥人員可能也沒什麼幫助。」

「我也願意，」劉秀澤對倫納德點了下頭，「我和你們從七年前乙太入侵，一直到現在幾乎經歷了所有大小事。我願意繼續做你們的左右手參與下去。」

「我也是，」安潔莉娜對蕭環甜甜一笑，「我想看看傳說中的乙太長什麼樣子。」

「你們確定嗎？」倫納德語氣異常嚴肅的警告道，「這可不是鬧著玩的，我們要去的地方和即將要做的事，全世界從來沒有人有任何經驗，沒人知道我們即將面對的是什麼。」

「我曾經答應過游弘宇會用生命守護你們的周全，為你出謀劃策。」劉秀澤直視倫納德的雙眼說道：「而我打算繼續堅守自己的承諾。」

「我在地球上的家人都遭到印法埃的毒手，你們是我僅存的家人。」安潔莉娜眼神有些淒楚，卻蘊含了讓人不容質疑的堅定精光。

兩人簡短的語句卻在倫納德心中產生巨大的共鳴，他和蕭璟互看一眼，兩人皆深深地被震撼。即便知道這兩人都是他們推心置腹的絕佳戰友，但實際從他們口中聽到這樣誠摯的話語仍讓人不禁動容。

「這樣可能可以，」沃克想了想說道，「只有你們兩人面對突發狀況可能不好應付。不過有個問題，據我所知，地球和乙太那邊是不是有時差？」

倫納德點點頭，他早就想過這個問題，但仍沒有保證解決的方法，「沒錯，據我所知乙太的時間流動速度比地球慢了一百倍。因此如果真的要前往乙太，速戰速決是絕對有必要的。如果在那裡待了太久，那屆時地球上也就無所謂勝敗了。」

「你的意思是如果你們在乙太過了幾個月，那地球基本上也早就過了幾十年了是嗎？」一名軍官面露震驚的舉起手說道：「我們怎麼知道在乙太的戰爭會耗掉多少時間？何況要是蟲洞被切斷的話……」

那麼不論是前往乙太的倫納德等人或是地球上的人類，全都完了。所有人都心照不宣的維持沉默。

「我知道，這的確有巨大的風險，勝負與否也是未知數。」倫納德對眾人坦言，「我不知道前往乙太是否會成功，但是我知道留在地球絕對是坐以待斃。如果此刻我們坐視宇宙中唯一足以抗衡乙太的力量被殲滅，那就算我們撐過了印法埃的攻勢，最終也無法逃離毀滅的命運。再說，我們過去遭遇的情況又有哪些是有人面對過的？外星入侵、奈米瘟疫、精神部隊。再怎麼艱難的處境我們都度過了，現在不過是新的挑戰出現，我們一定辦得到。」

倫納德的話語清楚的傳達給了在場的所有人，沃克不再遲疑的點頭回應他的決心。

「我相信你們，當你們前往乙太的時候，我會盡我最大的力量抵抗印法埃，讓你們沒有後顧之憂。怎麼可能你們在外頭冒險，我們在地球上卻輕易的就輸給印法埃？」沃克看了一干軍官一眼，接著說道：「那麼，你們預計什麼時候出發？」

「愈快愈好，現在時間就是我們最大的敵人。」倫納德說道：「我希望至少四天內可以出發，趁印法埃再次奪取星艦或是蟲洞消失之前出發。」

「沒問題，這段時間我們會再仔細檢討需要準備些什麼。」沃克說道：「你還需要特別準備什麼嗎？」

倫納德轉頭看向蕭璟，眼神轉為柔和。「在那之前，還有一件事我必須完成。」

## 26

### 葡萄牙　波多　CIA黑牢

一道藍色的電弧閃過，伴隨著費羅淒凌的慘叫聲，斗大的汗珠從他額頭滑落，流過他數天未經清洗的髒污面孔掉落地面。

費羅是原屬印法埃麾下的歸向者之一，在三個多月餘前遭到美國金恩和雙木博士所主導的祕密檢測行動中，在西班牙的軍方高層中遭到逮捕，隨後便被押送到CIA位於葡萄牙波多的一處隱密黑牢之中。為了從他身上挖出和精神能力相關的祕密，被夜以繼日地遭受非人的折磨和檢驗。而數百名遭到逮捕的人員也一樣散播在CIA遍佈全球的各地的不同黑牢之中，這座黑牢除了他就只有另外一名也遭到逮捕的印法埃人員茱莉亞。

此刻，他被好幾條皮革束帶困綁在椅子上，身上裝設著各種測量身體數據的儀器，他的頭上也套著精密的腦波檢測裝置以及干擾精神力量的隔離金屬套環。這個干擾裝置雖然和印法埃所開發出的掩影頭盔相比性能仍遠遠不及，但是在歸向者身心都處在崩潰邊緣的情況下，對付他們已經綽綽有餘。

幾名科學家在此處的首席研究人員兼領導人，伊隆．帝亞傑羅中校的指示下，一同盯著顯示費羅腦部情況的螢幕，低聲地討論著。而幾名持槍的武裝人員則無聊的坐在附近的地面上玩樸克牌。

「真有意思，」伊隆饒富興致的看著螢幕說道，「這些人的腦袋真有意思，實在是千載難逢的樣本。你們看看他接受高壓電流後的腦部反應，和另一個叫茱莉什麼的婊子一樣。如果有更多這樣的樣本可以研究就好了，可惜他們都被分散安置在不同的地區。」

「若是能有更多這樣的樣本倒是很好，我們也可以好好拿他們來做更多不同的實驗。」一名坐在地上打牌的守衛看著滿身傷痕血漬的費羅大聲笑道。

「他們不是拿來你們隨意玩樂的資產……當然我也不反對在不傷害這些資產的情況下好好利用他們的價值。」

嘶啞不清的低語從費羅的喉間傳來，伊隆轉頭看向他，「怎樣？你對我們說話有什麼不滿嗎？」

他沒有回應，只是繼續低著頭呢喃著意義不明的句子，伊隆對一旁守衛點了點頭，那名守衛上前靠近他，將耳朵靠近他的嘴唇，「你說什……」

「狗娘養的！」費羅低吼一聲，在極近距離下發動他凝聚許久的精神攻擊，直擊那名守衛的精神，他慘叫一聲摔倒在地。費羅看著眾人憤怒的表情忍不住發出瘋狂的大笑。

「印法埃人渣。」那名守衛痛苦地爬起身，一拳打在費羅臉上。他施展完精神力量早已全身無力，只能任由他的拳頭招呼在自己身上，打得他口中噴濺出唾沫和鮮血，染得他滿臉都是污漬，但他仍持續虛弱的大笑。伊隆按下電擊鈕，他在一陣抽蓄後停止笑聲。

「白痴。」伊隆推開激動的守衛，冷笑的看著費羅扭曲的面孔，「你這個白癡，看你可以高興多久。」他靠近他的臉，「你們這群屠殺上億人的混蛋，我們會慢慢、慢慢地折磨你們，直到你們發瘋失去自我。我們會研究你們這群怪胎的大腦，挖出你們靈魂深處的精神祕密，然後再把你們的祕密拿來建立我們自己的普紐瑪部隊，把印法埃給澈底毀滅。」

費羅痛苦地喘著氣，但仍高傲不屈的直視伊隆的雙眼，眼中透出鄙夷的神色，「拜託，你以為你們成功了？你真的以為抓住我們有絲毫用處？」

「你什麼意思？」

「我們和你們的政府，全都被印法埃給耍了。」費羅冷笑道：「印法埃的領導人江少白總司令啊，你們沒有人了解他。他不只是印法埃史上最強大的精神力量者，更是個冷血殘酷到你們根本無法想像的狂人，但他腦子卻精於算計到讓人心寒。他眼光極度冷酷卻又無比深遠，萬事都在他的策劃中。他早就把我們數百名精神部隊當成引誘你們進入陷阱的棄子，連委員會全體都被他瞞過去。這的確是高招，誰猜想的到他居然膽敢曝光印法埃長久以來稱霸世界的機密？」

伊隆困惑的皺起眉頭，歸向者的話不像是信口胡言，「你說什麼？」

費羅高聲大笑，那笑聲令所有人不寒而慄，「我現在怎麼樣都沒差了，你們再怎麼折磨我都改變不了現實。現在不管是蓋亞聯盟還是印法埃，誰贏了我都不在意，反正兩邊都是爛貨。我希望你們能鬥得兩敗俱傷，但很可惜那是不可能的。我可以告訴你，你們的政府已經完全落入江少白的陷阱，他們很快就要面臨澈底崩盤。」

「看來你已經神智不清，開始癡人說夢。希望多一點電擊能帶給你清醒。」他看向一旁的人員，「繼續。」

「長官！不好了！」一名通訊員慘叫的衝進牢房中，嚇得所有人停下手上的工作。

「發生什麼事了？」

「出大事了！這是GSC沃克局長還有國防部洛茲部長發給所普紐瑪基地的最高優先度緊急信件！」

「馬上拿來！」伊隆一聲令下，眾人全部放下手上的工作靠過去看著訊息，只看了三十秒，眾人便全部發出不可置信的叫喊聲，伊隆全身顫抖的喃喃道：「怎麼可能……」

「怎麼了？」費羅面露好奇的看向他們，伊隆眼神呆滯的轉向他，他隨即露出明白的扭曲笑容，「開始了，對吧？」

沒有人理會他的嘲諷，伊隆身體一陣搖晃地癱倒在地上。他無力地看著歸向者嘲諷自己的眼神，只覺得自己的世界在崩塌。GSC的信件中傳達了美國崩盤、精神部隊遭劫、艦隊全滅的消息，並要求所有關押歸向者的黑牢和尚未淪陷的普紐瑪基地駐防人員全部進入最高等級的戒備，重新隱藏位置等候指令。

一瞬間，伊隆感覺世界乾坤逆轉。各國政府好不容易建立起的秩序已經灰飛煙滅，剛從瘟疫中走出的希望已經澈底破滅。當他看著前方，只覺得世界的前景一片絕望。

# 27

**希臘　科林斯地峽　蓋亞聯盟軍營旁　希臘東正教會**

倫納德穿著筆挺正式的黑色三件式西裝，既期待又緊張的望著緊閉的大門。

這是一間位於蓋亞聯盟軍營附近的東正教堂，這間樸素簡單的小教堂在蓋亞聯盟接管此處後，作為軍牧和軍人們作禮拜或是尋求心靈慰藉的地方。

此處空間狹窄，裝潢十分簡陋，沒有天主教的華麗雕塑或是大教堂那樣寬敞明亮的聚會場所，但在戰爭期間已是最好的選擇。教堂內，兩旁橘黃溫煦的微弱燭光讓這個簡樸的空間籠罩著祥和的氛圍。

在走道兩側，數排的長椅中只有前三排坐著幾十名的軍官，他們穿著整齊的軍裝，拿著脫下的軍帽。此外，還有那兩名四天前剛到的中國科學家。他們彼此輕鬆愉快的談笑著，眾人洋溢著喜悅的氛圍。

在倫納德身後的講台上，穿著黑色牧師服裝的軍牧拿著《聖經》站在中央。而在他前方，劉秀澤和安潔莉娜兩人分別穿著正式的筆挺西裝，和符合安潔莉娜瀟灑個性的白色率性褲裝蕾絲禮服。他們並肩站立，同樣洋溢著愉快雀躍的神情。好動的安潔莉娜，在台上仍不時隨意晃動並和劉秀澤輕聲說笑，惹得後方的牧師微微蹙眉。眾人在溫暖的燭光中，因著即將到來的喜事彼此愉悅的閒聊著。

然而在這樣溫馨快樂的時刻，倫納德卻焦慮看著大門，心情起伏不定，周遭的笑聲彷彿都褪為背景。無數光怪離奇的念頭在他腦海中閃過，擔憂和期盼情緒交織著。要是等下……

微弱的推門聲響起，立刻將倫納德拉回現實。教堂的大門向兩旁打了開來，歡樂的會場瞬間安靜下來，眾人一同回過頭往大門方向看去。陽光從教堂的門口灑進，一男一女身形的剪影在光芒的襯托下出現在彼端。那一瞬間，倫納德屏住呼吸，雙唇不住顫抖，激動莫名的情緒緊緊地攫獲著內心。

穿著深綠色軍服的父親，沃克．馬修斯，他踏著標準沉穩的行軍步伐，以莊嚴肅穆的軍人面孔挽著蕭璟的手一同走了進來。倫納德感覺周邊的色彩和聲音全然褪去，目光完全被穿著婚紗的蕭璟給吸引。

蕭璟一頭瀑布般的烏黑秀髮優雅的披散在背後，她身上穿著純淨無瑕的白色婚紗。平口無袖的設計，露出了她雪白性感的鎖骨和雙肩。輕薄而俐落的白色婚紗緊貼著她的肌膚，格外凸顯出她姣好的身材曲線，略微透視簍空的布料讓她顯得格外嫵媚動人。裙擺底部裝飾著銀白色的亮麗流蘇，襯托出了她修長的雙腿。她肩膀上披著透明的薄紗，輕盈的隨著她的腳步在身後飄逸。

她身上沒有絲毫多餘的裝飾，呈現出簡素瀟灑的氣質。臉上的妝清新淡雅，將她明艷貌美的面容襯托得更加優雅動人。在柔和燭光和整體氛圍的映照下，她全身籠罩著朦朧而純淨的光輝，彷彿不屬於這個世界。

倫納德凝視著蕭璟，只覺得自己從未見過如此美麗而動人的景象。不知不覺間，他感覺蕭璟的身影逐漸模糊了起來，這才發覺自己早已熱淚盈眶。他趕忙抹去眼中的淚水，卻絲毫無法阻止心中的悸動。

沃克牽著蕭璟的手來到了倫納德的身前，在倫納德的注視下，蕭璟羞澀地低著頭，眼波流轉不止，露出喜悅又緊張的神情。沃克將蕭璟的手交到倫納德的掌中，當他厚實沈重的手掌觸碰到兩人的時候，倫納德感覺心頭一震，他看向父親。沃克面露淡淡的微笑，但眼中卻泛著微弱的淚光。他點了下頭，便上前走到台上的一側站著。倫納德輕輕地牽起蕭璟纖細的手，對她露出一抹微笑。兩人在眾人的注視下並肩走到神聖的台前。

穿著黑衣的牧師嚴肅看著他們開口說道：「請伴郎將戒指交予男方。」

劉秀澤走到倫納德身前，將事先預備好的純銀戒指交到倫納德手中，隨即退到一旁。

「請男方朗誦誓詞。」

倫納德一雙湛藍的雙眼深深凝視著蕭璟，語氣平穩的朗誦道：「我，倫納德．馬修斯，今日在眾人的見證下，娶妳蕭璟作為我的妻子。我願意對妳承諾，從今日起，無論順境逆境，富有或貧窮，健康或疾病，我將永遠愛妳、珍惜妳直到天長地久。我承諾此心將對妳忠實，直到永遠。」

「請男方為女方戴上戒指。」

他輕柔的牽起了蕭璟的左手，將戒指戴上她的無名指。那瞬間，她的眼中漾起了晶瑩的淚光，但很快就消於無形，取而代之的是確信的決心。接著安潔莉娜上前，將另一枚戒指交給蕭璟，牧師說道：「請女方朗誦誓詞。」

「我，蕭璟，今日在眾人的見證下，嫁給你倫納德．馬修斯作為我的丈夫。我願意對妳承諾，從今日起，無論順境逆境，富有或貧窮，健康或疾病，我將永遠愛你、珍惜你直到天長地久。我承諾此心將對你忠實，直到永遠。」

「請女方為男方戴上戒指。」

蕭璟牽起倫納德的左手，先前求婚是倫納德單方面的為蕭璟戴上鑽戒，此時換蕭璟為他戴上戒指，不禁讓他心中一陣莫名的悸動。當冰涼的戒指戴上自己的手指時，他感覺到蕭璟的手微微地顫抖。當這個動作完成時，他忍不住伸出右手握住蕭璟的手背，蕭璟抬起頭來，兩人的目光深深的交流著。

「在眾人和神的見證下，我在此奉著天父、聖子、聖靈之名宣告，你們二人成為夫妻。新郎可以親吻新娘了。」

在眾人的注視下，倫納德伸手扶住蕭璟的後腦，低下了頭，緩慢而深情的親吻她的嘴唇，蕭璟則扶著自己的腰微微仰起頭迎向他的親吻。若說上次求婚時的熱吻是因著激情和感動，那這次便是因著神聖與承諾。既哀傷又歡喜的情感在倫納德內心流動，兩人七年來共度了無數難以想像的風浪與顛簸，終於在此時此刻達成宿願。即便未來仍然未知且絕望，但哪怕僅僅是此刻短短的一瞬，已經讓他知曉自己此生無憾。

他們持續深情的親吻著，依稀之中，周圍的眾人發出熱情的鼓掌和歡呼聲，但兩人全然沒注意到，他們的心靈已合而為一。周邊的一切事物，教堂、軍營、地表，全在兩人心靈結合的時刻一同崩塌，化為絢爛的煙火。最終，都被純粹而聖潔的愛情光輝給掩蓋。

## 28

**西大平洋　距基隆港三十海里　印法埃第一艦隊　審判號甲板**

江少白穿著暗黑色的西裝，獨自一人在審判號船首的甲板上，靜靜地眺望著遠方。

如墨般漆黑的夜空下，船底的汪洋宛如巨大無邊的黑幕一般，緩緩的起伏波動，偶爾躍出海面的魚群濺起陣陣浪花，微弱的星光偶爾穿透厚重的雲層，映照在海面上，折射出冰涼的光芒。

船首的甲板上，擺放著蓋著白布的圓桌，江少白坐在桌前，拿著晶瑩的水晶酒杯，細細的品味著手中殷紅甘醇的古老美酒，微微吹拂的海風吹得他外套輕輕舞動，杯中的美酒也蕩起陣陣微小的漣漪。而在桌子對面，同樣放置了另一杯完全相同，卻未曾被喝過的紅酒，座位上空無一人。

他拿著酒杯沉默地看著起伏不定的汪洋波濤，不同色澤的兩顆眼珠反映著漆黑的海面，深不可測的雙眸宛如黑洞一般虛無而深不見底，讓人無法看穿他的所思所想。

甲板上沒有任何船員走動，除了微風吹拂和船下的浪濤聲，一切皆無比的寂靜。但這樣的寧靜此刻卻宛如冰冷且沈重的夜靄，陰森而濃厚的籠罩在甲板之上。不曉得過了多久，江少白忽然開口說道：「你來了啊。」

沒有任何人回應他，但他也不以為意，仍舊凝視著海面沒有回頭。

一名男人在夜色中悄然無聲地走出來，事前完全沒有顯露出他的存在，彷彿本身就和黑暗融為一體。他靜靜的走到了圓桌對面的空椅上坐了下來。夜色為男人的身影披上朦朧的霧靄，但他熟悉的身影仍舊一如江少白記憶中的樣貌，沒有隨著歲月的流逝有太大的改變，讓他心中不禁感到一絲絲的感慨。男人坐下後卻不發一語，只是和江少白一同沉默的看向起伏不定的海面。

兩人沉默了好一段時間，無言的默契在他們之間交流著，兩人均沒有感到任何不適。

「你在想著混沌的話對吧？」男人忽然開口說道。

江少白輕輕的嘆了一口氣，「果然……你還是這麼理解我。」

男人露出一抹模糊不清的淡淡微笑，「畢竟跟著你幾十年了，整個世界上又有誰比我更了解你？」

江少白微微頷首，沒有很快回應男人的話語，而男人也沒有催促，只是靜靜地等候著。過了一會兒，江少白開口說道：「四天前，混沌告訴我，乙太那裡傳來了消息，當時我還不大相信……但是不久前我們的確觀測到柯伊伯帶外部的異常重力扭曲，也證實了前往乙太蟲洞的存在。」

「這麼說乙太召喚你的消息是無庸置疑的？」

「沒錯。根據混沌的說法，乙太不久前成功建立了某種極為強大的精神網路系統，將所有乙太公民的精神連結在一起，並透過這個方式傳達了指令給他。而乙太的敵對勢力為了在他們完全整頓好勢力之前阻止他們，近期將會有所行動。當乙太消滅完叛徒之後，將會前往地球獲取參透創始之體的最後一片拼圖，完成七年前差一點完成的霸業。但是我實在不知道我需要前往的理由是什麼，印法埃的科技在他們眼中不值得一提，但……」

「他們指定的是你，不是印法埃。」男人以一貫優雅的聲音的說道：「你是乙太在地球人類此刻的代言人，這是毫無疑問的事實。比起一直在地球上和政府爭鬥不休，如今前往乙太，乃是千載難逢的機會，對於你一直追尋真主偉大的使命，終於有實踐並親眼看見的契機。印法埃已經追尋了乙太和嬴政兩千多年了，卻從未有人有機會涉足到那片至高的聖地。一代代人下來，這是多少人終生追尋的夢想？如今卻即將在你手中得以實現。你又在擔心些什麼呢？」

「是啊。一代代印法埃使徒追尋的夢想，卻在我手中實現……根據目前的時程，我和混沌明天將會搭乘藏在台灣，經過修理改進的贏政星艦離開地球，穿越蟲洞，飛向未知的世界……這是人類史上史無前例的行動，即便是阿姆斯壯事前也做了無數次的演練，我們卻是一片空白的前往。地球上的進程好不容易發展到了今天，卻要拋下這一切前往乙太……」

「你很清楚，這是你與生俱來的使命和時刻，你不會忘了自己在通過鏡子的試煉後，是誰給予你力量讓你通過考驗？為此你又是如何決定要奉獻自己？你的視野遠大，使命之沈重，絕不該僅僅停留在這裡。」

江少白望著海洋默然不語。海風隨著愈發暗沉的夜色逐漸轉強，將空中的烏雲和海面波濤翻騰攪動著，也吹得他西裝外套和餐桌白布擺動不止。對面的男人並沒有繼續說下去，而是沉默著迎著強風，等待他的回應。

「我問你，你跟著我多久了？」江少白忽然問了一個不相干的問題。

對面的男人沒有露出困惑的表情，而是低著頭想了一下，「大約二十年吧。」

「二十年啊……」江少白低下頭，看著一隻魚從海面下躍出卻撞到審判號的船身而跌落海中，「從我跨越鏡子試煉後，你就一直伴隨在我左右。你跟在我身邊的日子超越了前代主席，或是印法埃的任何人。對委員會來說，我是被洗腦、被試煉改造，這才以扭曲的心智偏執的獻上自己的生命，為印法埃的願景服務。但實則不然。從來沒人知道當時的真相。」他的語音愈來愈低，到後來幾乎是喃喃自語。他輕撫自己的左眼，「當時那聖潔純淨的強光此刻仍然映照在我的眼底，不論那位身分是誰，我知道，那天至高者開啟了我的眼，讓我得以清楚地看見自己的使命。翻轉我生命的不是印法埃，不是鏡子試煉，甚至不是乙太，而是遠遠凌駕於他們之上的存在。」

「但儘管如此，你仍然在猶豫，」男人話聲低沉的說道，語音中彷彿有種魅惑人心的力量，江少白感覺自己的心隨著他的話語搖晃，「你即便看過世界的真相，仍在猶豫。是為了過去的那點回憶嗎？」

江少白垂下眼簾，眼中有些無奈而哀戚的光芒，「我並不是混沌或是梁祐任副主席所說的那樣，因為心中存有軟弱或是不安因而無法下定決心，而是……除了祂的救贖，這是帶領我走出絕望深淵，過往唯一純淨的靈魂片段，我相信真主讓我存留這樣的記憶必然有其用意，而我也渴望傾盡全力守護她。如果我連這都放棄了，我可能會一併失去了當初下定決心服務真主的理想和決心。」

「但到頭來，你這樣的付出，又得到了什麼？」男人發出了微微的冷笑，但他的話聲卻依舊直抵人心，「在你知悉她的存在前，你僅是把她作為未受染指的回憶去守護，但直到她再度出現，你那三番兩次的猶疑不決，又豈是真主所樂見的？你又怎麼知道，這純淨的回憶，不是真主讓你在實踐使命之路上，所賜給你的試驗？焉知真主不正是希望考驗你有如同亞伯拉罕獻上愛子一般，願為之拋下一切的堅決心意？」

不安的情緒湧上江少白的心頭，他稍微閃開男人眼中的目光，低聲說道：「或許吧，但我僅是一介凡人，我又怎麼妄加揣測真主深不可測的心意？我怎麼知道祂的旨意為何？我能做的只是盡自己的力量，憑有限的智慧，盡力達成自己的使命。」

「而你膽敢聲稱自己這一路上，所做的皆是為著真主的使命奮鬥嗎？混沌或許傲慢自大，但他說的某些內容仍是正確的，現在不是猶疑的時候。」男人強迫江少白直視自己的雙眼，那兩池深不見底的黑色深淵宛如穿透了他內心深處，語音幾近催眠的說道：「你作為使徒，應當全心全意仰望你的主並實踐你的信仰，你肩負著的使命是前所未有的巨大，但至高者給予你的啟示也是史無前例的深遠。當然，我們不用在意其他人怎麼看待，重點是，至高者選擇你必有祂的旨意，你為之全力付出，最終你所渴慕追尋的一切必然也會重新回到你的手中。」

江少白眼神有些迷惑的看向海面，以囈語般的口吻喃喃說道：「我的使命……我所追尋的一切？」

「是的，因此我們沒有任何搖擺的本錢了。我們面對的是宇宙空前絕後的大變革，你若是沒有獻上自己一切的決心，等候著你的就是喪失一切的失落，你過去所付出的一切努力也將付諸東流。」

「我當然知道，我已經為此付出了所有……為此，犧牲個人的渴求是必要的……為此，犧牲所愛的一切是必要的……為此，犧牲二十億條無辜的性命是必要的。為此……甚至犧牲自己的靈魂也是必要的。」江少白輕輕的說道，眼神深處閃爍著拉扯不定的微光。

「沒錯，過去的一切犧牲都是必要的，而未來還有更多犧牲。真主的使命大於一切。此刻的選擇中不存在猶豫或是退路，只能堅定的走完它。你已經為此付出了這麼多的靈魂和無辜者的性命，終於走到了這一步，這就是最後的時刻，一個動搖將會毀掉一切。現在你只要堅定地完成它，然後……真主就會回應你的渴求。」

眺望著海洋，江少白默不作聲地聽完了男人的話語，他眼中的迷惑隨這段對話而逐漸散去，取而代之的是義無反顧的決心和百折不屈的堅毅。「是的……等到我完成了至高者賦予我的使命，不論是蓋亞聯盟、印法埃、倫納德，還是乙太……他們都將成為這條道路上被克服的對象……為此我將不會猶疑。」

男人傾身靠向他，幾乎貼近他的面龐，以幾近耳語卻無比嚴厲的語音喃喃道：「謹記你今日所言的一切，為之不悔的獻上自己的所有，必然會得到真主應許的一切。但別忘了你我僅是真主遠大願景中的微小僕役，若是在最終時刻有絲毫的動搖……我們過去建立的一切，都會在一瞬之間隨著你的肉身與夢想一同灰飛煙滅。」

「那麼，讓我們舉杯慶賀未來成功的那一刻吧。」江少白舉起酒杯，輕輕的敲了對面男人桌上的杯緣。

清脆的聲音響起，冰冷的狂風呼嘯而過，一道黑影在那瞬間掠過江少白的身體並消於無形。船首隨著浪濤在海面上微微起伏，對面的杯子中，幾滴紅酒飛濺而出，落到對面始終空無一人的座椅上。

江少白將杯子內的酒一飲而盡，眼神轉向波濤起伏的海面上，眼中靜如止水，彷彿對面的男人從未存在過。空中翻騰的雲層被狂風撕裂開了一道深淵般的缺口，缺口中發出的微弱星光被波濤打碎成無數光束四射而去。其中一道光芒透射過水晶杯中搖擺純淨的殷紅酒水，映射在他深邃猩紅的左眼之中，折射出冷酷而堅決的熾熱光芒。

## 希臘　科林斯地峽　蓋亞聯盟軍營　阿爾戈星艦

在陽光照射下閃爍銀光的華麗阿爾戈星艦前方，倫納德、蕭璟、劉秀澤和安潔莉娜四人，皆穿著全套的出征裝備，神情不安的站立著。

安潔莉娜和劉秀澤兩人皆身穿戰鬥軍裝及黑色軍靴，腰間和腿部口袋處也裝備著戰鬥小刀和槍枝，一副準備出征的樣貌。他們的神色有些緊張不安，但眼神中卻都充滿了決絕的堅定光芒。

在他們身前，倫納德牽著蕭璟戴著鑽戒的左手，兩人並肩站立著。蕭璟的右腿刀傷還沒有完全康復，身體有些歪斜的站立著，不過她眼神中散發出的強烈精光卻清楚地讓人感受到她無比堅定的意志，沒有絲毫軟弱和不安。

倫納德沒有帶任何武器，只有在背上背著一個長形背包，裡頭裝著游弘宇在救贖派基地所贈與他的金屬圓筒和其中的古老畫作。他仍然不曉得這幅畫作的含義為何，但是他將這幅象徵他命運的作品一同帶在身上，不知道為什麼，他心中有種極為強烈的預感，這趟前往乙太的旅程將會為這個困擾他們許久的終極之謎提出解答。

此刻在他們身前，幾乎整座軍營的軍官以及士兵都聚集在一起，所有人皆面容嚴肅而沈重的望著站在星艦前的四人，活像是要參加他們的告別式一般。眾人的眼神中沒有絲毫欣喜，臉上也沒有流露出任何欽佩讚賞的神情，只有對四人所背負的沈重使命感到無比的敬畏和不捨。

沃克站在眾軍官之首和倫納德面對面的站立著，他雙眼布滿血絲的凝視著倫納德。他看起來無比的疲憊，但在眼底深處卻又蘊含著父親深刻的感情在其中，讓倫納德內心深深的悸動。

昨晚他們皆徹夜未眠。婚禮結束後，當天晚上他們又和軍官進行了任務的討論，在會議結束後，他們便待在會議室一整晚。他們並沒有談論未來的行動，反而多數的時間都是在閒話家常，或是沉默無言，但無聲的情感卻在父子之間深刻的交流。

「看來這就是最後了。」沃克凝視著倫納德的雙眼，口中說著類似電影中的台詞。

倫納德默然的點了點頭，感覺心中五味雜陳。過去和父親相處的時間雖然不多，但在七年前外星入侵戰爭結束後，他們之間的隔閡已經煙消雲散，取而代之的是彼此的相互理解。父親作為ＬＧＧＳＣ的局長以及身經百戰的將軍，不論發生什麼事，只要有父親在身後總會讓他感到有依靠和莫大的安全感。此刻即將離開，他才發覺父親長久以來的存在對自己有多麼重大的意義。

「你放心，我們一定會成功並安全歸來的。」倫納德說道。

「我當然相信你們，我會盡自己最大的努力作為你們的後盾，讓你們沒有任何後顧之憂的前行。」

「我們也絕對不會讓你們的辛苦白費的。」

沃克點了點頭，一時間不曉得說些什麼，過了好一會兒他表情有些躊躇的開口：「你知道……我是個軍人，我一向不大會表達我的想法，但是……」他口齒含糊的不曉得在說些什麼。

「我知道，我全都感覺得到。」倫納德清楚的感受到父親心中翻湧的情緒，而那情感也讓他的內心為之顫動。

「那我就放心了。」沃克將目光轉向蕭璟，眼神中充滿了憐惜與敬意，在昨天晚上蕭璟告訴了沃克她身體狀況的事情，而沃克也終於明白倫納德堅決地希望前往乙太的原因，「期盼妳這趟旅程一切順利，並且好好陪著他。」

蕭璟充滿感激，話語簡短卻無比誠摯的說道：「謝謝，我會的。」

沃克將目光投向四人，「前往乙太的路程充滿了未知，我再也幫不上忙了。你們一定要好好的協助彼此，然後安全歸來，我們在地球上等你們的好消息。」不等他們回應，沃克看向手錶，微微地嘆了口氣，「時間到了，你們該走了。」他一說完忽然用力的「擺右手，挺胸高聲喊道：「全體官兵立正！行軍禮！」

數千名官兵在沃克一聲令下全數整齊的踏步立正，剛健有力的舉起右手，以雄壯威武的聲音高聲喊道：「Per Ardua ad Astra！」數千人宏亮的聲音瞬間響徹雲霄，在周圍寬廣的土地上迴盪不止。

倫納德眼中閃爍著激動的光芒，四人一同回以敬禮。他知道這是英國空軍的拉丁文格言，翻譯成一般用語就是：「在逆境中飛向群星（Through Adversity to the Stars）」用來形容他們如今的景況實在是再貼切不過了。

「我們絕對不會辜負你們的心意的。」倫納德感覺胸中激動的情緒洶湧，他對眾人高聲說道：「各位弟兄們，我發誓，今天我們分道揚鑣後，在不久的將來，一定會再次在地球上祥和的星辰下重逢的。」他說完便轉身對三人說道：「走吧。」

三人跟隨著倫納德走進早已敞開大門的阿爾戈星艦內。當他們一跨過艙門，門便關閉起來，將眾人的身影和聲音完全隔絕在外，剛才激昂動人的送別場景宛如短暫的夢境。

「終於……」蕭璟喃喃說道。劉秀澤和安潔莉娜也均愣愣的看著緊閉起來的艙門，不曉得心中在想什麼，不過倫納德並沒有多想。此時此刻，任何的猶疑都沒有意義了。

他走到中央的銀色控制面板前，微微閉上眼睛，感受自己的精神和星艦緊緊相連。下一刻，空間中便亮起了影像畫面，周邊透明的牆面上的微管也開始閃爍著光芒。在他們的注視下，影像中依序浮現出了字體：

「啟動重力制御系統」

「確認航行目標」

「阿爾戈將在起飛後三十分鐘後進入光速，於九小時後抵達冥王星外圍的航行目標」

「請最高權限者確認最終起飛指令」

倫納德看一下自己左右，發現三人都已經走到了他身旁，他們皆眼神堅定的看著他，蕭璟微笑著對他輕輕的點了點頭，「我們都準備好了，出發吧。」

倫納德露出一抹微笑，他看著前方顯示的宇宙星圖，高聲喊道：「確認起飛指令，全速出發！」

他利用意志力對星艦下達了最終指令，一瞬間乙太的超高功率空間驅動引擎在系統指令下全速啟動，周圍的牆面因為湧入的巨量資訊而併出強烈的光芒。在毫無搖晃的情況下，星艦一瞬間加速到兩百瑪赫的超高速度，幾乎沒揚起任何塵土的消失在地表，成為藍天中一顆極為閃耀的流星，高速劃過天際，從地面上抬頭仰望的眾人眼中消失。

## 30

**太空　阿爾戈星艦**

「這真是太不可思議了。」蕭璟望著周邊的景象喃喃地說道。

「是啊，若不是親眼看過誰又能相信？」倫納德緩步走到蕭璟身旁說道。

倫納德已經設定了阿爾戈星艦自行導向指定目標前行，星艦目前仍在常規加速當中，預計將會在二十分鐘後進入光速。倫納德解除了和阿爾戈的神經連結，和蕭璟並肩站立著，驚嘆的望著周圍歎為觀止的恢宏景象。

星艦系統應倫納德的指令，將外頭的影像投影在內部，周邊所有的牆面和設備全部都被無垠寬廣的宇宙給取代。他們此刻宛如沒有任何防護阻礙的漂浮在宇宙之中，和周邊的星辰空間沒有任何阻隔。蕭璟低下頭，她腳下所踩踏的地面此刻只看得見一片深不見底的空曠虛無。

儘管外部仍有外殼的保護，但望著被空曠巨大的冰冷太空所環繞的震駭景象，所有人都感覺到太空冰冷徹骨的寒風滲過星艦外部，輕輕的吹拂過他們的肌膚，讓他們感受到陣陣冰涼的寒意。

周圍一片寂靜，所有的人都被恢宏無垠的宇宙所震撼。蕭璟更是感到心中悸動不已，激動莫名的情感在她胸中澎湃不已，熱淚盈眶。從小熱愛仰望星空的她，總是幻想著有一天自己能夠在無盡的星辰當中飛躍翱翔，雖然此時他們還遠遠沒有到達在星海中遨遊的地步，但是卻已經走到了她這一生都不曾夢想過的程度。她感覺自己的內心隨著星海交織成的巨大毛氈一同顫動。

在她的眼前，周遭的繁星遠比在地球上透過人氣層所看到的更加明亮且接近，透過星艦系統加強並過濾各種光芒，她可以看到遠方灰僕僕的小行星快速橫越過太空，也可以看見閃爍藍色火彩的天狼星在宇宙中格外耀眼閃亮，甚至回過頭可以看到懸浮在空曠宇宙中燃燒著熊熊赤紅烈焰的太陽。在這樣的視角下，她可以見到太陽表面上因為強烈的核融合反應驅動而翻騰怒吼著的焰火，也可以看到上頭巨大陰暗的太陽黑子，甚至不時能見到太陽盤面上翻攪的火焰朝著周圍噴射出的巨大閃焰。據說，每一次閃焰會拋射出大量不可視的等離子體射向宇宙的深處。

在蕭環沈浸在眼前景象的同時，倫納德指向一個方向，微笑說道：「妳看，我們已經越過月亮了。」

蕭環點了點頭，輕聲說道：「是啊……」她將目光投向和倫納德同樣的方向。湛藍的地球如同美麗的珠寶漂浮於黑暗無邊的宇宙深淵當中，上頭點綴著諸多斑斕色彩，在冰冷的太空中顯得格外美麗溫潤。而在地球一旁，是他們掠過的灰色月球。在這樣的距離下，月球不似從地球上看的一般柔和，反而更加的蒼白粗糙，彷彿顯露出褪去朦朧面紗後的真實相貌，但在黑暗太空的襯托下，卻依舊那麼迷人。

「我們如今已經超越了阿姆斯壯當年的壯舉了。」安潔莉娜不知道何時走到了他們身旁笑道。

蕭環望著逐漸遠去的地球，只覺得她無比的美麗動人。她知道自己很可能永遠都無法再看到這顆孕育了自己和無數生命的美麗星球，心中不禁感慨。倫納德攬住她的肩膀微笑道：「妳放心，我們一定會回來的。」

「是啊，我們一定會成功。」

四人繼續沉默的望著太空，在寂靜當中星艦中央浮現出了字體。

「空間驅動預備完成，曲率引擎即將進入全功率運行。」

在眾人毫無知覺的情況下，星艦一瞬間進入了光速。那一刻他們因為周邊的空間一同彎曲而沒有感到什麼異樣，但是當蕭璟仰望上頭的時候，卻愕然發現所有的星點此刻全都拖曳著極度不自然的光線曲度隨著他們延伸，而最讓人訝異的是……

「每個星球都變成好幾個了！」劉秀澤不可置信的叫道。

進入相對論速度的情況下，視覺世界出現了極度詭異的扭曲，。所有的星球，地球、月球甚至是太陽，都出現了不自然的變形，並出現了複數個影像。儘管早就知道理論，但實際見識到空間的扭曲仍然讓蕭璟感到震駭。

倫納德研究了一下星艦的數據，「客觀時間八個小時，但以我們的參照系來說，再過十分鐘就會抵達蟲洞附近，接著便會恢復到常規速度。」

蕭璟點點頭，進入光速情況的世界觀實在是遠遠的超越常識認知。她和倫納德一同看向星艦前方，周邊的星辰在注視下如同流星一般變成了彎曲的光束朝著他們的方向無限延伸，她感覺自己的心智也隨著空間的摺疊一同彎曲，延伸向遙不可知的遠方。

在他們未曾注意到的身後，一道和周邊星辰一般化為流星的光點，正朝著和他們同樣的行進方位高速前行。

## 31

江少白站立在星艦主控面板前，眼神平靜而閃爍些微光芒的望著前方顯示器顯露出的無邊無際的宇宙星海，並以自身精神力量控制著這艘星艦在這片寬廣的空間之中朝著遠方的目標高速飛行。

他此刻所操縱的，並不是如同倫納德等人所搭乘用於長途星際旅行的空間驅動光速星艦，而是採用質能轉換原理發動的引擎，其最高速度僅能達到百分之七十的光速，因此周邊並沒有出現如同倫納德等人因為達到相對論速度而出現的驚人光芒軌跡。但即便如此，他也在短短幾分鐘內，便超越了人類宇航歷史極限。

江少白一面將星艦的航行路徑交由電腦處理，一面微微的斜眼，瞥向一旁靠在星艦牆壁上的混沌。混沌沒有注意到江少白的目光，而是若有所思的凝視著前方所顯示出的漆黑宇宙。

江少白回想起出發前混沌所說過的話。五天前混沌告訴他們，他收到了乙太母星的直接指令，乙太目前正遭逢著史無前例的巨大變動，雖然他們並不是很明白這場變動指的事情為何，但根據混沌的說法：乙太已經準備實踐數萬年來的宿命——徹底掌控創始之體的奧祕與能力——若成功達成，乙太將擁有掌控整個宇宙的力量。但是在此同時，長年與乙太互相敵對的勢力為了阻止這件事情打算鋌而走險，實行高風險的計畫，而敵對勢力確實有足以一舉瓦解整個乙太的手段，而乙太目前仍然無法掌握是怎樣的方式，全體正處於高度緊繃的狀態。

如今距離乙太成功掌握創始之體已經只差臨門一腳，而最後的部分，需要地球的配合。由於不明的因素，為要達成這個偉大的願景並且敵擋反對勢力，乙太居然直接點名必需要由印法埃的領導人江少白前往協助。

當印法埃委員會聽到混沌所傳達的指令時，全體皆十分不悅，也對於要求江少白獨自前往乙太感到無法理解，更對乙太和地球存在的巨大時差感到擔憂。同時委員會也認為如若乙太表示需要地球的配合，那乙太就應該和他們表示出合作的方向。但儘管委員會提出了諸多的要求和抗議，皆被混沌給悍然拒絕。

對於乙太的命令，江少白也曾經感到不大滿意，但是經過這七年和混沌的合作，他已經很清楚這就是乙太和混沌的行事作風，總是只揭露一點點的方向，卻從不清楚明白的告知背後的目的。因此在和印法埃完成了事務職權的交接確認後，他便在今天一早和混沌一同登上星艦，朝著太陽系外的蟲洞航行。

因此此刻他們才出現在這裡，距離地球數億公里遠，前往完全未知的世界。

「我們就快要到達乙太了，這是你第一次進入太空，感覺如何？」

「沒什麼特別的，和平時一樣。」江少白淡淡的回應道，混沌沒有追問下去，繼續凝望著前方。

事實上，江少白自己也覺得頗為意外，自己心中非但沒有絲毫的緊張憂慮，反而還有一點對即將到來的事情感到振奮。或許是因為隨著愈來愈靠近乙太，他也愈來愈接近自己一直追尋的使命的真相，也即將了解至高者在那一日所給他的啟示究竟為何。

然而，不曉得為什麼，儘管混沌的外表並沒有任何的異狀，心靈的狀態也處於平時一樣的平靜穩定，但江少白就是一直覺得混沌有種莫名的緊張不安，這是他從未在這個外星人身上看到的反應。他知道就算開口詢問混沌也不可能告訴他，但可以肯定的是，在那個距離地球一千四百光年的世界上，一定發生了什麼驚天動地的大事。他不禁猜想乙太究竟在隱瞞什麼事情？他們所謂的劇變，背後究竟有什麼密祕？

「星艦將在十一小時三十分鐘後抵達目的地」星艦的系統發出聲音說道。

江少白被這聲音拉回現實。不論真相為何，只要到達乙太自然就會揭曉。他甩開了自己的思慮，將注意力放回任務中。兩人就這樣在寂靜而冰冷的太空之中，朝著系統所指示的，那連結著另一個世界的蟲洞高速航行。

## 32

「我們到了。」倫納德在寂靜中忽然開口說道。

蕭璟被他的聲音拉回了現實，她適才如癡如醉的專注凝視著外頭的宇宙星空，在倫納德提醒後，才發覺他們已經抵達了目的地。根據星艦系統指出，目前他們已經過了將近八個小時的時間，但在她的主觀感受之中，從星艦進入到光速到現在，僅僅過了十分鐘而已，而周圍適才拖曳扭曲軌跡的星點光線，也在不知不覺之間全部恢復正常。周邊原本透過全息影像而消失的艦體也在此同時重新出現，遮擋了巨大寬廣的宇宙。

對於周邊壯闊的景色的消失，蕭璟感到有些失落，她看向倫納德，卻發現他一臉嚴肅的走到她身邊，低聲說道：「你們看看前方。」

四人都將目光投向星艦前端的影像，而在看見倫納德所指的目標後，所有的人皆對眼前駭人的影像感到震懾不已，適才觀看宇宙給他們的震撼立刻便被眼前的景象給取代。

在以一片死寂如墨般的漆黑宇宙作為背景之下，一個明顯可見的扭曲透明曲線邊緣出現在星艦前方。根據曲線的弧度，大致可以目測判斷出那是一個球體，但它絕不是一個單純的透明球體那麼簡單。

在那個球體透明的表面上，隨著星艦繞行緩慢的移動，在不同角度下，可以看見球體表面上映射出無盡疊巒的星系寰宇，無數閃爍斑斕火彩的星團、恆星、星雲以近乎平面的方式，呈現在透明扭曲的蟲洞表面——那些全是遠在千萬光年外的其他銀河星系。

儘管在七年前外星入侵戰爭時，他們都曾在地球上目睹過蟲洞形成時的特殊景觀，但是此刻他們飄蕩在冰冷黑暗的宇宙中、近距離望著這樣一個不屬於他們世界的時空異狀，所感受到的震撼卻是遠遠超越當時，彷彿在蟲洞另一端有股強大的力量正在擷取他們的精神靈魂——而考量到乙太人的特殊性，這種感覺或許沒錯。

「所以……我們就直接穿過去？」蕭璟緊張的說道。

倫納德看起來也十分的困惑，「我也不清楚，畢竟歷史上從來沒有人試過。」

此刻星艦的速度已經在不知不覺中降到十分的低，並繞著蟲洞外的周圍航行，保持和蟲洞之間的相對速度為零。他們幾乎緊貼在蟲洞的邊緣，只要星艦稍微偏轉，就會切入蟲洞的內部，離開這個太陽系了……

「只要穿過它，就再也無法回頭了。」倫納德低聲說道。

「你已經成功帶我們到這裡了，我們都相信你。」安潔莉娜忽然開口說道。

「上吧。」劉秀澤拍了拍倫納德的肩膀，「準備好就進去吧。」

蕭璟將目光由蟲洞轉向倫納德，儘管她仍然感到不安，但目光中卻滿是信心，「不管前面是什麼，我們都可以一起克服。」

倫納德瞥了蕭璟一眼，露出了一抹微笑，他伸手牽著蕭璟的手，然後輕聲開口說道：「穿越它。」

在眾人聽到這句話的同時，阿爾戈系統也接收到了指令，一直維持相對速度為零的星艦，在那瞬間立刻往旁一偏，切入了蟲洞的邊緣進入其中。

炫目的光芒出自四面八方出現，螢幕顯示出星艦周邊此時的重力狀態、空間曲度極度異常。倫納德與星艦的神經連結系統也在系統警示中，為了要保護他的精神而自動中斷了，轉而由電腦自行運作。然而星艦內的四人幾乎沒有注意到星艦系統的警報與神經連結中斷的通知，他們全都目瞪口呆的看著此時此刻周邊的影像。

此刻在他們眼前呈現的，應該是人類有史以來最為驚駭且壯觀的景象：他們所處的阿爾戈星艦，正在通過由高維度空間所投影的三維空間通道中，而在這個通道周邊，恆河沙數般的無數星辰銀河正在他們四周飛逝而過——適才外頭所觀測到的星辰與之相比簡直是微不足道——那些星系從這裡看去雖然仍是處於具備空間感的立體狀態，但卻呈現出極度不正常的歪曲影像顯示在曲面上，甚至得已看透三維封閉空間中的內部結構——那是因為他們是從三維空間不存在的方向看去——而不只是外頭，連星艦內部也呈現出一樣的空間扭曲。

「天啊！你們看！」安潔莉娜忽然驚聲叫道。

蕭璟低頭看去，發現自已的手腳不再是平時的樣貌，而是扭曲成不自然的曲線型態，但神奇的是她完全沒有感到任何異狀。不只是她，周邊所有人和物品都有一樣的狀況。

「這真是太不可思議了。」蕭璟忍不住驚嘆道。此刻他們已經超越了三維空間，在三維空間的一切常識在這裡都完全失去了作用。眼前急速流逝，閃爍著光芒混亂複雜的畫面，讓蕭璟覺得炫目不已，彷佛整個世界都在閃爍旋轉。她感到一陣強烈的暈眩，只能緊閉雙眼，步履有些不穩的往牆邊退去。

「別擔心，很快就過去了。」一雙溫暖的手從背後環抱著她，倫納德在她耳邊低聲說道。她感到一陣暖意伴隨著倫納德穩定她心智的精神力量傳來，她臉上漾起了一抹微笑，儘管物理法則已不再適用，但不論在幾維度的空間，人之間的心意與溫度都不會改變。

他們在這樣怪異的環境中，靜靜的看著周邊空間的流轉，而不知道什麼時候，無聲無息的，一直盤踞在周邊的壓力和空間扭曲忽然全部消失無蹤，周圍炫目的光芒也被寂靜的黑暗取代。

「看來我們已經離開蟲洞了！」劉秀澤有些模糊的說道。

蕭璟看向前方，周圍的空間此刻已經恢復成他們所熟悉的宇宙樣貌，遠方甚至可見橘色的恆星散發光芒。她不禁鬆了一口氣，不論穿越蟲洞的經驗是多麼的神奇，她都不想要再繼續待在那可怕的空間中了，「我們終於回到正常的世界了。」

「不……不對，我們並沒有。」倫納德話聲出奇低沉的說道。蕭璟感到一陣困惑，但這個困惑稍縱即逝，而不只她，所有人在下一刻都明白倫納德在說什麼了。雖然周邊看起來一如既往，但是此刻她知道，周圍的星空已經不再是過去所熟悉的模樣。

在離星艦數億公里的遠方，一顆看似微小但卻閃爍著銀色光芒的星球在橘色恆星的軌道上緩緩的繞行著，而在行星之後的更遠之處，有一團巨大而模糊的黑影及其周圍扭曲的光線軌跡，朝著周遭不斷地散發出無比強大的壓力。

「你說的對。」蕭璟喃喃說道：「我們已經到了乙太世界。」

# 34

倫納德等人靜靜的看著周遭的景色，不發一語。

星艦周邊的牆面仍然維持著消失透明的狀態，和周圍的空間沒有任何阻礙，周圍的宇宙冰涼而黑暗，在這樣的環境中，感覺真的彷彿是懸浮在一片虛無之中。而他們的心思也如同身體一樣，漫無目的的漂浮在這裡。

根據星艦的資訊，他們穿越蟲洞到達了乙太世界的周圍後已經過了一個多小時，而星艦也靜止在宇宙中懸浮，不只是因為星艦的自動導航已經抵達目的，更是因為他們完全不知道現在該往何方行進。

雖然事前就已經將信件中所提及待命艦隊所在的座標資訊輸入了電腦中，不過在這個座標上待了一個小時仍然沒有看到那應該在此處等候，所謂的待命艦隊究竟在哪。

「所以，我們到底要在這個地方待上多久？」安潔莉娜似乎是看著空曠的宇宙發呆太久而忍不住開口問道。

倫納德搖了搖頭。根據星艦電腦顯示的資訊，他知道遠方那個閃爍光芒的星球就是風聞已久的乙太世界——老實說，他原本以為乙太的外觀會更加壯觀驚人，但實際看到，就是和一般行星沒有差異——而在更遠處，在整個太陽星系後方模糊不清的光芒空間，就是傑生曾經說過，乙太世界中最神祕的存在——盤古黑洞。但不論是乙太星球還是盤古黑洞，倫納德一點也不打算前往這些地方。

「我們現在是以一百倍於地球的速度在流失時間。」蕭璟說道：「我們沒有多少時間能夠浪費了，現在地球上大概已經過了五天左右，如果再沒有進一步的作為，我們就真的什麼都做不了了。」

倫納德皺起眉頭，「我當然也知道，但是再怎麼說，星艦所接收到的訊息也是一段時間以前的資訊了，搞不好原本在這裡待命的艦隊已經離開了。如果是這樣的話……我們可能就要想辦法重新聯繫上他們了。」

「但一來我們不知道聯絡他們的方法，二來我們也不確定我們如果發出訊息，收到資訊的會是傑生所屬的派別，還是乙太啊。」劉秀澤點出了這點說道。

倫納德點頭說道：「沒錯，所以……」他說到一半忽然瞪大眼睛，不可思議的盯著星艦的顯示螢幕，「我們的星艦被外力給控制了！星艦正在朝其他地方移動！」

由於星艦本身具備慣性制御系統，周邊又沒有可以參照的相對物，所以眾人並沒有察覺星艦正在移動當中。倫納德趕忙呼叫出系統的星艦宇航資訊，赫然發現星艦已經在五分鐘前逐漸被一股外力拉動，以正向加速度接近一個未知的座標。

「這到底是怎麼回事？」蕭璟神情恐懼的問道。

倫納德將手放在控制面板上，用力閉上眼睛集中精神，企圖利用星艦的精神連結系統來操縱星艦停止前進，但不管他怎麼嘗試，過去那個一觸碰控制面板就有的強烈連結感卻怎麼都感受不到。他將手拿開面板，對蕭璟搖了搖頭，「這艘星艦已經不受我的控制了，不論如何，都一定有其他人正在操縱我們的星艦。」

眾人聽到倫納德的話都露出了恐懼的神情。他們才剛剛穿越蟲洞就遭遇了這種完全意料之外的發展，不禁讓人對於接下來的整趟任務究竟會還會發生什麼事感到無比的恐懼。

正當眾人仍不知所措的時候，安潔莉娜忽然指著前方大聲驚呼，「天啊！你們快看！」其他人立刻回過頭看向安潔莉娜所指的方向，也被眼前的景象震懾的說不出話。

原本一直是空曠虛無的宇宙，突然在他們的前方出現了一個巨大的白色球體，事先完全沒有顯示出它的存在，阿爾戈星艦也沒有偵測到對方，就是毫無預警的出現在前方。那個白色球體外觀淨白而無暇，上頭完全看不出一絲稜角或是陰影的地方，給人極度不真實的感覺，彷彿這就是一個不該存在於世界上的物體。而在眾人的注視下，那個白色球體的側邊開啟了一道艙門，而他們所處在的星艦則緩緩的朝它靠近。

「怎麼辦，能偵測出那是什麼東西嗎？」蕭璟緊張的問道。

倫納德再次嘗試連結星艦電腦，但是仍然沒有反應，他只能無奈的搖了搖頭。「沒辦法，系統已經澈底死掉了。但是我可以確定的是，一定是那個東西操縱我們的星艦。各位，看來我們等待已久的艦隊終於來接我們了。」

「這究竟是一件好事還是壞事，很快就會知道了。」劉秀澤低聲說道。

「現在也只能等待了。如果他們不是傑生的同黨，那這趟旅程也馬上就會畫上句點了。」

四人沉默的看著愈來愈靠近的艙門。過了大約三分鐘，阿爾戈星艦已經完全進入了球體當中。而當他們進入球體的一瞬間，原本開啟的艙門就立刻關閉了起來，恢復成淨白無瑕的牆面，絲毫不見原本存在的跡象，與之同時，星艦也停止了運動，系統自動將透明的牆面恢復為原本的樣貌，眾人再度被牆面所環繞。

「現在是怎麼樣？」安潔莉娜不安的說道。

在眾人彼此面面相覷的同時，倫納德忽然感到一陣警覺，他舉起右手示意大家安靜，「等等，我感覺到外頭有幾個強烈的精神力量正在靠近我們。」

他一說完這句話，阿爾戈的艙門就自動開了起來，所有人皆往後方退了幾步，而倫納德則不自覺的站到蕭璟前方擋住艙門，神情嚴肅的瞪視著艙門外的訪客。

在眾人的注視下，只見四人走了進來。倫納德仔細觀察了這四個人，單看外貌，他們似乎和人類無異，以人類的標準來看，他們似乎是兩男兩女，不過他們的身材比起人類更為纖細修長，身高大概都有兩百公分以上，或許是因為長期身處於重力較小的宇宙中所導致的。而他們四個人皆穿著著同樣的銀白色服裝，身上閃爍著特殊的光芒，不過那套服裝的材質究竟是什麼卻完全沒有概念。

唯一可以確定的，是他們全都具有強大的精神力量。

「你們是什麼人？」倫納德一開口就覺得自己這個問題愚蠢不已，畢竟他們根本不會是使用同一個語言，但是面對這群全然不同的物種，他實在不知道該如何進行交流。

為首的男人歪了下頭，似乎在思考些什麼，接著他眼睛忽然亮了起來，然後便微笑的踏步向前，「不好意思，我們平常都並不怎麼使用語言來溝通，我剛才在解析你們的語言，花費了一點時間。」他看向倫納德，露出了一抹微笑，「我想你就是倫納德吧，歡迎。」

倫納德露出了訝異的表情，他看了看身邊的同伴，然後再將目光轉回眼前的人，「你是怎麼知道我的名字的？」

「我們事先就已經得知你的資料了，你應該也知道，透過傑生提供的資訊。」聽到傑生的名字，倫納德和蕭璟迅速交換了一下眼神，「我想你們也是因為傑生收到了我們寄件的訊息而來到這裡吧？」男人看了一下倫納德的背後，「據我所知，應該是傑生帶領你們來到這裡吧？他人呢？我有不少話想要對他說呢。」

倫納德小心翼翼的看了蕭璟一眼，看來這群人還不知道傑生早已身亡的訊息，不過如果是傑生將自己的訊息交給他們的話，他們又怎麼會不知道這件事情呢？

「我很遺憾，傑生已經在很久以前就遭到嬴政的毒手，我曾經在嬴政的星艦上和傑生的資訊複製體有所交流，但在嬴政的星艦被摧毀後就再也沒有見過他了。至於你們所傳送的訊息，是我們自行發現並且駕駛阿爾戈前來的。」他省略了原本在阿爾戈可以和傑生對談後來莫名失效的事，因為他至今還不曉得傑生消失的意義為何。

在倫納德說完了這話時，他感到那個男人和他身邊的人閃過了意外的精神波動，「這真是個令人遺憾的消息，他是一位相當優秀的戰士和科學家。你們可以在缺乏傑生的情況下自行操作阿爾戈來到這裡也令人佩服。」

「所以，你們究竟是什麼人？為什麼會在寄給傑生的信件中，說我是可能擊敗乙太的關鍵人物？」

男人浮現出有些猶豫的情緒，似乎在斟酌該怎麼說明，「傑生有和你說明過關於乙太此刻的狀態嗎？」

「他有說過部分資訊，但是並不完全。」

「原來如此，不過這背後的故事十分的複雜，一時半會兒恐怕無法說清楚，我們之後會帶你們進行更全面的了解。不過我可以先簡單的告訴你們，我們就是當初派遣傑生前往地球、並且被乙太如今的掌權者泰非斯所逐出乙太的原議會勢力。我們稱自己為乙太的『忠誠派』。而我們和你是站在同一陣線的。」

倫納德點了點頭，聽聞傑生描述乙太的內部鬥爭這麼久，此刻親眼看到乙太內部分裂的派系力量，感覺十分的不真實。「我瞭解了，那我可以請問一下你的名字是什麼嗎？」

男人聽了倫納德的問題不禁露出一抹有些意料之中的笑容，「我就知道你會這麼問。事實上，雖然我們的確有名字，但是我們幾乎已經慢慢放棄它們沒再繼續使用，而是改為利用彼此獨一無二的精神特徵來辨認彼此。不過如果你想要的話，你可以叫我諾托斯。」

聽到這個名字，倫納德腦中瞬間閃過了一道模糊不清的印象，但劉秀澤卻率先開口。

「如果你們都不用這些具備意義的詞彙的話，那你們是怎麼溝通的呢？」我也具備精神能力，但是若說要完全利用精神信號來傳達這麼多精確複雜的訊息，我完全沒有聽說過。」

「你們看看這裡，」諾托斯敲了敲自己右側的太陽穴，仔細一看上頭的皮膚似乎有一圈微弱白色光芒，「你們應該知道，具備乙太血脈的人，擁有比一般物種更高功率的神經訊號放射能力。而為了能夠更加精確的使用、表達這樣的能力，我們發明了一種精神演算輔助裝置。這種裝置就像是你們駕駛的阿爾戈星艦神經連結系統一樣，以量子運算系統輔助我們管理龐雜精神訊號。我們可以視情況調整演算裝置的輸出功率。在一般的生活情況下，最基礎的配備就足夠了。之後我們也會讓你們配備一樣的裝置。」

眾人若有所悟的點點頭，倫納德和劉秀澤兩位具備乙太血統的人對於諾托斯的解說更是有感。

「那麼，解說就先到這裡。我先離開去通知我的同伴已經接到你們了，你們在此稍作等候。」他說完和其餘隨行的人們沿著原來的通道離開。

看著諾托斯離開的背影，蕭璟低聲開口說道：「你們覺得諾托斯這個人怎麼樣？他有沒有對我們說謊？」

倫納德搖了搖頭，「至少在剛剛的對談上，他和其他的人們都沒有欺瞞的精神在當中，但是如果他們有這麼高明的精神輸出管理設備，那能夠隱藏自己真正的想法也是十分合理的。比較讓我在意的是他的名字，感覺有點熟悉。」

安潔莉娜點了點頭，「諾托斯，是源自於希臘文『南風』。如果傑生這個名字是希臘神話的名字的話，那諾托斯和此有關聯倒也不奇怪。」

倫納德理解的微微頷首，因為安潔莉娜強大的作戰能力，時常會讓人忘了事實上她也是一名受過專業訓練的學者，這個名字讓他有一種說不出的詭異感覺，「你說的沒錯，看來他們的確是和傑生同一陣線的。」

在眾人沉默的時候，諾托斯忽然回來了，對眾人笑道：「我已經和艦隊聯繫好了，其他人都很期待見到你們。」

「明白，我們是正準備要前往那裡是嗎？大概還要花多久的時間？」倫納德問道。

諾托斯沒有表情，但是臉上似乎漾起了一抹微笑，「我們已經到了。」

眾人還不明白諾托斯的意思時，在他們背後剛剛阿爾戈停泊進入的封閉牆面忽然又打了開來，而外頭已經不是無邊的宇宙，而是比這個球體星艦更大的潔白空間。往外看去，他們所處的位置是最外圍的巨大停機坪，周邊停放著無數如同他們所處的球體星艦。而在那之後，是更為巨大的空間。雖然還看不是很清楚，但他仍依稀可以看到，在穿越停機坪的前方，有一座巨大的太空城市，那裡有著眾多的建築和飛行物體往來其中，而最令倫納德感到震驚的，是這裡充盈著空前強大的精神力量。

倫納德看得目瞪口呆，喃喃說道：「這是……」

諾托斯走到他們身旁，而前方可以看到一群人正朝著他們走過來，諾托斯說道：「歡迎來到我們的城市。」

## 35

江少白靜靜的坐在自己的位置上，不發一語的盯著坐在對面的混沌。

大約在半個小時以前——以乙太世界的參照系來說——他們駕駛的星艦到達了預定的位置一段時間後，忽然被一股無形的引力控制，隨即進入了他現在的星艦當中。當他們一進人這艘星艦後，馬上就有數名具備強大精神力量的乙太人出現，和他們短暫交談後，就將他們帶到這個密閉的空間當中，要求他們先在這裡等候進一步指示。

他們此刻所處的。是一個完美的球體密閉空間。當乙太的使者帶領他們進入星艦後，他們便在一個空曠的地區揮了揮手，江少白和混沌周邊就忽然出現了這一個完美的球體空間，將他們兩人都包覆在其中，完全與外界隔絕。

根據江少白的觀察，乙太星艦內部的任何一個地方，都可以隨意形成不限大小的各種幾何形狀的空間——大多是形成圓形——他推測這麼做是為了方便艦上的人員可以在任何時候都能夠在艦上進入操作狀態。

當中最令江少白感到驚奇的，就是乙太人對他所展示的精神演算輔助裝置，可以幫助他們解析周邊大量的各種資訊。他一來到這裡的時候，就被乙太人裝備上了一組輔助裝置。當他裝備上了輔助裝置的瞬間，他感覺自己的精神感知道達前所未有的清晰程度，每一絲最細微的精神訊號他都能夠有條不紊的一一解析清楚，腦電波的神經訊號放射甚至也可以自由調整，並以數十倍的規模放大出去，就像是人腦和超級電腦互相結合。這種感覺甚至比和上一台星艦做精神連結還要強烈，一開始這種資訊爆炸的感覺很不舒服，可一但適應了便彷彿他過去根本沒有真正看見過這個世界，而此刻整個世界重新在各個層面以高解析度重現在他的眼前。他不禁想到若是印法埃能夠掌握這種科技，一定可以在地球上所向披靡，但這科技毫無疑問還領先了地球數千年。

但這一切感覺，在周邊的牆面形成後，就消失無蹤了。這道牆不只隔絕了他們和周邊的空間，更是完全將他的精神力量封鎖在當中。

他看著對面的混沌。目前最讓他感到困惑的，就是混沌的反應。他在登陸星艦之前就預期來到這裡後一定會面對不確定的開端，才能慢慢理解之後究竟要做些什麼，所以對於乙太人的反應，他反而沒有太大的意外。

但是，作為遠征地球的元帥嬴政的左右手，一向從容不迫、對自己一切舉止秉持高度自信的混沌，現在居然失去了他一貫的特質，反而流露出愈來愈不安緊張的情緒。儘管他竭盡所能的按壓下心中不安的情緒，但是在心思如此混亂且裝備了精神輔助裝置的江少白面前，還是被清楚的感覺到了他心中的不安。

這究竟是為什麼？是因為他回到了自己的母星嗎？江少白在心中暗自猜想。畢竟混沌曾經也是跟隨者嬴政一同遠征地球的成員之一，以他的視角來說，他已經一萬多年沒有回到自己同胞的家鄉了，感到有些緊張也是正常的。又或者，他是擔心自己會因為原上級嬴政在地球的失敗，而遭到乙太的懲處嗎？

然而，這些假設都無法被證實，而他也無法直接詢問混沌，反正他知道不管怎麼樣，以混沌那種個性是絕對不會回答的。他再次試著用精神力量探知牆面外的情況，但仍然無功而返。

在江少白沈思接下來要做什麼的同時，環繞在周邊的牆面全都消失無蹤，江少白和混沌立刻站起身來。十五名穿著同樣灰色服裝的乙太人，在一名女人的帶領下，走到他們兩人的面前。江少白對於乙太人的服裝和位階並不甚了解，但是混沌一看到他們就展現出有些詫異的情緒，然後轉向帶頭的女人——事實上，他們並不是用說的，而是透過精神演算輔助裝置，利用精神特徵、語音、肢體動作等複雜的組合式，來傳達所要表達的意涵，而這種作法比起口語溝通更加的有效率和精確。（不過為了方便理解，之後的文章所提到對話的部分，仍以對話的方式進行並以語氣等形容描述其表達意涵）

「這個隊伍，你們該不會……」

「現在還不需要你開口，」那名女人隨意的瞥了他一眼，然後將目光轉到江少白身上，「我相信你一定很好奇我們為什麼要找你來到這裡。」

江少白對於這種對話方式仍沒有很熟悉，但也慢慢上手了，「沒錯，但我也相信妳並不打算在現在就給我答案。」

「不愧是被第一公民選中的使徒，你說的完全正確。現在還不是時候，等你到了乙太，會由第一公民本人和你說明。」女人看了後方面無表情的十五名乙太人一眼，「現在，我們有別的任務要你來執行。」

## 宇宙　乙太忠誠派寰宇城三號

今天一整天所接收到的訊息實在是太多了。倫納德看著眼前的景象暗自心想。從初步踏入宇宙星際、再到穿越高維通道的神奇蟲洞、遇到乙太人，現在，他們正目瞪口呆看著這座遠遠超過人類知識所能理解範疇的壯闊太空都市。

此刻映入眼簾的，是一個無比巨大的太空城市，比起當初在西安看過的嬴政星艦還要大上無數倍，只從這裡完全看不出這座城市的邊際究竟在哪裡。這座城市以輪輻狀為基本的架構，這座城市若是可以從外部的宇宙觀察，可以看見城市外型是一個有些扁平的球體。而在城市的穹頂，不是人造的屋頂或是虛擬的人造太陽，而是可以清晰的看見外頭的黑暗宇宙的透明穹頂。

整座太空城裡頭的建築物，大多都十分的簡約素雅，幾乎都是以白色為主，也沒有任何多餘的華麗裝飾或是新奇的外型，完全呈現出科技與實用主義。而全部的建築佈局，都井然有序的由內而外、由參天高樓到低矮建築的一圈圈向外延伸分布，直到看不見的盡頭。如此外型簡約、規劃整齊到了極點的都市，反而給人極度不真實的感受，似乎科技走到了巔峰又再度反璞歸真。

整座城市的中央，是一棟傲立於全部建築之上、連結到城市穹頂的參天高塔，並且以這棟建築為核心，向四面八方放射出無數條微量透明的光束，連結城市的各個角落。這些光束似乎同時也是他們的交通和資訊傳遞路徑。這樣的景象讓倫納德聯想到嬴政和傑生的星艦，都可以看到全部以細微光線連結到核心運算系統的設計，而最終是一個統合全部資訊的核心。但是毫無疑問，這裡和嬴政或是傑生的星艦絕對是完全不同等級的。

不只是倫納德，其他三人也一樣感到不可思議地端詳著這座城市。諾托斯並沒有理會他們的震驚，而是朝著向他們走來的人們走去。當他們走到諾托斯面前時，帶頭的女人在一瞬間迅速的和諾托斯進行了一種倫納德無法理解的溝通。只見那名女子對諾托斯點了點頭，然後就和諾托斯一同並肩走到他們的面前。

「各位，」諾托斯開口說道：「這位是悠瑞絲，和我一樣的同級同事。」

倫納德等人將注意力轉向前方的女人，他一聽到悠瑞絲，就知道這個是希臘文的「東風」。看來她和諾托斯、傑生果然是同樣的人。他不大確定怎麼和對方表達禮貌，因此對她微微的點個頭，「妳好，我是來自地球的倫納德。」

「我知道你是誰，」悠瑞絲對倫納德微笑道：「傑生有和我們提過，我們非常了解你。但是其他人……」她目光轉向倫納德以外的其他人。

蕭璟向前踏上一步，「我是蕭璟。是倫納德的女……妻子。」當她說這句話時，眼神微微瞥向倫納德一眼，倫納德也面帶微笑的看向她。這是他們在結婚後第一次以夫妻的身分自介，而這個對象居然還不是地球人。

劉秀澤和安潔莉娜也接著蕭璟對悠瑞絲介紹了自己。

聽完了四個人的介紹，悠瑞絲點了點頭，「我瞭解了，很歡迎你們來到寰宇城三號。我是負責這座城市的領袖悠瑞絲。在帶領你們進入這座城市之前，我要給你們一個東西。」她看了身後的人一眼，其中一個人上前走來，手上拿了四個小小的透明圓環。

「這個是精神演算輔助裝置，我相信諾托斯已經和你們解說過了，為了方便你們之後的適應和溝通，要麻煩你們先戴上這個裝置，我已經根據諾托斯的資訊，和剛剛觀察到的，替你們調整到最適合你們個人的強度。」

他們四個人個別接過那個小小的極薄空心圓環。倫納德端詳著這個不起眼的裝置，實在難以想像這個東西可以發揮什麼巨大的效用，「這個東西要怎麼戴上去？」

「你們只要輕輕將它放上你們隨便一邊的太陽穴，然後說『啟動』就可以了。」

他們照著悠瑞絲的指示，將圓環輕觸在太陽穴，然後宛若什麼咒語一般，一齊同聲開口：「啟動。」

在最後一個字說出來的一瞬間，全部人同時瞪大了雙眼。倫納德感覺四面八方資訊宛若浪潮般洶湧而至，但又全部井然有序的經過理性解析。整個世界一瞬間完全變了一個模樣，變得無比的立體而鮮明，他像是第一次見到了世界的本質。

「這真是……」

「我知道，第一次經歷難免會這樣。」悠瑞絲微微一笑，她此刻不再是用聲音，而是使用精神語言對他們說話，「你們很快就會習慣，這套系統十分的個人化。不過蕭璟和安潔莉娜，妳們可能要比較辛苦一陣子，畢竟妳們從來沒有這樣使用精神能力的經歷，不過妳們的強度也相對更弱，不用擔心。」

蕭璟瞪大雙眼的望著四面八方，彷彿想要捕捉什麼不可見的東西，她步履不穩的晃來晃去，倫納德趕忙攬住她的肩膀讓她可以靠在自己的身上，不過事實上他自己也沒有比較好，一樣被巨大的資訊浪潮搞的頭暈目眩。而在他們身後，安潔莉娜和劉秀澤二人也彼此步履不穩的相互靠著才不至於倒下。

看著他們樣子，悠瑞絲和諾托斯等人沒有急催促他們，而是等到他們慢慢適應精神輔助裝置後，悠瑞絲才對他們說道：「既然你們都已經慢慢適應了，那我該開始和你們說正題了。你們已經穿越蟲洞一段時間了，一定很想知道我們為什麼要你們來這裡，而我們將會在中央主塔處和你們進行說明。」

悠瑞絲指向後方的一個透明長方物體，「請各位進到那個運輸艦當中，我們會帶你們前往中央主塔。」

眾人一同走入了運輸艦當中，裡頭完全一無所有，也不見任何電子設備，倫納德納悶他們要怎麼啟動它。只見悠瑞絲對著運輸艦下達了一個精神指令，運輸艦忽然就從地面升起，沿著指向中央高塔的微弱光束快速前進。

「這個運輸艦比阿爾戈先進好多。」安潔莉娜忍不住說道。

「是啊。」倫納德聽到安潔莉娜德話忽然想起一個問題，「我們的阿爾戈星艦，你們會怎麼處理它？」

「它是上個世代的產品，可能需要一些檢查。你們喜歡之後可以還給你們，不過我們還會有其他更好的星艦。」諾托斯說道。

倫納德點點頭，他看向外頭迅速飛躍而過的城市。從這個視角來看，這座城市的各個層面更是一覽無遺，也更加令人驚嘆不已。倫納德利用進化的精神力量感知這座城市的一切，只覺得一切都變得更加立體鮮明。他看向身旁的蕭璟和安潔莉娜，只見他們眼神渙散，似乎十分的迷茫，口中一直喃喃的發出無意義的微小聲音。他不禁露出了一抹會心的微笑，他知道對於蕭璟和莉娜而言，使用精神力量的體會一定是完全無法想像的，畢竟這過去一直是擁有始皇基因者的特權。儘管他們的能力一定沒有自己那麼強，但是至少已經有了他過去同等級或者是更勝一籌的能力。他回想自己第一次在嬴政的星艦上獲得精神力量時，也是無比的不習慣且驚訝。

而除此之外，倫納德想到了另一個可能。精神演算輔助裝置的存在，代表將可以彌補一般人沒有始皇基因的弱勢，得以跨越存在於地球上的異能者和凡人之間所存在的鴻溝，將兩者的世界合而為一。這似乎對於未來揭露出了一個可能的新方向，但是他還沒有仔細的去思考這個可行性，畢竟那不管怎麼說距離現在還是太過遙遠了。

過了大約兩分鐘左右，運輸艦就抵達了中央巨大的高塔之中。

「下來吧。」悠瑞絲說道。

倫納德等人走了下來，此刻站在這座太空城的最高建築上，更能夠深刻體會這棟建築和城市究竟有多麼的壯觀。此時他們和運輸艦所處的位置，是被一根根巨大的純白的柱子所環繞的平台，像是這座高塔中一個鏤空的部分。並有大約二十名守衛在每個柱子周邊戒護。

「這個地方真是太美了。」蕭璟稍稍往平台外向下俯瞰而去，夢幻的說道：「倒不是說多有設計感，而是……」

「我知道。」倫納德從蕭璟的背後靠向她，「但是我還是希望能夠和妳待在地球上。」

蕭璟微微一笑，輕輕的點了個頭。

「悠瑞絲、諾托斯閣下。」前方走來了幾名迎接他們的人員，他們一走來就對兩人表達了深深的敬意。

「那麼，我就先離開去其他地方看看了。」諾托斯對悠瑞絲說道：「這邊就交給妳了。」他看向倫納德，「我們之後還有很多機會再見。」說完他就先離開了。

「我們先進去再說吧，這邊不太適合說話。」悠瑞絲說道：「我們去裡頭的休息室談吧。」

眾人在她的帶頭下，走進了高塔當中。她帶他們走到了一面牆前，那面牆上忽然出現了一圈光芒，接著就出現了一扇通行的門，「請進。」

他們來到了一間會客室，當他們一踏進去，地面上立刻出現了等同於人數的的座椅。

當所有人一坐下，悠瑞絲就說道：「現在……」

「在那之前我有一件事要先說，」倫納德打斷悠瑞絲。當他見到諾托斯的時候就打算提問，但是一直找不到適合的機會開口，現在他終於可以問出他此行所最擔心的問題。「我知道這有點唐突，但是我必須問你們。我的妻子蕭璟在地球上時，遭到印法埃的毒手，受到精神力量長期的虐待，造成很嚴重的疾病，地球上沒有任何醫生可以幫忙，而我們透過阿爾戈星艦的診斷，也知道了這個疾病非常的嚴重，不知道你們有沒有方法可以醫治她？」

蕭璟對於倫納德忽然的提問也有些意外，但是她也同樣緊張看著悠瑞絲。倫納德心中不斷的暗自祈禱，此刻他所詢問的，幾乎就是蕭璟的生死宣判，如果對方表示無能為力的話，那他甚至不知道自己會不會願意繼續待在這邊了。蕭璟一定也感覺到了他心中的焦慮，她的輕輕的將手放在倫納德手上，稍稍的安撫他。

悠瑞絲聽完倫納德的話，將目光定在蕭璟身上，她仔細的端詳了蕭璟一陣子，然後微微睜大雙眼，「妳的心智在量子層次上有非常嚴重的撕裂破壞。」

「我知道，我在地球時，阿爾戈有診斷過，如今我大概只剩十天不到的壽命。」

「所以，她的疾病有辦法醫治嗎？」倫納德緊張的說，連安潔莉娜和劉秀澤也屏氣凝神的望著悠瑞絲。

悠瑞絲不疾不徐的點了點頭，「可以的。過度使用精神力量，或是調控精神表現的基因有缺陷等等情況，都有可能造成你這樣的疾病，這對我們而言不是罕見的問題。雖然因為我們所具備的能力，大部分的人都不會和妳一樣嚴重，但是，妳的程度也沒有到不可挽回的地步。儘管我不是醫療專業，但要我說的話，要醫治是沒有問題的。」

當聽到悠瑞絲的話後，倫納德感覺自己不斷的愈來愈放鬆，當她說完了之後，倫納德感覺心中如釋重負，他巨大的擔憂終於得到了解答，他幾乎要哭了出來，他激動的低下頭來，「謝謝，謝謝妳。」他激動的看向蕭璟，蕭璟眼神也無比明亮而雀躍的望著自己。透過精神輔助裝置，他們深刻的感受到了對方心靈中強烈且深情的悸動，在一旁的安潔莉納和劉秀澤兩人也同樣感到十分的興奮。

「那麼，這個治療什麼時候可以進行？」蕭璟開口問道。

「根據初步診斷，還有不少的時間，所以也不必急於一時。或許我們不久就可以安排時間進行妳的治療。」

「真是太感謝妳了。」倫納德說道：「那麼最快什麼時候？能不能現在就進行？」

「倫尼！」蕭璟低聲喝斥他，「你聽到她說的了，我們不用那麼急。」

「你的妻子說的沒錯，我能理解你希望立刻治療她的心情，不過請你相信我，這一定沒問題的。現在，我有其他事情要和你說。能否請你和我到外頭一趟？我要帶你去個地方，和你說明我們請你來的原因。」

倫納德有些不安的瞥了蕭璟一眼，蕭璟對他笑著說：「拜託，別擔心了，我又不是等下就要死了，而且這裡那麼多護衛，可以說比地球的任何一個地方都還要安全多了。」

倫納德點點頭，他知道蕭璟說的沒錯，但不曉得為什麼，他就是有一種不大好的感覺，似乎和蕭璟分開會有什麼不好的後果。但最後他只能說服自己這只是心理作用，他傾身向前親吻了蕭璟一下，「我回來再告訴你。」他看向安潔莉娜，「莉娜，好好照顧她，交給你們了。」

他們微笑的點了點頭，「沒問題。」

倫納德從座椅上起身對著悠瑞絲，「我們走吧。」

在悠瑞絲的帶領下，兩人穿越了層層大門。一路上，倫納德留心整棟建築的格局外觀，這邊的通道完全是淨白無塵，不過在走道兩旁的牆面上還是會出現些全息投影影像，為充滿科技未來感的環境中又增添了些許人性化的元素。途經遇到的人們，都對於倫納德投以奇異的目光，不過這也不能怪他們，畢竟對他們而言，倫納德如同是外星人，而相反的，遇到的人不論官職，都對悠瑞絲抱有相當的敬意。可見悠瑞絲和諾托斯二人的地位遠比自己以為的要高。

「我們到了。」悠瑞絲帶著倫納德走到一面灰色的牆面前，外頭站著四名守衛，看著他們貼身的服裝，倫納德實在不曉得他們的武器在哪裡，但顯然他們的武器一定和地球很不一樣。守衛看到他們，立刻恭敬的低下頭。

「我要帶這位地球人進入裡頭。」

「啊，你就是那位地球人，傳聞會有人到來原來是真的。那麻煩你看向門口。」

倫納德不知道他們要做些什麼，他才將目光轉向大門一瞬間，門上忽然掃過一道光芒，接著灰色的門扉就開啟。

「好了，檢查通過了，兩位請進。」

「謝謝。」雖然非常短暫，不過倫納德在檢查的那瞬間，注意到四名警衛的手部肌肉都微微的緊繃，不曉得那是不是什麼他們武力裝置的配備位置。

他們走入室內，後方的大門又在瞬間再次密合。倫納德看了看這間房間的配置，這裡幾乎沒有什麼東西，只是房間中央有一個小小的平台。他不解的看向悠瑞絲。

「我接著要給你看的，是高層級的機密。」悠瑞絲帶他走到中央的平台前面，看著倫納德低聲說道：「儘管我們此刻已經處在了備戰狀態，但是仍不是所有人員都曉得現在發生什麼事，以及他們即將要面對到的危機。」倫納德嚴肅的看著她。

「在那之前，我想你應該已經從傑生那裡得到很多關於我們的資訊了吧？」

倫納德點了點頭，「沒錯，他的確和我說了不少，主要是關於乙太一開始的起源、對於地球關注的原因、以及後來乙太兩派勢力分裂的過程。不過，據我所知現在的情況已經變了很多。」

悠瑞絲嘆了一口氣，眼神有些黯淡，「你說的沒錯。」她將手放在平台上，上頭投影出了一個球體，但是當中有許多極度複雜的結構，且每一刻都不斷的在改變，令人目眩的難以捉摸，倫納德看不出是什麼，將目光轉向她。

「這是一套系統的結構，叫做『提雅瑪特』。」

倫納德挑起一邊眉毛，「什麼？」

「這是自稱第一公民的泰非斯所起的名稱。誠如你所見的，我們，包括你，所使用的精神演算輔助裝置，都是能夠幫助我們增強自己的精神力量，這是乙太行之有年的技術，也沒什麼了不起的，但是，」她的話鋒一轉，「在這個科技發明後，就一直有一個概念，就是利用一套集體的精神網路機制，將全體乙太人的意識全部結合再一起，形成集體龐大的統一意識。你也見識到了一個人利用輔助裝置的增強，能力就可以得到何等強大的提升，所以過去人們就想說若是能夠達成這一個目標，那我們的力量將會極為龐大。」

倫納德嗅出這句話背後的危險含義，「該不會……」

「你想的很對，他們完成了——雖然還不是澈底完成，但已經很接近了——在乙太星球範圍尺度下，他們建造了『提雅瑪特』系統，將全體乙太人的精神集結成統一龐大的意識，並以同頻率、同步調控數以億計的精神能量，那個威力之強可說是無遠弗屆，甚至足以撼動整個宇宙。」

倫納德震驚的瞪大雙眼，他實在難以想像這件事情背後究竟涉及了多少廣大複雜的層面和範圍，更無法想像那些進入這套系統的人變成什麼樣子，「那麼乙太上的那些人，他們全部都失去了自我了嗎？」

悠瑞絲搖了搖頭，「還不至於——雖然我相信那是最終結果——但是，這套系統並不是你以為的是大家只有一個思想，事實上，他們仍然保留了自身的意識，不過他們將澈底失去所有的隱私，每個人心中的想法、最隱密的念頭，全都在此之下無所遁形。他們共享一個意識資料庫，當要使用時可以調動所有人的力量和知識作為後援。不過即便保有個人意識，但長時間處在這樣的環境當中，無時無刻被數以億計的思緒精神所淹沒，也遲早還是會慢慢全體一致的被統一，最終全部服膺於第一公民所屬意的意識形態之下。但我們之所以擔心，最重要的，是它將會逆轉我們的戰局，使得我們和乙太之間戰略平衡遭到澈底破壞。」

「那麼，我們該怎麼做？」

「目前唯一的方法，是要在提雅瑪特的涵蓋範圍達到全體乙太勢力範圍之前，澈底關閉這個系統，只要關閉了它，全部乙太的人員就會倒退回你們地球人配置輔助裝置前的樣子，將再也不足為懼。」

「關閉？這種生物的精神，難道是像電子系統一樣的東西，還有所謂的開關方法嗎？」

「如果把提雅瑪特比喻成為你們的加密系統的話，你可能會更好理解。精神雖然在概念上十分抽象，但就像是電腦的數據串流一樣，具備實質的訊息在當中，每個人的腦則是發出訊息的電腦。而提雅瑪特，正是一個將所有人腦中輸出的資訊串連起來、並調控每個資訊輸出的次序、強度的網路平台和運算系統。」

倫納德努力的跟上悠瑞絲的話，「但這又和關閉他們的網路有什麼關聯？關閉系統具體上要怎麼做？」

「雖然你可能很難理解，但是精神力量所涉及的範圍，並不是這個三維世界，而是在更高維度的空間運作，不論是一般人或是集體意識亦然。皆也同樣在四維到十維的高維空間中運行，並不斷根據的精神和思緒進行浮動、位移。而雖然你們不知道，但每個人的精神，都有著一個潛在的『精神暗示』的指令，是每個人精神的弱點，任何人只要接受到的精神暗示，精神就會被完全摧毀。而就算是精神網路，也同樣具備這樣的弱點。」

「那只要找到每個人的潛在精神暗示弱點，就可以成功摧毀任何人的精神不是嗎？」

「沒有那麼簡單。由於精神和物質所處的不同世界中，我們不可能在這個世界中，成功在比我們複雜無數倍的高維空間中鎖定他們這個統一意識弱點的所在位置，更別說入侵了。如果要比喻的話，這可以說是比閉著眼睛在宇宙中隨機找到一顆目標質子還要難上一萬倍。因此這套系統是無法入侵的。不過，提雅瑪特卻和這種狀況有點不一樣，因為這套系統在研發時，為了安全機制，就有設定好一個特殊的量子特徵密碼，可以理解為這個系統的後門安全碼，藏在這個系統的最深處。它可以讓我們鎖定理論上不可能鎖定的精神網路弱點，而剛好我們的領導人是唯一知道這密碼的人。要想將它關閉的話，唯一的方法，就是在這套系統的最核心處——和泰非斯連結的乙太總部——把關閉密碼上傳，如此病毒就會一瞬間傳遍提雅瑪特，整個精神網路也就隨之崩解了。」

倫納德仔細思考悠瑞絲的話，這聽起來是這麼的玄幻，不過他的確開始掌握到悠瑞絲的意思了。「那麼，如果用網路加密來比喻的話，我們有沒有可能只要抓到一個乙太上的人，再將這個精神訊息透過他傳進整個系統，就會由他感染整個網路，進而將之關閉？」

「你的想法很不錯，然而，雖然提雅瑪特的所有資訊、能力是共通的，不過為了安全和效率，提雅瑪特又拆分為好幾個區塊，每一個區塊下又有更多的子區塊，以此類推。每個子區塊都會對內部的每一道精神訊號進行檢驗，如若發現會危及所有精神網路的外來訊號，那該子區塊會立即與整體網路切割，而主體網路也會因此發現這個安全漏洞的位置，進而將之修正，如此我們就永遠不可能關閉它了。所以如果要關閉這個網路的話，一定要將關閉病毒在提雅瑪特系統的最核心上傳，才可能關閉整個系統。」

「我明白了。忠誠派在被乙太驅逐離開前，掌握了這個實驗性系統的關閉密碼——這個密碼是一個量子精神特徵——現在乙太所使用的精神網路，雖然經過進化，但仍然是在這個原始系統上進行研發。所以如果我們可以想辦法將這病毒帶到乙太上頭，並且上傳到系統當中，就可以成功瓦解他們最強大的精神網路，乙太的勢力也會隨之崩盤。我的理解沒錯吧？」

「你說的對，這就是泰非斯目前最恐懼的事情，他們一直不斷的做自我檢測，希望找出埋藏在整套系統中的安全漏洞。不過那是不可能被找到的，除非有特定的序列引導，不然永遠不可能找的到。」悠瑞絲堅定的說：「這就是我們的機會。我們正在調兵遣將，準備在他們準備好之前，就擊潰他們尚未部署完全的太空艦隊，然後潛入乙太關閉他們的精神網路。而這，就是我們需要你幫忙的部分了。」

「妳要我潛入乙太？」理解了悠瑞絲話語背後的意義後，倫納德不可置信的說道：「為什麼？你們有那麼多受過多年訓練的專業戰士，怎麼會一定需要我呢？」

「這不是直接和能力相關的。」悠瑞絲說道，她似乎在斟酌要怎麼和倫納德說，「這是……由於你獨特的精神特徵，你有些我們都沒有的東西。而你同時具備我們等同甚至超越我們的力量，卻又和我們不一樣，這讓你在突破乙太戒護上，有更高的可行性。」

倫納德有些猶豫的皺起眉頭，他不希望這麼倉促的就答應對方這種完全超出自己能力範圍之內的事情，而且他對於悠瑞絲選擇自己作為執行這場任務的人選背後的原因仍然保有疑慮。悠瑞絲也察覺了他的疑慮，她開口說道：「當然，沒有任何善意會是無條件的，如果你願意幫助我們潛入乙太執行這個任務的話，作為回報，我們會替你治好你的妻子，並且協助你們地球上面臨的問題。」

倫納德心中一動，忽然明白了為什麼剛才在上頭，他們不願意立刻同意醫治蕭璟。雖然不喜歡這樣，但他很清楚，不管這個任務有多麼困難，但如果是為了蕭璟的話，那他知道自己一定會答應對方的。他將目光轉向悠瑞絲，堅定的看著她，「我……」

他正要開口的那瞬間，忽然傳來一陣猛烈的精神衝擊，接著整個空間都變成了警示的紅色。他不解的皺起眉，「這是怎麼回事？」

悠瑞絲瞪大雙眼的看向上頭，顫聲說道：「天啊……我們被偷襲了！」

# 37

江少白乘著外觀完全隱蔽的小型星艦，快速的掠過冰冷的宇宙。

此刻在他身邊的，是剛才在乙太星艦上的那十五名灰衣乙太特種部隊成員，和剛才帶領他們的女人。望著身旁冷靜沉默的乙太人，以及外頭黑暗的太空，他開始思考剛才所經歷的事情。

「任務？」江少白挑起一邊眉毛，「我才剛剛來到這裡，能被交托什麼重要的任務？」

「你應該要知道，你並不是唯一被召喚到這裡的人。」

江少白稍稍的睜大眼睛，隨即領悟到對方的意思，「倫納德。」

「你的領悟力很高。我們敵對的勢力，那群自稱忠誠派的人們，也召喚了倫納德前往他們的陣營，根據不久前得到的可靠的消息，他們應該已經在你來到這裡之前的一段時間就成功接觸了。」

「那就可以理解了。但為什麼需要我呢？」

「這就說來話長了。」女人說道。接下來，她對江少白大略說明了提雅瑪特的背景，和忠誠派渴望在此之前擊敗他們的策劃，以及他們認為對方會派遣倫納德執行這個破壞行動的推測，而乙太也需要倫納德的事情。

「為什麼你們需要倫納德？難道都沒有人打算對此解釋一下嗎？」江少白不解的說，從混沌在地球上就一直強調這件事情，但始終不肯告訴他原因，這讓他感到很不悅。

「你現在還不需要知道這些，我們以後一定會告訴你，但我希望這是你到乙太後，能夠被全面沒有偏見的告知。現在你只要知道的是，倫納德和創始之體有所關聯，而我們有消息指出，倫納德此刻正在忠誠派彗星盾的艦隊的三號太空城中，而我們需要你做的，就是要你幫助我們將他活捉過來。」

江少白不可置信的瞪大眼睛，「你說什麼？我完全不了解你們的作戰方式，也不適應和你們作戰人員的合作。為什麼不派你們的專業部隊來進行任務？」

「這是一個問題。目前你是整個乙太唯一有和倫納德交手經驗的人，除了你之外沒人知道他的資料，你能夠辨識出他的精神特徵。這就是為什麼我們需要你，否則我們偷襲部隊將無法掌握他的位置。」那個女人對後方的人招了招手，一名隊員拿了一個外型簡單的武力裝置過來，「放心，我們會給你你所需要的作戰裝備和資訊。」

「但是……」江少白對於那女人所說的一切感到很困惑，就算倫納德和創始之體有很大的關係，他也不認為這值得乙太冒著這麼大的風險潛入忠誠派的基地。他懷疑此行還有其他更重要的任務在其中。不過他也知道現階段絕對不可能知道的，他只要一如既往，做好自己所計畫的事情，而使命就會被一步步揭露出來。

「我們快到了。」女人忽然開口說道。

江少白回過神來，發現星艦已經前行好一段距離了，他們此刻正在朝著一個一片虛無的地方靠近，不過根據情報，這個位置就是忠誠派隱藏的太空城。

「即將進入太空城守備範圍，倒數進入對外連通清理管道。」

下一秒，一道光芒閃過，整片黑暗的宇宙褪去，前方出現了這座城市真實的樣貌。

這些一切都發的非常突然，完全超乎蕭環的預料。

在倫納德離開之後，蕭璟就在會客室當中，和安潔莉娜、劉秀澤，以及其他乙太忠誠派的這些守衛和人員聊天。和他們的對談比蕭璟想像中的還要容易很多，她的確蠻快就開始上手用精神和語言的複合方式跟這裡的人進行溝通，而也對這種溝通方式的便利和精確性感到驚艷不已。

令她感到意外的，這裡的人對於他們這三個外來者都非常的友善，他們對於蕭璟所提出的問題都知無不言，完全沒有任何一絲隱瞞。而這些人除了回答他們的問題之外，也會針對地球提出諸多問題，有些問題甚至讓她感到非常的有趣，畢竟他們完全是以各自的科技、文化觀在揣摩對方的環境。蕭璟對於這種跨物種的對談感到十分的興致勃勃，正準備要繼續對乙太她感興趣的部分深入詢問。

而事情就在這一刻發生。

全部人的腦中，同時間都傳來了極度強烈的精神刺激，對於精神已經受創的蕭璟，這個刺激更是讓她痛得直接摔倒。但其他人並沒有理會她，而是全部站起身來。

「發生什麼事了？」安潔莉娜扶起蕭璟的身體問道。

「這怎麼可能？」其中一人不可置信的喃喃說道。

「什麼意思？究竟發生什麼事了？」劉秀澤緊張的追問道。

對方看向他們，眼神中透露著恐懼，「我們被入侵了！」

「乙太？」蕭璟實在不敢相信，他們才來到這裡幾個小時，居然就遭遇到了襲擊？而且還直撲他們的位置？

對方恐懼的點點頭，「顯然是的。」房間內所有的守衛立刻站到眾人周圍，他們雖然恐懼卻仍然沒有絲毫慌亂的情緒，顯然已經對壓力情況訓練已久，「你們幾個，馬上站到我們的中間！」

蕭璟三人沒有再多問，立刻站到乙太人員的中間。在他們被包圍後，所有外圍的人員全部舉起一隻手。雖然沒有實體，但蕭璟感覺到一波波無形的能量從那幾個護衛身上散開來，閃爍著些微白色光芒的能量遮罩立刻將全部的人包覆在裡面。

大門忽然打了開來，四名表情有些狼狽的守衛跑進房間裡頭，他們身上閃爍著強烈的能量光芒，蕭璟即便在其他人的能量護盾下，也感覺的到灼熱的溫度。而他們每個人也都散發出極度恐懼的情緒，他們對房間內所有的人叫喊道：「你們快出去，此處不宜久留！這裡離他們太接近了，要趕快前往避難處！」

眾人跟著他們一同跑出房間，往走道上狂奔。結果才走了沒幾步，一道熾熱的白色光束就從走廊的另一端射來，正中一名帶頭的守衛胸口，他整個人瞬間被高能量光束給汽化消失。

「護衛隊形！擋住他們！」

只見一群身穿灰衣的人們，身上也包裹著和守衛們一樣的能量光芒，從走廊快速逼近。守衛被敵人猛烈的火力壓制，只能將能量護盾全部轉移到敵人的方向，努力擋下對方的強烈攻擊，他們前方的能量護盾也在猛烈的攻擊下呈現一波波震盪的漣漪。而沒有配備武力裝置的三人，只能躲在其他人的背後，不過儘管無法和守衛一同在前方戰鬥，但是他們仍然利用自己剛剛獲得的精神力量，一同幫助守衛對抗來襲的敵軍。

從一開始的襲擊到現在，對於可以這麼快就利用到自己的精神力量協助對抗敵軍，這對於蕭璟而言是完全無法想像的事情。然而，真正讓她感到詫異的，卻還在後頭。

她在攻擊的空擋中，將目光看向來襲的乙太敵軍中，想要看清那些來襲的灰衣人究竟是何方神聖，結果卻立刻注意到那群人中的其中一人。她詫異的瞪大雙眼，而對方也在同一刻和她對上雙眼，並露出同樣驚訝的表情。

「江少白？」她不可置信的顫聲驚叫道。

在前方，江少白看見了蕭璟那無比驚訝的眼神，在對到眼的那一刻，蕭璟感到無數的資訊情感在他們之間交流。她有數不清的問題想要問江少白，她完全不曉得他怎麼會出現在這個地方。但是她來不及思考，就被巨大的爆炸推倒在地。

「小心啊！」一名守衛大聲喊道。

在雙方火力猛烈的互相攻擊時，敵方一名黑色短髮的女人，看準了其中一名守衛不小心將自己稍微暴露在防禦遮罩之外，她忽然全身閃爍強烈的光芒，像子彈一樣。在火力掩護之下，瞬間欺近到他們陣營，並一拳擊殺了那位守衛。

其他的守衛看見陣形亂掉，立刻上前彌補這個空缺並反擊靠近的女人。而在他們這麼做的同時，蕭璟前方的能量遮罩出現了一條極為狹小的裂口，若不是極度精密的觀察絕對無法注意到這微小的破綻，而江少白就在這一刻行動了。

他的身上瞬間出現了剛才那個襲擊而來的女人一樣的光芒，他迅速迫近那道能量裂縫，穿越了守衛們的防線，突破到了蕭璟和莉娜等人所在的位置。而在蕭璟來不及做任何反應之前，江少白身上的能量光芒就包覆住她。她感受到身體被一陣溫暖籠罩，接著就被江少白瞬間拉回了乙太戰士那邊。這一連串的動作，全都在一眨眼間發生，蕭璟連驚叫的機會都沒有，一回過神來，就已經被抓到了另一邊去。

「不！」她聽見安潔莉娜驚恐不已的尖叫聲，但是忠誠派守衛們的能量護盾破綻在那瞬間就消失無蹤，他們根本無法接觸到自己。

蕭璟一臉驚愕的看著江少白，「你……」

「安靜。」江少白神情嚴肅的直視著前方。蕭璟愣愣的看著江少白，感覺很不真實。

江少白稍微瞥了蕭璟一眼，發出了一道極為強烈的精神指令。她立刻全身無力的坐倒在地，連精神力量也一併被癱瘓了。她還聽得見對面安潔莉娜和劉秀澤的叫喊聲，但是她根本無法作為，只能靜靜的看著一切發生。守衛部隊在乙太襲擊部隊的攻擊下，只能節節敗退，並趁著一陣爆炸閃過，撤退消失到一面牆後。

「我們在這浪費太多時間了。」剛剛帶頭的短髮女人說道——事實上客觀時間根本過不到十五秒——她看向江少白，「這裡沒有我們要的人，江少白，我們繼續……」

一道猛烈的光束朝她射來，擊中她身上的能量護盾並向周圍擴散開來，但儘管如此，衝擊波仍然讓她向後踉蹌跌了幾步。她猛然轉過頭，定睛看著來襲的方向，厲聲喊道：「悠瑞絲！」

悠瑞絲和十餘名守衛加速衝來，她看見那個女人憤怒的喊道：「厄德娜[3]！泰非斯那傢伙好大的膽子，竟敢派妳來襲擊我的太空城！」

他們兩人瞬間交手了好幾下，缺乏能量護盾保護的情況下，雙方猛烈的互擊逼得蕭璟只能閉上眼睛。她在心中暗暗叫苦，她知道倫納德一定在悠瑞絲身旁，她想要喊叫求救，但無奈她全身的肌肉和神經系統都完全不聽指示，她唯一能做到的只是虛弱的喘息而已。

「不好了！」一名灰衣乙太戰士大喊道：「另一隻突襲小隊恰好遇到諾托斯在數據庫中，他們已經被殲滅了！」

那名被稱為厄德娜的女人咒罵一聲，然後她冷笑看向悠瑞絲，「出現意想不到的事，看來你們比我以為的還要有本事……那我們就後會有期吧。」

「不！」在他們正要全速撤退的時候，蕭璟聽到對面一聲淒凌的嘶吼聲。只見根本絲毫沒有武力裝置的倫納德，閃過悠瑞絲的抵擋，奮力朝她的方向踏上一步。厄德娜和悠瑞絲二人同時驚叫。

「回來！」

3 神話中為泰非斯的妻子，在本故事中僅表示為深受泰非斯信任的戰士。

「抓住他！」

倫納德絲毫不理會他們二人，只是怒目瞪視著擋在蕭璟前方、正要反擊的江少白。那一刻，蕭璟清楚看見倫納德眼中蘊藏著極度強烈的殺意，以及威力驚人的精神攻擊。照理來說，在江少白能量護盾和精神力量的防禦下，這不應該對他產生什麼影響。

結果意外的事情發生了。

和在科林斯擊殺鐵鷹部隊成員時一樣的景況，江少白居然在身上能量護盾和精神力量沒有被破壞的情況下，左肩噴出一道鮮血。他在倫納德出其不意的攻擊中失去了反擊能力，並在一聲慘叫中退向一旁。

倫納德原本要抓緊這個機會繼續向前邁進，一旁的厄德娜見機不可失，馬上出手企圖抓住倫納德，幸好悠瑞絲擋下厄德納的攻擊，並且伸手將倫納德拉回身旁，大叫：「不行！你不能再靠近他們了！」

「放開我！璟……」倫納德慌忙焦急的眼神和蕭璟對到，那刻，他的眼中充滿著無盡的絕望和恐懼。

蕭璟想要對倫納德開口，她有無數的話想要和倫納德好好說，但是她根本來不及吐出一個字，就感覺自己在江少白雙手的環抱下，和其他人一同包覆在能量的籠罩中高速退後，一瞬間穿越了停機平台進入外頭待命艦艇中。接著就在星艦急速的上升中，穿越了一條詭異的通道並越過整座城市的穹頂，進入到宇宙當中。

和上一次西安隔離營不同。望著星艦外頭冰冷黑暗的宇宙，這一次，蕭璟清楚知道，他們是被分隔到兩個完全不同的世界中，永遠不可能相遇了。

## 39

**地球　英國　倫敦　LGGSC總部**

沃克獨自在冷清的辦公室內，疲憊的站在落地窗前，望著窗外的景色。

在倫納德、蕭璟、安潔莉娜和劉秀澤四人搭乘著阿爾戈星艦離開希臘後，如今已經過了快要三個月。每一天，他總會花時間仰望天際，望著他們當時所離開的方向，彷彿在等待他們的歸來。他理性上知道這實在很沒有意義，畢竟根據倫納德所說的，他推測倫納德他們在另一邊的世界中目前僅過了大約不到一天的時間。

這種時間差異的感覺真是奇特，而他也實在無法想像他們在乙太世界那裡此刻究竟遭遇到了什麼，他們和乙太那邊的敵對勢力見面了沒？見面過程順不順利？是否有遇到什麼困難？這些問題都沒有解答。而依照兩邊這種一比一百的時間流速，他們又真的能夠在地球被毀滅以前趕回來逆轉戰局嗎？

他搖了搖頭，把這些負面的想法甩開腦海。現階段自己已經不可能再╱為他們做些什麼了，唯一能夠做的，就是全心全意的相信他們，並在這段時間盡力守護好地球。

他轉身走回自己的位置上，看著桌面上累積的文件。自從美國海軍艦隊遭到印法埃殲滅且美國政府遭到集體狹持後，全球陷入空前的低氣壓中。原本統御各國對抗印法埃的領袖崩潰，讓國際社會澈底籠罩在絕望的氛圍當中。而現在，身為ＬＧＧＳＣ領袖的沃克，由於輝煌的功績和卓越的領袖能力以及經驗，已經讓他成為了領導蓋亞聯盟殘存的軍事力量、各國資源調度、協調國際合作協定的負責人。這對於他而言是空前巨大的壓力，每天龐雜的資訊源源不絕的湧入總部，他只能夠盡自己最大的努力組織人手，並調度各國政府單位協同處理。而當他閱覽了越多的資訊，對於現在國際的情勢就感到愈加的絕望。

這並不是說印法埃在這段時間對各國作出了多大規模的攻擊行動，相反的，在他們成功殲滅了美軍艦隊後，就再也沒有進一步的軍事行動了，但是儘管如此……

辦公室的大門打了開來，沃克的祕書將頭探了進來，「局長，美國代理總統洛茲先生正在線上。」

沃克點了點頭，「接進來。」

祕書離開後，沃克稍微整理了一下衣服，然後點開了視訊。他對著鏡頭微微點了下頭，「洛茲總統，您好。」

「您好，沃克局長。」在螢幕的另一頭，美國的代理總統洛茲，對沃克回以敬意。在法蘭克總統被江少白綁架後，他就正式依照美國憲法第二十五號修正案、以最高優先順位擔任美國臨時代理總統。而在可預見的未來中，美國將會很長一段時間不會進行選舉，他將會繼續擔任這個職位一段時間，甚至可能比正式民選的總統更長。

「貴國被俘虜的海軍軍艦現況如何了？」

「根據ＣＩＡ的報告，他們已經在巴西完成了我們船艦包括甘迺迪號及若干個驅逐艦，和印法埃原海軍艦隊的整併，在南美建立了極為強大的海軍強權。」洛茲沮喪的說道：「雖然我方尚有航母戰鬥群，但是第三、第七艦隊在瘟疫爆發前就被殲滅，現在又損失了甘迺迪號為首的艦隊，剩餘的航母戰鬥群都在夏威夷基地待命，但他們只足以自保，已經不可能再對外動武了。」

「那麼對於法蘭克總統，印法埃有針對他提出更多請求嗎？」

洛茲搖了搖頭，「也沒有，我們現在完全失去了總統的蹤跡，看來印法埃完全沒有主動接觸的意願。」

沃克點了點頭，「我瞭解了。根據局裡獲得的情報，因為貴國本土的普紐瑪部隊全數被劫——佔了總普紐瑪軍團的七成——剩餘原本預定要逐步前往美國訓練的成員都停滯了，但是他們原本所處的研究所並不安全，現在也都轉移到各國的軍事設施中進行保護。」

「我們是要重新訓練他們嗎？」

「我們的團隊正在努力。但是您也知道，原本最了解精神力量運作的，就是雙木和金恩博士，現在一個叛逃一個死亡——順帶一提，雙木逃往印法埃後的下落現在也不明——而當印法埃奪取普紐瑪時，把高階研究員也殺害了不少，還同時竊取了諸多機密資料並加以刪除。現在我們等於在一個資源極度匱乏的情況下，要重新研製一整套訓練體系和研究精神力量的原理……這需要耗上很長的時間。」

洛茲嘆了一口氣，「這真是一場災難。」

沃克微微點了點頭，他完全明白此刻對面這個男人的心神有多麼的疲憊，而他也感同身受。他們兩人此刻可以說是全世界目前肩負責任最重大的兩人，而在他們前方的，卻是一條看不見希望的黑暗道路。

「更糟糕的是，根據我們掌握的情報，現在印法埃已經不再急於擴張、建立勢力，在瘟疫解除後。他們縮減了控制的區域。現在，他們對自己所控制的諸多國家、地區中，正在穩當的進行管理因此在可預見的未來當中，我們應該要做好印法埃將會長期在各國執政、甚至與之貿易合作的打算……」

「我的天啊……尤其印法埃控制的國家大多是重要的能源、糧食產地，像是中國、印尼、伊朗、阿拉伯、部分俄國領土等……和這些國家的斷絕已經造成蓋亞聯盟會員國龐大的打擊。」

兩人皆沉默無語。似乎都不知道面對這樣的絕境，到底還可以再說些什麼。

「你的兒子倫納德，他們在乙太有消息傳來了嗎？」洛茲問道。

沃克搖了搖頭，洛茲也只能嘆了口氣。

「老實說我還是不知道前往乙太究竟是不是明智之舉，但是……算了，總之我明白了，那麼就先這樣吧。我們之後再談，再見了局長。」

「祝您好運，總統先生。」沃克對鏡頭敬禮道。

畫面切斷後，沃克愣愣的盯著黑暗的螢幕。局勢愈來愈糟了，不僅是戰局，更重要的，還有逐漸被榨乾拖垮的地球資源。而到了最後不論是印法埃，還是蓋亞聯盟，都將會在這個枯竭的地球環境中凋零。

沃克看向窗外被烏雲籠罩的天空喃喃說道：「倫尼，不論你們現在在做什麼，希望你們能快一點。不然等到你們回來時……地球恐怕已經不存在了。」

東太平洋　印法埃第一艦隊　審判號

在印法埃主艦隊「審判號」上，眾多的委員再次久違的齊聚一堂。

十名委員幾乎全部都出席了，而他們的手指上也配戴著象徵使徒的「使徒之戒」，代表了對於會議的重視之意。眾人圍繞在桌子旁，過去都由江少白坐鎮的桌首處，這次改為了配戴紫水晶戒指的梁佑任副主席接替，而儘管江少白不在，但是此次會議卻多了一名過去沒有出現過的新成員——雙木永萱。

「江少白已經離開地球三個月了。」梁佑任說道：「這段時間所有的軍事行動都因此中斷，我們的勢力在世界各地慢慢休養生息，和當地居民建立關係。原本預計在第二波病毒上傳後，要立刻接掌全球崩潰的政府，結果因為病毒意外的失敗，現在我們得要好好規劃未來了行動方針了。」在他說這句話的時候，他的眼神若有若無的飄向雙木的方向，會場的氣氛立刻變得緊繃。

在江少白離開地球前，交託給了雙木極為龐大的勢力和權限，其中最重要的，莫過於是整批普紐瑪部隊，這龐大的精神軍團的加入，毫無疑問為印法埃在精神力量這一塊，注入了巨大的能量，幾乎可以說是半數的印法埃精神勢力。然而，這些力量在江少白離開後全部都交由了雙木統御，這也使得組織內部勢力進行重組，除此之外，不少美洲的軍事力量也被雙木接收。

因為這樣巨大的權力重組，讓印法埃委員會不得不重新調整領導結構，讓雙木也一併成為了擁有幾乎等同於印法埃委員的權力和地位。然而，這樣的調整，卻在初期造成印法埃內部對於組織未來的方向出現分歧。

「是啊，」雙木平靜的說道：「如果當初歐陸戰場，有事先做到完美的切割戰場、斷絕盟軍聯繫，那麼就可以更早的奪取科林斯的星艦，也不會發生後來的事情了。」

這句話毫無疑問直接指責了負責歐洲戰場的副主席梁佑任。梁佑任瞇起眼睛，冷冷的說道：「你這話什麼意思？」全部的委員都感受到梁佑任的身上散發出了極度危險的氣息。

「現在不是互相指責的時候，」羽田烈連忙打斷梁佑任和雙木即將發生的衝突，「或許，我們可以考慮改成在都會區散播病毒？據我所知，妳仍然保有當初研發的二代黑死病毒，而現在隔離營已經陸續解散了，或許……」

「這樣是行不通的。」梁佑任和雙木同時搖頭說道。

「沒錯，」梁佑任說道：「現在並不適合，我們原本可以利用奈米機器人，將所有病毒直接傳遞給所有我們想要傳的對象。但是現在，我們苦心打造並散播的奈米機器人，已經全數失效了。除此之外，如果我們要重新打造出這麼龐大的奈米機器人，首先生產線就是一大問題，再者，如果不使用奈米機器人而是用傳統的方式進行病毒散播，那麼我們就會遇到難以突破蓋亞聯盟此刻封鎖的國界的問題。這樣最有可能的，會是我們自己所控制區域的人民會率先被病毒攻擊。」

「美國把海軍艦隊謹慎的駐防在領海裡面，也嚴密的管控著墨西哥的邊界，在這個階段想要進行行動的確是不大可能，」布蘭達說道：「現在最適合的。就是先維持現狀，厚植我們自己控管各個國家的實力。」

眾多委員都點頭低聲認同。

「沒錯，」梁佑任拿起手上的一份報告，「在美國崩潰後，我們幾乎都待在艦隊上，該是時候慢慢轉變了。這是情資處的團隊，針對各地所傳來的資訊和各國現況所做出的分析和建議報告。負責各地的委員們，都會收到屬於自己所統御區域的研究報告，並要依照上面的進度，開始建設、打穩這些地方的基礎。這些都會是未來發動戰爭的資本。同時……」他看向雙木，「對於蓋亞聯盟僅存的精神部隊、滲透敵方高層的任務，也要開始準備執行了。」

「現在，統管蓋亞聯盟和殘存普紐瑪部隊的，除了洛茲，就是ＬＧＧＳＣ的局長沃克．馬修斯。同時也是倫納德的父親。」雙木說道：「這會是我們們努力的目標。」

他說出了倫納德的名字，彷彿開啟了什麼開關，眾多委員都露出了困惑的神情，代理主席梁佑任亦然。

「倫納德也和江少白一樣離開了地球吧。」梁佑任皺著眉說道：「情報部已經完全掌握不到他的蹤跡。他在這麼關鍵的時刻消失，唯一的可能就是去乙太了吧。真不曉得他們在乙太經歷了什麼，雙方是否已經見面了。」

「是啊，若能收到江少白或是混沌的消息就好，」伊果說道：「少了他們，掌握真主的旨意變得更困難了。」

「就算沒有他們，我們也該做好自己的工作，印法埃兩千年的基業，不會因為一兩個人就有所動搖。在真主給我們進一步明確的指令前，我們唯一能夠做的，就是謹守我們的本分，繼續朝之前訂定下的目標堅毅不撓的前進。」儘管他嘴上這麼說，但是在江少白離開後，連這位印法埃最資深的委員也感到有些迷茫，彷彿組織少了核心的靈魂和動力。過去江少白還在的時候，他從來沒有注意到江少白對於組織前行的動力有著多大的貢獻。

「那麼，我們的精神部隊，什麼時候要行動呢？」伊果接著問道。

梁佑任看起來不是很情願，但還是將目光轉向雙木。露出了一抹冰冷的微笑，「各位放心，都在進行中。等到準備好了，我們就會出手。」

## 41

**宇宙　乙太忠誠派寰宇城三號**

在中央高塔中的主會議室中，正瀰漫著無比低迷沈痛的氣氛。

悠瑞絲、諾托斯、倫納德、安潔莉娜、劉秀澤等人，以及幾乎這座城市所有的高級官員們，此刻全部都聚集在這間會議室當中。而在會議室內外，有著數十名全副武裝的守衛戒護著。

在這樣眾人齊聚一堂的時刻，整個空間的空氣卻宛如被抽成真空一般，氣氛降至冰點，在精神力量強大的眾人之間，這樣的感覺更是被放大了無數倍，令人幾乎難以呼吸。

在乙太的突襲結束後，整座城市花費了不少的時間再重新檢視內部的每一道安全戒護、重啟每一個系統、清查每一個疏漏的環節、收拾被殺害的守衛以及環境。在這些繁瑣的事務處理完畢後，他們才終於聚集在一起。

每個人此刻臉上都寫滿了痛苦憤怒的情緒。適才負責進行蕭璟等人安全戒護的守衛隊隊長，此刻站立在自己的位置上沮喪的低著頭，「我真的很抱歉，全都是我的護衛不周，才會導致蕭璟被敵方劫持，還有多名士兵陣亡。我願意接受最嚴厲的懲罰。」

倫納德完全沒有在聽他說了些什麼，他完全沈浸在痛悔當中，全身不住地顫抖。他早該要警戒到，不管自己多麼信任這邊的人，他們畢竟才初來乍到，怎麼都不該將蕭璟自己留在那裡，而且儘管沒有明言，但是很明顯的，那群乙太戰士原本要抓的人是他，如果不是江少白也意外的出現在這的話，恐怕他們根本對蕭璟會不屑一顧。他明明過去曾經跟印法埃和嬴政都交手過，了解乙太的實力究竟有多麼深不可測，若沒有全神貫注的警覺，根本不可能對抗的了他們，而自己竟然在一來到這裡後就鬆懈了……

「我明明就有不祥的預感了。」倫納德顫聲說道：「我一開始就有感覺到有事情可能會發生，結果我還是……」

「誰會知道乙太居然這個時候偷襲？」安潔莉娜也悲傷的嘆了口氣，蕭璟被抓走時，正是在她眼前發生的，「江少白那傢伙直接當著我的面把蕭璟拉走，我跟本連反應的時間都沒有……」

悠瑞絲看向身旁的諾托斯，「你還好嗎？為什麼他們說你也和乙太的突襲部隊交手了？」

諾托斯搖了搖頭，「那完全是巧合。我到這裡來，是要確認跟你們總部之間溝通的所有重要數據流有沒有問題，結果在數據庫的時候，居然就遭到乙太的突襲部隊。如果當時不是我在那裡的話，恐怕數據庫的資料已經淪陷了吧。那我們全部的計畫都會落入他們手中。」

「真是多虧你，幸好你在這個時候來到了我的城市。如果沒有被你攔下來的話，後果真的不堪設想。」說完她滿臉憤怒的看向太空城運作的總工程師，「你要不要解釋一下發生了什麼事情？為什麼乙太的艦艇可以從中央主塔上方的廢物排除通道進來？通道不是永不中斷的開啟防禦系統和異物掃描嗎？」

工程師顯露出有點委屈的表情，「真的很抱歉，但我也不曉得發生了什麼事……根據系統的資訊，我發現那個通道的檢驗系統居然在那個時段被異常的關閉了。」

會議室內全體人員聞言精神全都為之一顫。「你說什麼？」

「我仔細檢閱了一下，發現關閉系統的指令，來源並不是被外部入侵，而是內部具有覆寫系統指令權限的人直接下達了關閉指令。所以說……」他說到這裡，卻沒有再繼續說下去，而是將目光小心的瞥向悠瑞絲。

悠瑞絲面色凝重的抿了下嘴唇，所有人都清楚他的意思。這透露了一個比太空城被入侵還要嚴重的訊息——在忠誠派中，有叛徒。

「當我從總部那邊直接受命前來這裡待命接應倫納德時，幾乎沒有人知道這件事。」諾托斯說道：「接應倫納德，以及這座太空城的具體位置，全都是最高層級的頂級機密資訊，只有極少數的高層才會知道這些資訊。何況，」他將目光投向悠瑞絲，「泰非斯還派出了他的親信厄德娜來執行這個行動，看來是籌備已久，早就在事前獲得資訊了。因此，我們必須慎重的考慮內奸的可能性。」

他說出了所有人此刻內心正在擔心的話，眾人的精神都同時一陣顫動，每個人的防衛心都大幅上升。因為他們都很清楚，如果要有權限做剛才所說的那些事情，那擁有這樣職權的人，基本上都在這間房間了。

倫納德一直都沒有參與討論，當他聽到這裡，他緩緩地抬起頭，眼神閃爍著強烈的怒火，他將熾熱的目光和精神逐一掃視過房間內的每一個人。每個和他對到眼的人，都下意識的迴避他的目光。畢竟他們剛剛都見識到了倫納德超越常人的精神力量，居然可以在乙太的能量護盾裝置正常運作的時候，直接突破江少白的防禦，造成他肉體上的傷害，這簡直是不可思議的事情。倫納德最後將目光停留在桌首的悠瑞絲身上，「你們是說，蕭璟被劫持是因為這座城市當中，出現了某個該死的叛徒才會發生的是嗎？」

悠瑞絲平靜的看向他，「這是目前唯一合理的解釋……」

「為什麼？」倫納德厲聲打斷悠瑞絲，他一拳重重的錘向桌面，絲毫不在意他是客人的禮儀，身旁的安潔莉娜和劉秀澤都緊張的看著他，但他一點都不在乎，「為什麼妳要把我從房間帶走？妳在的話完全可以避免這種慘劇發生對吧？為什麼妳不願意第一時間治療蕭璟的疾病？」

安潔莉娜發出驚叫聲：「倫尼！你冷靜點……」

倫納德不理會安潔莉娜，繼續說道：「如果我在那裡……」

「如果你在哪裡，就會換成你被抓走，」悠瑞絲冷冷的說道，她看著倫納德的眼神沒有一絲的同情，「乙太這場突襲目標，除了數據庫外，就是你。你應該要知道，要不是你跟我在一起，當時被抓走的人就是你。」

倫納德咬牙說道：「那也比現在好……」

「別開玩笑了。你在跟本什麼都改變不了，他們就是為了抓你，那個叫江少白的人類才會一起執行這個任務，才會因此意外的把你的妻子抓走。如果你要責怪，就應該責怪你自己。」

倫納德的氣勢一瞬間立刻消散。不僅是因為悠瑞絲的話直刺人心，更是因為他很清楚悠瑞絲說的完全正確。如果不是自己把蕭璟帶來著危險的地方……他此刻根本不敢想像被抓去乙太的蕭璟正經歷了什麼。一想到她曾經在印法埃監獄中遭到的酷刑，而現在可能遇到比那還要嚴酷的遭遇時，他就忍不住全身顫抖。

「我該怎麼做？」沉默了一會兒倫納德說道，他眼中的懊悔已經全部化作決心，「我怎麼做才能救出蕭璟？」

悠瑞絲和諾托斯對看了一眼，然後她傾身向前開口說道：「我想你已經很清楚了。蕭璟此刻只可能在一個地方。」

倫納德微微的點了點頭，他將目光轉向身旁的牆壁，彷彿能夠穿透它看見遙遠處那顆閃爍銀光的星球，和上方難以估量的強大敵人。他就這樣沉默了一段時間，室內的眾人也都將目光集中在他身上，靜靜的等待著。過了一陣子，倫納德把視線轉回悠瑞斯身上，「我知道了，我會執行妳說的任務的，我會負責潛入乙太。」

諾托斯微微張大眼睛，「你確定嗎？」

倫納德毫不猶豫的點點頭，「畢竟，這就是我來到這裡的目的——一勞永逸地永遠解決掉這件事情——而如果牽涉到璟的性命的話，那就更沒有猶豫的餘地了。」

在他身旁的安潔莉娜和劉秀澤兩人也一同往前踏上一步，「雖然我們不知道具體的事情是什麼，但如果是要對抗乙太、並拯救我們的朋友的話，我們都會竭盡全力的。」

倫納德沒有多說什麼，因為他知道自己一定需要他們兩人的協助。而他也知道，他們四個人當中不論是誰遭到乙太的挾持，其他人一定會拼盡全力的將之救出。他們三人堅定的目光一同望向悠瑞絲。而悠瑞絲也點了點頭。

「我知道了，那就這麼辦。」

「我現在要怎麼做？」倫納德問道。

「首先，我要帶你們去見我們的領導人。」悠瑞絲說道。而當她說出「領導人」三個字的時候，倫納德清楚的感受到，整個空間立刻充斥著無比的崇敬之情，他的精神也立刻變得更敏銳。

「妳說的是……」

悠瑞絲點了點頭，「沒錯。該是時候，讓你見馬杜克本人了。」

# 42

## 宇宙

在突襲小隊從寰宇城逃出來一段時間後，厄德娜終於確認了後方再也沒有忠誠派的追兵，眾人才鬆了一口氣，「真是氣死人了。」厄德娜憤怒的說道：「追捕倫納德的行動失敗就算了，居然連數據庫都出現了諾托斯這個難纏的角色……第一公民不知道會怎麼想……」

「所以，你原本不告訴我為什麼要冒險潛入太空城的行動，就是為了要奪取他們數據庫的資料嗎？」江少白冷淡的看著她說道，「這種事情有何好不事前說的？」

厄德娜瞪視了江少白一眼，「沒什麼，我們就是要從忠誠派手中奪取一些重要的資訊，之後第一公民會解釋的。至於你，我看也沒好到哪裡去。」她冷笑的看著江少白被倫納德精神攻擊受傷的肩膀，然後她鄙夷的看著蕭璟。蕭璟此刻被約束在座椅上動彈不得，只能神情驚疑不定的望著其他人。

「我們的任務，是抓倫納德。結果你卻抓了這個低等的生物上我們的星艦，」厄德娜絲毫不掩飾對蕭璟的鄙視說道：「我先告訴你，我們乙太可不會收容這種劣等的動物。」

「妳給我閉嘴。」江少白目光變得尖銳的說道，儘管他的肩膀傷口仍在隱隱做痛，但絲毫沒有減損他精神的銳氣，「她現在在我的保護下。至於倫納德，他之後遲早也會落到我們的手中的。」

厄德娜看了蕭璟一眼，露出明白的表情點點頭，「我懂了，你打算把這個劣等生物當成誘餌，引誘倫納德上鉤。他會為了救這個人類而來。」當她說出人類這個詞彙時，似乎在描述什麼極為低等的物種。

「隨便妳要怎麼說，我們到乙太還要一段時間。現在，可以先讓我們獨處一陣子嗎？」

厄德娜聳了聳肩，「隨便你，反正這個女人不久後就會死了，到時就可以專注在我們的任務上。」她說完便轉身離開去找其他隊員，讓他們兩人自己待在星艦的尾端。

確認厄德娜離開之後，江少白坐到了蕭璟的對面。自從他得知了蕭璟過去的身分後，這是他第一次可以和她獨處，也是他第一次能夠這麼近距離的和她相處。他凝視著蕭璟的臉龐，只覺得的她的眼神一如自己記憶中的一般清澈明亮，而她的面孔也和自己印象中的一樣美麗動人，絲毫沒有因為時光的流逝而有減損。

他努力的克制自己的情緒不要有太大的波動，他稍微垂下眼神，但是他隨即就注意到了戴在蕭璟無名指上，那閃爍著璀璨光芒的鑽石戒指。

那一瞬間，難以名狀的憤怒和失落湧上他的心頭，而蕭璟也注意到他的情緒，不過兩人都沒有說話。他們沉默了好一陣子，江少白才緩緩開口說道：「看來，妳終於走到了這一步了，是嗎？」

蕭璟明白他所指的是什麼，輕輕的點點頭，「你說的沒錯，我們已經在兩天前在科林斯的教堂結婚了。」

江少白發出輕笑聲，「我還記得我們以前說過，等長大之後，未來一定會參加彼此的婚禮的。」

蕭璟聽了這句話嘆了一口氣，「是啊……看看時間過的多麼的快。」

江少白微微頷首，當他目光和蕭璟柔和的眼神接觸的時候，他只感到全身十分的不自在，只能垂下眼睛迴避蕭璟的目光，「妳說的沒錯。」

他完全不曉得自己該說些什麼，只能說出這句沒什麼意義的話語。過去這段時間，他一直想著有許多的話想要在見到蕭璟後對她傾吐，然而當他真的和蕭璟見到面了，卻又不曉得該對她說些什麼。他只感覺心情複雜的不得了，自己似乎又變成了從前一開始面對蕭璟會不知所措的的那個少年。

「你知道嗎？這二十年來我一直都很想念你。」蕭璟在兩人沉默了一段時間後開口說道。

江少白抬起目光，他沒有想到蕭璟會這麼說，「真的嗎？」

「沒錯，我還記得，那天是我的生日。我依照約定在家後面的空地等你。那天，我穿了我當時最好的衣服，雖然現在想起來很愚蠢，但那已經是我最努力的表現了。」她看著江少白，甚至讓他感到有些緊張。

「結果那天我一直沒有等到你……我從早上等到了下午，心情從困惑變成了憤怒又到後來轉為擔憂。到了晚上，我跑去你家附近想要詢問鄰居，結果卻看到外頭拉著封鎖線，鄰居說這裡發生了命案被搶劫一空……那一刻我真的感到整個世界一瞬間崩塌，從小沒有父親的我真的從來不曉得自己可以這麼心痛。我完全不曉得要做些什麼，就像被掏空一般，因為那天，我頓時失去了我的摯友和哥哥……」

蕭璟說到這裡眼神中充滿了淒楚，江少白看了都不禁動容，「你知道，當那天我在印法埃辦公室輸入屬於我們過去的密碼，發現你居然還活著時我的心情真的很複雜……我感到很激動，但更多的卻是感激。即便後來發生了那麼多事，你已經變成了我幾乎認不得的人，我還是為著你還活著而由衷的感到慶幸……」她語調逐漸轉低，眼眶泛紅，但卻強忍著淚水。然而望著她泫然欲泣的神情，卻遠比涕泗縱橫還令他感到痛心。

「我何嘗不是這樣呢？」江少白沉默了一會兒說道，他不同色澤的雙眼定定的凝視著蕭璟。當他準備來到乙太後，他就再也沒有戴上變色鏡片了，此刻的他，一雙黑色和鮮紅的眼珠閃爍著光芒，「我被印法埃抓走後，經歷的是比地獄還要更深的深淵之處……」

他從來沒有對任何人這樣開口說過，他也不曉得自己為什麼要這樣做，但是當他聽到蕭璟所說的話時，就忍不住和她傾吐。「他們抹除了我大部分的記憶，幾乎所有的事情我都記不清楚了，就算記得也是被扭曲變造過的。我唯一清楚記得的，就是關於妳的記憶。」

「什麼？你這話什麼意思？」

江少白臉上微微抽動，他從來沒有和人說過這段過往，但是不曉得為什麼，當他看著蕭璟的目光就覺得心理層層的防衛心都化為烏有。「在我離開之後，我進入了一個叫做『鏡子』的試煉……」

他和蕭璟講述了進入鏡子所接受的試煉，以及對他而言，那翻轉了他人生的那一天。當他在極度痛苦的時候，他看見了神祕的至高者所給予他的拯救與異象。

蕭璟雙眼放出不可置信的光芒，她從頭到尾都緊緊的握住雙手，不住的顫抖。不曉得為什麼，看到她這樣對於江少白而言反而也是一種放鬆。

「在那天後，一切都改變了，」江少白說完了自己在那天所見的異象後說道：「我的一切記憶、思想都變質了，但是唯一沒有改變的，就是關於妳的記憶。我不曉得為什麼，為什麼超越我們世界的存在，要在那時顯現，並且特別為我留存這段記憶，但我相信，這必然有什麼含義在其中。」

「我的天啊……雖然我知道有過鏡子的事情，但我完全不曉得……」

「是啊，發生了這麼多事情，儘管我們不知道為什麼，但我們未來的人生道路，卻在那時就已經註定了。」

「不是的，」蕭璟傾身靠向江少白，眼神極度懇切真誠的說道：「任何人都有機會改變，即便是你。雖然你做過很邪惡的事情，但我知道你的本質並不是壞人。我們從現在開始一起努力，或許仍然可以做對的事情。」

江少白聳聳肩輕聲說道：「或許吧，但這對的事情卻又如此的難以判定。不論是乙太或是忠誠派，誰又能說加入任何一方是絕對正確的呢？但是，」他忽然伸出手握住蕭璟的手背，眼神懇切的凝望的她，「我確定的是，只要妳陪在我身旁，我的人生會完全不一樣。或許，那天至高者對我顯現的意義正是要告訴我，未來妳將會讓我做出正確的決定，而當時的異象所指的，或許就是現在的選擇？妳願不願意嘗試看看留在我身邊呢？」

蕭璟露出了淺淺的笑容，然後輕輕的把手抽開來，「你知道不可能的。或許過去曾經有過機會，但那條路已經永遠錯開了。但我可以向你保證，若你需要，我可以成為你的摯友，在你所需要的時候盡力幫助你。」

江少白點了點頭，對此結果他並沒有什麼意外，「對於一般人，我或許不會在意他們的心意或想法，但是對於妳，我絕對不會做出違逆妳心意的事的，這點妳可以放心。我們之後還有的是時間慢慢來。」

「時間？難道你不知道我已經壽命將至了嗎？」蕭璟苦笑道。

「我知道，」江少白說道，這也是令他感到無比愧疚的一件事，「妳放心，等到了乙太，我一定會要求他們治妳的病。而妳也不用擔心和倫納德分開會怎麼樣，我一定會竭盡全力的保護妳的。」

「那還真是……謝謝你了。」蕭璟對於江少白強烈的感情似乎不大曉得該如何是好，最後只能道聲感謝。

他們再次陷入了沉默，江少白內心暗暗自責，過去的他總是呼風喚雨，從來不用擔心任何人的感受，但此刻的他，卻為了怕打破或傷害兩人之間脆弱的關係，而在憂慮該怎麼和對方相處。事實上，對於蕭璟所說的話，他也不是全然沒有心動，如果能夠離開印法埃，他的未來也許會從此永遠改變？然而，每當他浮現這個念頭，就會回想起那日在審判號上，和黑影的對話。不論怎麼說，他都已經付出了太多，他肩負著無比沈重的使命，他踏出的每一步都在提醒他過去已經付出的代價和至高者對於他的期望，令他不論怎麼想，都沒有回頭的這個選項。

「我的天啊，你看！」兩人沉默了好一陣子，蕭璟忽然發出了驚呼聲。江少白將目光順著蕭璟看的方向望去，也同樣被眼前的事物所震懾。

他們離開太空城後，已經飛行了很長的一段距離，而在這裡，他們意外的與黑洞「盤古」的距離也拉近了不少，原本模糊不清的盤古，此刻已經放大了數十倍。江少白從來沒有看過這麼巨大的東西，他毫無疑問比太陽大上了百倍以上，他們可以看見盤古巨大的黑暗邊際流動著如液體一般的光芒，那些光芒全都沿著盤古的邊界以扭曲的方式前行。莫可名狀強大力量從盤古傳出，龐大的壓迫感排山倒海而來，即便仍然距離數億公里，他仍然感覺到那扭曲了時空的強大力量，彷彿將周邊的一切以及靈魂也一同扭曲變形。作為世上第一個親眼目睹黑洞的人類，他無法掩藏自己對此無比崇敬的情緒。

「這就是……」蕭璟喃喃說道，江少白點了點頭。

「這就是盤古。」厄德娜不知道什麼時候走到了他們的身邊。他們回過頭來，只見一直氣焰囂張的厄德娜，此刻眼神無比敬畏的望著窗口說道：「雖然外頭有一道高維空間翹曲薄膜隔絕在我們之間，但是仍然不能遮擋盤古的力量。這就是乙太世界最大的奧妙，幾萬年下來，沒有人知道它怎麼會出現在這裡。」

「如果我們穿越外頭的高維薄膜到另一頭進去盤古會發生什麼事？」蕭璟好奇的問道，眼前的景象似乎讓她忘了自己仍然身在敵營。

「那麼，妳就會被撕成碎片然後完蛋。」厄德娜鄙視的瞪了蕭璟一眼，責怪她壞了自己觀看盤古的心情，「果然是人類。真是笨蛋。」她接著將目光轉向江少白，「我來這裡是要告訴你，我們快到了，準備一下吧。」

江少白朝著另一側的窗口看去，果然，他們已經可以看到那顆閃爍著銀光的行星。一股興奮的情緒湧上心頭，自從他在那日得著至高者的救贖後，他就一直渴望著有朝一日能夠踏上那片土地，更加接近自己使命。而現在，自己終於要抵達了這個自己期盼了二十年的傳奇行星。

「好好休息吧。」江少白對蕭璟說道：「我們很快就要踏上那個傳說中的星球了。」

## 43

### 宇宙　忠誠派主艦隊

倫納德坐在星艦的地板上，沉默的望向外頭的宇宙。

在太空城的襲擊結束後，他們決定要前往忠誠派的總部，和他們的領導人馬杜克見面，而由於時間緊迫，當他們決定好了後，便立即動身離開。悠瑞絲必需要確認太空城不會再有突襲，因此就由諾托斯帶領他們。然而和上次不同的是，這次悠瑞絲加強了他們周邊的戒護。星艦內部，有十名全副武裝的守衛，而在外頭，也有著兩艘配備精良的護衛艦艇在兩旁跟著倫納德等人。看來不久之前的突襲，確實的刺激了忠誠派的警覺心。

儘管如此，一路上倫納德眼中都燃燒的怒火的盯著星艦外頭，整個人壓力處在緊繃的狀態。他也不曉得自己在想什麼，或許他心中希望乙太能夠再次偷襲，讓他能夠有機會補償剛才的疏失，不過他心裡很清楚，才剛剛經歷了那次失敗後，乙太是不可能在這個時候再次襲擊他們的。

「你不用擔心好嗎。」安潔莉娜坐到他身邊說道，配備了精神演算輔助裝置後，安潔莉娜也能夠清楚的感知倫納德此刻心境，「我知道你很擔心蕭璟的安危，不過雖然江少白是個危險的人，但至少他對蕭璟的感情是真的。蕭璟被他抓走，至少人身安全上不會遭遇到什麼不好的事情。」

「是啊，我也是這麼想。」諾托斯靠近他們說道：「以我對乙太的了解，他們不會傷害她。他們可能會打算之後利用她作為和你接觸、談判的籌碼，那或許會是個問題，但現在，她應該會是安全的待在乙太上。這對我們會是個機會，讓我們有更多時間可以行動。當你見到我們的領導人馬杜克後，我們再來好好談談要怎麼做。」

倫納德勉強點了點頭，雖然心中有點不是滋味，不過他很清楚江少白是不會傷害蕭璟的。即使江少白再怎麼邪惡，他對蕭璟的感情卻是無庸置疑，他絕對會盡全力防止其他人對蕭璟做出會傷害到她的事。儘管心有不甘，但他卻不得不承認，蕭璟是被江少白抓走，已經是不幸中的大幸。

「話說你們的領導人馬杜克，他究竟是一個怎麼樣的人啊？」劉秀澤對諾托斯問道。

「馬杜克啊。他是一個非常有遠見的卓越戰略家，而除此之外，他的精神力量、戰鬥能力和知識，都是整個乙太世界中最頂尖的，他可以說是古往今來最偉大的領袖。當初正是因為他他事先洞見和籌備，才讓乙太忠誠勢力沒有在泰非斯政變奪權的時候被一舉摧毀，之後讓原議會所屬的忠誠派勢力在戰後的餘燼中重生，得以在現在和乙太分庭抗禮，甚至曾經一度超越乙太的勢力。我想當代大概只有第一公民泰非斯有本事和他一爭高下。」

「那麼，除了這些能力之外，他這個人又怎麼樣呢？」

「你們會發現他雖然能力超群，不過他天然散發的領導力和對朋友的忠誠，讓所有忠誠派的人民們都甘心為他赴湯蹈火。」諾托斯難掩敬意的說道：「我相信等你們親自見到他就會明白了。你看，我們已經到了。」

倫納德朝著他所指的方向看去，只見在前方有一個巨大的太空城市漂浮在宇宙中。這座太空城和不久前所參觀的寰宇城三號有點相似，不過它有八個球體，其中七個球體城市等距的環繞在中央最大的圓環城市旁。簡而言之，就是八個寰宇城的複合體所組成的大城市。而在這座城市的周圍，可以看到無數各種型號的龐大艦隊在周邊層層環繞戒護，艦隊所延伸的範圍似乎無邊無際，完全看不到盡頭。這是倫納德這輩子看過最壯盛的艦隊，看來忠誠派真的已經做好了要開戰的準備了。

「這裡是我們忠誠派的主艦隊。當然我們的勢力範圍不只如此，還有許多的艦隊和城市散播在銀河各處。不過最近我們已經把周圍可以調動的艦隊都逐步調來此處了。」

在諾托斯解說的同時，星艦通過了整座城市周圍的一圈無形的能量力場，整艘星艦瞬間被一道光芒掃過，接著便順利進入了太空城的範圍之中。

星艦往中央主環城市十二點鐘方向的外圍城市前進，從外頭的星艦出入口進入城市。他們快速的通過內部閃爍光芒的通道——和寰宇三城的模式一模一樣——這條路線筆直的穿越了城市中央主塔的下方通到中央主環城市，一路上所有和他們路線交錯的通行工具都停了下來讓他們通行無阻的前進，顯然他們擁有此處最高的通行權限。

星艦抵達了中央主環城市。這裡個城市格局和悠瑞絲的寰宇三城沒有太大的差異：一樣的放射狀城市、一樣作為核心的中央主塔。唯一不同的是，這裡的規模大概大了十餘倍左右，中央的高塔也更為雄偉巨大，大概是寰宇三城的十倍高度左右。他們過了三十秒左右，就抵達了裝闊的中央主塔下方。

「我們下來吧。」星艦的門打了開來，諾托斯帶領倫納德等人和諸多護衛一同走下星艦。他們一走下星艦，立刻就有四名接應的人走了上來，他們的穿著似乎也和身旁的護衛的銀衣不同，他們的袖口有一圈圈閃爍紅光的圓環。不用特別說倫納德也感受得到，他們的武力級別和一般的護衛並不相同。

「諾托斯將軍，」一名接應的護衛敬禮道：「我們受命前來接你們去見總司令，其他的隨扈在此等候就好。」

「當然沒問題。總司令居然派遣精英戰隊成員來執行護衛，真是令人驚喜。」諾托斯露出笑容，接著他對身旁的護衛點了個頭，他們全部退到後方，「倫納德，走吧。」

倫納德、安潔莉娜和劉秀澤三人跟隨著諾托斯一起往主塔走去。這裡顯然是整個忠誠派的核心運作地點，一路上數不盡的人在大樓中熙來攘往，他們全都穿著類似的整潔素色服裝，而每個經過他們的人，都對於倫納德等人投以驚訝的神情。諾托斯微笑道：「你們在這裡也是神奇的異類，不過我相信你們很快就會適應了。」

倫納德想到他一開始到救贖派基地時，也是遭遇了這樣的景況。看來自己不論到哪裡都難逃被人注目。

四名護衛帶他們走到一個金屬圓環中，「我們要上升了，請注意安全。」

「什麼……」倫納德還不明白他說的意思，他們八人就一同向上懸浮而上。他和安潔莉娜、劉秀澤三人都被突如其來的上升嚇得差點摔倒。神奇的是，他們的腳下居然什麼都沒有，卻可以穩穩的站住。

「這是……？」安潔莉娜詫異的問道。

「這是反重力系統，就理解為你們的電梯。當然使用能量裝置也可以辦到，但那在這棟建築中是禁止使用的。」

他們上升了大約二十秒，倫納德感覺他們應該已經離地面有兩千多多公尺高，即便有乙太人的保證，仍然心中有些不踏實，所幸上升也在這時停止了。護衛往前繼續走，「各位請往這邊。」

他們走過了一條長長的走廊。這條走廊顯然不是一般層級的人能來的，一路上幾乎都沒有遇到什麼人。接著他們便到了一面純白的牆面前，外頭有幾名守衛站崗。諾托斯上前對他們說道：「我帶這些人來見馬杜克總司令。」

門口的守衛微微低下了頭，似乎在聆聽什麼，然後他點了點頭，「沒有問題，你們進去吧。至於另外四名隊員，你們可以去找艾歐勒斯將軍覆命了。」

又是一個新名字，倫納德暗自心想。在通道開啟的前一刻，站在門旁的一名守衛稍微靠向倫納德，低聲說道：「注意啊，你即將見到的是全銀河最了不起的人物。」

倫納德聽出了對方話聲中的認真，他的精神敏銳度立刻提升了不少，接著前方的牆面便發出了一道光芒，並出現了進入裡頭的入口。

當入口出現的瞬間，倫納德立刻感受到了此生所遇過最為強烈的精神壓力，他的精神立刻調整至最佳感知狀態——而他知道另外兩人也是。他們一同跟著諾托斯走了進去，後方的牆面隨即再次閉合。

進到房間，只見一名穿著純白服裝的男人背對著他們，站在辦公室後方一整面的落地窗口前，低頭俯視著外頭的景象。一見到這名男人的背影，諾托斯立刻微微低下頭，無比敬畏的情感在他精神中展露無遺。「馬杜克總司令，我把他們帶來了。」

「你們終於來了。」馬杜克面帶微笑的轉過頭來。他留著一頭短短的灰髮，面容具有一種古典的尊貴，令人不禁聯想到希臘羅馬的主神，而他那一雙漆黑的雙眼散發出無比強烈的光芒，如同火炬一般燃燒著熊熊的烈焰。倫納德知道那烈焰一般的眼神背後，是飽經戰事、閱歷無數的挑戰以及歲月所累積的光芒。儘管只是站立不動，也給人宛如磐石一般堅定不移的強烈印象。那精神中蘊含的銳氣遠非任何人所能及的，毫無疑問，這是倫納德所見過最強大的精神力量者，不論是傑生、嬴政或是悠瑞絲，他們的力量在馬杜克面前全都相形失色。

馬杜克對倫納德微笑的點了一下頭，「你好，倫納德。我是乙太忠誠派的最高領導人，馬杜克。」

在馬杜克說出這句話時，倫納德忽然瞪大了雙眼，腦中一個開關彷彿被打了開來，一瞬間全部的資訊都連結在一起。他喃喃說道：「原來如此，我終於明白了。」

馬杜克對於倫納德的話似乎搞不大清楚，他好奇的說道：「你明白什麼了？」

「你就是地球上蘇美神話中的戰神。」倫納德說道，他感覺自己終於搞通全部事情的因果關係，「你是主神，手下有七名得力部下：東南西北風、邪風、旋風、無敵之風。諾托斯、悠瑞絲正是希臘文的南風和東風。

而剛才門外的守衛提到的艾歐勒斯則是無敵之風。這麼說忠誠派還有另外五名高階將領沒有出現過。」他說到這忽然語音轉低，他總算想通了一個困擾他許久的問題，「提雅瑪特……則是神話中馬杜克的敵人，那麼，這個系統果然是你一直以來所在對抗的……」

「你說的完全正確，」馬杜克露出激賞的表情，「那些故事的確是來自於這裡。看來我連自我介紹都不必了。想不到傑生、嬴政那兩個人，居然在地球上將這些故事傳成了這樣，真令人感到不可思議。」

「不過我所知道也只有這樣了，」倫納德說道，他講完了這些話後，才注意到自己剛才自顧自的說了那麼多話只怕有點失禮，「不好意思打斷了您，我很榮幸能見到您。」

安潔莉娜和劉秀澤也對馬杜克說了同樣的話。馬杜克對此只是微微一笑，沒有多說些什麼，他揮了揮手，「沒什麼大不了的，你們從那麼遠的地球來到這個完全不熟悉的地方，才是真的讓人敬佩。」他看向諾托斯，「我聽說你們在寰宇城三號被偷襲了，都還好吧？」

「就和報告時說的一樣，有幾個人在突襲中死亡，但是不止如此，還有一名人質也同時被擄走了。」

「人質？」馬杜克看了倫納德一眼，露出明白的表情，「你一個人在這裡……我懂了。」他上前一步，將手放在倫納德的肩膀上，倫納德感覺到一股柔和溫暖的精神流到自己的心中，一瞬間將他的憤怒緊張化解了不少。

「相信我，等這一切結束後，我們一定會救回你的妻子。」馬杜克真誠的看著倫納德。被地位如此崇高的人這樣看著自己說話，倫納德不禁有些不好意思，並為自己先前的憤怒感到羞愧。

「謝謝。悠瑞絲曾和我說過你們計畫攻擊乙太的外圍艦隊，並潛入乙太，關閉精神網路『提雅瑪特』。」

「沒錯，他們一定是為了竊取提雅瑪特的病毒才會試著潛入寰宇城的數據庫。」馬杜克伸手一揮，地面上立刻出現了五張椅子，「你們先請坐吧。如此也比較好說話。」

倫納德等人坐上那張臨時出現的椅子，原本以為一定會十分的堅硬，但意外的是，這椅子坐起來和沙發差不多，讓人感到柔軟而舒適。

馬杜克坐下後開口說道：「你們知道，一直以來乙太和我們都是處於力量平衡的狀態，或許戰事互有勝負，但是總歸是沒有一方具備完全消滅另一方的能力。然而，這個平衡已經因為提雅瑪特的建立而被打破了。」馬杜克看著倫納德說道：「我們在聽到乙太開始使用提雅瑪特時，就感到十分的擔憂，並思索對抗的方法，而就在這個時候，我們部署在銀河的星際觀測員，在觀察地球的時候，發現了一則傑生傳送給阿爾戈星艦的訊息，由於他所使用的是我們的專用通信法，因此我們成功識別了他所傳送的資訊，並意外的發現，那筆資訊提到了你的事情。」

倫納德還記得八年前在西安的，自己在嬴政的星艦上和傑生的幻影對話。他沒有印象當時傑生有傳送過什麼關於自己的訊息，看來是在他離開後才傳的。但他實在不曉得為什麼傑生要特別傳遞關於自己的訊息給馬杜克。

「我們研究了這則訊息，結果令人感到十分驚奇。而現在實際看到了你後，我更確信了這消息的可信度。」

「怎麼說？」

馬杜克沉默了一下，好像在思考要怎麼傳達這個意思，「我想，你應該對『創始之體』有一點概念吧？」

終於談到了重點了，倫納德心想。「我大概知道，但那怎麼了嗎？」

「創始之體，是一切精神力量的本源，是塑造整個宇宙、和時空最初始力量的本體存在。一直以來，我們都不是很清楚創始之體的運作方式，我們對於創始之體最具體的認識，就是在乙太旁的神奇黑洞『盤古』。那是創世之體直接影響世界的實證，我們也透過對盤古的探查，獲得了不少有關創始之體的資訊，它就和每個人一樣，有著獨一無二的能量特徵，而這個特徵是不可能重複的，不論是人與人之間或是創始之體都不可能顛覆這個法則。然而，令人感到不解的是，你的精神量子特徵，居然和創始之體極為相似，甚至一模一樣。」

倫納德瞪大眼睛，這話完全超越他的預期，他看了看一旁的劉秀澤和安潔莉娜，顯然他們也一樣困惑，

「你說什麼？我和創始之體擁有一樣的精神特徵？」

「沒錯。就和兩個人不可能有同樣的基因，我很清楚這件事不可能是巧合。但我們仔細調查了你身上每一個可能發生的事蹟，卻都沒有找到任何你和創始之體可以直接接觸的機會。儘管我們仍然不清楚為什麼會發生這種事，但卻可以確定的是，你在這個時候出現，一定會對於這場戰爭有著極為重要的影響。」

這話讓倫納德感到十分荒謬，但仔細去想，卻發現如此似乎解答了他過去所發生許多不可解釋的事件。像是為什麼傑生和嬴政都對自己產生巨大的興趣，以及乙太為什麼千方百計的想要得到自己。

「這也是為什麼，我們希望請你們來此幫忙。」

「我知道，是關於潛入乙太關閉提雅瑪特的任務。」

「你說的沒錯，如果這個系統真的成功在乙太全部的勢力範圍中施行，那將會造成非常嚴重的後果。」

「我明白，悠瑞絲表示這將會讓泰非斯的力量所向披靡，沒有任何人可以阻止他。」

「你說的並沒錯，但並不只是這樣，這所造成的絕不是只是軍事或是政治勢力的動搖。」馬杜克猶豫了一下，思考怎麼和倫納德解釋，「我不知道這樣說你能不能理解，但你應該知道，我們所生存的世界是物質世界，但同時，卻也有另一個精神世界的存在。過去許多人曾經以為這兩者是彼此切割不相關的，然而，這兩者其實是密不可分的互相影響彼此。甚至可以說，是因為生命『精神』的存在，整個物質世界才得以存在。」

「這是量子力學的概念？物質因為觀察者而固定在某一個相中？」

「正是，」馬杜克看他們理解而笑著點了下頭，「不過反之，這個世界有一些基礎法則，是建構起這個物理世界的根源，例如：基礎能量比率、空間常數、質能總量……諸如此類的，這些原則建構出了整個我們所熟知的宇宙。但是，在有些時候，精神甚至具備足以改變物理事相力量。」

「這怎麼可能？」倫納德疑惑的說道，馬杜克此刻說的像是一個迷信的神祕主義一般。

「你應該要覺得可能，因為你自己就經歷過。當你在地球，用你的精神力量斬殺了那名印法埃鐵鷹部隊的成員、以及在寰宇城攻擊江少白，這些都是精神力量一瞬間超越物理限制改變事相的實證。」

倫納德不可置信的看著馬杜克，「你是怎麼……」

「我讀了你的一些意念，」馬杜克理所當然的說道：「你還不是很會掌控自己的記憶和意念，不過這並不是重點。我想你自己回想過去世界上的許多不可解釋的案例，應該就可以理解了。」

倫納德若有所思的點點頭，馬杜克說的話似乎也沒有錯。一些神奇的治療和神蹟奇事，若是用這個概念就可以解釋。

「這樣你明白了嗎？有些時候我們的對一件事情的意念夠強、夠多人專注在同一件事情，是足以改寫整個物理法則的。不過，這種事情是極為少數的案例，畢竟一個人再怎麼厲害，能擁有的力量也是有限的。然而，若是他們能夠將所有人的意識組成統一陣線，他們等於是擁有了史無前例的強大精神力量，能夠握有改變物理事相的集體意識。你明白這有多麼嚴重嗎？他們不只是所向披靡，他們甚至可以照自己的意思，任意改寫物理法則、顛覆整個宇宙。他們追求的已經不是政治力量，而是要成為神了。」

馬杜克的話背後的意思實在是太過驚人，眾人皆被他所說的話大為震懾，「握有和神一樣的力量，這真的有可能嗎？」

「如果他們的勢力再一步擴大，將所有人納入這個系統，那就絕對有可能。而且你們知道，這個系統最開始要建立起來，必需要當事人的同意，如此雙方的精神才可以順利的接合在一起，畢竟要放棄自我不是一件容易的事情，所以推行上會遇到很大的阻力。但是，當精神網路的人數增長到了一定的數量後，他們就開始有足夠的力量，去迫使其他人放棄自我、強迫加入這個網路，這過程中受害者的人格會灰飛煙滅，是極度殘忍且不人道的。」

馬杜克所說的話，令倫納德感到噁心不已。他實在難以想像這場發生在乙太上的大變革中，究竟有多少人身受其害，有多少無辜的生靈被迫在黑暗中永遠失去自己的靈魂……光是念及此處，就讓他對於乙太有了更深的恐懼以及憎惡，也對於蕭璟居然得待在那種地方而感到憂心不已。

「而且，不只是如此，這件事情也和你們地球有切身相關。你們是否想過，為什麼嬴政要前往地球？為什麼泰非斯要指使印法埃的成立，在地球這顆遙遠的行星發起戰爭？」

「這是因為……和創始之體有所關聯？」

「沒錯，你居然能想出來還真讓人驚喜。你們是否聽過，以『神的形象』造人這句話？這存在於你們的經典中，也存在於我們的世界觀內。關於這句話的解釋有很多種，但隨著我們接觸了宇宙中其他的生命體，我們發現了一件令人詫異的真相。」他壓低話聲，讓眾人不自覺的緊張起來，「適才提過，物質現象因為觀察者而存在，我們直觀上會以為這個觀察者是指任何的生命體。然而我們發現，在整個宇宙當中，具備利用精神影響物理事相能力的，只有我們乙太人和你們地球人。」

「什麼？」眾人聽到這全都感到無比的詫異。

「這聽起來很令人意外，但卻是宇宙的真相。只有我們這兩種物種，具備創始之體一樣，可以利用精神改變世界的能量。而這，正是你們古老經典中所謂的『神的形象』。並不是外觀上的形象，也不是心靈情感這種東西，而是更為深遠的含義。」

「不過，我很好奇一個問題，」倫納德問道：「這個精神力量、『神的形象』……它最一開始是怎麼出現的呢？」

馬杜克瞇著眼睛思考了一下，「具體的時間恐怕沒人知道，但是根據傳說和不可考的歷史文獻，大約兩百萬年前乙太星球發生了一次嚴重的人口瓶頸，而具備量子基因的第一個始祖『安（An）』[4]就在那時候誕生

[4] 蘇美神話中的眾神之王

的。有傳說認為是創始之體的使者或是本體化身將自身的力量從天降下，進入我們的基因中。不過當然這只是傳說而已，量子基因真正出現的原因，我們並不是很清楚。」

「原來如此。」倫納德點了點頭，看來即便是科技達到巔峰的乙太，仍然具備如同地球一樣充滿想像力的古代傳說，「那麼，這又和泰非斯要征服地球有什麼關聯呢？」倫納德才說完，就瞪大眼睛，「該不會……」

「你猜的沒錯，你終於領悟了背後的陰謀有多麼可怕了。泰非斯知道，他不可能直接掌握超越我們世界存在的創始之體，然而，他卻可以透過控制這個宇宙中所有具備精神改變物理事相能力的生命，讓自己在同樣意義上，成為這個宇宙中和神一樣的存在。儘管人類的精神力量相對我們十分薄弱，但也同樣是共同建築這個世界的力量之一，對於要掌控整個宇宙的泰非斯來說，一樣是不可或缺。也就是說，一旦乙太殲滅了我們並且吸收我們成為提雅瑪特的一員，那麼他的下一步，就會是要同化整個地球人類的精神，進而達成掌控世界的霸業。而我相信，由於你和創始之體的高度相關性，泰非斯將會希望透過你來當做將地球精神連入乙太的橋樑。」

馬杜克所說的是如此的駭人，讓三個人聽著瞠目結舌。他們萬萬想不到地球上所發生的這一切背後居然有如此深遠的涵義，恐怕作為乙太代言人的印法埃，也不知道泰非斯利用他們來達成自己私心的企圖吧。

「那我該要怎麼做？」倫納德此刻不再對潛入乙太感到抗拒，反而極力希望能盡一己之力推翻這個暴政。

「悠瑞絲既然和你提過提雅瑪特的病毒，那你應該就有概念了。當初提雅瑪特的概念，是由一群人一起規劃的，我和泰非斯都是初始理論建構者的一員。不過為了安全機制，我和一些人事先設立了可以關閉的安全系統在提雅瑪特中，當泰非斯奪權時，他殺掉了每一個知道這個病毒的人，我很幸運才能存活下來。現在我們要做的，就是把這個病毒重在提雅瑪特的核心運算系統處將它上傳，如此就可以瞬間將乙太的勢力摧毀。」

「但是在這個任務上，為什麼你們會需要我呢？」

「這主要有兩個原因，首先，乙太所做的這一切，最終目標就是希望能夠獲得和創始之體同等的力量，而你身為具備和創始之體一樣特徵的人在此時出現，我不相信這是巧合，我認為這是某種來自創始之體的啟示；其次，你們這些透過贏政獲得增強精神力量基因的地球人，雖然能力上和我們類似，但是卻有一個我們沒有的優勢，和我們相比，你們的精神具備更高的隱蔽性，在潛入的過程中更難被發現。」他說完也看向安潔莉娜和劉秀澤，「雖然說你們兩人的到來對我來說有點意外，但卻也是有巨大的幫助。」

「那麼，我們什麼時候要出發？」倫納德急切的問，他此刻只希望愈快行動愈好，「今天？明天？」

「沒有那麼快，要潛入乙太，首先，我們必需要擊敗乙太在外圍星際的強大太空艦隊『彗星盾』。他們是隔絕在我們和乙太中間的屏障，我們首要之務，就是將之瓦解。唯有擊潰彗星盾，我們才可能進行下一個步驟，潛入乙太，關閉提雅馬特，救出你的妻子。」馬杜克盯著倫納德，「所以，你願意幫助我們嗎？」

倫納德毫不猶豫的點了點頭，「沒有問題，從攻打彗星盾、到潛入乙太關閉提雅瑪特，我都會全力幫忙的。」

「那真是太好了。」馬杜克站起身來，整個空間化作了整個乙太太陽系和敵我雙方太星際中的軍力分布，倫納德等人見狀也不自覺的一同站立起身，馬杜克站在整個太陽系的中心張開雙手，「讓我們開始吧。」

## 44 乙太

「我們即將進入乙太的力量範圍了。」厄德娜在逐漸減速的星艦中看著外頭說道。

事實上，根本不用厄德娜多說什麼。當星艦逐漸靠近乙太的時候，江少白就已經隱隱感覺到了周圍均勻而強大的精神力量，平均的在周邊的星際空間中擴散開來。原本只是極為稀薄的精神能量，但隨著距離不斷的靠近，這股精神力量的感覺就愈來愈強烈。

這讓江少白感到很畏懼，因為若想要在如此遙遠的距離就感受到這樣強度的精神力場，那麼代表這個星球上所匯聚的力量是無與倫比的強大。由於有潛入太空城的經驗，他知道乙太的星艦具備高度的隱蔽精神力量的科技，而如果他們在這艘具有隔離能力的星艦內部，就已經有如此明顯的感受，那上頭真正的精神力量究竟有多麼強大實在讓人不敢想像。而更令他感到驚訝的，是因為若是要感受到這麼高度專一、均勻的精神力場散播在空間之中，那代表乙太上頭的精神力量不只要十分的強大，更要完全同步才有可能辦到。

江少白看著乙太喃喃說道：「難道這個就是……」

「乙太的精神網路。」蕭璟眼神迷離的望著乙太，低聲說道。

江少白看了蕭璟一眼，他常常忘記現在的蕭璟也有精神感知的能力，儘管蕭璟的精神敏銳度應該還比不上自己，但是她一定也理所當然的也可以感受到周圍如此強力的精神力場。她的表情看起來有些痛苦，江少白感到有些擔憂，蕭璟的精神已經受創，如果長期暴露在這麼龐大的壓力下，恐怕會對她的精神造成更嚴重的損傷。

「進入大氣層。」星艦系統說道。

當他們靠近乙太到這個距離的時候，已經可以大致看清楚乙太的格局了。只見四目所及的全部空間，所有的地標都沒有任何一絲的綠色植物或是土壤，就連藍色海洋也幾乎不見蹤影，整顆星球完全是由銀色的金屬所打造而成的。這樣的環境讓人不禁懷疑這裡到底是不是自然形成的世界。

從太空角度觀看整顆行星，可以發現即便是在背對恆星的暗面，也完全是燈火通明，整片大地都被人造的光芒照耀的宛如白晝一般，不仔細比對太陽的相對位置，甚至會無法區分哪一邊才是真正的白天。

星艦平穩的下降到了地面，厄德娜站到艙門口，對眾人說道：「各位，出來吧。」

當艙門打開的瞬間，比剛才在星艦內部保護ト還要強大數倍的龐大精神壓力迎面撲來，就連江少白都感到一陣氣滯，蕭環更是發出痛苦的喘息聲。江少白趕忙伸手扶住她，帶她走下星艦。當他們邁出星艦的那刻，蕭環睜大了眼睛驚嘆道：「哇，這就是……乙太嗎？」

江少白環視周圍的環境。他深吸了幾口乙太的空氣，只覺得這裡的空氣十分的清新舒適，彷彿是原始森林才有的純淨空氣，這裡的天空也相當湛藍清澈，絲毫不見任何的污染。而這裡的重力似乎稍微比地球大了一些，但並沒有太明顯的差異，如果事先不知道的話，純粹以環境感受來說，恐怕會讓人以為仍然身在地球上。

江少白看向周圍的建築，剛才從空中看下去還不覺得，此刻站立在地面上，周邊各個高聳入雲的雄偉建築顯得更具有壓迫感。此處的每一座高塔都如同不久前他入侵過的太空城一樣，十分的整潔乾淨。不過，最讓人感到矚目的，並不是周邊的任何一座高塔，而是此刻懸浮在他們頭頂上巨大的懸浮城市。

根據厄德娜的說法，他們降落的地方是乙太星球的核心首都，因此所有的建築皆十分的雄偉巨大，而在城市的正中央，也就是他們此刻所站立的位置，有一片完全沒有任何建築物體的寬廣圓形空曠土地。這片平原之上，就是龐大的懸浮人造島嶼，而那才是整個乙太真正的運作核心。剛才從高空迅速降落的過程中並沒有仔細的看到上面長什麼樣子，但是此刻自底下仰頭看向天空，卻讓人感覺超脫現實的不真實感。

在他們走出星艦沒過多久，就看到兩名穿著黑色服裝的人朝他們走來，因為他們所具備同樣的精神特徵，讓江少白遠遠的就注意到他們的到來。他們步履沉穩的走到到眾人的前方。江少白警慎的盯著他們的雙眼，發現他們兩人的眼神也正望著自己，儘管他們是兩個人，但是當江少白望進他們眼神的深處，卻發現在他們眼底閃爍的光芒竟然完全一樣。

「我們是第一公民派遣而來的。」其中一人開口說道，厄德娜對他們微微的點了下頭。

「我是江少白。」江少白擔心他們不曉得蕭環的到來，因此將頭撇向蕭環，「而我旁邊這位……」

「我們知道你們是誰，嬴政的子孫，印法埃主席江少白。以及這位人類，蕭環。」對方鄙夷的看了蕭環一眼，「我們這裡很久沒有低等生物踏上來了。」

不曉得為什麼，當他們說出「我們」的時候，江少白感覺他所說的並不是單純的指稱自己所屬的單位，而是在真正意義上的，說著「他自己」。「所以，」你們奉第一公民泰非斯的指令來這裡做什麼？」

他們同時將目光轉回江少白身上，「我們奉命帶你們前往上頭。」他們指了指上方。看著這兩人完全一致的反應和精神，讓人感到不寒而慄，蕭璟恐懼的退了一步，江少白下意識的站到她的前方。「請跟我們來。」眾人跟著他們兩人走到了一個在地面上半徑約十公尺的圓圈內部，「這就是通往上面的道路。」他們發覺江少白浮現疑惑的情緒而解釋道。

他們一說完後，圓環到上方的城市之間就出現了一道光芒，使眾人一同向上升起。而江少白這才注意到，在整個空地之中，四處都是這種圓圈，有許多人正在上下通行當中。

「為什麼不直接搭乘星艦從降落到上方呢？」江少白問道。

「這裡是通往首都的唯一道路，」厄德娜解釋說道：「除了最高級別的安全認證之外，任何人都必需要透過這裡的檢驗才能夠進入，若是企圖直接搭乘運輸艦艇登陸上方的話，會被周邊的防空武力給摧毀。」

他們穿越了懸浮城市的地基抵達了地面。當他們一踏上這座城市的土地時，江少白就感覺到和剛才在下方完全不一樣的精神強度，此處散發的力量更為集中且高頻，彷彿他們正愈來愈接近那強大精神力量的本源。

「我們是要去見第一公民嗎？」江少白對帶路的兩人問道。

「沒錯，不過在那之前，我會先帶你們前往你們在乙太的居所，」對方說完看向厄德娜說道：「至於妳，厄德娜將軍，第一公民要親自見妳。」

厄德娜聞言恭敬的對他鞠了個躬，「我明白了。」

「我不大了解，為什麼你們具備串連整體意識的精神網路提雅瑪特，第一公民還需要親自見我們？難道不能由你們代理就行了嗎？」

「即便我們得以和眾人的意識相連，我們仍然無法取代第一公民。」其中一人看向江少白，「雖然我們的力量、意志可以共同連結的，但是在思考上，我們仍然是以自身的意識在進行。尤其在資訊流動上，提雅瑪特具有資訊分割的能力，只有第一公民可以掌握全部的資訊，並且可以單向控制下方，位居下層的是不能逆向進行的。」

江少白點了點頭。然而，是他的錯覺嗎？當對方說這句話的時候，心靈的深處似乎閃過了一陣幽怨？那個感覺稍縱即逝，快到即便是有精神演算輔助裝置的協助下，仍然無法明確捕捉到那個極度細微的精神。

「那麼，我先離開了。」厄德娜對江少白說道：「我們應該不久後就會再見面了。」說完後她便轉身站上身旁一道忽然出現的光束，接著便迅速往城市的方向消失。

「你們跟我們走吧。」接應的人說道。他們帶領江少白和蕭璟站上和剛才厄德娜一樣的光束上，接著他們便同樣的高速往城市前進。

這個運輸方式和太空城中運輸艦的交通方法相同，只是直接省略了運輸艦的部分。他們快速的穿越了城市。江少白朝著他們前行的方向看去，顯然他們的目的地應該是那座聳立在整個懸浮島嶼正中央的雄偉巨塔，看來這應該就是整個乙太最核心的運行中心。

他們抵達了高塔的底部後，繼續跟隨者前方的守衛前進。一路上他們遇到了不少人在周邊往來行走，不過他們都沒有朝他們多看一眼，似乎早就已經知曉他們的身分。看來又是因為精神網路共享的資料庫所導致的。江少白暗自心想，恐怕整個星球的人都已經知道他們的到來了。

江少白注意到身旁的蕭璟神色十分陰鬱，他想到蕭璟從被帶上星艦後，就一直被所有乙太的人鄙視，或許心中很不是滋味，「妳不用擔心，不管這些人怎麼看妳，我都不會讓妳受到任何傷害的。」

「謝謝，不過我不是擔心這個，我只是……感覺到這裡每個人的精神，和這些精神背後運行的模式……這讓我感到很不舒服。我實在不敢想像是怎麼樣的過程，才能讓整個星球上所有的人都變成這個樣子。」

「妳或許很難理解吧。」前方的護衛聽見了蕭璟的話，轉頭說道：「但對我們而言，這卻是為了生存和進化。你們剛剛接觸到，或許會覺得很噁心。我完全能夠了解你們的反感，這一開始一定會不習慣的，我們也是，畢竟生命的本質就是把注意力全部放在自己身上、在意那些不重要的小事。但是，當你開始了解到自己屬於一個更偉大的世界、更真切的在靈魂層次上感受到自己和萬物合一，那種感覺還有力量，是個人完全無法比擬的。這是眾生連結的偉大生命，就像細胞一樣，每個細胞都有各自的特徵和功能，但是卻共同組成一個生命，而我們也是如此。這不只是一個科技系統，更是全新的生命模式。」

「如果真如你所說，這個系統中所有人都是平等的，那為什麼你們卻不能和第一公民泰非斯獲得同等的資訊和對整體網路的管理？」蕭環語帶譏諷的說道。

江少白想要制止蕭環，不過那兩人只是聳聳肩，「當你成為一個生命的一環，就不會去在意自己所處地位的尊卑，而是共同為之做出貢獻。若這是對於這個世界最美好的安排，那我們也欣然接受。」

他們說完便在一道門前停下腳步，「我們到了。」其中一人伸手碰了一下牆面，前方的門便向一旁滑開，他們帶江少白和蕭環走進去，裡頭是一個簡單的房間隔局，有一張臥鋪和桌子，「這就是你們在乙太時的居所。」

蕭環看了看這裡的格局，有些難為情的說：「呃……我們是一起嗎？」

「沒錯，你們地球可能有什麼界線禮儀，不過對於我們，我們連最本質的精神靈魂都可以合而為一，互相流通，對於這些外在肉體的接觸當然就更不會造成我們的困擾。如果你們有什麼顧及，就再自己協調，反正房間內的設備都可以由你們自由重新調整，我們不會干涉的。」

「妳睡床鋪，我會睡地上。」江少白對蕭環點了下頭。

「隨便你們。這是給你們的。」一名護衛將兩個小型的圓盤狀物體給他們兩人，「這是我們的服裝，你們可以把你們身上的老舊布料拿掉，然後把這個放在你們胸口，就會生成適合你們的服裝。你們原本的衣服無法承受這裡高速運動的耗損。」

「那麼關於衛生盥洗之類的呢？」蕭璟小心翼翼的問道。

「我們不需要這種東西，這套衣服自帶次聲波和奈米清潔功能，真不曉得你們怎麼能忍受那種不衛生的原始方式清潔身體……總之，你們先在這換上衣服，我們過一陣子會再來找你們。」說完後兩人就一同關上門。

他們離開後，只剩下江少白和蕭璟，他們互相看著彼此，似乎對於來到這裡後發生的種種事情仍不大曉得如何應對。蕭璟舉起手中的圓盤，臉頰有些泛紅的說道：「你轉過去，我們各自換上這個……乙太的服裝。」

「沒問題。」江少白點了點頭，自己轉身走到了房間的另一端，他也將自己的精神感知能力收了回來不去觸碰蕭璟。接著他脫下了身上的黑色軍裝，他發現之前戰鬥時的能量護盾和被倫納德莫名精神攻擊的緣故，這套衣服的確已經快要磨損殆盡。他將衣服褪去後，便將那個小小的圓盤放在胸口。如同奈米粒子的物質從圓盤中流了出來，黑色的物體在一瞬間包袱他的全身。

原來這就是乙太人穿著衣服的感覺。江少白心想，他一直在想這些人的服裝究竟是什麼，現在終於明白了。這種服裝材質雖然表面是由分子聚合而成，但感覺卻十分的舒適柔軟，它依照身體的曲線進行適度的調整，對於身體的保暖效果也恰到好處。最重要的是，江少白知道這套服裝的能量遮蔽功能一定非常的高。

「這感覺真奇特。」蕭璟說道。

江少白回過頭來，蕭璟也已經換上了純黑的乙太服裝。他看著蕭璟的模樣只覺得有些古怪，忍不住露出了一抹微笑，「妳這個樣子還真是奇特。」

「是啊，看來雖然乙太的科技出神入化，美感卻不怎麼樣。你覺得我們會在這裡待上多久？」

「我也不清楚，等見到泰非斯再說吧。」江少白想到自己不久後就要見到那印法埃兩千來不斷在崇拜的嬴政的君王、那統管傳奇之地乙太的領導人，他感到自己完全無法抑制內心的悸動。那天至高者啟示自己的使命，在這裡會得到解答嗎？

「我知道我們的立場不一樣，但我希望你能夠答應我一件事情。」蕭璟忽然說道，她的語氣和眼神十分認真，讓江少白也以嚴肅的表情看著她的雙眼。

「我在聽。」

「你也看到了這個星球的樣子，不管他們給這個精神網路冠上什麼意義，都改變不了我的看法。你想要和倫尼為敵、想要為乙太效力，那都是你自己的選擇，我沒辦法干涉。但是，請你答應我，即便你要加入他們，但是你絕對不要加入他們的行列，絕對不能失去自我。不管怎麼樣，我都不希望你變成那個樣子。如果你再次變成了那個我不認識的人，我……」她說到這裡眼眶微微泛紅，再也說不下去。

望著蕭璟那誠懇的眼神，讓江少白也不禁動容，他萬萬沒想到蕭璟會這麼在意自己。他微微一笑，但是神情非常嚴肅的看著蕭璟，「我答應妳，不管怎麼樣，我絕對不會放棄自我去加入他們的精神網路。」

「我知道你會信守承諾。」蕭璟面露微笑，似乎鬆了一口氣。他們兩人相識而笑，兩人心裡的隔閡似乎消失了不少。江少白想要開口說些什麼，但是房間的門卻在這時打了開來。

「看來你已經準備好了。」剛才離開的兩名護衛走了進來說道。

江少白心頭一陣緊繃，他看向他們說道：「難道現在……」

「沒有錯，」對方點了點頭，眼神嚴肅的說道：「是時候去見第一公民了。」

# 45

江少白在護衛的帶領下，一路搭乘反重力裝置上升到了他們所在的主塔最高層。

每當他們的高度上升一點，江少白就感覺周邊的精神力場愈來愈強大，而這股無形的精神壓力也讓他感到整個胸口被強烈的擠壓，讓他的的心臟不自覺的愈跳愈快。

「你即將要見到的，是整個銀河甚至是宇宙中最偉大的大能者。」護衛對江少白說道：「不管你在地球上地位何等崇高，都遠遠不及第一公民，記得你現在這種敬畏的精神，然後心懷謙卑。」

江少白沒有回覆對方。不過在他的內心深處，他知道自己對於宇宙中真正的至高者和他們並不相同。

他們抵達了整座高塔的最頂端，眼前是一條長長的走廊，然而兩名護衛卻不再向前。「第一公民下令，我們不能再向前走了。他要你自己前往。你只需要沿著這條走道一路往前，到底之後，將會看到那裡黑金色的大門，你觸碰它後就會開啟，而他正在裡頭等待你。」他們一說完就從原來的位置下降消失。

江少白轉頭看向眼前的走廊，此刻他所感受到的精神力場是前所未有的強大。毫無疑問，這條路的盡頭就是乙太最強大的精神壓力源。他深吸了一口氣，向前邁出步伐。

他緩緩地一邊走一邊觀察四周，發現這條通道和目前走過的任何一條都十分的不同，它不是淨白無瑕般的明亮，而是有點陰暗還帶有古典味道，完全不像是乙太這種高科技國度該有的樣貌。

整條走道十分的陰冷，一開始他以為是錯覺，但是走了幾公尺後，他就愈來愈感到周邊的空氣變得沉靜冰冷。倒不是說這裡真的十分寒冷，在擁有環境恆定裝置的乙太上，出現這種寒冷是不可能的，他也知道自己此時所穿著的智慧衣服會自動調整溫度和能量，不可能讓身體產生這種反應。相反的，這股寒意卻是從他的內心傳出，直接在他體內擴散，甚至連意識都為之凍結。

當他又往前走了幾步之後，他開始感受到陣陣的刺痛從他左眼傳出，他的眼皮跳個不停，甚至伸手按壓都無法阻止它的顫動。隨著他每上前一步，他左眼的抽痛就愈來愈厲害，這股疼痛直刺心底，到後來甚至痛到自己快要站不穩的程度。

「這到底是怎麼一回事？」他強忍著左眼的疼痛喃喃說道。

他從未有過這種感覺。隨著疼痛的加劇，心底同時湧現了巨大的不安和無比的興奮，他感到一波波黑暗的影子從自己的身上散出，即便自己沒辦法用肉眼看到，但卻可以清楚的感受到，有東西在他的身旁跟著他一起行走。

這條路客觀上並沒有很長，但是卻讓他感到永無止盡的延伸下去。不久前才和蕭璟在室內的談話，此時回想起來似乎是十年前的事情，他的意識在這樣的環境下逐漸轉為空白。

最後，他終於來到了走道的盡頭。一扇黑金色大門聳立在前方，這扇門扉至少有二十公尺高，而且外觀十分的華麗，許多複雜的紋路光芒在上頭，和強調簡約、實用的乙太環境風格十分的不搭。然而當他站在這扇門前，卻又不得不為它的雄偉莊嚴感到肅然起敬。

他不用觸碰大門，就可以清楚感受到在這扇門後，有著一個無比強大的壓力源，比任何時候感受的強度都大上無數倍。不知道為什麼，但他不禁聯想到八年前，倫納德獨自一人登入嬴政的星艦時，恐怕也是這樣的感覺吧。

這是你與生俱來的使命！一個巨大的聲音在他胸口吶喊。他凝聚精神，毫不猶豫的推開大門。

迎面湧來的精神力量幾乎將他推倒在地。他勉力適應強大的精神壓力，並且望向這座乙太最崇高的空間周圍，並為之感到無比的震撼。

這個空間十分的巨大，房間完全由金屬所組成。前方的牆面上是一個由無數個同心圓齒輪組成的巨大圓環，每一個齒輪都閃爍著微光，數量多到讓人眼花繚亂，卻又可以見到當中無比完美的規律。他們之間的相對運動彷彿正運算著全世界的時間——而確實也是如此。在同心圓外的邊緣，是一圈雕工華麗的方形框架，上面刻著許多銘文圖像，並閃爍著微光。而真正讓他感到詫異的，還是房間正上方的景色。

房間的上方是個巨大恢宏的無頂穹蒼，圓頂上呈現無盡疊巒的星辰宇宙，壯麗斑斕的星雲在黑暗冰冷的穹頂之中，染上一抹清雅秀麗的七彩色澤。無數個星系星團在宇宙中往來穿梭，伴隨著黑洞和彗星劃過的軌跡……而在這圓形穹蒼之上的，是位於正中央的核心。核心是一個匯集著所有星辰雲彩光芒的球體，它的外觀不停變幻，一切星辰銀河均繞著它旋轉，而江少白很清楚這個物體的真實身分是什麼。

提雅瑪特。江少白在心中低語。這就是乙太精神網路的核心，那每一道光芒，都是一個人的精神心靈，交織在一起散發出無限色彩的光芒，讓人在震撼之餘又不禁為了它所蘊含的美而感到震撼。

對於自己是全世界第一個親眼來到這個地方的人類，無比的感動在胸中激盪，他實現了印法埃兩千年來不斷追尋的願景，成功踏進這個眾人都渴望進入的殿堂，宛如進入到聖潔崇高的至聖所內。他並不知道在將近半年前，倫納德曾經在芬蘭的考古營區時，以莫名的精神連結在夢境中見過這一個空間，不過身為第一個實際踏入此處的人，他親身感受到提雅瑪特所散發出的威力仍然是遠遠超越倫納德那時所感受到的。

而在這片穹頂之下，一名身穿銀衣的高大男人正站在他的前方仰望這片穹蒼。他的背影十分的巨大駭人，不只是因為他的身形，更是因為他身上源源不絕散發出的一波波強大的精神力量所致。而在他身旁，江少白注意到混沌居然也在這空間中，他正站在牆邊，一臉恐懼並敬畏的看著這個男人。

江少白對於混沌也在這裡有些意外，困惑的看向他，混沌注意到他的視線，但他只是用眼神微微的示意江少白看向穹頂下的這個男人。他從未見過混沌這樣的反應，不禁也對這個人產生了無比的警戒。

他望向那個男人的背影，毫無疑問自己從來沒有看過這個人，但是不曉得為什麼，他卻感受到一股極為熟悉的感覺。他上前走了幾步，低聲說道：「是泰非斯嗎？」

「江少白，我等你好久了。」那個聲音沈重而蘊含不容質疑的威嚴，卻又十分熟悉，不過他怎麼都想不起什麼時候聽過這個聲音，他只能回應道。

「沒錯，你派人找我，而我來了。你找我究竟要做些什麼？」

「你是一個很了不起的人，你經歷了無數常人難以承受的痛苦以及磨難，你擁有十分堅強的意志力，也對於自己的使命具備崇高的敬意並不懈地追尋，我十分欣賞。」

江少白不懂泰非斯說這個做什麼，於是點了點頭，「你說的沒錯，但是這又和……」

「我一直在關注著你。在你還在地球上的時候就是如此。」

「這怎麼可能？」江少白困惑的說道：「你是指你的透過混沌嗎？你連結了他的精神？」

「某部分是吧。」泰非斯發出笑聲，他稍微撇頭看向混沌，江少白仍然看不到他的正臉，但是混沌卻敬畏的屈膝跪下，「他的確是個優秀的人才，在嬴政死後我就靠他了。所幸前往地球前就有事先植入連結裝置，否則提雅瑪特也連結不起來……總之他是個不錯的手下，忠心的完成每一個任務。」

混沌恭敬的低下頭，「謝謝您。」

「不過，」泰非斯的聲音轉為嚴厲，讓混沌全身一陣顫抖，「你並沒有讓江少白完全擺脫心中阻礙他的羈絆對吧？這，就是你的問題了。」

江少白知道他指的是蕭璟，不禁感到一陣警戒，而混沌則顫聲說道：「是的，我感到很抱歉。」

「沒關係，他們此刻都到了這裡，相信這是創始之體美好的安排。你先離開吧，讓我和江少白談談。」

混沌立刻起身，往門口走去，在經過江少白身邊時，他微微的朝他點了個頭，接著便消失在門外了。

「你說的沒錯，混沌確實是我關心你的管道之一，但並不是全部。」混沌離開後泰非斯繼續說道：「我所說的，是我在你加入印法埃之前就守護、關注著你。並且等待著和你見面的那一天，現在這一天終於到來了。」

「什麼？」這讓江少白感到更加的困惑了，在自己加入印法埃之前？「我不明白，怎麼可能……」

泰非斯忽然轉過身來，雙眼精光爆射的說道：「你真的不記得了嗎？」

那一瞬間，震驚的巨大海嘯排山倒海的蜂擁而來淹沒過他的意識。無以復加的驚駭、不可置信、震動，全部湧現在他的胸口，眼前的景象遠遠比這段時間所發生的全部事件加起來還要讓他感到驚駭無數倍。他感覺自己的雙膝軟癱，幾乎就要跪倒下來，而他的精神則正激烈的吶喊，令他一陣暈眩，似乎周圍的空間都在天旋地轉。過去他一直堅信的世界、他追尋的目標、他生命中的救贖主，在這一刻毫無攔阻的站在他面前，這怎麼可能……

他維持這樣的震駭情緒一段時間，完全無法動彈，過了好一陣子，他才顫抖的喃喃說道：「這不可能……

怎麼可能會是你？為什麼……」

泰非斯對江少白的反應面帶微笑，「難道這個真相有那麼讓你難以接受嗎？」

眼前的泰非斯，他的面孔並不是像一般人一樣有明確的外型樣貌，而是不斷變幻。那張面孔上，匯聚了世界上所有人臉部的特徵在上頭，雖然輪廓和意志感受的出是男人，但是面孔卻同時包含了少年、老人、男人、女人的樣貌，沒有可以讓人把握住的明確長相——這一刻，江少白終於明白為什麼這個人要叫泰非斯。因為在神話當中，泰非斯正是具備無數雙面孔的風暴巨人，然而他從沒和乙太上的第一公民連結在一起——而最讓江少白驚訝的，是在泰非斯眼底深處所散發出的光芒。那道光芒是何等的純粹，卻又同時混合了芸芸眾生的精神在其中。

江少白永遠也忘不掉那個面孔和光芒——那是自己在二十年前，當自己在「鏡子」煉獄當中受盡折磨後，所見到的救贖之光和慈祥的面容。

「所以……你就是……」

「沒錯，江少白，或著我要叫你……江一珉。我就是那位改變你、開啟你的視界、給予你嶄新生命，那位永在不變的真主——你生命中的至高者。」

他邁步走向江少白，他的身影是如此的高大，令江少白不禁只能仰頭看向他——他甚至沒意識到自己已經不自覺地屈下膝來——不過江少白的眼神卻是完全的渙散、混亂，過去幾十年來的一切生命片段，此刻全部都在他的腦中重新浮現，他感覺自己人生中所經歷的一切事物，此刻有了不一樣的意義。

泰非斯輕輕的觸碰了江少白的左眼，「讓我開啟你的視界……你還記得那天的啟示嗎？」

那一刻，江少白一直苦撐的意志力終於渙散瓦解，他雙膝軟癱跪倒下地。他現在百分之百確定了，此刻眼前的這個人，正是他一直以來所追尋那給予自己生命和救贖的至高者。

「為什麼？」江少白過一陣子才再次開口問道：「為什麼是我？為什麼能夠跨越星際去接觸我的精神？」

「當然是因為你是我的子民啊，我們之間的緣分是命運所註定的，它為你我之間開啟了一條超越科學和理智的連通道路，我揀選你到任何印法埃的成員都無法踏足的至高聖地，而我深信你會是那位完成使命的人。」

「你想要我怎麼做？」江少白表情木然地說道，然而他的眼神卻是充滿了崇敬和坦然的接受。他追尋了一生的神，此刻就正站立在他面前，他有什麼理由不安靜的側耳傾聽呢？

泰非斯微微一笑，「自稱忠誠派的叛徒們，他們打算摧毀我們。而我們要阻止他們。」

江少白點了點頭，這點厄德娜早已和他說過了。

「因此，我即將要派遣你前往彗星盾，那裡將會是忠誠派的下一步進軍的地點。你將會在那裡打敗倫納德，並且將他帶到我的面前。」

聽到這裡，即便是江少白此刻的狀態，都忍不住皺了下眉頭，「為什麼？為什麼他對乙太來說如此的重要呢？」

「因為，倫納德這個人擁有著和創始之體完全一致的精神特徵，如果我們要完全掌握創始之體，那他必然會是其中的關鍵。而他，也會是連結乙太、創始之體以及地球的鑰匙，而你，卻注定要擊敗他，為我們達成這偉大的目標。這就是你的使命，也是那天救贖你的目的。」

「我的使命……我被救贖的目的？」江少白囈語般的喃喃說道。

「是的，而在你前往彗星盾以前，我會給予你充足的訓練、以及全乙太最高等級的武力裝置。最後，我將會讓你的精神進入我的國中，讓你永遠可以和你所期待的至上精神永遠合一。」

即便江少白從頭到尾都被泰非斯的話所深深的引誘、翻攪著內心，但是當他聽到泰非斯這麼說的時候，不久前和蕭璟的對話隱隱的在他的心中浮現。自己曾經許下的諾言稍微將他的意識拉回來，「但是……」

「我知道，你在擔心那個女人蕭璟。」泰非斯說道，他的語氣中沒有其他乙太人對於蕭璟的鄙視，反而是充滿了理解，讓江少白不自覺的放下了防備心，「但是我希望你記住，給予你一切的是我，我難道會不知道怎樣對你才是最好的嗎？若是你今日有跟從我的決心，我向你保證，到了最後，蕭璟一定會屬於你的。而我也會治療好她身上的疾病，你們將會永遠在一起，一起在永恆的世界中，靈魂永遠不必分離。」

江少白眼神迷茫地看著泰非斯。他這一生所做的一切，就是為了達成那日至高者對他顯現的使命，此刻這位自己的救贖主就在自己的面前，他又有什麼理由拒絕？「我知道了，我會照您所說的做。」

「那你可得好好休息一下，之後會非常的需要體力。你先回到房間休息吧，至於我和你說的這些話，你不必和蕭璟說，等時候到了她自然就會明白的。」泰非斯將他扶起身來，帶他走到房間的門口。在關上門前，泰非斯說道：「不久後我就會派人帶領你前往彗星盾，而你將會在那裡展現你的價值。」

雄偉的大門關了起來，江少白轉向空無一人的走道，殷紅的眼睛閃爍著從未有過的強烈光芒。

## 46

**地球　英國　倫敦　LGGSC總部**

沃克確認了今日最後一筆的公文後，將所有要帶回家審閱的文件收回公事包內，走出了局長辦公室。

「您今天似乎比較早離開？」沃克離開辦公室時，剛好遇到他的祕書珍妮特走來。

「是啊，」沃克露出一抹倦怠的微笑，「沒什麼事要待在這了，我打算先回家檢閱一些之後會用到的資料。」

「我明白了，我看今天晚上難得沒有安排行程，應該是這段時間以來的第一次吧？」

「妳說的沒錯。看來國家安全局臨時遭遇的網路安全問題導致簡報取消，實在是不幸中的大幸。」

他們走出了大樓，接送沃克回到宅邸的車輛已經在外頭等候。祕書目送著沃克坐上轎車，對他微笑道：

「明天見，長官。」

護送沃克的車輛駛離ＬＧＧＳＣ的總部後，祕書眼神稍微瞥向總部對面一棟大樓的方向微微的點了下頭，然後便推開大門回到了建築中。

一直潛伏在對面大樓窗口監視ＬＧＧＳＣ的情報人員，拿起了印法埃專用的加密無線電，低聲說道：「一如計畫安排，沃克局長已經離開了ＧＳＣ總部，正在返回宅邸的路上。準備執行涅莫亞行動[5]。」

# 47

護送沃克的專車在宅邸門口停了下來，兩名護衛下車幫沃克打開車門。沃克對著要護送他走入大門的兩名隨扈笑道：「辛苦了你們了，你們回去吧。」

「我們必須先將您送回家中並確認安全再離開，這是必要的安全的程序，長官。」

「好吧，雖然我不認為會發生什麼事情，走吧。」

隨扈跟著沃克走到了大門，他們確認了門口的保全設備，然後對沃克點了點頭，「已經確認完成，長官辛苦了，早些休息。」他們對沃克敬了個禮，然後便轉身離開。

沃克關上了家門，並脫下鞋子打開玄關的燈。一向儉樸的他，家中沒有太多的擺設或是裝潢，只有生活必須的家具和電器才會在房子中，一切崇尚整潔實用。即便是倫納德離開地球前，他們也幾乎沒有一起居住過，因此整棟房子也只有他自己的物品。這間房屋的格局完全展現出他軍人出身的風格。

他走回了書房當中，把外套掛在後頭的衣架上。他拿出了公事包內所要閱覽的重要文件放在桌面上，準備

5 涅莫亞為「獅子」之意，印法埃以此代號象徵扳倒英國

仔細的閱讀。即便是在下班時間，他也從來沒有絲毫的放鬆和休息，時常要忙到半夜才能入眠。這種生活作息在他還只是少將或是副局長時就是如此，現在爆發了一連串的戰爭和巨大動盪，更加劇了他平日的壓力。

他打開桌上的電腦，準備檢視蓋亞聯盟科學部門所做出的精神異能者研究評估報告、以及首相規劃的重啟國內民生市場與軍事安全相關的研究報告。

在他等待電腦開機的同時，他將目光投向放在桌子邊緣，自己和倫納德以及蕭璟的合照。看著這張照片不禁讓他嘆了一口氣，倫納德他們已經離開了兩百多天了，對於他們而言恐怕只過了兩天左右的時間，天曉得自己什麼時候才能再見到他們？

忽然，他凝視照片的眼神似乎變得銳利了一些，他眼中閃過一道光芒，但那道光芒稍縱即逝，接著他便恢復原來的狀態。桌上的電腦開機完成，他自然的從口袋中拿出手機，似乎想要查詢什麼資料。

「你想都別想，沃克將軍。」一個女人的聲音從廁所中傳來，沃克感到自己握著手機的右手瞬間變得僵硬，完全動彈不得。他憤怒的瞪向門口。

「誰在哪裡？」

一個女人從裡頭走了出來。雖然沃克並沒有精神力量，但是毫無疑問的，從自己所發生的事情來看，他知道這個女人一定是具備精神力量的異能者。不曉得為什麼，沃克覺得這個人看著有些眼熟。

「妳是印法埃的特務？你怎麼進到這裡的？保全系統一切正常，何況這裡全天候有國安局的人監控。」

「把自己安全仰賴於國家根本形同自殺。真虧你還是委員會如此警戒的目標，頭腦居然這麼簡單。」

看著這個女人，沃克忽然像是想到什麼一樣，然後張大雙眼詫異道：「我記得妳！妳是原本的普紐瑪受試者，是一開始被雙木和金恩博士所發現的初始精神異能者之一，妳叫做瑪莉亞。」

她對於沃克居然說出了自己的身分而略感詫異，但是她很快就微微一笑，「沒錯，正是雙木博士派我來的。你現在是蓋亞聯盟的核心力量之一，我們必需要加以掌握。」

沃克露出了淡淡的微笑，然後放鬆的將身體養靠在椅子上，因為他很清楚，有精神異能者在的話，自己的任何小動作都沒有意義，只能順從對方的話，「看來，這裡就是我的葬身之處了？」

「你是一位令人敬重的領導人，在我還在普紐瑪的時候，就是少數被其他官員所讚譽的人之一。我們現階段並沒有要殺害你，我們需要你的資訊。」她說完兩名身材高大的男人從書房的門口走了進來，「我知道你是一個理性的人，知道抵抗沒有意義，乖乖和我們走吧。」

沃克看向那兩個男人，儘管他們沒有配戴掩影頭盔，但是他仍然立刻就認出來，這兩個隊員所穿著的連身黑色絲綢制服，正是那時在科林斯地峽時，企圖暗殺蕭璟的印法埃特殊部隊成員屍體上的服裝。他有在事後進行調查，這群人似乎隸屬於一個屬於都市傳說一般的神祕特種單位，在印法埃內部稱為「鐵鷹部隊」。

他迅速評估了自己現在所有的全部選項，但他很快就知道，自己並沒有什麼反抗或是逃出這裡的機會。他點了點頭，「好吧，我們什麼時候離開？」

「我們已經有人員在外頭待命，接著會有專機送你前往我們在墨西哥的基地。你也不必擔心後事，我們已經從你的個人電子信箱中寄出了一份國安局的機密資料給我們被蓋亞聯盟掌握的臥底，並且有一筆三千萬英鎊的款項已經透過暗網通道匯進你在巴拿馬的祕密帳戶中，他們會合理的判斷你是潛逃到印法埃。」

「真是安排縝密，那看來今天晚上國安局的簡報取消也不是意外了。」沃克嘆了口氣，但眼神卻暗自閃爍光芒。

「是啊，」瑪莉亞轉頭看向兩名鐵鷹部隊成員，「準備押送沃克局長。」

在瑪莉亞和鐵鷹部隊對談而閃神的那一瞬間，沃克一手用力將桌面上的電腦砸向她的頭部，速度之快甚至連精神異能者都來不及反應。在瑪莉亞哀嚎倒地的瞬間，他同時迅速的抽出藏在桌面下的槍枝往窗口的方向躍去，並朝著正要出手的鐵鷹部隊胸口開了兩槍。

兩顆正中胸口的子彈沒有對他們產生任何傷害，只是彈開並落到了旁邊地面。沃克感到驚愕之餘，趕忙將槍口指向他們的頭，但是一名鐵鷹部隊成員已經以難以想像的極快速度衝上前來奪取他的槍枝，並一拳重擊在他的胸口讓他痛苦的摔倒在地。

「真是不錯的嘗試。」瑪莉亞一手按著頭上流血的傷口，面目猙獰的說道：「幫他注射麻藥，走吧。」

在鐵鷹部隊成員上前走了一步的時候，忽然一陣破空聲音閃過，一顆狙擊槍的子彈擊穿了沃克窗口的防彈玻璃並且貫穿那名正要靠近沃克隊員的額頭。他一聲不吭的就仰頭向後倒下，腦組織和鮮血噴濺滿整片地毯。

另一名隊員立刻拔槍蹲低戒備，結果卻忽然全身肌肉僵硬，槍枝從他的手中掉落到地面，而他也不支倒下。

瑪莉亞不可置信的看著眼前的景象，震驚的喊道：「不可能！這怎麼……」

一陣破裂聲響起，三名戴著頭盔並全副武裝的人從外頭垂降而下，踢破已經受損的玻璃，然後跳進書房當中。在瑪莉亞打算逃跑的另一頭，另外三個一樣戴著特殊頭盔的人從書房門口走了進來。帶頭的是一個大約五十歲左右的女人，她的右手戴著一枚外型特殊的水蒼玉戒指。她眯起眼睛看著一臉驚愕的瑪莉亞，「把他們抓起來。」

「不可能……混沌不是已經把你們殲滅了嗎？」看著那個帶頭的女人，瑪莉亞顫聲說道。

「顯然沒有成功。」一名隊員把頭盔帶到瑪莉亞頭上，她隨即失去了力量，「把她帶出去。」

兩名隊員將手銬銬在還活著的鐵鷹部隊成員身上，並將麻藥打入他的血管中。然而在麻藥生效之前，那名隊員忽然全身一陣抽蓄的摔倒在地，在眾人釐清發生什麼事情之前，他就口吐白沫的失去意識。

「該死，他服毒自盡了。」帶頭女人咒罵道：「這群人的意志力真是高的不像話……算了，反正他們也絕對不可能配合我們供出任何資訊的，留著反而是風險。」

「所以……你們是誰？」一直在一旁觀看的沃克在事情似乎處理的差不多之後，才出聲問道。

「沃克局長，很抱歉讓您受到驚嚇了。」帶頭的女人對沃克致歉道，她拿下頭盔，露出一頭有些泛白的黑髮，並對沃克微笑道：「我的名字是陳珮瑄，是救贖派的領袖。」

「你們就是救贖派？所以妳是那位……游弘宇的妻子？我的兒子倫納德提過你們。」

「你說的沒錯。」不曉得為什麼，當沃克提到游弘宇的時候，陳珮瑄的表情似乎一陣抽動，「我們已經在周邊觀察你很久了，因為我們知道在倫納德和江少白離開後，你一定會是印法埃的重要目標。我們的人一直密切監視著你周遭的人，我們注意到你的祕書被印法埃收買，並事先在周邊設下埋伏等著印法埃出手。」

「原來如此。不過在倫尼離開青藏高原後已經過了一段時間，為什麼你們直到現在才現身呢？」

「印法埃以為我們已經被殲滅了，而我們打算繼續維持這樣的情勢。如果事先知道我們的存在，那麼這場突襲很可能就成功了。我們之所以願意冒著被發現的風險出手幫助你，不只是因為你對於對抗印法埃的身分至關重要，更是因為倫納德和蕭璟對我們有很大的恩情。所以不論如何，我都會確保你的安危。」

「既然你們都是和印法埃一樣是嬴政的後代，那麼你們對於倫納德他們前往乙太的事情有任何了解嗎？」

陳珮瑄搖了搖頭，「很抱歉，我們也不清楚。在倫納德和江少白雙雙離開地球後，我們也就對於他們的動向再也沒有任何的瞭解了。不過，我確實有你想知道的事情。」她示意身旁的手下從手提袋中拿出一個平板電腦。

「這裡頭，裝著我們救贖派累積許多年研究精神力量的一切資訊。如何檢測、如何有效管理、如何屏蔽、如何訓練、背後的基因原理，這些蓋亞聯盟現在亟需得到的資訊，我們全部都可以提供，並且成為你們的力量，一起對抗印法埃。」

沃克露出了又驚又喜的表情，他們一直煩惱在雙木離開後，沒有人力和資源可以支持普紐瑪計畫殘存的精神異能者訓練，現在出現了一批具備同等甚至超越雙木和印法埃知識的異能者出現，無疑是天大的好消息。在黑暗中摸索了這麼久，這場戰爭終於出現了一線曙光。

「你們願意以公開的身分加入我們的團隊，並且領導精神部隊的建立？」

陳珮瑄指向書房外頭，「這裡的環境不好說話，我們到客廳去談吧。相信今天晚上我們會有一場很長的對話。」

## 48

### 宇宙　忠誠派先鋒艦隊

倫納德和眾人一同待在不久前剛剛從忠誠派中央太空城離開的星艦上，往乙太的方向前進著。

在昨天，倫納德和同伴們一同進入了忠誠派的主艦隊中央太空城，和忠誠派的領導人馬杜克就未來行動的種種規劃。那是一場相當具有建設性的會談，在精神演算輔助裝置的協助下，整場會談的進度更是以過去難以想像的資訊量和速度在進行。馬杜克對他們詳細的說明了一切他們想知道關於乙太的種種資訊，以及未來的戰爭規劃，最重要的是，馬杜克為他們詳細解答了關於提雅瑪特的一切資訊。作為最初始參與設計這套系統的人員，他十分清楚關於提雅瑪特的運作模式，以及未來面對它的時候要如何預備。而隨著對於乙太的理解不斷的增加，倫納德也對乙太產生愈來愈深的恐懼以及憤怒。

在他們談論完了關於乙太的資訊後，馬杜克讓他們三人一同待在中央太空城休息了一陣子，馬杜克為他們準備了一間空房讓他們能夠好好休息一晚。倫納德不得不承認，儘管乙太的科技房間看起來並不是很舒適，但實際在裡面居住後，卻發現乙太的臥艙有著讓人澈底放鬆、復原精神和消除疲倦的能力。此刻站在即將遠征乙太的星艦上，倫納德感覺自己這兩天累積下來的倦怠已經一掃而空，取而代之的是清晰而犀利的精神。

「這些科技玩意兒真是有夠神奇的。」安潔莉娜看著自己身上的連身特製白色服裝，驚嘆的說道：「乙太的科技真是處處讓人感到驚奇。」仔細看的話，可以注意到在她全身肌膚外圍，都閃爍著一道微弱的白色光芒。這些包覆身體的光芒，是馬杜克所給予他們的能量裝置，這個裝備可以在各個方面加強他們的物理戰鬥能力。諸如：能量護盾防禦、動能加速、能量光束攻擊……等，全都是極為強大的能量武力裝置。

在穿戴上了這些裝備後，他們三人都擁有了和乙太戰士同等級的戰鬥能力。事實上，在這個主要以高科技遠程武力為主的時代，這些個人化裝置的用途並不是和敵人正面對抗，而是用於執行較為隱蔽的潛入任務，或是執行小規模作戰行動時所需要的。而這也正是倫納德等人即將要被派去執行的任務。

「我想這些裝備應該很適合妳吧？」倫納德對著安潔莉娜笑道：「妳一直鍛鍊自己、精通各種格鬥技巧，配備上這些科技裝備後，妳一定可以發揮出極為強大的力量。」

「那是當然的。」安潔莉娜嘗試讓身上的能量護盾增強十倍並閃爍明亮光芒的說道：「如果這次再讓我遇到印法埃的那群鐵鷹部隊成員，我一定三兩下就能擺平他們了。」

「要是這次我們的對手有印法埃那麼簡單就好了。」劉秀澤喃喃說道。

在他們離開之前，馬杜克針對他們每個人的個人特徵進行了最適合他們的裝備配置。像是安潔莉娜，由於她本來就缺乏精神力量，因此在精神演算輔助裝置上，他特別加倍增強了安潔莉娜的精神防禦能力，並且給予她最高級且靈活性最高的能量作戰配備，好讓精通格鬥的安潔莉娜可以將她的戰鬥技巧發揮的淋漓盡致。

至於倫納德和劉秀澤兩人，由於他們的精神力量和乙太人相當，倫納德甚至還勝過大部分乙太人一籌，因此他們所使用的精神演算輔助裝置和能量武力裝置，都是和忠誠派的戰士同樣的規格。

而除了這一些裝備外，他們也各自配備了一根大約二十公分長的棒狀銀色能量發射裝置。這個金屬棍平時被收納在他們的戰鬥服裝內，只有要使用的時候，才會自動出現在他們的手上。

倫納德利用意志力從服裝內召喚出那根棍子。這個能量發射裝置具備極度強大的力量，不過外觀卻十分簡單平滑。而這也是少數他有印象的武器。他記得自己在八年前曾經在嬴政的星艦上看過，這是嬴政和傑生互相對峙時所使用的能量武器。

「我想，我們可能需要多訓練一下，熟悉這些乙太的武器。」劉秀澤說道：「不然如果等到面對乙太的戰鬥人員才開始學習的話，恐怕會出現很大的問題。」

「那是當然的，諾托斯和我們說過，之後會告訴我們訓練方法和對象。」倫納德說道。

他一說完這句話，諾托斯便走進他們的房門。「你們還住的習慣嗎？給你們的裝備有沒有不懂的地方？」

諾托斯身上的服裝不同於大部分的人是單純的白色，而是在手臂兩側都各有著一條藍色的線條，象徵著他在這艘星艦內領導的地位。事實上，對於以精神特徵辨認彼此的乙太人來說，這樣的標誌並不具備實用上的意義，純粹是為了傳統和尊敬而設計的。

而諾托斯之所以會是這裡的領袖，是由於此刻倫納德等人所搭乘的星艦並不是隸屬於馬杜克所率領的主力艦隊和中央太空城，而是由諾托斯所率領的遠征乙太的先鋒艦隊，他們會比主力艦隊更早抵達彗星盾的外圍。

他們此次和諾托斯的先鋒軍的任務，正是要在主力艦隊抵達前，先接近彗星盾外圍的四座衛星防禦城市，並且試著將這些外圍駐防據點加以摧毀。負責第一波攻擊的，除了諾托斯，就是已經率領艦隊待命的悠瑞絲和另一名他們尚未見面的將軍——齊菲斯[6]。而在他們成功佔領了這些外圍衛星據點後，由馬杜克和兩名將軍：艾歐勒斯[7]、帕祖[8]所率領的主力艦隊，將會和先鋒軍會合，聯手對彗星盾出手攻擊。

「我們完全沒有問題。我們正在討論以便可以順利執行之後的任務，還需要更多的訓練來熟悉些裝備。」

「那是當然的。我一定會安排訓練給你們的，這點不必擔心。我們距離目的地還有一到兩天左右的時間，因為這一路上有很多乙太的防禦警哨，需要小心的前進避開。在這一段時間如果有空檔的話，我可以親自當你們的指導者。而如果你們想要的話，也可以自行前往我們的訓練場做任何你們想做的練習。我已經和星艦內部的所有人員下達過命令了，只要你們有需要，這裡的任何人都會給予你們幫助的。」

6 西風
7 無敵之風
8 邪風

「那還真是幫了大忙了。」倫納德說道。

「不用客氣，不過呢，」諾托斯看向安潔莉娜並露出微笑道：「我們的戰士大部分過去都已經很習慣了如何使用這些裝備加強戰鬥能力，他們在操作裝備上的能力當然略勝你們一籌。不過在實際的戰鬥技巧上，一般的人可能不會是妳的對手，搞不好最後妳還可以成為他們的指導者呢。」

「如果可以的話，那當然沒有問題。」安潔莉娜聽到諾托斯稱讚自己戰鬥能力，忍不住露出得意的笑容，「我也很期待看看這裡的訓練場長什麼模樣。」

「我想不會讓妳失望的。我們的訓練場地，可以自由的製造出任何規模、樣貌的模擬環境，也可以任意調整所要對抗的敵人、所屬的攻擊模式。我想對於你們而言，應該會大開眼界的。」

安潔莉娜聽的雙眼發光，她面露渴望的問道：「那麼我們何時可以去看看？」

「雖時都行，你們現在要去也可以。」諾托斯揮一揮手，地面上出現了一條光芒，一路指向外頭，「你們只要跟著這條光束走就可以抵達訓練場了。」

安潔莉娜興奮的拍了拍劉秀澤的肩膀，「你不是說你想要多訓練一下？我們走吧。」

「當然了，沒問題。」劉秀澤笑道，他看了下倫納德，倫納德對他搖了搖頭。

「你們先去吧，我想先待在這裡。」

「那你要小心不要被我們超越了。」安潔莉娜和劉秀澤一同離開。倫納德看著他們的背影，不禁暗自思考他們究竟是從什麼時候開始變得那麼熟。看來一直專注在戰爭以及蕭璟身上，讓他錯過了很多的資訊。

諾托斯在他們離開後坐在倫納德的對面，「你第一次參加我們的戰事感覺如何？」

倫納德低頭看著自己手上微微發出的能量光芒，「感覺很平靜。我原本以為會緊張或是怎麼樣，但是……我現在反而十分平靜，不過鬥志卻十分高昂，甚至有點期盼事情趕快發生。」

「其實對於我們這裡很多的士兵來說，他們也是第一次參戰。你心情能這麼冷靜是件好事，看來昨天和總司令的對話很有幫助？」

「是啊，和馬杜克談完，我沒想到乙太居然會那麼險惡。過去我一直以為泰非斯只是個追求力量和文明發展的強人，卻沒想到已經喪心病狂到了這個地步。」

「你說的沒錯。馬杜克團結忠誠派勢力，不斷推動抵抗泰非斯的行動，就是希望能夠解放乙太上面那些靈魂受到奴役的同胞。他們或許一開始被泰非斯欺騙而加入叛軍，但絕不應該受到這樣子的對待。」

「或許吧，不過先講好，對我而言最重要的是蕭環的安危。我必須確保這件事，才能為了其他目標奮鬥。」

「你不必擔心，她一定會平安無事的。我們會解救蕭環，還有乙太上所有正在受苦的人們。」

倫納德微微頷首。他看向星艦外頭的宇宙，此刻他已經把牆面調整為透明狀態，因此整個人感覺像是漂浮在宇宙一般。他發覺自己愈來愈喜歡這樣子的空間，彷彿可以將疲憊的心靈和憂慮全部毫無窒礙的舒展釋放。

「真是奇特，我明明記得我們周邊應該有好幾百艘星艦，結果現在卻什麼都沒有看到。」

「那是當然的，如果你能夠看到，那代表乙太也可以偵測到。」

倫納德沉默不語，靜靜的和諾托斯一同在寂靜的宇宙中相對而坐。他將目光投向遠方雖然看不見、卻清楚知道是乙太的方向。他知道蕭環此刻正在上頭，而江少白和泰非斯顯然也是，光是想到這點就讓他心中燃起熊熊烈火。他知道那顆行星上擁有的是空前強大的龐大力量，卻也是他要拯救蕭環所必然要跨越的障礙。儘管此刻他渴望求戰的意念如此的高昂，卻也不禁暗自思量，他們真的有辦法跨越這股宇宙創造以來最強大的力量嗎？

「我差不多該走了。你可以好好休息，不然也可以去加入你朋友們的行列。」諾托斯站起身來，房間瞬間恢復成了原來的樣貌，他對倫納德露出一抹微笑，「我剛剛得到消息，你的朋友安潔莉娜，正在物理訓練上，把我們好幾名隊員修理的落花流水。」

# 乙太

蕭璟和江少白一同並肩往停機坪走去，遠遠的望去，可以看到一艘小型的黑色星艦已經停泊在那裡等候，外頭有幾名乙太戰士正在那裡等著他們。

這是來到乙太後，蕭璟首次可以離開房間。照理來說她應該要感到放鬆，然而，她臉上卻只有滿滿的憂慮。

在他們快要走到星艦的時候，蕭璟看向江少白，眼神十分地擔憂，「你這次離開一定要小心謹慎。」

「沒問題。」江少白眼神木然的點了點頭，語調平淡的說道。

在不久之前，江少白告訴了蕭璟他即將要離開乙太，並前往乙太在太陽系周邊的駐防堡壘彗星盾執行任務。根據江少白所說的，據信是乙太收到了線報，知道忠誠派的先鋒部隊即將要突襲衛星彗星盾周邊的衛星駐點。他此行的任務，就是埋伏在上頭要挫敗忠誠派第一支突襲部隊。而當江少白說這個消息的時候，身上所穿著的已經是乙太戰士的戰鬥服裝，身上也配備了全部高級別的精神和能量武力裝置。

當蕭璟聽到這個消息時，還來不及反應過來，便有人進來帶江少白離開。蕭璟根本來不及說些什麼，因此只能詢問能不能和江少白一起走到星艦旁。一路上她都沒有時間說任何一句話，只有現在才終於有短暫的機會讓她開口。

她神情擔憂的看著江少白的臉孔，微微的點點頭。自從昨天江少白被帶去見那個所謂的第一公民泰非斯之後，他過了很長一段時間才回來。當他回來的時候，簡直讓蕭璟嚇了一大跳。只見他整個人都變了，眼神變得無比混亂，時而狂暴、時而迷茫、時而哀傷，讓人完全不曉得他究竟在想些什麼。而不管蕭璟怎麼旁側敲擊，他都是一言不發，對於蕭環的任何提問，也都只是輕聲點頭回應。

這樣的變化讓蕭環感到無比的不安，她不知道泰非斯究竟對江少白說了些什麼，可以讓他整個人在短短一段時間後就性情大變。她只能默默地坐在江少白的身旁，企盼他身上散發出的陰暗氛圍能減弱。

「我離開後，妳要好好的待在乙太上。」江少白開口說道，蕭環有些訝異的看向他，這是他見完第一公民後第一次這樣和她說話，「這裡的人對妳很不友善，不過我已經取得了第一公民的保證，這顆星球上絕對不會有人傷害妳的，不過妳仍然要小心。」

蕭環感到一股難以描述的感慨在胸中湧起，看著江少白的雙眼輕聲說道：「謝謝你。」

她凝視著江少白的雙眼，似乎看到了那雙覆蓋著寒冰的眼眸中出現了一些溫度，他露出淡淡的微笑，「不客氣。」

蕭環看向江少白的後方，星艦外頭的人似乎已經等得有些不耐煩了。她只能嘆了一口氣，「我知道，你不想和我說昨天究竟在泰非斯哪裡發生了什麼事，或是你看到了什麼，讓你現在的精神如此的混亂。」

蕭環看到江少白的眼中閃過一道猶豫的光芒，「對不起，但是……」

「沒關係。我知道，你經歷的事情和痛苦實在是太多了，那些都深埋在你內心深處，我沒辦法不自量力的說自己能夠理解或是為你分擔。不過我希望你能夠知道，在我心中，那個單純、善良而正直的江一珉仍然還擁有舉足輕重的地位，我相信那個少年並沒有死去，仍然在你心中某個角落活著。」

江少白眼中浮現了昨天到現在都沒有出現過的動搖，蕭環可以看出他極力的掙扎要不要和自己坦言，而她也默默地等待著。「環，事實上……」

「江少白，該走了。」厄德娜在星艦旁叫喊道，「忠誠派的突襲軍隨時會到，我們得趕快做好準備。」

江少白搖了搖頭，然後神色認真的看向蕭環，「我答應妳，等我回來後我一定會告訴妳昨天到底發生了什麼事情，我相信妳一定會理解的。不過在那之前，我需要一些時間整理一下。」

蕭璟微笑的點了點頭，她很高興江少白終於稍微恢復了一點，「當然沒問題，我等你回來再說。不過我希望你再答應我一件事。」

「請說。」

「你這次去彗星盾，有沒有可能遇到倫納德？」

「或許吧，但我也不確定。妳是希望……」

「如果你遇到他的話。我知道你們彼此把對方視為敵人，但是請你手下留情，不要傷害他的生命，也希望你好好保重自己，不要受傷。你可以告訴他我在這裡很安全。你們都是我的親人，我不希望你們任何一人受到損傷。」

「我無法保證絕對會沒事，畢竟他現在一定全力想要把我殺掉。但是我可以保證，我會盡力達成你的要求。」

蕭璟看到江少白再次恢復到漠然的神情，只能輕輕的點了點頭，心中擔憂不已，「謝謝你。還有，不要忘記你對我的承諾。」

那一刻，江少白眼中閃過一道強烈的光芒，但在蕭璟注意到之前就隨即消失無蹤。他點了下頭，「好。」他拍了拍蕭璟的手，「妳保重。」他說完便朝著星艦走去，和外頭待命的人員一同走上星艦。

蕭璟目送著星艦從停機坪上垂直上升，並在一瞬間加速穿越大氣層消失在眼前。看著星艦消失的方向，她只感到不安的情緒充斥在心中，如同烏雲一樣揮之不去。不知道為什麼，她有一種強烈的預感，彷彿江少白將會在這一次的任務中永遠的離開。

「該回去了。」蕭璟身後的護衛說道。蕭璟將目光收回來，轉頭看向護衛點了下頭。

「走吧。」她轉身跟著護衛的腳步，往自己居所的方向走去。

## 地球　英國　倫敦　普紐瑪檢測中心

沃克和諸多官員和科學家們，此刻一同站在過去已經荒廢了一段時間的普紐瑪精神檢測室旁的隔離會議間，望著眼前所展示出的成果，他們不禁露出無比驚喜的表情。

在過去六十天以來，陳珮瑄和她所率領的救贖派人員們，全部正式的加入蓋亞聯盟的國際研究科學部門。陳珮瑄作為負責普紐瑪計畫的最高執行長，其他的救贖派的成員們，則幫助蓋亞聯盟在世界各地尋找可以加入這個計畫的精神異能者，並且作為監督官，仔細的篩選審查這些人是否為印法埃派遣的間諜。

原本瀕臨破滅的普紐瑪計畫，總算在救贖派的協助下，重新回到了軌道上。看著這一切的發生沃克感到十分的振奮。

最一開始的時候，為了說服世界各國參與此項計畫的高階人員核准這群從天而降的「救贖派」成員，讓他們空降進入蓋亞聯盟核心並且執掌最為重要的普紐瑪計畫，沃克可說是費盡唇舌。他每天準備成堆的報告、計畫書等的繁瑣資料，把他搞得焦頭爛額。好在最後這項動議毫無異議的通過了ＬＧＣ的審查，而當陳珮瑄為首的救贖派加入了蓋亞聯盟後，先前對於他們的疑慮也立刻雲消霧散，各國皆全力給予支援。

陳珮瑄檢測完了一組數據後。沃克看到她工作似乎告一段落，趕忙舉起手對她揮了兩下。陳珮瑄對沃克點了下頭，便脫下了口罩，和身邊的人員交代了一些事項隨即走進討論室中。

「這裡一直都有這麼多人嗎？」陳珮瑄看著討論室中的眾人說道：「剛才一直專注在研究上，沒有注意到你們。」

「妳想讓我相信具備高階精神力量的妳一直都沒有察覺到我們的存在？」沃克挑起一邊眉毛問道。

「好吧，被你猜中了。我只是太忙沒有時間理會。」

「我知道，所以我也不打算打斷妳。對於這段時間的成果，所有的專家以及ＬＧＣ都感到十分的驚艷。」

「我自己也是。利用蓋亞聯盟的資源後，我們獲得的資訊量也遠比以前多了好幾倍。不過當然，這樣的代價是要付出好幾倍的精力，這段時間我已經往返於世界各地的研究機構好幾趟。」

「人類社會都記得妳的恩情。」沃克說道。

「是啊。」陳珮瑄看向沃克，「那麼，已經訓練完成的普紐瑪部隊，他們在各處的執行績效如何？」

「成果斐然。」沃克拍了一下桌面，討論室的投影牆面上，出現了一些世衛和蓋亞聯盟的簡報。

「首先是普紐瑪計畫的基礎研究和訓練進度，都已經開始系統化的進行。」日本派來的專家說道：「世衛和蓋亞聯盟會員國，都已經利用這些資訊加入我們的計畫，並在各國內進行系統化的精神力量者的篩檢。而這些檢測和訓練初期的成功，都仰賴於救贖派成員在各個機構內部的協助。」

「在過去這裡由雙木永萱主導的時候，我一直認為她是個天才。然而和陳博士合作後，才發現她的能力和知識完全不亞於雙木，甚至在效率上仍猶有過之。」過去美國普紐瑪計畫的原副部長笑著說道。

陳珮瑄露出一抹得意的微笑，「那是當然的，我可也是擁有約翰霍普金斯大學和哈佛的雙博士學位。」

「真的嗎？我以為你們一直都躲在西藏高原的山裡。」一名官員面露驚奇的說道。

陳珮瑄眼神銳利的瞪了他一眼，並沒有多說些什麼。

沃克清了清喉嚨，「總之，我們目前的績效非常的好。已經訓練完成並投入情資工作的普紐瑪部隊，他們執行任務所傳來的報告結果也很樂觀。」他點了一下桌面，投影幕上出現了新的畫面，是ＬＧＧＳＣ針對印法埃精神力量的報告，「目前我們將普紐瑪部隊初步投入的幾個印法埃的單位，以及幾個被蓋亞聯盟認為可能被滲透的政府部門進行實驗性質的精神檢測和諜報工作。他們在這些地方都已經成功建立起了反滲透的功效，並且抓出了印法埃的間諜；而對於印法埃，我們也成功的滲透了一些他們的底層單位。」

眾人聽聞都露出了喜悅的表情，然而當陳珮瑄看向沃克的時候，卻注意到他並沒有和眾人一樣顯露出喜悅的情緒，反而頗為憂慮。「沃克局長，是有什麼問題困擾你嗎？」

「雖然目前的局勢的確是對我們有利，但是……ＬＧＧＳＣ針對印法埃的精神和情報勢力進行了完整的評估。儘管我們開始稍微挽回了劣勢，但是他們仍然利用精神力量針對我們龐大的組織無孔不入的進行滲透，我們的人力和他們相比仍然十分的不足。最重要的差距，是我們不明白他們的運作模式。」

「沒錯。雖然我們和印法埃對抗了很久，但要說完全了解印法埃的運作模式，仍然不敢說十分有把握。」官員露出了擔憂的神情，原本美好的幻想泡泡被戳破了，眼前的危機依然沒有因此而化解。

「而且，不只是運作模式，我們在精神部隊的實力上，和他們也存在著不小的差距。」陳珮瑄接著說道。

「根據我們的情報，發現雙木和印法埃聯手，正在積極的擴增他們的精神部隊。」沃克說道：「印法埃原本就已經累積有兩千年無比雄厚的精神部隊，加上普紐瑪的主力後，他們更是如虎添翼。」

一名軍官聽完皺摺眉頭緩緩的說道：「所以……我們現在需要在精神部隊上努力的進行擴增，並且要同時試著搞清楚印法埃進行諜報及精神入侵的模式？這可不容易。」

「但這確實是我們現在急需要想辦法解決的。」沃克搖了搖頭說道：「我們不像印法埃有現成的龐大的部隊，培養這麼多人需要時間。」

陳珮瑄接著說道：「是啊，況且我們也沒有辦法輕易的找到了解印法埃內部運作的高級人員，還有關於情報和滲透工作的領域……」

說到這裡，他們忽然同時停下話聲，然後瞪大雙眼看著對方。

房間內其他的人一臉不解的看著他們兩人，「你們怎麼了嗎？」

「歸向者。」陳珮瑄輕聲說道，沃克面露理解的點點頭。

「什麼？」其他人表情更加困惑的看著她。

「妳說的沒錯。我們不是還有兩百多個被印法埃遺棄的歸向者，正在ＣＩＡ的黑牢中被嚴密的監控著嗎？」

「如果我們可以網羅他們倒戈向我們這邊的話，就可以一次解決著兩個問題。」陳珮瑄有些興奮的說道。

「等一下。」一名官員打斷他們說道：「這群歸向者們，他們原本都是對印法埃忠心耿耿的人，而且在過去囚禁他們的這段期間，ＣＩＡ對他們十分的不人道，初期還把他們作為我們的受試者，讓他們飽受折磨。你確定他們會願意支持我們嗎？」

「此一時彼一時。」陳珮瑄說道：「那個時候蓋亞聯盟還是由雙木永萱當權，現在的情況已經不同了。如果我們能夠讓他們加入我們陣營的話，將會為我們增加龐大的力量。」

沃克點了點頭，「沒錯，印法埃把他們當成棄子，放任他們被逮捕。他們會為了自己的自由而戰的。」

「我不是很喜歡這個點子。」在眾人沉默了一段時間後，美國的派來的代表開口說道：「不過我還是會和洛茲總統回報，並且很快的跟大家回報這個想法的可行性。」

「麻煩了。」沃克說道：「這可能是我們翻轉戰局唯一的機會，一旦錯過就再也沒有機會了。」

# 51

**地球　太平洋　印法埃第一艦隊　審判號**

梁佑任坐在雙木的辦公桌前面，眼神無比熾熱的怒目瞪視著她。

「妳明明答應過委員會了。」梁佑任將一份文件用力扔在雙木的桌面上怒道：「由妳所統籌的普紐瑪部隊會負責針對蓋亞聯盟的滲透計畫和侵入行動，而這些計畫的進度現在不只全部都大幅落後，甚至還開始負成長！如果妳負責這計畫的能力是這樣子，那我會開始懷疑妳在我們組織內部的價值。」

雙木面對印法埃主席梁佑任的怒火卻沒有露出恐懼的表情，而是神情冷淡的看著他，「這一切會發生最重要的原因，還不是因為印法埃在之前殲滅救贖派的行動中有漏網之魚，甚至還天真的認為他們已經被澈底殲滅了……這種事情難道我可以預料嗎？我派去抓捕沃克的人，難道會事先知道有配備精良的精神部隊在周邊等待著嗎？如果當初成功殲滅掉救贖派的話，那麼沃克早就已經落入了我們的手中，他們也沒有機會重新建立普紐瑪部隊了。」

「現在說這些已經沒有什麼意義了。」面對雙木的指摘，梁佑任顯得有些無言以對，只能重重的嘆了口氣靠向椅背，「我們目前的攻勢被出其不意的擊退了。我們的影響力在衰退，蓋亞聯盟因為這件事情逐漸恢復生機。現階段我們不可能掀起大規模毀滅戰爭，如果我們的精神力量被對方破解了，我們最大的優勢就喪失了。」

「你以為我不知道嗎？我一直在思考突破現況的手段，但是目前我們並沒有辦法阻止他們重新推動普紐瑪計畫、也無法安插間諜進入他們的精神部隊——多虧了救贖派的介入。不過委員會也不必太擔心，目前敵我雙方的規模仍然有段距離。而蓋亞聯盟體系雖然巨大，卻充滿了審查死角，他們也不清楚我們利用精神部隊滲透他們體制的手段和目標，更沒有足夠的人手去防範。我們可以慢慢的蠶食他們在地方的勢力。」

「事情沒有妳想像的那麼簡單，我們有潛在的巨大風險。」

「這是什麼意思？」

梁佑任有些無奈的看向她，然後輕聲說道：「歸向者。」

一聽到這三個字，雙木臉色立刻變得慘白，她明白了梁佑任所擔心的問題是什麼了。過去自己還在蓋亞聯盟和世衛掌權的時候，曾經依照江少白的指示，逮捕了一大批歸向者，而這些人多半都對自己懷恨在心。

若是他們成功被蓋亞聯盟給策反的話……

「這是不可能發生的事情。」梁佑任站起身來準備離開。

「這件事就交給我來處理。」雙木同時站起身來，「我會將這群已經威脅給解決掉的。」

梁佑任搖了搖頭，「不，這項行動至關重要，可能是左右戰局的關鍵。這場行動要由最菁英的部隊來執行，而且他們是印法埃中被放逐的成員，必需要由我們自己人解決這場內部的問題。」他走到門口，以極度陰冷的口吻開口，令雙木都不禁感到不寒而慄，「我會負責處理他們的。」

# 52

## 宇宙　彗星盾外圍第一衛星城

「終於到了。」厄德娜走出星艦說道，「不知道多久沒來過這個前沿警哨了。」

江少白跟隨著厄德娜走出星艦。他們昨天從乙太的首都出發，以他們的速度和距離來說應該八到十個小時左右就可以抵達這裡了。不過在行進的途中，他們曾經在彗星盾稍作停留了一陣子，並且在該處進行隊員的更換，同時江少白也趁著在彗星盾停留的時間，和乙太的戰鬥人員進行了高強度的戰鬥訓練。彗星盾給江少白的印象十分的深刻，他原本以為彗星盾只是一支武力龐大的艦隊在太陽系周邊巡邏，然而實際接觸後，才發現彗星盾的規模之浩大，遠遠超越他的想像。

連綿不絕、看不到盡頭的艦隊散布在整個星系外環帶中，在星系的黃道面上進行滴水不漏的防禦。而整個星系的立體空間，則是建立在這個環狀的艦隊彼此連結上，以球體的方式完整的偵測整個星系四面八方的所有方位。看了彗星盾的設置，他可以理解為什麼忠誠派要攻擊乙太必需要以武力正面突破。

然而，他們現在所在的地點已然不是彗星盾的範圍。這裡是在彗星盾外圍的一座衛星城市。雖然對於乙太母星來說，這裡並不是一個非常重要的軍事地點，但是對於彗星盾來說，這裡是提早警戒外圍入侵者的重要警哨。而這樣的駐點一共有四個，它們皆對於彗星盾抵抗外部的攻擊發揮了巨大的作用。

江少白看了看周圍。這個衛星城市是由一顆原環繞恆星的小行星所改造而成的，是一個具備強大防衛武力的基地。乙太將它的運行軌道重新進行了調整，並且改變它的大氣結構，讓人們可以不需借用氣體裝置就可以直接呼吸，同時乙太也增強了這座基地的重力，讓人員在體積遠小於乙太的星球地表上仍然可以行走自如。

「我們收到第一公民的訊息了。」幾名人員從地表下出現，並對於兩人表示敬意，「請跟隨我來。」

在衛星城人員的指示下，他們所站立的土地開始下降，連同他們一開始所搭乘的星艦亦然。江少白這才知道，原來這裡的外觀雖然只是一顆單純的小行星，但是它的內部已經完全被乙太所改造成了高科技的環境，真正屬於原來小行星的，只有外部地表和基地的基礎結構。其他的部分已經完全被挖空並且改以人造設施取代了。

他們抵達了底部後，衛星城的人員帶著他們走下原本的地殼。「我們會將你們的星艦送到安置處，我會帶你們前往主控中心。這裡的道路十分的複雜，很容易搞混。」

眾人走過長長的地下通道，一路上江少白看到了好幾個岔路並且轉了好幾個彎。看來對方所言不虛，這個地下城市路線沒有人帶領真的會搞錯。

「我們抵達了。」在他們穿越了最後一道大門後，率隊的人說道。

「這裡是我們整座衛星駐防城市的主控中心。」對方看江少白是第一次來而特別解釋道：「這裡監管整個城市的防衛系統、警戒周邊宇宙、控制內部環境參數等等。」

江少白點了點頭。這裡十分的龐大，有不少人在其中，他原本以為主控中心應該會像地球的戰情室一樣，有很多資訊顯示在各個地方。然而這邊卻意外的十分簡潔，只有一個影像在主控室的最前方，以肉眼無法捕捉的速度高速的變幻著，不過當然有精神演算輔助裝置的協助下，要處理它不是一件太困難的事。

「看起來一切都十分的正常。」江少白看著前方迅速變化的影像說道，他已經掌握了上頭流動資訊的意涵了。

「你們的周邊駐防軍知道忠誠派什麼時候來嗎？」厄德娜對這座城市的負責人問道。

「很抱歉，我們仍然無法掌握明確的資訊，我們的探測艦隊也都一無所獲。忠誠派艦隊的隱蔽能力非常厲害，除非他們踏入我們的偵查網範圍，不然我們是無法知道……但是我相信這個攻擊應該是不久之後就會到來了。」

「這個答案無法讓我滿意。第一公民派遣我們前來……」

江少白對他們的對談內容沒有一絲的興趣，因而將意識從他們之間抽離。他眼神平靜的看著前方顯現各種資訊的變幻影像，他感覺周邊的一切慢慢的在他意識中淡去。

儘管自己在見到泰非斯之後，就一直不斷的進行各種高強度的戰鬥訓練以及各種戰局的推演，但是這些複雜的事務卻都無法讓他的精神集中。他無法遏制自己不斷回想起在乙太上和泰非斯的那一場見面，他所看見泰非斯眼中那聖潔的光芒、以及當時泰非斯對自己所說的話。

「我就是你生命中的至高者……這就是你的使命，也是那天救贖你的目的。」這是泰非斯對自己說的話。

這句話在江少白心中已經琢磨了非常久。如果泰非斯說的沒錯，是他揀選了自己，是他給予了自己生命的意義。那麼在這個前提下，自己一切被扭曲的記憶，應該都是為了達成泰非斯所要給予他的使命才是。但是為什麼，唯獨關於蕭環的回憶卻完全沒有被變造過？若說泰非斯為自己特別存留這段記憶是為了讓自己更堅定的踏上他所要自己走的道路，那為什麼蕭環的意志卻和泰非斯完全相反？難道這真的僅僅是一個測試自己的試煉嗎？泰非斯希望他能有放下自己所愛的決心，以便確定自己的意志完全不會動搖？

這一切的問題，江少白思考了無數次仍沒有解答。他追尋了至高者對自己顯現的意義這麼久，他當然希望能夠實踐自己被賦予的使命，但是同時他又無法輕易的放棄自己的本心。這兩個他所堅持的原則是如此的矛盾，是他從來沒有遇過的情況。不論如何，他曾經對蕭環許下了諾言，而他必須遵守這個承諾。江少白在心中暗自畫下這條底線，不管自己未來要怎麼選擇，一定要在不違背自己底線前提下去邁出下一步。

一陣強烈的精神刺激傳到江少白的腦中，令他回過神來。而整個主控室的人同時都感受到了同樣的刺激。

「我們掌握到忠誠派的位置！」一名人員大喊道：「外圍的巡邏艦隊正遭受猛烈的攻擊，他們朝著基地過來了！」

江少白看向厄德娜和她身後從彗星盾帶來的戰鬥人員們，他們眼神中全都露出了準備戰鬥的強烈光芒。

厄德娜露出一抹冷酷的微笑，她對江少白點了下頭，「看來我們來得正是時候。」

## 53

倫納德等人和諾托斯一同站在指揮艦的主控室當中，看著周邊所投影到前方的影像。

「終於開始作戰了。」諾托斯說道。

這是忠誠派和乙太全面開戰的第一場戰鬥，倫納德可以看出不只是諾托斯，全部的忠誠派成員精神都極為緊繃。要是一開始在這個外圍城市就被乙太重挫，那之後的戰爭恐怕就很難進行下去了。

此刻他們周邊呈現的，是第一線正在和乙太周邊艦隊作戰的畫面。只見忠誠派所派遣的第一波機動艦隊，正在突襲衛星城周邊的警哨星艦。它們完全被忠誠派的突襲打得措手不及，幾艘星艦和防禦裝置在宇宙中爆炸。忠誠派的艦隊則乘著這個聲勢繼續朝著衛星城推進。但是倫納德可以看到衛星城中的防空武力馬上對忠誠派的艦隊猛烈的進行射擊，周圍的駐防艦隊也迅速的朝著忠誠派的艦隊靠近反擊。

「我們在這麼近的距離才被發現，他們居然可以這麼快就反應過來。」諾托斯看著前方從衛星城中所派出的無人攻擊球體源源不絕的湧來抵擋忠誠派的攻勢。「看來他們早就知道我們要來了，已經做好防備。」

「不過看來他們的防禦艦隊也已經成功被我們逐漸引到了同一側。」儘管對方早有準備，但諾托斯的神情仍沒有絲毫的動搖。「相信不久後彗星盾或是周圍的其他衛星城就會派遣援軍過來，我們得速戰速決了。」他轉頭看向倫納德，以及他身旁一共十二人的小組，組員包括了安潔莉娜和劉秀澤。

「你們應該已經很清楚自己的任務吧？準備好了嗎？」

眾人一同點點頭。倫納德和眾人低頭檢查了自己身上的各種配備。首先是各樣的武力裝置，其次是身上的環境調控遮罩。這些設備可以讓他們在宇宙或是任何極端環境中行動自如，最後則是身上的能量推進裝置。

「一切就緒。」

諾托斯指著衛星城週遭的影像說道：「我們會繼續朝著衛星城進行猛攻，所以屆時你們不會有我們的艦隊的幫助，你們要自己靠著衛星城周邊的塵埃碎石來掩飾行蹤。等你們一抵達衛星城的地表，就要立刻炸開通道往內部前行。千萬要小心，當你們在宇宙中前進的時候，如果被敵人的防空武力直接射擊的話，那種高規格的星際武器是你們的個人能量護盾無法抵禦的。」

眾人一同點了點頭。倫納德感到腎上腺素開始上升，而他很確定身旁的安潔莉娜和劉秀澤也是如此。雖然諾托斯這話是說給所有人聽的，但他們知道事實上他真正想要說的對象就是他們三人，畢竟讓他們出第一場任務就要面對這樣的挑戰，即便事前做過再多訓練都免不了緊張。

倫納德知道，馬杜克要諾托斯派遣他們執行這場任務，除了是他們的能力的確能夠對這場作戰有所貢獻之外，更重要的是，他希望倫納德三人可以藉著這個機會儘快熟悉作戰。透過這場風險相對比較低的任務，可以讓他們之後要執行潛入乙太的行動更為順利。雖然說風險較低，但現在看來這場任務也沒有原本預想的那麼容易。

諾托斯走到小隊隊長的前方。隊長的制服袖口處有一圈紅色的線條，倫納德記得他們在主太空城的時候，帶領他們去見馬杜克的護衛就是這套服裝，當時諾托斯稱他們為「菁英戰隊」。

「你一定要注意倫納德他們的安全。會有另一支待命的救援部隊在外面等待，如果你評估這場任務有任何失敗的風險，就立刻退出，或是尋求支援。馬杜克總司令特別交代過，他們的安危比這場作戰能不能一次成功還重要。」

隊長對著諾托斯嚴肅的點點頭，「您放心，我絕對不會讓他們出任何意外。」他說完便轉頭對所有隊員說道：「我們出發吧。」倫納德等人一同跟在他身後，準備執行到達乙太世界後的第一場作戰。

## 54

「這真是太刺激了。」安潔莉娜在他們離開了星艦不久後喃喃說道。

十二名剛剛從星艦離開的隊員們，他們此刻身上沒有任何遮蔽，正在宇宙中悄悄的前行。他們剛才在隊長的率領下，從星艦的發射艙中被射到了宇宙中。為了不被敵方所偵測到，他們此刻身上的能量護盾幾乎被調整到了最低程度，只留有足夠的動能讓他們可以在宇宙中快速的前行。而他們身上的環境調節裝置，讓他們周邊都包覆著一層薄薄的空氣，溫度也在室溫水準，感覺幾乎和地球上沒有任何差異。此外，他們身上所穿著的服裝都自動變色調整為和周圍的太空環境一模一樣，即便距離不遠他們也幾乎看不見對方。至於他們的精神演算輔助裝置的輸出功率也同樣被調整到最低狀態，以防被敵方的探測系統偵測到，他們的一切對話都使用一個事先設定好的頻道，所有的精神溝通只有在這個頻道中的人才能聽到，周邊戒護的警戒設備皆不會感應到。

「小心一點，不要講話。」隊長低聲喝罵道，「雖然我們共用小型頻道對話，被發現的風險不大，但是仍然有部分餘波傳出去，還是有可能被感知道，如果被敵方感應到，一旦被擊中那就死定了。」

安潔莉娜沉默的沒有回應，倫納德知道這就是她表達歉意的方式了。但是他並不怪安潔莉娜不小心驚呼出自己的想法，畢竟第一次在宇宙中進行這種移動方式，對他也是極為新奇的體驗。

眾人沉靜但迅速的穿越了周邊的塵埃往衛星城靠近。在前進的途中，倫納德往一旁看去，可以看到在遠方衛星城的另一端，忠誠派和乙太的艦隊正在猛烈的交戰。即便因為真空而聽不到任何的爆炸聲音，但是光是看著那裡不斷往來發射的光芒能量，就知道那裡此刻的戰鬥一定很驚人，而這甚至只是前鋒的機動部隊和乙太最外圍衛星城的戰鬥而已，等戰場延伸到彗星盾時，那個規模究竟會多浩大？

「我們即將要抵達衛星城地表了，小心！」他們一脫離塵埃籠罩的範圍隊長就警告道。

在他們到達衛星城地表的四萬公尺處的時候，所有人在隊長一聲令下，全部開啟了他們身上的能量裝置，並以五十馬赫的高速一瞬間抵達了地面。他們在抵達地表的那一刻停止了加速，讓他們沒有激起任何塵土的平靜落地。

「是誰？」一名剛好在他們降落地表處的守衛驚聲叫道。

隊長正要出手封住那個守衛的嘴，安潔莉娜卻比他更快的移動到那名守衛身旁，在他還來不及啟動身上的能量裝置，她便抓住對方的頭用力向旁一轉，守衛便不支倒地了。

「實感和訓練還是有一點不大一樣。」安潔莉娜對隊長笑道。

隊長激賞的點點頭，眼中原本對於安潔莉娜剛才開口的不悅已經消失殆盡，「幹的漂亮，我記住妳了。」他說完便拿出自己的棍狀能量射擊裝置，朝著地表猛然發射。一道白光閃過，地面上就出現了一個通道。

「聽好了！這是衛星城的廢物排除通道，我們會沿著這裡下去抵達密閉處理間，接著我們就要去這裡的防空動力系統。」在他說這句話時候，一個清晰的影像在眾人的腦中出現，讓他們看見了整座衛星城及他們要走的通道。

「現在有另一組小隊也潛入了衛星城，並朝著他們的總控中心前進。他們的規模和戰力十分堅強，應該會吸引敵方內部的主力部隊前去，同時他們的其餘防禦部隊應該也在外頭對抗艦隊。我們要趁著這個機會，依照你們剛才看到的通道前進，然後將病毒植入防空動力系統中癱瘓他們的，有問題嗎？」他說完後，手上出現了一個薄薄的圓盤狀金屬物體，倫納德認得這個裝置，這就是之前傑生讓自己植入病毒到嬴政星艦上的同一個設備。

「沒有問題。」眾人一同回應道。

「行動。」隊長不說廢話，朝著地上的洞口一躍而下，眾人也跟著他跳了下去。

他們高速抵達了底部的空間。這裡是一個正方形的白色房間，看起來沒有什麼特別的，但是倫納德的環境監控警戒卻立刻上升到最高等級，顯示這裡的空氣非常的毒。

隊長將手放在上鎖的門口並閉上眼睛。倫納德感受到他的精神演算輔助裝置在那一刻忽然以極高的速度運行，接著門便打了開來，隊長轉頭對眾人叫道：「快走！」

他們全部衝了出去。外頭並沒有遇到什麼人，他們跟著隊長的指示，以類似地球上特種部隊的模式——一組人前進、一組人警戒四面八方的威脅——在通道上前進，只是他們移動的速度和警戒的程度是地球上的特種部隊所望塵莫及的。只要一確認周邊沒有威脅或是沒有障礙物，他們就會用肉眼捕捉不到的高速移動。

當他們行進到一扇金屬門前，倫納德忽然看見外頭有兩個金屬人站在外頭，那個外觀他再熟悉不過了。他和安潔莉娜、劉秀澤三人同時驚訝的叫道：「地鼠？」

地鼠的眼睛變成了紅色。但在他們動手前，隊長便瞬間朝他們射出了能量攻擊，他們軀體連同後方的門被光束擊穿並汽化。「不知道你們地鼠是什麼意思，但是他們只是用來檢查非戰鬥人員的人形機器，你們完全不用擔心。」

看到昔日把地球軍隊打的落花流水的地鼠現在居然這麼不堪一擊，讓倫納德有一種非常微妙的感覺。

他們過了通道沒多久，前方的警戒人員忽然叫道：「注意！前方一支戰鬥小隊接近！」

「準備迎擊！」隊長正要命令道，安潔莉娜和劉秀澤兩人身上立刻閃爍光芒的穿越到了敵方的小隊中，他們迅速的在人群中移動，並且把武器能量全部轉移到強化移動的速度和手腳揮動的強度，她和劉秀澤兩人彷彿一對作戰多年的戰友，彼此格鬥、掩護的技巧和動作配合的完美無缺。原本打算以遠距離攻擊的敵方小隊完全被突襲的措手不及，而倫納德注意到他們精神防禦一瞬間變得凌亂，也立刻以強力的精神攻擊癱瘓每個人疏於防禦的精神本體。結果這支小隊根本來不及對任何人出手就被殲滅掉了。

「這還真是了不起。雖然他們也不是什麼高階戰士，不過即便以資深水準來看，也是不容易的表現。」

「我們一起做過很多次的密閉空間戰鬥模擬情境，這是我們的強項。」安潔莉娜笑道。倫納德對此有些意外，他們在怎麼樣能夠在這麼短的時間達到如此成效也不是件容易的事，他以帶著隱晦含義的眼神看向劉秀澤，他注意到倫納德的眼神只是微微一笑，但是卻仍有些不自在的轉開視線。

小隊接著又在行進的路上遭遇了幾組巡邏的武裝人員，但全都被他們快速的收拾掉。為了讓這次的任務最大限度的可以訓練到倫納德、安潔莉娜和劉秀澤的實戰能力，後來遇到敵人都改為尤其他的隊員從旁確認周邊安全，並由倫納德三人一同合作消滅敵軍。除了偶爾隊長會出手協助他們，一路上都有驚無險的順利通過。

「前方轉彎後右方的門就是防空動力系統！」隊長在最後一段路說道。

在他說出這句話的時候，一道熾熱的強烈能量光束擊中了小隊周邊的共同能量護盾上頭。儘管這道攻擊沒有造成任何傷亡，但是卻在整個隊伍中造成了驚嚇。

「什麼人？」所有人立刻回過頭，只見一支十人的隊伍正站在他們前方，每個人都全副武裝配備精良。而一看到這支隊伍的隊長，立刻讓倫納德胸中湧起強烈的怒意。此刻敵人的帶隊隊長正是在寰宇城抓走蕭璟的厄德娜。

「我們得馬上準備撤退路線。」隊長一面啟動呼叫支援的信號一面低聲說道。

「不，我們好不容易到這裡了，與其逃走還不如趁現在立刻癱瘓防禦系統再離開。」倫納德說道：「況且現階段要撤退也不能再走原來的路了。」

隊長很快的評估一下局勢，知道倫納德說的沒錯，他立刻把病毒裝置交給倫納德。「我們擋在這裡，你一完成立刻離開！」

倫納德點了下頭，便啟動身上的動能加速裝置，整個人一瞬間閃爍光芒的脫離了隊伍的防禦能量護盾。

「別想逃！」厄德娜命令突襲部隊朝著忠誠派猛烈攻擊，趁著眾人周邊的能量護盾範圍縮減產生縫隙的瞬間，翻越過眾人頭頂上跳了過去，並朝著倫納德的頭上飛撲下去。

倫納德看到厄德娜來勢兇猛，正要出手反擊，安潔莉娜便將他推開來並擋下了厄德娜的奇襲，而劉秀澤也同時趕來一同協助安潔莉娜拖住厄德娜的腳步。

「你們這群該死的雜種人類！」厄德娜憤怒的想要突破兩人，但是在安潔莉娜和劉秀澤共同以能量攻擊和精神力量的阻擋下，身為高階乙太戰士的她居然完全無法越雷池一步。

「這裡交給我們，快走！」劉秀澤阻止了厄德娜的一個精神攻勢後對倫納德喊道。

倫納德立刻轉身跑過彎道，到達了防空系統的門口，他將自己的能量發射裝置輸出功率調整到最高，接著便指著大門將它轟了開來，並在大門炸開的瞬間衝了進去。

一進入到房間內，他立刻被眼前的所見的事物驚訝到一瞬間頓住了腳步。他並不是因為前方的景象有多麼驚人，而是那裡居然已經有人在等待他了，而且還是他所熟識的人。他感到一陣強烈的怒意和力量在那一刻湧遍全身。

「我在這等你很久了。」江少白冷笑著面對著自己。

## 55

江少白不確定當自己看到倫納德的那一瞬間自己心中究竟在想些什麼。

當他在主控中心得到了有突襲部隊潛入衛星城的時候，他便立刻審視了主控室的全部資訊。有一支武力強大的作戰部隊正從衛星城的艦艇出入通道潛入並朝著主控室而來，前去阻擋他們的守衛基本上都不是他們的對手，據說當中甚至有幾名「菁英戰隊」的成員，儘管沒有見過，但他知道這是忠誠派中最頂尖的戰鬥人員，而整個基地內可以調動的守衛幾乎都前去投入作戰。

原本厄德娜也打算要他一起前往協助作戰。但是他很快的檢查了這裡的各種格局配置，卻發現在衛星城的另一側，出現了廢氣室壓力降低的問題。他很快檢視了廢氣室可以抵達的任何影響戰局的重要地點，而他立刻就發現了——沿著廢棄室的通道，可以抵達防空武力系統的動力中心。他知道這才是忠誠派的目標，立刻和厄德娜趕去。

在前去阻擋忠誠派的路上，厄德娜告訴江少白，倫納德也親自參與了這一次的行動。他並不知道厄德娜怎麼曉得這個資訊的，顯然又是神通廣大的第一公民從忠誠派內部挖出的情報，但是當他聽到這個消息後，他才總算明白了為什麼自己要從乙太前來這裡了。

馬杜克希望把這個任務當成倫納德的訓練機會，那麼自己就讓他們把這個以為任務難度低而放鬆的失算，變為他們巨大的損失。

「我會在外頭截殺忠誠派的部隊，由你在裡頭埋伏抓住倫納德。這是你對第一公民證明自己的機會。」厄德娜和江少白說道。

而現在，倫納德人便站在自己的面前，全身散發出強烈的憤怒和力量，彷彿一觸即發的炸彈，只要一點星火就會瞬間爆發。但不曉得為什麼，江少白只感到興奮湧遍全身，他已經等待這時刻好一段時間了，他發覺自己此刻的情緒也和倫納德一樣緊繃。他擋在倫納德和動力系統的主控核心前方，雙眼緊緊的盯著對方。

「蕭璟怎麼樣？」倫納德一雙湛藍的雙眼此刻宛如寒冰一般散發陰冷的怒意和可怕的力量。

「您放心，她很安全。她在乙太上獲得最好的照顧，她的傷也會被順利治療好。」

「蕭璟本來就是我的妻子，你無權把她關起來。」江少白注意到了他手上的戒指，一股怒意湧上心頭。

「在你出現以前，她一直以來都是屬於我的。」江少白也上前踏上一步說道，他和倫納德此刻身上的能量光芒都愈來愈熾熱，「這一次，我不可能再讓她離開。而且，我還要把你帶回乙太。」

「你很清楚自己是在癡心妄想。」倫納德瞇起眼睛說道，江少白知道他在感知自己的精神。打鬥聲音從外頭傳來，他們不能再拖下去了。江少白微微彎下膝蓋，準備對倫納德出手，「你見過第一公民泰非斯了吧？」倫納德忽然開口說道，「那個美好的新世界怎麼樣？是你們印法埃一直渴望進入的天國？泰非斯則是你們的真主？」

倫納德的這句話刺到江少白的痛處，在他說出最後一個字的時候，江少白全身發出光芒並朝倫納德射出了五道強力的能量攻擊。不過為了活捉倫納德，那股能量攻擊並不具殺傷力，僅以癱瘓對方為目的而發出。

儘管從頭到尾都處在警戒狀態，倫納德仍差點被江少白這下奇襲給打倒，但他立刻就擋下了這個攻擊，同時朝著江少白揮出了極為鋒利的精神刀刃。要是江少白沒有在千鈞一髮之際躲開這道攻擊，他的意識恐怕已經被澈底粉碎了。儘管不情願，但是他不得不承認倫納德的精神力量確實勝過自己一籌。他的精神攻擊不僅威力強大，精密度和尖銳度也大幅提升，和之前在科林斯對決的時候完全不是同一個等級。

江少白全神貫注的警戒來自倫納德的任何攻擊，他知道倫納德也是一樣。兩人之間的精神和能量不斷往來相互攻擊，讓周邊的空氣都為之沸騰。當裝備上了乙太的科技後，他們每一次的能量輸出——不論是精神或是物理上——都具備讓他們瞬間死亡的威力，任何的疏失都會導致不可挽救的後果。要不是有能量護盾的保護，恐怕他們的肉身都已經隨著強大的能量汽化消失了。

按常理來說，江少白的格鬥技巧應該是勝過倫納德一大截。然而，因著對江少白懷抱極強恨意，倫納德此時每一次的攻擊都十分的強大且致命，每一道攻擊都隨著他眼中散發的強烈殺意朝著江少白襲來。反觀江少白為了能夠活捉倫納德，不論攻擊的威力多麼強大都不具備致命性，反而造成了自己的劣勢。

一道強大的能量光芒朝著江少白襲來，江少白趕忙將護盾的能量全部轉到前方。如此雖然吸收掉了衝擊力道，卻仍讓他往旁邊退了一大步，並露出了他背後的防空武力系統的控制中心。

儘管倫納德此刻滿腔的怒意都朝著江少白發洩，但是他並沒有失去理智。他立刻抓住這個機會，一個箭步抵達了防空系統的能源主控核心，並將他手上裝載著量子病毒程式的物體迅速置換掉原來的核心。

主控系統的光芒熄滅了。江少白知道那代表整座衛星城的對空防禦武力全都停擺了，也意味著這座城市不久後就會落入忠誠派的手中，不過他一點都不在意這座城市的死活，而是將注意力放在眼前的機會。

當倫納德在執行病毒植入的時候，給了江少白恢復過來的機會。他看到倫納德身上的能量護盾因為疏於防守而變得薄弱，對從小接受戰鬥訓練的江少白來說，這是不可能錯失的良機，他立刻將全部的能量攻擊朝著倫納德身上擊去。倫納德被這下襲擊打亂了陣腳，並往地上摔倒，他的精神也陷入了一陣紛亂。如果只是平時的戰鬥倒還算好，但是此刻他們是在使用精神輔助裝置的協助下進行對峙，任何的破綻都十分的清晰且致命。緊盯著倫納德的江少白，立刻注意到了這個破綻，他很清楚倫納德也是，因為那一刻，他的精神透出了絕望且的情緒。

精神對戰並不似概念中那麼靈活，只要注意到便可以即時調整，它仍然受到個人能力的限制。既便倫納德已經注意到了自己精神防護上的缺陷，但他仍沒有足夠的時間調整，江少白知道若是在此刻出手，就可以瞬間至倫納德於死地。即便他不下重手，只要朝著精神破綻進行攻擊，倫納德的精神便會受到極為嚴重的創傷，甚至造成他永久性的精神癱瘓。這並不會致命，江少白知道泰非斯只是要活捉倫納德，並沒有要求一定要意識清醒的狀態。現在將倫納德的精神破壞掉，毫無疑問是完成任務的最佳方式。

然而在他攻擊前，他的意識忽然回到了在離開乙太前和蕭璟的對話。猶豫的情緒閃過他的思緒，與蕭璟和泰非斯的承諾相互矛盾。而他就因為這短短一瞬間的迷惘——錯失了勝機。

倫納德在這短短一瞬間就再次站穩了腳步並重新恢復自己的精神防禦。他向後退了幾步，卻沒有再出手回擊，而是用充滿了不解和困惑的眼神看著江少白，似乎很不明白剛才江少白為何不攻擊。

江少白心中暗自後悔自己的優柔寡斷並準備再次展開攻擊，然而在他正要行動前，腦中忽然傳來厄德娜的驚呼聲：「如果還沒抓到倫納德就立刻離開！整座城市很快就要淪陷了，我們必須馬上離開！」

厄德娜的話一說完，安潔莉娜和劉秀澤兩人就出現在倫納德身後，全身閃爍能量光芒並瞪著江少白，「你沒事吧？我們一起把這個傢伙抓起來……」

她話還沒說完，江少白就忽然發出一道強烈的精神襲擊，逼得倫納德退了一步防禦，同時朝著安潔莉娜的方向接連發射三道能量攻擊，並趁著劉秀澤上前的同時，閃身從他們三人之間的空隙越過並衝出大門。

一出去大門，厄德娜的隊伍已經在走道盡頭一面等待他一面抵抗忠誠派支援部隊的攻擊。他行雲流水的閃過了忠誠派企圖攔截自己的人員，順利的和厄德娜會合並加速離開。然而，當他全身被強大的能量所包圍並奔跑時，他的心中卻滿是沮喪和悔恨。

## 56

**地球　瑞士　阿爾卑斯山脈　A2公路**

一整隊的武裝車輛經過群山圍繞的森林，快速的向前奔馳著。

「外頭的狀況如何？」陳珮瑄看著前方電腦所顯示的環境資訊說道。

「報告執行長，目前空域一切安全。」在車隊上頭的武裝直升機回應道。

陳珮瑄看向周遭，這是一支龐大的武裝護送車隊。幾天前蓋亞聯盟通過決議，接受遭到關押的歸向者加入反制印法埃的一環後，她立刻和世界各地關押歸向者的處所確認狀況，並親自前往其中幾個規模最大的普紐瑪中心和歸向者的監獄處進行會面。這幾天下來她和相關人員一共往返了數十個國家和機構，早已身心俱疲。

為了確保歸向者們的安全，蓋亞聯盟決定讓他們遷移至普紐瑪研究中心，並讓普紐瑪部隊和ＬＧＧＳＣ共同監管他們的安全並加以訓練。而在此之前，由於這些歸向者原本被分送到好幾個歐洲國家進行研究和關押，因此蓋亞聯盟決定先將散落各地的歸向者全部送往義大利的普紐瑪總部，接著再將歐洲這群一百多名的精神能力者送到德國柏林——全歐陸最大且戒護最森嚴的普紐瑪研究中心——在這裡經過檢驗後，再分別送往英國和美國。然而LGGSC評估在運送的路程中有相當高的風險。因此出動了高度戒護的武裝部隊一同協助押送歸向者。

這支車隊的前方及後方，各有八輛的護衛車，每輛車含駕駛共六人，車上皆配備防彈裝甲和火力強大的機槍砲。而車隊的核心，則是三台非常大的軍用運輸車。這並不是一般運送士兵的運輸車，而是裝載著很長的運輸櫃。運輸櫃內部的兩側，是一整排的單人隔離間，一個隔離間關押一個印法埃歸向者。當中還以防爆門把運輸櫃分隔成三個區域，每個區域皆由四名武裝人員護衛。每台運輸車輛，負責押送三十名左右的歸向者，並由十二名武裝人員和兩名完成訓練的普紐瑪部隊或是救贖派成員協助看守。

另外每兩台運輸車輛之間，也各自由三輛的護衛車分隔。至於護衛車隊的上空，則是由六架攻擊直升機負責警戒來自空中的攻擊以及確認周邊環境的安全。

陳珮瑄此時所在的車輛，是車隊中央的第二台運輸車，負責主控車隊周邊的環境以及行進方向。

「等我們穿越前面的聖哥達隧道後，應該就比較安全了。」一旁的士兵對陳珮瑄說道。

「沒錯，只要能安全抵達那裡就好了……」她說完這句話的時候，轉頭看著關在兩旁的歸向者們，發現他們也都正看著自己。他們此刻每一個人都戴著壓制精神力量的頭盔——這是由救贖派所提供的技術，比原來蓋亞聯盟所使用的金屬環還要有用許多，儘管如此他們仍然具有基本的感應能力。她回想起押送這群歸向者前，她曾經和他們花了不少的時間進行談話並說服他們協助自己。她忍不住上前靠近他們。

「你們記得之前和我的談話嗎？你們真的確定要這麼做嗎？畢竟印法埃曾花了這麼多時間和資源栽培你們。」

在她面前，一個名叫費羅的歸向者開口：「我無法代表所有人說話，但是至少我是確定的。我從中東作戰部隊一直到成為歸向者，我很清楚印法埃對叛徒或是對地位產生威脅的人，會多麼冷酷無情。不管怎麼樣，印法埃都絕對不會放任我們落在蓋亞聯盟手中，不論是綁架回去精神改造，或是直接處決，都只是遲早的事情。」

「我明白了，那麼其他人呢？你們對於我號召你們一同對抗你們昔日的組織，你們難道都沒有異議嗎？」陳珮瑄將目光投向這個隔離區域的每個人。「我知道你們在上次的對談中，都說過願意協助我們，但是你們在成為歸向者前都曾經對印法埃宣示過忠誠，我相信不論如何，印法埃在你們的生命中都佔有極為重要的地位。」

「老實說，我並不是非常的想要和印法埃為敵。」一名精神力量者凱特說道，「雖然我很清楚印法埃過去所做的一切是在對我們洗腦，他們用扭曲的方法迫使我為他們效力。但即便現在知道了，他們植入的這股忠誠仍然會拉扯我的內心……不過在被印法埃拋棄的這一年，我很清楚地知道如果此刻再回到印法埃，我若不幸沒被處死，他們就一定會用更嚴酷的思想改造折磨我，那是我不願再次承受的。反而是妳，我們真的能信任妳嗎？」當她說出這句話，陳珮瑄感受到好幾名歸向者都透露出了同樣的想法，「你們雖說要合作，但是卻讓我們戴上掩影頭盔，而且蓋亞聯盟抓到我們的時候，並沒有對我們比較仁慈。為什麼我們就應該相信妳？」

凱特眼神銳利的盯著陳珮瑄，而週遭的所有人也是一樣。武裝人員見狀有些緊張的握緊手上的槍枝。

「不必擔心。」陳珮瑄安撫一旁的士兵，「坦白說，我並不清楚當時蓋亞聯盟究竟是如何對待你們的。蓋亞聯盟的官員一定和你們說過，當時是由江少白的親信雙木永萱掌權，這一切並不是他們的本意，但我知道這並無法改變你們在這裡曾經受到不幸待遇的事實。你們也很清楚，軍政界的人心有多麼險惡，所以說要信任蓋亞聯盟，我想那是絕對不可能的事。然而，」她的話聲忽然轉為溫和。

「雖然不能向你們保證蓋亞聯盟未來會怎麼做，但是你們卻可以信任我，還有我所屬的現在位居蓋亞聯盟核心的救贖派成員。」陳珮瑄亮出了自己的水蒼玉戒指，認得使徒之戒的人都露出了驚訝的表情，「我們過去好幾年來上下一心地抵抗印法埃，我的丈夫游弘宇甚至為此犧牲了性命。這個精神過了這麼多年從來沒有一絲的變質。此刻我的精神完全對你們敞開，雖然你們能力被限制，相信仍然可以感受我的意志究竟有沒有絲毫的虛偽。」

一旁的護衛們緊張的看著陳珮瑄。將精神防禦有意識的放下，是極度危險的舉動，任何人只要突然攻擊都會造成不可逆的傷害。即便歸向者的力量被掩影頭盔所壓制，都不是完全沒有風險。

但陳珮瑄只是靜靜的敞開精神讓歸向者們感知，他們也全部都感受到了陳珮瑄的意念並點了點頭。

「我們願意信任妳，」凱特開口說道：「委員會的成員從來不會這樣對我們，他們的心靈即便對彼此都是完全封閉的。」眾人皆認同的點了點頭。

陳珮瑄如釋重負的點了點頭，她充滿感激的對眾人鞠了個躬，「謝謝你們，我保證不會辜負你們的期望。」

「執行長，我們準備進入隧道了。」一名隊員忽然開口說道。

陳珮瑄看向電腦顯示的車隊行進畫面，他們此刻正要進入一條長達十五公里的隧道。上頭的直升機會暫時離開他們，在隧道出口再重新會合。當車隊開始進入隧道的時候，她好不容易放鬆的精神又重新緊繃起來。

「希望一切平安。」在整個車輛沒入周邊的黑暗前，她喃喃說道，

## 57

當蓋亞聯盟的護送車隊全部進入了聖哥達公路隧道後，遠在出口處的印法埃成員正默默地露出一抹微笑。他們在隧道出口旁的森林裡埋伏，並透過無人機在空中確認車隊的行進方向。在確認他們全部進入了隧道後，負責監看的人員以無線電低聲說道：「計畫不變，準備行動，預計二十五分鐘後車隊就會出來了。」

在蓋亞聯盟決定要押送歸向者前往德國後，梁佑任主席就組成了一組精銳仔細研究了盟軍的行進路線，並

決定在車隊越過瑞士的山路時下手，展開劫持行動。

除了要將原本屬於印法埃的歸向者搶奪回來外，他們還得知了一個重要情報：車上有救贖派的成員會協助押送，甚至還有普紐瑪計畫執行長——傳聞中救贖派的領袖陳珮瑄也在其中。如此大大的增加了這次行動的價值，印法埃將這次的作戰代號稱為「歸正行動」，旨在將原本反出的歸向者和救贖派們，都在這次一舉重歸印法埃。

穿著鐵鷹部隊制服的突襲隊長「歸正一號」最後確認了一下他們這趟任務所攜帶的裝備——這次的行動除了一般特種部隊的成員外，還有五名的鐵鷹部隊菁英一同參與作戰，這在印法埃是極為罕見的情況——他們準備了高性能的悍馬車，大量的對空刺針飛彈，以及要劫持運輸車的特製高科技纜繩，還有為了預防精神部隊的掩影頭盔。隊長又和後方道路上的埋伏人員確認了他們的位置，一切都毫無偏差的遵照計畫的發展。

隊長看了看手錶，「已經過了二十分鐘了，預計再過五到十分鐘車隊就會出來。所有人員待命準備出擊。」所有的隊員都緊握槍枝，牢牢盯著隧道的出口。

十五分鐘過去了，他們仍然沒有看到車隊從隧道中出來，突襲隊員們開始有些緊張，並竊竊私語的討論發生了什麼事，隊長也看了看手錶微微的皺起眉頭。

「這時間有點不合理了。」又過了五分鐘後，一名隊員說道：「我們應該要派人過去看看。」

隊長在心中推測究竟是發生了什麼事情？難不成在裡頭出了車禍？但是派人去查看又是十分危險的舉動……正當他在考慮要怎麼做的時候，觀察隧道的人員忽然喊道：「護衛車輛即將駛出隧道口！」

「所有人準備！等整支車隊出來並繞過前方圓環開到我們這條路上就立刻出擊！」

龐大的車隊從隧道中駛出並往前繞過前方道路的圓環，而攻擊直升機也在這個時候重新和護衛車隊會合。

隊員拿著精神檢測儀對著三台運輸車，然後對隊長點了點頭，「沒錯，歸向者都在裡頭。」

隊長點了下頭，全身肌肉緊繃的默默倒數著。

當最後一輛護衛車從繞過圓環並開上他們前方的道路時，隊長低聲下令：「行動。」

巨大的爆炸轟垮了整個隧道的出口，而八枚刺針飛彈也同時朝著空中後方的三架直升機射去。其中一架成功閃過了飛彈的攻擊，但是另外兩架卻在飛彈襲擊中被擊中並朝著車隊墜落下去，最後砸在後方的護衛的車隊激起了一陣巨大的爆炸火光，在護衛車隊中引起了巨大的騷動，武裝直升機立刻轉向，朝著樹林中猛烈射擊。

「全員攻擊！」隊長高聲令下，印法埃籌謀已久的底牌終於亮了出來。

在樹林間，印法埃已事先預備好了由科技部門所研發足以癱瘓航空雷達系統的電磁攻擊武器。由於這個設備只能癱瘓一定距離內的雷達，且作用時間也僅有短短的一分鐘，因此在實戰上無法被使用，但在這個分秒必爭的激烈戰鬥中，卻可以起莫大的作用。

早已準備好的Ｍ１３０機槍砲和大量的刺針飛彈，在攻擊直升機感測周圍的雷達系統遭到癱瘓的瞬間，同時密集的朝著直升機發射。當初選擇在山路上襲擊，除了讓車隊無路可逃，也是為了限縮直升機的飛行空域。四架直升機在難以閃躲的狹小空域中接連被印法埃的數枚飛彈和機槍擊中，空中瞬時間出現了四個熾熱的火球，而這四團火球隨即掉落在周圍的山嶺之上，並燒毀了周邊的樹林。

「前進！」在護衛車隊失去了直升機的保護之後，印法埃四輛配備防彈鋼板的高性能悍馬車立刻從樹林中衝了出去，直追在護衛車隊之後。

「擋住他們！不要讓他們靠近！」由於被剛才墜毀的直升機砸中，車隊後方僅剩下兩台護衛車。車輛上頭操作機槍的人員朝著印法埃追來的車輛射擊，而車子內的士兵，也紛紛搖下車窗，用步槍瘋狂射擊後方的車輛。

悍馬車頂著槍林彈雨加速靠近護衛車輛。操作悍馬車上頭機槍的隊員，是穿著鐵鷹部隊防彈制服的「歸正三號」。他在激烈晃動的車輛上，一槍直接貫穿了最後一輛車的機槍士兵的頭顱，士兵在一陣晃動後摔下了車輛。

「趁現在！」護衛車輛上的士兵因同伴被擊斃而感到驚惶時，追擊部隊最前方的悍馬車立刻加速追了上去，站在車身上的鐵鷹部隊成員，利用車輛向前加速的慣性，以防彈衣直接承受步槍的射擊跳到了護衛的車輛頂端。並趁著他們還未反應過來，就一手拉著車頂橫桿以底部加硬的軍靴破窗而入。一進入車內，他立刻從腰間抽出帶著致命倒鉤的戰鬥刀朝著周圍的士兵揮砍而去，不到十秒車內的五名士兵就被悉數砍倒。

最後一名士兵死亡後，三號掏出手槍擊斃了駕駛，並將他推到副座自己接手。他轉動方向盤讓車輛向一旁減速，以便後方的隊員可以順利的繼續接近其他輛運輸車。車隊後方最後一台護衛車輛在印法埃部隊的猛烈射擊下完全無法招架，一發火箭砲射過來，車子在爆炸中滾落到對向車道。

「奪取運輸車！」隊長高聲令下，所有的車輛一同靠近第三台運輸車。只見運輸車的車頂爬出了兩名士兵，他們拿起步槍企圖阻止後方的車輛。所有的人立刻將槍枝瞄準上頭的兩個士兵，他們在槍林彈雨中滾落車頂。

「準備上車。」第一台悍馬車射出一道纜繩固定住運輸車的基座，車輛上的隊員立刻一個接著一個跳上運輸車的後方，並抓著周圍的橫桿爬上車頂，連同剛才搶奪了護衛車的三號也在車子失去平衡翻倒前，從駕駛座爬了出來跳上運輸車。

接著在一台台悍馬車彼此靠近下，四輛車上的隊員一共二十人都爬上了運輸車。其中四名隊員爬到運輸櫃的四個角，將攜帶好的運輸纜繩固定在車子的角落。

「其他的人，搶奪前面的車輛。」在隊長的命令下，他們全部在晃動顛簸的車輛頂端跑到了車頭處。與第二台運輸車之間的三台護衛車立刻將槍口全部轉向車頂對他們拚命的射擊，其中兩名特種部隊隊員被護衛隊的機槍擊中而跌落下地，但是其餘的人仍然擊斃了操作機槍的人員。

歸正二號、四號和五號，從車頭往護衛車跳了下去，然後又如同剛才三號所做的，利用戰鬥刀將裡頭的士兵悉數斬殺。他們的動作從頭到尾有如忍者一般，在不斷晃動的車輛上完全沒有失去平衡感。

「發射纜繩！」其餘的隊員朝著前面的第二輛運輸車發射攀爬繩索，所有的隊員都抓著繩索滑動到前方的運輸車上，三名鐵鷹部隊成員也在將車輛轉向旁邊護欄的同時，攀出駕駛座，並抓著繩索前進到第二台車上。

「注意，這輛車可能有重要目標，是最重要的一台車。千萬要注意！」隊長命令道：「等拿下最後一輛運輸車後，我們只有五分的時間可以做好纜繩固定。」四名負責固定車輛的隊員點了下頭，然後拿起運輸纜繩開始往運輸櫃的四個角爬去。

為了逃離印法埃的突襲部隊，車輛在狹長的道路上愈開愈快，好幾次差點翻車，但仍然無法甩掉印法埃。隊長朝著最後一輛的運輸車發射攀爬繩索，並在下方的護衛車輛反應過來前，迅速的滑行到了前方的車頂。他一站穩腳步，就立刻朝著後方的三輛護衛車扔出了三個圓盤狀的吸附炸彈，這種炸彈一滾到車輛下方就會吸附到車子的底盤上。隊長按下了引爆鈕，三輛護衛車在爆炸中被後方的運輸車給撞開。

除去了運輸車中間的護衛車隊，剩餘的隊員順利爬到第一輛的運輸車上，少數幾名隊員跑到車頭，並朝著前方的護衛車隊發射武器以掩護其他隊員們固定纜繩的行動。

「完成了嗎？」過了兩分鐘後隊長高聲問道。

「報告！三號車輛已經完成！」

「二號完成！」

「三號完成！」

「很好！」隊長看向後方。所有的運輸櫃，都已經在周圍的八個角落裝設好了托運用的固定纜繩，最後全部集中固定到運輸櫃的頂端。這個纜繩的設計很特別，除了它是由重量很輕的高強度奈米碳管打造而成的之外，在纜繩的最頂端，各自綁著一個相當巨大的氣球。而這個氣球下方，則是一個有些厚度的金屬圓盤。

「升空。」隊長下令道，隊員將氣球放開，三條纜繩就這樣被氣球拉升到空中。

前方的護衛隊看到印法埃的舉動都十分的困惑，但是才過了一分鐘，他們就明白了。

三架具有六翼葉片的垂直起降運輸機從遠方快速接近，他們的外型有點類似美國的「魚鷹」垂直運輸機，但是外型卻更具流線曲度。六翼的旋翼也使得飛行更為穩定且具備更高的負重量。

「除掉前方的護衛車輛。」隊長用無線電對運輸機下令道。

好幾枚飛彈從運輸機的側翼射出，朝著前方的護衛車隊飛去。他們連閃躲的機會都沒有，就在接連的射擊中爆炸翻覆。此刻，蓋亞聯盟的護衛部隊終於被印法埃完全殲滅了。

「準備拉升，要是沒有趕在空軍來到前離開就前功盡棄了。」

第一輛運輸機壓低飛行高度往第三台運輸車上方靠近。運輸機的底座，有著和纜繩頂端一模一樣的金屬圓盤。當兩個圓盤一接近的時候，便會立刻緊緊的吸附在一起，並且之間的鉤爪也相互牢牢的密合住。

「起！」隊長一聲令下，運輸櫃和車輛的基座連接處發出了爆炸聲響，全部的人員都緊緊的抓住繩子，運輸機趁著運輸櫃和車輛脫離的瞬間，立刻全速上升，將整個運輸櫃拉離地面。

儘管每個運輸櫃都至少有十公噸重，導致飛行不是非常平穩，但是他們仍然一台接著一台的成功拖吊起運輸櫃。所有的印法埃成員早已在剛才的行動中拋棄了車輛，全部攀爬到了運輸櫃上。他們拿出了事先預備好的空氣面罩，和運輸櫃一起在高空中迅速的朝著地中海前進。

隊長看著逐漸遠去的阿爾卑斯山以及交戰後殘留的烈火，儘管像他這種身經百戰的鐵鷹部隊成員，也不禁感到鬆了口氣。這趟任務絕對算是自己執行過難度最高的其中之一，好在一切都有驚無險。沒有意外的話，他們會抵達已經等待在海上的一支隱密艦隊，然後將所有的歸向者和救贖派成員運送到土耳其，再從那裡搭乘飛機飛往中國，澈底遠離蓋亞聯盟的勢力範圍。

想到這裡，他忽然覺得不對勁。為什麼救贖派都沒有試著利用精神力量阻止他們呢？難道是因為知道他們有掩影頭盔而乾脆躲藏在裡頭嗎？他查看了一下手腕上的精神偵測裝置，裡頭確實傳來了一定強度的精神力量。

「我想要進去裡頭看看。」隊長對身旁的三號說道。

「現在？我們應該是要到達了海上後……」

「有些事我想要先確認一下。」隊長從三號手中接過了強力的雷射切割工具，朝著運輸櫃頂端的鋼板切割。鋼板上發出了熾熱的光芒，周圍的隊員有些緊張的看著隊長。

「小心，裡頭應該還有護衛部隊。」

「我知道。」在鋼板出現圓形的缺口後，隊長立刻翻身跳了下去。一進去立刻就有六名士兵拿著步槍朝他射擊，而他也早有預備的掏出槍枝輕鬆擊殺了所有士兵，一名普紐瑪的精神成員上前阻止他，也被他用電擊槍輕易的擊倒。在摒除威脅之後，他將目光投向周圍，結果立刻被眼前的景象給震懾的說不出話。

「所有人，立刻進入運輸櫃中檢查！」隊長頭一次語氣驚恐的高聲喊道，眾人都嚇了一大跳，但他完全有理由這樣反應。因為此刻他的周圍，完全空無一人，每一個隔離間都不見任何歸向者的身影。

另外兩個運輸櫃也立刻被打了開來，結果每一個隔離櫃中，除了幾名士兵和一名普紐瑪隊員外，他們預計要劫持的一百多名歸向者和救贖派的領袖陳珮瑄都不見蹤影。

這一刻，隊長忽然明白了整個計畫那裡出了問題，當時他們比預計晚了十分鐘才駛離隧道，就是為了執行這個偷天換日的調包行動。他眼神呆滯的仰靠在牆面上，最後無力的癱坐在地上。

「我們要不要馬上回頭去追？」一名隊員焦急的問道。

隊長搖了搖頭，過了這麼長的時間，空軍早就趕來支援，而車隊恐怕也已經走遠了。「不……已經太遲了，我們錯過了唯一一次的機會。」

與之同時，在隧道裡事先預備好更換歸向者的車隊，已經從原來的入口折返離開，並轉而從另一條Ｅ３５公路朝著德國的方向行駛而去。

## 宇宙　彗星盾外圍第一衛星城

「各位，你們都辛苦了。」諾托斯對著所有執行潛入任務的隊員們滿懷敬意的說道。

在倫納德成功關閉衛星城的防空系統之後，失去後方基地支援的外圍艦隊完全不是忠誠派的對手，戰局立刻就翻轉。況且忠誠派的武力本就勝過衛星城的駐防軍，最終忠誠派花了一些時間就突破了外圍艦隊並成功登陸衛星城的表面。

真正花時間的，反而是清掃藏在衛星城內的戰鬥人員。由於這裡是具備一定規模的城市，又埋藏在小行星內部，要澈底掃蕩每個角落著實花了不少時間。不過身為外圍警哨的衛星城，本來就是以遠程防空武力為主，基地內部的戰鬥人員並不多，所以沒造成忠誠派的人員損失。忠誠派艦隊登陸後大約過了三個小時，便澈底掌控了這座城市。

此刻，諾托斯和忠誠派的軍隊們站在衛星城的地表上，看著一批又一批淪為戰俘的乙太人員從地下被押送到上頭，並全部將之送到一艘關押敵方戰俘的星艦上，等待被運送回後方的主艦隊。

「這批戰俘被送到後方後，就交由帕祖將軍來負責處理他們。」諾托斯對身旁的部下說道。倫納德在心中暗自思量，帕祖，是神話中馬杜克部下的希臘文——邪風。

「之後會怎麼處置這些戰俘？」倫納德問道。

「這個嘛，我們當然是希望能夠成功策反他們，讓他們改邪歸正，成為我們的一份子。不過如果不願意的話，就會將他們關押在隔離星艦中，等到我們成功推翻泰非斯政權後再把他們放出來，畢竟總司令不願意像泰非斯一樣用強迫的精神改造迫使對方臣服。話說回來，我還沒有好好的感謝你們。這場戰爭因為你們的緣故，結束的速度快上了許多。雖然我們硬碰硬還是可以成功佔領這裡，但是一定會多了許多不必要的損失。在未來勢必要面對乙太的情況下，我們必須盡可能的保存我們的戰力。」

「是的，他們表現的非常出色。」帶隊的隊長說道：「說實話，他們的表現遠遠超出了訓練的等級，在實戰上也是完全綽綽有餘，甚至超越了許多現役的戰士。」

「我有聽說了。」諾托斯笑道，他看向安潔莉娜和劉秀澤笑道：「尤其聽說你們兩人的合作十分出色，甚至還一起擋下了乙太的高級戰士厄德娜？」

安潔莉娜和劉秀澤互看了一眼，兩人第一次參加任務便被主帥高度讚賞，不禁露出得意的神情。不過在一旁看著的倫納德，除了嘴角漾起淡淡的微笑，並沒有多說什麼，他整個思緒，仍然停留在和江少白的對戰上。

這是他第一次和江少白面對面的交手，雖然早已知道江少白的實力高強，但這麼近距離的對戰仍然帶給他很深的印象。不過真正令他感到困惑的，還是在兩人交手的最後。他很確定那時江少白注意到了自己精神上的重大破綻，就算江少白是為了活捉而不能殺害自己，但是他也大可以重傷自己的精神，讓自己再也沒有辦法抵抗，只能成為一個廢人被他抓回乙太。然而他並沒有這麼做，而是在最後的時刻猶豫了。

為什麼江少白要猶豫？倫納德暗自心想，一向殘酷無情的江少白，沒有理由在面對自己的時候忽然生出來同情心。雖然他不是很確定，但是他直覺這應該是和蕭璟或是第一公民有關。他想起當自己提到第一公民的時候，江少白的精神和表情立刻有一陣劇烈的震盪，看來江少白在乙太上應該出了什麼事了。想到蕭璟居然在那種危險的地方，就讓倫納德感到一陣憂心。

「倫納德，你在擔心些什麼？」諾托斯注意到倫納德有些恍神而開口問道。

「我只是在想剛才和江少白見面的事情。話說，在他們逃離衛星城之後，你們有派人去追蹤嗎？」

「我們雖然有試著根據他們的行進路線去尋找，但是他們已經消失在宇宙深處了。宇宙那麼大，一艘星艦如果不想被發現，其實是很難追蹤的。不過如果我沒猜錯的話，我想他們應該是回到彗星盾的總部了吧。」

「話說，江少白為什麼會出現在這裡？」劉秀澤開口問道，「其他人就算了，江少白不是前往了乙太了嗎？怎麼會特地跑來這個偏遠的城市？」

「唯一的解釋就是，他們早就知道我們的行動了吧。很抱歉這次的任務居然出了這種意外，原本想說這次的任務一定會成功，所以才放心的讓你們參與……這的確是我們內部情資的嚴重疏失。」

「我們沒有出事都要感謝其他隊員們的保護，還有支援部隊的及時趕到。」倫納德說道。

「這次能順利脫險實屬僥倖，幸好事先為了以防萬一派了救援部隊在外頭待命。之後但凡出任務都要更謹慎小心了……」諾托斯話說到一半，忽然將頭側向一邊，似乎在聆聽些什麼訊息，然後他點了點頭，「我知道了，沒問題。」他將目光轉向倫納德，「馬杜克總司令要和你們三人對話。」

「什麼？他現在要來這裡？」倫納德詫異的問道。

諾托斯往後退了一步，然後前方的地面上立刻出現了一個全息投影畫面，馬杜克站在他們的面前，他一如既往地掛著處變不驚的笑容和神情，他對倫納德三人說道：「恭喜你們，順利的完成了第一場任務。」

「謝謝您。」三人客套的對馬杜克的讚美微微的點了個頭。

「我已經得知了江少白出現在衛星城的消息了。你可以說一下遇到江少白的情況嗎？」

倫納德一五一十的把和江少白交手時所發生的事都告訴了馬杜克。安潔莉娜和劉秀澤事先也沒有聽過倫納德細說他們的對戰過程，當聽到他千鈞一髮的躲過了致命的精神攻擊後，他們全部都冒出一陣冷汗。

馬杜克聽完點點頭，「看來現階段江少白仍然沒有被控制的太深。但是他們事先知道你們要前往衛星城的這件事確實是個危機，在澈底解決這個危機前，我們不能輕易的放鬆戒備，之後他們三人的戒護都必須有所提升。」

「知道了。」諾托斯回應道。

「那麼現在。彗星盾外圍還有三座城市要攻克。一號衛星城遇襲的消息，一定已經傳到了彗星盾和乙太上頭了，所以你們得加快腳步。悠瑞絲和齊非斯的部隊都在開進當中，你們也一同去協助他們吧。而我想經過這件事……江少白應該暫時不會再出現了，你們可以放手去執行任務。」

倫納德覺得馬杜克這句話背後似乎有什麼特殊的含義，但他只是和其他人一同點了點頭，「沒有問題。」

「那就先到此為止了。」馬杜克又恢復了原來輕鬆的神情，「主艦隊已經集結的差不多了，等你們打倒衛星城後我們就會前去和你們在彗星盾外會合。我們就到時候再見吧。」

馬杜克說完後，影像就關閉了。

「你們就照總司令的指令趕去下一座衛星城吧，我會先讓你們和悠瑞絲的部隊合作。我必須待在這裡確定完全解除威脅並收繳他們的武器，你們保重。」

倫納德等人和諾托斯道別後，便和作戰部隊成員搭乘附近的一艘星艦。在星艦起飛前，倫納德看到安潔莉娜和劉秀澤兩人鬥志高昂的樣子，忍不住會心一笑。或許他們僅存的時間真的不多，未來不論是在乙太或是地球都仍有許多難以跨越的挑戰。不過在眼前的這一刻，就好好享受當下吧。

「準備好，接下來還有更多任務要執行呢。」倫納德對著他們微笑道。

一道光芒閃過，星艦瞬間加速到趨近光速並從一號衛星城的地面升空，朝著下一座衛星城疾馳而去。

# 59

從衛星城逃離後，江少白一路上都一直在承受著厄德娜的強烈怒火。

「到底是為什麼？」厄德娜咬牙切齒的站在江少白面前，目光幾乎要把他燒穿。「你當時究竟在想什麼？我們出發前給你多少訓練？你怎麼還會在單挑中失敗？我們好不容易獲得了這個線報，我們按照第一公民的要求，突襲部隊拖住了忠誠派的護衛，好讓你有機會證明自己對第一公民賦予的使命是認真的，結果呢？」

她說完後憤恨的看了一旁的突襲隊員，他們的精神都一陣緊繃。這已經不知道是厄德娜第幾次對他們發火了，但這次她並沒有再罵他們，只是用力的坐到椅子上，繼續喃喃的念叨著：「話說那兩個人是怎麼回事？他們明明就不是菁英戰隊的成員，更不是忠誠派原來的戰士，居然具備有那麼高等級的戰力，還可以把我纏住？」

江少白受夠了厄德娜一直發洩怒氣，因此他將自己的心靈封閉起來，讓一切外部的資訊和對話全部都封鎖在精神外頭，不讓這些繁瑣的事情干擾他。

但江少白內心深處清楚厄德娜說的沒有錯，自己犯下的錯誤不止只是輸給倫納德而已。他將厄德娜的指責封閉在精神之外，除了不想聽到她的抱怨外，更主要的是他對於自己在衛星城上所犯下的嚴重疏失感到無比的自責。

在過去，江少白做任何事情總是雷厲風行，只要有著確定的目標，他從來不會有一絲的游移不定。這些特質從他加入印法埃後，就一直是他為人處世的準則，也是他能夠步步高升為印法埃有史以來地位最崇高的領導人的原因。面對任何複雜兩難的處境，他總能秉持著冷酷而理性的心態去面對，更不用說是和敵人交手的時候了。

但這些讓江少白引以為傲的心理素質，卻在剛才出現了動搖。

他不斷回想和倫納德交手的最後那一刻，出現在他眼前的，是千載難逢的絕佳良機，不只可以完成泰非斯交託給自己的任務，還可以一次除掉這個和自己有著千絲萬縷糾葛的仇敵。結果，自己卻在這麼關鍵時刻產生了迷惘而無法下手？自己的心靈從什麼時候開始，在自己都沒有察覺的情況下逐漸的動搖了？

你心裡很清楚，這一切是從什麼時候開始的。一個幽暗隱晦的聲音忽然在他的腦中低語，徹骨的寒意也同時從他的骨頭中傳了出來，幾乎凍結了他的意識。

沒錯，他確實知道。這一切的轉變，都是當年他在西安得知蕭璟居然還活在世上時開始的。自從他知道那生命中最為純淨且重要的存在仍然在世之後，這個新的意念就不知不覺的滲入自己的思想中，影響著自己所做出的每一個決策和選擇。最終在連自己都沒有察覺的情況下，行事逐漸變得優柔寡斷，愈來愈沒有從前的銳氣。

過去這段時間，他一直不斷的說服自己，自己並沒有任何改變。他所做的一切，仍是為了實現對自己承諾、實現至高者對於自己的啟示，而不是因為受到了情感的影響。然而，他和倫納德的交戰，卻讓他無可迴避的面對自己心中最隱晦的角落。也了解到自己的意志確實已經因為蕭璟的出現，開始產生了改變。

你那三番兩次的猶疑不決，又豈是真主所樂見的？

陰暗低沉的聲音再次在他的腦海中低語著。離開地球前面對汪洋大海時做出的承諾，如今再次在他腦海中浮現。難道真的如對方所說的那樣嗎？這動搖了自己在實踐使命之路上的情感，真的是至高者泰非斯所給予自己的試煉？難道他真的必需要割捨掉這份情感，才能夠踏入那至聖崇高的領域嗎？

「總之，接下來我們就先去彗星盾吧。」厄德娜開口說道，她看著電腦所顯示的行進方向，「其他的衛星城應該不久後就會給忠誠派給拿下來，或許我們可以帶彗星盾的人……」

星艦的電腦忽然發出了一陣閃光。她表情轉為嚴肅，起身站立面對著前方，「第一公民閣下？」

江少白往厄德娜所注視的方向看去，卻什麼都沒有看到。他知道這個是乙太用來傳送給特定人士的通話方式，只有指定的精神特徵者才可以看見眼前的影像。看來是第一公民親自要聯絡她，但是他打來是為了什麼事情？難道是要責罰他們任務失敗嗎？還是有新的任務要派給他們？

厄德娜恭敬的看著空無一物的前方，然後靜靜的點著頭，最後她深深的向前恭敬的鞠了一個躬，「我明白了，謝謝您。我會照您的指示，並且轉告他的。」

厄德娜一說完後便回過頭看著江少白，眼神轉為不安和恐懼，令江少白也不禁感到一陣緊繃。

「第一公民親自下達指令。」厄德娜嚴肅的開口，星艦內所有的人同時起身站立，「我們要前往彗星盾待機，不必去支援其他的衛星城了。至於江少白，你不會和我們一起。」

江少白不解的看著厄德娜。但當他清楚看見了厄德娜眼中那蘊藏的恐懼和顫抖時，他似乎也明白了，徹骨的寒意瞬間傳遍他的全身。

「第一公民泰非斯，要你回去乙太親自見他。」

## 60

### 乙太

蕭璟站在房間外頭的陽台上，神情無聊的望著外頭的城市。

江少白離開了乙太去執行任務，已經過了兩天。這兩天她總是一個人待在這裡，一開始她覺得江少白離開後，她生活上應該會比較自在，不過很快她又懷念起能有人對話的時光——這是因為使用了精神演算輔助裝置的緣故，讓她的思考能夠以過去無數倍的速度進行，也讓她感覺這兩天彷彿度日如年。

她唯一被允許活動的範圍，就只有房間內部和外頭小小的陽台，這麼小的空間根本沒有什麼好看的，平時的生活起居上，也不會有任何人前來接觸她，所有的食物飲水，全部自動出現在房間內的桌面上。那些食物的外觀都十分的簡單樸素，不過她不得不承認那些食物儘管外觀很讓人反胃，但卻都還滿好吃的。

不過除此之外，她在這裡就再也沒有其他的事情可以做了。周圍環境中，唯一勉強還能算是人的，就只有站在她門外負責看守她的兩個金屬人，也就是八年前在地球上時所面對的「地鼠」。她原本她還對地鼠存有一些畏懼之心，但過了一陣子就發現比起乙太人，他們不只威脅低了很多，連相處都比乙太人來的容易——至少他們不會散發出危險的精神力量。她曾經試著離開房間兩次，不過都很快的被地鼠擋了下來，最後只能放棄了。

她來到乙太後只離開過房間兩次，第一次就是剛剛抵達乙太的時候，第二次就是送江少白離開去彗星盾作戰。這兩次在乙太上的經驗，都讓她感到極端的不舒服。儘管周圍人們的視線並沒有集中在她的身上，但她總是感覺周圍有無數雙眼睛正緊緊的盯著自己，而且視線當中還蘊含了令人感到不寒而慄的惡意在裡頭。想到這她又不禁打了個寒顫，算了，留在房間裡頭也好，反正乙太人也都把她當成蟲子對待，在裡頭可能還比較自在。

她仰頭看向天空。此刻是晚上，儘管周圍環境十分的明亮，但是她仍然可以清楚的看到夜空中的點點繁星，她猜測這是因為乙太調整了大氣中的澄淨度和周圍光害的影響範圍。不論背後的科技為何，她都相當的感謝自己在這個異星球仍可以仰望星空。這裡的星空和地球完全不同，因此她無聊的時候，就會花上好幾個小時研究這裡的星空。有時在她觀測星星的時候，會看到許多的星艦和飛行物體在空中往來穿梭，讓她誤以為那些也是星點。

此刻，當她遙望星空的時候，她開始懷念起倫納德。她可以想像倫納德此刻一定在忠誠派的艦隊上，竭盡全力的想要救自己離開這裡。忠誠派的艦隊正在步步朝乙太逼近，想來倫納德一定也是其中的一員。但是他們最後真的能夠成功抵達這裡嗎？更重要的是，他們有足夠的時間嗎？

她感到腦中一陣強烈的刺痛，逼得她忍不住坐了下來。根據最近一次的判斷，她精神的嚴重損傷將會對她的身體開始造成影響，而她也會在大約五天後死亡。這個時間是如此的短暫，儘管忠誠派傾巢而出，他們難道有辦法在這麼短的時間突破彗星盾，然後拿下整個乙太？光是用想像就覺得不可能。雖然江少白保證過一定會讓乙太的人治療她，但是她懷疑在面對強敵壓境的時刻，乙太根本不會把江少白的要求當一回事。

而她也想起了地球此刻的處境。地球應該已經過了五百天左右，這麼長的時間足以發生許許多多的變動，天知道他們現在正面臨了什麼。不論是已經被她視為父親沃克，或是一直懸念的游弘宇、陳珮瑄夫妻，她都渴望能夠知道他們的現況。說不定他們已經成功擊敗了印法埃，並重建好了地球等著他們回去？

她嘆了一口氣，被關在密閉的環境真的會讓人胡思亂想，而這麼多人當中，她最擔心的還是江少白了。她一直想知道江少白那天到底和第一公民說了些什麼，會讓他完全變了個人？她一直仰望天際，除了打發時間外，其中一個重要的原因就是希望江少白能早日回來，並依照他們離開時的約定，告訴自己那天到底發生了什麼事。她有種預感，這件事情如果她不及時幫江少白解決的話，將會導致嚴重的後果。

在遠方的天際，她看到了有一艘星艦從宇宙中返回乙太，並直接朝著這座懸浮城市降落下來。這讓她感到頗為意外，這兩天她幾乎沒有看過有權限直接登陸的星艦，看來上頭應該戴著乙太什麼重要的高級人員。

又一陣刺痛從她腦中傳出，讓她臉部微微抽蓄了一下。她走回房間，決定今天就早點回床上休息。

在不久前剛剛降落的星艦上，江少白在四名護衛的帶領下，朝著泰非斯所在的提雅瑪特中央殿堂走去。

## 61

江少白完全沒有想到自己會這麼快就回到了這裡。

從他自信滿滿的接受第一公民的任務前往彗星盾，到現在重新回到這裡，僅僅過了兩天的時間。

而現在，他再次踏上了這一條通往乙太至上殿堂的黑暗道路上。他回到乙太後，並沒有先去看蕭璟，而是在護衛們的帶領下直接來到了這裡。和上次一樣，周邊沒有任何人陪伴在他的身側，他獨自朝著前方走去。

這次他並沒有如同上一次走過此處時感受到的刺骨寒意。然而，周圍卻彷彿有無比沈重幽暗的稠密毒霧籠罩盤據在他的心頭，腳步每踏出一步就會變得更加沈重且寸步難行，似乎他的身體正在試圖阻止他前進。儘管如此，他仍然沒有停下腳步，到了通道的盡頭，是金碧輝煌的黑金色大門。他清楚的感受到了門扉後那股異常龐大的精神壓力，他深吸了一口氣，將手放在門上，大門像上次一樣向內打了開來。

裡頭的環境仍舊和上次一樣雄偉壯麗，而在中央穹頂之下，全身散發力量和光芒的泰非斯已經在那裡等候他了。

江少白望著泰非斯。他的面孔一如上次見面時一樣變幻不止，眼神中散發出了無比的光芒和智慧。不同的是，上次江少白是懷著無比崇敬的新看著這道光芒，而此時他只能羞愧的垂下眼目不敢直視。

「告訴我，這次任務到底發生了什麼事？」泰非斯以平緩冷靜的話聲問道，但是在那話語背後隱含的，卻是無比深刻的譴責和不滿，令江少白內心一顫。

「對不起，我辜負了你的期待。」江少白沉默了一秒後，深深的嘆了一口氣，在第一公民強烈且尖銳的目光注視下，江少白感覺自己完全沒有任何隱藏閃躲的空間。他放下心中的自尊和防衛，一五一十對泰非斯說出了全部的事實。從他遇到倫納德，並因為內心的動搖而錯失了達成任務的良機，他全都毫無保留的坦承。

泰非斯從頭到尾靜靜聽著，然而這樣的態度比大聲斥罵更讓江少白感到不安。當江少白說完了後，泰非斯才開口說道：「江少白，你知道自己的罪嗎？」這句話沒有任何不滿的情緒，只有就事論事的平淡。

江少白點了下頭，頭一次感到自己完全無言以對，「是的。我辜負了你的期待。」

「不只如此。你辜負的不只是我的期待，更是你過去的誓言、還有你過去幾十年來所培養的意志！」這句話的責備之沈重，彷彿狠狠地打了江少白的胸口一拳，讓他全身忍不住微微發顫。

「想想過去幾十年來，你這一路上是怎麼跨越重重的挑戰和顛簸的？過去的你意志堅定、無所畏懼。我在你最絕望的時候改變了你，讓你澈底斬斷了過去的軟弱和記憶，你才有了今日的成就！你一直走在我所喜悅的正道上，結果呢？」他上前逼近了一步，目光變得愈加熾熱，「當那個女人出現的時候、當你過去生命中一個微不足道的回憶再次浮現的瞬間，你居然就拋棄了過去二十年來培養的意志，放任自己的內心動搖。過去那些還只算是地球上的小事，現在，當你參與足以決定宇宙未來方向的戰爭時，你居然崩潰而失敗了？」泰非斯的話語，一字字都宛如利刃般砍在江少白的心上，他愧疚的低下了頭。

「混沌曾經告訴過你，要你專注在你的使命上，你可有認真的聽進去？還是任由自己的軟弱動搖你的意志？」泰非斯話聲稍微降低了一點說道：「我這次讓你去彗星盾執行這趟任務，就是希望給你一個機會證明自己的價值，結果你居然又再次搞砸了？難道你要我懷疑自己當初揀選你成為偉大計畫的使徒，是一個錯誤嗎？」

江少白聽到泰非斯最後一句話時，他感覺自己的胸口的空氣被猛然抽空。他覺得自己讓一個原本無比信任自己的聖潔君王失望，這種罪惡感讓他感到前所未有的羞愧，他恨不得能立刻回到那一刻彌補自己所犯下的錯誤。

「那麼，我應該要怎麼做才能彌補？」過了一會兒，江少白才嘶啞著低聲問道。

「我想，你已經很清楚了吧？」

江少白從精神到全身上下，此刻都劇烈的顫抖著。沒錯，他當然知道，但這個方法卻是極度違背了他的諾言和心意。自己的精神和使命在胸口激烈的拉扯著他，「但是……」

「這是你人生必然要面對的課題。你想在人世間尋找愛或是認同，但那是不可能的事。為神做工必定要走在孤獨的道路上，也註定要永遠孤身一人，無法在人世間找到滿足與平安。你若是繼續追尋那空虛的目標，那麼等待你的必然是一無所有的失落，和永恆乾枯的靈魂。」

泰非斯的話對江少白而言，宛如末日的審判，直接否定了他過去所有的努力，讓江少白感到巨大的失落和空虛，過去的一切都澈底崩塌。若是其他人對江少白這樣說，恐怕不會有什麼影響，但這些話出自曾經被自己認為神的泰非斯口中，每一句都具備撼動自己存在的力量。

「不過，儘管你犯下了這麼多錯誤，我仍然可以為你改變這個現況。」泰非斯的語音不再憤怒，而是轉為同理，「我可以讓你乾枯的靈重新被澆灌。只要你願意放下自己的堅持，毫無保留的把你的靈魂交托到我的手上，我就會再次翻轉你的生命。我會賜予你你所渴望的一切，我會讓你擁有前所未有的強大力量，同時你的精神也可以永遠沐浴在你一直渴望的光芒中，再也不用為自己的軟弱所憂愁。」

儘管他剛才已經預料到泰非斯要對自己說些什麼，但是當他真的聽到的時候，仍然忍不住有些驚嚇，「你……你是要我加入提雅瑪特，和乙太的精神網路合而為一嗎？」

「不是。如果你加入了提雅瑪特的精神網路，你的心靈仍然會保有你現在的憂鬱和迷惘，這對整個網路也不是一件好事。所以……不，這並不是我要給你的。我要給你的，是比那更好——永恆的救贖。我將會接管你所有的精神和意志、你所有的靈魂、思想，都將改由我本人直接幫助你，你再也不必煩惱任何的問題。」

泰非斯這個提議，完全超乎江少白的預期，真真正正的讓他感到震駭和驚恐了。他瞪大雙眼退了幾步，不可置信的說道：「你要我……徹底放棄我的自我意識？」

「你仔細想想，你真正想要的究竟是什麼？撇除那些方法或是觀感，你所渴望的，不就是完成你被賦予的使命？得到永遠為之奮鬥的目標、得到永恆的愛？這一切此刻都唾手可得，只要你願意放手就好。而且我可以向你保證，如果你願意這麼做的話，那麼我也會幫助你治療你一直心心念念所在意的蕭璟，那不配得到你一絲愛憐的女人。」

泰非斯的話深深的影響了江少白，這麼做真的能讓自己得到平安嗎？然而當他這麼想的時候，過去和蕭璟所許下的諾言再次浮現，但此刻回想起來那彷彿是一百年前的事情了，回憶變得模糊且混亂，「但是……」

「你試著想想，蕭璟這麼多年來，除了那些空泛虛假的情感外，她究竟在真正意義上，為你做了什麼？又給予了你什麼？你為她付出了多少？即便到了現在你仍然為她著想，但是她呢？你認為她願意為你付出一樣的心嗎？」

「是啊……她究竟對我有什麼意義呢？」江少白眼神迷惘的喃喃開口說道，泰非斯面帶同情的靠近江少白，並將手放在他的肩膀上。一瞬間，過去的許多片段全部浮現在眼前。

從小開始，在他西安剛剛認識周璟的時候，自己便對她認真的付出了真心，不過換來的，卻僅僅是被她視為兄長，且在自己離開後沒有一絲惋惜的過著之後的日子……

當他在科林斯作戰的時候，他們終於認出了彼此，但蕭璟卻選擇站在自己的仇敵倫納德那邊，協助蓋亞聯盟對抗自己，甚至差點害自己被印法埃革職……

到了後來，他為了蕭璟不惜槓上印法埃委員會、甚至在乙太上對蕭璟掏心掏肺的坦白自己的心意，努力照護她的周全，但她卻亮出手上的結婚戒指，無情的表示自己是屬於倫納德的，兩人永遠不會再有任何機會……

不論自己付出了多少，對於蕭璟而言，全都僅僅是回以理所當然的感激，和無需回報的情感。不管他再怎麼努力，蕭璟永遠只會對他報以謝意，然後又再次回頭尋找倫納德，直到再次需要的時候再由自己出手拯救她。

這些經過了極度扭曲變造的回憶，一幕幕在江少白的腦海中反覆的閃過，他眼中的光芒，從原本的羞愧到氣憤，到最後卻變為了無比悲戚的空虛。他此刻終於清楚看見，他所追求的一切都是枉然，他唯一的心靈依靠不過是自己捏造出的幻影，堅持多年的意志力，在此刻完全雲消霧散。

「是不是和我說的一樣？」泰非斯柔和的話語具備魅惑人心的力量，深深的滲入了江少白的思想中，「我所給予你的，是真正改變你生命的使命和力量。但蕭璟呢？她唯一帶給你的，就只有無盡的傷痕和痛苦。而我現在，即將要再給予你永恆的光芒和生命的意義。」泰非斯一面說話，一面緩緩的伸出手，輕輕的觸摸了江少白的面孔。

江少白在泰非斯和自己說話的同時，意識就已經逐漸被胸中的悲苦所取代。當泰非斯的手觸摸到他的臉頰時，他再次感覺到當年那股純粹的溫暖和關心流入了自己的心田，彷彿在黑暗中度過了多年，終於有人看見他內心的痛苦，並願意伸手對他說「你不孤單」。他雙膝跪倒在地，數十年來頭一次，他感受到溫熱的淚水從他的臉龐滾落。他努力了數十年的光陰，在眾人面前飾演堅強，但內心卻是一直獨自在黑暗中行走，曾經認為是生命明光的蕭璟，也只是曇花一現的幻影。唯有此刻眼前的這位，是真正從靈魂的深處去了解自己，並願意全心相信自己。

一個微弱的聲音在他的心中吶喊著：「泰非斯正在利用你！他在操弄你的精神！你的生命和蕭璟的愛，不是用這種價值可以衡量的！」

然而這道聲音此刻就和他黑色的右眼中所閃爍的微光一般，正在晃動中逐漸的消失熄滅，並隨著心中那最重要的情感一同崩塌消散。他感覺自己的內心已經疲累了太久了。他閉上了雙眼，此刻的他只想要將一切的重擔纏累全部放下，交託給眼前這位生命的主宰。

「我應該怎麼做？」江少白終於輕聲問道。

「首先，你必需要放下自己的精神防禦。並不是作戰時的外圍防禦，而是真正徹澈底底的完全展開。然後你就伸出自己的手，握住我的雙手，我就會賜予你永恆的平安。」

江少白緩緩的伸出了自己的雙手。史上頭一次，他完全對外敞開了自己的心靈——每一個面向全都毫無保留的展開——對外界澈底放下防備。當他這麼做的同時，他感覺自己宛如置身於暴風的中心，龐大的力量籠罩盤據在自己身上，在周邊激烈的翻騰湧動。而泰非斯的身上，出現了一道微光和提雅瑪特的穹頂連結在一起。

心底已經幾乎消失的微弱聲音在最後一刻奮力的對著江少白吶喊，宛如即將被狂風吹熄的蠟燭一般。這是你最後回頭的機會！一旦放棄，你將永遠失去了任何機會……

江少白知道，他所做出的選擇將會讓自己永遠失去自我意識，不過在此之後，他的使命將會澈底終結，他奮鬥了一生的目標，也就終於圓滿完成了。

空虛的內心沒有任何的抵抗，只有無比坦然的接受。

「來吧，將你生命的主權交給我，然後……你就可以進入永恆的安息了。」泰非斯將自身影響人心的力量全部灌注在這最後一句話。江少白毫不猶豫的握住了泰非斯的雙手。

一陣強烈的旋風朝著他的意識席捲而來，一直在他心底低語的話聲一瞬間被這陣狂風所毀滅。前所未見的光芒和力量排山倒海的湧入了他的意識當中，他感覺有什麼東西迅速的淹沒並取代了他舊有的意念，他的自我意識在被這股龐大的精神海嘯給淹沒前發出了最後一聲的悲鳴，接著就被無比強烈的光芒澈底的遮蓋取代。

這就是……我一直期盼著的，在光明中永恆的平靜。

這是江少白的精神消失之前，所發出最後的思想。

然後一切都陷入了黑暗之中。

## 62

**宇宙　彗星盾外圍第四衛星城**

「已確認，主控室所有的武裝人員都被制伏了！」

「做得好，總算完成了。」突襲部隊的隊長微笑說道，倫納德和所有的隊員聽聞全都如釋重負的放鬆了下來。

這是忠誠派對乙太展開作戰行動後，所攻克的最後一座的衛星城市，而這座衛星城的淪陷，也表明了彗星盾外圍的警戒勢力已經澈底瓦解了。

在倫納德與安潔莉娜和劉秀澤一同攻陷了第一座的衛星城後，他們後來又花了兩天的時間，參與了其餘兩座衛星城的潛入作戰，並一路上都有驚無險的順利完成任務，幫助忠誠派的艦隊以最少的損失攻佔了敵方的陣地。此刻他們終於完成了第一階段的所有任務，他們臉上露出微笑，忍不住為自己在這短短的幾天所達成的結果感到滿意。

倫納德以愉悅的心情看向安潔莉娜和劉秀澤兩人。他們兩人在剛才的作戰中，幾乎僅憑藉著一己之力，和主控室外圍轉角處的一支守衛部隊激戰，最終順利將他們無力化。在這場行動結束後，他們兩人已經耗盡了全部的力氣，現在正疲倦的坐著地上靠在一起。看著他們這樣倫納德不禁感到有些欣慰。

「辛苦了，接下來就交給登陸的來收尾吧。」隊長說道：「我們就先回去吧。」

他們回到了太空城後，只見諾托斯、悠瑞絲和不久前才見過面的將軍齊非斯都聚集在指揮中心裡頭，他們一看到倫納德等人回來，都露出了激賞的神情。

「恭喜你們，再次完成了一場任務。」諾托斯笑道：「你們在三座衛星城的攻防戰都為我們作出了莫大的貢獻，先鋒軍起碼減少了百分之三十的損失，每一場的任務隊員都有詳細回報你們的表現，非常不容易。」

「過獎了。」儘管他們三人嘴上仍然十分謙遜，但是精神中，卻仍透露出難以壓抑的得意情緒。

他們透過第一次的作戰任務和許多場的模擬訓練後，已經逐漸的確定下三人之間的作戰模式。在兩天所執行的每一場任務中，每次的突襲主要皆是以他們三人為核心，倫納德利用自己最為強大的精神力量作為眾人的掩護和攻其不備。安潔莉娜則是用傑出的格鬥能力，以近身作戰的方式彌補其精神力量的不足。而兼具雙方特長的劉秀澤，負責辨識以彌補戰鬥時所產生的任何破綻，不論是精神的或是物理上皆然。他們之間天衣無縫的默契和合作，在攻守上幾乎可以說是毫無破綻。

「但是不得不說，昨天的那一場行動還是相當的驚人啊。」安潔莉娜說道，倫納德和劉秀澤都點頭低聲附和。

「是啊，雖然成功了，但是現在回想起來實在是有些太衝動了。」

當時他們在順利的殲滅了一路上遇到的守衛，並決定不等待後方的支援部隊跟上就自行上前，在跨越門口的時候直接被二十餘個戰鬥人員所組成的的小隊給包圍。他們從四面八方以精神、能量朝著三人襲來，他們迫不得已，只能將三個人身上的能量護盾全部連結在一起，並以倫納德和劉秀澤的精神力量一同作為強大的防禦障壁，他們和這支部隊糾纏了一段時間，並打倒了他們大約五人，最後撐到援軍趕來才成功的殲滅掉敵軍。

「沒有關係，執行任務和討論戰術時本來就很不一樣，會遇到非常多不可控的變數，這點隨者經驗累積就會知道如何應對了。」在悠瑞絲身旁的齊非斯忽然開口說道，倫納德幾乎沒有聽過這個人說什麼話，但是他知道齊非斯也是代號「西風」的七將之一，他也見識過齊非斯的能力，知道他的確具備作為忠誠派領導階層的強大力量。

但是還是有一點讓他感到非常的在意，就是自從他在第一衛星城遇到了江少白後，接下來的每一場行動中他就再也沒見過江少白的身影，而彗星盾也沒有再派遣額外的戰力前往前線協助衛星城作戰，就這樣放任他們落入忠誠派的手中。究竟乙太這麼做的目的是什麼？

「嘿，你不必擔心蕭璟，我們很快就可以把她救出來了。」安潔莉娜注意到倫納德心思有些飄忽，以為他是在想蕭璟的事情而出聲安撫他。

倫納德沒有告訴安潔莉娜自己事實上是在擔心江少白的事，不過他仍然對安潔莉娜微笑的點點頭，「是啊，妳說的沒錯，我們不久後就可以救出她了。」

「關於目前這裡的狀況，我已經和總部回報過了。」悠瑞絲說道，「我想，主艦隊應該很快就會到……」她才說到一半，眾人的中央忽然就出現了一個馬杜克的清晰影像，所有人見狀立刻集中精神，悠瑞絲恭敬的開口：「總司令，我剛剛談到了你們的事……」

「我知道。主艦隊已經在剛才和你們後方的艦隊接上了，中央太空城也一併跟隨者主艦隊移動到了這裡，你們留在原處，我現在就前去和你們見面。」

「不必這麼麻煩，我們可以去中央太空城和您見面。」諾托斯轉頭對部下下令道：「準備星艦……」

「喔，我是說真的不用。」眼前的影像忽然消失不見，接著便聽到指揮中心大門開啟的聲音，馬杜克從眾人的後方走了出來，他的身邊還跟著另外兩名倫納德之前沒有看過的人。「我已經到了。」

眾人換到了更為明亮寬敞的空間中，裡頭有一張剛才製造出來的會議桌。馬杜克坐在長桌的桌首，另外在這裡頭的，就只有忠誠派具備最高軍銜的五名將軍，和從地球來的三人。

和忠誠派最高階的領導人們處在同一個空間當中，壓力還真的不是普通的巨大。倫納德看的出來，不只是自己，另外兩個人也都有同樣的感受。他將目光轉向坐在馬杜克身旁的兩名沒有見過的高階將領，他們兩人神情十分的平淡，臉部的線條也十分的稜角分明，不過毫無疑問，他們身上都散發出了極為強大的精神力場

馬杜克注意到了倫納德的疑惑，他指向身旁的將軍說道：「忘了你們沒有見過，這兩位都是忠誠派最高七將之一，他們的名字分別是：帕祖、艾歐勒斯。帕祖負責同管理忠誠派的主艦隊，而艾歐勒斯則是戰鬥能力之首，負責直屬管理我們最精銳的『菁英戰隊』，他們的作戰能力高強，相信你們曾經見過幾個隊員已經有所了解。」

倫納德點了點頭，雖然他只見過幾個菁英戰隊的成員，但他們的戰鬥能力和其他一般的戰士可以說完全不是同一個水平的。此刻看著艾歐勒斯，他明顯的看得出這個人所散發出的力量除了馬杜克外，的確是勝過在場所有的人一籌。當他的目光和艾歐勒斯一觸，他感覺強烈的電流流過自己的精神，讓他不禁全身為之一震。

「當然，還有另外兩位將軍。提豐他正在後方的主艦隊戒護著，而波瑞阿斯則是負責管理整個艦隊的後勤支援。」馬杜克簡單的介紹完了一干的將領，三人聽完都明白的點了下頭。

「不過，我一直有一個很擔心的問題。」倫納德趁著馬杜克在這裡的時候，對他說出自己一直以來的疑慮：「當我們攻擊每一座衛星城的時候，都沒有遇到太強的反抗，似乎他們並沒有意思要在這裡阻擋我們，我懷疑……」

「你的觀察很敏銳。沒錯，根據我們的資訊，乙太已經放棄了外圍的衛星城，要集中實力在彗星盾將我們擊敗。至於之前衛星城上的駐防部隊，恐怕是為了讓他們有更多時間可以準備才沒有直接棄守吧。」

「那麼乙太上頭呢？」劉秀澤問道：「除了彗星盾，乙太星球是否有其他的行動正在醞釀？」

「乙太的話，目前的沒有什麼動靜，他們現在最主要在克服的，應該就是如何把提雅瑪特的施行範圍擴張到整個星系當中吧。現階段，他們雖然依然散發出極度強大的精神力場，但是以和彗星盾的距離來說並不會造

成我們的威脅，不過如果我們再拖下去，他們恐怕就要成功擴張精神網路了。」

馬杜克一聲令下，周圍的牆壁、桌面和椅子全部都消失，取而代之的是清晰而雄偉的彗星盾影像。望著眼前投射出的彗星盾影像，讓倫納德也不禁震懾於乙太的壯盛軍容。

「這是我們前往乙太並解放上頭人民所需要跨越的最後一道關卡，忠誠派所有的精銳此刻幾乎都聚集在這裡了，讓我們一起想出辦法，在幾天內擊倒這個在乙太外矗立了千年而不敗的彗星盾吧。」

# 63

## 宇宙　彗星盾

「準備要再次出手了。」馬杜克看著眼前的影像低聲說道。

眾人此刻群聚在忠誠派中央主環城市中的戰情室當中，房間內籠罩著緊繃沈重的氛圍，全部的人此刻都屏氣凝神的緊盯著在前方所呈現出的前線影像，心中默默的倒數著。

在畫面中，由帕祖所率領規模龐大無比的忠誠派主艦隊正隱蔽的朝著彗星盾的駐防艦隊前進，而在他們前方的，還有由諾托斯、悠瑞絲和齊非斯三人所領導的艦隊一同在周邊悄悄的進軍。然而，儘管這些艦隊是如此的巨大，但是當接近到前方彗星盾時，相較於慧星盾的艦隊仍渺小了不少。連綿不絕的龐大艦隊，看不到盡頭的散布在整個星系的軌道上，在黑暗的宇宙中宛如一道閃爍光芒的巨大鋼鐵長河。而和這些星艦所處在同一軌道上的，還有一個巨大的藍色氣態行星和旁邊一顆相對渺小許多的衛星，數量龐大的艦隊在這顆星球旁邊嚴密的環繞著。不過這些龐大的軍隊，並沒有絲毫讓馬杜克的眼神動搖。

「抵達位置，攻擊。」馬杜克輕聲說道。

在馬杜克一聲令下，原本隱藏在宇宙中的忠誠派艦隊，全部都現出了原形。令人眼盲的猛烈能量光束朝著彗星盾的艦隊密集的激射而出。由於乙太的星艦外殼都是以強作用力所強化而成的，因此在雙方的交戰當中，都沒有使用動能武器。忠誠派此刻所使用的能量光束武器，具備將原子間結合力反轉的超高威力，可以瞬間瓦解星艦的堅硬外殼。因此當這一波襲擊發出的時候，瞬間就有不少的星艦遭到摧毀，在彗星盾中激起了一陣混亂。

但是這陣奇襲造成的影響很快就消失了，彗星盾的艦隊立刻重整旗鼓，並迅速展開了狂風暴雨般的反擊。因應這波反擊的，在最前方是由諾托斯、悠瑞絲和齊非斯三人所率領的前鋒艦隊，在互相靠近時，產生彼此相連的超廣域防禦能量護盾，籠罩了整個艦隊的前方，並讓帕祖的主艦隊得以在後方猛烈的朝敵方攻擊。這個能量護盾的級別規模之龐大，和戰鬥人員所使用的個人式的能量護盾完全不是同一個級別。若是在全面警戒的情況下，這種規模的能量護盾甚至能夠擋下足以摧毀半個太陽系的黑洞噴流。

強力的能量護盾在艦隊之前擋下了來自彗星盾的所有攻擊。忠誠派在帕祖的指令下，頂著敵方的攻擊將艦隊調整為宛如長矛一般的形式，將所有的能量攻擊全部集中在艦隊的最前端，並朝著敵方銅牆鐵壁的防禦網，針對一點進行密集的能量攻擊。這個策略似乎奏效了，敵人無法防禦被他們密集攻擊的陣地，艦隊幾乎就要在彗星盾上硬生生的成功切出一道缺口。指揮中心的氣氛逐漸轉為興奮，或許他們很快就要成功了。

不過這股銳氣卻沒有維持很長的時間。大概過了三十秒左右，彗星盾的艦隊便反應了過來。防守的星艦往周邊散開，其他地方也出現了源源不絕的艦隊前來支援，這些星艦改以合圍之勢，從四面八方以比一開始猛烈十倍的能量朝著忠誠派的能量護盾攻擊。

在能量護盾的防禦下，忠誠派的艦隊並沒有被擊中，也沒有出現任何的潰散。然而，在彗星盾強大的火力包圍下，他們就算沒有損傷，卻再也難以向前推進一步了。

眾人全都焦急的看著畫面。要知道艦隊的能量護盾並不是無窮無盡的，而是會隨著攻擊而不斷衰弱。要是他們在突破彗星盾以前就失去了支撐護盾的能量的話，整支艦隊甚至會直接在包圍中被澈底殲滅。

「派出小型的無人機動飛行器攻擊敵方艦隊空隙！」帕祖對前方的艦隊命令道。

一整隊的無人攻擊飛行器從忠誠派艦隊當中被釋放出來，並穿越了能量護盾朝著敵方星艦之間的空隙衝去，在艦隊當中朝著四面八方進行無差別的自殺攻擊，企圖打散彗星盾之間的星艦連結。

難以計數的無人攻擊機朝著敵方艦隊飛去，儘管有許多飛行器在密集的能量攻擊中被擊中毀滅，但是仍有過半數的飛行器成功的穿越火網，進入到彗星盾的艦隊當中，朝著四面八方發射能量光束。好幾艘的星艦在突如其來的攻擊中被摧毀，並在距離忠誠派最近的地方爆炸成了團團火球。

這陣爆炸一過，敵方立刻了解了忠誠派的攻擊方式，他們很快的鎖定了艦隊當中數量龐大的非正規信號源，並朝著它們全部同時發射出了高能電擊。這些飛行器在這場閃電攻擊中，全部被擊中並產生了連鎖反應，在一瞬間爆炸毀滅。敵方原本一度紛亂的隊形又再次恢復，繼續朝著忠誠派發動攻擊。

在指揮中心的馬杜克臉色鐵青的看著這個局勢，他向前一步，對著艦隊命令道：「兩翼的諾托斯、齊非斯護衛艦隊，立刻分散朝著敵方兩端攻擊，截斷他們之間的合作，讓主艦隊可以直接穿越過去！」

諾托斯和齊非斯的艦隊照著馬杜克的命令行動，將原本密集靠緊的艦隊散開，試著在彗星盾的兩邊同時製造缺口，以便主艦隊可以衝破前方的障礙。然而他們這麼做的時候，原本籠罩在艦隊週遭的能量護盾威力頓時衰減了不少。在艦隊往兩旁散開的瞬間，敵方的機動星艦立刻從原本的排列穩定的艦隊當中衝了出來，攻入了三支分散開來的忠誠派艦隊當中。如此一來，忠誠派的主艦隊失去了兩翼的保護，立刻遭受到了強烈的攻擊，整支艦隊的隊形都已經開始產生紛亂，能量護盾也在這個情況下不斷衰弱，並開始有幾艘星艦因為遭到攻擊而爆炸。

「夠了。」馬杜克終於再也看不下去，「所有的艦隊前後反轉，立刻從彗星盾中撤退出來。」

忠誠派的艦隊如遇大赦一般，立刻停止作戰，全部朝著原來的方向快速的加速離開。由於敵方的艦隊還沒來得及包圍到他們的後方，他們沒有遭受到太多的阻礙就成功脫離了戰場。而在忠誠派艦隊撤退出彗星盾的時候，原本和他們交戰的艦隊也沒有繼續在後方追擊，而是在確認忠誠派遠去後，就穩穩地退回了原來的駐防位置，彷彿剛才沒有發生什麼事。

「連獲勝後的乘勝追擊都沒有啊……看來他們真的打算固守彗星盾，沒有絲毫衝動的可趁之機。」看著己方艦隊被擊退，不只是馬杜克，房間內的所有人都露出了艱困的表情。絕望的低氣壓瀰漫在整個空間之中。

「總司令，我們到底該怎麼做？」在周圍的戰爭影像消失後，倫納德終於開口問道。其實他這麼說並不是真的希望能夠聽到一個明確的答案，只是面對眼前的困局，實在是太過於憂慮了。昨天的時候，他們就已經試著突破彗星盾的防禦兩次，但每一次都被敵方狠狠的擊退，今日的第三次作戰已經是他們深刻檢討昨日的敗局後，重新擬出的作戰方式，但仍然無功而返。眼前的局勢比一開始以為的嚴峻許多。

「是啊，這種防禦，我們究竟要怎麼突破？」其他好幾名人員也追問道。

馬杜克彈了一下手指，彗星盾的佈局結構，再次清晰的出現在眼前。看著剛剛更新後的彗星盾影像，馬杜克忍不住喃喃說道：「他們比之前強大太多了，之前的資訊要對付他們恐怕已經不再適用了。」

彗星盾，是一條在太陽系軌道上，連綿了數百億公里長連綿不絕的超龐大艦隊，他們主要防禦的位置，是以一個太陽系外圍的類木行星「巨藍星」的運行軌道為主，在這個軌道面上，環繞了整個太陽系的黃道面。然而他們的防禦方向，絕不僅僅限於黃道面而已。因為他們在這一圈的行星運行軌道上，以這些星艦設立了一個又一個穩定而精密的網路節點，這些節點一個接著一個串連起來，最終所連結的範圍，不僅僅是一個圓環，而是會以這個圓環為直徑，將整個太陽系的球體空間全部進行入侵物體的偵測和防禦。只要企圖越過這道防線的星艦，不論是從哪一個方向靠近，都絕對會被彗星盾的駐防軍給發現。

「彗星盾的艦隊不止數量多的驚人，而且每一艘星艦都具備了極高強度的武力配置。經過前面幾場戰爭我們已經清楚了一個結論：我們不可能在和敵方艦隊的正面對決上打敗他們。」馬杜克沉默了一陣子說道：「不論我們消滅了它們的多少艘星艦，對於這場戰爭都不會有任何明顯的幫助，因為它們的後勤實在比我們強上太多。而剛剛的那場戰爭也讓我們知道，就算只是從單一的防禦點進行突破也辦不到。」

「這麼說來，我們的目標果然還是……」倫納德理解了馬杜克含義的喃喃說道。

「沒錯，我們的唯一的機會，還是在整個彗星盾的指揮核心。」馬杜克點了點頭，指向了眼前那顆顯眼的巨藍星。行星的的影像立刻放大取代了周邊的宇宙，在眾人的注視下，只見這顆行星上頭滿是氣體自轉而產生的紋路，在藍色的表面上宛如一道道波痕一般。這顆行星的大小大約和土星差不多大，但是並沒有明顯的行星環，且周邊滿是層層環繞的武裝艦隊。而在它的一旁，有一顆正繞行著它運行的銀灰色衛星。

倫納德記得關於這顆衛星的資訊。它是巨藍星的衛星當中最為巨大的一顆星球，大小大約是月球的三十倍左右，且地質環境相當的穩定。乙太善用這個條件，在這顆星球上大興土木的改造，將它變為乙太外圍防禦體系「彗星盾」的核心指揮基地。乙太人將這顆星球的內部完全挖空，然後再裡頭建立起了一層又一層的巨大城市，乙太在星球的內部製造了大量可供生活的氣體，並將這些氣體取代了原本的以甲烷為主的空氣成分。而在外頭，除了為了軍事用途而大為增強地表的防禦和結構，他們也在地表上建立起了完善的生態系統。

到了後來，由於不斷的發展擴張，這裡也從原本只是單純的軍事基地，轉變成為了整個太陽系內，除了乙太母星外最為巨大且機能完備的第二殖民地。它同時具備了軍事、民生和工業的諸多複合功能，上面的居民也增加到了大約有十億人口，其中有七成不是作戰人員。

「這顆星球……應該沒有強攻的可能吧。」劉秀澤看著他低聲說道。

「當然沒有，我們第一場損失慘重的突襲已經證實了這一點。」馬杜克說道：「這裡的防禦可以說是固若金湯，任何朝著這顆星球的直接攻擊都必然會遭遇彗星盾全部艦隊的猛烈火力。」

「那麼，如果和之前我們攻擊外圍衛星城一樣，派遣特戰人員潛入裡頭執行破壞怎麼樣？」安潔莉娜問道：「。我看這裡的基礎設計和衛星城十分的類似，或許……」

「不。」艾歐勒斯否定道：「雖然看起來都是將指揮處設在星球內部，但是兩者的結構和強度卻是天差地遠。這座基地當中，他們並沒有一個可以掌握全部資訊的單一主控室，而是在整個星球內有著不斷改變位置的多核心繫統。如果我們只是潛入癱瘓了任何一個控制處都沒有實質上的意義，而這個前提還要有辦法突破外圍強大的護衛部隊，以他們的戒護程度，就算裡頭真的有什麼可以直接左右戰局的關鍵據點，我們也無法進入。」

「但是如果我們可以引誘他們對我們出手，然後再趁虛而入……」

「很遺憾的，我不認為他們會這麼做。」馬杜克沈重的開口：「他們現在儘管佔著地利和數量優勢，但是仍然只求擊退我們而不求主動出擊。看得出來乙太是把他們勝利的希望冀望在改善『提雅瑪特』的精神網路，彗星盾的軍隊只是要拖住我們的腳步，一等到他們成功將提雅瑪特的運作範圍擴張到乙太以外時，我想他們就會傾巢而出的殲滅我們。因此現在我們最大的敵人，其實是時間。」

看著眼前連續三場的戰爭失利，又聽著一個又一個的提案被否決，倫納德只感到內心愈來愈慌亂焦急。距離乙太已經只剩下這最後一道關卡了，而他們居然絲毫無法前進。此刻蕭璟已經性命垂危，乙太的精神網路又正在如火如荼的準備擴張當中，可以說是分秒必爭。他們在彗星盾已經被困了兩天了，究竟還有多少的時間？

「現在的時間真的非常緊迫，我們必須趕緊籌措下一次的攻擊！」指揮所的一員對馬杜克焦急的說道，所有人的目光都轉向了馬杜克，連他的手下大將艾歐勒斯也同樣面露憂心的盯著自己的主帥看著。

但馬杜克只是漠然的搖了搖頭，他的眼神當中頭一次的透出了憂愁的光芒。他看著前方的方向，並發現剛剛被擊退的艦隊已經歸來了。他喃喃的低聲說道：「看來我們這次……是真的遇到了重大的危機了。」

## 地球　美國　華盛頓特區　五角大廈戰情指揮中心（LGGSC共同軍事指揮所）

「攻堅部隊待命中，隨時準備出擊。」

「受到，任何狀況隨時和指揮部回報。」

「無人機展開轟炸！」

「確認已癱瘓敵方制導系統！展開行動！」

在五角大廈的戰情指揮中心當中，洛茲總統、沃克局長、陳珮瑄執行長，以及蓋亞聯盟的高級軍事、情報官員，他們全部都集中在這個空間當中，聚精會神的看著大螢幕上播放正在執行的這場重大軍事行動。

此刻盟軍正在執行的這個作戰，是蓋亞聯盟和印法埃在國際局勢上互相僵持不下了非常久的時間後，一場具備重要指標性的戰爭。這場戰爭的重要目的，旨在重新奪回長期受到了印法埃所控制的阿拉伯聯合大公國的控制權。這是因為在印法埃在三年前掀起了戰爭之後，切斷了當時佔據了世界最大能源比例的發電廠「方舟發電廠」，而印法埃也在之後的全球擴張當中，佔領了整個中東地區，包括當中全部的石油油田。即便是使用方舟發電廠供電的印法埃，他們的所有武器和設備，仍然需要依靠石油，而蓋亞聯盟在連發電技術都缺乏的情況下更是加倍的需要原油來支撐戰爭民生。但是由於印法埃把持著世界最大的油田，讓蓋亞聯盟長期處於能源不足的狀態。

為了扭轉這個現況，他們規劃奪回阿拉伯已經有很長的時間。在三個月前，盟軍就開始從南方開始一路北上，逐步的奪回了阿拉伯境內許多的油田和領土，而到了現在，他們終於幾乎快要把印法埃的勢力完全逼出這個國家，此刻已經進入到了最後的收尾。戰情室內充斥著興奮，卻又十分緊繃的氛圍。

在畫面中，蓋亞聯盟的軍隊成功的突破了印法埃設立在煉油廠附近的軍事陣地。該處的防空系統，在特種部隊的滲透中被成功的破壞，使得印法埃所有的中程投射武力和裝甲戰車，全部在空軍的攻擊中被摧毀殆盡，地面部隊也在之後全部攻入印法埃的陣地，逼的剩下的部隊只能夠在盟軍猛烈的火力轟炸下節節敗退。

「不要讓他們摧毀煉油廠！」攻入煉油廠內的特種部隊看到留守的駐軍打算引爆裝設在氣體管線的炸藥，立刻朝著操作開關的人開了幾槍，對方在一陣彈雨襲擊下倒下。

「確認周邊的每一個角落！不要讓任何一個印法埃的人員逃走！確保煉油廠沒有受到損傷。」部隊擴大搜尋了每一棟建築和周邊任何可能潛逃的道路。這場行動花了兩個多小時才完成。

「確認完畢，我們已經成功的殲滅了此處的印法埃勢力。印法埃在阿拉伯國內的所有軍事勢力終於被全部清掃乾淨了！」

戰情室內發出巨大的歡呼聲，所有的官員們全都興奮的互相擊掌叫好、互相恭賀。這場勝利不只是讓蓋亞聯盟可以讓民生、經濟、軍事品質有顯著的提升，更是第一場盟軍真正意義上擊敗了印法埃的戰爭，毫無疑問起到了提振全部會員國氣勢的作用。

「這是一場了不起的勝利！」洛茲總統、沃克局長和諸多的官員全部都前去和陳珮瑄握手恭賀，「這一場戰爭的成功，有一大部分都要多虧有妳的參與和遠見。」

一年前，蓋亞聯盟在陳珮瑄和沃克的大力推動下，決定把將近兩百名的印法埃精神部隊成員策反，並且收編進入了盟軍的情報和軍事作戰體系當中。為了這個目的，他們投入了龐大的資源和時間展開和這些人的合作並試圖拉攏他們。一開始的進展十分的緩慢，許多普紐瑪的專家根本拿他們沒辦法，但是在陳珮瑄和其所領導的救贖派成員的努力下，他們最終成功的贏得了原歸向者們的信任，並且讓他們成為了盟軍不可或缺的重要戰力。

而當他們和盟軍一同合作後，所得到的效益立刻遠遠的超越了投入的資源。這是因為他們都已經在印法埃受訓過，具備完全成熟的精神力量的運用能力；再者，他們所有人都曾經參與過印法埃的諜報和特種作戰，對於印法埃的內部運作方式可以說是瞭若指掌。

這一年間，這群歸向者證明了自己在對抗印法埃所能提供的珍貴價值，他們成功反制了將近兩百件印法埃針對蓋亞聯盟的精神滲透計畫、以及超過三百起的重大情資諜報行動。不只如此，他們清楚知道印法埃的什麼環節最為薄弱，他們協助普紐瑪部隊滲透突破了不少印法埃全球各地的據點。這一次的阿拉伯戰爭，就是由於歸向者所給出的情報並且和普紐瑪部隊一同滲透了當地的軍政高層，最終成功的從裡到外澈底摧毀了印法埃的防禦。

「妳當初力保歸向者加入我們的作戰環節是整個戰爭中最有遠見且關鍵的一步。」洛茲說道：「妳和妳救贖派的同僚，是我們能夠在這一年獲得豐碩成果的最大功臣。」

「其實，不管是一般人類、我們，還是那些歸向者們，在本質上都沒有什麼差別，也有著同樣的慾望、情緒和與人群互動的心理運作模式，把他們視為理所當然的資產、棄子，或是將他們視作心志堅定的異類，都是印法埃和蓋亞聯盟原先所犯下的錯誤，而這也是為什麼我有辦法趁虛而入。」陳珮瑄說完眼神嚴肅的看向洛茲，「不過，這種偏見任誰都可能會犯下，你們千萬不要犯下和印法埃一樣的錯誤。」

「那是當然的，妳辛苦了。」洛茲說完轉頭看向戰情室其他的人員，「雖然我們贏得了一場勝利，但是戰爭仍然沒有結束，我們還要繼續上緊發條，直到印法埃被澈底扳倒垮台的那一天。」

## 65

**地球　台灣　台北市　印法埃醫療科技部門研究室**

穿著西裝的梁佑任，在滿是身著防護衣的研究人員間快步的走到了實驗室前，用力的推開了大門。

「局勢已經開始失去控制了。」梁佑任對著正在裡頭專注的做著研究的雙木永萱說道：「蓋亞聯盟接二連三的在軍事和情資作戰上奪取我們的優勢。現在，連本來由我們主導他們能源命脈之一的阿拉伯都被他們成功奪回去了。有了這些資源，他們將可以重新建立起穩定的民生、經濟，擴大他們的軍事影響並威脅到我們。」

雙木並沒有回過頭去看他，眼神繼續專注的盯著眼前的研究器材。她熟練流暢的將各種生物樣本置入基因測定序列儀當中，並且把裝載了不知道是什麼生物的培養基放入了一旁的恆定環境調控箱內。

由於台灣本來就是印法埃在戰前的重要據點，因此現在大部分的時間，很多印法埃高層都沒有待在艦隊上，而是在台灣的基地當中。雙木在很長的一段時間幾乎把自己全部的精力都投注在這裡的研究室當中，基本上除了普紐瑪部隊的監督和任務執行外，她大部分的時間都住在研究室當中。

梁佑任沉默的等待了雙木一段時間，又再次加重語氣的說道：「我剛才說……」

「是，我都聽到了，很清楚。」雙木按下序列儀的分析按鈕後便轉過身來，眼神相當不悅的看著沒有穿著防護衣的梁佑任。「這裡放置了多少的生物樣本，你難道連基本的進實驗室的防護守則都不清楚嗎？」

「我沒有那個時間……」

「你說的情報我今天早上都聽說了。」雙木一面說一面脫下手套，「怎麼樣？伊果委員不是為了因應這個狀況。已經前往了烏克蘭，要去截斷從俄國輸送往歐洲的天然氣了嗎？」

「是啊，但那也遇到了問題。伊果委員的行動，似乎被我們在烏克蘭的合作對象給洩漏出去了，因此目前正在全力補救當中。不過比起一次的挫敗，真正的危機是那群叛逃的歸向者，已經對我們造成了巨大的傷害了。」

「我有什麼辦法呢？一年前在歐洲的劫持行動並不是我負責的，被救贖派擺了一道的，也不是我的普紐瑪部隊，當時大費周章派出了那麼多精銳，最後卻是白忙一場。如果當時成功的話，現在就不會遇到這些問題。」

「是啊，妳說的沒錯。」這些對於梁佑任的指責，他並沒有說些什麼反駁，這個舉動讓雙木有些意外。老實說梁佑任自己也很清楚如今的局勢，都是因為一年前的行動失敗所致，這並不是任何人的責任，只能說是救贖派技高一籌，若真要說是誰的責任的話，那也是當初核准行動的自己。原本他一直認為只要靠著持續加強印法埃的實力就可以彌補這個失敗，但是到了如今蓋亞聯盟不斷急起直追，讓他不得不開始緊張了。「我來就是想知道妳有沒有什麼策略？兩年半前消滅美軍艦隊的計畫也是由妳和江少白所規劃的，我想知道對於如今的局勢妳有什麼看法？」

聽到梁佑任居然這麼說，讓雙木感到相當的詫異，畢竟他一直對於自己和江少白相當的反感，如今居然會提起江少白的名字並尋求自己的幫助，看來真的是開始對眼前的局勢感到憂慮了。

「您請看看這個。」回應梁佑任的態度，雙木也改善了自己講話的口吻，她操作了一下電腦，螢幕上出現了顯微鏡下所拍攝的微生物影像。「其實我一直待在實驗室中，就是想要解決這個問題，這是我最近一直在研究的東西。」

梁佑任看著螢幕上的影像，只見許多藍綠色的透明微生物密集的在液體中移動。「這是什麼？」

「您還記得在倫納德和蕭璟他們成功的在科林斯釋放了黑色絕症的解藥並毀掉奈米機器人之前，原本世衛已經成功開發出了第二代的黑死病毒了嗎？」

「我知道，但是那……」

「當時雖然因為奈米機器人的毀滅，而導致病毒的上傳失敗。但是那個時候所研發的病毒基因組仍在，而現在我找出了將它迅速傳播的方法了。」雙木點了點滑鼠，電腦出現了其他的數據畫面。

「這是一種生命週期很短的浮游藻類，是我利用基因改造技術所打造出的一種物種。這個藻類很奇特，首先是它的繁衍速度非常的快又有極高的環境適應性——這本身並沒有什麼特殊之處——但是它在繁衍的途中，會釋放出許多的孢子，這些孢子全都可以在極為惡劣的環境下生活很長的時間，而這些孢子體內，攜帶的全是黑死病毒基因。」

「你說什麼？」

「我計算過了，如果我們將這些生物和大量的礦物質投入海洋中，以我們投入營養成分的量和這個藻類的繁衍速度，應該可以在幾週的時間就順利蔓延到整個海洋，侵入到世界的每一個角落。它們可以融入水域當中，把毒素利用空氣、水循環快速的傳遍整個世界！人類甚至還沒有發現到的時候，致命的黑死病毒就已經捲土重來。」

「妳發瘋了嗎？」梁佑任不可置信的看著雙木，這個計畫實在是太為瘋狂了，「妳可知道這麼做的風險是什麼？先不論我們攻擊到的目標，首先整個地球就會先因為這樣而生態系統崩潰，海洋會被搞成一灘死水，摧毀整個環境！我們就算要消滅反抗勢力，但是並沒有要摧毀地球！」

「真主所給予我們的使命，難道不就是篩選出具備使皇基因，讓他們之後可以為了那個雖然我們不知道，但是卻是可以為真主效力的目標嗎？只要達成了這個真主交托的使命，其他犧牲什麼的不都無所謂嗎？」

「妳難道不知道當初為什麼我們要使用奈米機器人來傳播病毒嗎？我們這麼做的原因，除了是傳播的速度很快之外，更重要的一點，是因為這樣我們可以自行決定它的傳播範圍和對象。我們可以讓屬於印法埃的人馬，事先受到屏蔽保護，之後由於國境封鎖，蓋亞聯盟的受染者也不會傷害到我們。但妳這麼做，卻是不論敵我的全部無差別進行攻擊。妳的計畫像是山崩，一旦開始了就再也無法控制事態的發展了！」

「反正最後他們也會死不是嗎？蓋亞聯盟也好、印法埃的人也好，又或者是整個地球環境，你們為什麼要在意？真主給印法埃的使命很明確——篩選具備始皇基因的人種。如果我們真的相信乙太上的大能者指派我們的行動有其意義，那只要我們達成了這個目標，剩下的事情就相信他們遲早會處理。這不就是信仰的意義嗎？」

梁佑任被雙木這段話背後的決心和意志給震懾的退了兩步，他的眼神充滿了困惑與驚訝，「為什麼？」梁佑任過了一陣子開口問道：「妳到底為什麼要做的這樣的份上？我過去一直以為只是對江少白的忠心，但顯然不只如此。到底是什麼原因讓妳有這麼深的執念？」

梁佑任的話刺中了雙木某個深埋心底的傷痕。自己究竟為什麼會對完成這件事情有這麼深的執念？在想著這個問題的同時，她的意識回到了最一開始的根源。

在雙木的印象裡，她從小的時候，就在環境相當優渥的家庭中成長。她的父母除了是企業家外，一生致力於消除貧窮、翻轉底層人民教育、終結罪犯的理念。從小他們便教育雙木，世界上的人們生來並不平等，很多人的出生環境、基因就決定了一生的發展，而他們既然有幸能夠擁有比大部分的人得到更多的資源，那麼就應該要承擔起更多的責任，為社會付出更多。

而他們不只是嘴上這麼說，在一切行為上更是身體力行。他們是好幾個世界發展組織的高級理事，他們幾乎投入了自身所有的資源、時間，試圖去幫助那些社會底層的人們能夠得到更好的生活。他們設立基金會、參與了許多社會援助的計畫。在日本國內，他們和政府一同規劃好幾個貧困地區的社區更新，在國際上，他們也和諸多國際組織及聯合國合作，在世界各地努力完成幫助他人的理想。

然而，在一次的地區紓困中，他們來到了印度東北方比哈爾邦的一處偏鄉城鎮巡視。這裡最近剛剛蓋了兩間學校、一間醫院，並開始有外資投入這個城鎮工業發展。過去兩年間，這個城鎮三分之一的人口成功脫離了貧窮線。而這一切的成果，都是雙木的父母努力規劃而成的，他們和ＩＭＦ、世界銀行以及諸多慈善組織一同合作，努力讓這裡在兩年內有了巨大的改變。

但是悲劇就在這時發生。

當雙木的父母和ＣＮＮ的記者一同搭乘著轎車在城鎮裡頭行駛時，他們身旁並沒有什麼護衛排場，畢竟他們不想要擺出自己高高在上的前來援助人們的姿態，只想低調行事，紀錄這裡的一切。結果就在他們轉過一個十字路口時，他們的車輛被當地的一群流氓攔截撞倒了。雙木的父親和駕駛當場被射殺，而她的母親和那名CNN的記者，則慘遭十幾名男人強姦並殺害。這群人將他們殺害後，搶奪了他們身上所有的財物就棄屍逃跑。

雖然當地政府假裝什麼事都沒發生的靜靜掩蓋此事，但這個消息仍然傳了出去。許多原本投資建設這裡的資金都撤離了該處，最終讓這個地區原本好轉的經濟再次衰退，並在不久後全部回歸原來的慘狀。

這件事情對於雙木造成了相當大的陰影。彼時的她，才十四歲的年齡，她看到了自己的父母一生致力在幫助那些底層的人民，希望幫助他們在環境和生命上都能有所改變，結果呢？自己卻被他們一生所奉獻的對象給親手殺害。這個世界究竟怎麼值得別人為之犧牲奉獻？投入再多的資源和教育，都無法改變那些已經腐化的人們，因為他們的生命本質就是罪惡，若要真正改變人，唯有將他們骯髒的本質徹底改造才能辦到。

秉持著這樣想法的雙木。在長大後憑藉著自己卓越的資質，獲得了醫學博士學位，然而她並沒有打算往臨床醫療發展。她對於解決人類身體上的病痛沒有絲毫的興趣，她反而致力於腦科學和基因工程的研究，因為她認為正是這兩個領域，在思想和肉體層次上定義了一個人的本質。後來她在研究的路途中，認識了自己的丈夫約書亞・鍾・金恩，兩人結婚後在研究上達成了傑出的成果，婚姻也頗為圓滿。但是儘管在國際上獲得了讚譽，她看到世界仍然沒有因努力而有絲毫改變，人類那腐敗惡劣的本性，仍然在啃蝕著這個環境，這讓她對自己的成就感到失望。

十三年前，她獨自一人前往日內瓦參加一場國際醫學研討會議。在回到飯店的路程中，她感覺自己身心俱疲，她不久前才因為堅決拒絕以任何方式得到孩子，和約書亞大吵一架。她沒有說出口的，是她不希望有了孩子後讓他在這個腐敗的世界中成長。

當她推開房門走進房間裡頭時，忽然一個男人的聲音從房間內傳來。她差點要尖叫逃跑，但是那個男人立刻阻止了她。她看向站在前方的男人，他穿著西裝，看起來十分的年輕，大概只有二十幾歲，但是不知道為什麼他身上卻散發出了十分老成的氣息。

「妳不用緊張，我是印法埃國際集團的委員，我叫江少白。」

雙木瞇起眼睛看著這個人，她聽過印法埃這個企業，它們在醫療科技領域是世界上首屈一指的水準，她自己也和印法埃有過幾次的交流。她知道這個集團目前的CEO是一名叫做聶秦的人，據說是一個很厲害的企業家。而眼前的這位，居然說他是這個企業的委員，還是董事會的一員？難道是某個超級富豪的兒子？

「你想要做什麼？」

「我已經關注妳一段時間了。」

「你是說我的研究？」

「不是，當然，那也很了不起，但並不是主要的原因，我所關注的，是妳這個人本身。妳所想要改變世界的夢想，妳清楚知道人類是一種本質腐爛的物種。」

雙木震驚的看著眼前的人，她完全不認識他，但是他所說的話卻傳達到她的內心深處。

「我敬佩妳想要改變世界的努力，妳雖然有一些成果，但仍然不夠，我想妳自己也很清楚。世界並沒有因為妳的努力有絲毫的改變。」

雙木點了點頭，江少白的話讓她產生了深深的共鳴，這是她這麼多年來頭一次，有人這麼清楚的講出了自己內心真實的聲音，「那我還有什麼方法？難道要我消滅全球的人嗎？」

江少白直視雙木的雙眼，裡頭的光芒讓雙木感到一陣緊張，「如果我告訴你，人類的本質並不全然是一樣的呢？如果我告訴你，有一種人，他們具備改變世界的能力，只是被埋沒在人群中等著被發現呢？」

「這……這怎麼可能？」

「這種在本質上高人一等的人種是世界的希望，可以改變整個世界。如果我們可以將這群人挑選出來，並淘汰掉其他的凡人，那麼世界將會澈底的浴火重生。我希望你能夠加入我，一起實現這個美好的新世界。」

雙木眼神有些迷惘的看著江少白。她一直以來都想要達成對方剛才所說的那個願景，但是無奈她知道這永遠都只是一個遙不可及的幻想。想不到，此刻這個神祕人物，竟然當著自己的面說出了他要澈底改造這個世界。這些話若出自旁人之口，或許會像是單純的妄想，但不知道為什麼，從江少白的口中說出來就充滿了無比的說服力。從未有人能如此深入內心的打動自己，即便是她的丈夫也不行。她感覺自己的人生彷彿在黑暗中摸索了許久，忽然出現一道指點方向的燈塔，而她等不及要知道這條道路的盡頭究竟是什麼了。

「說來聽聽。」

江少白指著房間的兩張沙發說道：「坐下來談吧，我想我們有很多的話要說。」那一晚，她和江少白一直談到了隔天清晨，而就在那一天，她知道自己的人生被永遠翻轉了。

「這並不重要，就只是一個和你們所有人都一樣的願景而已。」雙木眼神閃爍了一下，她站起身來面對梁佑任說道：「我還有很多的事要忙，如果您發現最終走到了需要我幫助的地步，就隨時和我說一聲吧。」

# 66

## 宇宙　彗星盾外圍　忠誠派主艦隊

在中央太空城的戰情會議室當中，絕望而低迷的氣氛籠罩在每一個與會者的身上。

這次的會議，幾乎所有的高層都到場參與了。馬杜克麾下的七將，有五名在場參加，另外兩名：波瑞阿斯、提豐則一同使用全息影像的方式佔據了兩個座位。除此之外，各個艦隊分部的指揮官也幾乎全部到場。不過儘管聚集了這麼多忠誠派的精銳，每個人的臉上都露出十分沮喪的表情。

不久前忠誠派又再度嘗試了一次針對彗星盾的猛烈攻擊，但是卻再次被敵方擊退，還因為突襲被發現而連帶損失了十餘艘戰鬥星艦，這無疑在忠誠派的意志上給予了致命的一擊。當看著會議室中央懸浮著彗星盾龐大的艦隊時，只讓眾人感到加倍的絕望。而坐在一旁的倫納德，他此刻的內心也十分急迫。

他們到達這裡已經過了八天了。蕭璟的身體只剩下兩天左右的時間可以等待了，天知道江少白回到乙太後到底有沒有成功治療蕭璟。看江少白現在的精神狀況，倫納德覺得這個可能性恐怕也相當的低。同時他也對未來自己要執行潛入乙太的行動感到很絕望，他們連彗星盾都無法突破，之後要怎麼指望能夠在和乙太的作戰中勝出？

「我們還有其他問題。」悠瑞絲眼神銳利的掃過這間房間的每一個人，「敵人每一次都能夠在我們的襲擊前調度艦隊因應，這不是巧合吧？之前幾次的潛入行動就是這樣了。我們之間還有人在對乙太通風報信。」

眾人之間傳出一陣緊張的精神騷動，這個事實的提出，無疑讓原本已經嚴峻的情勢更加雪上加霜。他們對付乙太已經焦頭爛額，此刻還要再花費心力來找出內部情報漏洞？

「這件事我們一直有在進行。」艾歐勒斯開口說道：「總司令下令後，我已經針對內部進行了很多的隱密調查，並不斷在改善我們的資訊安全系統。另外，為了避免這一次有任何洩漏，這個空間已經完全對外隔絕，在我們執行完畢討論出的計畫之前——前提是我們能夠在這次會議中想出來——所有人都會待在這裡頭。」

「沒錯，所以情報安全的問題，大家就先放一邊去，會由我和艾歐勒斯將軍一同試著解決。大家就先專注在眼前的討論，沒有問題吧？」馬杜克說道，他的話聲充滿了力量，更蘊藏了對那潛在背叛者的尖銳警告。

「那麼，就開始這次的討論吧。」

「這幾天下來，我想我們已經完全確定了我們的進攻策略了。」馬杜克在桌首處說道：「很遺憾的，我們的四次攻擊，一次又一次的證明了對彗星盾的任何系統性、襲擊性、正面對決的作戰方式，全都無法擊敗彗星盾的防禦。原因是他們的整體空間感測能力、機動應變能力實在是太高了。在這麼開闊巨大的環境中要執行迅速的艦隊集合、戰術應變本來是不大可能的事情，但是因為他們有著最高等級的統御指揮核心。所以如果要打倒他們……」

「就要擊敗他們的巨藍星旁的基地。」艾歐勒斯接口說道。會議室中央的影像放大為巨大的巨藍星及一旁的作為基地的衛星。

「但是這恐怕比突破彗星盾還要困難吧？」諾托斯說道：「巨藍星周邊的防禦比我們過去突襲彗星盾其他的地區都還要強，我們不可能在正面對抗中贏過他們，讓人員潛入上頭沒有太大的意義。」

「也許我們可以換個思考角度，不要戰鬥中擊敗他們，而是消耗他們的戰力呢？」一名悠瑞絲的副官開口提議道：「這幾次的戰爭下來，我們雖然都無法順利的突破防禦，但是每一次都能夠一定程度的傷害他們的艦隊戰力，而且我們也沒有在過程中損失太多。如此我們拉長作戰時間，慢慢的在周圍消耗他們……」

「絕對不行！」馬杜克和倫納德同時出聲反對。眾人將目光集中到倫納德身上。

「你為什麼會這麼反對呢？」馬杜克問道。

「我們三人是因著你們的請求，代表地球來到了這裡，然而我們並不是沒有任何危機要處理。當我們在這邊拖延的時候，地球的時間正以一百倍的速度在流逝。如果我們在這裡利用一年的時間擊敗他們，那麼彼時地球已經毀滅殆盡，那麼我們也沒有繼續在這裡的理由。」雖然他嘴上是這麼說，但是他內心最擔心的其實是蕭璟的狀況，畢竟現在連返回地球的方法都是一個未知數。不過看來眾人都可以理解倫納德的這個原因。

「我了解了，首先為了你們願意離開地球上的一切來到這裡而對你們致上謝意。」馬杜克說道：「不過我們事實上有更為關鍵的原因而不能選擇持久戰。這是因為雖然彗星盾現在都沒有主動出擊，但那是因為他們在等待乙太上頭的提雅瑪特精神網路成功擴張到外圍空間，只要他們一完成提雅瑪特的擴張，那麼屆時彗星盾的艦隊一定會以比如今強上百倍的能力以摧枯拉朽之勢將我們在彈指間毀滅。也就是說我們正在和時間賽跑。」

又多了一項需要擔心的事。提雅瑪特不知道什麼時候會澈底完成，一旦乙太完成了提雅瑪特的建立，忠誠派這段時間的一切努力基本上都將化作泡影。看著巨藍星的畫面漂浮在眼前，眾人都只感到無比巨大的挫折。倫納德看向馬杜克，卻發現馬杜克此時眼神異常專注的盯著巨藍星和主基地的影像，似乎忽然被什麼想法給吸引住。之後其他人說的話，他都沒有在聽，就只是愣愣的看著眼前的影像。

後來的會議中，從將軍到底下的人員，都提出了各式各樣的想法：利用上頭的內應、再次以艦隊發動猛攻、以精神放大裝置襲擊敵方精神……眾人吵到不可開交，但是不管是哪一種方法，都只是之前嘗試過的戰術再稍微變化，並沒有任何足以改變現狀的策略。一開始倫納德還專注的參與著眾人的討論，但是到了後來，他的目光完全都注視著馬杜克，不再關注其他人提出的意見，他順著馬杜克的目光看向巨藍星。馬杜克一直看著這裡，這上面難道有什麼可以扭轉戰局的關鍵因素嗎？在他這麼想的同時，帕祖也注意到了馬杜克的精神沒有在討論當中。

「總司令，你怎麼了嗎？」

「各位，我可能有了一個想法。」眾人紛亂的精神立刻全部集中起來，全部的人都宛如抓到救生索一般期盼的看向馬杜克，「任何的直接攻擊和潛入星球的行動都不切實際，因為我們沒有辦法派遣不會被偵測到的艦隊，就算成功了也打不過他們。因此，我們只能夠派遣最少量的人員執行任務，並且要利用他們原本的資源來進行攻擊。」

「是啊，但是他們不可能會乖乖的讓我們使用他們的軍械庫或是在內部引爆炸彈來轟炸自己吧？」悠瑞絲說道。

馬杜克露出一抹詭異的微笑，「如果他們會呢？」

眾人不可置信的看著馬杜克，彷彿覺得他瘋了，「什麼？」

「你們看看這個。」馬杜克指向巨藍星，「這裡毫無疑問，是距離他們基地最近的一顆行星，和他們的平均距離大約四十萬公里。而另一頭，他們的基地，是一個幾乎封閉在強化地殼當中的地下城市，一層層的往下方延伸，利用各種運輸和通風管道和地表進行交流。」

「這就是他們固若金湯的原因啊。」齊非斯說道。

「你說的很對，但……」他將畫面集中在巨藍星和基地之間的空間，「巨藍星上充滿了大量的氫氣，就像一顆等著被引爆的炸彈，只是缺乏適當的助燃劑和通道。所以，如果我們可以在這兩者之間建立起一條助燃通道，然後從巨藍星上點燃氫氣，將會激射出一條極為巨大的火柱，直接焚毀整顆星球。烈火會直接從地表上的通道湧入星球內部，燒光裡面全部的空氣，並摧毀裡頭所有的環境維持系統及武器庫。我們可以瞬間從裡到外摧毀這整顆星球！」

馬杜克的話宛如一顆震撼彈在會議室中炸了開來，所有人立刻明白這個計畫可行性非常的高，真的可以順利突破眼前的難關。眾人看著眼前的星球影像，想像著馬杜克所描述的那個畫面——數千公里寬廣的天火從天降下，一瞬間燒毀了星球的整片地表，以及埋藏在裡頭的整座城市。不過在這個時候，許多的人包括倫納德，他們所想到的，是居住在這顆星球裡頭的數億人民。

「這麼做應該可行。」艾歐勒斯說道：「如果我讓菁英戰隊的成員帶著空間能量拘束裝置潛入這兩個星球之間，建立起燃燒通道，然後裝設能量發射器在靠近巨藍星那端。當我們一啟動整條通道的時候，彗星盾會立刻偵測到微弱的能量發出，但是那時候的火焰會用無法阻止的高速噴射出去，可能不到二十秒一切就結束了。」

「那麼上頭的人要怎麼辦？」一直沒有說什麼話的安潔莉娜開口說出了許多人心中的想法，「根據資料顯示，這裡居住的十億居民當中，有七成不是戰鬥人員。這麼做會是一場超級大屠殺。」

「戰爭下來就是會死傷慘重、波及無辜。」帕祖毫不留情的說道：「當初作為乙太世界防禦長城的彗星盾艦隊配合泰非斯奪權，就應該要想到這個後果。」

「這並不是那麼簡單的問題。」一名諾托斯手下的星艦艦長說道：「我們這麼做或許會獲勝，但是卻會摧毀那整個土地。那顆星球在泰非斯奪權之前，就已經發展了很長的時間，上頭有完整的生態系、民生設施，如果這麼做，那顆星球將會從此寸草不生，再也無法被重建。上頭還有很多沒有參與政變的人，都是我們戰士的朋友啊！」

很多人的都傳達出贊同這番言論的精神，低聲點頭稱是。

倫納德沉默的盯著那顆星球看著。當然，他很清楚馬杜克剛才所提出的這一個計畫真的有很大的機會突破現狀，讓他們跨越眼前的這個難關，自己也能一償拯救蕭璟的心願。他很想就這麼讓這個提案通過，但是這麼做他們還剩下什麼？自己為了拯救蕭璟、趕回地球，所以用殘酷的手段殺害了這裡更多的生命，甚至是摧毀了一個世界，那麼當初為了正義而戰的目標還有什麼意義？

「我認同，這個方法的確可以快速的突破現狀。」倫納德說道，安潔莉娜和劉秀澤不可置信的看著他，而馬杜克則露出的滿意的笑容。

「但是，我記得你曾經說過，忠誠派的目標，是要解放被泰非斯奴役的人民，還給他們應得自由，這麼做，那發動這場戰爭的初衷還存在嗎？」

馬杜克的表情瞬間變得有些僵硬，「現在遇到了困境，我提出了解方，難道在場的人有誰有可以兼顧人道和勝利的好方法？你不想要拯救蕭璟和你的星球了嗎？」

「可是上頭的人……」

「若是我放手讓泰非斯的陰謀得逞，放任他成功的毀滅宇宙中的所有生靈，那才真的是泯滅人性、違背我出征的初衷，我們才真的什麼都不剩了。」當馬杜克說出這段話的那刻，他的眼中忽然閃過了一道倫納德從來沒有見過的光芒，那道光芒蘊含的極度冷酷和堅決意志，讓倫納德瞬間全身竄過極端的寒意，甚至連精神都為之凍結。不過那道光芒稍縱即逝，讓倫納德不禁懷疑剛剛的感受都是自己的錯覺。

「還有人有任何的意見要提出來嗎？」馬杜克迅速的掃過會議室內的每個人，眾人全都默默地低下頭，

「那麼，接下來的會議就集中朝著這個方向進行吧。我們今天就要馬上行動，將彗星盾澈底粉碎。」

## 67

忠誠派的全部高層，此刻站立在可以直接用肉眼看到巨藍星的觀測空間，惴慄不安的等待著即將發生的事。

在會議討論結束後，艾歐勒斯立刻依照計畫，親自率領了十名菁英戰隊的精銳成員，這十一人在身上的能量護盾運作下，以身上的動能裝置迅速而寂靜的潛入了巨藍星和衛星基地之間的空曠領域。

「開始行動。」艾歐勒斯的聲音從前方傳回艦隊。

在眾人看不見的遠方，菁英戰隊在艾歐勒斯的命令下，在行星和衛星之間四十萬公里長度的環境平均散了開來。為了可以在這段空間建立起巨大的燃燒噴射通道，每一個人的身上都攜帶了四十個約莫為拳頭大小的黑色球體，這物體稱為空間能量拘束裝置，它們能夠在宇宙中釋放出連結能量彼此相連成為一個能量環，並且在這個能量環中，具備將周遭全部原子重組成指定相態，然後禁錮在這個能量環的平面上頭。

十名隊員每個人拿著四十個裝置，各自負責四萬公里的空間，並且以每一萬公里為一個單位，在垂直於巨藍星和衛星基地連線的空間上，將十個球體等距擺放成一個直徑長達兩千公里的圓環。在連結兩顆星球的空間中，一共擺放了四十個這樣的圓環。

至於最接近巨藍星的位置，則是肩負著要將龐大氫氣引入通道並且點燃激射的關鍵，因此需要把四個更為高能的能量圈全部以密集的方式連結在一起。由於這任務工程較為困難，因此便由艾歐勒斯本人負責執行。

為了不被彗星盾艦隊發現，他們每個人身上都沒有攜帶影像傳輸的裝置。聚集在指揮艦上的眾人，只能沉默的等待著前方的人員用話聲回報的訊息來了解任務進度。身處在這樣眾人都沉默專注而緊繃的等待行動展開的環境中，周圍的壓力甚至比之前場面浩大的戰爭還要更大。

「目前一切順利，能量環快要安裝完畢了。」

倫納德感覺自己的心臟跳動的速度已經快到要跳出喉嚨。他覺得自己的內心非常的矛盾，一來希望忠誠派可以趕快獲勝，這樣就可以馬上前往乙太執行最終任務。但是另一方面，他的內心又有一部分希望這個殘忍的計畫可以被成功阻止。他瞥向站在一旁的馬杜克，面對這樣巨大的壓力，馬杜克卻只是沈穩的站在窗口的最前方，全身沒有一絲一毫的移動，他緊閉著雙眼，沒有露出任何緊張或是擔憂的表情。

這就是領導者的風範嗎？倫納德暗自心想，不管面對多少的犧牲、挑戰，都不能顯露出絲毫的動搖？在自己的身旁，安潔莉娜和劉秀澤兩人已經緊張到開始發顫，他們緊緊的靠著對方，眼神專注的盯著前方。

又沉默了好一段時間，艾歐勒斯的聲音忽然傳來。「全部能量環已經建立完畢，開始啟動進行物質拘束。」

長達四十萬公里的通道，在艾歐勒斯的命令下，每一個能量環都開始全力運轉，周邊大量的塵埃和所有物質全部被吸入這個拘束通道當中，並且在四十個能量圓環處被轉化為大量的氧氣。

「敵方偵測到些微的能量反應了！」

馬杜克睜開了雙眼，他的眼神無比的堅定，沒有一絲的猶豫，「行動。」

貼近巨藍星的四個能量環能量全開，在空間中製造出了巨大的負壓吸力，讓下方大量的氫氣像是浪潮一般湧過了能量環，附近的機動艦隊正準備靠近檢查發生了什麼事，而準備已久的能量巨環就在那一刻被點燃。

那一刻，眾人看見遙遠漆黑的宇宙似乎閃過了一道微光，彷彿星火一般微弱。接著在一剎那，微小星火就以勢不可擋的燎原之勢暴漲，瞬間炸亮了整個宇宙空間。

肉眼無法直視的巨大火焰柱從巨藍星的一側，宛如太陽的日冕一般激射而出。規模驚人的噴射火焰以極高的速度穿越了四十個增強燃燒威力的能量圓環。十秒之內，烈火就噴射到衛星基地上頭，巨大的天火從天而降，瞬間吞噬了整個星球。

火焰焚毀了地表上的一切建築、自然環境，並且順著數千個連通地底城市的通道灌入了星球內部。龐大的火焰一瞬間燃盡了星球內部全部的氧氣、摧毀了所有的環境調節系統、並點燃了存放在裡頭的所有能量軍械庫，在星球內部引發了大爆炸。而由於整顆星球的地殼有經過特殊強化，因此沒有被這場爆炸中遭到摧毀，但是如此卻將爆炸的能量全部封閉在幾近密閉的地底城市中釋放出來，驟升的溫度和壓力，瞬間將裡頭所有的生命全部汽化。

整個突襲不到十五秒就結束了。巨大的火焰因為所有的助燃物被燃燒殆盡而很快就熄滅了，但是這個畫面的震撼卻彷彿持續了永恆之久。所有人都瞠目結舌的看著眼前駭人的景象，無法相信這是發生在真實世界的情況。

「全軍出擊！」馬杜克在彗星盾的核心基地被摧毀的同時就高聲下令道。「所有人回到自己崗位，全速突破彗星盾！將所有因為奇襲散亂的敵方艦隊全部消滅掉，不要留給他們任何喘息的時間！」

眾人立刻返回自己的崗位，但倫納德卻彷彿被固化般，動彈不得的站在窗口前方，愣愣的看著表面被烈火焚燒而化為黑色焦炭的星球。他無法想像那裡頭的十億居民，在看著空中忽然降下巨大的火焰並吞噬掉整個星球時，他們的心裡有什麼感受。他們為了拯救乙太人，卻在這裡殘殺了十億無辜的生命。

「潛入乙太的行動馬上就要展開，最好快點做好準備。」馬杜克走過倫納德身邊的時候冰冷的說道。

倫納德緊緊的閉上眼睛，喃喃的說道：「對不起，請原諒我們。」接著他便睜開雙眼，硬生生的轉過身，加入了身旁其他人的行列，準備航向他們最終的目地。

## 乙太　中央殿堂

當巨大的焚星天火在馬杜克的一聲令下而從天而降時，身在乙太的泰非斯將一切都看的一清二楚，並立刻宣布進入了高度戒備狀態。

此刻在乙太精神網路「提雅瑪特」的中央殿堂中，加上泰非斯一共十四人聚集在當中。他們全部環繞在提雅瑪特的七彩光輝之下，並閉著雙眼靜靜的坐著。

無盡的複雜思想在他們彼此的意識中快速的交流湧動著，他們並不需要任何動作、或特意的發散精神訊號，所有人對於彼此之間任何一絲最細微的精神思念，都了然於胸。寂靜的空間中，眾人的意識宛如魅影一般，在無法看見與聽聞的黑暗中迅速的低語交流著。

「忠誠派已經成功了，他們突破了我們最後一道的防線彗星盾。」

「我們必須加緊提雅瑪特的建造。」

「馬杜克原本是我們當中最優秀的一員，想不到他居然會這麼做。」

「雖然沒有預想到忠誠派居然可以成功突破彗星盾的防禦，但是以馬杜克那個冷酷無情的個性，這樣的結果並不意外。相反的，這可能可以成為我們勝利的機會。」身處在意識中央的第一公民泰非斯表示道。

「忠誠派很快就會到來我們的星球上，我們要做好準備。」

「遵命。」十二道一模一樣的意識從與會將軍的精神中傳出。

「當然，你也是。當倫納德來到此處時，你將會是在前方面對他的人。」

在泰非斯的指令下，江少白微微的睜開了眼睛，殷紅的雙眼閃爍著木然而空虛的光芒。

**地球　英國　倫敦　ＬＧＧＳＣ總部**

沃克和陳珮瑄結束了剛才和ＬＧＣ的高級會議後，一同走出了戰情室。

「沃克院長，我有些話想要對你說，私下說。」陳珮瑄對沃克說道：「我們可以到旁邊談嗎？」

沃克和陳珮瑄一同走到了旁邊一間空的辦公室中，當門一關起來，陳珮瑄便開門見山的說：「我就直說了，我覺得蓋亞聯盟再繼續這樣下去不是辦法。」

沃克理解的點了點頭。在剛才的視訊會議中，與會的美國總統洛茲，一直不斷力勸各國要趁著他們腳步站穩的時候，全面對印法埃展開毀滅性攻擊，甚至提出了要利用核武掃除印法埃所有具備洲際導彈的軍事基地。這番言論雖然沒有在這次的會議中就得到採納，但是確實讓不少人受到了影響。印法埃之前殺害各國的無辜人民，這股仇恨即便過了那麼多年仍然沒有絲毫的減輕，反而隨著蓋亞聯盟的勢力逐漸穩固而愈來愈強烈。

「我認為，蓋亞聯盟的許多會員國已經被當前暫時的勝利而蒙蔽了雙眼。」陳珮瑄憂心道：「尤其是洛茲總統，他極力鼓動徹底摧毀印法埃的勢力，是要他們為當年重創美國之後那驕傲的舉動付出代價。但事實上，印法埃並沒有他們以為的那麼弱，我們的優勢也遠遠沒有想像中的那麼大。」

「是啊，我懂妳的意思。事實上，當初可以說是因為蓋亞聯盟勢力崩潰，才讓印法埃迅速的接掌了龐大的國家和領土，但是印法埃並沒有足夠的力量在所有的控制地區都立定下穩固的統治基礎，所以才導致印法埃的防禦沒辦法顧及到每一個面向。當我們的實力慢慢恢復時，所奪回來的不過是印法埃當初因為大勢所趨而過度擴張的領域。此刻雖然印法埃的勢力範圍被我們壓縮，但他們現在所控制的地區都擁有穩定的基礎和防禦體系，因此蓋亞聯盟也就無法那麼容易的佔領了。」

「現況是，印法埃仍然是世界上擁有最大軍事、經濟、政治力量的單一政權，比起結構鬆散的蓋亞聯盟，他們的基礎甚至更為穩固。根據這幾次的作戰，我清楚感覺到，目前雙方可以說是進入到了勢均力敵的狀況，要是繼續這樣發展下去沒有人會獲得利益，只會持續耗損。」

沃克嘆了一口氣，陳珮瑄說的正中他內心的憂慮，不久前他才閱讀到一份國際情勢研究報告，這份報告以相當具有說服力的數據和資料，證明了現在任一方都不具備定能勝過對方的條件和機會，在進入軍事平衡的情況下繼續採取惡性對抗，只會讓雙方的資源都消耗殆盡。不過，現在所有人的注意力都放在如何取得勝利的「戰術」上，這種觀點並沒有被多少人給聽見。

「所以妳打算怎麼做？難道要說服蓋亞聯盟會員國放棄和印法埃對抗嗎？妳很清楚這是不可能的事。」

「不，我想從最根本的面向釜底抽薪的解決。我在想，或許我們可以和印法埃和談，討論之後的合作。」

「和印法埃談和？這簡直是天方夜譚，妳知道要讓這水火不容的雙方坐下來有多困難嗎？印法埃殺害了全球二十億人，包括幾十個國家的領袖，還推翻了數十個國家的政權。這筆血債怎麼可能被輕易的揭過去？」

「但為了更長遠的利益，我們有義務放下偏見。伸張正義、為受迫害的人伸冤果然重要，但是更重要的是我們想要留給我們的後代什麼樣的世界？難道你希望自己的兒子從乙太千辛萬苦的回來後，地球是一團廢墟嗎？」

陳珮瑄的這番話深入了沃克的心坎中。倫納德已經離開了地球九百多天了，他有時會忘記遠在太空中，自己的兒子和媳婦正為了一勞永逸地解決地球上的問題而在努力，在他們這麼做的同時，他怎麼可以忘記自己許下的承諾？這段時間以來他們一直專注在如何打贏這場戰爭上，卻逐漸的忘了當初打這場戰的理由。如果只是為了要打敗印法埃而戰鬥，卻犧牲了整個地球，那麼繼續打這場戰爭還要什麼意義？

「妳說的對，我會試著一個一個國家的說服他們，並用我的職權人脈疏通國際上的軍政關係。」沃克說道：「但是，不能只是我們這樣做，我們還必須讓印法埃願意停手。但他們被我們逼的那麼緊，何況他們還有自己認為乙太所交託給他們的『使命』……這可能是最麻煩的，你很難說服一群自認為神而戰的戰士停手。」

「江少白已經離開，或許我們有機會。何況雙方大部分的人對這場戰爭都感到厭煩了。印法埃的目的，是篩選出具備始皇基因的人，不過事實上我們現在也一直在這麼做。或許我們可以在這個基礎上，一起找到雙方的共同利基，在不損及任一方利益情況下，以恢復地球和平為目標。如果未來乙太真的有近一步的指示，再來決定要怎麼做？」

陳珮瑄的話給了沃克從來沒有想過的嶄新觀點。他感覺像是一直在黑暗中摸索試著找尋死巷的出口，陳珮瑄的話如同黑暗中燃起一道指路的亮光，讓他看見了一口氣翻轉整個戰局的機會。不過，這仍有一些問題。

「就算如你所說，印法埃會願意接受，但是要怎麼向他們傳達這個訊息？這不能是由蓋亞聯盟主動提出。必須是由能被印法埃所信任的第三方提出，代替我們試探印法埃的意願，並讓他們知道我們願意合作的決心，要找到這樣的人恐怕很不容易。」

「事實上，我猜剛剛想到了一個可行的人選。同時具備了接觸印法埃高層、又會有意願合作的高級人員。」

「是誰？」沃克有些訝異的問道，陳珮瑄露出了淡淡的微笑。

「宋英倫。」

# 70

## 台灣　台北　總統官邸（榮昌寓所）

在特勤護送宋英倫回到了總統宅邸後，他便拖著疲憊的步伐往門口走去。

這裡是自從李登輝以降，歷任總統所居住的宅邸。前任總統在此處的維安代號為「永和」，象徵「永遠和平」。而在自己上任後，國安局將此處的代號改為「榮昌」，象徵「繁榮昌盛」。他自己是覺得這個名字十分的無趣。

他在返回寓所的一路上，都在想著自己如今的處境。他可以說是除了蔣中正以外，擔任過最長總統任期的人，因為戰爭和印法埃掌權的緣故，他已經擔任總統十年了。然而，即便在這個位置上坐了那麼久，他卻只覺得自己的存在十分的沒有意義，不管什麼政策、行動，全都要經過印法埃的審查，人員也全部要印法埃審核通過才可以進入政府單位工作，自己嚴然成為了一個傀儡。

在過去印法埃仍然是江少白掌權時，他還感覺自己是在為一個偉大的願景而努力，但是如今這種感覺已經蕩然無存。此刻的局勢就像是冷戰，自己被捲入這種權力對抗中，早已失去了一開始渴望改變世界的初衷。

宋英倫嘆了一口氣。不論如何，自己也怨不得旁人，當初是他自己願意和印法埃合作，並且相信對方所說的那「新世界的降臨」。現在他只希望戰爭能夠趕快結束。不過以現在的局勢來看，要讓戰爭結束，不是他們征服蓋亞聯盟讓自己成為澈底的傀儡，就是印法埃被蓋亞聯盟打敗，而自己因為叛國罪遭到處死。

帶著這心煩的念頭，他打開了大門。

「不要呼叫，我不會傷害你的。」當他一關上大門的時候，就聽到裡頭有人對他說道。

宋英倫心中大驚，難道自己終於要被暗殺了嗎？不過他一直都知道這一天遲早會到來，當初選擇了這條道路，就註定了未來要面對可能付出的代價和損失。他看向眼前說話的人，他只覺得這個人似乎有些面熟，當他認出對方時，他吃驚的退了兩步。

「妳……妳是蓋亞聯盟的普紐瑪部隊執行長……那個精神能力者陳珮瑄？」

「你說的沒錯。」

宋英倫感到十分的驚訝，陳珮瑄可以說是印法埃的頭號通緝犯，想不到她居然會自己出現在這邊。

「你不用擔心，我已經把這裡面的監視器都屏蔽掉了。不會有人聽到我們的對話。」

「原來這裡還有監聽器啊？」宋英倫發出了一聲訕笑聲，該說自己一點都不意外嗎？「所以，身為印法埃通緝犯的妳來這裡有什麼目的嗎？妳難道不怕我向印法埃檢舉妳？」

「我相信你不會這麼做，但是如果你這麼打算的話，我也可以隨時癱瘓你的行動，但如果沒有的話，就先坐下來談吧。」她指著一旁的椅子。兩人一坐下陳珮瑄就開門見山的說道：「宋總統，我知道你也想終結戰爭。」

宋英倫心中一陣驚訝，但是他表面上卻不動聲色，「為什麼我會希望戰爭停止？我在印法埃的保護下，可以好好的當我的總統，也不會面對你們蓋亞聯盟所遭遇到的任何糧食、能源危機，我有什麼理由希望戰爭停止？」

「因為你並不是為了自己的權力而和印法埃合作的。」陳珮瑄平靜的說道，「你當初願意接受江少白的提議，應該是因為他給予你未來將會改變這個世界的願景，他讓你看到了在地球之外有一個力量無比強大的乙太。只要遵循乙太的命令，你可以在世界那必然的命運裡，努力的讓自己的國家不被摧殘，而你也渴望看見那個新天地的降臨。所以，真正驅使你的，其實是你的使命感。」

宋英倫沉默了下來，她所說的正是自己的想法，「就算妳說的沒錯，那又如何？我是不可能反抗印法埃的，光是現在和妳的見面就可能讓我送命，我建議妳最好也趕快離開，免得被發現送命。」

「不。我需要你仔細的想想，你當初願意加入印法埃，是因為你相信這個世界會因為短暫的犧牲，而帶來更大的繁榮興盛，現在是這麼回事嗎？」

宋英倫默然的點點頭。其實這個問題自己也想了很久了，沒錯，他一直希望的，是利用創世疫苗的發明，讓自己參與所謂「真主」的偉大計畫，讓無數宗教經典所應許的那個「新天新地」降臨到世上。但是現在，印法埃只是單純為了穩固自己的勢力範圍而與蓋亞聯盟打的不可開交。沒有實現真主偉大的計畫，更沒有新世界的降臨，唯一有的，只是資源無盡的浪費、和經濟民生的崩潰。

「那麼如果我打算和妳合作，又要怎麼做？妳要我協助你們政變嗎？妳知道那是不可能的，我現在就像是一個被架空的行政院長，所有的軍事外交決策權全都在印法埃的手中，如果我有任何造反的意圖馬上就會被處死。而我也不可能和妳一起逃到蓋亞聯盟，我終究還是要對我的人民負責——雖然我懷疑他們並不這麼想。」

「你錯了。這並不是我希望你做的，我並不希望打敗印法埃。我希望的，是能夠透過你聯繫印法埃委員會，讓我們和印法埃達成和平協議。」

「要我傳遞訊息給委員會？」

「沒錯。印法埃的領導階層有很多都在台灣，而且你和印法埃合作了很久，你身居要職、有聯繫的管道、有認識的人脈，我需要你幫傳達蓋亞聯盟希望能夠和合作的消息給委員會，讓他們也願意放下對抗。」

「妳可知這件事情的風險多大嗎？就算他們不處死我好了，他們憑什麼要聽我的？印法埃已經行動了那麼久，為什麼要在現在收手？」

「憑藉著你多年的忠誠和付出啊。」陳珮瑄理所當然的說道，讓宋英倫心頭為之一震，「你是真的少數從頭到尾都位居核心，並參與了印法埃全部行動的高層政治家。你對江少白主席的忠誠讓你儘管在軍政上權力被架空，但是你的話仍然具備份量。況且我很清楚印法埃不是一群腦子不清楚的瘋子，相反的，他們相當精於算計。印法埃的目的，是為了實踐他們自認為乙太交託的使命——篩選具備始皇基因者。而我們可以在這個目標上一切努力，又不必殺害其他百姓，一起重新創造地球的榮景。我們能夠保證停戰後不會在違背協議的情況下單方面出手，讓印法埃保全自己的實力。你只要和他們傳達這個訊息，我相信他們就會開始去評估了。我知道你具備崇高的使命感，這是你第二次的機會，讓和平再次降臨到世上。」

宋英倫微微的點了點頭。他在內心猶豫了很久，他感覺自己像是多年前被印法埃說服時一樣，當時他們告訴自己只要合作，就可以在未來得到無盡的回報，結果呢？現在，他又再次面臨了和當初一樣的選擇，他擔心如果他接受，只會迎來和之前一樣一無所有的結果。

不過當他這麼想的時候，陳珮瑄最後的那句話卻在他心中引發了共鳴——這次是你第二次的機會，可以真正改變這混亂的世界。此刻正是他重新彌補自己曾犯下錯誤的機會。

「我明白了。」宋英倫對陳珮瑄伸出了手，臉上的表情混雜了哀戚、盼望與堅決的情緒，「雖然我不敢保證成功，但是我會試著去說服印法埃委員會這個提議。如果未來國際要清算當年參與這件事情的人的話……我希望你們可以記得，是我讓這場和平得以降臨的。」

# 71

**宇宙　乙太外圍　忠誠派主艦隊**

「接下來你們就要準備對抗乙太了。」在航向乙太的艦隊上，馬杜克對著眾人說道。

「我們接下來的行動要做些什麼？」倫納德問道，他們付出了這麼多的努力，從八年前對抗嬴政一直到現在，此刻終於要進入那引發這一切問題的傳說之地了

「等一下我再說明，不過在那之前。我要先和第一公民泰非斯在乙太旁的衛星上，進行一場談判。」

「什麼？」好幾個人全部驚訝的叫出聲來，簡直不敢相信自己聽到了什麼。

「你們先聽我說。由於我們目前突破了彗星盾，在單純和乙太星球的武力較量上，我們是略勝一籌的。不過在精神力量上，由於乙太上的精神力量實在是太強，我們的艦隊基本上不可能靠近他們，只能在他們的精神力場影響範圍外保持安全距離。為此，我不久前和泰非斯下達了最後通牒——他們已經看到了我不會因為任何的人質而有所顧忌，忠誠派的所有艦隊已經做好了為了拯救宇宙而承受任何必要的犧牲，直接在提雅瑪特完成以前摧毀整個乙太星球。但是為了乙太上數億的生命和星球的未來，我願意給他們一個機會，讓雙方可以進行一場談判來達成對大家最好的結果。」

「怎麼可能？我們正要將乙太勢力一勞永逸地永遠摧毀，怎麼能在這個時候和對方達成協議？」

「你還聽不懂嗎？我們當然沒有要達成什麼協議，而是要你們在我和泰非斯談判的時候，潛入乙太執行任務！」

眾人聽到這裡頓時恍然大悟，若是泰非斯還在乙太上，那麼他們潛入行動恐怕最後也不會成功。「不過，泰非斯會願意答應這個談判嗎？他不可不警戒這是陷阱吧？」

「那是當然的，但是泰非斯不得不同意，因為我是完全認真的。」馬杜克眼神銳利的說道：「要是不能成功在提雅瑪特完成前將之關閉，那麼我絕對會毫不留情的對乙太進行全面轟炸，雖然乙太上頭的武力也很強，不過和整支艦隊從四面八方包圍的武力相比，仍然不足以抗衡。所以沒錯，泰非斯一定會來。」

眾人理解的點點頭，不過倫納德仍然有些不解的說道：「不過就算泰非斯不在，我相信泰非斯一定不會讓乙太疏於防備，一定會留有防禦，我們要怎麼潛入上頭呢？」

「關於這點我已經準備好了。」馬杜克揮了揮手，只見艾歐勒斯和護衛在從一旁抓著一個人走了進來，一看到艾歐勒斯所押送的那人，倫納德立刻驚訝的瞪大雙眼。

「厄德娜？」

「就是她，」艾歐勒斯點了點頭，「在我們完成了摧毀彗星盾的行動後，我注意到了有一艘星艦正在往乙太的方向快速逃逸，所以我和我的隊員立刻出手攔截，並發現那是泰非斯手下大將要直接返回乙太的星艦！」

「你們這群該死的叛徒！」厄德娜高聲怒罵道：「馬杜克，你原本應該是屬於我們的人，還有艾歐勒斯你也是！你們明明可以和第一公民一同達成統御宇宙的目標，卻選擇和乙太作對！第一公民絕對會把你們全部消滅掉的！」

「正好相反，厄德娜。妳會成為幫助我們打倒泰非斯的關鍵。」馬杜克對她露出一抹冰冷的微笑，厄德娜的面孔瞬間轉為慘白。

「這麼說的話……」倫納德緩緩的開口。

「沒錯，這艘星艦具備直接登陸乙太中央懸浮島上的權限，你們只要搭乘它就可以直接登陸乙太。」

「這真是高明。」倫納德不禁讚嘆道。

「說是高明，但也算是機運吧。總而言之，你們將會在艾歐勒斯的保護下潛入乙太。而且不只有你們，還有我們預先挑選過的菁英作戰人員。你們所有人將會以七個人為一個小隊，一共會有五個小隊同時執行入侵任務。每一個小隊，都會有一個人偽裝成倫納德的精神特徵訊號，這種偽訊號用偵測的方法是無法分辨出來的。因此你們一登陸懸浮城市後，就立刻拆散到五個方位，一同朝著中央殿堂進軍，讓敵人無法辨別你們的位置。之後的詳細作戰方法，就由艾歐勒斯全權負責。」

「所以一共會有其他四個人代替我作為目標？這不是讓他們變成替我分散敵人火力的敢死隊員？」

「沒錯，而他們這麼做絕對不是為了你，而是為了更遠大的目標，所以如果你要和我談什麼道德的話，還是等任務結束後再說吧。」馬度克馬上打斷他並繼續說道。

「接下來，是最重要的一點。這是要交給你的。」馬杜克對倫納德說道，他從身上拿出了一個手掌大的小型圓盤，這個圓盤外殼晶瑩剔透薄到了極點，外觀看來像是鑽石，而在這個透明外殼的包裹下，它的內部閃爍著絢爛的火彩。這個裝置和倫納德過去所見過任何一個都不一樣，所有看到人都不禁為它的美麗外觀感到迷惑。

「這個水晶匣中裝著可以關閉『提雅瑪特』的病毒。我之前講解過，每一個人的精神當中，都藏著一個潛在的『精神暗示』可以被摧毀。提雅瑪特雖然是人造精神，但是也不能例外。所以這裡頭裝的不是過去那種針對電腦系統的量子病毒，而是一個複雜的『人造精神訊號』，甚至可以說它是一個活物。當你們抵達了中央殿堂後，只要把這個東西放到提雅瑪特的核心光束之下，它就會被吸收進入整個意識當中，進而關閉系統。」

「我明白了。」倫納德伸手要將這個精神水晶匣接過來，但是馬杜克卻將手收了回去。

「不過，為了安全起見，我把這個水晶匣進行加密上鎖，當你要釋放裡頭的精神病毒時，你得先將這個水晶匣給解鎖打開。由於這個水晶匣是用來裝載精神訊號的病毒，所以它也必須用精神訊號來上鎖。而解開它的密碼必須藏在你自己的回憶當中，讓它有可供依附的精神。當你要釋放病毒的時候，只要回想這段記憶，就可以將它打開來。」

「那麼，我應該要怎麼做？」

馬杜克伸出了雙手，「你在自己的記憶中，選擇一段對你而言最深、但是要很清晰的記憶，我會將這個精神祕碼植入到這段記憶當中。你決定好自己要用什麼回憶了嗎？」

倫納德低頭想了一想，自己要從這麼長的人生中選擇哪一段作為隱藏這段精神祕碼的媒介呢？然後他點了點頭，「我已經決定好了。」在馬杜克的示意下，倫納德伸手握住了馬杜克的雙手。

當他握住馬杜克的雙手時，他感到一個從來沒有感受過的東西流入了自己的意識當中。一般他的精神所接收到的，都會是外界的資訊或是他人的情感，但是此刻進入他精神的這個「東西」具備他自己的精神結構，彷彿是另一個精神生命體，而他也在自己的精神中清楚的看見了這個精神體是什麼。他感覺這個生命體纏繞進了自己的意識深處，然後在他所想的那段回憶中固定下來。

「感覺很奇特。」在轉移完成後，倫納德說道。

「第一次難免。」馬杜克微笑的點了點頭，然後他將目光看向艾歐勒斯，「那麼，一切都交給你了。」

「沒有問題，我會全力護衛他們周全的。」艾歐勒斯對馬杜克躬身說道。

馬杜克雙眼燃燒著強烈的火光，「不論成敗如何，這都是最後了，我會為你們祈禱的，去放手一搏吧。」

## 72

## 乙太

蕭璟躺臥在床上，全身發燙痛苦的扭動著。

過去的幾天，她的身體不時會有些輕微的不舒服，或是顱內偶爾會陣陣的刺痛和暈眩，但並沒有太劇烈的症狀。不過昨天晚上，她忽然感覺整個精神傷口處被撕裂了開來，她知道這是因為自己的疾病終於來到了爆發的臨界點上，所有的痛苦和症狀都開始出現。灼熱的痛楚如烈火般激烈地燃燒著，讓她幾乎連思考都辦不到。

混亂的思緒伴隨著痛苦在她的腦中不斷的翻騰湧動。她心中感到十分的苦澀，難道自己千辛萬苦克服了一切的挑戰和困難，最後的命運就是像這樣在痛苦中一個人默默的死在這嗎？此刻應該是她最後一天的壽命了，她懷疑自己在死前能不能見到任何一個人，畢竟自己在這裡不過是如蟲子一般的存在，乙太人給她房間住已經是莫大的恩典了，若要他們關心一個蟲子的死活，根本是不可能的事情。

念及此處，她好想要見到倫納德，他們結婚後才相處了沒兩天就硬生生被拆散開來。雖然她一向不是個會依賴他人的人，但是此刻自己命在垂危，她只希望倫納德能夠待在自己的身邊陪她。而除了倫納德外，她一直放不下的，就是希望能知道江少白的狀況。他離開了乙太這麼久還沒回來，到底是遭遇了什麼？

蕭璟的意識一直處在這種模糊不清的狀況下，而在朦朧當中，她似乎感覺到眼前出現了一道光芒，這道光芒隨著時間過去愈來愈強烈，最後幾乎要燒到了自己……

「妳的狀況如何？」一個聲音從蕭璟的身旁傳來，讓她立時從混亂中甦醒過來。

「是誰？」蕭璟睜開雙眼，她預期自己會看到江少白站在自己床頭，但是當她散亂的眼神聚焦到前方的人身上時，她卻驚訝的說不出話來。眼前這個人的面孔一直不斷的變幻，他身上也散發出了無比強大的精神力量。雖然沒有針對自己，但是光是在這個人身前，蕭璟就覺得這股能量幾乎要將她的精神給焚毀。不過儘管如此，蕭璟仍然沒有轉開視線，而是緊緊的盯著眼前的這個不速之客。雖然她從來沒有見過，但是她知道眼前這個人是誰。

「泰非斯？」

「你居然認得出我？」

「沒錯，你這個惡魔，你到這裡來做什麼？」蕭璟憤怒的對著泰非斯罵道，面對這個全宇宙最強大的生靈，她沒有表露出一絲一毫的恐懼或敬意。她努力的從床上爬下來站穩腳步，「你到底對江少白說了些什麼？」

「妳這麼做相當的不智。你以為自己的壽命快到盡頭，就可以這樣不顧一切的質問我？妳知道，不管妳現在的狀況如何，我都可以讓你感受到比哪強烈百倍的痛苦。」

這倒是真的。蕭璟對於泰非斯的威脅沒有任何的懷疑，但是此刻的她一點都不在意，她只是繼續咬牙切齒的說道：「回答我的問題。」

「好吧。」泰非斯聳了聳肩，他沒有回答蕭璟的問題，而是說了一個她不知道的消息：「妳可知道，忠誠派的艦隊正在航向乙太的路途中？」

「什麼？」蕭璟詫異的瞪大了雙眼，她等待了那麼久的時間，實在不敢想像忠誠派已經順利的突破到了這裡，充滿期盼的情緒立刻從她的精神中流露出來。

「別高興的太早。忠誠派他們此刻正在航向自己的墳墓。提雅瑪特的擴張已經進行到了最後的階段，我今天就會將他們全部消滅掉。當然，在那之前我得去衛星見見那位狂妄自大的馬杜克，然後再拖住他的腳步，隨即消滅他們。不過呢，在我離開的這段時間，想必他們一定會派遣人員想辦法穿越防禦而登陸吧？倫納德應該也是當中的一員，到時候，就是妳的工作了。」

蕭璟聽到泰非斯提到倫納德先是感到一陣驚喜，但隨即就為他話語中的詭詐而感到恐懼的退了一步，「妳……妳要拿我做什麼？」

「妳不必擔心，沒有什麼困難的。比起這個，在那之前，我要讓你見一個人，進來吧。」

蕭璟困惑的將視線轉向房門，而當她看見進來的人時，她的意識瞬間化為空白，瞳孔則因為恐懼而放大顫抖著，她搖搖晃晃的上前走了兩步，顫抖的說道：「你怎麼……會變成這樣？」

眼前的人，毫無疑問的就是江少白。然而，此刻這個人既是江少白，同時也不盡然是他，他的身上所散發出的氛圍已經完全不再是過去的江少白，他的雙眼閃爍著殷紅的血光，冰冷而空虛的雙眸中，沒有一絲一毫的情感和溫度在其中，當蕭璟看著他的時候，只感覺到了無比的冰冷和黑暗。

不顧身上的痛楚或是泰非斯仍在一旁，蕭璟衝到江少白的面前用力抓住他的肩膀，她全身顫抖、眼神充滿驚恐的說道：「不可能……你不是答應過我……」

「難道妳玩弄江少白還不夠嗎？他看清了妳一直以來，都只是在利用他的情感去迷惑他、動搖他的意志。妳對他虛偽的情感，是壓垮他意志的最後一根稻草，最終讓他自己作出了這種選擇。」

蕭璟在顫抖中緩緩的轉過頭，她的眼中燃燒著前所未有的熾熱怒火，「你這個該死的惡魔！你操縱他的心智，欺騙他對你的忠誠！是你讓他……」蕭璟說到這自己卻忍不住哽咽了起來，她轉頭看向江少白的的雙眼，眼神哀戚地說道：「拜託你……你是那麼信守承諾的人，我知道你一定沒有忘記……」

江少白伸手用力的把蕭璟推開。原本身體就承受著巨大痛苦的蕭璟在這一推之下完全沒有招架之力，身體重重的摔倒在地上。但是她並沒有感覺到身上的痛苦，而是極度悲愴痛苦的看著這個已經再也認不得的人。

「精神完全沒有被影響，比我想像中的還要完美。那麼，你們就準備一下，我要離開了。」他看著倒在地上的蕭璟，「等我回來之後，如果妳仍然活著，那麼或許……我會憐憫治好妳身上的疾病。」

泰非斯說完便轉身大步離開了房間，只留下全身因為驚駭和痛苦而無法移動的蕭璟，當她看著江少白那雙殷紅而空虛的雙眼時，她的心中充滿絕望。

## 73

「我們即將抵達乙太，全員做好準備！」

眾人搭乘著這艘原屬乙太的星艦，快速的朝著乙太飛去。

星艦上，包含倫納德、安潔莉娜和劉秀澤，一共三十五人。每個隊員的袖口處，都有著紅色條紋的特徵，代表他們是忠誠派所屬的最高戰力「菁英戰隊」的成員。

此刻星艦離乙太還有一段距離，但倫納德已經可以清楚感受到從乙太星球上所散發出的龐大精神力場。距離這麼遠居然還可以感受到如此統一的精神能量，讓倫納德內心不禁感到訝異又警戒。安潔莉娜和劉秀澤同倫納德一起看著窗外乙太的樣貌。儘管乙太的威力是如此的駭人，但是當看著乙太上愈來愈清晰的輪廓，他知道蕭璟正在上面的某處等待著，每靠近乙太一點，自己就愈接近蕭璟一步。這樣的想法讓他鬥志更為高昂。

「聽仔細了。我們一抵達地面就要全速突圍！」艾歐勒斯命令道：「每一個人，都要盡全力護衛自己隊上倫納德精神訊號的偽信號源，所有人都要拚命抵達中央主塔，如果遇到敵人，就算是死，也不能讓假冒者被抓到！」

「是！」三十一名隊員全部同聲開口。看到這些隊員全部義無反顧的要讓自己順利潛入提雅瑪特殿堂，倫納德心中也不禁暗自發誓，自己絕對不能辜負眾人的期望。

「倒數五秒！」

在星艦減速穿越乙太的大氣層時，倫納德低頭看到了他們的目標——那個懸浮在乙太表面上的巨大懸浮島嶼，還有中央高聳入雲的中央主塔。這裡的規模，是之前見過的任何一座城市都無法與之相比的，壯觀而巨大的城市讓人不禁震懾於乙太強大的威勢。不過這個想法稍縱即逝，倫納德很快的集中精神。下一秒，星艦便在慣性系統下，平穩地降落到了懸浮島嶼上的停機坪。

星艦一停下來，艾歐勒斯立刻舉起手示意眾人預備，所有人的精神都全力警戒，聚精會神的盯著前方的大門，倫納德甚至感到自己的心臟都一度停止跳動了。

星艦門一打開，兩名奉命前來帶厄德娜前往中央主塔的護衛的身影便出現在眼前。同時間，艾歐勒斯立刻從雙手激射出兩道高能能量光束，在他們還來不及啟動任何精神和物理防禦前就被汽化消失。

眾人立刻乘勢從星艦中衝了出來，與之同時，倫納德感受到整個城市的精神都在那一刻為之一震——他們已經注意到有人闖入了。

「分散！」艾歐勒斯一聲令下，五支隊伍立刻啟動身上動能加速裝置，移動到不同方位。至於倫納德，他和另外兩人以及艾歐勒斯在同一個隊伍中，他們不到兩秒就從停機坪移動到了一條從城市邊緣直達中央主塔的道路上。

「記住，等下會有猛烈的攻擊、會有人倒下，但不論發生什麼事，都絕對不要停下腳步，要全速衝到中央主塔去。走！」七個人的隊伍中，以倫納德為核心，艾歐勒斯在最前方領隊。七人身上全部的能量護盾、光波屏蔽、精神隱蔽功能全部相連並且調整到最大功率。接著他們便以十馬赫的高速，快速著朝著眼前的道路突圍而去。

眾人才前進了沒多遠，立刻就感受到一波接著一波的精神攻擊襲來。這場攻擊並不是針對他們所在的道路上，而是以中央主塔為核心，同時朝著四面八方放出了一波波感測的精神力場和能量力場。雖然他們在身上的護盾防禦下沒有被擊中，但是當攻擊被擋下的瞬間，倫納德立刻就感受到了原本分散開的能量全部集中起來，並分為五個方向，朝著他們所行進的道路前方直擊而來。

「閃開！」小隊在艾歐勒斯的率領下，全部的人同時往左側閃避，躲開了前方直擊而來的能量攻擊，但是能量經過的餘波仍然讓眾人腳步一陣停滯。

艾歐勒斯朝著兩旁迅速的揮出手，猛烈的攻擊從他的身上激射而出，瞬間掃平了道路兩側的三座防禦塔。不過在他這麼做的同時，眾人周邊的能量護盾削弱了不少，一道光束就在這時從他們右後方射來。最後方的隊員被這個強大的能量直接命中，頓時超越了他身上護盾所能承受的極限，他連一聲慘叫都沒有發出就被汽化。一旁的隊員見狀立刻上前彌補他的防禦缺口然後繼續前進，彷彿剛才什麼事情都沒有發生一樣。

在整座城市的其他地方，倫納德可以感受到周圍傳來了淒厲的精神慘叫。會這麼清楚的感受到隊員的精神，想必是因為當他們死亡時身上的精神隱蔽裝置也被連帶摧毀。不過儘管察覺到這點，倫納德等人也早已在槍林彈雨的攻擊下自顧不暇，沒有餘力去關注其他隊伍的情況。

「越過前方的通道！」過了沒多久，他們已經快要抵達了道路盡頭，來到了中央主塔的外圍。在他們抵達的前一刻，他們的後方衝出了三名乙太的戰士，準備朝著他們發出精神和能量攻擊。

眾人不顧一切的用盡全力跳過了前方的通道，當他們一越過去的瞬間，後方剛才所站立的位置立刻發出了巨大的爆炸。他們被這陣爆炸的震波向前推到在地上。

艾歐勒斯一著地，就迅速的站穩腳步觀察周圍的狀況。在他這麼做的同時，有另外兩組的隊員也成功抵達了中央主塔的底部，但是他們個別只有五人和四人，而且全身傷痕纍纍，至於另外的兩支小隊早已在路上被消滅殆盡了。他們一會合後，就立刻拿出了一個能量發射裝置到地面上，在通道前方展開形成了一道強大的能量護盾。

艾歐勒斯清點完隊員後，立刻將精神朝著外頭感測。「周圍的部隊已經注意到這場襲擊，正朝著這裡過來，我們的時間比預想的要少上很多。我和其他的隊員在這裡替你們抵擋，你們三個人就一起行動前往中央殿堂。」

「只有我們三個？」

「沒錯，因為這裡需要我坐鎮，否則絕對無法抵擋乙太的攻擊。你們應該已經知道路線了，不需要我帶路。」

倫納德果斷的點了點頭，「明白，我這就出發。」

「你把這個拿去。」艾歐勒斯從他的腰側拿出一個四十公分左右的長條金屬裝置，當他的手一用力握住中央時，這個裝置立刻就延長變成了一把長劍外型的武器。

「這是劍刃形態的攜帶式能量武裝裝置，這種武器它的能量輸出會更高更準確，面對面近距離博鬥時可以發揮強大的效果。我無法陪你們進去，但是希望這多少可以幫助你們。」

「謝謝。」倫納德感激的接過這把武器。

與之同時，外頭傳來了一陣爆炸。艾歐勒斯立刻對他們大聲吼道：「馬上離開！靠你們三個了！」

倫納德最後朝著忠誠派的其他隊員們看了一眼，便轉身和安潔莉娜及劉秀澤兩人一起往中央主塔內跑去。他仍然可以感受到後方傳來的猛烈精神和能量攻防，而艾歐勒斯正大聲命令隊員在防禦網後奮力還擊。雖然這種想法十分的自私，但是他此刻在心中默默的祈禱，只希望忠誠派的人們能夠為他們纏住敵方愈長的時間愈好。

他們往建築的內部跑了一陣子。不曉得為什麼，當倫納德踏入了中央主塔後，他只覺得整棟建築中空蕩蕩的，沒有什麼人的精神充斥在其中。這似乎很不合常理，讓倫納德感到十分的困惑與警戒。

「莉娜，妳記得怎麼走嗎？」倫納德對安潔莉娜問道。

「當然，跟我來。就在前方有一個反重力升降……」安潔莉娜往前跑了幾步，忽然停下了腳步，眼神警戒的看著倫納德，「小心，前方有一個很強的精神力場。」

倫納德當然也感受到了，不過和他所以為的不同，這個精神力場並不是那種眾人的集合意識，而是一個單一個體傳來的，在這座乙太核心的建築當中，這種情況感覺很不對勁。

「對方只有一個人，但是能量很強。」他們警戒地往主塔中央大廳的方向跑去。當他們抵達大廳的同時，全部都急停下了腳步，並不是因為受到了阻擋，而是因為他們看見了前方的人。

在倫納德眼前的，是蕭璟正盤腿坐在大廳的另一側。當她看到倫納德等人闖入時，她的臉上滿是詫異和焦急的神情。看到蕭璟的時候，倫納德心中不免感到一陣激動，但是這個感覺並沒有持續很久，因為他很快就將注意力轉移到了站在自己和蕭璟之間的人，他的精神立刻進入了最高戒備狀態。

「我等你很久了。」雙眼殷紅的江少白正站立在三人前方，以不帶絲毫情感的口吻輕聲說道。

## 74

當倫納德看到江少白的那一刻，他的精神戒備立刻上升到了前所未有的巔峰狀態。

看到蕭璟仍然健在無恙讓倫納德鬆了一口氣，但是儘管這樣他的精神仍然不能有絲毫的鬆懈。他的目光極度專注的緊盯著江少白的每一個最細微的舉動，心神緊繃到了最高點。

經過上一次在衛星城和江少白的那一場驚險對戰後，倫納德便知道了自己精神的不足之處，並在這幾天潛心苦練自己在精神防禦上的精細度和敏銳度，讓自己不再會因為任何的閃神而造成精神出現破綻。不過當他再次面對江少白，他卻懷疑自己的訓練是否足以面對眼前的大敵。

儘管知道時間十分的緊迫，倫納德卻沒辦法向前移動半步。此刻江少白身上散發出的力量和氣息，和過去交手過的任何一次完全不是同一個等級，他身上強大的壓力朝著周圍散發出一波波的黑暗能量，彷彿有一道不屬於江少白的巨大的暗影籠罩在他的身上。而最令倫納德感到訝異的，是他那雙看不出任何情感的血紅雙眼。

「江少白，你怎麼會出現在這裡？為什麼你要把璟放在你的身後？」

「我奉第一公民的命令，要活抓你並殺掉你的同伴。至於蕭璟，我只是奉命將她的行動能力進行癱瘓，好讓她在這邊親眼目睹整個過程。」

「你說什麼？」倫納德詫異的退了一步，之前不論江少白再怎麼冷酷，都不會對蕭璟流露出這般無情的情緒。

「倫尼！你要小心，他已經不是原來江少白了！」蕭璟語氣萬分焦急的說道，「他被泰非給完全控制了自己的意識還有力量，你不是他的對手……」

蕭璟還沒說完，江少白身上立刻傳出了一道尖銳的精神攻擊刺向蕭璟的意識，蕭璟在動彈不得的情況下，只能全身痛苦的不住顫抖，一顆顆斗大的汗珠從她額頭滑落地面。

「璟！」

看到這個景象，儘管他們知道江少白的力量今非昔比，但三人仍同時衝上前對江少白出手。

安潔莉娜一瞬間已自我加速抵達了江少白的身側，揮拳要朝著他的身體進行近距離的能量釋放攻擊。然而在她出手的前一刻，江少白卻以不可思議的反應速度一個滑步閃開了安潔莉娜的攻擊，隨即以手刃重重的劈向安潔莉娜的身側。安潔莉娜的身上的能量護盾表面在這重擊之下爆出了缺口，她立刻慘叫一聲摔倒在地。

「莉娜！」劉秀澤見狀伸手抓住安潔莉娜的手臂要將她拖到一旁，就在他拉開安潔莉娜的瞬間，江少白馬上對劉秀澤發出了一連串精神攻擊，並同時從腰間抽出了和倫納德外觀極為相像的能量劍刃——不過這把劍刃的劍身卻是極度漆黑的墨色，彷彿吸盡了周邊全部的光芒一般——朝著劉秀澤揮砍而去。

那把能量劍刃是泰非斯所給江少白的乙太最高級別攜帶式能量輸出武器「埃特納」，埃特納在神話中是象徵封印泰非斯力量的火山。當劉秀澤以自身的護盾去抵抗時，直接被上頭所釋放出的極高能量給轟到一旁的牆上。他隨即失去意識的摔落到安潔莉娜身旁。

倫納德看到江少白居然在一眨眼的時間就將具備高度作戰能力的兩人給擊倒，戰鬥能力之高，實在令人駭然。當他看到江少白朝著安潔莉娜和劉秀澤的方向走去，他立刻毫不猶豫的也從身上抽出艾歐勒斯所給予的能量劍刃，朝著江少白的頭頂全力劈砍而下。

江少白迅速的舉起長劍擋下了倫納德的這一擊，他似乎本來就沒有打算再花時間在另外兩人身上。在擋下倫納德出手的下一刻，他全身裹著能量光芒的朝著倫納德襲來，而倫納德也立刻阻止了江少白的攻擊並全力反擊。

剛才和江少白交手的瞬間，就讓倫納德清楚的知道江少白如今的能力已經成長到深不可測的地步。在物理攻擊上，兩人的武器並沒有太大的差距，還勉強可以抗衡，但是在精神力量方面……此刻江少白每一次發出的精神攻擊都具備直接粉碎倫納德意識的威力，遠遠超越了一個正常人應該有的能量，倫納德一開始猜想這是因為江少白加入了提雅瑪特而獲得乙太人的力量支撐所致，然而他很快的就發現，江少白身上的精神相當的純粹，並沒有眾人意識集合體的感覺，反而比較像是被另一股力量操縱。但即便如此，也足以讓倫納德幾乎招架不住。

在江少白的精神攻擊下，倫納德無法直接和他硬碰硬，因此他將自己的精神想像成一顆光滑的球體。江少白每一次發出可以摧毀自己的精神攻擊，他就讓這道攻擊從自己的精神防禦外圍滑開。不過倫納德很清楚，這樣下去遲早必敗無疑，只要他有任何一點疏失，就會直接被江少白擊倒。如果是被這樣等級的精神力量給擊中，他可以肯定自己的精神會立刻癱瘓，並且這個傷害將永遠無法逆轉。

在苦戰當中，倫納德看見牆邊的安潔莉娜正奮力的撐起身子，想要過來協助自己對抗江少白，但是她實在是太虛弱，根本動彈不得。而在江少白的後方，蕭璟正焦急萬分的凝視著自己，但也愛莫能助。

當他看見蕭璟的神情時，一股力量瞬間充滿他的心中。在閃過了江少白揮砍而來的劍刃後，他便利用自己身上的動能裝置一躍而起，並將能量全部集中在手上的劍尖之上，直刺江少白身上的護盾，並趁著江少白在護盾被突破而不得不後退擋格的同時，朝他發出了一連串連綿不絕的精神攻勢，自四面八方襲向江少白。

這傢伙已經不是人類了！倫納德在心中吶喊，他的精神攻擊伴隨著可以改寫物理事相的強烈殺意，其威力甚至超越了之前擊殺鐵鷹部隊和在太空城與江少白對峙時的加總。當這道精神攻擊與足以貫穿江少白身上能量護盾的劍刃一起襲去時，倫納德認定江少白絕對不可能閃躲開這致命一擊。

出乎意料的，江少白只是雙眼微微一顫，隨即就彈開了倫納德的劍刃，並且以更為強大的精神硬生生擋下了倫納德的精神攻擊。這結果讓倫納德感到錯愕，停止了繼續追擊。江少白立刻趁隙反擊了回去。

剛才的攻擊竟然無法撼動江少白絲毫，這實在超乎倫納德的預期。他雖然知道江少白的能力比以前強大許多，但是他萬萬沒想到，如今的江少白感覺根本就不是一個人類，他的精神完全沒有一般人該有的彈性，也沒有情感。他宛如鋼鐵般，對一切都無動於衷。因為必勝一擊被化解的倫納德，頓時陷入被挨打的窘境節節拜退。

「江少白，你聽我說，我知道你一定還在自己的意識裡頭！」蕭璟在他的身後大喊。倫納德在抵擋江少白攻勢的同時心中暗想蕭璟是不是發瘋了，到了這個節骨眼上還想要對江少白講道理？

「我不知道泰非斯和你說了些什麼。但是你要相信我之前和你所說過的每一句話！我和你說過我把你當成自己的家人，我會和你一起面對你遭遇到的任何絕望和困境，只要你需要，我會一直陪著你，這絕對不是謊言。你答應過我，你會為了我保全你自己的意識，難道你已經忘了你的承諾了嗎？你……」

江少白在和倫納德交手的途中，忽然用力推開了倫納德的能量劍刃，接著便閃身到了蕭璟的正前方，高舉長劍直接朝著她的頭劈砍而下。這襲擊的速度之快，蕭璟根本來不及反應，就已經全身籠罩在江少白的攻擊之下。

「住手！」倫納德見狀立刻全身能量全開的加速到蕭璟前方，揮劍攔下了江少白的攻擊。

不過江少白原本就是引誘倫納德出手的佯攻，在倫納德為了救蕭璟而全身空門大開時，他立刻朝著倫納德發動猛烈的攻擊。倫納德雖然勉強擋下了江少白的襲擊，但是衝擊的威力仍然讓他精神為之一震。江少白沒有放過倫納德精神鬆懈的瞬間，在一陣能量攻擊結束後，江少白將長劍纏上了倫納德的劍柄，然後用力的下壓。

儘管沒有看過，但江少白這招卻是完全重現了當年傑生擊敗嬴政時的招數。記得這點的倫納德在長劍被擊落前，就自己鬆手放開劍柄，朝著江少白的手腕處也放出一道能量光束，讓他手上的長劍也在同時被擊落。然而這麼做卻讓倫納德全身澈底失去了防禦，江少白左手包覆著強大能量立刻重擊在倫納德的胸口。

倫納德身上的能量護盾被這一擊澈底擊碎，身上的乙太戰衣雖然吸收掉了大部分的衝擊波，但還是讓他重摔倒地。他感覺自己的五臟六腑都在燃燒翻攪，替意識染上一抹鮮紅。眼看江少白撿起地上的長劍朝他一步步走來，他卻只能被江少白的精神限制躺在地上。他閉上雙眼，為自己任務的失敗而對忠誠派的眾人感到愧疚。

「住手！」蕭璟不知道哪來的力氣，居然跑到了自己的身前擋在江少白前方，「拜託你，手下留情。」

江少白似乎有點意外蕭璟居然掙脫了第一公民置入精神中的行動癱瘓，但他仍然面無表情的說道：「我奉命來抓倫納德，還有讓妳乖乖的待在後方，但是如果妳繼續擋在這，我會連妳也一起殺掉。」

「不，你不會。」蕭璟語音堅決的說道：「因為你答應過我，你說過你不會和倫尼打的兩敗俱傷，更不會傷害我，我相信你不會騙我的。」

「妳瘋了嗎？快點閃開！」倫納德努力的撐起身子，但重傷之餘他只能在喉間發出嘶啞的喊叫聲。

「愚蠢，江少白已經死了。讓開。」江少白上前一步要把蕭璟推到一旁，但蕭璟卻忽然撲了上去，緊緊的抓住江少白的手。江少白的眼神因為蕭璟突如其來的舉動而稍微晃動了一下，「放手，此刻我要殺掉妳易如反掌。」

「我求求你，拜託你了。」蕭璟哭喊道，此刻她早已淚眼模糊，眼淚順著臉頰滑落到地上，「你不是這樣的人，我認識的江少白不是會棄守承諾和冷酷無情的人。我知道你仍在內心深處掙扎著。」

江少白面無表情的抓著蕭璟的手要把她拉開，但蕭璟卻抵死不從，反而愈抓愈緊。江少白緩緩加重手上的力道，蕭璟的雙手開始出現了骨頭的破裂聲，倫納德心中不斷大叫的想要衝上前，身體卻仍被限制動彈不得。

蕭璟早已身受重傷，此刻又遭受這樣的破骨之痛，劇烈的痛楚，像火一般燃燒著她殘破的身軀，但是她看著江少白的表情卻沒有因為疼痛而有絲毫的改變，只是繼續哀傷而堅決的凝視的江少白冰冷的雙眼。

「你答應過我……你說過你絕不會放棄自己的。」蕭璟此刻已經泣不成聲，她仍不願放棄的看著江少白的雙眼：「求求你，讓我幫助你好不好？我知道我無法了解你所經歷過的那些痛苦……但是不管怎麼樣，我都陪著你一起面對的。所以……拜託你，收手吧。」

倫納德絕望的看著蕭璟的背影，她孱弱的身軀在江少白強大的力量面前，宛如一個微小的身影站在正在山崩的坡道上，妄想以自己的身軀阻擋前方排山倒海湧來的力量。這根本是螳臂擋車，任何企圖阻擋這股力量的人都只會被它給一同吞沒。

但是，出乎意料的，這股排山倒海的巨大山崩居然真的在這個微小的身影前停了下來。巨大的黑暗從江少白的身上無聲無息的消失了，江少白發出一聲悶哼接著便不支倒地。而失去了支撐的蕭璟也跟著他一同摔倒。當壓制倫納德的力量消失，他立刻朝著蕭璟撲去，並在她倒地之前將她抱在懷中。他確認了蕭璟的狀況，好在除了雙手，身上並沒有其他大礙。倫納德正鬆了一口氣，蕭璟卻掙扎的站起身，「江少白……」

倫納德趕忙扶起蕭璟站穩。蕭璟一站穩腳步就立刻步履蹣跚的走到了江少白的身旁屈膝跪下，倫納德想要阻止她，但是江少白卻在這時忽然緩緩的撐起身來。他虛弱的喘著氣，雙手顫抖的幾乎無法撐起身來。蕭璟用自己近乎殘廢的雙手輕輕的撫過他的臉上的眼淚，顫聲問道：「你……你還好嗎？你記得發生什麼事嗎？」

江少白在虛弱的喘息中緩緩的睜開了雙眼。在光芒的映照下，一雙漆黑的雙眸中沒有任何的殺氣或寒意，只有被淚水濕潤的迷惘和困惑，「我不知道……」他輕聲說道，眼神迷茫的看著蕭璟，「我只記得自己聽見了妳。」

# 75

江少白感覺自己一直往水底下沉。

自從他十三歲被印法埃綁架到鏡子試煉中接受酷刑，並見到了他自認為是救贖之光的那一刻開始，他感覺自己的意識就開始緩緩的下沉。

從那一天之後，隨著他所經歷的每一次行動、每一次印法埃灌輸給他的教育、每一次殺害不同的人，都讓他的意識在這片無邊的汪洋中繼續下沉，而他的周圍也隨著深度不斷增加變得愈來愈黑暗。

一開始時，他會恐懼、他會掙扎地想抓住任何物體，希望能夠接觸到水面上的空氣和陽光。但是他每一次的掙扎，只會讓自己愈陷愈深，周圍的光芒也變得愈來愈微弱，直到他終於完全放棄了掙扎，就這樣放任自己不斷的往海底下沉。他自己的意識逐漸的變為模糊，轉而被周圍的黑暗慢慢取代。

直到那天，當他放棄自己精神的主權，把自我完全的交給泰非斯的時候，他感覺自己的意識終於沉到了汪洋的最深處。然而，在那裏等著他的並不是泰非斯所保證光明與平安，而是在海底深處，被一層又一層的淤泥給漸漸的覆蓋。在那任何光都無法抵達的深淵當中，時間宛如靜止一般，每一刻都是永恆的煎熬，他感覺自己的意識終於澈底的被黑暗所取代，自己將再也看不到任何的光明。但是這也怨不得任何人，畢竟這一路上都是自己的選擇。他就這樣認命的躺在海底，靜靜的等待著自己的靈魂被澈底分解消散的那一天。

然而，在這無止盡的沉寂當中。有一天，忽然一道微弱的聲音穿越了汪洋的黑暗與死寂，在他的耳邊輕聲低語。他認得那個聲音，那是自小的時候，就一直在他耳邊環繞著的，在他心靈深處中最依賴且純淨的聲音。那是無數次當自己在噩夢之中、當自己身陷絕望之中，一直在耳畔和他低語、給予他力量的聲音。

微弱的光芒伴隨著這道聲音射入了江少白所在海底深處，期盼再次聽見這聲音的極端渴望，為他逐漸分解的意識注入了前所未有的力量。他感覺自己的意識一瞬間急速的往海面上浮起，並於受困了二十多年的光陰後，終於在衝破水面的那刻再次重見光明。

江少白睜開了雙眼。當他看著前方那個自己生命中最純淨且重要的存在時，他並沒有聽清楚她說了什麼。他唯一感受到的，只有無比溫暖的光明與平安充滿在他心中。

# 76

「對不起讓你們看到我剛才的樣子，我現在已經完全恢復了。」江少白平穩了情緒後站起身來對眾人躬身道歉。此刻的他整個人散不再有任何的殺氣，取而代之的是神情柔和且平易近人。

蕭璟因為受傷而坐在安潔莉娜的身邊，她看見江少白終於恢復正常，眼神濕潤感動的點了點頭，然後她滿臉微笑的看著倫納德，「你終於來了，你不知道我有多想念你。」

「看到妳沒事就好。」倫納德緊緊的擁抱著蕭璟。能再次看到蕭璟讓他感到非常的激動，他很想和蕭璟就這樣靜靜的坐著，無奈時間緊迫，他抱了蕭璟一下就站起身來，「我們已經在這裡耽擱太多時間了，得趕快前進。」

「你們是要帶著病毒來關閉提雅瑪特對嗎？」江少白問道。

「沒錯。」倫納德拍了拍放著精神水晶匣的胸口，「關閉提雅瑪特的病毒就在我身上，只要進入了中央殿堂就沒問題。泰非斯此刻不在乙太，止是我們最好的機會。」

「對，他不久前去和忠誠派的領袖馬杜克到衛星上進行談判。」

倫納德低頭看了看坐在地上的安潔莉娜和劉秀澤，「你們兩人都已經受了傷，可能不太適合繼續前進，所以……」

「就由我來和你一起去吧。」江少白接口道：「璟和他們兩人就一起待在這裡，交給他們保護，我們兩個一起潛入中央殿堂，關閉提雅瑪特。」

「你願意幫助我們一起打倒泰非斯？」眾人都帶著有些意外的眼神看著江少白，他毫不猶豫的點點頭。

「沒錯，在我被泰非斯奪取意識後，我看見了很多泰非斯的思想，也看到我之前一直以為的救贖、使命，根本就是他用來利用我的手段。所以，讓我和你們一起推翻乙太吧，況且我是這裡最了解中央殿堂的人。相信我，如果你是第一次見識到提雅瑪特，你一定會無法承受那龐大的力量。」

看到過去纏鬥已久的死敵忽然間成了自己的隊友，讓倫納德有一種很矛盾的感覺，但是看著江少白那雙意志堅定的雙眼，他知道江少白是此刻最值得託付的戰友。

「那就這樣。」倫納德低頭親吻了蕭璟一下，「你們好好的待在這，我回來的第一件事就是治好妳身體。」

「沒問題，你們趕快走吧，我們會安全的待在這。」

倫納德和江少白對看了一眼，轉身朝著通往中央殿堂的反重力裝置跑去，朝著主塔的頂樓上升。

「我們會一起執行一趟任務，可真是做夢也想不到的事啊。」在上升的途中倫納德說道。

「是啊，希望這種事情不會成為常態。不過，我」江少白忽然轉頭看向倫納德，眼神相當的認真，「我保證，等到這件事情平安落幕之後，我就會盡全力協助你們，一起解決地球上正發生的一切麻煩。」

聽到昔日的印法埃總司令江少白對著自己說出這麼真誠的話，讓倫納德感到非常的詭異，不過他仍然對江少白微笑的點了下頭。當他看著身旁這位世界上除了父親外唯一和自己有血緣關係的表哥，忽然發現其實他們兩人身上的相似處遠比過去想像的多上了許多。

「那就這麼說定了。」倫納德說道。他有點想要提蕭璟的事，但隨即覺得現在不是談這種事的時候。

反重力上升裝置抵達了中央殿堂的樓層，兩人便一同跳了出去。在江少白才往前踏出了一步，倫納德忽然想到了什麼叫住了他，「江少白，等等。」

「什麼事？我們馬上就要到了。」

「在那之前，我想要把提雅瑪特的精神密碼分一半給你一起保管。」倫納德很快的和他說明了裝著精神病毒的水晶匣需要被精神力量打開的事情。他不曉得自己為什麼會這樣做，或許是因為已經在江少白的身上感到完全的信任了嗎？不論原因為何，倫納德就是感覺他有這麼做的必要，「為了保險起見，我希望你保管另一半的密碼。」

江少白看了倫納德一下，似乎有點訝異倫納德竟會主動交給自己那麼重要的東西，畢竟只要自己反悔，倫納德任務就失敗了。但他仍點了點頭，「謝謝。那麼我該怎麼做？」

倫納德照馬杜克教給自己的指示和江少白說明作法。江少白低頭想了下自己用來接收密碼的記憶，然後便點了點頭，「我決定好了。」他伸手抓住了倫納德的雙手，倫納德閉上了眼睛，照馬杜克的作法，將腦中那個精神生命體的一半，以自己的意識傳到了江少白的腦海中。當轉移完成後，他們同時睜開雙眼。

「這樣，就沒有任何人可以直接得到提雅瑪特的病毒。」倫納德說道。

「感覺真的很詭異。我們快走吧，中央殿堂就在前方了。」

倫納德跟著江少白一起在通道上快速的奔跑著。之前每一次走過通道時，江少白總會因為中央殿堂散發的力量而寸步難行，不過這次兩個人一同前進，卻什麼感覺都沒有的迅速的抵達了盡頭的大門。

「這就是中央殿堂的大門。」江少白指著前方巨大的黑金色大門說道。倫納德點了點頭，不用江少白說，他也可以隔著門感受到後頭提雅瑪特網路核心所散發出的強烈力量。他看了江少白一眼，兩人眼中都放出堅決的意志。

「走。」他們一起伸手，推開了大門。

一踏入中央殿堂，倫納德心裡一震，一種似曾相似的感覺油然而生，這個地方自己在一年多前曾經在夢中造訪過。然而，他並沒有餘力去注意這個空間的結構，因為在他的正前方，正站著一個身形高大的男人面對著他們，當看到那個人的面孔時，江少白不可置信瞪大雙眼。

「不可能！你怎麼會在這？」江少白震驚的說道。

看著那個男人一直變換的臉孔，還有他身上散發的超強力量，倫納德不禁顫聲說道：「他就是……」

「你猜的沒錯，我就是乙太第一公民泰非斯。你們兩人剛才的戰鬥十分的精彩，非常具有參考價值，我全部都看在眼裡。但是……」他眼神厭惡的看著江少白，「人類真是不可信任的物種啊，充滿了狡詐和背叛，想不到你居然會倒向自己的死敵那邊？」

「這都要多虧你。」江少白舉起手中的長劍埃特納指向泰非斯，「我還沒有找你算帳呢！你一直以來都在欺騙我，利用我對你的崇敬和忠心，讓我交出的意識，剝奪我的精神去實踐你自己的目標！」

「我欺騙你？我讓你加入我偉大的計畫難道是騙你的嗎？你本來可以在一切完成之後進入到永恆的國度中，但是最後卻被一個女人給迷惑……當初沒有直接殺掉她真是一個錯誤。」泰非斯嫌惡的搖了搖頭。

「沒有進入到你的永恆國度算我好運，等那時我的靈魂恐怕早就完全被你消滅了吧？」

「你為什麼會出現在這裡？」倫納德打斷他們的對話，「你不是去和馬杜克談判了嗎？要是你不去，忠誠派會毀掉整個乙太……」

「要我聽從馬杜克的話簡直是妄想，我對你們的舉動可以說是瞭若指掌。」泰非斯冷笑說道：「我早就知道你潛入的路線和方式，我是特意放你們進來的！不然你們真的以為有辦法順利的抵達中央主塔？」

倫納德心頭一驚。他知道忠誠派內有人在通風報信給乙太，但是居然在現在？在這麼重要的時刻被出賣？

「至於忠誠派的攻擊……現在提雅瑪特已經要完成了，只剩下最後一步。只要我從你的身上拿到病毒，找出了提雅瑪特的漏洞，我就可以把它修正，然後提雅瑪特將擴張到整個太陽系內，那群自稱忠誠派的叛徒也會在一夕間被納入網路當中。至於你們兩個人會被作為我控制地球的橋樑，只要具備我們量子基因的人，都會在網路威力近一步擴張後，被全部納入當中。屆時宇宙內根本沒有可以抵擋我的力量！」

泰非斯的話是如此的駭人，讓倫納德不禁全身為之一震，但是他仍有搞不清楚的問題，「既然你一直都在這裡，為什麼不自己出手？為什麼你還要派江少白和我對戰？」

「當然是為了要觀察你啊。」泰非斯理所當然的說道。

「我？」

「沒錯。你應該自己也知道，你的精神和其他人相比非常的特別，它具有和創始之體一樣的頻率特徵。具有創始之體元素的人的加入，將會成為提雅瑪特最終完成的關鍵。不過在讓你進來之前，我必需要先確定你的精神有什麼我不知道的祕密在當中。而江少白和你兩人出於同源，還都和創始之體有關，如果讓你們見面說不定可以得到什麼特殊的結果。」

「等等，你說我和創始之體有關是什麼意思？」江少白問道，但泰非斯沒有理會他。

「此外，我還發現，過去每一次你發揮出最強大力量的時候，都是在你的愛人蕭璟遇到危險時，所以我特別安排她也在場，好激發出你最大的潛力。事實上，正如我所料，我從你們的對戰中得到了很多重要的資訊。」泰非斯眼神忽然閃過不解的光芒，然後看向江少白，「唯一的失算，大概就是我沒有料到你居然可以在被控制的情況下恢復自我意識。不曉得是哪裡出了問題。」

「你這個該死的混帳！我會讓你付出慘痛的代價的！」。

洞悉江少白心意的倫納德，在他一說完話的同時，就與他一齊朝著泰非斯揮出了武器，射出猛烈的能量攻擊。

「愚蠢。」泰非斯只是一臉無聊的揮了揮手，兩人手中長劍所揮砍出的能量攻擊居然就這樣被泰非斯強迫停在空中，宛如凝固的光芒一般。而他甚至沒有利用任何能量裝置，就只是純粹的以精神力量阻擋了強大了能量攻擊。

「這……這怎麼可能？」倫納德不可置信的叫道。

「拜託，我可是同時匯聚數十億的精神力量在身上。要改寫這種等級的物理事相，只要我願意隨時都辦得到。」泰非斯說完朝著他們晃了晃手指，倫納德的武器立刻掉落在地上，而江少白手上的長劍則飛回了泰非斯的手中。他滿意的揮舞了一下手上的長劍，「你辜負了我的期待，現在算是物歸原主吧。」

「誰在意你的期盼？」江少白咬牙切齒的說道。

泰非斯將手指往地面一比，兩人立刻同時被一股力量壓倒跪了下來。

「真是滑稽的畫面啊。辛苦你了，花費了這麼大的力氣，幫我帶來了完成提雅瑪特的最後一片拼圖。」他從倫納德的胸口取出了閃爍璀璨光輝的精神水晶匣。

泰非斯瞥了水晶匣內的光芒一眼，「果然，被上鎖了啊。不意外，這種東西的特徵就是無法用暴力破壞，只有正確的精神祕碼可以開啟它。我猜，馬杜克一定把解鎖方式藏在你的精神中吧？藏在你的某一段回憶裡？」

泰非斯伸手正要觸摸倫納德，卻忽然注意到了倫納德與江少白之間一道微弱的精神默契，他皺了一下眉，然後就理解的點點頭，「我明白了，你把一半的密碼給了江少白？想不到你居然會信任這個叛徒。」

「這樣，你不可能從我的精神中獲得打開水晶匣的方法。」

「這個嘛，其實我不是很在意。你以為這樣我就辦不到了？」他伸出雙手，倫納德和江少白立刻被一股無形的力量拉扯到殿堂的正中央，並躺在提雅瑪特色彩斑斕的運送核心正下方。泰非斯走到了他們的中間，「那麼，就讓我同時從你們倆人的腦中一起找出破解水晶匣的密碼吧。」

泰非斯說完的瞬間，排山倒海的龐大精神訊號就淹沒了兩人的意識，周圍的一切都在那一刻全部褪去。倫納德感覺和江少白一起掉入了精神的漩渦當中，周圍的時光開始倒轉……

# 77

倫納德感覺自己的意識瞬間被龐大的精神訊號給徹底淹沒，佔據了他的每一絲精神和思緒。而在這波洶湧而來的精神海嘯之中，江少白也在身旁和自己一同的經歷著。

當泰非斯以強大精神網路「提雅瑪特」的超高威力朝著他的精神襲來時，他感覺自己人生的一切回憶，全部都隨著這波精神攻勢不斷地在倒轉，而江少白也在一旁和他一起目睹著這一切的發生。

在這一連串迅速流逝的過往畫面當中，他看到了自己的人生在眼前一閃而過，沿著時間軸線一路回朔。他首先看到了自己剛才和江少白在的激烈對戰、和忠誠派的成員一起執行任務、和夥伴們一起乘著星艦穿越蟲洞……

接著他的記憶回到了地球上。他看到了自己和蕭璟在婚禮上幸福的相擁、和江少白在科林斯第一次精神交鋒、在瘟疫爆發後與蕭璟一同在印法埃的追殺下逃亡……

回憶又到了更早以前。他看見七年前在西安的星艦上與嬴政對峙、和各國領袖在台灣開會、在東台灣星空下和蕭璟的第一次深吻、在西安地震後第一次見到了蕭璟的面……

看著這些倫納德的人生畫面，江少白的雙眼不禁閃爍著微弱不定的光芒，臉上也露出了一抹有些苦澀的微笑。這雖然讓倫納德有些難為情，但是他並無暇顧及這些事，因為他正竭盡全力的抵擋泰非斯的入侵，而他也感受到，泰非斯的精神已經快要深入到自己隱藏水晶匣密碼的地方……

倫納德知道泰非斯也發現自己快要抵達目標了，因為在他周邊回憶展開的速度開始放慢且愈來愈清晰。倫納德拚命的想要抵抗泰非斯的精神繼續深入，但是泰非斯的入侵卻沒有一個可以讓他阻止的方位，因為泰非斯的精神宛如影子一般，隱藏在所有記憶的幕後。

最後，回憶停止在倫納德還小的時候。江少白在一旁困惑的張望周圍景色。

「這裡是……」

「沒錯。」倫納德僵硬的點了點頭，此處正是自己曾經和嬴政交手時，嬴政企圖利用自己和母親的痛苦記憶。他之所以會選擇這段記憶作為水晶匣密碼的隱藏位置，不只是因為這段記憶仍埋藏在自己內心的最難抵達的深處，同時也是他曾經勝過乙太將軍嬴政的一段回憶。

在眼前緩速撥放的回憶畫面中，他再次看見了自己已經好久不見的母親——海倫・茱莉亞。倫納德做夢也沒有想到自己會再次重返這段回憶當中。母親一如他記憶中的一樣年輕美麗，有著湛藍的雙眼和一頭亮麗的金髮，不過他知道這個美好的畫面很快就會過去。

果不其然，下個瞬間，畫面就來到了母親和父親沃克每天無止盡的爭吵。母親在爭吵中把廚房的盤子全部砸碎、沃克氣憤的奪門而出、母親在痛苦中每日的酗酒咆哮，而自己只能恐懼的躲在一旁不知所措。

倫納德不安的想要閉上雙眼卻辦不到。雖然過去這段回憶一直是他無法面對的痛苦過往，不過自從八年前和蕭璟講開、且在嬴政面前直接面對後，這段記憶對他而言已經不再是一個恐懼且不堪回首的往事。他之所以會感到不安，是因為他知道接下來就到了與泰非斯進行精神攻防的關鍵時刻。

終於，回憶來到了自己過去陰影最沈重的那天。他的母親正坐在駕駛座，因為不久前剛大量酗酒而精神不穩，搖搖晃晃的開著車經過了倫敦塔，並不時像發瘋一樣的吼叫。而最令倫納德感到詫異的，是自己不再是一個一旁的旁觀者，而是成為了正在後座的那名孩子。

「什麼……？」倫納德往身旁一看，卻發現原本在身旁的江少白此刻在車子的外頭拚命的想要靠近自己，卻被無形的力量給擋住無法前進。他把目光轉向前面的母親，他很清楚接下來會發生的事。

猛烈的撞擊發生，衝擊力道使車子翻覆了好幾圈。周圍的玻璃全部碎裂、車內的安全氣囊爆炸，變形的鐵條刺入了自己的左胸。儘管是置身於回憶當中，這個衝擊仍然讓倫納德痛入骨髓。而與之同時，他終於看見了馬杜克所植入的精神體散發出金色的光芒出現在車子當中，並像是有自己意識的一般，靜靜的落到了倫納德的身上。

當倫納德剛剛為車禍的停止感到鬆了一口氣時，周圍一直隱藏著自己氣息的泰非斯卻終於出手了。

聽著周圍接近的腳步聲，倫納德知道那是一群警察接近車子的聲音，然而當腳步聲停下時，他卻赫然發現每一個警察全部都有著泰非斯的面孔。

「什麼？你怎麼……」

「你已經抵抗了很久，該是時候交出來了。」具備泰非斯面孔的每一位警察同時開口說道。

「倫納德，小心！」在遠方，倫納德聽見江少白對自己大聲的嘶吼並企圖靠近，但是隨著愈來愈多的腳步聲靠近，周圍每一個路人都以泰非斯的面孔圍了過來，江少白也很快被淹沒在人群當中。

「你不是我們的對手，放棄吧。」泰非斯的說完這句話，車外的每一雙手全部都伸進了窗戶來搶奪倫納德身上的金色精神體，駭人的怒吼聲和數不清的雙手伴隨著排山倒海的精神力量襲來，讓倫納德幾乎無法招架。

「絕不！」倫納德緊抱著金色的精神體奮力抵抗，由於有和嬴政對抗的經驗，他早就做好了準備。當敵人伸手過來搶奪時，他立刻以精神防護包圍住自己和精神體，彈開了所有靠近的攻擊。不過向他襲來的每一道精神攻擊都伴隨著了數十億不同人的意識一起湧來，幾乎要淹沒他的一切知覺。

倫納德大聲的嘶吼，他感覺幼年時的自己和現在的自己，兩個階段的意識聯合在一起，一瞬間推開了泰非斯的攻擊。不過下一秒，比剛才強大數十倍的壓力立刻湧來，大量的壓力、色塊、資訊全部湧入倫納德的腦中。他感覺自己的意識被完全覆蓋過去，精神防禦瞬間被擊成粉碎，他發出了一聲撕心裂肺的慘叫。

在防禦被攻破的瞬間，倫納德感到懷中的金色精神體被泰非斯搶奪過去。自己也在這個瞬間摔倒到地上，周圍的一切環境瞬間消於無形，只剩下一片黑暗。

「你沒事吧？那個精神體呢？」江少白跑到倫納德的身邊扶起他，但倫納德只是痛苦的搖了搖頭，提雅瑪特的威力遠遠超越自己的想像，他根本完全沒有與之抗衡的能力。

他們抬起目光時，泰非斯微笑的站在前方，右手抓著剛搶來的金色精神體，一手指著江少白，「輪到你了。」

## 78

當泰非斯轉而朝著自己的心靈襲來時，江少白以為自己已經準備好了。畢竟有了之前的經驗，江少白已經做好了第一時間擊退泰非斯的準備，然而當整個提雅瑪特的精神湧入自己的意識時，他差點直接崩潰倒地。

「小心！」倫納德伸手抓住了江少白的肩膀。他勉強的站穩腳步，他很清楚剛才發生在倫納德身上的事情馬上就要輪到自己，自己過去的一切都會被澈底揭露。不過他知道自己與倫納德不同，他的過往所蘊含的黑暗與痛苦之深，遠遠不是一般人所能理解的，光是要再次回憶起過去，就讓他恐懼自己的意識會再次被奪去。

他和倫納德並肩而立，靜靜的看著眼前的一切流逝而過。

這幾天在乙太上的一切爭鬥、在印法埃戰艦上和自己的意識對話、和委員會的對戰、過去經歷的每場戰役……

接著，他的回憶很快回到了他擔任印法埃委員之前。他看見了自己在印法埃一次又一次的冷血酷刑中逐漸被摧殘、看到自己被逼迫著執行一次又一次的暗殺行動、看見了自己在阿富汗的行動中被迫屠殺一個滿是婦孺的村莊、在任務結束後誘使他殺害所有的隊友……

「我的天啊，這就是……你在印法埃的訓練？」倫納德顫抖的說道，而江少白只是輕輕的點了一下頭。

這些過往從來沒有人知道，就連他自己也幾乎不記得了，此刻才再次記憶起了這一切。他看著自己在過去無數個孤獨黑夜當中，一次次的的瀕臨精神崩潰、卻又重新的站立起來，心腸也愈來愈冷酷恨毒。

倫納德雖然早就知道江少白的過去十分黑暗，卻遠遠沒有想到竟然到了這種程度。

不過，在這麼多的回憶當中，也不全然都是痛苦的。在飛逝而過的記憶當中，江少白看到了自己和蕭璟童年的相處過往。他們在後院結識、在空地上仰望星空、彼此許下承諾……接著回憶來到了伯公到西安拜訪他們，將紅碧璽戒指送給他。倫納德看著這段回憶喃喃說道，「這是我的……」

「是啊，這就是江曲昌，你的爺爺。」江少白輕聲說道。接下來的回憶很快的就到了蕭璟的生日前夕，江少白幾乎不忍直視，因為他知道接下來就要到了改變人生的時刻。

回憶中，江少白的父母被印法埃前代主席聶秦給殘忍的殺害，父母的身上的鮮血漫過了他的身軀，而在那之後……就是進入改寫人生的地獄深淵。

「來了。」江少白輕聲說道。回憶開始減速，泰非斯察覺到了他隱藏著精神體的記憶片段。

江少白睜開眼睛的時候，發現自己已經被置換到了四面鏡子的隔離室中，倫納德被隔離在鏡子的另一端，只能眼睜睜的看著裡頭發生的事情。這是他一生當中最黑暗且痛苦的一段過去，在鏡子試煉當中，印法埃殘酷的酷刑每天施加在年少的他身上，並在每一天不斷反覆粉碎他的精神與肉體。

江少白此時滿身是傷的被扔到隔離室，全身因為痛楚而動彈不得，絕望的黑暗籠罩在他的心頭。在這個時刻，江少白看見深藏在精神中的金色精神體出現在隔離間，然後落在了自己身上。他的精神瞬間進入到最高警戒，他知道關鍵的時刻要來臨了，而在外頭的倫納德也清楚感受到了那風雨欲來的危險氣息。

強烈而雪白的光芒射入江少白的眼底，周邊刮起了巨大的旋風。江少白瞪大了雙眼，看著空中那足以撫平自己一切痛苦的聖光灑下——他現在知道那聖潔光芒不過是虛偽的假象——並直達他的意識深處。

在江少白的注視下，泰非斯出現了。和過去的記憶不同，他不再是單純在江少白的腦海中，而是隱藏在江少白意識當中的泰非斯本體，以全身散發強光的樣貌出現在隔離室中。

「不！」倫納德在外頭髮出絕望的叫聲，他知道江少白曾經在過去於意識中見過泰非斯並被他改造心智，但沒想到原來是這樣的形式。「你居然用泰非斯的記憶來對他隱藏精神體？」倫納德不可置信的喊道，畢竟這直覺來看與自殺無異，江少白居然在泰非斯的面前使用這段記憶來隱藏自我，毫無疑問會被輕易的擊潰。

確信自己勝利的泰非斯露出了自信的微笑，他低頭摸向江少白的左眼，「你記得是我開啟了你的視界嗎？精神體就在你此刻的意識當中，我要將它奪走了。」他伸出手要抓取江少白胸口的金色精神體，他知道江少白一定會和過去一樣，臣服在自己的威勢下而無法抵抗。外頭的倫納德絕望的閉上眼，知道一切都結束了。

但是他們錯了。當泰非斯的手要觸碰到精神體的時候，居然在江少白的前方被擋下來。

「什麼？」泰非斯不可置信的叫道。這個情境理應完全的由他來掌控，然而，他卻發現在江少白的這段回憶當中，居然有一小塊的意識，是即便他使出全力也無法觸及的，而金色的精神體就正在當中被保護著。

「你不可能把它給奪走！」江少白孱弱的身軀在泰非斯巨大的力量前聲嘶力竭的吶喊。那一刻，江少白強烈的精神居然隨著這個聲音穿越了泰非斯的精神、穿越了數十億人意識的喧囂、穿越了史無前例的龐大力量，在整個提雅瑪特網路當中激起了巨大的共鳴，讓當中的數十億人在同時間感到一陣震盪。

一旁的倫納德作夢也想不到，一個人的身上居然能夠散發出這麼強大的力量，而他也終於清楚知道了江少白選擇這段回憶的原因。他一直以為江少白在那天被泰非斯接觸，是一次泰非斯的壓倒性勝利——如同泰非斯所以為的那樣——然而，江少白選擇這段回憶的真正理由，卻是因為儘管自己當時不知道，但這卻是他與泰非斯的接觸中，真正擊敗對方的一次。因為這一次的接觸中，在江少白的意識深處，居然有一段連泰非斯的力量都無法觸及的純淨靈魂片段。在一旁參與了江少白所有精神的倫納德，知道那是江少白對於蕭璟的回憶與愛。

「給我退下！」泰非斯的身影變得無比的巨大，猛烈的精神攻擊襲向江少白的身軀，讓他感到全身大震，就要鬆手交出手上的精神體……

「不！」不曉得為什麼，一直被擋在外頭的倫納德，居然突破了泰非斯設下的精神限制。或許這是因為這段意識和他們兩人都切身相關的緣故吧。他衝到了江少白的身旁，和他一同仰頭面對身影愈來愈高大的泰非斯。

當兩人的意識聯合在一起的時候，他們一同對著泰非斯怒聲的嘶吼著，並感覺全身的力量合而為一，全力推開了泰非斯的攻擊。在那一刻，泰非斯居然被逼退了一步，且身影變得模糊而逐漸縮小。

「夠了！」泰非斯終於忍不住的發出了憤怒的吼叫聲。那一刻，提雅瑪特中數十億人的精神力量全部總合在一起，朝著兩人的身上奔騰而去。而不管倫納德和江少白的意志有多麼的堅定，終究只是兩個個體，在泰非斯這萬鈞雷霆的一擊下，他們的防禦被澈底擊碎。他們感到了意識瞬間化為黑暗，而江少白手中的金色精神體也被奪走了。

泰非斯將兩人意識中得到的金色精神體在手中合而為一。他微笑著看著已經完整的精神祕碼，知道只要有了這個東西，就可以解決所有的問題了。

他退出了兩人的意識，回到了中央殿堂當中。他把剛才自己得到的解鎖精神體轉移到了裝著精神病毒的水晶匣中。當他這麼做的時候，他清楚的看見了隱藏在提雅瑪特當中的漏洞究竟在哪裡。他滿意的點了點頭，接下來只需要幾秒鐘的時間，他就可以完全建立好提雅瑪特的結構，接著就可以澈底瓦解掉忠誠派的黨羽了。

然而，在他這麼想的同時，他忽然感到一陣微弱的刺痛從他的腦中傳來。

# 79

「真想知道他們目前的狀況如何了。」坐在空蕩蕩的大廳中，蕭璟擔憂的說道。

「是啊，去了這麼長的時間。雖然外面還有艾歐勒斯在努力的擋下敵軍……」安潔莉娜說到一半，忽然全身緊繃站起身來，「有人朝我們來了！」

他們三人立刻緊張的靠在一起。有人進入了大廳，這就表示外頭的防禦部隊已經被擊潰了。以他們三人這樣的狀態，安潔莉娜實在不覺得他們有任何的機會可以抵擋攻擊。他們三人對看了一眼，眼中充滿了決絕望的光芒。

但是當看到領隊的人走進了大廳時，安潔莉娜和劉秀澤立刻詫異的瞪大雙眼，並驚訝到久久不能開口。過了好一陣子安潔莉娜才震驚的說道：「不可能，怎麼會是你？」

## 80

當倫納德和江少白兩人同時睜開眼睛時，他們以為等著他們的，會是力量空前強大的泰非斯，和已經成功消滅了忠誠派並準備征服地球的乙太世界，然後兩人只能無力等著被加進提雅瑪特中永遠失去自我意識。

他們怎麼想都沒料到眼前會是這樣的畫面。

「不！不可能！」泰非斯跪在中央殿堂的中央，在提雅瑪特光輝之下聲嘶力竭的吼道，完全失去了他原來的從容不迫的高貴形象。他身上的力量和陰影隨著每一次的慘叫不斷的在衰弱。

倫納德不可置信的看著眼前的景象，他們互相看了對方一眼，眼神中混雜了震驚與困惑，「發生了什麼事？」

「我也不知道，他不是應該奪走了精神體了嗎？難道他不小心把病毒植入提雅瑪特？」

「精神體？該死的精神體！」泰非斯憤怒的朝著他們咆哮。那一瞬間他身上似乎再次併發出強大的力量，但是他隨即又再次痛苦的摔倒在地，「馬杜克！你這個陰險的傢伙！還有那個混蛋一直在欺騙我！啊！」他說完又再次痛苦的倒在地上翻滾著。

倫納德困惑的看著被泰非斯扔在地上已經解開了的精神水晶匣，不解的想著到底發生了什麼事。泰非斯不是將他們腦中的精神體奪去後，就拿來解開了病毒嗎？到底是……

想到此處，倫納德忽然恍然大悟的睜大雙眼，「我終於懂了！」

「怎麼，剛才發生了什麼事？」

倫納德搖搖頭，心中不禁感佩於馬杜克的機智和謀略，居然連自己都被擺了一道，「不是他把病毒誤植倒精神網路中，而是我們剛剛一直在保護的精神體就是提雅瑪特的病毒！」

一瞬間明白了全貌的江少白，震驚的說不出話，只能喃喃的低語：「原來……」

「絕對不行，該死的騙子！啊！」中央殿堂中，泰非斯仍然痛苦的在地面上翻滾哀嚎，絲毫看不出曾經是威震宇宙最有力量的大能者。此刻的他由於提雅瑪特被病毒迅速的感染，原本連結在他意識中數十億人的精神，此刻正在一道又一道的從他的腦中被迅速的拔除。這樣連結到腦中的精神連結每斷掉一根，都宛如被熾熱的長劍給插入腦中一般疼痛。此刻數十億道的精神同時在腦中被迅速的拔除，那種在精神中猛烈燃燒的折磨、其痛苦之深之強，是遠超過任何人所能想像的。泰非斯的慘叫聲到後來連倫納德都不忍再聽下去。

「拜託你殺了我。」泰非斯在痛苦中看向江少白，「你不是一直痛恨著我嗎？現在你可以親手解決掉我。」

江少白平靜的看著泰非斯絕望的雙眼，只是冷冷的說道：「這是你為自己犯下的罪行所付出的代價。」體認到自己沒有希望後，泰非斯再度趴倒在地發出絕望的慘叫聲。

這時中央殿堂的大門被撞了開來，倫納德連忙回過頭。

只見全副武裝、散發著無比自信與強大力量的馬杜克正昂首闊步的走了進來。跟在他身邊的，是他手下的五名將軍，以及數十名忠誠派的戰士。馬杜克走到倫納德面前便停下了腳步，並對他露出了微笑。

「做得好。」馬杜克笑道：「你們達成了忠誠派的終極任務，你們成功的推翻了乙太和泰非斯的政權。」

「你為什麼沒有告訴我那個精神體就是病毒？」倫納德問道，「這樣我們根本不需要那麼辛苦的去阻擋泰非斯的入侵，也不會那麼絕望了。」

「這個嘛，如果你開始就知道的話，你能夠演的讓泰非斯不起疑嗎？」馬杜克有些抱歉卻神情自在的說道：「我一開始就制訂了兩套行動，如果泰非斯被我引出來，你們就可以順利的植入病毒，但如果你們不幸被抓的話，那只要泰非斯敢觸碰那個精神水晶匣，就等於開啟了自己的棺材。」

雖然被騙有些不悅，但是倫納德卻不得不佩服馬杜克的深謀遠慮，也知道他說的沒錯。

「至於這個暴君……」馬杜克看著倒在地上痛苦抽蓄的泰非斯，他此刻幾乎已經完全失去了自己的精神力量，他的面孔不再變幻，眼中銳利的光芒也變得黯淡死寂，「這就是企圖與我為敵、叛國奪權的下場。」

泰非斯儘管深受巨大的疼痛，但他仍然顫抖的雙手撐起身子，眼神痛苦而鄙視的看著馬杜克，「你這個陰險的混蛋，我知道你是個什麼樣的人，你遠遠不是自己以為的明君。」

「或許吧，但是我很確定，乙太上再也沒有你的地位。」馬杜克冷笑的對一旁的艾歐勒斯使個神色，他立刻和兩名手下上前把泰非斯從地上拉起來，「把他帶去關押，務必要嚴格的警戒他的安全。」

艾歐勒斯帶著泰非斯離開中央殿堂前，他眼神激賞的對倫納德點了個頭。

「真是辛苦你們了，你們達成的使命之偉大，真的不管對你們表達幾次敬意都不夠。」馬杜克在泰非斯離開後再一次說道。

「是啊，而我現在只想趕快休息。」倫納德雙腿無力的靠著一旁的牆面，剛才的對戰已經完全耗盡他的力量。

一旁的江少白沒有看過馬杜克，而不確定自己該說什麼，馬杜克見狀對他微笑說，「你不必緊張，這場勝利你也作出了很大的貢獻，該得到應有的讚譽。但在那之前，我打算讓你們見幾個人。」

馬杜克朝一旁讓開一步。只見蕭璟和安潔莉娜、劉秀澤三人從走道的遠方快速的朝著他們飛奔而來。倫納德無比驚喜的看著三人，自己也連忙張開雙臂向前跑去，蕭璟在快碰到他時興奮的一躍而起撲到他的懷中。

看著懷抱中笑開懷的蕭璟，倫納德簡直不敢相信自己的雙眼。她剛才手上的傷口以及精神中的創傷，此刻都完全消失無蹤。馬杜克在一旁笑道：「當我在大廳看到蕭璟的時候，我立刻就治好了她，算是給你的謝禮吧。」

倫納德緊緊的抱著蕭璟，激動的快流下眼淚。他這幾個月來為了蕭璟的狀況內心煎熬到不知道失眠了多少的夜晚，此刻蕭璟居然能夠完全康復的恢復活力，對他而言甚至比打倒泰非斯還要令人感到雀躍。而安潔莉娜和劉秀澤也一起抱著他們兩人，興奮的又笑又跳，不斷的歡呼他們居然完成了這個艱鉅的任務。

倫納德在歡笑之中，瞥到一旁的江少白，只見他眼神中帶著淺淺的笑意看著他們四人。倫納德從眾人的懷抱中脫身，去。他不得不承認，如果沒有江少白，他可能此刻的意識已經完全被泰非斯給摧毀了。「謝謝你。如果沒有你，我們根本無法成功。」

「我先在大廳和你們做對，而我也是報了我自己的仇。」

「或許吧，」倫納德牽起了蕭璟的手，安潔莉娜和劉秀澤也走到身邊，「但是這個時候，我想你坦率一點並沒什麼不好。」倫納德上前擁抱了江少白一下，而另外三人見狀也一起興奮的上前抱在一塊。江少白或許是頭一次被其他人擁抱，當下雖嚇了一跳，卻也不禁露出了二十年來第一次發自內心的真誠笑容。

「辛苦你們了，剩下的就交給我們。」馬杜克對眾人揮了揮手，「讓我們的英雄回去休息吧！」他一說完，所有的戰士立刻向兩旁退開。當倫納德等五人從眾人之間的通道走過時，他們的心中只有滿滿的欣慰與滿足。

# 81

## 地球　西太平洋　印法埃第一艦隊　審判號

在梁佑任主席的主導下，全部的印法埃委員此刻聚在指揮艦上的寬敞會議室中，神情嚴肅的思考著不久前聽到的訊息。

自從三年前的那場討論江少白離開後印法埃發展方向的會議結束後，這是印法埃委員第一次再次全員齊聚一堂，在印法埃的傳統上，只有要決定組織重要的發展路線時，眾委員才會全體出席，並所有人都要佩戴著象徵地位的「使徒之戒」。而除了委員會之外，雙木永萱也一同在桌尾處參與了這場會議。

「所以……我們真的要考慮停止和蓋亞聯盟的全面對抗嗎？」伊果語氣猶疑的問道，桌首的梁佑任沒有直接回應這個問題，只是沈重的點了點頭。

「陳珮瑄親自潛入台北和宋英倫接觸，並讓他傳達了蓋亞聯盟希望停戰的意願。」

「而你真的相信他？」布蘭達一臉懷疑的看著梁佑任，「對方是和我們纏鬥兩千年的救贖派，心機十分地深沉，你確定宋英倫沒有被陳珮瑄給影響作出假消息嗎？」

「我有針對宋英倫和他周邊人員的精神進行了非常仔細的檢查，都沒有發現任何一絲被外力干涉的痕跡。而我也讓宋英倫回覆蓋亞聯盟，要求他們終止對我方一些控制區域的情報和軍事行動。雖然沒有全部，但是情報部門已經確認，至少在LGGSC職權下可以管控的部分，盟軍都已經完全終止了對我方的滲透。」

「這絕對不能接受！」雙木憤怒的拍著桌子怒吼，「我們怎麼能夠屈辱的和蓋亞聯盟談判？這完全是有違印法埃成立兩千多年的宗旨！真主給予我們的使命要怎麼辦？難道我們不應該繼續努力消滅低等人種嗎？」

「我明白，這是一個很艱難的考量。不過陳珮瑄說的沒錯，如果我們依照他們的作法，那麼我們雙方都可以在不損失更多資源和人命的前提下，更輕鬆的達成目標。何況打了快四年的仗，我們也實在沒有那麼多的資源可以繼續耗損了。現在收手，或許對我們而言是可以保存實力的最佳時機。」

「你覺得蓋亞聯盟可能放過我們嗎？」羽田烈一臉懷疑的說道：「尤其是那個美國總統洛茲，他一直處心積慮的要除掉我們，他恨不得把我們的勢力連根拔起。」

「是啊，而且我們還有更危險的問題。」亞歷山德拉委員說道：「如果雙方和談後，他們剝奪了我們的軍事、政治力量，那麼我們一定會像是一戰後的德國被蓋亞聯盟澈底的監管。我們的財力、資訊、精神部隊，都會被嚴格的控制，讓我們澈底失去和盟軍對抗的籌碼。這可能會讓我們永世不得翻身。」

「你們說的憂慮我都知道，但我們還是握有他們所要的東西。以洛茲來說，我們依舊掌控了前代的美國大量的軍政高層在手中。雖然他們的職位大多都有人可以替代了，但是他們仍然具備了相當重要的象徵意義。洛茲不可能無視這些人質的狀況，否則他的總統之位將會澈底失去正當性，並被國會給趕下台。」

聽了梁佑任的話，雙木忍不住發出了一聲冷笑，「看看我們現在這進退維谷的樣子，要是江少白主席還在的話，他一定會想辦法突破現狀，找出突破點並瓦解蓋亞聯盟的優勢重新奪回主動權。」

原本雙木說這話只是要挑釁印法埃的委員們。她預想其他人聽到這話一定會勃然大怒，但結果卻和她想的完全相反。眾人聽完後，非但沒有出聲反駁，反而都默默地低著頭，似乎也想著和雙木一樣的事情。隨著組織這些年來面對愈來愈多的挫敗和發展上的停滯，委員們連同梁佑任，都對於過去有江少白領導時光感到懷念。

「或許吧。但是這也只是猜測，而我們也完全不知道江少白主席此刻在乙太上頭究竟情況如何，誰知道現在乙太的情勢是否還如同過去一樣？因此我們現在能做的，就只有盡自己最大的努力，想辦法保護我們的力量。否則如果到最後兩敗俱傷，那麼等到真主需要我們執行重要使命的時候，恐怕我們也沒有足夠的能力去實踐了。」

眾人都因為梁佑任的話而陷入沉默。一名委員搖了搖頭，「我不喜歡這樣。」

「我知道，我也是。但是我們有時仍然要為了更遠大的利益而作出違逆內心的決定。我想如果諸位都同意的話，那就要正式和蓋亞聯盟提出在新加坡進行談判的邀請。而在預備談判的時間內，雙方的軍事和諜報活動都必須終止，如果一旦發現對方違反了這個條件，那談判就立刻破局，雙方將再次進入軍事對抗狀態。」

「要是蓋亞聯盟企圖在談判中途或是結束後發動攻擊，我們有能力反擊嗎？」布蘭達問道。

「當然。」梁佑任直視雙木雙眼，「如果蓋亞聯盟企圖以任何方式，脅迫、毀諾、突襲來削弱打擊我們的話，那我授權立刻啟動妳那散播黑死病毒的計畫。讓我們與蓋亞聯盟一起同歸於盡。」

「遵命。」雙木立刻雙眼放光的說道。在接下來的議程中，委員們詳細的討論著與蓋亞聯盟的談判條件與時間，不過雙木卻沒有繼續參與其中。在她冰冷的雙眸下，已經在內心暗自思量要如何讓這場談判破局。

# 82

**乙太　中央主塔**

「好久沒有這麼放鬆了，這裡簡直是天堂啊。」安潔莉娜躺在鬆軟的床上伸展著四肢，忍不住因為舒適而發出愉快的讚嘆聲。

此刻除了原本一起搭乘阿爾戈離開地球的倫納德等四人外，江少白也和他們一起聚在這個巨大的房間中，他們每個人都因為終於終結的戰事而輕鬆自在的歡笑著。

自從昨天他們成功的扳倒了泰非斯的政權後，他們一起和忠誠派的眾人一起在中央主塔內舉辦了一場盛大的慶祝宴會。頭一次參與乙太人的慶功宴讓他們都感到相當的新奇，對於乙太的各種美食和他們的娛樂方式他們都是第一次見到。在這場宴會中，包含馬杜克和他手下除了波瑞阿斯以外的六大將軍，還有絕大部分的高階人員或是參與攻擊行動的戰士們都來參加了，人數多達兩千多人。

至於乙太上原屬於泰非斯的部下，他們全部都在提雅瑪特被摧毀的時候慌了手腳，根本沒有人有辦法對抗突如其來的龐大忠誠派軍隊。因此在泰非斯被逮捕後不到半天的時間，馬杜克就澈底掃蕩了乙太上全部的殘餘勢力，幾乎沒有遭遇什麼抵抗就成功佔領了整個乙太。

不過對於那些原來的乙太士兵和將領，馬杜克並沒有殺害他們，而是在收繳了他們的武力後，全部給予他們自由並赦免了一切的罪責。這些原本恐懼著泰非斯垮台後會被清算的人們，他們很多都是被泰非斯強迫加入精神網路才不得不服從於他的權威。現在看到馬杜克這麼寬宏大量，幾乎所有人都願意支持新政府的政權。昨天的慶典中，乙太最高艦隊司令官也在眾人的面前，代表乙太的全部艦隊對馬杜克宣示效忠。

這毫無疑問是空前絕後的大勝利，眾人都因為這不見血的和平而感到欣慰，而倫納德等五人也一同在宴會中受到眾人的讚揚。不過唯一讓人不解的，是馬杜克和艾歐勒斯在宴會中就忽然離開，一直到宴會結束時才回來。

現在，他們五人一齊聚在了這間房間，每個人都有一張很大的床鋪。這對講求實用的乙太人來說完全是奢侈的浪費空間，但他們並不在意。蕭璟和安潔莉娜兩個女生開心的在床上翻滾享受，然後又跳下了床到房間中央和劉秀澤暢快的聊天。而與他們三人一起的，還有坐在一旁似乎有些尷尬的江少白。

一向獨來獨往的江少白，一開始對於要和一群人待在同一個空間而感到不大自在，不過在蕭璟不斷的懇求下，最後勉強同意留了下來。在和大家一起相處了一陣子，他也慢慢可以放下防衛心，比較自在且地聊天了。

一旁的蕭璟看到江少白逐漸融入其他人當中，眼中也不禁露出了欣慰的神情。畢竟江少白經歷了那麼多痛苦又孤獨的過往，此刻終於能好好的放鬆休息了，他現在柔和而帶著笑意的樣子，是她從來沒有看過的。而她也發現在自己離開的這段時間，安潔莉娜似乎和劉秀澤之間出現了有別以往更不一樣的互動情感，也讓她感到相當的驚喜。

「我說，我們在乙太上總算是完成了所有的任務了，現在是不是也該準備離開了？」蕭璟忽然發聲問道。

「是啊，地球上已經不知道是過了多久的時間……一千天左右嗎？」劉秀澤皺著眉計算了一下。

「是啊，也不知道地球上戰爭的情況怎麼樣，過去那麼忙根本沒有心思去管。」安潔莉娜嘆了口氣，「也不知道我們認識的人是否都還在。」

「所以我們才應該要想辦法回去啊。但是應該要怎麼做？」蕭璟面色有些憂慮的說，「我們原本通行的蟲洞還可以走嗎？我怎麼記得好像說過因為空間流的關係，一般的物體無法逆向通行過去？若是這樣我們也無法回去啊。」

「或許，這不是一個絕對的鐵則？」劉秀澤說道：「我記得當初馬杜克的信件中，提到一定質量的物體就會超越可以穿越的極限，所以或許在某些條件下我們還是有辦法穿越回去的。」

「我們之後去問馬杜克好了，他的資源和知識比較多，或許可以想出什麼方法幫助我們。」蕭璟說道。

「那些問題我們晚點再去煩惱吧，反正現在也想不出什麼好方法。」安潔莉娜拍了拍身後的床鋪笑道：「何況這裡那麼方便又發達，根本不是正在打仗的地球那一邊可以比擬的。就算之後回不去，我們就在這裡過上一輩子也沒什麼不好的。」

「莉娜，妳不是認真的吧？」劉秀澤一臉驚訝看著安潔莉娜說道。

「當然不是啊，你在想什麼？沃克將軍他們都還等著我們回去解決地球的問題，你把我當成了什麼人？」她用力的打了劉秀澤的背斥罵道，沒有開啟能量護盾的他被這下打的哀嚎出聲。眾人也都因為這個變故而露出了微笑，凝重的氣氛也立刻變得輕鬆了不少。

「不過說真的，如果之後順利回到了地球，你們想做什麼？」安潔莉娜忽然開口問道。

「我猜，我應該會想要到一個偏遠的鄉村的地方生活吧。」蕭璟微笑道：「畢竟見識過乙太出神入化的科技後，我覺得實在有點超過我可以負荷的限度，我希望能夠在接近自然的地方安穩的生活下去。」

「我就不會這麼想，我希望能夠利用這些能量增強裝置，讓我成為地球上戰鬥能力最高強的人，好好的在軍方耀武揚威一番。」安潔莉娜一如既往的輕鬆說道。
「你呢？你回到地球後想做些什麼？」蕭璟對一直在旁邊沉默的江少白問道。
「我也要回答這個問題嗎？」江少白有點意外蕭璟主動詢問自己的說道。
「當然，你再怎麼說也是印法埃集團的總裁，至少要有些規劃吧？」安潔莉娜期盼的說道。
江少白被眾人看得有些難受，只能搖了搖頭，「我不知道……老實說自從發現我過去一直努力想要奉獻、達成的使命，居然是泰非斯那個騙子一手主導的騙局之後，我過去所堅持的那些事物都已經徹底崩塌，現在我還真沒有想過之後還可以再做些什麼。」
「你可以現在和我們一起想啊。」蕭璟眼神誠摯的看著他說道：「誰說使命結束是壞事？這反而是你可以重新開始人生的機會，澈底擺脫之前所有的負擔。當我們回到地球後，或許你可以繼續留在印法埃，把它改造成一間對世界有正面貢獻的企業，或是乾脆從印法埃委員會退位，好好的和我們一起過著放鬆的日子。」
江少白聽著蕭璟說的這番話，眼神中的迷惘似乎稍微散掉了一些。他當然知道以自己的身分回到地球想過輕鬆的日子幾乎是不可能的事，蕭璟說的人生重新來過對他而言更是遙不可及的夢想。但是看著大夥兒一起這樣真摯的替自己打算，仍然為他心中帶來一絲微弱的希望。
倫納德坐在房間後頭的床鋪上，看著四個人彼此嘻笑談話，覺得十分地欣慰。能夠和蕭璟、朋友們以及江少白這樣無憂無慮的共處在一個空間，對他們來說簡直是無法想像的事。不過自從和江少白在中央殿堂有著那樣生死與共的經歷後，不管是什麼隔閡或是仇恨都已經完全的放下了。
現今的生活，倫納德應該要感到內心溫暖而放鬆才是，不過他的心中卻一直感到不安，完全無法靜下心來。這感覺從昨天擊敗泰非斯之後就一直盤踞他的心頭，他本以為這只是壓力突然消失的心理反應，但是這不安並沒有隨著時間的過去而消失，反而是與時俱增。
他從身旁的金屬圓筒中抽出了那幅游弘宇送給自己的畫作。這幅畫之前一直被放在阿爾戈星艦上，等到戰爭結束後他才終於有時間將它重新拿出來。他原本想到了乙太後，就可以理解這幅畫作背後的意義和謎團，但即便他再仔細的研究，卻依舊無法看出它的意涵。只覺得雖然擊敗了泰非斯，卻仍然有很多謎團沒有解答。

「倫尼？那你有打算做什麼嗎？如果可以順利回到地球的話？」蕭璟忽然轉頭對倫納德問道。

倫納德被蕭璟的聲音拉回了現實，「不知道，先幫助我的父親解決他遇到的問題吧。那麼妳呢？」

「你剛才都沒有在聽我們說話是吧。怎麼了？我原本以為是你太累了。還是那幅畫怎麼了嗎？」

「和這幅畫無關……我也不知道為什麼，最近總感到有點不安心。」

所有人聽到這話全部把目光集中到倫納德身上。「為什麼？」

「這段日子還有很多讓我感到困惑的問題沒有被解決，有些事件現在回想起來有點不太合理。首先，是在我們剛剛抵達忠誠派艦隊時，江少白你不是和乙太的人一起襲擊我們嗎？還有後來的幾次交手，當初是推斷我們內部有間諜，不過這件事情到了後來就完全沒有下文了。再來，是在我們擊敗泰非斯後，他曾經怒喊著說被欺騙，還有他對馬杜克說的那些意義不明的話也讓人十分懷疑……然後，我突然想起傑生消失的時間點和背後的原因……這一切問題現在回想起來都讓人愈來愈不安。」

「或許是想太多了吧？」安潔莉娜說道，「如果有問題我們直接向馬杜克詢問不就好了？」

「最後還有一點。」倫納德皺著眉頭說道。當時在和泰非斯交手的時候，他曾經說過「你們是和創始之體有所關聯的兩人」。這段話當時他並沒有放在心上，此刻回想起來卻覺得十分的不對勁。自己已經被解釋過和創始之體之間有高度相關性——這個問題至今也是無人能解——但是江少白又為什麼會和創始之體有所關聯？他看向江少白，卻發現他也同樣嚴肅的看著自己，顯然他也知道倫納德所擔憂的問題是什麼了。

「我希望能夠和別人聊一聊，看能否解答一下這些疑惑。」倫納德站起身說道。

「你要去找馬杜克嗎？」蕭璟問道。

倫納德原本要說是，畢竟最能夠解釋這些問題的人應該就是他了，但是不知道為什麼，想到這段時間的經歷，他忽然對於要見馬杜克感到十分的不安。因此他搖了搖頭，「不……我是要去見泰非斯。」



倫納德通過了反重力升降通道，一路來到了中央主塔的正下方。

他原本一直以為中央主塔就是一個在懸浮島嶼上不斷向上延伸的雄偉建築。直到馬杜克把泰非斯關押到這裡後，他才知道原來在主塔下方還有著這樣一個空間。

原本聽到他要來見泰非斯，蕭璟和江少白都表示也想要和他一起來，但他拒絕了他們。不只是因為他自己一個人來比較容易獲准，更是他有種極度想和泰非斯獨處的渴望。

他走到了關押泰非斯的牢房門口，外頭有四名身著菁英戰隊制服的人們在戒護著，其中兩名是和倫納德一起潛入乙太執行任務的隊員。他們一看到倫納德來到這裡就露出了微笑，「倫納德？你怎麼會來這裡？」

「泰非斯他應該在裡頭吧？」

「是啊，我們在這裡奉命看守他，結果簡直無聊的要命……所以你是奉馬杜克總司令的命令來找他嗎？」

「不是，我只是想要親自見一下這個差點毀掉我的罪人，把他打倒後，馬杜克就帶領軍隊攻進來，我根本沒有時間好好的和他算帳，我希望在他明天被處死前可以和他見最後一次面。」

門口的守衛們互看了一眼，「按理來說是要艾歐勒斯將軍的命令才可以進去，不過我想既然是你的話，那應該也沒什麼關係，就給你十分鐘的時間吧。不過你還是要注意，雖然他被限制力量，但再怎麼說都是乙太昔日的領袖。」

「謝謝，我會注意的。」

守衛點點頭，然後便一齊用手碰一下後方的牆壁。後方的牆面上閃爍了一道光芒，然後出現了一道大門，倫納德快步走了進去。

裡頭是一周純白且狹小的正方形空間。當倫納德一踏進去，就感到強烈的壓迫感擠壓著精神。看來這個房間具備不讓精神力量影響外頭的能力，雖然不大舒服，但這對要和泰非斯祕密對談的倫納德來說卻是一件好事。

倫納德看著眼前這位昔日乙太的第一公民泰非斯，那個曾經讓自己深陷惡夢、主導了嬴政襲擊地球、宇宙力量最強大的一代王者，此刻卻渾身落魄的坐在牆邊，全身的力量都被剝奪，只能疲倦的緊閉雙眼。

泰非斯感覺到有人走進牢房，便睜開了眼睛。當他看到倫納德的時候，並沒有露出訝異的神情，而是微微一笑，「原來是你啊。」

「我來看你最後一面。你明天就要為自己犯下的罪行處死，一夕間從國王淪為階下囚的感覺如何？」

泰非斯沒有反駁，而是面無表情的搖了搖頭，「成王敗寇，我對此無話可說，也沒什麼可怨的。」泰非斯如此坦然說出這句話，展現出他過去統御無數生靈的王者風度。倫納德一時之間居然不知道該說些什麼。

「反倒是你，你來找我，看來是內心有很多的困惑了？」泰非斯微笑道，他的雙眼即便失去了提雅瑪特的力量，仍然有看穿一切的能力。

倫納德對泰非斯點破自己的意圖感到詫異，不過他也因此不用再拐彎抹角了。「你當時說的那些話到底都是什麼意思？」倫納德直視泰非斯的雙眼，「你說有人背叛你，還有你對馬杜克說的話，到底是什麼意思？」

「你的心思很敏銳啊。沒錯，我當時說馬杜克並不是你們所以為的那樣，你看他現在展現風度的大赦天下，就真以為他是一個明君？他的內心遠比你能想像的還要黑暗上許多。」

「你被他打敗，當然會這麼想。」

「這樣說吧，你和我都被馬杜克給愚弄了。他的確是一個頂級的戰略家，完美的利用了場上所有看到的一切事物，包括我的野心以及你的渴望，全都在他的算計當中。我以前和馬杜克一起在軍方共事，那時我就知道他是一個極度聰明的人，也有統御乙太的能力，提雅瑪特最一開始的理論基礎也是他所構思的。我當時就知道我們兩人具備同樣的才能和野心，注定無法共存於世，但是他的心機卻遠比我以為的深沉許多。」

「這怎麼說？」

「你還記得忠誠派的陣營中有一個叛徒嗎？」

「我知道，戰爭時一直有一個和你通風報信的叛徒。」

「你說的沒錯，我原本也是這麼想的。但當我被關在這裡仔細的思考後，我才終於想通了。根本就從來都沒有什麼內奸，一直以來向我釋放消息的神祕間諜，就是馬杜克本人。」

「你說什麼？」

「這麼多年來，馬杜克一直利用早已被他控制的我方間諜，傳遞給我非常有價值的消息，讓我好幾次都差點擊潰忠誠派，也讓我逐漸喪失戒心。因此當他派遣你來到乙太時，他向我透露出了明確的入侵路線、時間，還讓我知道只要破解你的精神，就可以順利得到癱瘓提雅瑪特的精神體。由於過去的消息都是如此的可靠，我毫不懷疑的就相信了這則訊息。卻沒想到馬杜克佈了那麼久的局，就是為了引誘我在最後一刻上勾，這是何等可怕的意志？」

「但那頂多算是他的思慮周全，又怎麼能說他的內心很黑暗？」

「你還記得江少白當初是怎麼把蕭璟從寰宇城抓走的嗎？」

「是啊，但是……」倫納德瞪大雙眼，「該不會那也是……」

「你猜對了。知道江少白被我召喚後，馬杜克故意誘使我派遣江少白去襲擊寰宇城，不過他卻早已派了手下兩大將軍來保護你和資料庫。他真正的目的，就是要讓江少白擄走蕭璟，好讓你願意義無反顧的投入這場戰爭。同時利用蕭璟是江少白的軟肋這點來影響他的意志……你懂了嗎？他根本就不在意你妻子的死活——雖然我也是，不過他利用的程度更為高明——蕭璟成了讓你加入戰局、扭轉江少白意志的棋子。而他最後再醫治好她，就足以讓你感激一輩子了。」

倫納德聽到這裡全身忍不住顫抖起來。泰非斯的話合情合理，他知道這就是一切的真相。但是馬杜克一直以來都展現出那麼有智慧、心胸寬大、道德崇高的樣子，怎麼可能是這種人？不過其實他內心也早就隱隱的察覺到，當那天馬杜克決定降下天火燒毀彗星盾時，他曾經一瞬間露出了一道令人精神為之凍結的冷酷眼神。當時倫納德以為那只是憤怒，不過現在想起來，那或許是馬杜克短暫的透露出自己內心真正的光芒。

「你或許會想，那只是推翻我的必要手段而已，但並不是這樣。我後來想了很多，發現那根本不是馬杜克的本意。他一直覬覦我的位置，他甚至根本不恨我的所作所為。你明白嗎？他羨慕我擁有的力量，想要奪取我的地位，所以才設計了一切的計謀。他誘使你離開地球、誘導你對我產生強烈的憤怒、誘使我全力對你出手……這一切全都是為了實踐他的奪權計畫。他讓我完成了提雅瑪特的網路建造、讓你們為他打仗，自己卻在後方調度一切，最後理所當然的接收一切成為了最大的贏家和乙太的英雄。我向你保證，最後他一定不會放過你們的。」

倫納德猶豫的看著泰非斯，他知道泰非斯詭計多端、善於玩弄人心，最後這些話可能是為了挑撥離間，作為他死前的最後一次攻擊，「我曾經被你騙過，我無法相信你。」

「那麼，你可以問自己信任的人——阿爾戈的傑生。」

「你說什麼？」倫納德意外的看著泰非斯，完全沒想到他會提到這個人。

「我知道，傑生是馬杜克的手下，被派遣到地球執行任務。而你們的阿爾戈星艦，不是已經無法和傑生的資訊體對話了嗎？」

「你是怎麼知道這些事情的？」

「我即便身在乙太，還是能看見很多事情。我只是要告訴你，傑生的消失並不是意外，而是因為馬杜克寄給你們的信件中含有封鎖傑生程式的指令。我不知道傑生知道了什麼，但是顯然馬杜克很怕傑生會告訴你這些資訊，所以才傳了這則訊息。表面上是要傑生帶你來乙太，實際上他早就知道傑生死了，那訊息真正的目的是要誘導你，同時讓傑生的資訊被封鎖。」

「我要怎麼相信你？我根本沒有喚醒傑生的方法。」

「我有。你到中央殿堂去，在殿堂後方的牆面上，有個由數不清的巨人齒輪組成的同心圓，在正中央的那個齒輪中，藏著一個可以破解任何電腦系統的裝置，那是我的私人用品，你可以利用它來證明我的話。如果你需要幫助，去找我的手下厄德娜或是混沌，他們應該都被監視著，不過仍有自由之身。」

倫納德凝視著泰非斯一會兒點了點頭，「時間會證明你的話。然後祝你好好享受最後的時刻，我們談完了。」

「等一下，」泰非斯忽然叫住他，「在你離開前，我想要對你說最後一件事。」

倫納德停下腳步回過頭來，疑惑的看向他。泰非斯深吸了一口氣然後說道：「我希望你轉告江少白。雖然我確實利用並改造了他年少時在鏡子試煉中的心智，他那時見到的人也的確是我沒錯，但是那個時候存在於那道光芒的力量並不只有我而已。」

倫納德錯愕的看著泰非斯，「不只有你？你這話是什麼意思？」

「我當時在乙太，注意到有一股強大的力量從盤古直接連接到江少白的意識中，我只是把握這個機會，順著這股力量開啟的通道去影響江少白的精神——這也是我找江少白來乙太的原因——不過那時在江少白意識中顯現的那股力量並不是我，而是一個超越了提雅瑪特百萬倍以上的能量……我至今仍然不清楚那股力量的真面目。」

「這怎麼可能？」倫納德一臉困惑的看著泰非斯，但泰非斯已經再次閉上雙眼，而門外的守衛也打開了大門要求他離開。倫納德帶著這個困惑，走出了關押泰非斯的牢房。

「你確定泰非斯真的沒有欺騙你嗎？」蕭璟在倫納德身後一面跑一面問道。

倫納德搖了搖頭。他的右手上此刻正緊握著一個類似隨身碟樣貌的小小的銀色長條體，這個裝置是他向泰非斯詢問完後，親自進入了中央主塔樓頂的中央殿堂內部，並在泰非斯所說的那面全是齒輪組成的同心圓中，在圓心處最微小的齒輪內找到了這個隱藏在裡頭的設備。倫納德還記得當他走進中央殿堂時，由於提雅瑪特的網路已經被摧毀，整個原本散發光芒的穹頂此刻變得黯淡無光，原本充滿力量的空間也空蕩蕩的，讓人心裡發寒。所以當他一拿到這個裝置，他立刻就轉身逃離了那裡。

他一離開中央殿堂，就馬上返回了眾人所在的房間。所有人都十分的關切倫納德和泰非斯談話的結果，並對他臉上恐慌震驚的表情感到驚訝。倫納德向他們一五一十的轉述了泰非斯跟他說的話，同他們一講完後，他便攤開雙手給他們看自己手上的裝置，然後表示必須立刻去阿爾戈星艦上喚醒傑生。

「老實說我並沒有完全的把握。泰非斯詭計多端、工於心計，或許他的話中是真相參雜著謊言。不過這一次，我選擇相信他。他沒有必要對我說謊，而且最主要的是，他完全證實了我原本的擔憂。」

「我也相信。」江少白說道：「雖然他是個無比邪惡的人，但是在被他控制的那段日子讓我對他有些瞭解。他做事很有目標並且有強烈的自尊心，不會在自己的生命已經要走到盡頭，卻還在捏造那種毫無根據的謊言。」

倫納德看了江少白一眼，他和泰非斯的對話，唯一沒有告訴大家的，就是最後泰非斯要自己轉告江少白的這段話。因為他認為現在說出這點只會平白擾亂江少白的內心，應該等到眼前的事情解決了再來處理。

「不過你怎麼知道阿爾戈星艦在哪裡？」劉秀澤問道：「它不是在悠瑞絲的太空城嗎？」

「原本是，但是在戰爭結束後，悠瑞絲依照我的請求，把這艘星艦送到乙太上。它此刻正停在這裡的停機坪，不過目前並沒有被使用。」

他們從中央主塔離開後，一路穿越了城市中長長的通道，來到了城市外圍的停機坪。由於這裡的星艦大部分暫時沒有要使用，因此也沒有守衛在看守。他們便趁著四下無人的時候，快速的跑了過去。

到了停機坪，只見上頭停放了數不清的各型星艦，而阿爾戈就隱藏在其中。

倫納德很快就找到了阿爾戈星艦。阿爾戈星艦雖然和後來新世代的那些恢宏雄偉的乙太星艦相比十分遜色，不過當他看著阿爾戈小巧精緻的流線外觀、以及那如白玉般純潔無瑕的外殼，倫納德還是對它情有獨鍾，畢竟這可是唯一一艘只屬於他個人的星艦。

「開啟艙門。」在倫納德一聲令下，星艦上頭發出了一道光芒開啟了圓形的入口。

他們依序從入口進到裡頭。五人當中，只有江少白是從來沒有見過阿爾戈的，他仔細端詳著裡頭的配置，忍不住感嘆道：「原來……這就是當初我在科林斯地狹費盡心思想要搶奪的星艦。」

「是啊，我還記得你在哪裡被我們狠狠的擊敗了一次。」倫納德說道

「那並不全然是我的錯，再來一次我有把握不會再發生一樣的結果。」

眾人發出了笑聲，在場的四個人都是為了這艘星艦而第一次和江少白交手，當時雙方的交鋒是如此的激烈，如今回想起來卻恍如隔世。

眾人進來之後，星艦內部的光立刻就亮了起來。但是裡頭卻空蕩蕩的完全沒有一絲生氣。倫納德走到了星艦前方的中央主控銀色面板前，將右手放在面板上，前方顯示要倫納德輸入進一步指令。

倫納德攤開手看著泰非斯所交給他的破解程式裝置，將這個銀色的裝置放到了面板上。在他這麼做的同時，前方的畫面立刻顯示「檢測到系統有部分功能遭到壓縮，是否要將其解除？」倫納德嚥了一口唾液，「授權重新覆寫原封鎖指令。」

他一說完這句話的瞬間，整個星艦內部忽然發出了刺眼的亮光，逼得眾人全部閉上眼睛，倫納德感受到強烈的訊息從阿爾戈的系統中朝著他的精神湧來。當他們再次睜開雙眼，穿著灰色西裝的傑生已經出現在他們的眼前。

「傑生，好久不見！」蕭璟和倫納德說道，其他三人都是第一次見到傑生，滿臉驚訝地看著這個電子幽靈。

再次看到傑生，倫納德心中十分的複雜。他經歷這一切事情的根源，就是起因於八年前在嬴政的星艦上和傑生的邂逅，此刻再度重逢不禁感到百感交集。

傑生的外觀和過去一模一樣，沒有絲毫改變。他十分困惑的看了看周圍，「我記得上一次不是在科林斯地狹……」他看到眼前倫納德等人身上所穿著的高科技乙太服裝，忽然瞪大了雙眼，「天啊，我們回到乙太了嗎？」

「沒錯，」倫納德說道：「我們在地球上收到了一封由馬杜克寄來的信件，他召喚我們前來會合。」

「馬杜克？總司令閣下？」傑生困惑的皺了下眉頭，然後恍然大悟的點點頭，「我想起來了，那一則訊息……那裡頭帶著非常強烈的封殺程式，我的意識被澈底困住，那個封鎖令理論上根本不可能被破解啊。」他的表情轉為嚴肅的看著倫納德，「告訴我，這段時間發生了什麼事？」

倫納德立刻把這幾天來全部的經歷都告訴了傑生，而倫納德沒有說清楚的地方，就由江少白在一旁補充。聽他們說完後，傑生不可置信的搖了搖頭。

「天啊……泰非斯居然被你們給打倒了？這真是足以撼動宇宙的天大消息。」

「是啊，現在問題在於泰非斯對我們所說關於馬杜克的種種指控。他跟我們說，馬杜克下令封鎖你，是為了隱藏重要的消息？」

傑生眼神有些愧疚的點了點頭，「沒錯，我沒能在第一時間警告你們是我的疏失。關於馬杜克總司令……

他或許是一個比泰非斯還要危險很多的人。」

「為什麼？他不是你所屬忠誠派的領導人嗎？」蕭璟不解的問道。

「我願意為了打倒泰非斯、阻止嬴政的陰謀而加入忠誠派，但那是為了避免泰非斯成功統治整個宇宙，卻不代表我對馬杜克沒有警戒。我原本是屬於艾歐勒斯將軍麾下『菁英戰隊』的一員，所以我和馬杜克總司令也有直接的接觸，就是他直接派遣我來到地球的。但是在和他相處的過程中，我漸漸察覺到他不是我所以為的那種人。」

「所以，你到底給了馬杜克什麼資訊？為什麼他會收到你的資訊後召喚我到乙太？」

「這都是我的錯。當年在嬴政的星艦上和你見面後，我就知道你是我們在找的人，因為你的精神特徵和創始之體的關聯實在是太明顯了。我原本預備把這個訊息傳到我的星艦、還有忠誠派的人。但是後來我想了想，決定不要讓忠誠派的人知道，因為我知道你的精神會是他們最終可以連結地球以及得到創始之體的關鍵。就算不讓泰非斯得到，被馬杜克知道也一樣危險。但是誰知道馬杜克神通廣大，居然還是成功截獲我的訊息。」

「所以這一切都是因你傳送的訊息引發的？」倫納德不可置信的看著他。

「對不起，這不是我的本意。我原本並沒有要對你們隱瞞這件事，但是看來命運還是注定讓它發生。」

「那麼馬杜克打倒泰非斯後的計畫是什麼？」

「我想他應該會試著要重建提雅瑪特吧。」

「什麼？提雅瑪特不是被摧毀了嗎？」

「雖然在精神網路的部分被摧毀了，但是中央殿堂的硬體設施仍然存在，他們可以利用那個為核心重建。雖然要再次讓眾人連回精神網路可能不是件容易的事，但是以馬杜克的意志和能力應該是辦得到，而且……」

「他還掌握了提雅瑪特的唯一弱點。」倫納德顫聲道，全身因為恐懼而發寒，「如果馬杜克重建成功，提雅瑪特將再也無法被關閉。」

「不只是這樣，你們此刻應該也很危險。」傑生憂心道。

「什麼？為什麼？」劉秀澤驚訝的問道。

「如果馬杜克想要擁有掌控宇宙全部的力量，那麼就算他掌握了全部的乙太人的意識，仍然不是全部具備影響物理世界能力的精神都被他控制，所以他仍然需要掌握地球。地球人能力雖然不強，但是卻需要他們才可以澈底完整——這也是泰非斯為什麼之前會命令印法埃淘汰掉地球上沒有始皇基因的人，因為他們缺乏可以和提雅瑪特相連的基因——不過他們沒辦法直接控制地球，因為缺乏合適的連結媒介，所以他們才會需要你。」傑生看著倫納德說道：「你的精神特徵，會成為他們連結乙太和地球的橋樑，他們會利用你吸納其他的人進入到精神網路中！」

「天啊，我們得趕快離開這裡！」安潔莉娜恐懼的說道，眾人全部都神情驚懼的面面相覷，想不到剛打敗了泰非斯，更可怕的威脅卻又出現了，「我們得立刻想辦法回到地球！」

「不只是這樣。」傑生眼神黯淡的說道，「我還有最後一件事沒有和你說。」

「什麼事？」倫納德眼神簡直要燒穿傑生的怒視著他，他已經不再把這個人視為昔日的救星和導師。

「我不是說過，馬杜克派我前來地球嗎？但是其實我不是唯一被派來的。」

「你是說還有其他的乙太人正在地球上？」蕭璟摀著嘴驚叫道。

「不是這樣，但是比那更危險。馬杜克在一千多年前，就派遣了一支由二十艘星艦組成的遠征軍前往地球。那支艦隊原本的目的是要抵抗八年前甦醒的嬴政，他們以光速前進，以上頭的時間來算應該才過了沒幾週而已……」傑生低聲道：「我原本以為這就是這支艦隊的任務。但是後來才發現他們其實並沒有辦法趕在嬴政甦醒前來到地球，但這並不是失誤，而是精心算計過的結果。我猜，他們應該已經在減速中，並抵達了奧爾特星雲附近。」

「這是什麼意思？」傑生緊閉雙眼搖了搖頭。馬杜克精心策劃千年的縝密宏大戰略的最後一步終於揭曉了。

「就是此刻有一支忠誠派的艦隊正在朝著地球而去，準備要澈底佔領地球。」

# 85

「你說什麼？」眾人一聽到傑生的話全部發出了大聲的吼叫，那吼叫聲中混雜了震驚、憤怒以及恐懼的情緒。

「這到底是怎麼搞的？為什麼你當年沒有說？」倫納德對傑生怒吼道。

「我也是後來才知道的。所以，就算你們現在真的想到方法逃回地球，命運恐怕也會和留在這裡差不多。我猜地球人應該再過不久就會觀察到馬杜克派遣的艦隊接近了。」

「不論地球的狀況如何，都比待在這裡好。」江少白看向眾人，「我們還是得想辦法回到地球。至少比這裡安全，敵人也相對更容易對付。繼續在這裡無異於等死。」

「但我們沒有回去的方法啊？」蕭璟焦急的說道：「當初不是說要和馬杜克討論嗎？現在怎麼辦？我們的星艦無法逆向穿越蟲洞啊！」

「馬杜克不是說，一定質量的物體無法穿越嗎？既然他的訊息可以跨過去，那麼一定有可以穿越蟲洞的條件。」倫納德看向傑生，「如果我們把質量壓低可能嗎？」

「這理論上是可以，但現實上……你們還是要接近光速。我不認為存在可以加速到光速又沒超越質量極限的星艦存在。」

「要是我們不用星艦，而是用能量護盾保護下直接以身體穿越蟲洞呢？」倫納德的這番話立刻讓眾人全都不可置信的驚呼，就連傑生也一臉震驚的看著他，彷彿他瘋了。

「你知道這麼做的風險多大嗎？先不論你們速度太慢的問題。你的身體上沒有時空導航、空間感測的運作系統，周圍的時空流那麼混亂，你們還逆向通行。這樣會有相當高的機率被亂流捲到通道外頭，掉到永遠無法回來的高維度空間！那完全是未知的領域，甚至可能是另一個宇宙，就連我們都不知道進去後到底會發生什麼事！」

眾人全都因為傑生的話而感到恐懼。被吸到一個根本毫無概念的新宇宙當中，甚至可能永遠被困死在當中無法返回。光是這麼想就讓人為之卻步。

「但是……這總是一個開頭吧？」倫納德儘管恐懼，卻還是堅持的問下去，「如果我們有辦法在不超過質量限制的情況下，增強我們的精神演算裝置功率，或許可以大幅降低遇到時空亂流的機會？那麼我們就只要克服速度的問題就好了？」

「說的簡單，但是速度卻是最大的問題……有一個方法可能可以解決你的問題。不過這樣你們就需要新的裝備，那個裝置我不確定到底存不存在，因為只是一個理論性質的東西，但可能現在已經有部分完成開發了。」

「那是什麼？」眾人期盼的看著他。

「那是一個微型空間曲率調控裝置，大小和你們裝在胸口的小型圓盤能量裝置應該差不多。這原本是泰非斯所構想的一種武器。這裝置可以影響周圍的空間常數，若經過改造，可以從武器形態的爆炸擴散，變成指定向的影響你們外頭的空間常數，讓你們能夠以空間曲度驅動前行。但我並不知道到底有沒有……」

「有。」江少白忽然開口說道，傑生訝異的看著他，「我在被泰非斯控制時，曾經聽到泰非斯以精神和其他高層表示這個武器的研發會是對抗馬杜克的選項之一。雖然好像最後沒有被拿出來使用，不過應該有被開發出來。我猜厄德娜應該知道那在哪。」

「那麼，你們就得試著去取得那個設備。」傑生對江少白讚賞的點點頭，「你們同時試著提升你們的精神演算輔助裝置，讓你們可以應付紊亂的時空流，或許就真的可以順利穿越蟲洞了。」

「那我們立刻回去中央主塔，設法拿到那個裝置。」倫納德緊接著說道，他看向江少白，「泰非斯曾經對我說過，如果要對抗馬杜克的話，可以找他的手下幫忙。你知道厄德娜他們人在哪嗎？他們會肯幫助我們嗎？」

「我知道，我可以試著去找厄德娜還有混沌，他們應該會協助我們找到空間設備並幫助我們離開乙太。」

「我們重新裝備完就回到這裡。」倫納德看向眾人，每個人看起來都十分恐懼，但眼神中都沒有一絲猶豫。

「等等，還有一個當務之急。」江少白說道：「我們必需要警告地球，讓他們知道馬杜克正朝他們進軍。」

「但是如果被發現的話，可能讓馬杜克知道了我們的行動。」劉秀澤說道：「而且地球根本不是忠誠派的對手，何必讓他們提前無端端的恐慌呢？」

「再怎麼樣，也總比在一無所知的情況下，就忽然被入侵佔領要好。現在蓋亞聯盟和印法埃正在打仗，我們必須讓他們停手，一起合作面臨這個即將到來的真正危機。只要他們肯合作，就還有一絲希望。」

倫納德點了點頭，明白了江少白的意思，為了說服水火不容的雙方合作，他們必須一起出面，「我知道了。傑生，你能幫我們傳訊息嗎？」

倫納德和江少白一起迅速的寫了一封信件，並將之轉變為適用於地球演算法的電子加密訊號。在傑生準備要寄出後，倫納德忽然叫住他。

「等等，為了讓地球相信這封信不是我們任何一方造假的，我們必須在最後再加上一段只有我們和我們陣營的人知道的事情。」對於已經在泰非斯的精神入侵下看過對方一生的兩人來說，他們都很清楚什麼樣的訊息得以被雙方人馬所信任。他們每個人很快的在信件尾端加上一句認證身分的話，並將完成的信件交給傑生。

「我們一離開星艦就傳出去吧。」倫納德對傑生說道。

「最後問一次，你真的確定？訊息只要傳出去就沒有機會了。你很清楚不管我用什麼手段隱藏訊息，遲早都會被馬杜克給發現。」

「沒關係，反正我們也要離開了，至少要先告知地球上的人。就照著剛才的計畫行動吧，快走！」

眾人全部爬出了阿爾戈的入口，並往中央主塔的方向跑去。此時，倫納德忽然抓住江少白的手臂。「等一下，我要和你說一件事。」

「什麼事？我們時間不多。」江少白回過頭看著倫納德。

「其實泰非斯和我說的話，我沒有全部和你們說，他最後要我轉告你一件事的真相。」倫納德深吸了一口氣，然後把和泰非斯最後的對話完整的向江少白復述了一次，江少白聽完露出了無比困惑且震驚的表情，完全不能理解泰非斯的話究竟是什麼意思。

「所以……當時不只有他？這是什麼意思？」江少白顫聲說道，原本堅定的眼神再次因為迷惘而搖晃。

「我也不知道，我只是轉告泰非斯的話。」倫納德看向前方走遠的三人。蕭環發現他們兩人遲遲沒有跟上，困惑的回過頭看著他們，「不過或許……你原來的想法並沒有錯，至高者所給予你真正的使命其實還沒有被揭曉。」

倫納德說完便朝著眾人跑去，留下江少白神情驚愕的站在原地，久久不能言語。

## 86

**地球　新加坡　香格里拉大飯店**

在新加坡的香格里拉飯店外，環繞著從未見過的數千名重裝裝甲部隊，還有更多的警察在周圍層層安檢，周圍的好幾個街區全部都被封鎖並進入高度戒備。而在軍警封鎖線外，是數以萬計的群眾，全體聲嘶力竭的高聲喊叫著。

「印法埃要為他們屠殺的二十億條生命付出代價！」

「蓋亞聯盟應該停止剝削人民只顧支撐自己的戰爭！」

各種立場和訴求在人群中此起彼落的吶喊著，不過更多的是毫無意義的純粹憤怒吼叫聲。而所有在現場示威的人們，都被戒護的軍警阻擋在外面。

這裡會聚集著如此多的人群，是因為此時此刻，被譽為本世紀最重要的高峰會議——和十一年前的星球安全高峰會談並列第一——正在香格里拉飯店裡頭進行著。這場高峰會談主角，分別是印法埃委員會和蓋亞聯盟代表團。他們各自在龐大的安全戒護之下，在此展開首次的戰爭和談協議。

會選擇新加坡作為這次會議的主辦國，是因為在黑死瘟疫爆發時，新加坡政府就立刻宣布了自己的中立立場，並且和印法埃簽訂了互不侵犯條約，也允諾印法埃可以使用馬六甲海峽，不過另一方面，他們也對蓋亞聯盟承諾了將不會提供印法埃任何的軍事或是金錢援助。而這四年下來，新加坡完美的貫徹了它們的諾言，這使得新加坡成為了雙方都可以信任的中立國。

另外，新加坡同時也是印法埃和蓋亞聯盟在各自軍事勢力的交界地帶，沒有任何一方在這裡具備明顯的優勢。最終雙方經過協商後，皆一致認同在此處展開會談。

此刻在飯店中，有五百多名的記者在通過了嚴格的搜身和精神檢查後，正在飯店中的東陵廳內等待著最終的會談結果。所有的人們都期待著最終的會談結果，畢竟這個人類歷史上死傷最慘重的戰爭，第一次有了終結的希望。

會議室的大門緊閉，雙方代表團正齊聚在會議室中進行閉門會議。冰冷且緊繃的氣氛籠罩在整個空間中。

蓋亞聯盟的代表，有美國總統、英國首相、日本首相、俄國總統、ＬＧＣ主席，以及促成此次會談的

ＬＧＧＳＣ局長沃克和普紐瑪計畫的執行長陳珮瑄，這七個人全都是蓋亞聯盟此刻的真正權力核心。而另一方面，印法埃的代表。則是由主席梁佑任為首，帶領著五名印法埃的委員，同時還有過去作為協調人的宋英倫。雙木永萱和其餘的委員全都在總部待命。而在雙方代表團的後方，也各自有七名的普紐瑪部隊和歸向者，他們負責確保整場會議中沒有任一方使用精神力量來干擾會議進行。

每個與會的印法埃委員此刻全部都戴著象徵地位的「使徒之戒」，而他們在進入會議室後，全部都注意到了坐在對面的陳珮瑄手上，也戴著同樣設計的一枚戒指，只是上頭鑲的寶石是淡藍綠色水蒼玉。所有的委員都認得那就是印法埃失傳了兩千多年的第十二枚戒指，並緊張不安的看著陳珮瑄低語著。

在會議桌的正中央，洛茲總統和梁佑任緊緊盯著對方，洛茲總統眼神冷酷的像是隨時會在會議室中引爆一枚炸彈，緊繃的氣氛一觸即發。

「那麼，該進入接下來的主要議程了吧？」坐在桌尾的沃克在雙方致詞完後開口說道，「之前透過宋英倫先生的傳達，蓋亞聯盟和印法埃委員會透露了希望達成停戰協議的意願。而有鑒於過去三年多來，全世界都因為雙方的惡性對抗而逐漸走向毀滅：民生凋敝、經濟崩潰、環境破壞、人道慘劇……因此為了避免這樣的結果，我們期望能夠透過這一次的會談，澈底的結束雙方的戰爭。」

「是的，而在預備協商的這段日子以來，雙方都釋出了善意，自我克制的暫時停止了各自的軍事以及挑釁活動，也為世界帶來了正面的影響，足見此刻敵對的雙方是有合作的可能。」宋英倫說道，他指著桌上的文件，「雙方的停戰協議書，所有人應該都已經詳細閱讀過了吧？」

「不過很顯然的，協議書中我們的共識，似乎不是很充足？」梁佑任問道，會場中的氣氛瞬間冰冷了不少。

「你這是什麼意思？」日本首相不耐的問道。

「就是你們開出的和談必要條件啊。要我們在各地的駐軍全部裁撤，這是絕對不可能的事。」

「不要得寸進尺了。世界上從來都沒有任何企業可以獲得你們這種權力，你們甚至不是國家，讓你們能夠繼續保有公司的招牌就應該要慶幸了，你們還以為自己是大航海時代的東印度公司？」洛茲泠冷的道。

「很顯然，一般的公司法規不適用於我們，而容我提醒你，你剛才說的東印度公司也曾經是我們的資產之一。」伊果委員對洛茲泠笑道。

「雖然我們之間的歧異很大，但是還是有很多可以共同努力的目標。」陳珮瑄見情勢不對連忙插嘴，「找到精神能力者、恢復環境、終結耗損資源，求同存異，這才是我們的主要目標，而不是繼續的指責彼此。」

「但是在此之前仍有必須達到的前提底線！」俄國總統看著梁佑任道：「印法埃至今仍然掌握著我國的天然氣管道，那是我們國家的命脈，絕對不能繼續掌握在印法埃手中！」

「拜託，總統先生。」沃克說道：「讓我們先……」

「你們一定要搞清楚一點。」布蘭達委員一臉輕視的看著蓋亞聯盟的人們，「我們今天並不是戰敗國要跟你們求和，別把這場會議當成是什麼戰爭後的受降儀式。我們願意談，是為了促成世界和平、還有為了沃克局長和陳執行長的誠意。要是你們想要以無禮的態度強加在我們身上，我看這場會談也可以宣布結束了。」

陳珮瑄看到會議才開始了沒多久已經轉變成這個局勢，不禁感到無比的緊張，當初只憑國家實力來決定與會代表真是一場錯誤。「在雙方補償、人道互助部分，我們都已經在目前版本的協議書中確認過：利用金錢、資源的投入，來促進國際社會的發展，以及有限度的互釋或開放對方所需的資源區域，這是我們共同的目標不是嗎？這段時間雙方犯下的錯誤或是破壞，都以增進正面的發展來替代懲處，不就是和談的核心？」

「但是我們的要求……」

「總統先生！」陳珮瑄加重語氣的說道：「這件事情在會議前應該已經有共識了，如果您不願意接受任何折衷和妥協，只會澈底摧毀你們國家的希望，若這正是您的願望，那您的國家一開始就不該為和談投下同意票。」

俄國總統對於被一個女人在這樣的場合指責感到十分的不悅，但是礙於陳珮瑄的氣場以及會議的進行，只能默默的點了點頭。

「不愧是使徒之一，我欣賞。」梁佑任對著陳珮瑄微笑的點了下頭道：「總之，如同陳執行長所說的。在我方提出的協議書第七部分的第三至十二條，清楚的表示了我們願意貢獻的金額、民生項目的合作、開放的資源區域，還有蓋亞聯盟提出的條件，我們可以先針對這些促進發展的部分來進行確認。」

雙方代表開始針對如何恢復各國利益、經濟，以及如何將印法埃應該為這段時間造成損傷的賠償轉為協助國際發展進行討論。同時他們也針對雙方的人質進行討論，當中最具影響力的就是印法埃願意將所有之前江少白所劫持的美國政府高層們釋放回去，這讓洛茲在談判上願意作出不少的讓步。陳珮瑄和沃克看到雙方的會談愈來愈上軌道，眼見和談有望，不禁欣慰的看了彼此一眼。

然而，在雙方的協議書正要修正到最後一個環節時，緊閉的會議室大門忽然打了開來。一名美國的特勤人員神情緊張的拿了一張紙放到洛茲的桌上，並在他耳邊低聲的說了些什麼，而他的表情也在瞬間變為震怒。

「所以，我們在未來中、長期的目標……」梁佑任翻閱著協議書說道。

「不。」洛茲忽然打斷了梁佑任的話，所有人都困惑的看向他，他看著梁佑任的眼神正燃燒著熊熊怒火。

「你說什麼？」梁佑任不解的問道。

「剛才談判的一切條件全部都不做數，美國一概不予承認。我要回到一開始的要求：印法埃必須放棄所有的軍事力量、佔領領土，然後所有參與了戰爭的相關人員都要在聯合國的國際法庭上接受審判。」

會議室中的眾人全都一片譁然，沃克立刻站起身來，「總統先生！請讓代表團先討論……」

「這沒有商量的餘地！」洛茲提高音量說道：「要是印法埃不照做，就等著接受美國全面的核武報復吧！」

雙方全部都震驚的看著對方，梁佑任冷靜的說道：「總統先生，我們帶著和平的心，我不知道什麼誤解……」

「你們撕毀了和我們的協議！ＣＤＣ在北美的五大湖中，發現了會散播黑死病毒的人造藻類！你好大的膽子，居然在我們的水源中下毒！」

「什麼？」所有人發出驚叫聲，不過當中最驚訝的卻是梁佑任，他一瞬間轉過了很多的念頭，震驚的說不出話。

「既然你們都已經對我們的都市和平民下手了，我們還有什麼好談的？你們要嘛就接受我剛才提出的條件，不然就等著和美國全面開戰吧！」

「該死！那是雙木那個傢伙的獨斷行動！這件事我們完全不知情！」

「證據呢？我倒是可以給你看國內正躺著的數百名病患！」

陳珮瑄在心中暗暗叫苦，透過精神感知的能力，他知道梁佑任說的是真的，但是就算他們能夠證明，這筆帳實在是太大，根本不可能原諒。眼看這場好不容易達成的會議就要澈底失敗，會議室的大門卻再次打了開來。

「我有重要的消息要轉告！全世界都收到了！」新加坡政府的人員拿著十四份資料夾焦急的衝進來。

「什麼事情不能等嗎？」沃克說道。

「這是一則從通往乙太的蟲洞傳來的訊息，寄件人是倫納德和江少白……」

「什麼？」眾人全部驚愕的看向他，這個消息宛如震撼彈一般，讓眾人一時都忘了剛才的爭吵。當中以沃克、陳珮瑄和印法埃的委員們感到最為驚訝，倫納德和江少白離開了地球已經一千多天了。居然現在傳了訊息？

「這是給每個人的訊息副本。」眾人連忙從官員手中接下翻開。

「致地球上的所有人：

這是給地球上所有人的一封公開信。

在我們抵達乙太世界後已經十天，這裡的局勢如今已經產生了巨大的變化。昔日印法埃所服侍的世界主宰、嬴政的君王、乙太的第一公民泰非斯，此刻已經在我們二人的聯手下被擊敗了。取而代之的，是乙太的反對派勢力──『忠誠派』，此派人馬以馬杜克為首，目前接掌了整個乙太。

對於身處於印法埃的同胞們，泰非斯一直以來都在欺騙著你們。乙太從來就沒有打算為地球帶來任何美好的前景，他們一直希望做的，就是消滅掉所有不具有始皇基因的人，並澈底剝奪剩餘人類的自我意識和靈魂，讓整個地球都成為他的精神奴隸。而現在他雖然成功被推翻，但是取代他的馬杜克，卻打算重啟泰非斯的陰謀，並且準備以更殘忍的手段實現。

此刻，正有一支忠誠派艦隊，他們早在一千多年前出征，並已經抵達了奧爾特星雲──天文望遠鏡應該已經可以觀察到──隨時都會攻入太陽系。他們是馬杜克所派遣的軍隊，預備澈底掃除地球上不具始皇基因的人類，並奴役所有具備始皇基因的人。這一次，他們不再需要依靠印法埃的力量，而是要由乙太的軍隊親自出手達成這個目標。

因此在這樣的局勢下，我們懇求地球上所有的人，在這個關鍵時刻放下所有的鬥爭和仇恨。此刻地球務必要團結，才能對抗即將到來史無前例的強敵。我們預計不久後就會趕回地球，請你們千萬要確保撐到那個時候。

另外，為確保此信的可信度。附上供沃克將軍和印法埃委員會確認的資料。倫納德：在青海的救贖派基地中逃出並帶回第五副天啟畫作／江少白：科林斯戰役後於審判號和委員會交手對戰。

最後，我們所有人一切平安，切莫擔心。

寄件人　倫納德&江少白」

眾人看完了這則訊息後，梁佑任和沃克同時點了點頭，「是他們一起寄來的沒錯。」

「所以，我們過去的敵人，你們的精神領袖……都已經被打敗了？現在捲土重來的，是曾經協助我們打倒的嬴政外星勢力，要來攻佔地球了？」眾人看起來都十分的驚愕，尤其印法埃委員更是如此，他們簡直無法相信自己看到的東西。他們追尋了兩千多年的真主居然是一個騙子，而且已經被消滅了？甚至江少白還出手協助了他們？

陳珮瑄看向沃克，他此刻情緒相當的激動。他做夢也想不到居然會在今天收到兒子的訊息，擔心他們已經死亡的念頭不知道已經浮現了多少次，而現在居然還得知他們馬上就要回到地球，即便是一向沈穩的沃克都忍不住因為激動而全身微微顫抖。

「不論如何，這都改變了一切。」梁佑任是所有人中最快恢復的，他走到洛茲的面前，「你剛才說的那些問題，印法埃會全力協助並幫忙解決，不過在那之前，讓我們一起放下仇恨，為了地球的未來聯手抗敵吧。」

洛茲眼神有些動搖的看向梁佑任，但是他沉默了一會兒後也隨即點點頭。然後在世界經歷了三年多的腥風血雨後，一直水火不容的敵對雙方領袖，終於在這一刻跨越了無數的仇恨與爭端，堅定的握住了對方的手。

# 87

## 乙太　中央殿堂

在黑暗而空曠的中央殿堂當中，馬杜克獨自一人沉默的站在昔日閃爍提雅瑪特光輝的穹頂下方，整個人宛如和周邊的黑暗澈底融為一體，他感覺自己終於能在這四下無人之時卸下偽裝、澈底釋放內心的意念，四周的溫度也隨著他的精神力量在黑暗中降到了冰點。

「總司令閣下。」艾歐勒斯推開大門走了進來，「監視人員截獲一則傳往蟲洞的訊息。」

馬杜克睜開雙眼看了看艾歐勒斯所帶來倫納德等人傳送的訊息。在閱讀的過程中，他一雙漆黑的雙眸宛如被寒霜覆蓋一般，看不出一絲的情緒波動與溫度，光是與那眼神接觸到一瞬，就足以讓任何人的靈魂都為之凍結。

「他們知道了。」馬杜克的，語音中沒有一絲的驚訝，只是淡淡的遺憾，「交給你了，你知道該怎麼做。」

艾歐勒斯躬身退出了中央殿堂。門慢慢地關上，馬杜克高大的身影再次被黑暗籠罩，他的嘴角因為感受到自己即將掌握到的龐大力量而微微上揚。

## 88

「這就是那個微型空間曲率調控裝置嗎？」蕭璟疑惑的看著白色盒子內放置的那六個比手掌還小的銀色圓環。

現在是乙太的晚上，他們五人此刻聚集在中央主塔外，江少白和厄德娜聯絡並表明意圖後，原本經過了一番爭執和懷疑，但最後厄德娜還是願意幫助他們，並約好在此處會面。而她也帶了他們所需的泰非斯之前研發的空間環。

蕭璟仔細的端詳了這個微小的圓環，它的外觀沒有什麼特別的，只要放在乙太戰衣的胸口收納處，就可以在身體周圍形成調控空間曲率的能場。想不到這麼小的裝置居然可以把人類加速到光速真是讓人難以置信。

「那是當然的啊。」厄德娜一臉不耐的說道，「你們找我幫忙結果還不相信我？那還不如你們自己想辦法研發一套自己喜歡的系統就好。」

「總共就只有這幾個嗎？」江少白問道。

「你以為我們是賣場嗎？這東西還在研發階段，全乙太可是只有這六個，所以搞丟可就沒了。」

「我知道了，妳人真好。」蕭璟對著厄德娜笑著說，厄德娜忽然被蕭璟這麼感謝，反而有點尷尬的轉開眼。

「不要誤會，我只是因為第一公民讓我幫你們才這麼做，和你們一點關係都沒有。」厄德娜會這麼說是因為她還記得自己之前對蕭璟百般的羞辱歧視，而蕭璟也理解的會心一笑。

「不管怎麼說，還是謝謝妳，不然我們根本不可能回得了地球。」蕭璟看著倫納德和江少白，知道他們也為此感到興奮，畢竟他們終於可以離開這個星球了。「不過妳真的不一起走嗎？」

「算了吧，要我去地球那種未開化的地方是不可能的。明天在這個地點，馬杜克要公開處死第一公民，我不能放手不管。我已經召集了一批四十人的菁英在這附近待命，希望明天這個時候能夠成功救出第一公民，大不了就和他一起死吧。」

厄德娜的話讓蕭璟感到十分的感慨和意外。不論泰非斯是個怎麼樣的人，卻仍舊有許多忠誠於他的部下願意為之犧牲，看來泰非斯統治乙太時，也不全然是單純的利用恐懼來強迫底下的人對他忠誠。

不過比較讓她感到意外的，是居然有一個她之前沒見過的乙太人混沌也和眾人在一起。她雖然沒見過，但是卻聽過不少關於混沌的事，知道他在地球上一直在江少白身邊影響他，並極力要鼓吹除掉自己。

此刻江少白和混沌再次見面，他們之間的氣氛似乎有些微妙。江少白笑道：「想不到我們還有機會見面。」

「是啊。」混沌點了點頭，「你最後的表現真是讓我大開眼界了，你做到了我遠遠沒有想到的事。」

「這都要多虧你在地球的計畫一直沒有成功，我想這值得讓你和我們一起離開。」江少白指的是他處心積慮要暗殺蕭璟的事，混沌明白他的意思，向蕭璟瞥了一眼。

「抱歉。」

「沒關係。」蕭環微知道在地球時混沌一直想除掉自己，不過此時過去的恩怨似乎已經沒什麼好在意的。

混沌點點頭，「我過去一直以為妳是一個危險的弱點，但現在我終於知道其實妳是一切堅強的來源。」

蕭環知道他是指著江少白說的，不禁有些不好意思的低下頭。而倫納德在這時清了清喉嚨，「好了，我們現在都確認好自己的精神演算裝置都重新升級更新過了吧？」

眾人點點頭，他們不只從厄德娜那裡拿到了空間曲率調節裝置，為了以防萬一所有人的精神演算裝置和能量裝置都更新過，而江少白還另外攜帶了之前所使用的純黑色泰非斯的劍刃狀能量武器「埃特納」。

「那我們就趕快走吧，趁他們發現前趕快離開。」倫納德說完，眾人便一齊朝著往停機坪的道路上快跑而去。此刻所有人心中都既緊張又期待。雖然眼前還有很多挑戰，但是只要成功抵達了那裡就可以啟程返回地球。

然而，他們才走了幾十秒的時間，忽然一陣強烈的精神刺激傳到每個人的腦中，讓眾人同時都抽痛了一下。蕭環沒有反應過來這個精神刺激的含義，但是其他人卻瞬間全部臉色慘白的發出了慘叫聲。

「糟了，是艾歐勒斯！」倫納德慘叫道。蕭環瞪大雙眼，雖然只看過一次，但她知道艾歐勒斯是全乙太戰鬥能力最強的將軍，如果他親自出馬，那鐵定是馬杜克發現他們了。

「你們快走！我來對抗艾歐勒斯！」厄德娜揮手展開強大的能量護盾吼道。

「但妳不是艾歐勒斯的對手啊。」倫納德喊道。

「我不是說過周邊一直有我的人手在待命嗎？而且，如果能讓馬杜克那個傢伙付出哪怕只有一點的代價，我什麼都願意做。你們馬上離開！」

那一瞬間，蕭環清楚感受到這個一天到晚脾氣暴躁的人身上所散發出那股瀟灑的氣魄。

厄德娜看了他們一眼，「快走！」

倫納德等人正準備加速離開。

「別想逃！」艾歐勒斯帶著部隊，轉眼來到眼前。此時在厄德娜和周圍不知道那裡忽然冒出來的士兵，上前攔阻。艾歐勒怒吼一聲，瞄準他們尚未合圍完成的護盾空隙，朝著江少白的方向激射出一道猛烈的能量光束。

「小心！」一混沌趕忙加強了身上的能量護盾側身擋到江少白的背後。這理論上足以吸收掉大部分的攻擊，但沒想到艾歐勒斯的攻擊力道大的超乎想像，混沌身上的能量護盾直接遭到擊穿，他也在一聲慘叫中倒下。

「別停下來！快跑！」江少白大聲吼道，他難過的瞥了一下混沌，然後他們立刻啟動了身上的動能裝置，朝著停機坪飛速衝去。

蕭璟是眾人中唯一沒有這樣全力啟動動能裝置經驗的人，差點因為速度過快而摔倒。但倫納德即時伸手抓住她到眾人當中，他們五人身上的全部能量護盾、動能加速系統立刻相連在一起，快速的奔馳而去。

他們移動了一段距離，前方出現了八名士兵企圖阻止他們，倫納德和江少白不假思索的聯手接連朝著士兵放出能量攻擊以及精神襲擊，那群士兵連反抗的機會都沒有就被瞬間消滅掉。

前進的路上，蕭璟可以感受到整座城市都開始拉起警報。愈來愈多的精神和能量攻擊從他們的周圍襲來。不過由於之前忠誠派軍隊潛入時，曾經摧毀了好幾座上頭的能量防禦塔，導致他們並沒有遭受預想中那麼密集的攻擊。不過儘管如此，要迅速穿越高度戒備的城市也不是那麼容易的事。他們之所以現在還可以順利的突破追擊，是因為預備從中央主塔出動追擊的主力部隊，此刻仍然被厄德娜和她的小隊拚命的擋在後方。儘管厄德娜遠遠不是艾歐勒斯的對手，但是如果一味集中能量進行防守的話，就算是艾歐勒斯的部隊一時也奈何不了他們。此刻距離中央主塔已經很長一段距離，他們仍然可以感受到後方激烈的精神交戰。

「我們要到了！」倫納德大聲吼道，他們一口氣朝著停機坪外守衛的部隊同時發射了好幾道攻擊，安潔莉娜也同時飛身上前打倒了三名準備加速到他們身邊進行近戰的士兵。

「掃除威脅！」

他們解除了動能加速裝置跑到了阿爾戈星艦旁。倫納德大喊道：「準備啟動！」星艦在他的一聲令下立刻開啟了艙門，眾人馬上朝著艙門口跑去。

蕭璟原本打算立刻衝到裡頭，但是當她回過頭的時候，卻發現江少白正呆立在後方，一臉掙扎而茫然的看著他們。她不禁困惑的皺起眉頭喊道：「你在做什麼？快來啊！我們馬上就要離開了！」

「我們不可能成功離開。」江少白忽然絕望的搖了搖頭，「他們一發現我們從停機坪消失，會馬上知道我們已經離開，並會發動此處所有的戰艦追擊我們。阿爾戈星艦進入光速需要三十分鐘到一個小時的時間，他們只需要一瞬間就可以達到這個速度。如果剛剛沒被察覺就算了，但現在我們不可能在他們的追捕下逃脫。」

「難道你要放棄嗎？」倫納德語氣憤怒的說：「就算機會渺茫我們也要放手一博！怎麼可以現在就突然放棄？」雖然蕭璟的精神力量不及倫納德，但是當她看到江少白那堅決而哀戚的神情，她忽然知道江少白並不是因為逃亡的機會渺茫而決定放棄，但他到底……

「有勇無謀的幹勁沒辦法幫助你們逃走。不論如何，這裡的星艦和追擊部隊必須全部被消滅，然後還必需要拖住他們的腳步，轉移他們追擊的注意力。」

蕭璟忽然明白的瞪大雙眼，她全身發顫的說道：「你該不會……」

江少白堅決的點了點頭，「如果我們現在離開，一定無法逃過追擊，厄德娜他們撐不了那麼久，讓我留下來斷後。我可以轉移他們的注意力並毀掉這些星艦，幫你們爭取最多的逃亡時間，你們就趁這時候回去地球。」

「你發瘋了嗎？」安潔莉娜不可置信的叫道，而蕭璟震驚到說不出話，她身體不斷顫抖，她想發出吼叫聲但喉嚨卻因為肌肉僵硬而發不出任何聲音。

江少白露出了一抹淡淡的微笑，「我之前犯下了無數不可饒恕的罪行，該是時候付出代價了。是我選擇了追尋泰非斯的召喚來到乙太，這裡就是我最後的歸宿。」

「才不是這樣！」蕭璟忽然大聲的吼道，她眼神憤怒卻充滿了痛苦，「你努力了那麼長的時間，你也是被泰非斯欺騙！你也是受害者啊！何況你都已經儘量在彌補自己做過的一切，你還有什麼好不原諒自己的？」

但江少白只是搖了搖頭，當蕭璟看到他的神情時，她全身都因為領悟那背後的決心而驚恐的顫抖不已，「不可以！拜託！」蕭璟驚慌的看著其他人尖叫道：「倫尼！莉娜！劉秀澤！你們誰快點阻止他啊！拜託！」

「是啊，如果你不走，那就讓他們回去，我留下和你一起戰鬥。」倫納德上前說道。

「不行。」江少白斷然拒絕他，「你是唯一絕對不能被他們抓到的人，否則整個地球將會徹底淪陷。」

「但是……」

「不要爭論了。」江少白打斷倫納德說道，他苦澀的笑了一下，「你們都知道，我是最適合留下來的人，我在地球上沒有任何家人或朋友，我是我們當中可以犧牲的那個。」

「但你對我來說不是啊。」蕭璟此刻內心已經幾乎要崩潰，她泫然欲泣的雙眼極端痛苦的看著江少白，令江少白的神情在那一刻大為動搖，「你是我的家人啊，我們過了那麼久好不容易才再次重逢，怎麼可以放棄？拜託……」

蕭璟知道自己的話讓江少白內心開始產生了動搖，但是江少白卻只是深吸了一口氣，然後決絕的搖了搖頭。那一刻蕭璟覺得自己的心徹底涼掉了，巨大的空虛和絕望籠罩在她的心中，她痛苦的落下了眼淚。

「拜託你……」蕭璟此刻已經淚流滿面，她緊抓住江少白的雙手，眼神極度懇切的看著他，「你不是答應過我嗎？你說過回到地球上、要到一個遠離科技的地方、遠離世界喧囂的地方和我們一起生活著……難道你忘了嗎？」

江少白的眼神因為悲傷而劇烈的顫抖著。內心深處他何嘗不想和眾人一起離開、和蕭璟及其他人像家人一樣的過著平凡而幸福的人生？不過他的理性告訴他，若是此刻他因為一時的軟弱而決定離開，那他們五人將沒人可以活著回到地球。

「對不起，我無法實現承諾了。」江少白微微一笑，當蕭璟看見江少白眼中的悽楚時，她的內心因為體悟到江少白做出這個決定心中有多麼痛苦而感到心碎。「不過雖然這樣，但是我卻可以保證你們都能過那樣的人生。」

當他們爭執的同時，蕭璟感受到遠方抵擋艾歐勒斯軍隊的精神力量變得愈來愈薄弱，但她此刻絲毫不在意哪裡的戰況。她只覺得自己的內心已經如荒漠般空虛，因為此刻她清楚的知道江少白已經絕對不可能被自己說服了。

看著傷痛欲絕的蕭璟，江少白露出了微笑，伸手撥了撥她的頭髮將它梳好，他眼神閃爍著清澈的光芒，「最後的這段時光是和妳一起度過的，這是我人生中最大的幸運。謝謝妳，是妳讓我最後的人生沒有任何遺憾。」他說完抬頭對安潔莉娜和劉秀澤兩人說道：「你們可以迴避一下嗎？」

他們兩人神情震驚而哀慟的點了點頭，轉身沉默的走進星艦中。然後，江少白脫下手上的紅碧璽戒指交給倫納德，「能和你恢復關係並肩作戰，是我的榮幸。我把屬於你的東西還給你，你記得要好好照顧璟，知道嗎？」

倫納德全身顫抖的聽著，他張口想說些什麼，卻欲言又止，最後他沈重的點點頭，接過了那枚戒指並握住江少白的手，給出了他這一生最沈重的承諾。「我會的……表哥。」江少白滿意的點點頭，並露出了鬆口氣的笑容。

蕭璟再也按捺不住內心的悸動，她撲上前去緊緊的擁抱著江少白。她的雙眼滿是淚水，無法直視他，她感覺到江少白胸口的溫暖與心跳。而江少白也同樣擁抱著自己，他全身顫抖的緊緊抱住她，彷彿想要在最後的時間將她身上的溫暖與氣息烙入腦海，一滴溫熱的淚水這時從江少白的下巴滑落到她的面頰上，她感到江少白對自己堅決而充滿溫暖的心意在那刻傳入了她的意識中，瞬間撫平了她所有的痛苦和傷痕。

這段時間客觀來說只有幾秒鐘，但是對蕭璟而言，她的意識卻好像停留了永恆的時光。當她鬆開手時，她抹乾了眼中的淚水，雙眼濕潤而明亮的凝視著江少白，「你知道……我從來不相信有神或天堂。但是，我願意為了你相信這一次。總有一天，我們一定會在哪裡重逢。」

江少白雙眼散發出平靜而堅定的光芒，他輕輕的在蕭璟的臉頰上親了一下然後推開她，「我也是。你們該走了，記得要替我實現我的夢想。」

蕭璟還想要說些什麼，但是在那刻，她感受到遠方中央主塔處，放出了一道極為猛烈的攻擊，整個抵抗的精神瞬間被消滅掉大半。江少白的神情立刻轉為嚴肅，「你們兩個馬上離開！他們要來了！」

「走吧。」倫納德拉起蕭璟的手，他最後對江少白點了下頭，然後就拉著她進入了星艦當中，而江少白也轉身朝著停機坪的入口處跑去。當她看到江少白的背影在阿爾戈的艙門關閉而完全消失的那刻，她終於忍不住伏地大哭，不管旁人怎麼安慰都無法遏止，因為她知道這次他們是真的永遠的分離，再也不可能相見了。

# 89

當阿爾戈星艦在加速中離開了停機坪的表面成為夜空中的一個星點時，江少白感覺自己終於鬆了一口氣。與之同時，他感到遠方抵擋住艾歐勒斯追擊部隊的精神力場終於澈底消失殆盡。他開始往停機坪的入口處走去。

儘管自己在這裡擋下追擊部隊，他們一定也會在回去的途中遇到不少挑戰吧？不過他相信他們，相信那群和自己出生入死且第一次願意完全信任自己的夥伴、相信那與他心意和血脈都相連的表弟，以及相信他所愛的那個純淨無瑕的女孩。

在走向停機坪的路上，他抬頭看著頭頂無垠的宇宙。他不禁想起，自己曾經和蕭璟在一次躺臥在草地上時，蕭璟以一如既往超齡成熟的口吻，對他訴說著，人們所仰望的繁星，有好一部分早已在數億萬年前就燃盡壽命死去，星光穿越了無數光年到了人們的眼中，卻只留下了光芒，令人不勝唏噓。這點天文知識他當然早已知曉，當時也沒什麼特別的感受，不過此刻回想起來卻令他覺得特別的感傷……

他忽然停下腳步。

原來，是這麼一回事嗎？

那一刻，江少白忽然明白自己為什麼這麼長時間以來都如此痴戀星空。並不僅僅是因為蕭璟喜愛星空的緣故，而是藏在內心深處更深遠的緣由。或許在潛意識中他一直都知道，他永遠無法成為蕭璟生命中帶給他溫緩和陪伴的恆星，不論他如何地不情願、如何地奮力對抗，終究無法逆轉他的命運。但就算如此，他卻可以成為永遠帶給她光芒的星光，即便早已離開，光輝仍然會映照在她的回憶中，留下永不抹滅的印記。

而現在，為了讓她得以平安離去，他將要在此燃盡自己最後的生命光輝。

如此，便已經足夠。

領悟了這一層心意，他感覺一直盤踞在心頭的壓力在一瞬間消於無形，無比坦然舒適的暖意在胸口擴散開來。因為就在這時，他也終於明白了泰非斯所要告訴自己的話究竟是什麼意思。

在至高者對自己顯現後，他不斷用盡自己的力量試著追尋自己的使命。為了這個目的，他一路上犧牲自己的靈魂、犧牲所愛、犧牲印法埃、犧牲數十億條無辜的性命，即便如此，他仍然不明白自己的使命。直到此刻，當他站在這個遠離地球一千四百光年的異星球上，他終於明白了那一日至高者對他顯現、為他保護存留了那純淨的靈魂片段，所要帶給他的使命是什麼。

窮盡一生的追尋，此刻的他已經到達了旅程的終點。

帶著這最後的覺悟，他將昔日乙太第一公民泰非斯的寶劍「埃特納」——全乙太最高級別的攜帶式能量武力裝置——從腰間抽出並高舉過頭，靜靜地等待著自己生來就註定要面對的最終時刻。

第一波部隊衝入了停機坪。毫不猶豫的，江少白將強烈的能量刀刃劈砍而下。一瞬間，纏繞在追捕部隊身上的能量護盾被擊成粉碎，十餘名人員的身軀在一瞬間汽化消散。

「散開！從四面八方去包圍他！」艾歐勒斯在部隊後方高聲命令道。

當眾人朝他襲來時，他感覺自己將每一絲最細微、最末梢的精神探知和接收功能都調整至最高點。在精神演算輔助裝置的協助下，巨量的資訊如海嘯一般湧入江少白的腦中：周邊所有的分子震動、能量波動、精神攻擊等都必須加以判斷考量。即便有精神輔助裝置的協助，這麼海量的資訊也足以將最高等級的乙太戰士逼瘋。

不過江少白卻沒有產生一絲的動搖，他打起精神，全力和眾人周旋。他將身上的能量護盾功率調整到最強，並緊貼在自己的肌膚外頭抵禦著槍林彈雨的能量攻擊；他利用和倫納德對戰的經驗，將自己的精神變成一個堅不可摧的光滑球體，任何企圖朝他攻擊的精神都會被彈開；在攻擊上，他以自身的精神力量，精確的把握了每一個人最細微短暫的破綻，並以全場能量級別最高的武器「埃特納」發動攻擊。同時只要有任何人企圖去操作星艦起飛，他立刻用精神攻擊將之擊殺。儘管此刻包圍著他的敵人是江少白的數十倍，但是他們來來回回的交手了好一段時間，卻絲毫沒有傷到江少白的皮毛，反而被他給殲滅了大半。

艾歐勒斯在一旁震驚的看著江少白和追擊部隊猛烈的打鬥。儘管這些一般士兵的能力本來就不是太強，但是居然能在同時遭到近百人的圍攻下，仍然有條不紊的的執行防禦和攻擊？就算是自己也沒有把握辦到。在江少白再次揮出能量劍刃擊碎了兩個士兵身上的能量護盾並將之斬殺時，艾歐勒斯終於決定要改變作戰模式了。

「所有人讓開！讓菁英戰隊接手攻擊！」

在艾歐勒斯的高聲令下，原本的追擊部隊立刻向後退開，讓袖口有著紅色條紋的菁英戰隊成員上前。這是因為菁英戰隊所使用的武器能量級別比一般士兵強大許多，如果他們過於集中反而會礙事。而艾歐勒斯也和手下的菁英戰隊成員一起參戰。

江少白冷靜的看著眼前的敵人。雖然人數比起剛才少了很多，但是每個人身上散發出來的力量卻都遠遠超越剛才的任何一個士兵，而最令他警戒的，是在他正前方發出全場最熾熱且明亮強光的艾歐勒斯。他緊握住埃特納的劍柄，全神貫注的警戒著。

艾歐勒斯一揮手，菁英戰隊狂風暴雨的攻擊立刻從全方位朝江少白襲來。

比剛才強大數十倍的龐大壓力排山倒海的朝他湧來，江少白感覺自己一瞬間完全無法對任何的目標進行反擊，只能竭盡全力的在圍攻下保持不被擊中，江少白在激烈的交鋒中努力尋找反擊的機會。

最讓江少白感到棘手的是，菁英戰隊每一次的武器輸出功率，都具備直接擊穿他身上能量鎧甲的威力。

注意到這一點的江少白，將原本環繞在全身的能量護盾全部集中到一點上，成為一個方塊狀的能量團，利用精神演算裝置輔助，在每單位時間識別出數以千計的攻擊先後順序，並在該攻擊能量抵達身體前的同一瞬間將集中的能量護盾移轉到攻擊位置抵擋衝擊。而在進行物理攻擊性的防禦同時，他還要不時警戒敵方從四面八方襲來的精神攻擊，將之全部抵銷，並伺機觀察敵方的部署和精神破綻，使用自身的能量裝置及精神力量反擊。

雙方交戰的強大的能量讓周邊的空氣為之沸騰。要是在未經強化的地球使用埃特納，江少白此刻每一次輸出的能量都足以炸掉一整座山。

注意到艾歐勒斯因為攻擊自己而露出破綻的那刻，江少白立刻全力將埃特納的能量調整到巔峰，然後朝著他的頭猛然劈砍而下。艾歐勒斯趕忙將身上全部的能量轉移到頭頂擋住江少白的雷霆一擊，兩人的能量相互碰撞，爆出了驚天巨響。他腳步踉蹌的退了一步，並深深為江少白所展現出頂級的戰鬥水準而感到震駭不已。

這是何等強大的壓力。若是在過去，江少白絕對沒有辦法做到這麼精密且強力的精神與物理對戰，但是不曉得為什麼，當他一心想著要讓蕭璟平安脫身時，莫名的力量卻彷彿是從外面源源不絕的添加給他一般，不論他釋放了多少的能量或是精神攻擊，都沒有一絲疲憊，反而越戰越勇。

前所未見的力量湧遍江少白的全身，儘管敵方的攻擊宛如驚濤駭浪，他卻依舊能在這暴風之中持續挺立，絲毫不露敗象。

若是過去沒有在地球接受印法埃那樣嚴酷的訓練，那他絕對無法做到如今這樣子的戰鬥吧。江少白在心中暗自想道，他終於不再為過去發生的任何事情感到痛苦與不滿，因為他現在已經清楚的明白，自己過去所經歷的一切不論好壞，全都是為了造就此刻的他。

艾歐勒斯注意到了江少白將能量集中於一點防禦的作法，因此他立刻改變策略，「將數個能量攻擊同步發射，使他無法進行時差性防禦！」

江少白心中一震，為了因應同時抵達的攻擊，他只能將集中的能量護盾一分為二加以抵擋，但他這麼做便沒有辦法完全抵銷掉敵方的能量攻擊，每一次的攻擊皆有少部分的能量餘波穿越護盾，嚴重灼傷他的身軀，並一點一滴的消耗著他的力量。不過儘管如此，他還是盡力的在這樣的劣勢中奮鬥著。

只要能讓他們逃的更遠一點，不管怎麼樣他都會撐下去。

然而即便是江少白，他的精神力量也不是無窮無盡的，在菁英戰隊密集的連續圍攻下，他的精神正在急遽被消耗著。不論是穿越能量護盾灼傷他的物理攻擊、或是連綿不絕的精神攻勢、抑或是已經逐漸負荷不住的精神演算輔助裝置，這些全部都對江少白的精神與力量造成了巨大的打擊。

看準了江少白精神逐漸衰弱，艾歐勒斯趁著他擋下一波龐大的能量攻擊同時，利用身上的動能加速裝置，瞬間以十馬赫的高速欺近江少白的身邊，並將能量集中在拳頭上重擊江少白的頭部。

一直專注於能量和精神攻擊的江少白完全被這一下奇襲搞的措手不及，只能在千鈞一髮之際，將部分能量移轉到頭部並將身體迅速往側邊加速閃避緩和衝擊力道。江少白被這一拳給重擊到摔倒在地，而各樣的攻擊也在這一刻如狂風暴雨般接踵而至。雖然他在倒地的瞬間就立刻站起並重新擺正作戰姿態擋下所有攻勢，但剛剛那一下攻擊已經造成了他戰鬥力的嚴重損傷。

他感覺自己的力量開始消退，並在眾人的圍攻下節節敗退。而每隨著他的精神產生了一絲渙散，就立刻會有攻擊穿越能量護盾擊中他的身軀，剝奪了他一部分的戰鬥能力。

他左膝被能量光束擊中、右腹被欺近的隊員打中、精神被艾歐勒斯入侵。按照常理來說，他的傷勢已經不可能再繼續戰鬥下去，不過每當他覺得自己要倒下時，他腦中便會浮現出他所愛的人的面孔，以及他們正因著自己的努力又遠離了乙太一點。這樣的念頭讓他得以以不可思議的意志力繼續苦撐下去。

艾歐勒斯終於忍無可忍，他傾盡全力的朝著江少白激射出一道猛烈的能量光束，那道能量徹底將江少白那已經強弩之末的能量護盾給貫穿擊碎。江少白全身因為這一擊而向後飛去，他此刻全身嚴重燒傷，骨頭幾乎都被震碎。他終於力氣放盡頹然倒下。

艾歐勒斯帶著殘酷笑容的走到了江少白的身旁，「你確實比我想像的更厲害，不過你以為這麼做有什麼意義嗎？我們還是會把他們全部抓回來。」他伸腳踩著江少白被灼傷的焦黑右臉，逼他看向一旁正準備登艦的士兵們。

「看到了吧？到頭來你什麼都沒有保護到。只是將他們的死亡延遲一點。」艾歐勒斯凝視著江少白的，「而你，我會想辦法救活你，你會永遠的置身在痛苦中，一輩子看著你的朋友與地球因為你的失敗而慘遭折磨。」

面對艾歐勒斯的威脅，江少白露出了一道爽朗的笑容，他眼神清澈而寧靜。他知道自己的使命終於結束了。

他輕輕的攤開自己已經焦黑的右手，露出手中的空間曲率調節裝置。此刻它已經從限縮的指定型態，被調整為全面擴散的攻擊型態。艾歐勒斯一瞬間露出了恍然大悟的神情，他絕望的伸手要把它搶過來。但已經太遲了。

江少白在微笑中輕聲說道：「我們都不用再痛苦了。」

不可視的巨大爆炸發生。半徑三十公里之內的一切物體全部因為空間常數的扭曲激增而崩潰消散，整座懸浮城市的一側被徹底摧毀殆盡。連帶整個停機坪、菁英戰隊、艾歐勒斯，以及江少白，全部在這場毀滅性的攻擊中永恆的消失。

# 90

飛離了乙太好一段時間，都沒有任何人開口說話。

整艘星艦一片寂靜，只有蕭璟的微弱的啜泣聲。她無力的癱坐在星艦的牆邊，整顆頭都埋在雙腿之間默默的掉著淚，而在她身邊的安潔莉娜和劉秀澤兩人，他們的神情也十分的悲痛。雖然他們兩人和江少白的互動和情感沒有蕭璟那麼深，甚至更多的是過節，但他們還是深深為了江少白慷慨犧牲的決心和意志所感動。

倫納德背對著眾人默默的看著著阿爾戈星艦的資訊，而傑生也安靜的站在星艦角落。倫納德眼神呆滯的看著前方，他們離開了乙太好一段時間，都還沒有遇到任何乙太派出的追兵，照這樣的情況下，他們再過幾個小時就會抵達蟲洞，就算乙太派出追兵追擊也追趕不上了。倫納德一直警戒著襲擊，但過了這麼久都沒有遇到敵人。

倫納德緊握的右手忽然感到一陣刺痛，他低下頭，發現是江少白在分離時所交給他的紅碧璽戒指。看到這枚戒指，倫納德的內心宛如被針扎一般，他全身微微顫抖的垂下雙眼。為了轉移內心的痛苦，他一直把注意力放在警戒周圍的潛在攻擊。不過此刻當他看到這個信物，卻再也沒辦法壓抑內心的情緒。

在江少白離開後，蕭璟一直坐在地上哭泣，倫納德完全不知道自己能夠對蕭璟說些什麼安慰的話。因為不管江少白那時怎麼說、不管當時的理由有多麼的充分，他畢竟都同意了讓江少白獨自留在乙太上的這個決定。

倫納德不曉得自己該如何看待江少白這個人。他毫無疑問曾經在地球掀起了一場駭人的腥風血雨，自己在過去曾無數次恨不得將他殺之而後快，不過經過這幾天短暫的相處以及並肩作戰的時光，卻讓他愈來愈能夠了解江少白的內心，也愈來愈難憎恨這個男人。

不管江少白的內心再怎麼黑暗、經歷再多的痛苦，他都依然堅定的貫徹自己的意志，並在蕭璟身上展現出了他那毫不動搖的深刻感情。這個想法微微的刺痛著倫納德的心，然而他卻無法對江少白產生任何不滿或是敵視的情緒。因為那份足以挑戰提雅瑪特的堅定意志、以及願意犧牲成全的寬闊胸襟，不僅是如此的令人震驚，更是讓人感到……無與倫比的尊貴。

他們又飛行了一段時間，在星艦進入光速前的五分鐘，前方忽然顯示出一道警示訊號。上頭表示不久前有一場異常的極端空間扭曲在遠方的乙太上發生，威力之大，足以將超廣域空間的一切事物給瞬間摧毀殆盡。而空間異常的地點就發生在他們剛才離開的懸浮島嶼上。

「那個……是江少白嗎？」安潔莉娜看著那則訊息喃喃的說道。

倫納德沈重的點了一下頭，「應該是了。」江少白能夠隻身和艾歐勒斯的追擊部隊抗衡了這麼長的時間，已經是一個不可思議的奇蹟。那場巨大的爆炸，代表的是江少白與無數追擊部隊的生命在那一刻殞落了。他強忍著胸口的悸動，輕輕的說道：「江少白，你終於可以安息了。」

倫納德原本以為蕭璟一定會因為聽到這個訊息而悲傷的再次痛哭，然而當他回過頭看向她的時候，卻意外的發現她並沒有因此顯露出傷心的情緒，反而眼神異常平靜的看著前方，「我們一定要成功。」蕭璟語氣平穩，但雙眼卻燃燒著無比熾熱的怒火，「我們一定要順利回到地球，澈底摧毀馬杜克的計謀……他一定要為此付出代價。」

倫納德點了點頭緊握著紅碧璽戒指，暗自發誓絕不能讓江少白平白犧牲。「沒錯，我們一定會成功的。」

他將目光集中到星艦的警戒感測系統上，江少白的犧牲代表了一件事：負責追捕他們的的艾歐勒斯殞命後，馬杜克必然會重新調派人員繼續追捕他們。果然過了不久後，在乙太後方的悠瑞絲的艦隊方位，開始出現了逼近的訊號。

「所有人啟動身上的能量護盾！追擊部隊正在朝我們而來。雖然在進入光速的情況下應該是安全的，不過仍然要小心。」倫納德一面警告，一面把阿爾戈星艦外圍的能量防禦調整到最高等級。

他們繼續前進了一段時間。由於是以光速前進，他們感覺只過了幾分鐘，而後方數量龐大的艦隊雖然依舊毫不停歇的朝著他們追來，但是因為江少白為他們爭取了足夠的時間，使得追捕部隊無法拉近雙方的距離，倫納德緊繃的情緒在心中慢慢的放鬆了下來。

「我們應該在抵達前都不可能被攔下來吧？」劉秀澤看著前方愈來愈清晰的蟲洞說道。

「沒錯，我們再三十分鐘就會抵達蟲洞。」傑生點點頭道：「你們可以準備啟動你們身上的空間曲率裝置……」他話還沒說完就忽然震驚的瞪大雙眼，「天啊……有艦隊出現在我們前方！」

「什麼？」倫納德不可置信的叫喊道。眾人驚慌的看著星艦的警示系統，只見影像上顯示出在它們與蟲洞之間居然出現了六個警示點，正在朝著他們靠近。

「他們是怎麼繞到我們的前方的？」蕭璟一臉茫然的說道。

「不……這是馬杜克本來就派遣在蟲洞駐防的部隊！」倫納德全身顫抖，原來馬杜克一直都在提防他們會想辦法逃回地球，早就在這裡部下了防禦。

「所有人小心了，我們要全速突破他們！」倫納德雙手按在主控面板大聲吼道。他感覺自己的精神和星艦系統、傑生全部合而為一。他利用自己的精神和星艦的運算能力，精確的預測了所有從前方襲來的攻擊方位，並在攻擊抵達星艦前千鈞一髮的閃避騰挪。好幾道的光束都從他們的星艦周邊擦身而過，如果他們被這些攻擊擊中，雖然不會致命，但是星艦的所有功能卻都會澈底被癱瘓。

此刻的情況實在是萬分危機。倫納德瞥了他們距離蟲洞的距離，他們只剩下十分鐘就要抵達了。「拜託，一定要撐過這十分鐘！」他準確的判斷了前方兩艘前來攔截的星艦的動能和武器射擊方位，並在他們發射能量的瞬間從他們之間驚險的閃躲過去。當他閃過這兩艘星艦時，已經可以看見前方扭曲的蟲洞就在不遠處。

「只要閃過這四艘星艦就可以了！全部的人準備脫離星艦，五分鐘後……」

在倫納德下達指令的同時，蟲洞周圍的四艘星艦忽然朝著彼此之間釋放出能量遮罩，並逐漸形成了倫納德曾經看過忠誠派在攻打彗星盾時所製造出來的那種星艦級規格的能量護盾。傑生見狀立刻面色慘白的驚叫出聲。

「完蛋了！那是能量攔截裝置！我們絕對不可能穿越的過去！」

「都這個時候，怎麼可以放棄！」蕭璟大聲吼道，「朝著他們的星艦攻擊，摧毀他們的能量連結後直接衝過去啊！我們都來到這裡了，反正如果要被他們抓到，還不如上前和他們同歸於盡！」

「有任何角度可能穿越他們的攔截網嗎？」劉秀澤焦急的問道。

倫納德連結星艦的空間感測系統，迅速的計算了所有的路線和突破手段，但是他很快就發現了問題。

「沒錯。」傑生絕望的說道：「那四艘戰術級的星艦規格和我們相差太遠了，那個能量網完全封死了所有抵達蟲洞的方向。我們連萬分之一的機會都不可能穿越他們。」

倫納德知道傑生說的沒錯，他痛苦的回過頭看向後方一臉驚慌的眾人，以及寬廣巨大的宇宙，他知道他們絕對沒有穿越蟲洞的可能，現在回頭也會被追擊部隊攔截，現在已經是窮途末路了。他在心中暗自對江少白道歉，他知道自己辜負了江少白的期望，讓他白白犧牲了。他們就算是從別的方位逃走，那也充其量只是在宇宙中漫無目地的逃亡，絕對無法成功回到地球。不論如何，他們都已經沒有別的路……

當他凝視著追擊艦隊的那刻，倫納德的目光忽然被自己他們右後方太陽系遠處一道微弱的光芒所吸引，而若要抵達該處，星艦需要往後切過追擊艦隊的外緣才能抵達。「我有個想法！」

「是什麼？」連傑生都和眾人一起訝異的開口。

「這個地方乙太絕對無法抵達。這個事實已經在過去千萬年被確認過了。這一切的戰爭都是因為創始之體而引發的，如果我們能夠直接朝著創始之體前進呢？如果我們直接往盤古逃跑呢？」

「你瘋了嗎？」傑生驚愕的看著倫納德，「那裡沒有任何的機會！」

「不，那是我們唯一的機會。如果我們現在往別的方向逃跑，那都沒有意義。」倫納德轉頭看向眾人，「你們願意這樣做嗎？前往盤古？」

眾人都被倫納德的提議給嚇得說不出話，但他們知道倫納德所說的是現在唯一可行的方法，「趁被前方的艦隊攔截前快走吧！」蕭璟對倫納德叫道。

「這絕對是瘋了。」傑生無奈的搖搖頭，不過他仍然遵照倫納德的指示，在星艦要撞上前方的能量捕捉網之前突然一百八十度度大轉彎，朝著右後方的盤古快速的飛去。

乙太龐大的追擊部隊發現阿爾戈星艦行進方向忽然產生了巨大的改變，雖然不解他們的目標，但他們仍然立刻全體改變方向朝著阿爾戈的行徑路線追趕，預計在他們的行徑路線上進行攔截。

「預備閃避攻擊，找尋能量攔截網的漏洞！」阿爾戈星艦以不可思議的靈敏度閃過了左前方激射而來的數百道攻擊光束，但看到四面八方開始釋出能量相連成能量攔截網，眾人全部神經緊繃的盯著前方愈來愈小的能量空隙。

幸好乙太星球方位原來的追擊部隊因為被江少白殲滅，讓阿爾戈星艦得以趕在艦隊合圍之前就順利的從尚未完成的能量網空隙突圍而出。

「我們辦到了！」安潔莉娜大聲歡呼道。

「還差得遠！我們還沒甩掉他們！」倫納德低吼道。透過阿爾戈的感測系統，他知道後方的艦隊在他們一突破包圍網後就立刻掉頭前來追擊。他連一絲分心的本錢都沒有，他根本不知道時間流逝的狀況，只是拚命的以趨近光速的速度全速逃亡，並朝著那個神祕未知、一切問題根源的之地快速的前進。

# 91

## 地球

「你們哪裡的情況如何？」

「國家導彈防禦系統的偵測攔截方位調整進度如何？」

「中國貴州的ＦＡＳＴ和華盛頓ＬＩＧＯ的觀察報告出來了嗎？」

「哈勃二號有最新的結果！」

在五角大廈的戰情中心中，正將來自世界各地的各項情報、資源、工作進度透過強大的七眼系統整合在一切。而在前方的通訊大螢幕上，可以看到好幾個不同國家、單位的人員出現在上頭。洛茲、沃克、陳珮瑄、ＮＡＳＡ、美軍戰略司令部、俄國航空太空軍、中國航天系統部還有印法埃的諸位委員和戰略單位……此刻全部都在上頭。而這群人此刻拋下所有個人的成見，齊心合作，不為別的，就是為了即將到來的威脅而快速的整合彼此的資源。

自從一個月前的高峰會談結束後，全世界都收到了來自乙太倫納德和江少白兩人的聯名信件。這個消息在所有的媒體和社群網路上以燎原之勢快速傳播，全世界的人不到半天都看到了這封信，並在群眾中激起了巨大的恐慌。

印法埃和蓋亞聯盟的會談結束後，雙方的領袖立刻當著五百多名國際記者的面前一齊宣示將會立刻放下所有的軍事對抗、資源掠奪，並且會盡釋前嫌的整合雙方所有的資源、經濟能力、軍事力量一同對抗乙太的來襲。

原本世界應該會因為這則消息而被恐慌給淹沒，但是在雙方的攜手合作下，他們立刻在第一時間將籌備已久的普紐瑪部隊、歸向者們全部投入到社區人群當中，並配合傳媒的影響介入下，成功的遏制了恐慌的蔓延。如此順利的讓人民可以在積極合作的情況下，為資源調度給出了極大的幫助，讓各單位間的合作能更有效率的進行。

至於在雙方會談時，雙木於北美五大湖區所散播的病毒，印法埃和ＷＨＯ都立刻協助投入了這場防疫作戰，畢竟如果瘟疫蔓延，那麼國際的合作行動也就等於宣告失敗。所幸在印法埃提供的知識和ＷＨＯ為預防四年前瘟疫的狀況重演而事先做過的準備，他們很快的就成功的抑制了病毒的擴散與傷害，雙木也因此被梁佑任關押起來。

「敵人的行蹤已經確認了。」ＮＡＳＡ的署長和印法埃的航太部門一齊透過雙方的觀測資訊做出了判讀，「我們觀測到奧爾特星雲的擾動，依照時間和宇宙動力學推算，敵方艦隊將會在三十天後自黃道面抵達地球。」

「防禦配置都已經調整完成。」梁佑任說道：「各國的國家導彈防禦系統都已經將偵測攔截方位協同調整至太空。」

「多邊軍事協同防禦呢？」

「快完成了，雙方的空軍中隊都已經協調重新編制過了，並會以赤炎之子作為各隊戰力核心。而各陸軍和海軍將會合力維持區域安全與穩定。」沃克局長說道。

「各國的人民狀況呢？」ＬＧＣ的主席問道。

「我們開放了所有瘟疫時期的避難所和地下碉堡，並給予人民自由選擇前往的權利。在軍方和精神聯合部隊通力合作下，大致維持穩定。民生能源部門也透過方舟發電廠的全面重啟而獲得了穩定供給。」陳珮瑄說道。

「不管什麼時候，只要牽涉到民間或政府間資源整合的問題，一概由蓋亞聯盟和印法埃的聯合組織平台一起密集合作，所有合作上可能遇到的衝突紛爭都由精神聯合部隊協助化解。同時所有這兩大勢力外的一切中立國、政府、民間組織，也都會依領域納入聯盟中一起合作貢獻。」洛茲總統說道。

儘管眾人都知道自己最終一定不是乙太艦隊的對手，但是仍全體上下一致的齊心合作，只為了能夠盡力撐到倫納德和江少白等人歸來拯救他們的時候。原本這個世界因為戰爭、偏見、差異而分崩離析，不論是歷史上任何的政治家、宗教家、慈善家企圖做出什麼努力，都無法弭平人類之間因為差異和本性所造成的隔閡，一直到今天。

不論是蓋亞聯盟、印法埃，不論是任何種族、國籍、性別、宗教的人們，他們的意志終於因為面對空前強大的敵人而連結在一起。

雖然地球上沒有人知道，但是如果此刻人類利用乙太的精神感測裝置來檢測的話，會發現整個地球正向宇宙散發著統一且強大的能量。在眾人齊心對抗強敵的瞬間，全世界人類的精神正因為完全一致的思念和意志而連結在一起，並成為一個無比強大的能量力場。

而在無人知曉的情況下，地球正因為這樣強大的力場籠罩下，持續擊退著乙太艦隊的遠端精神入侵。

「我們的精神攻擊居然沒有效？」奉命攻擊地球的艦隊艦上，一直沒有出現在與乙太作戰的忠誠派艦隊中，馬杜克手下的七將之一——波瑞阿斯——困惑的說道。

乙太艦隊在和地球接近到一定距離後，原本預計要先使用遠程精神放射攻擊來癱瘓全地球人類的意志和行動，但是卻因為地球周圍出現了莫名的統一精神力場，而讓他們的攻擊無法奏效。

「沒關係，按照原定計畫。」波瑞阿斯神情冰冷的說道：「全速前往地球，在我們登陸地表後，再消滅掉上頭的害蟲、完成馬杜克總司令的指示，然後就是宇宙新紀元的興起。」

倫納德全神貫注的操作著阿爾戈星艦躲避乙太的追擊部隊，絲毫沒有注意時間的流逝。

追擊部隊持續在後方朝著他們發射攻擊，不過隨著他們愈逃愈遠，後方的攻擊也慢慢無法威脅到他們。

儘管追擊部隊的攻擊已經漸漸的減弱，不過對於乙太的恐懼仍然持續驅使著他們不斷的向前加速，到了最後已經完全忘記了注意自己究竟飛行了多遠，就是不斷的朝著盤古前進。

不知道過了多久的時間安潔莉娜忽然開口：「各位……後面已經沒有任何追兵了，他們全都離開了。」

「真的耶，」劉秀澤看向後方，「所有追兵都跑去哪了？」

那是當然的。倫納德在內心暗自說道。對於乙太人來說，此處簡直就是令人避之唯恐不及的死亡墓穴，畢竟一旦落入了盤古的裡頭，就是一條永遠無法回頭的單行道，即便是科技抵達巔峰的乙太，也對於裡頭的世界完全一無所知，對於自身命運的全然未知，甚至比龐大的黑洞本身還要令人感到恐懼。

行進到這個位置時，他們已經可以清楚的看到前方，那連結了盤古黑洞與乙太世界的四維的空間翹曲外圍，大概再過五分鐘就會抵達那空間翹曲的邊界。透過這個隔絕著他們與黑洞之間的空間翹曲，他們可以依稀看見盤古模糊不清的邊界所閃爍流動的光芒。

「你要知道，沒有任何的證據和資料顯示有生命可以再次離開黑洞，而且裡頭的時間也過的非常慢。」傑生在一旁低聲道：「這麼做的風險高的無法評估。」

倫納德當然知道傑生所說的一切風險，但是這並不是他所考量的重點，因為如果他們繼續選擇留在這裡、或是在宇宙中逃亡，最終都是死路一條。他現在唯一的希望，就是希望在盤古裡頭發現能夠扭轉局勢的事物。

他有個很強烈的直覺，盤古和外頭的空間翹曲是創始之體無邊力量的直接展現，這裡不可能會是單純的黑洞。儘管沒有任何科學根據，但他不相信在盤古黑洞裡頭會是一個無底洞或是單純的奇異點。他相信他們這一路上一直追尋著創始之體的奧妙，他們所有人的命運都因著創始之體而相連。如果這個創始之體所在的地方是一條沒有意義的死路，那他們過去的一切努力不過是徒勞，也不必再在意任何勝敗了。

在倫納德這麼想的同時，阿爾戈星艦終於抵達了盤古黑洞的外圍。只見盤古流動光芒的外圍邊界，因著強大的重力而呈現扭曲的形態。所有人都被盤古所散發出極為龐大的力量給麻痺了意識，這種力量和在乙太感受到泰非斯提雅瑪特那種尖銳強烈的精神力量不同，相反的，它給人感覺是一種無比厚實、深不可測，宛如深淵一般不可撼動的存在。比起提雅瑪特，盤古更加的讓人感到沈重且龐大。

他們之所以還沒有被盤古的力量給壓垮，唯一的原因是隔絕在他們與黑洞之間，那薄薄一層如霧氣一般朦朧的空間翹曲薄膜。

「你真的確定嗎？」傑生低聲的做出最後的警告，「這是不可回頭的死線，你一旦跨過去，就是黑洞的視界，那股吸引的力量會遠遠超越你過去所經歷的一切，將你拉入當中置身於永恆的黑暗，最終在奇異點化為粉碎。」

倫納德轉頭看向身後的眾人，儘管之前有過共識，但是到了這最後的時刻，他知道自己無法為眾人下這個決定。

所有人的眼神都恐懼的望著他，畢竟沒有任何人知道進去後會發生什麼事。他們其實可以選擇以光速消失在宇宙中去尋找其他的居所，在相對論速度下，甚至地球毀滅後他們都仍然可以存活，但是……

「如果你真的覺得這是一個可行的機會，那我們就去吧。」劉秀澤說道：「是你帶領我們前來乙太世界的，不論你怎麼判斷，我們都會追隨你的決定。」

倫納德看向蕭璟和安潔莉娜，他們兩人都點了點頭，「倫尼，如果你覺得這是地球的希望，那我們就去，為了地球我們必須冒這個險。」

任何理性的人都知道，進入盤古的風險遠遠大過可能的效益，絕對不會做出這種決定。但是當倫納德看著眾人恐懼而堅決的目光時，他清楚知道有時候直覺是超越一切科學和理性評估的，這個想法已經在乙太上被證明過無數次，所以他點點頭，作出了最後的決定。「阿爾戈，穿越它。」

星艦融入了空間翹曲的薄霧之中，瞬間穿越到了對面。

排山倒海的壓力從四面八方朝著他們襲來。毫無隔絕的直接面對盤古給人的壓力實在完全無法想像，當他們看向周圍時，四周的星空幾乎都被盤古的純黑暗影所籠罩，眼前唯一可見的光芒，是盤古外圍的吸積盤快速流動所發出的能量，像是一道湧動的光之河流。而他們在來得及反應前，星艦便沿著那道流動的光芒被吸入了盤古當中。

「啟動身上的空間曲率調控裝置。」倫納德說道。當眾人啟動了空間曲率調控裝置，似乎立刻有一層薄薄無形的穩定力場包圍著他們的身軀，讓他們宛如在巨大的黑色汪洋中被淹沒的孤島，雖然周圍的壓力一樣龐大的令人崩潰，他們卻已經可以正常的呼吸了。

阿爾戈以光速墜落，他們四個人緊緊的靠在一起。他們一同驚恐的看著周圍。由於四周的牆面是處於透明狀態，他們可以清楚的看見外頭墜入黑洞的過程。只見原本在周圍還勉強可以看到一小部分的星空和外圍的光芒，但是這些光線卻在他們下墜的過程中不斷的在消失，轉而被無邊無際的黑暗從四面八方所取代。到了關鍵性的一刻，他們看見了頭頂的穹蒼此刻只剩下一個微小的光圈，而他們彷彿置身於宇宙的邊緣，全部的星空都在那刻以平面的方式呈現在那微小的圓環中。當倫納德看著那道光圈時，他瞪大了雙眼，「視界。」

傑生的身影出現了劇烈的晃動，他氣若游絲的說道：「阿爾戈的系統即將無法運作了，我要暫時消失了，之後星艦會關閉動能變成自由落體，你們……」

傑生的身影在一陣晃動中消失，而上頭的最後一片星空也澈底的被黑暗所吞沒。

周圍陷入了澈底的死寂與黑暗之中。那是真正的全然黑暗，是沒有任何一絲光芒存在其中的虛無，宛如墜落到宇宙的邊際之外，讓人因為失去一切依靠而恐懼的顫抖。

他們此刻全部緊緊的抱在一起。星艦因為慣性制御系統的失效而喪失了一切的動力和穩定能力，他們唯一感覺自己還存在於世界的依靠，就是彼此身上的溫度和能量護盾及空間調節裝置所散發出的微弱光芒。倫納德希望透過精神力量讓星艦周圍的牆面重新出現，但是星艦此刻早已不聽指令，只是毫無生氣的在無盡的黑暗中旋轉墜落。

這個墜落似乎永無止盡，時光慢到倫納德開始懷疑這個墜落究竟有沒有結束的一天。難道黑洞的真相其實是一個無底的深淵，一切掉入其中的事物都無法停止永恆的墜落？又或者他們會如同某些理論所說的，在量子漲落的火牆上被燒掉？抑或是到達完全混沌的ＢＫＬ奇異點中被粉碎為虛無？

種種恐懼而駭人的想法，讓倫納德開始嚴重質疑自己的決定。這一切是否完全是因為自己一時衝動而犯下的錯誤？因為自己太渴望獲得答案，所以有勇無謀的做出了進入盤古的決定，並讓他們四人和地球都死無葬生之地？

什麼都沒有，只有無盡的黑暗，這是倫納德此時的感覺。此刻在盤古中，他清楚的感覺到了宇宙的浩瀚無邊之力，人類與之相比根本什麼都不是。黑暗裡懷中的蕭璟是他與這世界的唯一連結，但是這道連結也愈來愈微弱。

在逐漸模糊的意識中，他想到了馬杜克一統宇宙的陰謀。那些刻回想起來已經是上輩子的事，也許馬杜克最後會成功、也可能不會，但不論結果如何都與他無關了。他們置身於任何力量都無法抵達的宇宙最深處，這裡除了黑暗和虛無外什麼都沒有。這是任何光明都永遠無法存在的真正深淵，是在虛無中的永恆靜止。倫納德感覺自己的意識在虛無中開始慢慢的被分解消散……

毫無預警的，劇烈的震盪傳來。高速下降的星艦忽然停止了下墜，讓裡頭的四個人全部都因為強大的動能慣性被重壓在地上。好在衝擊力道被能量護盾所吸收，讓他們全部毫髮無傷的倒在地上。

「這是……怎麼回事？」蕭璟一臉迷茫的在倫納德的胸口無力的說道。

倫納德無法理解的看著其他人，但是沒有人知道發生什麼事，他們的意識還留在剛才的黑暗無法運轉。不過儘管理性依舊無法思考，但是倫納德卻感覺到一直籠罩在他們之中的恐懼已經無聲無息的消散了。而又過了一段時間才發現，此刻他已經可以看得見其他人，且憑的不是身上的能量光芒，而是一道柔和平淡的藍白色光輝籠罩在周圍。

倫納德費力的回過頭試著找出光輝的來源。而他很快就看見了。

在遠方，一片澈底荒涼的虛無之中，一團柔和而搖晃不定的光芒正在那裡漂浮著。

## 93

### 高維空間

在這個澈底寂靜的空間中，四個人皆不可思議的看著眼前的景象。

「這是……怎麼回事？」安潔莉娜喃喃說道：「剛剛的是怎麼回事？」

倫納德神情茫然的搖了搖頭，他們明明在盤古中墜落，應該要在虛無中被奇異點澈底的碾碎毀滅。為什麼他們會突然停在一個這麼詭異的地方？他低下頭，發現星艦並沒有落到實體的地面上，而是在一片虛空當中懸浮著。

望著這片不屬於物質界該有的虛空，倫納德知道他們此刻已經來到了一個時空之外的領域，但是為什麼？

而唯一的答案就在眼前。

「那團光芒……是什麼？」蕭璟在倫納德的懷中輕聲問道。

倫納德困惑的搖了搖頭。那團光芒發出白色的純淨光輝，並沒有對外散發出任何壓迫感，就只是單純的存在著，在這超越時空的地方靜靜的閃耀著。不知道為什麼，看著這團光芒就讓人感受到十分的平靜與安寧，倫納德甚至感覺這道光芒給他非常親近的熟悉感，似乎自己已經在夢中看過無數次。

起初，地是空虛混沌、淵面黑暗，神的靈運行在水面上……

倫納德在心中暗暗說道。誰能想得到，在他們穿越了盤古後，在這個宇宙的盡頭、在這個原以為任何力量都不可能抵達的深淵彼端，居然會有這樣的空間和光芒存在其中？而倫納德內心知道，那團光芒就是他們能活著來到這裡的唯一原因。

「我要過去看看。」倫納德站起身來說道，蕭璟連忙抓住他的手臂。

「等一下！我們連自己在哪都不知道，你如果跑到外面根本不知道會發生什麼事情。而且那道光芒……」

「或許吧。」倫納德輕輕的拉開蕭璟的手，「不過，我有一個很強烈的直覺，那個光芒不會傷害我。你們在這裡等我。」他對阿爾戈的艙門揮揮手。雖然星艦系統處在關閉狀態，但是艙門還是應聲開啟。

倫納德走到星艦外頭。這裡的空間似乎處於完全真空的狀態，沒有任何物質，但是在他身上的護盾防禦下，他並沒有感到明顯的環境差異。他從星艦的艙門往外面的空間踏出了一步。在這只有那團光芒存在的虛無空間中，他並沒有任何自己可以行走的根據，就僅是憑著莫名的信心直接向前邁出步伐。

沒有墜落或是踩踏到地上的感覺，不過倫納德仍然用雙腳向前邁進。這個環境給人的感覺是如此的詭異，他知道自己所處的已經不是三維空間，甚至不是了四或是五維，而是超越在眾空間存在之上，最崇高的世界。

隨著倫納德愈來愈接近，那團光芒的外觀也變得更清晰，而整團光芒在虛空中宛如活物一般，在那裏像火焰一般舞動不止。倫納德在這個距離下，已經可以清楚的感受到組成那團光芒的純粹能量，甚至是遠遠的超越了提雅瑪特或是盤古黑洞，不過卻絲毫沒有給人尖銳、壓迫的感覺，而是已經到了至高境界而返璞歸真，完全自然的散發出能量。

當他感受到了光芒中所蘊含的能量時，他感覺那團光芒居然具有自我的意識，並以無聲的言語在他的內心和他低語，讓他無法遏止的一步步向前靠近。

他終於走到了光芒的外圍，當他站在此處時，他可以感受到自己的肉身逐漸的被純粹的能量所吸收取代。而他也注意到了他身上的能量護盾、精神演算輔助裝置、空間曲率調節裝置已經全數停止運作，但他卻沒有顯露出一絲驚慌的情緒，因為他知道自己此時此刻已經不再需要這些科技來保護自己了。

他雙眼矇矓迷離的注視著眼前的光芒，而當他注視著那純白無暇的光芒時，他的雙眼映照出斑斕璀璨的七彩光輝。他也注意到，那團光芒的外圍，竟是由無數條不同色彩光線所聚合而成的，每一道光線都具備不同的色澤且從光團的內部核心向外延伸出來，它們像是具備自己的生命一般不斷的彼此舞動聚合。

無數微小的聲音在他的耳邊響起，他疑惑的想找出聲音的來源，卻赫然發現那聲音是從眼前的光團中發出的。他困惑的凝視著光團，而當他看出了這個光團的本質時，他不禁驚訝的瞪大了雙眼。

眼前每一道組成了光團的無限細微光線，居然都是一個個獨立的精神意念！這些數不清的精神以光線的型態從光團被包覆住的核心延伸出來。而看著眼前的景象，他知道這就是一切萬物的本源、是那自有永有的至高者、是高於萬有的存在、是世人追尋萬年而不得的「創始之體」。

向前靠近吧。一個微弱的聲音從光團中傳出來。

倫納德的眼神中沒有一絲的不安或是恐懼，只有純粹被眼前事物所吸引的極端渴望，因為他知道一切萬物的解答都在其中。他向前走了過去，讓自己被周圍的光芒所吞沒，最後到達了整個光團的核心。

不論祢召喚我、吸引我的理由是什麼，都在此時向我揭露吧。倫納德在內心暗自說道，然後徹底放下了自己精神中全部的防禦，而他立刻就感受到無比強烈的光芒和能量朝著他的精神排山倒海的湧來。

這樣被外力湧入精神當中，並不似之前遭到泰非斯的精神侵入那般，強大的壓力強迫進入內心，而是一個雖然強大了無數倍，卻瞬間自然而然的滲入了他全部的意識，最後讓他的精神中只剩下白淨的光芒。

那一刻，他感到自己的精神完全與創始之體純粹的能量合而為一。自己的肌膚、肌肉、骨骼、血液，全部消融飛散，只剩下純粹的精神意識，在沒有肉身束縛的情況下瞬間遍佈了整個宇宙。

無與倫比的幸福、平安與愛充滿在他的精神當中，那是一種難以言喻的感受。世間沒有任何的言語、詞彙、情感能夠描述或是比擬他此刻的狀況，那甚至是不曾存在於宇宙當中的感受，是種純粹因為精神「存在」而有的感覺。而七彩絢爛的畫面就在那一刻在他的意識中全部浮現，他在這一瞬間看見了宇宙的真相。

從混沌未明的太初、到宇宙創世之光大霹靂的出現、一直到宇宙終結末了的那一天，所有的地球人、乙太人、還有那在遙遠的過去和未來自己從來沒有聽聞過的神祕生命，他們的精神意念此刻全部都在他的意識中一齊出現。他清楚的看見了宇宙亙古以來所存在的每一個精神意識，都宛如一顆璀璨的恆星般，發出耀眼的光芒，並且全部的聚集在一起，爆炸、閃耀、連結……最後形成了一副輝煌絕倫、壯闊無比的完美史詩畫面。而他身處在這絢爛的精神星海閃耀之中，聽見了眾生意識的聲音。

古往今來每個靈魂全都在他眼前閃過並開口。他看見了以故的傑生、看見了被擊敗的嬴政、看見了被處死的泰非斯、看見了自己美麗的母親、甚至看見了犧牲生命的江少白、還有看見了因著時間流轉而逝去的每一個生命。他們的精神從來都沒有消失，量子定律規定資訊永遠不會被消滅，但是科學家總是不明白人死後的精神究竟有沒有隨著肉身毀滅。而現在他清楚知道，那些逝者從來沒有離開，而是繼續成為觀察者的在時空之外的領域持續影響著整個宇宙的發展。

在這片精神與時空之海中，他也看見了自己一直恐懼的馬杜克。只見他依舊在乙太中央殿堂的黑暗中以冰冷的意志盤算著一切，思量未來再次捲土重來。但是此刻他已經知道馬杜克的計謀永遠不可能會成功，並不是因為他的能力不足或是誰的出手介入，而是因為他和泰非斯一直以來都錯了。

他們一直試圖要掌控全宇宙的精神意志，以為只要透過這樣就可以擁有和創始之體同等改寫物理世界的能力，但不管他們怎麼努力，他們所能做到的永遠都只能是將當時時間截面的精神合而為一。然而創始之體，卻是整個宇宙從太初到末了的全部時間與精神的總合。兩者是不同層次之間所存在本質上的差異，不論馬杜克怎麼努力、擁有多麼權傾天下的力量，都無法跨越兩者之間的鴻溝，因為真正掌管萬有的力量實則依舊在此。

他此刻明白了整個世界背後的運行法則。不只是物理定律，而是在這些科學背後，維繫著一切存在的精神意念，還有創造這一切精神、法則的至上源頭。雖然只有短短的一瞬，但是那一刻，他的意識與創始之體的力量融合為一，他擁有了和創始之體同等的力量，過去一切的謎團如今都已經在他的腦中消散，此刻已經無需再多詢問，他清楚知道自己應該如何成就自己的使命。

在眼前的一段時空片段之中，他看見了十三歲的江少白在鏡子試煉中因為受盡折磨而瀕臨崩潰，他對江少白放出了一股力量，瞬間撫平了他所有的痛苦。儘管知道遠方的泰非斯正在抓著這個機會企圖介入，但是他也知道，最後江少白仍舊會做出正確的決定，因為由創始之體和江少白自己的意志，為他存留了那段純淨的靈魂片段。

他看見了接下來的一切。從嬴政崛起到他們逃亡乙太，一切事物的發生與存在的意義，都在此刻得到了解答。他不再為了人世中的任何事情而感到不滿，因為任何當下人類所無法理解的一切微小的事物，然則都在宏觀的視野中造就了這整個世界。

他也看見了即將抵達地球的乙太星艦和因為恐懼而合而為一的地球人。他感覺一道力量自創始之體中湧出，在艦隊之間產生了巨大的時空扭曲，瞬間讓整支龐大的艦隊灰飛煙滅。

他收手不再干涉。他看見了未來，將會有其他的力量會不斷的企圖掌控宇宙，但是他知道自己不必擔心。因為宇宙的運行自有法則，任何的意念，都會在無數的力量的交會下，恰到好處的抵達最適合宇宙發展的點上。

強烈的光芒閃過，倫納德感覺自己的意識從時空流中被移除，並回歸到自己的身軀中，當他再次睜開眼時，創始之體的純粹意念正在他面前。

他記得自己在剛才觀看的龐大精神和時空當中，唯有包含自己的未來與過去被黑暗所遮擋。「祢這麼做，是要我自己去揭露自己的生命軌跡？」創始之體以肯定的意念回覆。

「我已經完成了一切事了，但是我們還是要想辦法回去，該怎麼做？」創始之體的答覆立刻在周邊出現。他看見了遙遠的遠方出現了一道模糊不清的光芒，他理解的點點頭。

「我們還會見面嗎？」他最後問道，而創始之體沒有做出任何的回應，但這樣他就明白了，他知道一切將在這裡結束。他感覺自己的精神已經再次被束縛在肉身當中，而剛才那無與倫比的力量與感受也開始從他的意識中褪去，不過看見眾生靈魂光芒的感動卻仍在他的心中燃燒不熄。

他轉身離開了創始之體，往星艦走去。

當他回到了星艦時，他的雙眼射出強烈的光芒令人不敢直視，彷彿創始之體的力量還餘留在他的身上沒有消失。眾人全都驚恐的看著他。

「怎麼了？」蕭璟緊張的問道，「你剛剛整個人消失不見，我們嚇死了……如何？你剛才在哪裡經歷了什麼？」

倫納德露出了一抹的微笑，「一切都結束了。」

「什麼？什麼結束了？」眾人不解的問道。

「我之後再告訴你們，現在我們該走了。」

「走去哪？」劉秀澤困惑的說。

「那裡。」倫納德看向遠方虛無中的模糊光芒，他知道那是創始之體造出的時空翹曲，將會帶領他們會到正規的時間和宇宙中。

阿爾戈在他的意志下再次啟動，朝著遠方的通道前行。當他們經過了創始之體的光團時，眾人全都目眩神馳的看著祂。「真想接觸祂看看。」安潔莉娜迷幻的說。

「我看妳可能會先被祂給摧毀死亡吧。」劉秀澤說道。

遲早都會的。倫納德在內心說道，他感覺蕭環握住了自己的手，他對她露出了微笑。星艦終於進入了混沌的通道入口，周圍的一切都開始變得模糊不清而消散。

倫納德回過頭，看著遠方逐漸模糊消失的創始之體的光芒。他知道自己今生都不會再見到祂了，心中不禁有些惆悵。但是他卻清楚知道，那道光芒不僅是存在於盤古之中，更是在宇宙的每個角落中無所不在。

# 94

星艦穿越了黑暗的蟲洞後，再次抵達了宇宙。

星艦的航行此刻完全交由系統導航，全部的人都圍著倫納德聚精會神的聽著他剛才的故事，後來連傑生都莫名其妙的加入。

「所以……你見到了創始之體，然後利用創始之體的力量以重力影響世界，一切就結束了？馬杜克甚至還活得好好的？」安潔莉娜一臉狐疑的說道。

「是，也不是。應該說這整個事件和我們的角色在哪裡成全了，但是未來還會有其他的威脅出現。」

「那是什麼東西……」安潔莉娜無法理解的搖了搖頭。

傑生對倫納德露出凝重的神情，「你真的做到了，甚至遠比我預想的更加了不起，而我居然能夠看見創始之體的光芒……雖然我的本體已經不會知道，但還是很感動。」

「不，其實你知道的。而他也以你為傲。」倫納德對傑生微笑道，傑生露出了不可思議的震驚神情。

「你真的和過去再也不一樣了吧？」劉秀澤一臉詭異的說道。

「某部分或許吧，但我還是原來的我，這點我可以保證。」蕭環露出了滿意的笑容並握住了倫納德的手。

剛才倫納德的話是如此的驚人，不過真正最令蕭環感動的卻是他提到自己看到了無數生命的精神，而江少白的靈魂此刻也正在其中享受著光明與平安，這點讓蕭璟一直悲苦的心得到了莫大的安慰。而雖然倫納德給人的感覺和舉止的確有所變化，但是她知道他的靈魂深處仍然是自己所愛的那個人，如此便足矣。

「不過，我們到底在那裡啊？」安潔莉娜四處張望的說道。

「我們已經離開了蟲洞了。」傑生搖搖頭，「但是從那個奇異的地方離開後，連我也不曉得我們在哪。」

蕭璟記得倫納德提過，因為他們落入了盤古之後外頭的世界已經過了好幾億年，但是因為創始之體替他們開啟了一條可以利用重力差回朔到過去的時光隧道。按照常理來說，蟲洞的內部應該會因為光子產生無法控制與阻擋的「高頻量子漲落」而遭到摧毀。不過由於倫納德和創始之體接觸後，掌握了精神是可以控制一切量子行為的力量，他便利用了這個技巧來精確調整蟲洞內部的量子漲落，讓通行蟲洞回到過去的過程中，不會因為量子漲落而崩塌。

「喔……我掌握目標了！」傑生興奮的說道。

「是地球嗎？」所有人都順著傑生的目光看去，但是當他們看到眼前的景象，卻驚愕的說不出話。

「不對啊？」星艦此刻靠近的是一顆藍色的行星，但是外觀卻完全不像地球，體積還大了不少。「這是……」

「不對……根據這顆恆星的光譜，這是兩百萬年前的乙太！」傑生震驚的說道。

「什麼？這裡不是地球？」眾人震驚的說道：「我們怎麼會到這麼遠的過去？」三人一臉不解的看向倫納德。

倫納德搖了搖頭表示不知道，但是他的神情卻意外的平靜，「創始之體送我們到這裡，想必有祂的意義。傑生，這裡有發生什麼事嗎？」

「這個嘛……我們的種族最原始是在五千萬年前出現了，而真正出現文明、產生精神力量的基因的躍進雖然不是很確定，但是應該是在這時候發生的。」

「所以說上面有乙太第一代的精神力量者？』蕭璟問道。

「不知道，不過我並沒有感測到，也可能是人太少了。」傑生說道，他雙眼迷惑的看著外頭的環境，「我從來沒看過乙太這麼原始自然的樣貌，這簡直是不可思議……」

「不管如何，我們先下去看看吧。」倫納德說道。

星艦在倫納德的指令下快速的下降到乙太的地表，一抵達地面傑生就對倫納德說道：「這裡是乙太，你們可能會需要我的知識，你帶著投影裝置讓我和你們一起出去吧。」

他們走出了阿爾戈星艦，他們發現外頭的環境雖然十分的原始，但是空氣卻滿是雲霧和像是灰燼的懸浮微粒飄散在整個空氣中，彷彿剛剛被核武轟炸攻擊過。

「哇……這裡是怎麼一回事？」安潔莉娜困惑的說。

「乙太在這個時間曾遭遇過巨大的火山爆炸。」傑生的身影出現在他們的身邊，「根據地質測量，這個災變讓乙太的平均溫度下降了十度並發生一場大滅絕，並產生巨大的生態變化，很多的人都在這時候死去。」

蕭璟看著周圍被火山灰所覆蓋的森林、以及在裡頭奔走躲藏的動物。她實在無法想像，這樣一個原始的自然環境，居然在未來會被乙太人全部轉為金屬地表，並用來蓋高聳巨塔。不過人類似乎也是這麼做的，這樣想想就不讓人感到意外。而看著這毫無人煙的地帶，她也不禁懷疑創始之體將他們帶來這裡的目的是什麼。

「等等，那裡有微弱的人類精神傳來！」劉秀澤指著樹林說道，眾人連忙朝著那裡跑去。當他們到了精神力量的來源所在時，卻發現那裡可能是一個十分原始部落，有些類似房子的建築分散在四周，那些房子的木頭建築上都覆蓋了一層厚厚的塵埃，顯然已經荒廢許久。眾人在部落中轉了好幾圈，想要找到一些的生命跡象。

「這裡看起來已經被災害給摧毀了，沒有人居住。」蕭璟看了看周圍說道。

「等等，這邊有人！」倫納德走到了一棟殘破不堪的建築前忽然大聲喊道。眾人連忙朝著他跑去，當他們到了倫納德身邊時，蕭璟看見倫納德正扶著一個看起來十分瘦弱的男孩，他身上覆蓋著塵埃且皮膚開始發黑，看起來已經命懸一線。對眾人的到來完全沒有表現出抵抗，只是一雙黑色的雙眸虛弱的看著他們。

「讓我看看。」蕭環仔細的端詳這個孩子的面孔，當她這麼做的同時，她忽然察覺這個男孩意外的熟悉，震驚的瞪大雙眼，而她知道倫納德也有和她有一樣的感覺。他們互看了一眼，立刻就聯想到是在哪裡看過這個人。

「那幅畫。」倫納德驚訝的說，「這個男孩和那幅畫長的一模一樣！」

「但是這怎麼可能？」蕭環困惑的看著那個男孩。

倫納德單膝跪在男孩前面，運用精神力量安撫他內心的不安。然後他以手指向自己，開口說「倫納德」，接著用手指指男孩。男孩雖然看起來虛弱的說不出話，但他似乎了解倫納德的意思，氣若游絲的說了一串話，大家幾乎都聽不出他在說什麼，不過卻依稀可以聽出他說出「安」（An）這個詞。而倫納德和傑生兩人震驚的瞪大雙眼。

「安？」傑生不可置信的說道：「加上這個地點……這不會是那個安吧？」

三人不解的看著他，不過倫納德明白的點點頭，「這個人，是傳說中乙太上第一個具備精神力量和基因躍進的始祖。」

「什麼？」眾人都因為這資訊而眼神詫異的盯著眼前這個瘦弱的男孩，這個人居然會是未來席捲宇宙的乙太人的祖先？創始之體把他們送來這裡的目的是什麼？

蕭環看男孩的氣色十分不好，於是利用自己的精神演算輔助裝置試著為男孩的身體進行診斷，診斷結果讓她大吃一驚，她驚訝的抬起頭，「天啊……他感染了嚴重的疾病，而且這是……黑死病毒的症狀！」

「什麼？」劉秀澤驚訝的說：「不是具備始皇基因的人都不會被感染嗎？為什麼這裡……」他忽然明白的點點頭，「我懂了……所以這才是乙太人口銳減且種族結構改變真正的原因。」

「但是這個人不是精神力量的始祖嗎？為什麼他會感染疾病？」安潔莉娜問道。

蕭璟恍然大悟的看向倫納德，而倫納德也對她點了點頭，「看來這就是創始之體讓我們來這個原因吧。」

「什麼意思？」安潔莉娜不解的問道。

倫納德抬頭看向傑生，「傑生，星艦上有儀器可以進行基因重建或轉移嗎？」

「這點利用雙向掃描和原子重組技術就可以做到，但是你為什麼……」

倫納德看著氣若游絲的安，「我要把我的基因轉移給他，這個星球病的太嚴重，只是治癒他沒有任何意義，必須讓抵抗的能力在他們世代流傳。」

「你瘋了嗎？為了救他有必要做到這個地步嗎？」劉秀澤震驚的說：「反之，如果我們放任他在這裡死亡的話，那麼或許未來所有的事都可以解決……」

「絕對不行！過去是無法改變的。創始之體送我們來這裡，就是為了要成就這件事。」

「你確定嗎？」當蕭璟想著那幅畫作並看著倫納德的表情，她知道這是個無法迴避的過去，但她還是有些猶豫的問道，「這樣做的話，你可能會永遠喪失你的精神力量。」

「我持有這個能力那麼久也很累，或許該是時候放下它，做一個澈底的普通人。何況現在有精神演算輔助裝置的協助，也不見得需要自身的精神力量。」

傑生無奈的嘆了一口氣，「好吧。那你們就一個人回去阿爾戈上拿基因轉移設備，我會在上頭告訴你位置在哪。」

「我去吧。」劉秀澤轉身跑回阿爾戈星艦，過了一陣子又回來，只見他手上拿著一個紅色的圓環。

「把這個圓環放在你們的雙手中互相交握，再利用第三方的精神演算輔助裝置協助圓環標定出你所要轉移的基因就可以了。」傑生解釋道。

「妳來幫我啟動吧。」倫納德看著蕭璟，蕭璟知道他希望這個將改變他生命的舉動能夠交由自己來操作，她用力的點了下頭。

倫納德將圓環放在右手上並握住了男孩的手。他茫然的看著倫納德等人，不曉得他們在做些什麼。他輕輕的掙扎了一下，但虛弱的身體根本無法反抗，只好讓倫納德握著雙手。倫納德緊握著孩子的手看著蕭璟，對她點了點頭。

蕭璟透過精神演算輔助裝置和轉移圓環的協助下，很快的就找到了自己最熟悉的那段量子基因「始皇基因」，並在兩人之間啟動了轉移裝置。一道光芒在兩人的手掌間綻放出來。安表情看起來十分恐懼，不過並沒有躲避。

轉移很快就結束，轉移裝置的光芒也黯淡了下來。在轉移完成的那刻，蕭璟注意到安的雙眼中忽然散發出原本沒有的光芒，並以詫異的神情望著周圍的景物。

至於倫納德，在轉移結束的瞬間，他便脫力的坐倒在地。眾人趕忙上前扶著他，當蕭璟碰到倫納德的瞬間，她發現倫納德身上散發出的感覺已經改變了不少，她擔憂的問道：「倫尼，你沒事吧？」

倫納德搖了搖頭，他知道自己的精神力量已經喪失了，「我沒事。」

安站起身來，似乎忽然從病痛中痊癒。他曉得是眼前的倫納德和蕭璟拯救了自己，不禁神情感激的跪下對他們說一連串的話。倫納德趕忙將他扶起來，並以精神輔助裝置將一個清楚的精神意念傳達給他：「要堅強，你未來將會建立一個撼動宇宙的偉大國度。」還不會利用精神力量的安不明白倫納德的含義，但還是感激的對他點點頭。

倫納德轉頭看著蕭璟，她感到倫納德眼神中的光芒變得柔和溫馴了不少，不過那光芒中的本質仍然沒有絲毫改變，「這下我們終於完全一樣了。」

蕭璟完全不曉得該說些什麼，老實說她並不在意倫納德有沒有精神力量，不過她實在是為這個轉變感到太震驚。原來乙太世界一直以來的精神力量真正始祖居然是倫納德，而倫納德的基因又是來自於嬴政？創始之體究竟是一個什麼樣的存在，居然將兩顆星球之間的命運以這種千絲萬縷的方式連結在一起？倫納德看出蕭璟的驚訝，微笑著牽起她的手。儘管失去了精神力量，但是那手心熟悉的溫度仍然讓蕭璟的內心感到平安。

「走吧，該回地球了。」倫納德說道。眾人重新回到了星艦上，星艦從地面上盤旋升起，隨即朝著蟲洞的入口飛去，留下杵在地面的安一臉震驚而崇敬的看著他們遠去。

# 95

「我們這下應該是真的回來了吧？」安潔莉娜問道。

在阿爾戈星艦即將穿越出蟲洞時，傑生因為已經偵測到了出口處的宇宙環境。而肯定的開口：「沒錯，這次我們真的回到了地球了。」

「不過，我們回來的時間是什麼時候？不會也是幾百萬年前或是後吧？」劉秀澤問道。

「不是。」傑生十分滿意的說道：「這次真的不是，外頭的太陽光譜是相當近代的，應該是你們離開地球後的沒多久，這次是真的成功了！」

「太好了！」眾人都發出喜悅的歡呼聲，蕭璟興奮的抓住了倫納德的手，神情雀躍的一起和眾人歡呼的又叫又跳。而倫納德看著蕭璟也感到內心無比的欣慰，真想不到他們經歷了那麼多的事情，此刻終於要平安回到熟悉的地球了。當星艦即將要完全穿越蟲洞前的那刻，他因為即將要看到的藍色星球而感到滿心的期盼。

但事情就在這個時候發生。

星艦忽然發生了劇烈的晃動，將所有人都重摔到地面，星艦的前進甚至因此中斷了。

「怎麼了？不是有慣性制御系統嗎？」蕭璟撐起身體問道。

依舊使用精神演算輔助裝置與星艦相連的倫納德和傑生，他們領悟到發生的事而發出了驚叫，「完了！」

「怎麼了？發生什麼事？」蕭璟驚恐的問道。

倫納德感到背脊一陣發涼。由於剛才進行了基因的轉移，讓自己的精神能力被大為削弱，而原本他因為和創始之體的接觸，使得自己掌握了運用精神力量來調控量子漲落的技術，不過這是一道需要極高精神能力才辦得到的技巧。此刻他的能力遭到削弱後，他無法再精確的控制蟲洞所發生不可逆的超高頻量子漲落。蟲洞的穩定性正因此急遽的下降，時空流產生巨大的震盪，面臨隨時會崩潰的邊緣。

傑生因為星艦系統面臨了無法負荷的龐大資訊而發出慘叫聲。傑生的崩潰意味著整個星艦電腦要負荷不了，倫納德立刻當機立斷，轉頭大喊：「你們趕快離開！」他雙手按住銀色的主控面板上協助電腦穩定量子漲落，而猛烈的衝擊立刻朝他頭襲來，讓他差點昏厥過去，「你們快點離開！我會盡力穩住蟲洞，傑生，幫他們執行脫出程序！」

「什麼？我們怎麼可能把你自己丟在這裡？」劉秀澤不可置信的說道：「要是……」

「聽我說。」倫納德感覺快速失控的量子漲落正在侵蝕自己的理智，「我要先穩住，等你們一離開再走，如果我現在放鬆蟲洞可能會立刻崩塌！」他看向蕭璟想讓她和其他人一起離開，但是蕭璟卻立刻跑到他的身邊。

「讓他們先走，我也有阿爾戈權限，讓我和你一起穩定，等下再一起離開。」蕭璟一面說一面把手一起放在銀色面板上，龐大的壓力讓她全身傳來和倫納德剛才一樣的震動。

倫納德知道沒有時間爭辯，而蕭璟的幫助也的確讓他的壓力頓時減輕不少。他用眼神看向劉秀澤，「快點把紅碧璽戒指、裝備、畫作還有星艦上的科學資訊備份全部拿走！」在他這麼說的時候，銀色面板上出現了一個儲存阿爾戈上一切知識的隨身碟樣貌的物體。

兩人都處在極度震驚當中，不過也立刻知道現在的情況分秒必爭。劉秀澤全身顫抖的快速將所有星艦內有價值的東西全部搜集起來，安潔莉娜則去把銀色面板上出現的隨身碟拿下來。她取走隨身碟時以極度擔憂的神情看著一旁精神幾近崩潰的倫納德，「倫尼、璟，你們兩個一定要小心！」

「我不打算死，快走！快啟動脫離程序！」

安潔莉娜和劉秀澤兩人在傑生的指示下，他們身上的能量護盾和空間調節裝置功能立刻調整到最高，接著一層透明的安全薄膜從星艦上方出現將他們以膠囊狀包覆在裡頭。他們兩人看了倫納德最後一眼，眼神中滿是恐懼和不捨。接著膠囊便在傑生的指示下被星艦的後方的脫出口給吸入，瞬間被排出星艦往地球射去。

倫納德見狀內心不禁鬆了一口氣，心裡暗暗祈禱他們可以平安的回到地球。他看向一旁的蕭璟，「換妳了！」

蕭璟全身因為壓力而被汗水浸濕，但她仍大聲叫道：「絕不！要就我們一起放手！」

倫納德內心感到異常的焦急。以蟲洞此時的不穩定狀態，只要一點點的精神鬆懈就會導致整個蟲洞立刻崩塌。但是如果再不放手的話，蕭璟恐怕就會和自己一起在這裡喪命。

「拜託，我們沒有時間了！」倫納德拚命的懇求蕭璟，但是當她看見蕭璟眼中那如同江少白犧牲前一般堅決的光芒時，他知道自己不可能說服她了。

「我不會再讓你離開我，永遠不會。不管結果如何，至少我們必須待在一起！」蕭璟在晃動的星艦中堅決的說道，讓倫納德的內心因為感動而大為震動。他輕輕的點點頭。

一陣極端猛烈的衝擊朝著他們襲來。那是超高頻量子漲落即將超越承載極限的警告，即便是阿爾戈星艦的電腦都無法再負荷這個龐大的資訊量，所有的系統都發出了崩潰前的警告光芒。傑生的身影在這個衝擊下劇烈的搖晃，和之前在盤古中不同，這次是因為星艦系統完全過載而出現的毀滅現象。傑生一臉驚恐的看著倫納德。

「倫納德！我要不行了，你們一定要保重……」

又一陣猛烈的衝擊傳來，一直作為他們指導者的傑生終於在系統的崩壞中澈底消失。而星艦則因為這下重擊失去動能開始朝著蟲洞的通道中掉了回去。

倫納德知道他們絕對沒有可能從星艦上脫離，是他害蕭璟和自己一起死在這裡。他最後的看了遠方模糊的地球一眼，只覺得自己的母星是如此的湛藍而美麗。他伸手握住蕭璟奮力壓在銀色面板上的左手背，並將雙眼目光轉移到在她的身上，而蕭璟也在驚慌中轉頭看向自己。

儘管已經失去了強大的精神力量，但是那一刻，他清楚感覺到兩人的精神完全融合在一起。倫納德雙眼閃爍著堅決的光芒，「妳說得對，我們不會分開，再也不會。」

蕭璟點點頭，眼中的恐懼被信心和堅定而取代，她緊緊回握住倫納德的雙手，世界剎那間變為寧靜。「只要我們在一起，之後一定還想得出方法。」

比剛才更強烈的量子漲落震盪襲來，瞬間衝破了星艦電腦的防護系統，巨量的資訊從電腦湧入他們的意識中將他們擊昏，他們緊握著對方的手向後倒下。原本他們的精神應該會跟著星艦的電腦一起被摧毀，但是系統在崩潰前下達了最後一道安全防護指令，將兩人與電腦相連的精神連結強行切斷。保護薄膜從星艦上方降下。

「資訊超越精神負載極限，開始執行精神保護封鎖程式。」

「封鎖精神程式執行中，將兩人所有的記憶進行封存。」

「同步製造解除精神限制藥劑。」

「藥劑調配完成。」

最後的字幕閃過時，兩管裝著藥劑金屬試管隨著保護薄膜一同降下落入他們的身邊。

巨大的爆炸發生。在失去了星艦控制的瞬間，量子漲落終於澈底超越了蟲洞所能承受的極限。已經失去動能的阿爾戈星艦瞬間被龐大的時空亂流捲入其中，並在一陣強光中，與蟲洞一起從宇宙中消失。

# 96

## 地球　美國　華盛頓哥倫比亞特區　NASA總部

眾人聚集在連結著全世界的天文觀測數據的NASA總部中，這裡整合著世界各處的天文望遠鏡的觀測數據，並一直密切的監控著逼近地球的乙太艦隊。而他們此刻全都不可置信的看著眼前的景象。

「這到底是怎麼回事？」洛茲困惑的問道，而所有技術人員也一樣對眼前的事感到不解。

乙太的入侵軍隊，隨著他們的距離愈來愈近，各個望遠鏡和衛星的偵測數據也愈來愈清晰，世人也因此感到愈來愈恐懼。然而，就在一個小時前，整支乙太星艦忽然全部消失的無影無蹤。而依照它們消失的距離和前行的速度，代表他們是在五天前就消失了。這個消息立刻炸翻了整個地球。

「這不可能啊？難道他們現在忽然決定要隱藏行蹤嗎。」陳珮瑄不解的問道。

「具體發生了什麼事情並不知道，但是，雷射重力天文台都偵測到了，在那個位置曾經發生過非常強烈的重力異常，而整支艦隊就是在那時候消失的。」一名NASA工程師說道。

「所以，他們是因為這個重力異常而被殲滅的嗎？」梁佑任問道。

「我不知道他們有沒有被殲滅，至少艦隊的行蹤消失和這波重力異常絕對脫不了關係。」

眾人還在七嘴八舌的討論，但是沃克卻暗自思量，他有種直覺知道這件事情不是意外或是敵人的陰謀，而是艦隊真的在那裡被消滅了。但是誰做的？他隱隱感覺，這一切和正在乙太上的倫納德等人或許有所關聯。

「長官！」一名軍官忽然衝進來，「北美防空司令部偵測到有高能異常物體正在從太空中高速接近地球！」

「難道是他們發射的飛彈？」洛茲趕忙問道：「預計的墜落位置在哪？可以攔截嗎？」

「速度太快，完全超越了飛彈能夠攔截的極限，至於墜落位置……就是我們這裡。」

聽完軍官的報告，眾人立刻慌亂的想要離開建築。總統和梁佑任的護衛立刻要上前帶他們離開，但是他們都知道如果防空系統已經偵測到的話，那他們基本上沒有逃離的可能。

在眾人還沒開始行動前，外頭忽然傳來一陣巨大的爆炸聲。爆炸並沒有波及到他們所在的建築，只是所有的電腦設備全部在那一刻閃爍了一下。眾人困惑的看著對方，難道乙太的武器居然完全沒有任何殺傷力就結束了？

「我們出去看看。」洛茲說道。

眾人走出了NASA的總部外，就看見外頭所有的士兵正一臉緊張的拿著步槍，圍著被剛才墜落物體給燒焦的草皮處。那裡似乎閃爍著一道光芒，而每一名士兵的眼神全都充滿了對這未知攻擊的恐懼。

「這是怎樣？」洛茲隨便對一名士兵問道。

「報告長官，他們就像是兩顆閃爍強光的流星，忽然墜落下來……」

「他們？」沃克感到一陣激動，他不顧士兵的攔阻，跑到了爆炸的地點，卻只看到兩名全身閃爍著光芒的人。當沃克認出他們的面孔時，震驚的差點說不出話。

「安潔莉娜？劉秀澤？你們怎麼在這裡？」沃克趕忙問道，從後方趕來的眾人也露出了驚訝的神情。

安潔莉娜和劉秀澤搖了搖頭，他們兩人緊緊的靠在一起，全身不住的顫抖，似乎已經力氣放盡，快支撐不住。沃克高聲命令道：「所有士兵解除武裝退下！」沃克衝上前扶住他們，後方的洛茲總統、梁佑任和陳珮瑄都因為看見了這兩人的到來而瞪大雙眼。

「我們……我們從乙太逃出來。」劉秀澤在士兵的攙扶下勉強的站立著，似乎隨時都會昏厥倒下。

「慢慢說。」沃克立刻撐住劉秀澤的腋下，雖然他的外表仍沈穩的判斷的狀況，但其實此刻他的內心已經因為震驚與激動而不知道吶喊了多少次，消失了四年的人忽然再次出現，要他怎麼能不激動？「你們發生了什麼事？」

「我們穿越了蟲洞才回來這裡，一路上遇到很多敵人的追殺……」安潔莉娜氣若游絲的說道，陳珮瑄也上前攙扶著她，「而外圍入侵的艦隊已經被消滅掉了。」

「什麼？」周圍的眾人全部都露出了又驚又喜的神情，不可置信的看著對方，連周圍的士兵也難掩內心的興奮。「原來那股重力異常是因為這樣出現的？」

梁佑任上前一步，神情期盼的問道：「江少白主席呢？他有和你們一起回來嗎？」

劉秀澤搖了搖頭，他顫抖的張開自己緊握的右手，裡頭正是江少白所持有的紅碧璽戒指，當梁佑任看到這個戒指時，他的臉色瞬間轉為慘白。

「江少白……他為了保護我們順利離開乙太而戰死了。我很遺憾。」劉秀澤痛苦的說道。

「他們讓我們帶著拯救地球的資訊和科技回來。」安潔莉娜差點因為乏力而倒下。

「或許，我們可以進去再談？」陳珮瑄扶著安潔莉娜道。

「那麼，倫納德和蕭璟呢？他們人在哪？」沃克再也按捺不住內心最大的疑問，他期盼聽到自己的兒子媳婦也正在回到地球的途中。所有人也都露出同樣的期盼神情看著他們，但是他們卻只是在那瞬間露出了極度痛苦的神情。當他們的目光和沃克接觸的時候，沃克感受到徹骨的寒意瞬間凍結了自己的意識，他已經知道結局了。

「我不知道。」安潔莉娜痛苦的搖搖頭，「我們遇到了時空亂流……他們為了讓我們順利回來而留下來穩定蟲洞。他們在宇宙中消失了，對不起……」

一陣暈眩朝著沃克襲來。他瞬間無力的癱倒在地。

## 宇宙　太陽系

阿爾戈星艦在一陣爆炸中，被捲入了即將崩塌毀滅的蟲洞當中。

當星艦再次進入蟲洞的瞬間，立刻被猛烈的時空亂流的吹的激烈翻騰攪動。星艦內部的功能全部停擺，倫納德和蕭璟因為星艦系統崩潰前執行的保護程式，與精神藥劑的金屬管一起被裝在防禦薄膜中。

在這一片無人可見的時空亂流之中，星艦理應不會毀壞的強作用力外殼，開始因為維繫原子間結合的力量崩解而出現裂痕。眼看就要和即將毀滅的的蟲洞一起被摧毀並永遠消失在世界上。

然而，在千鈞一髮的一刻，星艦的導航系統出現了一絲微弱的反應，並偵測到前方有一個量子泡沫擴張形成的短暫通道。星艦立刻乘著亂流的推力全速朝著通道彈射而去，在蟲洞完全消失並釋放出巨大爆炸能量的瞬間被推入了太陽系中，並終於失去了全部的動能墜毀。

失控的星艦快速的掠過了太陽系。如果此刻倫納德和蕭璟是清醒的話，他們會看見他們所在的星系中，除了具有一顆穩定耀眼的黃白色太陽外，在距離他們零點六光年處的星系內部，還有一顆可以用肉眼看見發出紅光的紅矮星——後世稱為舒爾茲星——正飛經這個恆星星系。

維繫星艦外殼穩定的強作用力，因為剛才的爆炸而澈底的崩解。外殼之間的每一個原子都開始散開。而星艦因為被重力影響，也開始朝著恆星旁第三顆水藍色的行星墜下。

星艦的空間引擎、電腦全部在墜落中一個個報銷毀壞，並且在星艦劃過大氣層抵達在地面之前，在空中發生了大爆炸。彼時北非的撒哈拉雨林中，一群猿猴因為看見夜空中燃燒的強光而以為是天敵的抬起頭尖叫。

星艦殘餘的碎片和裡頭的一切，在重力加速度下墜毀到了一片樹林中，並在該處引發了巨大的火光與爆炸，周圍的鳥獸被嚇得四下奔逃。

但這場爆炸的火光很快就在夜色中消失，周圍的自然恢復為原來的寧靜祥和。

## 98

**地球　西安**

**星際紀元200年／Interstellar Era, I.E. 200（A.D 2232）**

一艘載著數十名國中生的飛行艦艇在西安市的上空快速的升空而去，精力旺盛的國中生們興奮的彼此打鬧，前方的老師不耐煩的大喊示意眾人安靜。

「所有同學都聽好了。今年是星際紀元第兩百年週年，等下要去博物館看大型特展。這次的功課很重要，所有的人都要選擇展區內的一個人物、單位或是主題進行論文撰寫。絕對不准利用電腦代寫，你們的論文都會經過檢驗系統檢查。所以一定要認真觀展知道嗎？」

「我已經決定好了。我要以馬杜克為主題，探討他未來再次征服地球的戰略與防禦手段。」一名男同學笑著說。

「當然可以，如果你寫的非常優秀，甚至可能登上星際聯防戰略會議的研討報告。不過我只求你不要交出一份垃圾就好。」

「我們一定要現場看的意義在哪裡？」一名女同學不耐煩的說，「兩百年前就提過虛擬展覽的概念了，為什麼我們非得要到現場去看？還不如去木星一日遊有意義多了。」

「這就是國家的要求，要我們在兩百週年紀念時表示對過去的敬意。而且再怎麼說實體也和虛擬或是網路上的感覺不同，何況那個博物館本身就是一個傳奇歷史景點，大家就當是放假一天來這裡好好享受吧。」

在老師和同學忙著講話的同時，坐在飛行艦窗戶旁的黃家朗無聊的收起介紹畫面，將眼光投到星艦外頭。從他的位置往外看，除了可以看到外頭有好幾艘不同的飛行艦在空中往來飛行，也可以看到許多艘星艦止在地表和宇宙之間往來升降。而在他們下方的建築外觀也各個十分乾淨整潔，並且在每個建築的表面上都可以看到各種全像畫面和資訊在流動。看著這個畫面，黃家朗實在難以想像在星際元年之前的人類是怎麼生活的。

儘管這個年代，所有人的太陽穴都貼著會閃爍藍光的精神演算輔助裝置，但黃家朗卻是班上唯一原始就擁有始皇基因與力量的人。這個身分在現在並不算特殊，不過他還是因此很渴望能去參訪看看造就他這項能力的源頭。

「我們抵達了，同學們小心下來。」

學生們在老師的指示下依序走下飛行艦。他們一下來，就看到前方有一棟巨大的白色立方體建築。這棟建築物前立著一個非常古老的紀念碑，上頭寫著「永懷西安之戰」。

博物館也是經過好幾次的裝修才成為如今的樣子。這裡最一開始，是兩百多年前西安之戰時，來自乙太的將軍嬴政第一次崛起的地點，同時也為之後星際紀元的到來鳴了第一聲槍響。西安之戰後，這裡被改建成一個巨大的軍事碉堡。在後來與乙太的大戰落幕後，這裡被澈底改建成如今的星際元博物館（Interstellar Era Museum），同時也是全球重要的國際資訊中心。

眾人在老師的帶領下走進了博物館，一進去就可以看到大廳的牆面上投射著巨大的「歡慶星際元200週年紀念特展」。在眾人頭頂上方，則是有著各式各樣星際紀元以前地球與乙太戰爭的壯觀畫面。

老師確認完眾人的入場資格後，便回過頭說道：「記得，每個人都要去拿一個紅色的解說手環。還有，這裡非常的大，你們可以自由選擇去看自己想要參觀的展區，只要記得五點要在大門口集合就好。解散！」

黃家朗沒有和其他同學一起，而是自己裝上了解說手環後，就獨自一人行動。

黃家朗首先去觀看了地球的科學與科技在星際元前後的演進。自從戰後他們接受極為龐大的乙太科學知識後，人類的科學立刻以爆炸的速度在發展，甚至比過去加速了百倍有餘。

在交通方面，展覽呈現了過去印法埃開啟了進入星際時代的戰機「赤炎之子」，後來參照阿爾戈星艦模型和乙太各型星艦的規格設計，逐漸由軍方用途演進成了如今隨處可見的民間飛行艦艇。

另外，還有影響人類文明發展最為關鍵的「精神演算輔助裝置」。這項技術讓人類的知識和資訊能夠以過往十倍速交流，同時也成功化解了戰後差點造成精神力量者和一般人因不平等而造成的嚴重衝突。兩百年前從乙太帶回地球的精神演算輔助裝置，如今仍舊在國際科學院受到嚴密的監管與研究，讓人類所開發的精神演算裝置能夠在這個完美模板的基礎上不斷的向上發展。

看完了這些科技的發展後，他覺得並不是自己的興趣，因此他轉而去「星際元間的組織機構」展區。他先去了一直很期待的「印法埃」的展區，身為嬴政的後代，這是他不能不看的展區。

印法埃展區詳細介紹著他們如何從兩千多年前秦始皇的年代崛起，一路發展到了後來與蓋亞聯盟掀起大戰，成為地球最強勢力。如今印法埃雖然仍然存在於世界上，但已經不再以過去的那種方式經營。戰後印法埃依照和平條約，放棄了所有佔領的領土，並轉型成為一個至今仍擁有巨大影響力的國際組織，主要負責國際上對於精神能力者的研究，以及領導各樣尖端科學技術的發展。

黃家朗走到印法埃展區中最多人圍觀的一個展示櫃前。只見展示櫃的周圍被高能能量遮罩所環繞，而裡頭所展示的，是十二枚外觀樸實的戒指，每一枚戒指上都鑲著不同的寶石，並擺放為一圈。黃家朗看了看解說手環的資訊，知道這裡每一枚戒指所代表的就是一名使徒，並以此組成了最初的印法埃組織。不過當中的「水蒼玉戒指」卻是在星際元年後才重新與其他戒指再次聚集在一起。

至於當年這些持有使徒之戒的人們……黃家朗走過一整排從現代到第一代嬴政後代的重要人物介紹牆面，看到了許多耳熟能詳的人物：梁佑任、聶秦、伊果、羽田烈……等人。除了這些委員之外，他還看到了一名雖然不是屬於印法埃委員，卻仍屬於印法埃展區中的一員。那就是「黑死戰爭」期間的雙木永萱。他點開了雙木的簡介。

「雙木永萱。在黑死戰爭期間原效力於蓋亞聯盟和世界衛生組織，負責研發對抗黑死病毒，並且是主責初代精神力量者探查計畫「普紐瑪」（參見精神力量研究史）的領導人。後來因謀殺丈夫金恩博士遭揭露為印法埃間諜，並協助江少白奪下美國海軍航母戰鬥群及籌建印法埃精神部隊。她在『乙太公開信』（詳細內文參見副本）送達地球後，企圖二次散播黑死病毒摧毀地球聯盟，因此被時任主席梁佑任關押，戰後於監獄中服用氰化鉀自盡。」

他繼續看了更多關於雙木永萱的詳細資料。雙木永萱的陰謀雖然並未得逞，但依舊被後世評定為歷史上最邪惡的罪犯之一。當黃家朗看著雙木影像中那宛如寒冰一般的雙眼時，似乎可以理解為什麼當佔據她一生的仇恨落空後，她會選擇在絕望和空虛中自盡。

這些故事都讓身為嬴政後代的他感到十分的有意思，不過為了能夠看到更多的展區，他大略看了幾名關於印法埃的重要人物和歷史的介紹後，就快步的離開這裡，改去觀看介紹「蓋亞聯盟」發展的展區。

蓋亞聯盟是當年因嬴政崛起而在「星球高峰安全會談」下建立，並在西安之戰後，成為了處理各種國際危機的重要組織，即便到了星際年後五十年仍持續存在。之後它與聯合國合併，轉型為如今的「星際聯合」。

他來到戰爭期間蓋亞聯盟的重要人物簡介區。他首先看到的是一名華人女子，至今都還耳熟能詳的人物陳珮瑄。

「陳珮瑄。為救贖派（參見嬴政後人發展史）的末代領導人，是上一代救贖派領袖游弘宇的妻子，同時為使徒之戒『水蒼玉戒指』的持有者。她在黑死戰爭結束後，加入了蓋亞聯盟，成為了接替雙木永萱的普紐瑪計畫的執行長，在後續的世界大戰中扭轉了蓋亞聯盟不利的戰局，並促成了印法埃與蓋亞聯盟的高峰會談。在星際紀元後，成為替全球精神能力者發聲並促進其用於推動國際發展的領導人。」

在陳珮瑄之後，黃家朗看到另一個十分眼熟的面孔。他穿著空軍軍裝，神情嚴肅且有著暴風雲般雙眸的沃克・馬修斯。

「沃克・馬修斯。倫納德・馬修斯的父親，在西安之戰時，為聯合空軍司令部的一員，並在後續的黑死戰爭與世界大戰期間擔任ＬＧＧＳＣ（參見蓋亞聯盟相關組織）局長。他在黑死戰爭中擊敗了印法埃軍隊，為盟軍贏下了關鍵的『科林斯戰役』。後來他也成為了促成雙邊和談及和談後國家勢力統一的重要推動者。在星際紀元後，他曾擔任過兩屆英國首相，執政期間廣受國內外高度讚譽。」

蓋亞聯盟是發展現代社會最為關鍵的重要組織。現今的國際協定、科技發展、經濟建立，基本上都是依據蓋亞聯盟所奠定的基礎。不過對於蓋亞聯盟這個過於現代化的組織，黃家朗並沒有太多的興趣。在看完關於沃克的生平和相關史事後，他便離開這裡，準備去他最期待的「星際開拓者」特區。

「星際開拓者」特區位於整棟建築核心處。這區介紹的是在星際紀元以前，第一批前往乙太為地球而戰的五個傳奇人物的故事。直到如今，他們仍是世界上唯一曾經抵達那麼遙遠國度的人。他們在戰後毫無疑問的成為了地球的傳奇，在無數故事、電影、教材中被世人神化，並被尊稱為星際時代的「開拓者」。

開拓者特區內，展示了他們五人的人生經歷以及各種遺物。黃家朗一路看過來，最後來到了投影著他們五人影像的純白紀念空間。

這個空間沒有多餘的裝飾，只在潔白牆面上，投射著五人的影像，展現對他們極高的敬意與紀念。處在這個環境讓人不由得產生了崇敬的感覺。他們的影像由左至右依序為安潔莉娜、蕭璟、倫納德、江少白、劉秀澤。

黃家朗首先看著安潔莉娜・華森的影像。她穿著著銀色乙太戰衣，有著一頭亮麗金髮和閃爍著明亮光芒的雙眼，整個人看起來宛如陽光一般耀眼。

「安潔莉娜・華森。原隸屬於英國特種部隊，其後成為地質研究學者，長期與倫納德合作，並在戰爭期間參與了『科林斯戰役』和阿爾戈星艦的挖掘行動。本身不具備精神力量，但是仍以極端優秀的戰鬥技巧和意志，加入了四人乙太遠征隊伍。之後在協助『忠誠派』（參見乙太的發展史）的作戰當中，執行數次重要的任務，是推翻泰非斯的關鍵隊員。而在逃離乙太後，她和劉秀澤作為攜帶一切乙太的科技、知識回到地球的使者，由於返回地球時人們看見其閃爍著強光，兩人亦一同被稱為『流星使者』。她與劉秀澤於星際元二年時結婚，一同成為推動地球全方位發展的重要領袖。」

他接著將目光轉向劉秀澤的影像，只見他穿著和安潔莉娜一樣的乙太戰衣，神情肅穆，給人如磐石一般堅定不移的感覺。

「劉秀澤。原隸屬於中國陸軍，後揭露其實為救贖派特務。在游弘宇的指示下，從西安大戰開始就一直以救贖派特務身分，祕密守護著倫納德與蕭璟的安危。在黑死戰爭中，和倫納德在科林斯戰役中擊退印法埃主席江少白。後來成為了遠征乙太的隊員之一，是推翻泰非斯戰役的關鍵成員。在逃離乙太後，他和安潔莉娜作為攜帶一切乙太的科技、知識回到地球的使者，由於返回地球時人們看見其閃爍著強光，兩人亦一同被稱為『流星使者』。他與安潔莉娜於星際二年時結婚，一同成為推動地球全方位發展的重要領袖。」

他把目光看向一旁的江少白，在影像中只見他穿著著黑色的西裝並戴著紅碧璽戒指凝視著遠方，英俊而冷酷的神情散發出無比尊貴的氣息。

「江少白。本名江一泯，為倫納德的表哥。自西安戰爭到黑死戰爭期間擔任印法埃主席，為紅碧璽戒指的持有者。他一生於世界的功過都無比的巨大，至今仍是世界上最受爭議性的人物。他幼年時與蕭璟相遇，後遭到印法埃綁架，接受殘酷的訓練並成為了印法埃委員。在西元二〇二七年掀起了黑死戰爭，奪走二十億條性命，為史上死傷人數最高的一場戰爭，並因此曾被世人稱為『惡魔之首』、後來他被泰非斯召喚前往乙太對抗忠誠派，卻在作戰途中發現了泰非斯欺騙了世界，最後和另外四名開拓者一同合作，在中央殿堂成功推翻了泰非斯的政權。他們還發現了忠誠派領袖馬杜克企圖統治地球的陰謀，和倫納德共同寄發了『乙太公開信』扭轉了地球的戰局。然而在從乙太逃亡時，為讓其他人得以脫身而留在乙太斷後，最終戰死乙太。因其一生不斷在星際中往來追尋著使命，被後世稱為『星際使徒』。」

他接著將目光轉向蕭璟。蕭璟在影像中穿著醫師白袍，她有著一頭烏黑秀麗的長髮和如黑曜岩一般堅定的眼光，散發出美麗而強大的氣場。

「蕭璟。本名周璟，生長於西安並於童年時結識江少白，為倫納德之妻。在西安之戰時與倫納德相識並在嬴政的星艦上將嬴政擊敗。黑死戰爭中，她原本是屬於印法埃的病毒開發人員，後與救贖派陳珮瑄一同合作研發解藥，成功在科林斯戰役中化解了黑死病毒。在接受到忠誠派的召喚後，與倫納德在科林斯結婚，爾後便和其餘三名開拓者一同組成遠征乙太隊，並在過程中成為聯合江少白和倫納德二人協力推翻泰非斯的關鍵人物。她和倫納德一同參與了所有對抗乙太的過程，被後世尊稱為『星際元之母』。然而，她卻在自乙太返回地球的途中，和倫納德兩人一同消失在宇宙中，至今無人知道其下落。」

看完了前面四人後，黃家朗來到最後一副倫納德的影像前。只見穿著著白色襯衫的倫納德，他有著英俊的外貌和一雙無比清澈的湛藍雙眼，全身散發出了清新而高貴的氣息。

「倫納德．馬修斯。為蕭璟的丈夫、江少白的表弟。為五名開拓者的核心人物。於西安大戰中與蓋亞聯盟合作，向世界揭露了乙太大陰謀且在戰爭中擊敗了嬴政。爾後在黑死戰爭中，成為了蓋亞聯盟得以用精神力量對抗印法埃的關鍵人物，並在關鍵的科林斯戰役擊敗江少白；後來在忠誠派召喚下前往乙太參戰，成為推翻泰非斯的關鍵主力，同時他率先發現了馬杜克企圖統治地球的陰謀，並成為世間唯一一個利用『創始之體』（參見無人知曉創始之體的真相？）消滅入侵地球的軍隊。他堪稱是引導地球走向星際紀元最為關鍵的人物，因此被後世尊稱為『星際元之父』。然而，他卻在自乙太返回地球的途中，和蕭璟兩人一同消失在宇宙中，至今無人知道其下落。」

儘管這些介紹在網路上都找得到。但是不知道為何，當黃家朗置身在這個空間，看著眼前的這五名被譽為「開拓者」巨人般的身影，卻有著和網路上觀看完全不同的感覺。無與倫比的感動在他的內心，如果他們能親眼看到現今這個他們曾費心守護的地球，是否會感到欣慰，亦或者是感到嘆息呢？

他看了看時間，如果要在五點前看乙太展區的話，那他必須現在就離開。

他轉身離開「星際開拓者」紀念中心。不過他的雙眼卻充滿疑惑，他想著倫納德和蕭璟兩人的影像，不禁在內心暗自思量，他們最後到底去了哪裡？

# 尾聲

**地球　東北非（七萬年前）**

清晨的陽光穿越了外頭的綠蔭樹梢，照射到綠意盎然的大地上。

倫納德在這道光芒的照耀下，緩緩地睜開了雙眼。

「喔……」他頭痛欲裂的坐起身來。他感覺自己似乎做了一個很長很長的夢，在無限的星海中遨遊並不斷的奔馳，一直到現在才終於甦醒過來。

「我在哪裡？」倫納德意識稍微清楚後困惑地看了看周圍。只見他此刻正躺在一大片草地上，而他所在的位置似乎有燃燒過的痕跡。圍繞草地在四周的，是一層又一層看不到盡頭的樹林，樹林中不斷傳來走獸鳥禽發出的陣陣叫聲。在他的身旁，有一池清澈透明的湖泊，當微風吹拂而過，湖面出現了陣陣的漣漪。他深呼吸了一下，空氣竟是如此的純淨且清涼。整體環境綠意盎然，讓人感到無比寧靜和舒適。

一陣冰涼的觸感從他的手上傳來。倫納德低頭看著自己的右手，卻發現自己正握著一根銀色的金屬棒。這是什麼？為什麼這東西會出現在自己的手上？他試著回想發生的一切，卻感覺這一切像是在遙不可及的夢境當中閃爍飄搖。當他試著回想自己是誰時，竟愕然的發現連這個問題都答不出來。

正當他一片茫然的時候，忽然聽到身後傳來一陣聲響，他趕忙回過頭，卻立刻被眼前的景物給迷住。

蕭璟正躺臥在他身後的草地上，神情有些痛苦的皺著眉頭。雖然在倫納德的記憶中，他從來沒有看過這個女人，但是不知道為什麼，她的面孔、氣息和擬態卻如此的令人熟悉，光是看到她的身影就讓倫納德內心感到無比的悸動。

「妳還好嗎？」倫納德搖了搖蕭璟的肩膀。

蕭璟緩緩的睜開了雙眼，她眼神迷茫的看著倫納德，「我在哪裡？」

倫納德搖了搖頭，「我也不知道，我一醒來就在這裡了。」

蕭璟試著坐起身，但一陣突如其來的頭痛讓她痛苦的呻吟了一聲，倫納德趕忙扶著蕭璟虛弱的身軀，讓她靠在自己的胸口。當他感受到蕭璟身上的溫度時，不禁臉上一熱，心裡一陣蕩漾。

「我記得……有一股力量將我送到這裡。」兩人沉默了好一陣子後蕭璟喃喃的說道。

聽到她這麼說，倫納德忽然感到內心一怔。他想起自己似乎也在夢境的最後，感受到一股極為純粹的力量充滿在他的心中。難道那就是……送他們到這裡的神？

「這是什麼？」蕭璟忽然發現手上握著一管金屬物體，不禁困惑的問道。

「我也有這個東西。」倫納德驚訝的拿出自己的金屬管。這兩個金屬管似乎是一模一樣的，但是他們完全不曉得這東西的用途究竟是什麼，最後只能將這兩根金屬管放到一旁的草地。

沁涼的微風從樹林中輕輕的吹拂而過，他們相對無語的坐著，不知道該做些什麼。但不曉得為什麼，只要和蕭璟在一起他就感到無比的幸福和自在，就算只是像這樣沉默的看著對方，都讓他感到體內充滿了無限的力量。看著蕭璟的雙眼，倫納德知道她和自己有一樣的感覺。

「一直坐著總不是辦法吧？不如我們一起去四周看看吧？」倫納德在沉默了好一段時間後對蕭璟伸手說道。蕭璟看著他對自己伸出的手，露出了一抹天真的微笑。

「走吧。」她抓著倫納德的手站起身來，兩人並肩微笑朝著樹林走去。

隨著他們身影逐漸的遠去，那兩管裝著精神藥劑的金屬試管就這樣靜靜的躺在草地上，任由日曬雨淋、藤蔓雜草緩緩的生長覆蓋。

它們就在那裡靜靜的等待著時光的流轉、等待著至高者現身對人類說明自己創造這伊甸園的緣由、等待著那惡魔化身的蛇潛入這純淨無憂的自然天堂中。而人類的始祖將如命運所預定的一般，再次飲下那破除精神封鎖的藥劑——那後世稱為智慧樹的果子——將會開啟他們精神的視界，同時開啟未來無數的故事篇章。

（《天啟III・創始之體》／《天啟》三部曲　全書完）

# 【致謝】

終於完結了！

《天啟》是從高一開始到現在費時多年才完成的系列作品。這一路上要感謝的人實在太多太多了。

首先，當然是秀威資訊出版社的編輯喬齊安先生、負責精美封面設計的劉肇昇先生，感謝你們對這三部曲的付出！

再來，是為本書撰文和掛名推薦的前輩們：上官鼎先生、黃海老師、張善政先生、林思偕教授、李偉才先生、台大科幻社的湯惟中同學、伊格言先生。您們的肯定，是我創作時莫大的鼓勵。

另外要感謝專業導遊Michael，對於書中歐洲公路戰爭描述，謝謝您所提供的專業知識，願您未來能不斷走訪世界各地的美景奇觀！感謝張善政院長從第一集到完結，都給予我數不盡的幫助：協尋專業人士給予意見、多次參與發表會、邀請節目對談……您是我此生所見過最親民高尚的政治家，願您未來一切道路和計畫，能盡都順利！

特別感謝和我一同在國中時架構出本書原型的摯友游弘宇，從開始到現在，你都參與了整本書的架構創作，你跳脫框架的思維一直是我的良師益友，願未來能在更多計畫上有所合作；感謝一直給予我諸多建議和陪伴的陳珮瑄，感謝妳花費心思同我討論本書許多細節，並在無數次低谷時給予我陪伴，願未來都能實踐我們所規劃的夢想。

深深感謝我的家人們，你們所給予我的幫助和感激之意，絕非簡單的幾句話可以道盡。

最後感謝上帝，寫書對於我而言是未曾涉足的挑戰，一路上許多挫折低谷，卻讓我在過程中看見祢的神蹟並更堅定的信靠祢，願本書不論未來如何，都將一切榮耀歸與祢。

釀冒險41　PG2433

# 天啟III：
## 創始之體


作　　者　江宗凡
責任編輯　喬齊安
圖文排版　蔡忠翰
封面設計　劉肇昇

出版策劃　釀出版
製作發行　秀威資訊科技股份有限公司
114 台北市內湖區瑞光路76巷65號1樓
電話：+886-2-2796-3638　傳真：+886-2-2796-1377
服務信箱：service@showwe.com.tw
http://www.showwe.com.tw
郵政劃撥　19563868　戶名：秀威資訊科技股份有限公司
展售門市　國家書店【松江門市】
104 台北市中山區松江路209號1樓
電話：+886-2-2518-0207　傳真：+886-2-2518-0778
網路訂購　秀威網路書店：https://store.showwe.tw
國家網路書店：https://www.govbooks.com.tw
法律顧問　毛國樑　律師
總 經 銷　聯合發行股份有限公司
231新北市新店區寶橋路235巷6弄6號4F
電話：+886-2-2917-8022　傳真：+886-2-2915-6275

出版日期　2020年8月　BOD一版
定　　價　460元
本出版品獲花蓮縣文化局補助

國家圖書館出版品預行編目

天啟. III : 創始之體 / 江宗凡著. -- 一版. --
臺北市 : 釀出版, 2020.08
面； 公分. -- (釀冒險 ; 41)
BOD版
ISBN 978-986-445-407-5(平裝)

863.57 109009259

# 讀者回函卡

感謝您購買本書，為提升服務品質，請填妥以下資料，將讀者回函卡直接寄回或傳真本公司，收到您的寶貴意見後，我們會收藏記錄及檢討，謝謝！
如您需要了解本公司最新出版書目、購書優惠或企劃活動，歡迎您上網查詢或下載相關資料：http:// www.showwe.com.tw

您購買的書名：______________________________

出生日期：________年________月________日

學歷：□高中（含）以下　□大專　□研究所（含）以上

職業：□製造業　□金融業　□資訊業　□軍警　□傳播業　□自由業
　　　□服務業　□公務員　□教職　□學生　□家管　□其它_____

購書地點：□網路書店　□實體書店　□書展　□郵購　□贈閱　□其他

您從何得知本書的消息？

□網路書店　□實體書店　□網路搜尋　□電子報　□書訊　□雜誌
□傳播媒體　□親友推薦　□網站推薦　□部落格　□其他__________

您對本書的評價：（請填代號　1.非常滿意　2.滿意　3.尚可　4.再改進）

封面設計____　版面編排____　內容____　文／譯筆____　價格____

讀完書後您覺得：

□很有收穫　□有收穫　□收穫不多　□沒收穫

對我們的建議：______________________________

______________________________

______________________________

______________________________

請貼
郵票

11466
台北市內湖區瑞光路 76 巷 65 號 1 樓
**秀威資訊科技股份有限公司** 收
BOD 數位出版事業部

（請沿線對折寄回，謝謝！）

姓　名：＿＿＿＿＿＿＿＿ 年齡：＿＿＿＿ 性別：□女 □男

郵遞區號：□□□□□

地　址：＿＿＿＿＿＿＿＿＿＿＿＿＿＿＿＿

聯絡電話：(日)＿＿＿＿＿＿＿＿ (夜)＿＿＿＿＿＿＿＿

E-mail：＿＿＿＿＿＿＿＿＿＿＿＿＿＿＿＿